EVA WAGENDORFER

DIE RADIO-SCHWESTERN

Melodien einer neuen Welt

ROMAN

PENGUIN VERLAG

Sollte diese Publikation Links auf Webseiten Dritter enthalten,
so übernehmen wir für deren Inhalte keine Haftung,
da wir uns diese nicht zu eigen machen, sondern lediglich
auf deren Stand zum Zeitpunkt der Erstveröffentlichung verweisen.

Penguin Random House Verlagsgruppe FSC® N001967

1. Auflage 2023
Copyright © 2023 der Originalausgabe by Eva Wagendorfer
Copyright © 2023 by Penguin Verlag
in der Penguin Random House Verlagsgruppe GmbH,
Neumarkter Straße 28, 81673 München
Dieses Werk wurde vermittelt
durch die Literarische Agentur Michael Gaeb
Redaktion: Hanne Reinhardt
Umschlaggestaltung: Favoritbuero
Umschlagabbildung: © Elisabeth Ansley/Trevillion Images (2)
Satz: Uhl + Massopust, Aalen
Druck und Bindung: CPI books GmbH, Leck
Printed in the EU
ISBN 978-3-328-10817-7
www.penguin-verlag.de

Für Mama

PROLOG

Frankfurt 1934

Radionachrichten 1934:
»Gertrud Scholtz-Klink wird zur Reichsfrauenführerin berufen.«

In der Zeit des Nationalsozialismus war dies das höchste politische Amt, das eine Frau bekleiden durfte. Gertrud Scholtz-Klink schwor die deutschen Frauen auf das vom Führer propagierte Weiblichkeitsbild ein: Mütter zu sein und die »Ruhe im Hinterland« zu garantieren. Sie war mitverantwortlich für die Ausgrenzung und Verfolgung von vielen als »nichtarisch« eingestuften Frauen.

Gesa saß im Garten unter dem Kastanienbaum. Seine Blätter spendeten ihr und den beiden Kindern Schatten. Dabei raschelten sie in der sanften Sommerbrise, als würden sie Geheimnisse flüstern. Ein vertrautes und zugleich immer wieder zauberhaftes Geräusch, das geradewegs zum Träumen einlud. Die zweijährige Christel spielte neben Gesa auf der Picknickdecke mit einer Puppe, ihr älterer Bruder Julius, bald fünf und unablässig voller Tatendrang, bugsierte eine verrostete Blechwanne übers Gras. Er zog und schob, bis sie schließlich dort stand, wo er sie haben wollte.

»Wo hast du die denn gefunden?«, fragte ihn seine Mutter.

»Im Schuppen. Darf ich sie mit Wasser vollmachen?«

»Warum?«

»Zum Planschen.«

Gesa lächelte und nickte. Den altgedienten Bottich hatten sie und ihre Freundin Inge zum Wäschewaschen verwendet, als sie zusammen in der Ziegelgasse gewohnt hatten. Sie konnte sich beim besten Willen nicht erklären, wie das olle Ding seinen Weg in den Gartenschuppen der Bronnens nach Sachsenhausen gefunden hatte. Vermutlich steckte dort auch irgendwo das zugehörige Waschbrett. Es war nur eine Frage der Zeit, bis er es hervorkramen würde. Julius entdeckte alles. Gesas Ehemann Albert war davon überzeugt, dass der Junge einen prima Detektiv abgeben würde, wenn er groß war. Oder einen rasenden Reporter, Stift und Notizblock immer griffbereit, der den Umständen gnadenlos auf den Grund ging. Aus halb geschlossenen Lidern gegen die Sonne blinzelnd beobachtete sie Julius, wie er eimerweise Wasser heranschleppte, das er in die Wanne kippte und dabei seine kurze Hose und das Hemdchen durchnässte. Zwangsläufig erregte dieses Geplätscher Christels Aufmerksamkeit und wurde sofort viel interessanter als die Puppe. Sich nass zu machen war immer gut, besonders an einem heißen Sommertag. Sie ging hinüber zu ihrem Bruder, und beide steckten die Arme in den Bottich, um die Höhe des Wasserstandes zu testen.

»Mehr rein«, verlangte Christel.

Gesa ließ ihre Kinder gewähren, streckte die Beine aus, lehnte sich mit dem Rücken an den Stamm der Kastanie und genoss den Anblick der Spielenden. Derartige Momente vollkommener Zufriedenheit kannte sie erst, seitdem sie Mutter war. Am liebsten würde sie die Zeit anhalten. So konnte es bleiben. Mit einem Seufzen schloss sie die Augen, sie wurde schläfrig. Ein Tag im Frühling vor acht Jahren schlich sich in ihre Gedanken. Damals hatte sie mit Inge und Margot im Café in der Hauptwache gesessen und sie hatten Zukunftsfantasien gesponnen. Unendlich weit entfernt schien jener Moment, und dennoch konnte sie sich so klar daran erinnern, als wäre es gestern gewesen. Finanziell klamm und wenig erfolgsverwöhnt, hatten die drei jungen Frauen sich damals ihre Träume offenbart. Inge wollte eine berühmte Sängerin werden, Margot sich als einzige weibliche Cellistin im von Männern dominierten Rundfunkorchester durchsetzen. Und Gesa selbst ersehnte sich eine Karriere bei Radio Frankfurt. Nichts reizte sie mehr, als die Hörer zu unterhalten und dabei ein selbstbestimmtes, unabhängiges Leben zu führen. In der Stadt am Main, in der ihr alles möglich schien. Mit einem Lächeln auf den Lippen durchströmte Gesa ein tiefes Gefühl der Dankbarkeit für das, was sie und ihre Freundinnen seitdem erreicht hatten. Bis zu dem Moment, als die Nationalsozialisten die Macht ergriffen und der freien Welt des Radios einen Maulkorb verpasst hatten. Die hart erarbeitete verheißungsvolle Zukunft war ihnen mit einem Schlag aus den Händen gerissen worden.

»Die Post ist gekommen.« Alberts Stimme riss Gesa aus ihren Gedanken. Sein Unterton verscheuchte unmittelbar auch noch den letzten Rest Wohlbefinden und ersetzte es durch Besorgnis.

Er stand ein paar Meter entfernt auf der Veranda des Hauses, das sich die Bronnens gleich nach ihrer Hochzeit vor sechs Jahren gekauft hatten, um darin eine glückliche Familie zu gründen. Am Rand von Sachsenhausen, Alberts Lieblingsviertel in Frankfurt. Die kleine Villa mit altem Baumbestand war taubenblau gestrichen und mit hübschen weißen Mauerblenden und einem halbrunden, von zierlichen Säulen getragenen Balkon verziert. Albert hielt einen Brief in der Hand, mit dem er Gesa winkte. Sie erhob sich, warf einen Blick zurück auf die Kinder und ging zu ihm.

Ihr Mann hatte die Hemdsärmel bis über die Ellenbogen hochgeschoben und ein paar Knöpfe am Kragen geöffnet. Eben hatte er noch vor dem offenen Fenster an seinem Schreibtisch gesessen und auf der Maschine getippt. Zwischendurch hatte er immer mal wieder zu ihnen herausgesehen. Sein schwarzes Haar war verstrubbelt, wenn er sich konzentrierte, fuhr er meist unbewusst mit beiden Händen hindurch. Eine Angewohnheit, die Gesa hinreißend fand. Wie alles an ihm. Albert war ihre große Liebe, der Mensch, der sie vervollständigte, forderte, neckte, ihr Kraft schenkte und auch nach acht Jahren noch weiche Knie bescherte, sobald er sie unter dunklen, dichten Brauen ansah.

Sie wagte nicht zu fragen, hielt stattdessen die Luft an und starrte auf das amtlich aussehende Kuvert, bis Albert es öffnete und das Schreiben auseinanderfaltete. Er überflog es, dann reichte er es ihr wortlos.

Es dauerte nicht lang, den kurzen Text zu lesen.

»Ein Prozess im November?«, hauchte Gesa. »Wieso? Sie haben euch doch freigelassen.«

»Aber nur auf Bewährung. Mir war schon klar, dass da noch was nachkommt. So gut kenne ich unseren Herrn Reichssendeleiter mittlerweile.«

Eugen Hadamovsky, ein glühender Nationalsozialist, der medienwirksame Lobeshymnen voll schmachtender Inbrunst auf den Führer verfasste, hatte es sich zum Ziel erklärt, hart gegen den sogenannten *Systemrundfunk* vorzugehen. Und Albert, während der Weimarer Republik Intendant bei Radio Frankfurt, war Teil davon – ebenso wie zahlreiche seiner Kollegen aus Berlin.

Letzten Sommer war Gesas Mann überraschend verhaftet worden. Einfach so. Der Schock saß noch immer tief, führte ihr dieses schreckliche Ereignis doch deutlich vor Augen, welcher Willkür sie ausgesetzt waren. Niemand konnte sich mehr sicher fühlen. Albert hatte monatelang eingesessen, bis man ihn endlich auf Kaution entlassen hatte. Über die Zeit im Gefängnis sprach er nicht, obwohl er sonst alles mit Gesa teilte. Sie hatte ihn stiller gemacht. Der Umstand, dass Radio Frankfurt, sein Sender, für den er mit Herzblut tätig gewesen war, dem Reichsinnenministerium für Rundfunk und Propaganda unterstellt worden war, hatte Albert schwer getroffen. Ebenso wie seine darauf folgende Entlassung. Seit zwei Jahren schon war er arbeitslos, wie viele ehemalige Kollegen. Sogar Gesa hatte ihre Stelle als Hörspielsprecherin verloren, weil sie mit Albert verheiratet war. Alles, was als nicht regimekonform galt, wurde ersatzlos gestrichen. Ihre Freundin Margot wurde als Cellistin im Rundfunkorchester noch geduldet. Sie vermutete, das lag einzig daran, dass den jüdischen Musikerkollegen reihenweise gekündigt worden war und das Orchester zu stark schrumpfen würde, wenn sie auch noch die Frau hinauswarfen.

»Allerdings habe ich schon läuten hören, dass es früher oder später wieder eine reine Männersache werden soll. Ein Rückschritt in die Steinzeit. Ich als Frau soll mich dann wohl auf Mann und Kinder konzentrieren, wie es der Führer verlangt. Und jegliche darüber hinausgehende Gehirnaktivität einstellen«, hatte Margot bei ihrem letzten Treffen augenrollend geklagt.

Margots Ehemann immerhin, Radioreporter Friedrich Milanski, war gefragter denn je. Seine rasante Art der Sportberichterstattung sowie die Beliebtheit bei den Hörern hatten ihn zu Radio Frankfurts Aushängeschild werden lassen. Er war bisweilen prominenter als die Sportler, über die er berichtete.

Die Bronnens jedenfalls mussten sich nach anderen Einnahmequellen umsehen, um ihre Familie zu ernähren. Gesa erledigte von zu Hause Schreibarbeiten für Firmen, die sich trauten, ihr Aufträge zu geben. Eine Notwendigkeit, die ihr während Alberts Zeit im Gefängnis zumindest ein kleines Einkommen beschert hatte. Und Ablenkung von ihren Sorgen. Die Ankündigung des Prozesses rief nun erneut Panik in ihr hervor, auch wenn Albert versuchte abzuwiegeln.

Er nahm sie in die Arme und streichelte sanft ihr Haar.

»Das ist reine Propaganda, Liebes, darin sind die hervorragend. Meine Kollegen und ich waren so lange eingesperrt, obwohl wir nichts verbrochen haben, dass selbst der schärfste Richter keine weiteren Gefängnisstrafen wird verhängen können. Es wird eine aufgeblasene Schau werden, mit viel Geschrei und Fäusteschütteln, die der Hörfunk und alle Zeitungen hinterher ausschlachten. Man wird uns noch mehr diskreditieren, aber du wirst sehen, ansonsten passiert da nichts.«

Woher bloß nahm er seine Zuversicht? Mit seiner offiziellen Einstufung als Halbjude war schlagartig klar geworden, dass Albert keine Anstellung mehr erhalten würde, ganz egal in welchem Berufsfeld. Wollte er die Familie unterstützen, musste er Gelegenheitsarbeiten verrichten. Er, der ehemalige Rundfunkleiter. Was für eine Demütigung. Gesa machte sich keinerlei Illusionen darüber, dass nach dem Prozess sogar diese ohnehin schon beschränkten Möglichkeiten noch weniger werden würden. Es war, als ob man ihnen langsam, Stück für Stück, die Luft zum Atmen abdrückte. Vielleicht sollten sie Deutschland einfach verlassen? Aber wohin?

»Wir stehen das durch«, flüsterte Albert in ihr Ohr. »Gemeinsam schaffen wir alles.«

Gesa versuchte, ihre aufsteigenden Tränen niederzukämpfen. Sie nickte stumm. Albert nahm ihr Gesicht sanft in beide Hände und küsste es. Zuerst die Stirn, die geschlossenen Augenlider, die Wangen und zuletzt die Lippen. Wenn er noch stark sein konnte, würde auch Gesa nicht in ihrer Zuversicht wanken.

Arm in Arm sahen sie über den Rasen hinüber zu den Kindern, die in selbstvergessener Freude in der Sonne spielten. Julius und Christel mussten eine glückliche, sichere Zukunft haben. Das war alles, was zählte.

GESA

Frankfurt, 1945

Radionachrichten 1945:
»Zu den furchtbarsten Dingen wurde Musik gemacht.«

Anita Lasker im deutschen Radioprogramm der BBC, am 16.4.1945, einen Tag nach ihrer Befreiung aus dem Konzentrationslager durch die britische Armee. Die damals 19-Jährige war Mitglied des Mädchenorchesters von Auschwitz gewesen.

Eingequetscht zwischen unzähligen Menschen standen Gesa und ihre Freundin Inge Jacobs im hoffnungslos überfüllten Zug nach Königstein im Taunus, das etwa eine halbe Stunde von Frankfurt entfernt lag. Erst vor ein paar Wochen hatte der Hauptbahnhof seinen Betrieb wieder aufgenommen, und der Andrang der Fahrgäste war immens. Zwangsläufig. Es gab ja kaum andere Beförderungsmittel. Außer den Amerikanern konnte sich keiner ein Auto, geschweige denn Benzin leisten. Darüber hinaus war beides sowieso nicht erhältlich, zumindest nicht auf legalem Wege.

Trotz der Enge hatten Gesa und Inge es besser als diejenigen Passagiere, die sich auf den offenen Verbindungsplattformen zwischen den Wagons drängten. Und sie reisten in jedem

Fall sicherer als die armen Leute, die überhaupt keinen Platz mehr im Inneren gefunden hatten und sich auf dem Dach und an der Heckleiter festklammerten.

Wenigstens regnet es nicht, dachte Gesa mit einem mitfühlenden Blick aus dem Fenster. Dann werden sie nicht auch noch nass.

Wegen des Gedränges hatten sie und Inge ihre Unterhaltung eingestellt. Es war stickig, und wenn es zu sehr ruckelte, klammerten sie sich am Gepäcknetz fest. Gesa spürte, wie die Kleidung an ihrem schwitzenden Körper klebte. Sie fühlte sich unwohl, ließ aber die Fahrt geduldig über sich ergehen.

Nach dem Aussteigen nahm sie erst einmal mehrere tiefe Atemzüge.

»Du liebe Güte. Ich bin ja nicht zimperlich, aber durch die menschlichen Ausdünstungen und die Hitze ist mir regelrecht übel geworden.« Inge tippte sich mit dem Finger an die Nase. »Da graut es mir schon vor der Heimfahrt. Ich erinnere mich an Zeiten, als ich einen eigenen Chauffeur hatte. Wenn ich gewusst hätte, wie ich mich mal fortbewegen muss, hätte ich das weitaus mehr genossen.«

Auch Gesa war froh, dem Gestank entkommen zu sein. Den Chauffeur hatte sie ebenfalls noch gut in Erinnerung. »Hach, das war was. Der hat dich zu deinen zahlreichen Auftritten kutschiert und immer geduldig gewartet, bis du fertig warst. Ein fescher Mann überdies, der war was fürs Auge.«

»Eine Karriere als Sängerin, kein Krieg und Frankfurt noch nicht zerstört. Kommt mir vor wie aus einem anderen Leben.«

»Es wird wieder bessere Zeiten geben, Inge«, tröstete Gesa die Freundin automatisch und obwohl sie selbst nicht recht daran glaubte, und hakte sich bei ihr unter. Jede von ihnen hielt einen geflochtenen Weidenkorb in den Händen, den sie mit Lebensmitteln zu füllen hoffte. Sie trugen kurzärmelige, selbst gestrickte Oberteile, dazu schlichte Röcke, alles mehrfach geflickt. Gesa hatte ihr schulterlanges Haar mit einer Spange aus der Stirn gesteckt. Es war prächtig rotbraun, ohne einen Anflug von Grau darin. Dafür wäre es mit Anfang vierzig auch noch etwas früh, fand sie. Andererseits wären graue Strähnen nicht verwunderlich, bei all den Entbehrungen und Sorgen der Kriegsjahre. Inges platinblonde Locken, von denen sie sich auch im Alter nie verabschieden würde, wie sie stets betonte, zeigten einen dunklen Ansatz. Momentan war es schwierig, an Haarfarbe zu kommen.

»Wann, meine Liebe, wann soll es besser werden? Schau uns an. Wir müssen hamstern fahren. Ich fühle mich schrecklich.«

»Vielen Leuten geht es noch schlechter als uns. Wir sollten dankbar sein für das, was wir haben.«

»Du hast ja recht. Aber manchmal darf ich ein wenig jammern. Immer nur Zähne zusammenbeißen geht nicht.«

Sie waren unterwegs zu ihrer Freundin Margot. Die war zusammen mit der Familie bei ihrer Cousine Gerda Friese untergekommen, nachdem die Wohnung in Frankfurt ausgebombt worden war. Bereits vor fünfzehn Jahren hatte Gerdas Mann seine Stelle als Handwerker aufgegeben, weil er einen Bauernhof bei Königstein geerbt hatte. Im Nachhinein ein großer Glücksfall für die Frieses. Die Kinder waren auf dem Land aufgewachsen und die Familie praktisch Selbstversorger. Außerdem waren sie dem Feuersturm der Tausend-Bomber-Angriffe entgangen, in dem nicht nur die gesamte mittelalterliche Altstadt Frankfurts verbrannt war, sondern auch unzählige Menschen ihr Zuhause verloren hatten. Wie eben Margot, die nun seit über einem Jahr mit ihren Lieben bei Gerda lebte.

Nach einem Fußmarsch durch die hügeligen Gässchen des Ortskerns mit seinen traditionellen Fachwerkhäusern bogen

Gesa und Inge in die Hofeinfahrt ein, und Margot trat mit einem freudigen Lächeln auf den Lippen aus der Haustür.

»Ich habe euch schon kommen sehen!«, rief sie ihnen entgegen.

Friedrich Milanski, Margots Mann, bog um die Hausecke, eine Axt in der Hand. »Hallo die Damen! Ihr wurdet schon erwartet. Was gibt es Neues aus der Stadt? Was haben die Amerikaner mit Radio Frankfurt vor? Wir kriegen hier draußen überhaupt nichts mit.«

Mit dem Untergang des Dritten Reichs war Friedrichs Stern beim Rundfunk abrupt gesunken. Man könnte sagen er war verglüht, wie eine Sternschnuppe. Zwar hatte sich Friedrich stets gerade nur so systemkonform verhalten, wie es notwendig gewesen war, um seine Stelle nicht zu verlieren, trotzdem gab es nun Probleme mit der sogenannten »Entnazifizierung«. Wer bis zum bitteren Ende für Minister Goebbels' liebstes Propagandawerkzeug gearbeitet hatte, wurde von den Alliierten extrem genau unter die Lupe genommen. Seine Freistellung von sämtlichen Aufgaben hatte gar nicht schnell genug über den Schreibtisch gehen können. Friedrich war nicht nur erwerbslos, sondern sogar mit einem Arbeitsverbot belegt worden. Auf nicht absehbare Zeit. Gerade jetzt, wo jeder sich mühen musste, damit Essen auf den Tisch kam. Was sollte er tun? Er hatte nichts anderes gelernt, als mit seiner Stimme Geld zu verdienen. Gesa wusste, wie schwer das für den vormaligen Starreporter war. Und auch für Margot, die ihren Gatten noch nie derart hilflos erlebt hatte.

»Anfang Juni soll es mit dem Radio in Bad Nauheim weitergehen. Unter strenger US-Zensur, versteht sich. Kein Großdeutscher Rundfunk mehr«, sagte Gesa zu Friedrich.

»Da werden sie sicher gute Leute brauchen. Es ist schließlich kaum jemand übrig, nach dieser unglaublichen Schei…« Er brach ab.

»Fragt sich nur, wer mitmachen darf.«

»Ich stehe auf jeden Fall zur Verfügung. Na, dann hacke ich mal weiter das Holz klein. Handwerkliche Aufgaben sind momentan das Einzige, wofür ich gebraucht werde. Aber vielleicht ändert sich daran bald was.« Er winkte ihnen zu und verschwand hinter dem Haus. Sein hoffnungsvoller Ton und die beschwingten Gesten täuschten Gesa nicht darüber hinweg, wie bitter seine derzeitige Lage für ihn war.

»Fritz stellt sich das Weitermachen so einfach vor«, raunte Margot. »Dabei hat er immer noch keinen Persilschein bekommen. Und ohne darf er eben nicht arbeiten.«

Auch Gesa beschlich das ungute Gefühl, dass sich Friedrich Milanski wohl noch länger aufs Holzhacken würde beschränken müssen. Immerhin hatte der rhetorisch brillante Reporter unter den Nationalsozialisten als Chefsprecher gearbeitet und später als Kriegsberichterstatter für die Propagandaabteilung. Nicht gerade das, was die Amis *politisch unvorbelastet* nannten und händeringend suchten.

»Er vermisst den Rundfunk schrecklich«, fuhr Margot fort. »Ihr wisst ja, wie viel ihm sein Beruf bedeutet.«

Gesa seufzte. »Wir müssen uns alle gedulden.«

»Wobei ihr beide deutlich bessere Chancen habt, wieder eingestellt zu werden, als der Fritz.« Inge brachte die Sache pragmatisch auf den Punkt.

Das war Gesas Stichwort. »Komm doch übermorgen in die Stadt«, schlug sie Margot vor. »Wir gehen zusammen in die Kommandantur und bringen unsere Bewerbungen hin. Falls sie uns nehmen, könntest du mit dem Zug nach Bad Nauheim pendeln, bis ihr wieder in eure Wohnung könnt.« Das moderne Reihenhaus der Milanskis war zwar durch Bombeneinschlag beschädigt, doch im Gegensatz zu den meisten Gebäuden der historischen Altstadt würde man es wieder aufbauen können. Allein das sollte Motivation sein, fand Gesa.

»Ich überleg es mir. Aber nun kommt erst mal rein.«

Gesa fiel auf, wie dünn Margot war. Schon immer sehr schlank, machte sie an diesem Tag einen geradezu zerbrechlichen Eindruck. Die Schultern zeichneten sich spitz unter dem Stoff ihres Sommerkleids ab, das sie in der Taille mit einem Band geschnürt hatte, weil es viel zu weit war.

»Hier«, sagte sie drinnen in der Bauernhofküche und räumte Obst und Gemüse aus einer Holzkiste in die Körbe der Freundinnen. »Ich habe Karotten, Steckrüben, Kartoffeln und Äpfel für euch. Alles aus dem Erdkeller, natürlich. Aber ein paar frische Sachen sind auch dabei. Bärlauch und Zwiebeln. Dazu Mehl und Eier. Und viele Grüße von Gerda.«

Gesa schluckte gerührt. »Was würden wir nur ohne euch machen? Tausend Dank.«

»Glücklicherweise hat meine Cousine noch was auf Vorrat. Und Paule ist wieder daheim, stellt euch vor! Unverwundet und unversehrt. Er arbeitet als Koch für die Amerikaner. Da kommt er auch an einiges ran, was es sonst nicht gibt. Das Mehl ist eins a.«

Es kam Gesa vor wie gestern, dass Gerdas Sohn Paule ein kleiner Junge gewesen war. Sie sah ihn vor sich, mit kurzen Hosen und Kniestrümpfen, einen Bollerwagen ziehend oder im Garten Fußball spielend. Mittlerweile musste er auf die dreißig zugehen. Was für ein Glück, dass er den Krieg überstanden und gesund heimgekehrt war.

»Was ist mit Gerdas Mann?«, fragte Inge leise. Margot presste die Lippen zusammen und schüttelte den Kopf. »In Kriegsgefangenschaft. Bei den Russen, ausgerechnet, schlimmer geht's nicht. Sagt bitte nichts zu Gerda. Sie bricht jedes Mal in Tränen aus, wenn die Rede darauf kommt.«

Betroffen sah Gesa zu Boden. Es gab nichts, was Trost spenden konnte, keine Worte oder Taten. Die deprimierende

Hilflosigkeit der Frauen war allenthalben offensichtlich. Sie vermochten keinerlei Einfluss auf das Schicksal ihrer Männer zu nehmen. Die Sorge war seit dem Krieg ihr ständiger Begleiter.

»Und Albert?«, wollte Margot wissen. »Hast du was von ihm gehört?«

Erst im März war Gesas Mann an den Volkssturm überstellt und in die Hauptstadt berufen worden. Ein Schock für die Familie. Nach jahrelanger Ausgrenzung, sogar Kerkerhaft, zwang man ihn, kurz vor der offensichtlich anstehenden Kapitulation noch einzurücken. Als Kanonenfutter war auch ein Halbjude gut genug. Wie die übrigen Daheimgebliebenen, die ganz Jungen und die Alten.

»Seit seinem Brief Anfang April nicht mehr. Da schrieb er von einem bevorstehenden Fronteinsatz. Das war vor zwei Monaten.«

»Er wird sich sicher bald melden«, sagte Inge betont überzeugt. »Wahrscheinlich ist in dem momentanen Chaos seine Post unter die Räder gekommen, wäre kein Wunder. In Berlin geht gerade alles drunter und drüber. Möglicherweise ist er auch in Gefangenschaft geraten?«

»Dann hätte ich davon erfahren.« Ein Knoten schloss sich um Gesas Brust und machte das Atmen schwer. Sie musste sich zwingen, ruhig zu bleiben. Alberts Verschwinden hatte sie in einen Gefühlsabgrund gestürzt. Er war verschollen, das stand für sie fest. Niemals würde er sie derart lang ohne Nachricht lassen. Es war beinahe unmöglich, Zuversicht zu wahren. Nach allem, was sie durchgemacht hatten – nach dem Verlust seiner Stelle, Berufsverbot, Diskriminierung, Verhaftung und Gefängnis –, in einer so aussichtslosen Situation zwangsverpflichtet zu werden, grenzte an Irrsinn. Schlaflose Nächte voller Angst hatte sie ausgestanden, daheim bei den Kindern und dennoch einsam in ihrer Not.

»Ich muss optimistisch bleiben und darauf hoffen, dass es ihm gut geht.« Allein das Wort optimistisch auszusprechen schmeckte auf der Zunge wie eine bittere Lüge.

Inge drückte Gesas Hand. »Er wird bald wieder bei euch sein.«

»Was ist mit deinem Haus?« Mit einem Blick auf Inge schnitt Margot ein weiteres empfindliches Thema an.

»Das kann man nicht mehr aufbauen. Es ist völlig ausgebombt, nur noch ein Haufen Steine, da steht nichts mehr.« Ihre Freundinnen wussten, wie sehr Inge an dem Haus in der Ziegelgasse hing. Sie war in einer der Altbauwohnungen aufgewachsen, später hatte sie dort mit ihrem Bruder Rolf und Gesa in einer Art Wohngemeinschaft gewohnt, und von ihrem ersten großen Schallplattenvertrag hatte die Sängerin das alte Stadthaus komplett gekauft. Rolf war in Russland gefallen, und nun lag das Haus in Schutt und Asche.

»Scheint so, als ob meine Vergangenheit ausgelöscht wurde«, sagte Inge leise, und Gesa verstand, was sie damit meinte. Auch sie verband wohlige Erinnerungen mit dem Gebäude. Optisch nicht besonders bemerkenswert, hatte es nicht mal in einer schicken Gegend gestanden. Im Gegenteil, wegen der Enge der Altstadtgassen war es stets düster in den Räumen gewesen. Trotzdem bildete es Inges Nest, ihren sicheren Hafen und Rückzugsort. Ein Zuhause, das sie unwiederbringlich verloren hatte.

»Aber«, die Freundin schlug einen lebhafteren Ton an, »wir dürfen uns nicht grämen. Wie immer hoffen wir das Beste, reißen uns zusammen und machen weiter.«

Gesa lächelte. »Darauf hätten wir früher mit Doppelkorn aus deinem Geheimversteck auf dem Küchenschrank angestoßen. Aber wir haben nicht mal mehr einfachen Schnaps.«

»Sag das nicht«, fiel Margot ein. Sie kramte in den Tiefen einer Kredenz und förderte eine Flasche mit goldfarbener

Flüssigkeit zutage. »Ich habe doch erwähnt, dass Paule für die Amis kocht. Original US-Bourbon.«

»Um Gottes willen«, sagte Inge. »Wenn ich den jetzt trinke, falle ich um. Ich habe heute noch nichts gegessen und die überfüllte Zugfahrt zurück in die Stadt muss ich auch noch überstehen.«

»Früher hättest du nicht Nein gesagt.«

»Früher, Margot, war ich mal eine wilde Sängerin. Und früher«, sie zog das Wort neckend in die Länge, »hättest du nicht mitten am Tag vorgeschlagen, Hochprozentiges zu trinken.«

»Wenn es die Situation erfordert hätte, schon.«

Ein warmes Gefühl durchströmte Gesa. Viel zu lange hatten die drei einander nicht gesehen. Sie sehnte sich danach, wieder einen unbeschwerten Alltag beim Rundfunk zu haben. Eine kreative Beschäftigung, den regelmäßigen Austausch mit den Freundinnen – und vor allem Albert. Seine Abwesenheit riss ein Loch in ihr Herz, gegen das es von Tag zu Tag schwerer wurde anzulächeln. Er musste zurückkommen.

GESA

Radionachrichten 1945:
»Derzeit gibt es in Deutschland sieben Millionen mehr
Frauen als Männer.«

Am Freitag fuhren Gesa und Margot gemeinsam zur
US-Kommandantur, um sich um eine Wiedereinstellung in
ihre alten Berufe zu bemühen. Erst tags zuvor hatte Radio
Frankfurt seinen Sendebetrieb wieder gestartet. Allerdings
lediglich stundenweise und natürlich als Sender der Besatzer. Die 12. Heeresgruppe der US-Armee übertrug Bekanntmachungen der Militärregierung für die Bevölkerung.
Außerdem gab es Beiträge der Vereinten Nationen. Der
Unterhaltungswert ließ deutlich zu wünschen übrig, aber
das sollte sich mit der Hilfe von einheimischen Mitarbeitern ändern. Freilich unter amerikanischer Zensur und in
enger Zusammenarbeit mit den Kontrolloffizieren. Es war
ein äußerst vorsichtiger Anfang. Gesa und Margot wollten
auf jeden Fall mit dabei sein, auf diesen Moment hatten sie
lange gewartet.

Einen Teil des Weges konnten sie in der Straßenbahn
zurücklegen, die vor nicht einmal einer Woche ihren Betrieb
wieder aufgenommen hatte. Zumindest auf einigen wenigen
Strecken. Gesa fand es erstaunlich, wie viele Facetten des
normalen Lebens nach der fatalen Zerstörung Frankfurts
schon wieder funktionierten. Es war wichtig für die Men-

schen zu spüren, dass es weiterging. Dass der Krieg wahrhaftig und endgültig vorüber war. Die beiden Frauen saßen nebeneinander auf einer Bank im Mittelteil des Wagons. Wenn Gesa hinunter auf ihre Schuhspitzen schaute und dabei nur auf die Geräusche um sich hörte, hätte sie fast meinen können, es wäre wieder wie früher. Das kurze, vertraute Klingeln der Haltestellenglocke, das Öffnen und Schließen der Türen und die leisen Unterhaltungen der Fahrgäste um sie herum kamen der verlorenen Normalität trügerisch nahe. Doch dann sah sie aus dem Fenster und war schlagartig zurück in der erschütternden Szenerie der zerbombten Frankfurter Altstadt. Bis unmittelbar an die Bahnschienen reichten die Trümmerberge. Überall lagen Ziegelsteine und Holzbalken, Dachschindeln und Stücke von Regenrinnen oder kaputten Möbeln. Zu dem Geruch nach verbranntem Holz gesellte sich süßlicher Verwesungsgestank. Nicht immer, nur falls der Wind aus einer bestimmten Richtung wehte, so wie jetzt. Jeden Tag wurden noch Leichen aus den eingestürzten Häusern geborgen.

»Es hört nicht auf, oder?«, murmelte Margot und presste sich ein Taschentuch vor Mund und Nase.

»Erst wenn es kälter wird, vermute ich. Also noch eine ganze Weile nicht.«

Die zweite Weghälfte mussten Gesa und Margot zu Fuß gehen.

Die Alliierten hatten ein Sperrgebiet um ihr Hauptquartier eingerichtet, das vormalige IG-Farben-Gebäude. Es dauerte, bis die beiden Frauen sämtliche Kontrollpunkte passiert hatten, ihre Identitätskarten genauestens überprüft waren und sich die letzte Schranke vor ihnen hob und den Weg zum Haupteingang freigab.

Gesa beugte sich hinunter und wischte den Staub von ihren Schuhen, um einen besseren Eindruck zu machen. Wegen des

Bauschutts der eingestürzten Häuser sahen die Frankfurter an trockenen Tagen oft aus wie nach einer Wüstendurchquerung. Deswegen banden sich viele zum Wegräumen der Trümmer Tücher vor Mund und Nase, und die Frauen trugen Kopftücher, um ihr Haar zu schützen. Fließendes Wasser war ebenso Mangelware wie Seife.

Gesa richtete sich wieder auf und atmete durch. Dabei ließ sie den symmetrischen Anblick des IG-Farben-Baus auf sich wirken.

Vor nicht einmal fünfundzwanzig Jahren war die hochmoderne Anlage mitten auf dem Grüneburggelände im Affensteiner Feld errichtet worden. In Form eines Kreissegments, durchschnitten von sechs Querflügeln, auf einer imposanten Länge von 250 Metern. Wuchtig sah es aus, respekteinflößend und geradezu unheimlich in seiner Unversehrtheit. Nicht eine einzige Fliegerbombe war auf das riesige Bauwerk gefallen. Deswegen hatten es die Amerikaner sofort konfisziert und für ihre Zwecke umfunktioniert. Das vormals größte Chemieunternehmen der Welt, in dem unter den Nationalsozialisten Zwangsarbeiter eingesetzt worden waren und um das sich entsetzliche Gerüchte rankten, beherbergte nun die alliierten Besatzer. Ironie des Schicksals. Sogar Militärgouverneur General Eisenhower hatte hier seine Büroräume. Ein weiterer Vorteil war die benachbarte Wohnanlage für die Angestellten. Die Familien der IG-Farben-Mitarbeiter hatten ihre Häuser unmittelbar nach dem Einmarsch der Amerikaner räumen müssen, dort residierten ab sofort Besatzungsoffiziere.

Wie ein kalter Windhauch huschte ein Schauder über Gesas Rücken, als ihr Blick länger auf der Travertinfassade verweilte.

»Ist es möglich, Abscheu gegen ein Gebäude zu empfinden?«, raunte sie Margot zu.

Die zuckte die Schultern. »Ich denke schon. Wahrscheinlich wäre Inge dafür die Expertin. Sie hat damals das Irrenschloss gehasst, das war gar nicht weit von hier, weißt du noch? Vielleicht liegt's nicht an den Häusern, sondern an den Menschen, die darin ihre Spuren hinterlassen.«

Sie hatten keine Zeit, das Thema weiter zu vertiefen, denn ein uniformierter GI trat ihnen unter dem säulengetragenen Portikus des Haupteingangs entgegen und nahm sie mit hinein. Vorbei an der Pförtnerloge im Windfang ging es in die Eingangshalle, die Gesa in ihrer braun-beigen, steinernen Schlichtheit ebenso wenig gefiel wie das Exterieur. Zwei geschwungene Treppen führten nach oben. Der GI entschied sich für die rechte Seite. Sie folgten ihm hinauf und weiter einen Flur entlang, auf dessen Boden ihre Schritte hallten, bis in ein Büro im ersten Stock.

Major Jack P. Lester war in schwarzen Lettern auf der Tür zu lesen und noch einmal auf einem Messingschild auf dem Schreibtisch, hinter dem ein Mann in kakifarbener Uniform mit Offiziersabzeichen saß. Er hielt eine brennende Zigarette zwischen den Fingern, als sie eintraten. Das Fenster stand offen, und der Rauch schlängelte sich an seiner Schulter vorbei ins Freie. Zuerst drückte er den Zigarettenstummel gewissenhaft im Aschenbecher aus, dann wandte er sich den beiden Frauen zu, und seine blauen Augen studierten sie ausgiebig mit jener Distanziertheit, mit der die Besatzer die Besiegten zu betrachten pflegten. Als würden sie Wildtieren im Wald begegnen, von denen sie nicht wussten, ob sie tollwütig angreifen oder scheu davonlaufen würden. Er stand nicht auf und sprach kein Wort.

»Oje«, raunte Gesa Margot zu, »es ist kein Übersetzer hier. Mit unseren paar Brocken Englisch wird's schwierig.«

»Nicht unbedingt«, sagte der Amerikaner. »Mein Deutsch ist zwar nicht perfekt, aber einen Dolmetscher werden wir sicher nicht brauchen. Guten Tag, die Damen.«

»Oh. Guten Tag.« Mehr fiel Gesa auf die Schnelle nicht ein. So viel hing vom Erfolg dieses Treffens ab. Hoffentlich hatte sie es sich mit ihrer flapsigen Bemerkung nicht von vornherein mit dem Kontrolloffizier verscherzt. Doch er schien sie ihr nicht übel zu nehmen.

»Mein Name ist Major Lester. Ich wurde mit dem Wiederaufbau eines deutschsprachigen Radioprogramms beauftragt. Und Sie sind wahrscheinlich wegen der Jobs hier?« Er schob ein paar Zettel auf seiner Schreibunterlage zu einem ordentlichen Stapel zusammen.

»Ja, genau. Mein Name ist Gesa Bronnen, und das ist meine Freundin und Kollegin Margot Milanski.«

Major Lester sah auf. »Bronnen? Wie der frühere Intendant?« Er bot ihnen endlich Plätze an, und die beiden setzten sich auf zwei Stühle vor dem Schreibtisch.

»Albert Bronnen ist mein Mann.«

»Warum ist er nicht mitgekommen? Der Kontrollrat hat in der letzten Sitzung festgestellt, dass er für die Wiederbesetzung des Intendantenpostens am geeignetsten wäre. Er hat einen makellosen Ruf. Ich hatte eigentlich damit gerechnet, dass er seinen alten Beruf gern wiederhaben würde. Laut meiner Informationen hatte er es nicht gerade leicht unter den Nationalsozialisten.«

Eine deutliche Untertreibung. Gesa räusperte sich. Wieso wusste er von Albert? Und wenn er anscheinend derart gut informiert war, weshalb war ihm dann nicht bekannt, dass … Was? Dass Albert verschollen war? Es tat immer wieder weh, diesen bitteren Satz im Geiste zu formulieren, ganz zu schweigen davon, ihn laut auszusprechen.

»Mein Mann wurde gegen Kriegsende zum Volkssturm eingezogen und nach Berlin abberufen. Ich habe seit April nichts mehr von ihm gehört.«

Schlagartig trat Betroffenheit in Major Lesters Augen und

machte seinen Blick wärmer. »Tut mir leid.« Das war noch schlimmer als seine Distanziertheit. Auf Mitgefühl konnte sie verzichten.

»Ich könnte mir durchaus vorstellen, dass Albert wieder als Intendant zur Verfügung stünde. Sobald er zurück ist.«

Sie blinzelte, kramte rasch ein Taschentuch aus ihrer Handtasche, und Margot ergriff das Wort.

»Wir machen uns große Sorgen um Herrn Bronnen. Es ist schier unmöglich, von irgendeiner Stelle Auskunft zu bekommen.«

Major Lester machte sich eine Notiz auf einem kleinen Block.

»Ich war seit 1926 Sprecherin bei der SÜWRAG.« Gesa redete weiter, um ihre Fassung zurückzuerlangen. »Hauptsächlich für Hörspiele, aber ich habe auch gelegentlich die Nachrichten und Werbung gelesen. 1933 wurde mir gekündigt, zusammen mit meinem Mann, weil Albert als Halbjude eingestuft wurde. Im Folgenden stellte sich heraus, dass die Arbeitslosigkeit eines unserer kleineren Probleme war. Wie Sie wahrscheinlich wissen, wurde Albert anschließend als Verantwortlicher des sogenannten Systemrundfunks zusammen mit einigen Kollegen verhaftet und saß zuerst im Gefängnis in Berlin und dann in einem Arbeitslager ein. Der anschließende Prozess war reine Propaganda, alles nur Schau. Wegsperren konnten sie ihn danach nicht mehr, weil er nichts verbrochen hatte und ihm die vorangegangene Haft angerechnet werden musste. Dass sie ausgerechnet ihn am Ende noch eingezogen haben, grenzt an Hohn.« Gesa atmete tief durch. »Aber die Dinge sind, wie sie sind. Das Radio war schon immer meine Welt, ich würde wirklich sehr gern dorthin zurückkehren.«

Und Margot warf ein: »Ich war Cellistin im Rundfunkorchester. Mein Mann ist Friedrich Milanski, ein bekannter Radioreporter. Er wurde vom Propagandaministerium für die

Kriegsberichterstattung eingesetzt und ist derzeit mit einem Berufsverbot belegt. Aber das wissen Sie vermutlich ebenfalls. Ich bitte Sie, mich bezüglich einer Wiedereinstellung als Einzelperson zu beurteilen. Ich bin Musikerin, war nie bei der Partei und habe meine Stelle im Rundfunkorchester aufgrund meines Könnens behauptet. Obwohl ich eine Frau bin.« Den letzten Satz fügte sie trotzig hinzu.

Gesa wusste, wie schwierig es für Margot war, sich von Friedrich zu distanzieren und um Arbeit zu bitten. Aber sie hatte keine Wahl. Ihr Sohn Egon, aus einer früheren Beziehung, war dreiundzwanzig Jahre alt und verwundet aus dem Krieg zurückgekehrt. Er musste heilen, dafür brauchte er Medikamente und vernünftiges Essen. Tochter Marianne steckte mit ihren zwölf Jahren mitten in der Schulzeit. Und Fritz fehlte ein festes Einkommen ebenso wie die Aussicht auf ein solches. Es lag nun an ihr. Gesa hatte darauf gedrängt, dass Margot sie in die Kommandantur begleitete, weil sie nicht wollte, dass sich die Freundin auf dem Land verschanzte und mit ihrem Schicksal haderte. Es würde ihr guttun, wieder in einem Orchester zu spielen, sich zu fordern und einen Schritt in Richtung Unabhängigkeit zu machen. Schließlich konnte sie nicht ewig bei Cousine Gerda unterkriechen.

Erneut schrieb Major Lester etwas auf seinen Notizblock, dann legte er den Bleistift weg.

»*It's early days,* wie sagt man, es geht nach den jahrelangen Kämpfen gerade erst wieder los. Die US-Armee muss sich in ihrem Sektor um zahlreiche Belange des täglichen Lebens kümmern. Radio Frankfurt ist derzeit ein Sender der Militärregierung, das Studio befindet sich in Bad Nauheim. Alles ziemlich provisorisch. Mein Auftrag lautet, in spätestens einem Monat eine ansprechende deutsche Sendung auf die Beine gestellt zu haben. Daher werde ich Ihnen meine Entscheidung baldmöglichst mitteilen. Ich nehme heute und morgen noch weitere Bewerbungen entgegen, Sie können Ihre Unterlagen hierlassen. Kommen Sie am Montag wieder, dann weiß ich mehr.« Er erhob sich.

»Vielen Dank, Major«, sagte Gesa. Sie und Margot standen ebenfalls auf und verabschiedeten sich.

Erst als sie das abgesperrte Gelände hinter sich gelassen hatten, hielten sie inne. Neben ihnen, im überraschend unversehrten Erdgeschoss eines ausgebombten Hauses, hatte ein Bürstenmacher seine Ware im Schaufenster ausgelegt. Die Glasscheibe fehlte natürlich, stattdessen hatte er grobmaschigen Hühnerdraht eingesetzt, damit die Schrubber und Besen nicht geklaut wurden.

»Wie fandest du ihn?«, fragte Margot.

»Diesen Major? Ganz in Ordnung, oder?«

»Auf mich wirkte er undurchschaubar. Vielleicht lag das auch an diesen seltsam eisblauen Augen. Ob der mich einstellt – trotz Fritz?«

»Hier geht es ausschließlich um deine Person, nicht um deinen Mann. Du wurdest genau wie Inge und ich nach diesem ellenlangen Fragebogen offiziell für unbelastet erklärt. Sie haben keinen Grund, dich abzulehnen.« Gesa legte sanft eine Hand auf Margots Schulter. »Mach dir keine Sorgen. Die werden sicher nicht auf eine begnadete Musikerin wie dich verzichten.«

Und tatsächlich bekamen beide Frauen eine Zusage. Gesa wurde damit ein großer Druck von der Seele genommen. Es mangelte an allem, Lebensmittel und Kleidung gab es nur auf Bezugsschein oder auf dem Schwarzmarkt. Ein regelmäßiges Einkommen bedeutete eine wesentliche Erleichterung bei der Versorgung ihrer Familie. Ab sofort war sie wieder Herrin der Lage, konnte etwas tun, um sich selbst und den Kindern zu helfen. Es ging weiter, es ging aufwärts, und sobald Albert zu Hause war, würde es noch besser werden. Eine Woche nach ihrem Vorsprechen bei Major Lester würde Gesa ihre neue alte Stelle bei Radio Frankfurt endlich antreten.

Julius und Christel würden nach der Schule zur Nachbarin gehen, die sie liebevoll Tante Urbach nannten. Die Kinder waren also versorgt. Schon als sie klein waren, hatte Frau Urbach auf sie aufgepasst, wenn Gesa arbeiten musste. Die alleinstehende Dame war so etwas wie eine Ersatzgroßmutter geworden. Vermutlich würde sich der sechzehnjährige Julius sofort nach dem Essen auf sein Fahrrad schwingen und mit Freunden treffen. Christel, mit dreizehn noch wesentlich kindlicher als ihr Bruder, würde bei Frau Urbach bleiben, bis ihre Mutter heimkam. Sie war nicht gern allein, seitdem die Bomben gefallen waren. Obwohl ihr eigenes Haus verschont geblieben war, hatte das Mädchen Angst, dass unvermittelt etwas Schlimmes passieren könnte.

Am Morgen ihres ersten Arbeitstags stand Gesa ratlos vor dem Kleiderschrank. Es war ein sonniger Junimontag, und ihr war ein wenig flau im Magen. Als sie Albert kennengelernt hatte, war sie quasi eine Radiofrau der ersten Stunde gewesen. Nie würde sie die kreative Aufbruchsstimmung vergessen, die überall in den improvisierten Senderäumen in der Luft gelegen hatte. Kollegen wie Ernst Gehring und Peter Nagel, mit denen sie Geräuschkulissen für die Hörspiele gebastelt hatte. Oder die spaßige Morgengymnastikstunde, zu der Friedrich Milanski sie überredet hatte. Und die vielen kostbaren Momente mit Albert. In seinem Büro, wenn sie gemeinsam über neuen Ideen brüteten. Oder im Paternoster, wenn er sich heimlich einen Kuss stahl, ohne dass die Kollegen davon etwas mitbekamen. Das funktionierte nur zwischen den Stockwerken, sobald sie außer Sicht für die vor dem Lift Wartenden waren. Und dauerte genau drei Sekunden. Drei herrliche, aufregende Sekunden.

Diese unvergessliche Zeit war vorüber, und Gesa bezweifelte, dass es jemals wieder ähnlich freundschaftlich beim Radio zugehen würde wie damals.

Wiederum stand ein Anfang an. Dieses Mal nicht bahnbrechend und aufregend, vielmehr einer heraus aus Schutt und Asche, Hunger und Sorge. Mit dem Ziel, die Menschen in Frankfurt endlich ein wenig zu unterhalten. Gesa war keine aufgeschlossene junge Frau mehr, dafür eine Mutter, die diese Stelle dringend brauchte. Und sie erwartete kein kreatives Ambiente, sondern ein von den Amerikanern bis ins Detail kontrolliertes Arbeiten. Trotzdem war sie voller Vorfreude, immerhin ging es ums Radio.

»Na dann.« Sie griff nach einem schwarzen Kleid mit weißer Paspelierung und Bubikragen. Es war alt, wie die gesamte Garderobe, aber es schmeichelte ihrer schlanken Figur, und Gesa fühlte sich gut darin.

Sie musste zum Bahnhof. Wie immer, sobald sie ihr Haus verließ, traf sie die allgegenwärtige Zerstörung wie ein Schlag. Kurz vor Kriegsende hatte die Wehrmacht die Mainbrücken zerstört. Momentan arbeiteten die Amerikaner an einer provisorischen Konstruktion aus Holz und Stahl auf den noch verwendbaren Strombögen der Untermainbrücke, um eine Flussüberquerung zu erleichtern. Zwölf Jahre lang hatte sie Adolf-Hitler-Brücke geheißen, nun durften ihre aus dem Wasser ragenden Reste wieder beim alten Namen genannt werden. Unzählige Male hatte Gesa mit Bus und Fahrrad die Untermainbrücke überquert, wenn sie Albert in seiner Wohnung in Sachsenhausen besucht hatte. Nun war sie verschwunden, wie er. Die Leute wurden mit hoffnungslos überfüllten Booten übergesetzt. Eine zeitraubende Angelegenheit, bei der nie ausreichend Personen befördert werden konnten, an beiden Ufern bildeten sich im Tagesverlauf lange Warteschlangen.

Um den Bahnhof herum war das Trümmerchaos besonders schlimm. Wie abgebrochene Zähne aus einem gähnenden Maul ragten die Reste des Schumann-Theaters empor. Der Kopfbau stand noch, nicht mehr hell und prachtvoll, sondern schwarz verkohlt. Zuschauerbereich und Bühne lagen zu Schutt verwandelt. Die Amerikaner hatten es beschlagnahmt. Inge hatte Gesa erzählt, die Besatzer wollten die noch verwendbaren Restaurants für ihre Soldaten nutzen und vielleicht sogar ein Lebensmittelgeschäft einrichten. Auch das nur für die GIs.

Die Fahrt bis Bad Nauheim dauerte eine halbe Stunde, und der Zug war ähnlich überfüllt wie der nach Königstein.

Das Sendestudio lag im Hotel Terrassenhof. Nachdem das Funkhaus in der Eschersheimer Landstraße im März 1944 durch die Bombenangriffe schwer beschädigt worden war, hatte man den Reichssender nach Bad Nauheim verlegt. Alberts Herz hatte beim Anblick seines kaputten Funkhauses geblutet. Immerhin war er es gewesen, der seinen Bau in die Wege geleitet und viel Zeit und Mühe investiert hatte, um einen modernen, konkurrenzfähigen Sender entsprechend unterzubringen.

Das Hotel Terrassenhof sah aus wie eine herrschaftliche Gründerzeitvilla mit Garten. Umgeben von einer Mauer, mit schmiedeeisernem Zaun darauf und einem verschnörkelten Eingangstor, Balkonen und Simsen, stand es inmitten von großen Laubbäumen. Gesa hatte es natürlich noch nie von innen gesehen, Albert und ihr war der Zutritt verwehrt gewesen. Allerdings hatten sie ohnehin nie den Wunsch verspürt, sich näher mit dem Reichssender zu befassen. Der hatte nichts mehr mit dem Radio gemein, das sie kannten.

Auch hier wurde Gesa von einem GI in Empfang genommen, der ihre Papiere kontrollierte, als sie das Foyer betrat. Und auch an diesem Tag brachte man sie zuerst zu Major

Lester, der nun offenbar mit seinem Büro in das übernommene Ausweichfunkhaus umgezogen war.

»Guten Morgen, Frau Bronnen«, begrüßte er sie. »Dann starten wir nun also gemeinsam, nicht wahr?«

»Ich freue mich auf meine Aufgaben.«

»Ihre Kollegin Frau Milanski kommt erst in den nächsten Tagen. Mit den Musikern dauert es noch ein wenig. Die Sprecher und Redakteure beginnen früher, deswegen habe ich Sie heute hierherbestellt. Ich will Ihnen alles zeigen und vorab einige Punkte besprechen. Bitte, nehmen Sie Platz.« Er deutete auf einen von zwei plüschigen Sesseln, die ein niedriges Tischchen flankierten und eindeutig nicht in die Kategorie Büromöbel fielen. Wahrscheinlich waren sie behelfsweise aus einem der leer stehenden Hotelzimmer hierhergebracht worden. Major Lester kam hinter seinem Schreibtisch hervor. »Kaffee?«

Weil davon auszugehen war, dass es sich dabei um richtigen Bohnenkaffee handelte und nicht um Ersatzgebräu, stimmte Gesa ohne Zögern zu. Der Amerikaner öffnete die Tür und sagte etwas auf Englisch zu dem Soldaten im Vorzimmer, dann setzte er sich in den zweiten Polstersessel.

»Selbstverständlich können wir nicht sofort mit Hörspielen starten, das muss ich gleich vorwegsagen.«

Diese Gesprächseröffnung hatte sie erwartet, trotzdem spürte Gesa einen Anflug von Enttäuschung.

»Wir dachten daran, zunächst mal eine Art Überblick über das Rhein-Main-Gebiet zu senden. Einen Beitrag, der zeigt, was sich in den einzelnen Orten derzeit tut, Lokalnachrichten, gewissermaßen. Unterhaltsam präsentiert, damit die Leute gern zuhören. Zum jetzigen Zeitpunkt haben wir noch nicht genügend Mitarbeiter für alle Bereiche, weshalb die bereits eingestellten mehrere Aufgaben übernehmen müssen. Würden Sie sich zutrauen, diese Rundschau nicht nur als

Sprecherin zu präsentieren, sondern auch journalistisch an der Erstellung der Beiträge mitzuwirken?«

»Wenn Sie das wünschen, auf jeden Fall.« Gesa war fasziniert von der Ausdrucksweise des Majors. »Darf ich Sie fragen, weshalb Ihr Deutsch so gut ist? Haben Sie deutsche Familie?«

Er sah sie an und zögerte einen Moment, als müsse er abwägen, wie viel Privates er mit der fremden neuen Angestellten teilen durfte. »Meine Mutter stammt aus Berlin. Aber sie lebt natürlich seit Jahrzehnten in Amerika, und ich bin auch dort geboren. Nun kann ich meine Sprachkenntnisse nützlich einsetzen.«

Es klopfte, und ein GI brachte zwei Tassen Kaffee. Dazu richtigen weißen Zucker und Milch, die aussah, als wäre sie nicht aus Pulver angerührt, sondern stammte tatsächlich von einer Kuh. Purer Luxus.

Beinahe zivilisiert, dachte Gesa mit einem Anflug von Ironie.

Als er Zucker in seine Tasse schaufelte, sah Gesa den Ehering an Major Lesters Finger. Es musste schwierig sein, fern der Familie in einem vormals feindseligen Land Ordnung im bodenlosen Chaos zu schaffen. Er hatte ihren Blick bemerkt und zog seine Hand zurück.

»Wie haben Sie es geschafft, so schnell wieder zu senden?«, wollte sie wissen.

»Sie meinen, nachdem Herr Goebbels veranlasst hatte, die Sendeanlage am Heiligenstock zu sprengen, kurz bevor wir einmarschiert sind?«

Er grinste und sah dabei unerwartet jungenhaft aus. »Ein fahrbarer Mittelwellensender und eine Notantenne am Heiligenstock, und schon konnten wir starten.«

Auch Gesa lächelte.

»Der Intendantenposten wird derzeit noch nicht besetzt. Jedenfalls nicht mit einem deutschen Leiter.«

Das vernahm Gesa mit großer Erleichterung. Also würde kein anderer Alberts Posten bekommen. Vorläufig.

»Wir erwarten die Ankunft von Intelligence Officer Golo Mann, der für die amerikanische Militärregierung die Sendeleitung übernehmen wird.«

»Der Sohn des Schriftstellers?«

»Ja, einer der Söhne von Thomas Mann.«

»Soviel ich weiß, ist Herr Mann Deutscher.«

Major Lesters Augenbrauen hoben sich. »Und seit zwei Jahren amerikanischer Staatsbürger und Offizier im Nachrichtendienst der US Army.«

»Hm. Ich dachte, dass Sie ...«

»Ich führe lediglich Befehle aus.«

Gesa zuckte die Schultern, erwiderte aber nichts. Es würde eine Weile dauern, sich mit dem fremden System vertraut zu machen. Was sie sich fest vornahm, war Fragen zu stellen, wenn sie welche hatte. Die Zeiten des Maulkorbs waren vorüber.

»Bezüglich Ihres Gattens, Frau Bronnen, habe ich mich erkundigt.«

Gesas Herz setzte einen Schlag aus. Kerzengerade saß sie in ihrem Sessel, den Blick starr auf Major Lesters Mund gerichtet. In die Augen konnte sie ihm nicht sehen, weil sie um keinen Preis wollte, dass er ihre Anspannung bemerkte. Hatten sie ihn gefunden? War Albert verletzt und lag in irgendeinem Krankenhaus?

»Er scheint tatsächlich verschollen zu sein. Da die Post momentan noch nicht wieder funktioniert, hat man Sie wahrscheinlich nicht informiert. Aber die Briten haben bereits nach ihm gesucht. Bisher leider erfolglos. Daher wird auch die US-Armee einen Suchtrupp aussenden. Herr Bronnen ist ein angesehenes und wichtiges Mitglied nicht nur der Rundfunkwelt, sondern der Gesellschaft überhaupt. Das Unrecht, das ihm durch die Nationalsozialisten widerfahren ist, können wir zwar nicht ungeschehen machen, aber wir werden unser Möglichstes tun, ihn zu finden und nach Hause zu holen.«

Das war fast zu viel, doch sie würde auf keinen Fall weinen, nicht vor ihm. »Ich danke Ihnen. Meine Familie und ich wissen das zu schätzen. Was denken Sie, wie lange es dauern wird?«

»Dazu kann ich leider nichts sagen. Aber Sie müssen auf das Beste hoffen.« Auch er sah sie dabei nicht an, sondern an ihrer Schulter vorbei auf irgendeinen unbestimmten Punkt hinter Gesas Rücken.

Nach einer kurzen Stille setzte er erneut an.

»Also, wie gesagt planen wir eine Rhein-Main-Umschau, für die ich Sie gern einsetzen würde. Sie werden sicher vor Frau Milanski wieder auf Sendung gehen. Bis wir ein funktionierendes Orchester haben, ach was rede ich, eine Kapelle wäre schon genug, müssen wir noch ein paar unbelastete Musiker finden und vor allem einen ebensolchen Dirigenten. Aber eins nach dem anderen, nicht wahr? Frau Milanski kennt Bad Nauheim schon, sie hat ja vor zwei Jahren bereits hier gearbeitet. Damals hat das Orchester aus dem Kursaal gesendet, bis schließlich der gesamte Sender in dieses Hotel umzog. Aber das wissen Sie natürlich.« Major Lester räusperte sich. »Soll ich Ihnen jetzt die Räumlichkeiten zeigen?«

Erleichtert stand Gesa auf. Sie wollte sich bewegen und die sorgenvollen Gedanken abschütteln, positiv bleiben und vor allem überzeugt davon, Albert bald wiederzusehen. Dabei würde es sicher helfen, sich auf ihre neue Aufgabe zu konzentrieren.

»Wir haben ambitionierte Pläne«, erklärte Major Lester auf dem Weg durchs Foyer, »bei denen wir ausschließlich Mitarbeiter brauchen können, die den Demokratiegedanken wirklich leben und nicht nur so tun.«

Was bedeutete diese Floskel? Das Wort Demokratie schien die Lieblingsvokabel der Amerikaner zu sein, sie fiel allenthalben und in beinahe jedem Zusammenhang. Offensichtlich plante die Militärregierung, den Nationalsozialismus schnellstmöglich aus den Köpfen der Menschen zu tilgen, was sich auch Gesa von ganzem Herzen wünschte, besser heute noch als morgen. Ihr und ihren Freundinnen konnte es nicht schnell genug gehen mit dem Anbruch der neuen Zeit. Hatte doch das Dritte Reich gerade für die berufstätigen Frauen neben vielen weiteren Nachteilen auch einen Verlust ihrer hart erarbeiteten Rechte bedeutet. Nun war ihr Einsatz nicht bloß wieder gefragt, sondern sogar unverzichtbar. Es herrschte nämlich Männermangel. Unter anderem.

»Wir lassen uns Zeit mit der Mitarbeitersuche, hören uns um, holen Empfehlungen ein und reden mit den Bewerbern, um die besten zu finden. Daher werden Ihre Kollegen erst nach und nach zu uns stoßen.« Er gestikulierte mit den Händen, das mochte Gesa. »Es ist verdammt schwierig, das sage ich Ihnen! Wo soll man in der derzeitigen Lage jemanden finden, der wirklich unbelastet ist? Und nicht nur so tut?«

Sie hörte ihm zu. Und hatte Verständnis für seine diffizile Aufgabe. Da stand er, in seiner Armeeuniform, entschlossen auf dem Weg in die Zukunft, jedoch gleichzeitig wie ein Fremdkörper. Neben ihnen die antike Hotelrezeption in prachtvollem Mahagoni, Belle-Époque-Dekorationen an Decke und Wänden, auf dem Boden ein vormals edler, nun abgetretener Teppich. Und Gesa war gefangen in der Mitte, gezeichnet von der alten Welt, aber noch nicht in der neuen angekommen. Sie sehnte sich nach Albert.

»Es wird schon werden, Major Lester, bleiben Sie zuversichtlich.«

»Nun ja, bestimmt.« Sein emotionaler Ausbruch schien ihm unangenehm zu sein. »Wir werden jedenfalls nicht nur

Bekanntmachungen und dergleichen senden, sondern ab sofort auch zwanzig Stunden Jazz in der Woche.«

»Das ist doch schon mal ein guter Anfang.«

Im ersten Stock befanden sich in vormaligen Hotelzimmern einige Büros.

»Über einen Mangel an Räumlichkeiten können wir uns jedenfalls nicht beschweren«, sagte er. »Allerdings ist es mit der Übertragungsqualität nicht ganz einfach.« Er öffnete eine Tür und trat zur Seite. »Das hier ist zum Beispiel unser bestes Sendestudio.«

»Ein Badezimmer?« Ungläubig starrte sie auf Wanne und Waschbecken. Der Holztisch mit dem Mikrofon darauf sah eindeutig deplatziert aus, neben geschwungenen Messingarmaturen und schwarz-weißen Kacheln.

»Beste Akustik, glauben Sie mir.«

»Na gut. Auf das Ergebnis kommt es an, nicht wahr? Ich werde sicher kein Problem damit haben, vom Badewannenrand aus zu lesen.«

Sie lächelten einander an. Zum ersten Mal offen, ohne Beimischung von Befangenheit. Vielleicht ließ der korrekte Major Lester irgendwann mal eine Prise kollegialen Esprit zu, wenn sie sich besser kannten. Natürlich würde sich niemals ein vertrautes Verhältnis einstellen, wie seinerzeit mit Peter Nagel und Ernst Gehring. Eines, bei dem sie auf Augenhöhe waren und gemeinsam an etwas arbeiteten, für das sie alle gleichermaßen verantwortlich zeichneten. Jack Lester würde stets der Kontrolloffizier bleiben, dessen Zensur über Gesas Beiträge bestimmte.

Die Erinnerung an Ernst und Peter wischte ihr Lächeln weg. Gleich zu Kriegsbeginn hatte sie erfahren, dass Peter gefallen war. Und von Ernsts Schicksal hatte sie keine Ahnung. Auch er hatte als Jude seinen Radioposten räumen müssen, und weder Gesa noch Albert hatten je wieder von ihm gehört.

Sie durfte nicht ständig an damals denken. Bewusst konzentrierte sich Gesa auf den Major. Der sagte gerade: »Wir werden in der nächsten Nachrichtensendung über den Tod von Jakob Sprenger berichten.«

Sofort hielt sie inne. Mittlerweile waren sie im Hotelflur vor der Tür zum Personalraum angelangt. Der Name ließ sie erschaudern.

»Gauleiter Sprenger?« Was hatte der Mann sie und Albert schikaniert! Ein flammender Antisemit, militant und cholerisch. Seine spitze Nase warf auf Fotos immer einen Schatten auf die Oberlippe, als trüge er ein geisterhaftes Hitlerbärtchen. Dick und mit Glatze, die Hose hochgeschnallt, damit sie nicht von seinem ausladenden Bauch rutschte, hatte er eigentlich in seiner braunen Uniform samt Pumphosen ein geradezu lächerliches Bild geboten. Nur zu gern hatte er den starken Mann gegeben. Und sich geschwind wie der Blitz aus dem Staub gemacht, als die Amerikaner angerückt waren.

»Er ist tot?«

»Die Meldung ist nicht mehr ganz aktuell, Sprenger hat sich schon im Mai zusammen mit seiner Frau umgebracht, als wir ihn aufgespürt und in die Enge getrieben hatten. Irgendwo in Tirol. Aber wir wollen es groß übers Radio verkünden, damit alle Bescheid wissen.«

»Feigling«, murmelte Gesa voller Verachtung. »Den einfachen Ausweg zu wählen.«

Major Lester nickte in grimmiger Zustimmung.

Am Ende ihrer Führung öffnete er eine Doppelflügeltür, hinter der ein großer, prächtig stuckverzierter Raum lag. Zu klein für einen Ballsaal mochte es einmal ein Gesellschaftssalon im Hotel Terrassenhof gewesen sein. An der Wand hingen noch immer ein paar altersfleckige Spiegel, und dem kristallenen Deckenlüster fehlten zahlreiche Ornamente. Trotzdem wirkte alles auf sehnsuchtsvolle Art gediegen. In der

Luft schwebte eine dicke Wolke aus Zigarettenrauch, die sich kaum bewegte, wegen der Raumhöhe jedoch glücklicherweise weit über den Köpfen derer, die sie erzeugten: Vier Damen und drei Herren, die unablässig pafften und auf ihren Schreibmaschinen tippten. Ein großer, ovaler Tisch beanspruchte die Mitte des Raums. Ganz offensichtlich handelte es sich dabei um eine edle Tafel, an der sicherlich früher Hotelgäste diniert hatten. Die polierte Platte war übersät mit Papieren, Umschlägen, Bleistiften und Aschenbechern. Inmitten dieses Chaos entdeckte Gesa auch zwei Telefone, zahlreiche Wassergläser nebst Karaffe sowie Ablagefächer aus Pappe oder Holz. Wahrlich ein kreatives Durcheinander.

Um den großen Tisch herum standen strahlenförmig angeordnet kleinere improvisierte Schreibtische mit Schreibmaschinen, an denen jeweils ein Mitarbeiter saß. Gesa meinte einen Servierwagen zu erkennen, ein zierliches Sideboard und sogar etwas, das aussah wie der Untertisch einer Nähmaschine.

»Ladies!«, rief Major Lester über das Geklapper hinweg, »Gentlemen! Darf ich Ihnen unsere neue Mitarbeiterin Frau Bronnen vorstellen? Gesa Bronnen wird uns ab sofort in der Redaktion unterstützen. Sie ist eine erfahrene Rundfunksprecherin, und ich hoffe, sie bald auch wieder in großen Hörspielen einsetzen zu können. Als Mitarbeiterin der ersten Stunde bei Radio Frankfurt werden wir alle von ihrer Erfahrung profitieren können. Ihr Mann ist der bekannte Sendeleiter Albert Bronnen, der bereits für Radio Berlin tätig war, bevor er hierherkam. Ich hoffe, Sie werden sich auch beim neuen Frankfurter Sender wohlfühlen, Frau Bronnen.«

Freundliche Gesichter sahen zu Gesa. Eine Mischung aus Hallo, Hello und Guten Tag ertönte, und Major Lester versprach, für sie einen Platz an der runden Tafel einzurichten.

Ein Herr in ihrem Alter stand auf und kam herüber, um

Gesa die Hand zu schütteln. »Dietrich Traut. Ich war früher Reporter bei der Frankfurter Zeitung. Im Feuilleton. Ich kenne Ihren Mann. Und wir beide haben uns auch mal kurz getroffen. Ist schon eine Ewigkeit her.«

»Ich erinnere mich. Nach dem letzten Teil des ersten H. P.-Michaelis-Hörspiels. Das ist wirklich eine Weile her.«

Die intelligenten Augen von Dietrich Traut bekamen einen melancholischen Ausdruck. »Unfassbar, was seitdem geschehen ist.« Er fing sich schnell wieder und lächelte zaghaft. »Aber nun stehen die Zeichen auf Neuanfang, was? Freut mich sehr, dass wir zusammenarbeiten werden. Und hoffentlich wird auch Ihr Gatte bald zu uns stoßen, das wäre fabelhaft.«

»Ja, hoffentlich.«

Sie sah ihm zu, wie er an seinen Platz zurückkehrte, und meinte ein ganz leichtes Hinken zu erkennen. Dieser Tage waren die wenigsten unversehrt.

Nachdem sie alles gesehen hatte, fuhr Gesa nach Hause. Erst am darauffolgenden Tag würde sie mit der Planung ihres Beitrags starten und sich gleichzeitig mit den neuen Kollegen vertraut machen. Gedanken hetzten durch ihren Kopf, sodass sie das Gedränge in der Bahn kaum wahrnahm. Eine Umschau war ja eine nette Sache als Einstieg. Vielleicht würde sie Frauen in verschiedenen Frankfurter Vierteln interviewen. Und andere draußen auf dem Land. Da sie einen Großteil des täglichen Lebens stemmten, war es für die Hörer bestimmt interessant, wie die Frauen in unterschiedlichen Wohngegenden zurechtkamen. Gesa dachte an eine Lehrerin, eine Bäuerin, eine Mutter und eine Ärztin. Der Major hatte Gesa gesagt, die Sendung sollte »Umschau zwischen Rhein und Main sowie der benachbarten Gebiete« heißen. Nicht gerade ein Kracher, daher wäre es schön, wenigstens den Inhalt so unterhaltsam wie möglich zu gestalten. Einfach nur zu bringen, wie die Aufräumarbeiten fortschritten, reichte Gesa nicht. Was wünschten sich die Menschen? War es zu gewagt, sie danach zu fragen? Würde die Zensur einschreiten? Zwischen den Ideen für die Sendung keimte eine Art freudige Nervosität auf. Es ging wieder los. Sie durfte endlich weitermachen. Wenn doch nur Albert hier wäre.

INGE

Radionachrichten 1945:
»Gabriele Proft, Mitglied des österreichischen National-
rats, wird stellvertretende Parteivorsitzende der SPÖ.«

Die schlesische Politikerin war mehrfach inhaftiert, zuletzt
unter den Nationalsozialisten im KZ-Außenlager Maria
Lanzendorf. Sie engagierte sich für Frauen- und Familien-
rechte und war eine erklärte Kriegsgegnerin.

»Das ist Captain Gus Hausner.« Inge stellte den Freundinnen
ihren Begleiter vor. »Er ist so freundlich, uns heute Abend in
den Club einzuladen.« Sie beobachtete, wie sich alle begrüß-
ten und hoffte, die anderen würden es ihr nicht übel nehmen,
dass sie den Amerikaner mitgebracht hatte. Wenn sie in einen
Army-Club wollten, ging es nicht ohne. Gesa und Margot
hatten sich, ebenso wie Inge, ordentlich in Schale geworfen,
soweit ihre beschränkten Möglichkeiten dies zuließen.

»Guten Abend, Ladies.«

Es wunderte niemanden, dass auch dieser US-Soldat
Deutsch sprach, verriet doch der Nachname seine Abstammung. Im Gegensatz zu Major Lester, von dem Gesa dauernd
erzählte und der in ihrem Alter zu sein schien, war der Captain etwas jünger. Na gut, ein ganzes Stück sogar. Einem netten Flirt gegenüber war Inge nicht abgeneigt. Die vergangenen Jahre waren weiß Gott deprimierend genug gewesen, da

durfte sie die Bewunderung eines hübschen Kerls schon mal ohne schlechtes Gewissen genießen. Erfreulicherweise war sie an Haarfarbe gelangt und erstrahlte frisch in Platinblond, nachdem Gesa ihr am Vorabend den Ansatz blondiert hatte.

»Ich dachte, wir gehen in ein deutsches Lokal«, flüsterte Margot. »Dass ein Ami mitkommt, hattest du nicht erwähnt.«

Mit einem beruhigenden Armtätscheln antwortete Inge: »Captain Hausner arbeitet auf der Rhein-Main Air Base. Wir haben uns zufällig kennengelernt. Er hat sogar einige meiner Schallplatten und ist ein Musikkenner.«

»Ich bin ein großer Fan von Miss Jacobs.« Den Nachnamen sprach er englisch aus, was Inge gut gefiel. Das klang mondän. Vielleicht sollte sie dabei bleiben?

»Und da dachte er, es würde mir Freude bereiten, die amerikanische Musik besser kennenzulernen, nachdem sie so lang verboten war. Das interessiert dich doch auch, Margot, oder?«

»Gewiss. Mir war nur nicht klar, dass wir in einen Offiziersclub gehen. Fritz weiß nichts davon, das ist mir unangenehm.«

Sie standen in der Adickesallee, an der Ecke zum Alleenring, vor dem Topper Club. In den allermeisten GI-Clubs hatten Deutsche keinen Zutritt, außer sie gehörten zum Servicepersonal, der Kapelle oder sie waren eben von Amerikanern eingeladen. Die US Army tat alles dafür, dass sich ihre Boys fern der Heimat im zerstörten und vormals feindlichen Deutschland amüsierten. Aber, und das fand Inge befremdlich, die Militärführung differenzierte zwischen den einzelnen Lokalen. Es gab welche für die einfachen Soldaten, die mittleren Ränge und die Offiziere. Inge hatte läuten hören, dass es in den Clubs für die niederen Militärangehörigen bessere Musik gab, in denen für die schwarzen GIs sogar die allerbeste. Die Herren Offiziere hingegen ließen sich gern mit seichter Schlagermusik berieseln. Daher war sie froh, dass es heute in den Topper Club ging, denn dort hatte ein gemischtes Publikum Zutritt, auch Zivilisten. Aber als Dame schickte es sich nicht, alleine zu erscheinen. Eine angemessene männliche Begleitung war notwendig. Deshalb verstand sie nicht, warum Margot ihr Begleiter unangenehm zu sein schien. Captain Hausner war schließlich Inges Verabredung.

»Wie soll ich das zu Hause meinem Fritz erklären?«, zischte sie, als sie den Club betraten.

Beruhigend hakte sich Inge bei der Freundin ein. »Entspann dich. Wir machen nichts Verbotenes. Schau dich um, hier ist hauptsächlich junges Publikum, wir gehören zu den Dinosauriern. Gott, ich fühle mich tatsächlich uralt! Aber Musik ist für alle, nicht? Wir wollen uns einfach mal wieder ein wenig amüsieren. Es ist nett von Captain Hausner, uns einzuladen. Machen wir uns nichts vor, leisten könnten wir uns das hier sowieso nicht.«

»Da stimme ich dir zu.« Gesa deutete auf eine Tafel, auf der die Getränkepreise angeschlagen waren. Dabei wackelte sie vielsagend mit den Brauen, was Margot zum Lächeln brachte. »Ach, es ist unendlich lange her, dass wir zuletzt zusammen aus waren. Lass uns einen unbeschwerten Abend verbringen, auch du, Margot. So wie ich Fritz kenne, hat er sicher nichts dagegen, dass seine Frau sich ein wenig musikalische Inspiration holt. Auch wenn es ein anderes Genre ist.«

Die vier steuerten auf einen Tisch zu, von dem aus sie einen guten Blick auf die Bühne hatten, und bestellten Getränke. Dann kam ein weiterer Soldat dazu, den Captain Hausner kannte, und er stand auf und unterhielt sich kurz auf Englisch mit ihm.

»Ich weiß, ich weiß«, Inge beugte sich vor und redete leise auf Margot ein, »ich hätte euch sagen müssen, dass wir nicht alleine sind. Aber Himmel, Margot, mach ein fröhliches Gesicht. Er ist wegen mir hier, und ich habe kein Problem damit, wenn er mir auf den Busen guckt. Den hat lange genug niemand mehr beachtet. Abgesehen davon, dass der Captain ein hübscher Bursche ist, schadet es nicht, gute Beziehungen zu einem Air-Base-Mitarbeiter zu pflegen. Weißt du eigentlich, wie viele Lebensmittel jeden Tag dort umgeschlagen werden? Von der Base aus werden sie überallhin verteilt, wo die Amis sie brauchen. Und Captain Hausner ist mittendrin im Schlaraffenland. Ich bin das Hungern so leid. Wenn mir ein netter GI richtigen Kaffee, Zucker und Dosenfleisch gegen eine meiner alten signierten Platten eintauscht und fragt, ob ich mit ihm in einen Club gehe, dann bedeutet das kein Opfer für mich.« Mit einer trotzigen Geste fischte Inge eine Zigarette aus ihrem Etui, das ebenfalls lediglich dank Hausners Großzügigkeit gefüllt war. Sofort gab ihr der Captain Feuer. Sie bedachte ihn mit einem Lächeln und sah, wie Margot die Stirn runzelte. Nur für einen kurzen Moment, dann entspannte sie sich. Eigentlich musste es ihr einleuchten, dass ihr Aufenthalt hier nicht unschicklich war. Für die Margot von früher wäre das keine große Sache gewesen. Aber die Jahre unter den Nationalsozialisten, in denen den Frauen jegliche Selbstständigkeit aberzogen worden war, hatten Spuren hinterlassen. Sogar Margot muss erst wieder ihren Hintern in der Hose finden, dachte Inge, und sich bewusst machen, dass sie damit zur Musik wackeln darf, wann immer sie will, ohne dass gleich die Gestapo anrückt.

Als die Kapelle einsetzte, verwandelte sich Margots Gesichtsausdruck jedoch schlagartig in helle Begeisterung. Gesa und Inge grinsten einander vielsagend an.

Die Hotclub Combo trat auf, junge deutsche Musiker, die sich nicht einmal unter dem Hitler-Regime vom Jazzen hatten abhalten lassen. Bereits wenige Tage nach der Kapitulation im Mai hatten die Herren ein erstes Konzert gegeben, natürlich mit Genehmigung der Amerikaner, was einer Sensation gleichkam. Im Tivoli am Goetheplatz hatte die Gruppe Jazz vom Feinsten gespielt, und die drei Freundinnen waren im Publikum gewesen. Nicht nur wegen Inge, sondern ganz genauso wegen Margot, die eine ausgeprägte Vorliebe für die vormals verbotene Musik entwickelt hatte. Angesichts ihrer klassischen Ausbildung als Cellistin mutete das etwas exotisch an. Auch an diesem Abend war sie sofort wieder Feuer und Flamme.

Schon bei der ersten Nummer, einer locker swingenden Version von *All of Me*, hielt es viele Gäste nicht mehr auf ihren Plätzen. Margot drehte sich ein wenig zur Seite und legte den Arm auf die Rückenlehne ihres Stuhls, um bequemer zur Bühne sehen zu können. Ihr Fuß wippte im Rhythmus mit, und ein sanftes Lächeln umspielte ihre Lippen. Inge fand, dass sie wieder aussah wie ein junges Mädchen, mit ihren großen braunen Augen, die auf die Musiker geheftet waren, schulterlangen Wellen und dem hellen Kleid in Apricot. Es tat ihr gut, mal abzuschalten. Inge wusste, wie arg die Freundin darunter litt, dass Fritz mit einem Arbeitsverbot belegt worden war. Es interessierte niemanden, dass er niemals ein Befürworter der Nationalsozialisten gewesen war. Im Gegenteil, der Radioreporter vertrat einen durchaus kritischen Standpunkt. Bloß um weiterarbeiten zu können – immerhin hatte er Frau und Kinder –, hatte er eine Art Minimalanpassung betrieben. Eine gute Rückendeckung war seine hohe Beliebtheit beim Publikum gewesen. Anfang der dreißiger Jahre war Friedrich Milanski zum regelrechten Radiostar avanciert. Nicht nur wegen seiner mitreißenden Sportberichterstattung, sondern ebenso als Stegreiferzähler. Sogar Vortragsreisen hatte er unternommen und gut verdient dabei. Ein Reporter, der zuverlässig eine große Zahl an Zuhörern vor die Geräte bannte, war für das Propagandaministerium interessant geblieben. Und der Vorstand des Reichsrundfunksenders hatte Friedrichs mangelnden Enthusiasmus fürs System als egozentrische Starallüren abgetan. Glücklicherweise. Indes für die Amerikaner war es schwierig zu differenzieren. Ein gefeierter Kriegsberichterstatter aus der Propagandaabteilung konnte unmöglich mir nichts, dir nichts als nicht vorbelastet eingestuft werden, das verstand Inge. Aber Friedrich und Margot taten ihr leid. Sein Anhörungsverfahren bei der US Army zog sich immer noch hin. Dieses Warten, die Ungewissheit. Inge wusste, wie zermürbend das für Familie Milanski war. Margot hatte wahrlich etwas Unbeschwertheit verdient.

Die Stimme des Trompeters riss Inge aus ihren Gedanken. Carlo Bohländer, ein junger Mann mit Brille und hoher Stirn, der an diesem Abend auch die Ansagen machte, hatte Inge erspäht und begrüßte sie.

»Meine Damen und Herren, wie ich sehe, ist auch die beliebte Sängerin Inge Jacobs unter uns.«

Sie stand kurz auf und nickte lächelnd in die applaudierende Runde.

»Frau Jacobs, ich weiß, das ist ein Überfall. Aber ich habe Ihre Stimme so lange nicht hören dürfen, würden Sie einem glühenden Verehrer wohl die große Freude machen und ein Liedchen mit ihm zum Besten geben?«

Jeder wusste, weshalb Inge seit Jahren nicht aufgetreten war, das musste Herr Bohländer nicht näher erklären. Wie zahlreichen anderen Künstlern war es ihr unter den Nationalsozialisten verboten worden. Sie spürte einen Anflug wohligen Lampenfiebers in sich aufsteigen. Wie hatte sie dieses Gefühl vermisst. Und ob sie gern singen würde!

Sie einigte sich mit den Musikern auf den Song *Jeepers Creepers*, ein Stück, das jeder kannte und das mitriss. Besonders, da Inge das Publikum zum Mitsingen animierte. Lauthals gaben alle den Refrain zum Besten:

Jeepers creepers, where'd ya get those peepers?
Jeepers creepers, where'd ya get those eyes?

Begeistert sah sie von der Bühne aus, wie Gesa und Margot miteinander tanzten. Ausgelassen und mit einem breiten Lächeln im Gesicht wirbelten die beiden über die Tanzfläche, dass ihre Röcke flogen. Es fühlte sich himmlisch an, wieder zu leben. Auch wenn die musikalischen Kollegen mittlerweile zwanzig Jahre jünger waren als Inge und sie hinterher ziemlich außer Puste.

Auf dem Nachhauseweg waren Inge und Gesa in bester Stimmung. Am Bahnhof hatten sie sich von Margot verabschiedet und tänzelten summend die Straße entlang. Dabei mussten sie sich eigentlich beeilen, denn zwischen halb elf am Abend und fünf Uhr morgens herrschte *curfew,* eine von den Besatzern verhängte Ausgangssperre, die tunlichst einzuhalten war. Sie wurden von zwei Militärjeeps überholt, deren Insassen ihnen im Vorbeifahren hinterherpfiffen. Kichernd schalteten die beiden Frauen um auf zügiges Gehen.

»War das schön.« Inge seufzte. »In solchen Momenten glaube ich wirklich, dass irgendwann einmal wieder alles normal sein könnte. Du weißt schon, wie damals, als wir frei waren, ohne es zu merken.«

»Für mich ist das kaum vorstellbar.«

»Noch immer nichts von Albert?«

Traurig schüttelte Gesa den Kopf. »Major Lester hat gemeint, die Amis würden in Berlin nach ihm suchen.«

»Das ist doch gut.«

»Nachdem die Engländer schon keinen Erfolg damit hatten ...«

»Du gibst die Hoffnung nicht auf, Gesa, hörst du? Jeden Tag kommen Männer nach Hause, die längst tot geglaubt waren. Alles ist möglich in diesen Tagen, und Albert ist schlau und zäh. Er hat sich die gesamten zwölf Jahre nicht unterkriegen lassen, da wird dieser verdammte Volkssturmeinsatz es auch nicht geschafft haben. Hab Gottvertrauen.« Sie hakte sich bei der Freundin unter.

»Das versuche ich. Aber manchmal fällt es schwer.«

»Wie war es im Sender?« Inge hoffte, ein Themenwechsel würde Gesa auf andere Gedanken bringen.

»Ich habe mittlerweile die Kollegen kennengelernt, meinen kleinen Schreibtisch an der Tafelrunde in Besitz genommen, und ich arbeite an meinem ersten eigenen Beitrag.«

Seitdem Inge ausgebombt worden war, wohnte sie bei Gesa. Beinahe wie in alten Zeiten, nur umgekehrt. Seufzend dachte Inge an die Wohngemeinschaft mit ihrem jüngeren Bruder. Der Verlust von Rolf, den sich der Krieg schon vor Jahren einverleibt hatte, schmerzte noch immer. Dazu die Zerstörung des Hauses, der Untergang all dessen, was sie einmal besessen oder was ihr etwas bedeutet hatte, war bisweilen schwer zu verkraften. Sobald diese Gedanken sie heimtückisch überfielen, riss Inge sich am Riemen und tat alles, um sie so schnell wie möglich wieder zu verbannen. Vor Gesa zu jammern kam nicht infrage. Die Freundin lebte in ständiger Sorge um Albert und musste sich gleichzeitig um ihre beiden Kinder kümmern. Da ging es Inge allein mit sich selbst doch wesentlich besser.

Im Haus der Bronnens bewohnte sie zwei kleine Zimmer im Dachgeschoss, Schlaf- und Wohnraum. Albert hatte dort nach dem Umzug Möbel aus seiner alten Wohnung gelagert, die im Haus keine Verwendung mehr fanden. Ansonsten hatte die Familie den Platz nicht genutzt.

Wie in früheren Zeiten trafen sich alle unten in der Küche, wenn sie hungrig waren. Wobei sich auch dort einiges verändert hatte. Nicht nur Haushaltsartikel und Kleidung waren

Mangelware, auch die Vorratskammer war zumeist wie leer gefegt.«

Inge kramte in ihrer Handtasche. »Hier. Captain Hausner hat mir ein paar Schachteln Zigaretten geschenkt.«

»Danke.«

»Stell dir vor, er hat mir auch ein ganzes Kilo Bohnenkaffee versprochen. Das bringt momentan auf dem Schwarzmarkt sechshundert Reichsmark. Davon könnten wir so viele Lebensmittel kaufen wie lange nicht.«

Gesa gab ein Schnauben von sich. »Oder wir könnten ihn einfach aufbrühen und trinken.«

»Du Verrückte.«

»Nicht wahr? Das wäre in der Tat verrückt. Wobei ich nicht jammern darf, ich habe im Sender schon zwei Mal Bohnenkaffee bei Major Lester bekommen.«

Inge blieb stehen. »Er hat dich wohl gerne um sich?«

»Ich arbeite für ihn. Da sieht man sich eben.«

Prüfend sah sie die Freundin an. Gesa war eine schöne Frau mit klassischen Gesichtszügen, intelligent und selbstständig. Sie brauchte keinen Partner. Hatte sie noch nie. Wahrscheinlich war sie sich dessen nicht einmal bewusst, aber gerade die Unabhängigkeit, die sie ausstrahlte, machte sie für einen gewissen Typ Mann extrem begehrenswert. Für den, der sich nicht vor einer starken Frau fürchtete. Wie Albert, der Gesa, die Liebe seines Lebens, als gleichberechtigte Partnerin in allen Belangen behandelte. Inge kannte diesen Major Lester zwar nicht persönlich, aus Gesas Erzählungen hörte sie allerdings heraus, dass er mit seiner neuen deutschen Mitarbeiterin reichlich Zeit verbrachte. Inge würde die Ohren gespitzt halten.

»Was ist mit dir?« Gesa drehte den Spieß um. »Dieser Captain, interessiert der sich wirklich nur für deine Musik?«

»Vermutlich nicht.« Inge kicherte.

Daheim in Sachsenhausen schlüpften sie leise in den Flur und aus den Schuhen und legten ihre Hüte an der Garderobe ab. Gesa sah nach den Kindern und kam dann zu Inge in die Küche.

»Du warst wundervoll auf der Bühne, voller Energie und Charisma. Das Publikum konnte nicht genug von dir bekommen. Warum sprichst du nicht mit der Hotclub Combo? Bestimmt können dir deine Musikerkollegen Auftritte in den Army Clubs verschaffen. Ich wette, du brennst darauf, wieder zu singen, stimmt's?«

Sie setzten sich an den Tisch. In der Mitte standen ein Teller mit Käse und ein paar Scheiben Brot. Das, was Christel und Julius vom Abendessen übrig gelassen hatten. Inge war nicht hungrig, aber Gesa nahm sich davon.

»Ehrlich gesagt bin ich mir nicht sicher.«

Gesa ließ das Messer sinken und starrte die Freundin mit weit aufgerissenen Augen an. »Du wolltest immer singen! Seitdem ich dich kenne. Jahrelang durftest du nicht, und jetzt, wo es wieder möglich ist …«

»Ich weiß, ich weiß.« Inge wischte sich über die Stirn. Hatte sie Zukunftsangst? »Es ist so viel geschehen. Die Welt hat sich verändert, ich mich auch.« Sie stand auf. »Ach, keine Ahnung. Es hat auf jeden Fall großen Spaß gemacht vorhin, wahrscheinlich bin ich nur müde. Ich gehe ins Bett. Gute Nacht, Gesa, es war sehr schön heute Abend mit euch.«

Oben in ihrem Schlafzimmer öffnete sie das altmodische runde Fenster, das unter dem Giebel des Hauses hinaus auf den Garten ging, und setzte sich aufs Fensterbrett. Sie nahm sich eine Zigarette.

Schon seit Tagen war Inge in einem Gefühl innerer Unruhe gefangen. Doch dabei handelte es sich nicht um Zukunftsangst, das erkannte sie nun in der weichen Nachtluft. Eher um eine Art Aufbruchsstimmung. Allein, wohin die Reise gehen sollte, konnte sie nicht sagen. Wenn sie in einem neuen Deutschland als Sängerin Erfolg haben wollte, musste sie schleunigst wieder einsteigen. Nicht in einem Jahr, nicht in ein paar Monaten, sondern sofort, während alles für alle noch neu war. Und sich die Leute an Inge Jacobs erinnerten. Mit Genehmigung der Amerikaner könnte sie englische Titel singen. Die Aussprache fiel ihr leicht. Und Jazz und Swing waren jetzt gefragt.

Warum nur rief diese Möglichkeit keinerlei Enthusiasmus in ihr hervor? Sie kannte die Antwort. Aber sie würde sie nicht laut aussprechen.

Ein paar Minuten lang sah sie hinauf in den klaren Sternenhimmel. Was für ein köstliches Stück Freiheit, ihn wieder gefahrlos genießen zu dürfen. Keine Verdunklungspflicht mehr, keine Luftangriffe, keine Suchscheinwerfer, kein Sirenengeheule. Nur die friedvolle Stille einer Sommernacht, durchwoben vom Duft des Jasmins, der unten am Gartenzaun wuchs. Alles war wieder möglich. Sie musste sich nur darüber klar werden, was sie wollte.

INGE

Radionachrichten 1945:
»Wie bekannt wurde wechselt die beliebte Schauspielerin Winnie Markus in der kommenden Spielzeit vom Theater in der Josefstadt in Wien nach Berlin.«

Winnie Markus spielte nicht nur auf der Bühne, sondern drehte sowohl in der Kriegs- wie auch in der Nachkriegszeit mit zahlreichen Schauspielgrößen Kinofilme. Meist wurde sie für die weibliche Hauptrolle besetzt. Später, in den 1980er- und -90er-Jahren, gelangte sie durch deutsche Fernsehserien nochmals zu Popularität.

Am folgenden Morgen saßen Julius und Christel mit Gesa in der Küche und löffelten Haferbrei, als Inge dazukam. Gesa kratzte gerade die Reste aus dem Topf.

»Möchtest du noch?«

Dankend winkte Inge ab, und Julius meinte: »Besser, du lässt es. Es ist kein Zucker drin, und von der Marmelade hat sich Christel einfach alles genommen, ohne zu teilen.« Sein vorwurfsvoller Blick stieß bei der Schwester nicht auf Beachtung.

»Ich habe sowieso keinen Hunger.« Sie strich Julius durchs Haar, der den Kopf widerspenstig zur Seite kippte und sich anschließend sofort die Frisur wieder richtete. In einem Kännchen auf dem Herd köchelte Ersatzkaffee aus Gerstenkörnern, die geröstet und durch die Kaffeemühle gedreht worden waren. Inge goss sich eine Tasse des dünnen Gebräus ein und freute sich, dass wenigstens Milch da war. Damit würde es erträglicher schmecken.

»Zeit für die Schule«, verkündete Gesa.

Sie und Inge sahen dabei zu, wie Christel sich in ihre Schuhe zwängte.

»Sind sie nun endgültig zu klein?«

»Ja, Mama. Sie drücken schrecklich an der Ferse.«

»Dann schneiden wir sie hinten auf.« Ohne auf den Protest des Mädchens zu achten, entfernte Gesa mit einem scharfen Messer das rückwärtige Leder.

»Siehst du, nun funktionieren sie noch eine Weile.«

»Aber das sieht furchtbar aus. Und wenn es regnet, werden meine Füße nass.«

Inge tat das Mädchen leid. Im Gegensatz zum umtriebigen Julius war Christel schon immer ein sanftes, ruhiges Kind gewesen. Dieser zaghafte Protest war Ausdruck höchsten Unbehagens. Doch was sollte Gesa machen? Hätte sie die Mittel, würde sie ihrer Tochter mit Sicherheit sofort passendes Schuhwerk organisieren.

»Ich hab was für dich«, sagte Inge kurz entschlossen und lief hinaus auf den Flur, wo ihre Handtasche stand. Sie kam mit einem Zettel in der Hand zurück und reichte ihn Christel. Die dunklen Augen im blassen Gesicht wurden größer, während sie las.

»Ein Berechtigungsschein?«

»Für ein neues Paar Schuhe.«

»Für mich?«

Inge nickte.

»Vielen Dank, Tante Inge!« Mit einem strahlenden Lächeln fiel ihr das Kind um den Hals. Gerührt streichelte Inge über die dunklen Zöpfe. Christel war ihrem Vater wie aus dem Gesicht geschnitten, angefangen bei den schokoladebraunen

Augen bis hin zu ihren geraden Brauen und hohen Wangenknochen. Julius kam eindeutig mehr nach seiner Mutter,
hatte das volle, rotbraune Haar geerbt und dazu eine interessante grüne Augenfarbe.

»Jetzt aber ab in die Schule, ihr beiden«, mahnte Gesa.
Und als sie aus dem Haus waren, drückte auch sie die Freundin innig. »Das war sehr großzügig von dir.«

Inge winkte ab. »Ich sehe Christel seit einer Weile zu, wie
sie sich jeden Tag in die viel zu kleinen Dinger zwängt, und
wenn du einen Schein für neue Schuhe hättest, dann hättest
du ihr längst welche besorgt. Auf dem Schwarzmarkt sind sie
derzeit extrem teuer.«

»Was hast du dafür hergegeben?«, wollte Gesa wissen.
Es gab in der Stadt einige Tauschstellen, wo Dinge, die für
andere von Wert waren, gegen Berechtigungsscheine für benötigte Kleidung oder Haushaltsartikel getauscht werden
konnten. Natürlich wusste Gesa, dass Inge eigentlich überhaupt nichts erübrigen konnte.

»Ich habe ein paar meiner Pelze aus den Trümmern retten können«, sagte sie. »Die aus den glamourösen Zeiten
in Berlin. Und weil sich in naher Zukunft vermutlich keine
Gelegenheit bieten wird, sie auszuführen, habe ich mich dazu
entschlossen, sie in etwas Sinnvolles umzusetzen.«

»Hoffentlich bereust du's im Winter nicht, wenn du unse-
retwegen frierst.« Gesas Stimme klang bewegt. Schnell drehte
sie sich weg.

»Sehr gerne, wirklich.«

Für Inge waren die Bronnens mittlerweile wie eine eigene
Familie, die sie liebte und für die sie dankbar war. Diese enge
Bindung tröstete auch über Momente hinweg, in denen sie
sich einsam fühlte. Inge hatte nie geheiratet. Nicht aus Mangel an Angeboten, sondern weil sie diesen letzten Schritt mit
all seinen Konsequenzen nie hatte gehen wollen. Auf dem

Gipfel ihrer Karriere hatte sie sich vor Verehrern kaum retten können. Sie hatte ihrem Temperament freien Lauf gelassen, wohl wissend – oder ahnend? –, wie schnell sich das Karussell des Lebens weiterdrehte. Und Inge bereute nichts. Was blieb einem schließlich, nach Jahren des Nationalsozialismus und einem vernichtenden Krieg, als herrliche Erinnerungen an glückliche Tage? Davon zehrte sie. Doch sie verharrte nicht in der Vergangenheit. Noch immer schön, verführerisch und mit ungebrochenem Esprit, fiel es Inge leicht, Männer kennenzulernen. Sich mit Captain Hausner zu treffen war angenehm. Ihrer Meinung nach bestand keinerlei Gefahr, dass der junge Amerikaner zu anhänglich wurde. Dafür geizte er nicht mit Bewunderung und zeigte sich gern in Gesellschaft der bekannten Sängerin.

Für jüngere Frauen war es oftmals ein Problem, sich allzu vertraut mit den Amerikanern zu zeigen. Schnell waren die Leute dabei, solche Damen mit Schimpfnamen zu betiteln, dabei tat jede nur, was sie musste, um zu überleben. Inge scherte sich dank ihrer erwachsenen Selbstsicherheit nicht darum. Sie tat, was sie wollte, lebte, wie sie wollte und traf sich, mit wem sie wollte.

Nachdem auch Gesa zur Arbeit aufgebrochen war, hatte Inge das Haus für sich. Sie zog sich unters Dach zurück, dort war es in den Morgenstunden besonders lauschig, bevor die Sonne die Räume aufwärmte. Aber selbst dann boten die dicken Wände der kleinen Villa ausreichend Schutz vor der Sommerhitze, und durch die Fenster wehte stets eine angenehme Brise.

Sie hatte es sich zur Angewohnheit gemacht, täglich ein wenig an neuen Liedern zu arbeiten. Früher war Inge von Textern und Komponisten verwöhnt und mit Stücken versorgt worden. Mit ihrem Auftrittsverbot war damit schlagartig Schluss gewesen. Seither schrieb Inge ihre Musik alleine, und auch wenn sie nirgendwo aufgeführt werden durfte, bereitete ihr die kreative Beschäftigung Freude. So hatte sie es bereits vor Kriegsbeginn gehalten, und diese Routine gab ihrem Tag Struktur. Mittlerweile hatte sie eine Mappe voller neuer Lieder, und die Zeit würde kommen, in denen sie zumindest ein paar davon zu Geld machen musste. Dank des großen Erfolgs hatte Inge über Jahre hinweg von ihren Ersparnissen leben können. Doch nun ging es ihr wie allen anderen in Frankfurt – es war alles weg.

Zu den wenigen Habseligkeiten, die sie aus der Ruine ihres Altstadthauses geborgen hatte, gehörte eine Musiktruhe mit Plattenspieler und Radiogerät aus dunklem Holz. Lediglich eines der schlanken Füßchen war abgebrochen, aber das hatte Inge längst repariert. Es grenzte an ein Wunder, das sowohl dieses Teil wie auch ein paar Schallplatten noch funktionsfähig waren. Als wollten sie ihr sagen: *Deine Musik hat überlebt, und alles andere wird schon werden.*

Sie legte eine ihrer alten Aufnahmen auf und sang mit. Dabei schlüpfte sie aus dem blassblau geblümten Morgenmantel und tänzelte ins Bad. Inge ließ sich Zeit mit der Morgentoilette, bürstete ausgiebig ihr Haar und wählte dann eine Bluse mit kurzen Puffärmeln und einen schlichten Leinenrock. Danach gönnte sie sich noch eine zweite Tasse Gerstenkaffee und rauchte am offenen Küchenfenster eine Zigarette. Nebenan bei Frau Urbach hörte sie Stimmen. Eine gehörte der alten Dame, die andere klang männlich. Und irgendwie vertraut. Inge beugte sich aus dem Fenster, um besser sehen zu können. War das etwa Albert? Inges Herz ging schneller.

Die Nachbarin stand an ihrem Gartenzaun und redete mit jemandem auf dem Gehweg, von dem lediglich eine Schulter und ein Hosenbein zu erkennen waren. Erst als Frau Urbach sich gestikulierend zur Seite drehte und in Richtung des

Bronnen-Hauses deutete, gab sie den Blick auf den Herrn frei. Es war nicht Albert. Und doch machte ihr Herz noch einen wilden Satz.

»Theo!«, rief Inge aus Leibeskräften, beugte sich noch weiter vor, bis sie halb aus dem Fenster hing, und winkte wild.

Der Mann erkannte sie und hob die Hand.

»Warte! Ich komme raus!« Flugs rannte Inge aus dem Haus, den kurzen Weg zum Gartentor und bis hinüber zu Frau Urbach.

»Du bist es wirklich! Theodor Conrad, mein lieber Freund!« Bevor er etwas sagen konnte, fiel Inge ihm um den Hals. Durch den Stoff seines Anzugs hindurch fühlte sie die spitzen Knochen seiner Schulterblätter. Auch er hielt sie fest an sich gedrückt, und Inge merkte, wie ihr die Tränen über die Wangen liefen. Sie wurde regelrecht von Schluchzern geschüttelt und konnte nichts dagegen tun.

Frau Urbach zog sich diskret in ihr Haus zurück. Wahrscheinlich würde sie später einige Fragen haben.

»Na, na, Kindchen, du musst doch bei meinem Anblick nicht weinen.« Theodors sonore Stimme, die sie fast so gut kannte wie ihre eigene und die sie seit Jahren nicht gehört hatte, trieb Inge noch mehr Tränen in die Augen.

Er schob sie etwas von sich und gab ihr ein Taschentuch.

»Ich dachte, du wärst tot«, schniefte sie.

»Wieso das denn?«

»Weil du wie vom Erdboden verschluckt warst.« Sie hielt inne, betupfte ihre Wangen und schnäuzte. »Das wasche ich dir«, sagte sie und steckte das Tuch ein. »Komm, wir gehen besser rein, bevor die Nachbarn zusammenlaufen.«

Über ihren verheulten Anblick im Flurspiegel erschrak Inge kurz.

Sie lotste Theo ins Wohnzimmer, dessen Flügeltüren zur Veranda hin offenstanden. Die Vorhänge hätten sich sicherlich hübsch in der Sommerbrise gebauscht, wären sie nicht längst zu Kleidung verarbeitet worden. Aber auch ohne Gardinen sah der Raum geschmackvoll aus in seiner mittlerweile zwangsweise reduzierten Möblierung.

»Tolles Parkett«, bemerkte Theo.

»Nicht wahr? Gesa und Albert hatten früher wundervolle Perserteppiche darauf liegen …« Sie brach ab, bot ihm einen Platz auf dem Sofa an.

Er blieb lieber stehen und sah, die Hände in den Hosentaschen, versonnen in den Garten hinaus.

»Wie hast du mich gefunden?«

Langsam drehte er sich zu ihr. Die Schatten unter seinen Augen, die scharf hervortretenden Wangenknochen und der Schmerz in seinem Blick zeugten von harten Zeiten. Der berühmte Schauspieler sah älter aus als seine fünfundfünfzig Jahre. Elegant wie immer, aber sein Anzug war ihm zu weit und reichlich abgetragen.

»Ich war in der Ziegelgasse. Ich habe dein Haus gesehen. Eigentlich ist die gesamte Straße nur noch ein Haufen Schutt. Entsetzlich. Die Leute von gegenüber sind noch da, obwohl es glaube ich nicht ratsam ist, in den einsturzgefährdeten Erdgeschossresten zu hausen. Wohnen kann man das nicht nennen.« Er zuckte die Schultern. »Jedenfalls wussten deine Nachbarn, dass du zu Gesa gezogen bist. Und dann habe ich mich durchgefragt, bis ich auf die nette Dame von nebenan gestoßen bin.«

Inge holte zwei Gläser und goss eine dunkle Flüssigkeit ein.

»Ich nehme an, so was ist dir lieber als Blümchenkaffee?«

»Was ist das?«

»Irgendein Schnaps vom Schwarzmarkt, frag mich nicht, was drin ist.« Sie prosteten einander zu und tranken. Beide verzogen das Gesicht.

Endlich setzte sich Theodor.

»Was ist passiert? Ich weiß, dass du zum Leiter für künstlerische Wortsendungen beim Großdeutschen Rundfunk berufen wurdest und dass dich der Goebbels sogar in seine Gottbegnadetenliste aufgenommen hat. Deine Karriere lief gut in Berlin, sicher hast du Frankfurt nicht vermisst. Und dann warst du plötzlich verschwunden.«

Er warf ihr einen gequälten Blick zu. Seine hellen Augen hatten nichts von ihrer hypnotisierenden Kraft eingebüßt, die ihm auf Bühne und Leinwand großen Ruhm beschert hatte. Auch seine aristokratischen Gesichtszüge wirkten noch immer anziehend. Aber er war nicht mehr derselbe Theodor. Inge hatte geglaubt, er wäre unerschütterlich. Doch die Aura absoluter Ruhe hatte er gänzlich verloren. Nun war er verletzlich, und das sah man.

»Es tut mir leid, dass du nicht mehr auftreten durftest, während ich weitermachen konnte«, sagte er ausweichend. »Aber ich musste dafür in die Partei eintreten.«

»Und in diesen widerlichen Propagandafilmchen mitspielen. Das hättest du nicht machen dürfen.«

»Die Verachtung in deinen Augen habe ich verdient. Meine beruflich motivierten Fehlentscheidungen verfolgen mich, aber ich war nie ein Nationalsozialist. Das weißt du ebenso gut wie alle, die mich kennen und die jemals mit mir gearbeitet haben.« Seine Stimme war lauter geworden, ein Funken der alten Kraft lag darin. Wenn er sich noch aufregen konnte, war er zumindest nicht gebrochen. Es bestand Hoffnung.

»Ich würde dich niemals verachten. Möglicherweise hast du falsche Entscheidungen getroffen, um weiterarbeiten zu dürfen, aber du bist ein guter Mensch.«

»Das sehen die Amerikaner anders.« Er lehnte sich in die Polster und schloss gequält die Augen. »Ich hatte gut zu tun in Berlin. Bis alles den Bach runterging. Als die Russen kamen, bin ich geflohen, über Prag und Salzburg bis zurück nach Frankfurt. Hier ist Endstation. Sie lassen mich nicht mehr auftreten.«

»Berufsverbot? Da kannst du dich mit Fritz Milanski zusammentun. Margot belastet das sehr. Was ist mit deinem Entnazifizierungsdingens?«

»Dem Verfahren? Gott, das kann ewig dauern. Die drehen mir aus allem einen Strick. Sämtliche meiner Auszeichnungen werden gegen mich verwendet. Dabei habe ich die für meine künstlerischen Leistungen bekommen, auch für die in den zwanziger und dreißiger Jahren, die hatten mit Politik überhaupt nichts zu tun.« Er fuhr sich übers Gesicht.

»Du brauchst einen guten Leumund, Theo.« Inge drehte sich zu ihm und legte eine Hand auf die seine. »Ich werde für dich aussagen.«

»Das würdest du tun?«

»Nicht nur ich, auch alle anderen Kollegen. Du wirst sehen, es ist nur eine Frage der Zeit, bald schon stehst du wieder auf der Bühne.«

Er lächelte. »Was ist mit dir? Wann tritt die große Inge Jacobs wieder auf?«

Sie zog die Hand zurück. »Noch ist nichts geplant«, antwortete sie ausweichend. »Komm, gehen wir in die Küche, du hast sicher Hunger. Ich mach dir was.«

Es quälte Inge, ihren guten Freund derart niedergeschlagen zu sehen. Vor vielen Jahren hatte er ihr beigestanden, als sie aufgeben wollte. Damals hatte sie sich geschworen, sollte Theo jemals Hilfe brauchen, würde sie für ihn da sein. 1930 war er nach Berlin gezogen und dort von einem begeisterten Publikum von Karrieregipfel zu Karrieregipfel getragen worden. Inge hatte geglaubt, er hätte sie längst vergessen. Doch nun, in seiner schwersten Stunde, kam er zu ihr. Sie würde ihn nicht enttäuschen. Es gab nicht viele Menschen, mit denen sie wahre Freundschaft verband. Gesa und Margot, gewiss. Aber was Männer anging, war sie eher Verführerin denn Vertraute, immer schon gewesen. Daran änderte auch das voranschreitende Alter nichts. Theo war der Einzige, der sie stets auf Augenhöhe behandelt hatte. Sicherlich auch deshalb, weil sie nie eine Affäre gehabt hatten. Kein Drama, das die Ehrlichkeit zwischen ihnen hätte zerstören können.

Nachdem er etwas Brot mit Honig gegessen hatte, wagte Inge einen weiteren Vorstoß.

»Das ist nicht alles, was dir auf der Seele brennt, stimmt's?«

Seine Schultern sanken. »Meine Söhne sind tot. Beide. Gefallen irgendwo im Osten in diesem sinnlosen Krieg.«

»Das tut mir unendlich leid.«

Der Schauspieler war drei Mal verheiratet gewesen. Aus seiner ersten Ehe stammten die beiden Kinder, die er nun verloren hatte.

»Ich war ihnen kein guter Vater. Immer stand meine Karriere im Vordergrund, mein Schaffen als Künstler. Nach der Trennung von ihrer Mutter habe ich sie kaum mehr gesehen. Und nun kann ich den Buben nicht mehr sagen, wie sehr ich das bereue, kann nichts wiedergutmachen. Nun muss ich mit der Schuld unzähliger versäumter Gelegenheiten leben.« Seine Finger zitterten, als er die Hände im Schoß faltete. »Das Schicksal verzeiht dir nichts, Inge. Alle Verfehlungen, falschen Entscheidungen und Dummheiten kramt es wieder raus und kotzt sie dir vor die Füße, wenn du sowieso schon am Abgrund stehst.«

»Ein schlauer Mann hat mir mal gesagt, dass Selbstmitleid etwas für die Schwachen ist. Starke Menschen stellen sich ihren Fehlern, lernen daraus und machen es beim nächsten Mal besser.«

Er lächelte. »Was war ich für ein unerträglicher Klugscheißer. Wie hast du es nur ausgehalten mit mir?«

»Du warst mir eine unschätzbare Stütze, das werde ich nie vergessen.«

»Ach Kindchen, von der Sonnenseite aus hilft es sich leicht.«

»Mach dich nicht kleiner, als du bist, Theo, das passt nicht zu dir.«

Er schnaubte, nickte und stand auf. »Hast recht.«

»Wohin gehst du? Wohnst du wieder in Frankfurt?«

»Ich bin in einer Pension untergekommen, ein wenig außerhalb.«

Das klang eigenartig, denn Wohnraum war grundsätzlich Mangelware, und soweit Inge wusste, gab es kaum Hotels, die nicht zerstört worden waren. »Wo genau?«

»Also gut, Pension ist etwas hochtrabend, ich wohne zur Untermiete in Offenbach. Theodor Conrad, der große Schauspieler, haust als Zimmerherr bei fremden Leuten.« Zu diesem Geständnis gestikulierte er dramatisch. »Aber wie du schon gesagt hast – Selbstmitleid ist nichts für uns.«

Sie begleitete ihn zur Tür.

»Wann wollen wir zur Kommandantur gehen?«

»Meine nächste Anhörung ist erst in einigen Wochen, die lassen sich Zeit.«

»Dann nenn mir bitte den Termin, sobald du ihn weißt. Vielleicht kann ich in der Zwischenzeit noch ein paar andere Kollegen mobilisieren, die für dich aussagen.«

An der Tür stellte sich ein Augenblick kurzer Verlegenheit ein, als es ans Verabschieden ging. Inge küsste Theodor schließlich leicht auf die Wange, da schloss er sie in die Arme und hielt sie, als müsse er sich versichern, die Freundin tatsächlich wiedergefunden zu haben.

»Es wird alles gut«, flüsterte sie ihm ins Ohr. »Ich verspreche es.«

Er setzte seinen Hut auf und machte einen Schritt über die Schwelle hinaus in den Sonnenschein.

»Habe ich dir schon gesagt, dass du bezaubernd aussiehst, Inge? Genau wie früher.«

Zwar bezweifelte sie das, dennoch freute sich Inge über das Kompliment. Sie wusste, er meinte es ehrlich. Eine Sehnsucht nach vergangenen Tagen stieg in ihrer Brust auf, als sie Theodor nachschaute, wie er sehr aufrecht und sehr dünn die Straße hinunterging, bis er außer Sichtweite war.

Sie würde sich darum kümmern, dass er zu Kräften kam. Bestimmt hatte er sich über seinen Sorgen vernachlässigt. Das würde nun anders werden. Inge hatte wieder eine Aufgabe. Und die hatte nichts mit ihrer Karriere oder ihr selbst zu tun, sondern damit, einem lieben Freund zurück ins Leben zu helfen.

MARGOT

Radionachrichten 1945:
»Charlotte Werr aus dem Odenwald heiratet als erste deutsche Nachkriegsbraut den GI David C. Petty.«

Das US-Militär reagierte rigoros auf diese Eheschließung, denn eine solche Verbindung war zwischen den Besiegten und Amerikanern ausdrücklich verboten. David Petty wurde umgehend in die Staaten zurückbeordert, seine schwangere Frau musste in Deutschland bleiben. Erst 1947 durfte sie mit ihrer kleinen Tochter endlich in die USA einreisen. Ihr Glück währte leider nur kurz, David Petty starb bereits 1963, und Charlotte Petty war mit ihrer Tochter auf sich alleine gestellt.

»Noch eine Woche Bettruhe, dann darf er aufstehen und jeden Tag ein wenig herumlaufen. Allerdings nur mit Krücken, ohne Belastung auf das verletzte Bein zu geben. Das ist wichtig, Frau Milanski, sonst heilt es nicht richtig.« Der Arzt kramte in seinem Köfferchen und förderte eine Flasche aus dunklem Braunglas zutage. »Beim Verbandwechsel reinigen Sie die Wunde ab jetzt hiermit. Wir müssen immer noch darauf achten, dass sich nichts infiziert. Gehen Sie sparsam damit um, ich weiß derzeit nicht, wo ich Nachschub herbekomme.« Mit zittrigen Fingern verschloss er seine Arzttasche, deren Leder ebenso altersschwach und faltig war wie er selbst. Dann tippte er sich an seinen Hut und ging.

Margot schraubte den Deckel ab und schnupperte an der Flüssigkeit. Sie roch nach Krankenhaus.

»Wahrscheinlich ist da das Zeug drin, das er sich selber hinter die Binde kippt, um überhaupt arbeiten zu können. Hochalkoholische Mumifizierungsflüssigkeit oder so.«

»Egon!« Margot schaffte es nicht, streng zu klingen, weil sie kichern musste. Jeder in Königstein wusste, dass der Doktor gern zu tief in die Flasche schaute. Aber momentan war der alte Herr der Einzige, der sich um die Bevölkerung kümmerte. Dafür hatte er extra seinen Ruhestand unterbrochen. Ärzte waren Mangelware.

»Wir müssen froh sein, dass er sich so gut um dich sorgt. Und du hast Glück, dein Bein nicht verloren zu haben.«

»Aber langsam werde ich wahnsinnig vom dauernden Rumliegen.«

»Eine Woche hältst du noch durch.«

Egons linkes Bein war von einer Maschinengewehrsalve schwer verwundet worden. Er hatte auf dem Feld viel Blut verloren, war dann aber im Lazarett an einen guten Chirurgen geraten, der ihn wieder zusammengeflickt hatte. Es grenzte an ein Wunder, dass man ihm den Unterschenkel nicht amputiert hatte.

Margot war außer sich gewesen vor Sorge, so lange, bis ihr Sohn zu Hause auf dem Hof der Frieses ankam und ihrer Obhut übergeben wurde. Seitdem umsorgte sie ihn liebevoll. Auch seine Halbschwester Marianne half. Und Cousin Paule kümmerte sich darum, dass Egon regelmäßig ein Stück Fleisch oder eine kräftigende Suppe bekam. Die Kochkünste des jungen Mannes waren bemerkenswert, fand Margot, er würde es sicher weit bringen.

Doch bei aller Freude über die Rückkehr ihres Jungen war es nicht einfach, unter einem Dach mit einem ungeduldigen Burschen wie Egon und einem frustrierten ruhiggestellten

Karrieremenschen wie Fritz. Manchmal glaubte Margot, auf einem Pulverfass zu sitzen, das jederzeit hochgehen konnte. Wie sollte sie Zeit und vor allem Muße finden, um zu üben? Dabei hing doch vom Cello ihr Einkommen ab.

Fritz steckte den Kopf zur Tür herein. Er war bei einer weiteren Anhörung in der Kommandantur in Frankfurt gewesen und gerade zurückgekommen. »Ist der Arzt schon weg? Was hat er gesagt, wann darfst du aufstehen?«

»In einer Woche.«

»Das wird auch Zeit.«

Egon schnaubte zustimmend. »Allerdings werde ich dann humpeln wie ein Krüppel.«

»Doch nur am Anfang. Du musst halt erst wieder auf die Beine kommen, wortwörtlich.«

»Du hast leicht reden, Papa, dir haben sie ja nix zerschossen. Wie auch, warst ja immer in Sicherheit, als wichtiger Kriegsberichterstatter, und wurdest nie zum Sterben rausgeschickt, wie wir.« Die Verbitterung in Egons Stimme schmerzte Margot und belastete das Verhältnis zu seinem Stiefvater. Immer und immer wieder brachte der Junge die Rede darauf, dass Fritz nicht im Kampfeinsatz gewesen war. Er wollte verletzen, weil man auch ihm wehgetan hatte, das verstand Margot. Dennoch war sein Verhalten nicht in Ordnung.

»Lass gut sein, Egon.«

»Alles Mist!« Er schlug mit der Faust auf die Matratze, rappelte sich hoch und setzte sich im Bett auf. »Wozu hab ich mich eigentlich fast umbringen lassen? Wir haben verloren! Der ganze Müll, der uns immer eingedrillt wurde, alles Lügen. Und nun hänge ich da, ohne die geringste Chance, jemals wieder …« Er brach ab, schluckte. Sie wollte sich zu ihm setzen, aber Fritz kam ihr zuvor. Er nahm Egon bei den Schultern, sprach beruhigend auf ihn ein.

»Junge, daran darfst du nicht denken. Für uns ist es das größte Glück, dass du lebend nach Hause gekommen bist. Werd erst mal gesund, dann stehen dir so viele Möglichkeiten offen.«

Langsam ging Margot aus dem Zimmer und über die knarzende Holztreppe des Bauernhauses hinaus in den Apfelgarten. Der erinnerte sie an die Obstbäume vor ihrem Elternhaus in der Eifel. Dort wohnte ihre Schwester nun alleine, nachdem Vater und Mutter verstorben waren. Sie brauchte frische Luft.

Alles ist stetig im Wandel, dachte sie und war nicht sicher, ob ihr der Gedanke gefiel. In letzter Zeit erwischte sie sich oft schwermütig, dabei konnte sich Margot das eigentlich nicht leisten. Sie wurde gebraucht.

»Weißt du noch, als ich dir zu deinen Eltern nachgereist bin, um dich zurück nach Frankfurt zu holen?«, hörte sie Friedrichs Stimme hinter sich. Er schloss zu ihr auf und legte einen Arm um ihre Schultern. »Damals hast du gerade Äpfel geerntet. Oder Birnen. Irgendein Obst eben.«

»Und du hast mich in die Oper nach Dresden entführt, und wir wurden ein Liebespaar.«

»Das sind wir immer noch.« Er zog Margot zu sich und küsste sie. Sie schob ihre Finger in seine vollen, widerspenstigen Locken, die ihm immer ein etwas jungenhaftes Aussehen verliehen. Auch nach beinahe zwanzig Jahren brachte Fritz ihr Herz mit seinen Küssen aus dem Takt.

Als seine Lippen sich von den ihren lösten, nahm er Margots Hand. »Lass uns ein Stück gehen.«

Sie schlenderten zum hinteren Ende des Bauerngartens und hinaus auf einen Weg, der zwischen den Feldern hindurchführte.

»Egon hätte nicht so garstig sein dürfen.«

»Er leidet, Margot, er ist wütend und fühlt sich machtlos.

Alles Dinge, die ich sehr gut nachvollziehen kann. Ebenso wie ich hat Egon keinerlei Chance, das zu tun, woran ihm am meisten liegt.«

Bereits als kleiner Junge hatte Egon ein beeindruckendes Talent für Fußball an den Tag gelegt, das Fritz stets gefördert hatte. Viele Stunden hatte der stolze Stiefvater mit ihm auf dem Bolzplatz verbracht und ihn zum Training und zu Spielen gefahren. Die beiden Sportbegeisterten schmiedeten ehrgeizige Zukunftspläne. Alles lief bestens, als Jugendlicher bekam Egon einen Platz bei der Eintracht und eine professionelle Fußballkarriere rückte in greifbare Nähe. Den Tag, an dem er in die erste Mannschaft aufgenommen worden war, hatten sie groß gefeiert. Und dann hatte der Krieg alles verändert. Nach einer Verwundung wie dieser würde Margots Sohn nie mehr über einen Fußballplatz rennen, geschweige denn für einen Verein spielen. Nicht einmal in seiner Freizeit. Er musste dankbar sein, wenn er eines Tages wieder laufen konnte, ohne zu hinken. Das Ende eines Lebenstraums. Sowohl seine Mutter wie auch Friedrich begegneten daher Egons bisweilen verletzendem Weltschmerz mit Nachsicht.

»Sobald er einigermaßen mobil ist, braucht er eine Aufgabe, die ihn fordert«, sagte Margot.

»Wir werden was für ihn finden, das ihm gefällt.«

»Und was ist mit dir?«

Margot spürte, wie Friedrichs Hand sich ein wenig fester um die ihre schloss. »Es ist durch, entschieden und erst mal aus. Das haben sie mir heute in Frankfurt gesagt. Zwei Jahre Berufsverbot, fix auferlegt von unseren amerikanischen Freunden.«

Sie sind nicht unsere Freunde, wollte Margot sagen, das können sie nicht sein, weil wir viel zu lange Feinde waren. Und daran sind wir selbst schuld. Aber sie behielt es für sich. Stattdessen bemerkte sie lakonisch: »Dann haben wir das zu akzeptieren. Für dich wird sich ebenso ein neuer Weg erschließen wie für unseren Sohn.«

In der Sommerhitze trug Fritz eine leichte Hose, die Ärmel seines Hemds hatte er bis über die Ellenbogen hochgeschoben. Margot mochte es, wenn er leger gekleidet war. So sah sie ihn viel lieber als im Anzug. Vor allem in den vergangenen Wochen. Denn wann immer er sich eine Krawatte umband, wusste sie, es stand ein offizieller Termin an, zumeist in der Kommandantur. Hinterher war Fritz stets niedergeschlagen.

»Egon ist ein junger Bursche, ihm gehört die Zukunft. Aber was bin ich? Ein vorbelastetes Fossil, das keiner mehr haben will. Weißt du, wie demütigend es ist, darauf angewiesen zu sein, dass meine Frau genügend Geld nach Hause bringt, um die Familie zu versorgen?«

Immer und immer wieder drehten sie sich im Kreis mit ihren Problemen. Sie mussten das ewige Rad des Lamentierens anhalten und aussteigen. Bald. Sonst würde Margot irgendwann die Beherrschung verlieren und so laut schreien, dass Egons Wutanfälle dagegen Pillepalle waren.

»Du hast noch nicht erzählt, wie es in der Stadt war. Habt ihr euch gut amüsiert mit dem Ami?« Falls es Friedrichs Absicht war, auf ein unverfänglicheres Thema umzuschwenken, vereitelte seine genervte Stimme das gründlich.

»Die Hotclub Combo ist aufgetreten, eine Frankfurter Jazzkapelle.«

»Das sagt mir was, die sind sehr populär.«

»Und Inge hat eine Nummer mit ihnen zusammen gesungen. Fast wie in alten Zeiten.«

»Das ist ja schön für euch. Und der Amerikaner hat die Zeche übernommen?«

Margot gefiel die Richtung nicht, die das Gespräch nahm. »Captain Hausner ist ein Bekannter von Inge und hat selbstverständlich die Rechnung beglichen. Wenn du es genau wissen willst: Wir hatten jede nur ein Getränk. Mehr verträgt sowieso keine von uns, mit ständig leerem Magen. Ein Mettbrötchen wäre mir lieber gewesen als das Glas Wein. Und bevor du fragst, getanzt hab ich auch, jawohl. Mit Gesa.«

Fritz begann zu grinsen. Margot musste sich zusammenreißen, um nicht wütend zu werden.

Er streckte die Hand nach ihr aus. Sie schob sie weg.

»Weißt du eigentlich, dass du absolut hinreißend bist, wenn du dich aufregst? Immer schon.«

»Friedrich!«

»Und meinen Namen sprichst du dann auch wahnsinnig streng aus.« Sein Grinsen wurde breiter. »Margot!«, imitierte er ihren Tonfall.

Nun konnte sie nicht mehr ernst bleiben. »Schrecklicher Kerl«, brachte sie noch halbwegs bestimmt heraus, dann kicherte sie, weil er sie theatralisch an sich riss. Seinen anschließenden filmreifen Kuss genoss sie. Margot war dankbar für die tiefe Liebe zwischen ihr und ihrem Mann. Damit würden sie jede Schwierigkeit meistern. Und, realistisch betrachtet, mehr als eine vorübergehende Krise war sein Berufsverbot nicht, das würde Fritz sicher erkennen. Andere hatte es härter getroffen. Albert war noch immer verschollen. Und Erwin, der Mann ihrer Cousine Gerda, saß in Gefangenschaft bei den Russen. Was war dagegen eine verlorene Arbeitsstelle zu einer Zeit, in der sowieso niemand Arbeit hatte?

Später zog sich Margot in den Gartenschuppen zurück. Um die Nerven ihrer eigenen Familie und vor allem die ihrer Cousine nicht mit langatmigen Etüden zu strapazieren, hatte sie während des Sommers hier ihr Übungsquartier aufgeschlagen. In dem kleinen Holzhäuschen hatte sie ihre Ruhe. Nur Marianne schaute gelegentlich vorbei. Das Mädchen schätzte Zeit für sich ebenso wie seine Mutter. Sie malte gern und hatte sich in einer Ecke eine Art Staffelei gebaut. In Ermangelung von Farbkasten und Leinwand zeichnete sie mit Holzkohle auf alles, was sich dafür eignete. Pappschachteln, Brettchen und, wenn sie es kriegen konnte, Papier.

An diesem Tag war Marianne bereits da, als Margot die weiß gestrichene Schuppentür öffnete. Goldenes Licht fiel durch die Fenster an den beiden Längsseiten ins Innere. In den Strahlen tanzten Staubkörnchen zu einer unhörbaren Melodie. Margot hatte alles, was herumgestanden hatte, ordentlich in Wandregale geräumt. Dosen mit Nägeln in unterschiedlichen Größen, Farbeimer, einen Korb mit Schnüren, die zum Hochbinden von Pflanzen wiederverwertet wurden. Rechen und Harken hatte sie in ein Holzfass in der Ecke gestellt, damit sie nicht umfielen. Früher hatte der Schuppen eine ausgedehnte Sammlung von verschiedenen Gemüse- und Blumensamen beherbergt. Die beschrifteten Papiertütchen lagen leer in einer alten Zigarrenkiste. Weder Rauchwaren noch Steckzwiebeln gab es derzeit, aber auch das würde wieder anders werden. Sie durften nur die Zuversicht nicht verlieren. Im Schuppen roch es nach Farbe und trockenem Holz. Keineswegs unangenehm, sondern geradezu heimelig. In der Mitte des Raums hatte Margot Stuhl und Notenständer aufgestellt. Marianne zog es vor, auf einer umgedrehten Obstkiste zu sitzen, stand jedoch zumeist vor ihrer Staffelei, und wenn sie malte, war sie derart konzentriert, dass sie alles um sich herum vergaß. Oft beobachtete Margot ihre Tochter und wünschte sich, diese Momente festhalten zu können. Das Kind hatte Friedrichs wilde Locken geerbt, in Margots sattem Brünett. Am liebsten trug sie das Haar offen, es ringelte sich über ihre Schultern. Und wenn sie mit großen Augen selbstvergessen arbeitete, manchmal zierte dabei ein dunkler Kohlefleck die Stupsnase, dann hätte ihre Mutter sie stundenlang anschauen mögen. Obwohl sie nicht viel redeten, genossen beide die Zweisamkeit im Gartenschuppen, es war ihre kostbare gemeinsame Zeit.

Margot holte das Cello aus dem Kasten und begann mit dem Üben, doch es wollte nicht recht klappen, weil sie mit den Gedanken ganz woanders war. Beim Abend im Topper Club und der herrlich modernen Jazzmusik. Wie ein hartnäckiger Ohrwurm geisterte *Jeepers Creepers* durch ihren Kopf. Inge hatte es spektakulär zum Besten gegeben. Ohne sich dessen wirklich bewusst zu sein, summte Margot die Melodie. Sie griff nach ihrem Bogen und versuchte, den Bass dazu zu spielen.

Das klang nicht gut. Vielleicht, weil die Jazzbassisten die Saiten zupften und nicht strichen? Sie legte den Bogen weg und probierte es mit *Pizzikato*. Viel besser.

Ist ja kein wahnsinnig großer Unterschied zwischen Cello und Bass. Wenn ich mich anstrenge und ein wenig Zeit investiere, kann ich sicher auch Kontrabass spielen, dachte sie.

Würde sie ihr Instrument in Quarten, nicht wie sonst in Quinten stimmen, klänge es exakt eine Oktave höher als der Bass, und sie könnte versuchen zu jazzen. Es dauerte nicht lange, das Cello umzustimmen, und als Margot es ein weiteres Mal mit *Jeepers Creepers* versuchte, machte es derart großen Spaß, dass sie die Melodie sogar laut sang, anstatt sie lediglich zu summen.

Marianne hielt im Zeichnen inne. Mit einem Stück Kohle zwischen den Fingern drehte sie sich zu ihrer Mutter um und hörte zu.

Als Margot fertig war, sagte sie: »Na, das ist aber mal viel flotter als sonst. Klingt großartig. Kannst du noch eins?«

»Danke. Es macht richtig Spaß. Lass mich überlegen. *Bei mir bist du schön?* Kennst du das?«

»Die Melodie, aber nicht den Text.«

»Das reicht. Wollen wir?«

»Zusammen?«

Margot bedachte ihre Tochter mit einem verschmitzten Grinsen. »Ich kann auch nur den Refrain. Den Rest summen wir einfach. Magst du?«

Das Mädchen nickte so heftig, dass die Haare wippten.

Die bekannte Melodie kam beiden leicht über die Lippen. Dazu zupfte Margot die Basstöne, die ihr locker von der Hand gingen. Schließlich legte Marianne die Kohle weg und tanzte, während sie musizierten. Am Ende klatschte sie begeistert.

»Mama! Das war …«, sie suchte atemlos nach dem passenden Wort. »Großartig!«

»Danke.« Ein wenig verlegen nestelte Margot am Notenständer herum und legte sich die Etüde von Friedrich Dotzauer zurecht, an der sie eigentlich gerade arbeitete. »Aber jetzt muss ich üben.«

»Können wir das morgen wieder machen?«

»Auf jeden Fall, Mariannchen.«

Abends im Bett, kurz vor dem Einschlafen, stellte sich Margot vor, wie es wäre, mit der Hotclub Combo auf der Bühne zu stehen. Dabei beschleunigte sich ihr Herzschlag derart, dass sie wieder hellwach wurde.

Es wäre aufregend, swingende Songs zu spielen, zu denen das Publikum wild tanzte, anstatt nur dazusitzen. Natürlich müsste sie dafür auf Kontrabass umsteigen. Darin sah Margot das geringste Problem.

Doch sogleich meldete sich die Stimme des Zweifels. Blödsinn. Alles nur ein Hirngespinst. Es gab keine weiblichen Jazzmusikerinnen. Jedenfalls hatte sie noch nie von einer gehört. Sängerinnen traten in Clubs auf, aber keine Musikerinnen. In sämtlichen Jazzkapellen gaben die Männer den Ton an. Margots Puls beruhigte sich wieder. Sie war eine klassische Cellistin. Und es war weiß Gott hart genug gewesen, sich als solche zu behaupten. Sie musste zufrieden sein mit dem, was sie erreicht hatte. Mit einem leisen Seufzen drehte sie sich zur Seite, rückte das Kopfkissen zurecht und streckte den Arm nach Fritz aus, der neben ihr schlief.

»Bist du noch nicht müde?«, murmelte er.

»Nein.«

Er legte eine Hand auf ihre Hüfte und rutschte an Margot heran.

Ein paar Wochen später prasselte dichter Regen auf den Schuppen, in dem Margot übte. Sie war alleine, Marianne schien an diesem Tag etwas anderes vorzuhaben, was ihre Mutter nicht davon abhielt, sich ausgiebig dem Jazz zu widmen. Nachher würde sie wieder auf die Klassik umsteigen, aber ein wenig Spaß wollte sie sich vorher schon gönnen. Fritz war drüben im Bauernhaus. Vormittags hatte er Gerda auf dem Feld geholfen, als es noch trocken gewesen war, und sich nun mit seiner alten Schreibmaschine ins Schlafzimmer zurückgezogen. Dort hatte er die Kommode und das Waschgeschirr verschoben und sich einen Tisch am Fenster eingerichtet, an dem er schrieb. Er hatte beschlossen, seine langjährige Erfahrung als Sportreporter zu Geld zu machen und ein Sportbuch zu schreiben. Anfangs hatte er mit sich gehadert und daran gezweifelt, dass sich irgendjemand in der derzeitigen Lage für etwas derart Unwichtiges interessieren könnte.

Margots Zureden, dass man auch von Musik, Unterhaltung und Kultur nicht abbeißen konnte, all dies aber dennoch zu allen Zeiten gefragt wäre, hatte ihn letztlich loslegen lassen. Vermutlich würde er eine ganze Weile mit seiner neuen Aufgabe beschäftigt sein. Bereits als Radiojournalist hatte Fritz Vorträge gehalten, die er selbst schrieb. Es würde ihm guttun, wieder in seine alte Welt einzutauchen.

Den Kopf frei und sorglos wie seit Langem nicht mehr, genoss Margot ihr Spiel. Mittlerweile hatte sie ein kleines Repertoire an Swing- und Jazzstücken. Und sie hatte ein betagtes Grammofon aufgebaut, auf dem sie Schallplatten abspielen konnte, damit sie nicht immer selbst dazu singen musste. An die Aufnahmen zu kommen war kniffelig. Gerda Frieses Sohn Paule arbeitete inzwischen als Koch in der Villa Gans, einem prächtigen Landhaus, das die Amerikaner beschlagnahmt hatten und seitdem Victory Guest House nannten. Es lag ein Stück außerhalb von Königstein. General Eisenhower hatte sich dort eingerichtet und empfing seine Gäste gern in dem historischen Ambiente. Dabei war viel Personal vonnöten und auch ein guter Koch, wie Paul Friese, der sich mit seinen amerikanischen Kollegen prima verstand. Die wiederum hatten nicht nur Zugang zu allerlei Köstlichkeiten, die der Normalbevölkerung verwehrt blieben, sondern auch zu Jazzplatten. Offiziell lieh sich Paule gelegentlich ein paar davon aus, inoffiziell gab er sie weiter an Margot. Zu deren größter Freude und Entzücken. An diesem Tag hatte sie sich für ein langsames, melancholisches Stück entschieden. Billie Holidays Stimme sang *Lover Man*, Margot spielte selbstvergessen dazu, da öffnete sich die Tür einen Spalt. Anfangs bemerkte sie es nicht, dann dachte sie, es wäre Marianne. Zu ihrer großen Überraschung aber trat Inge in den Schuppen. Mit Tränen in den Augen und nassen Sachen, von denen sie das Wasser schüttelte.

»Inge!« Margot hielt inne und hob die Nadel von der Schallplatte. »Ist was passiert?« Sofort grummelte Panik durch ihren Magen. Allerlei Schreckensszenarien kamen ihr in den Sinn. Die vergangenen Jahre hatten ihr Nervenkostüm dünn werden lassen.

»Was für ein bewegendes Lied!«, schniefte Inge. »Und du spielst es so gefühlvoll, so voller Leidenschaft und Schmerz, einfach wahnsinnig schön.«

Margot sank zurück auf den Stuhl. Sie stieß die Luft aus.

»Ach du liebe Güte, ich dachte schon … Ich weiß nicht, was ich dachte. Jedenfalls nicht das.« Sie zeigte auf Inge, die aus ihrer Jacke schlüpfte, bereits wieder die Platte startete und Margot anschaute, als würde sie die Freundin zum allerersten Mal sehen.

»Ich dachte, du spielst nur Klassik. Dabei hast du irres Talent für Jazz.«

»Quatsch.«

»Kein Quatsch, ich kenne mich aus in dem Geschäft. Und dir liegt die Musik im Blut, meine Liebe. Du musst doch selber merken, wie gut das passt.«

»Es ist ein reiner Zeitvertreib, davon weiß eigentlich keiner. Außer Marianne und Paul. Und das soll bitte schön auch so bleiben. Fritz hätte wenig Verständnis, wenn ich mich nun auch noch für Negermusik begeistere, wie er es nennt.« Margot stellte das Grammofon nun endgültig ab, nahm die Schallplatte und schob sie vorsichtig zurück in ihre Hülle. »Ich sollte mich eindeutig wieder mehr auf das Rundfunkorchester konzentrieren.«

»Auf welches Orchester? Die Amis haben noch immer nicht alle Instrumente besetzt, sagt Gesa, weil es schwierig ist, nicht vorbelastete und gleichzeitig gute Musiker zu finden. Das wird noch 'ne Weile dauern, bis euer erstes Konzert auf Sendung geht.«

»So lang wir kleinere Sachen zum Besten geben und als Kammerorchester funktionieren, soll mir das recht sein. Bei Radio Frankfurt war's anfangs auch nicht viel mehr. Außerdem sind wir gut beschäftigt, weil wir eine endlos lange Liste von Stücken einspielen müssen. Das Schallarchiv gibt es ja quasi nicht mehr. Wenn also im Radio Musik gespielt werden soll, muss die erst mal wieder irgendwo aufgenommen werden. Sonst sind wir wieder beim Rund-um-die-Uhr-live-Programm wie seinerzeit.«

Inge zog mit dem Fuß die Obstkiste heran und ließ sich elegant darauf nieder. Was nicht einfach war, denn sie trug einen engen Rock, der bis über die Knie reichte.

»Margot, lass uns realistisch sein. Gesas Umschau war ja nett, aber keine weltbewegende Unterhaltung, und nicht einmal annähernd das, was damals unter Alberts Leitung entstanden ist. Die Kontrolloffiziere tasten sich ganz langsam an ein normales Programm heran, Schrittchen für Schrittchen. Das Einzige, was mehrere Stunden am Tag mit angenehmer Regelmäßigkeit läuft, ist amerikanische Schallplattenmusik. Swing, Jazz, Bigbandmusik. Und ihr macht ein wenig Klassik. Da drängt sich mir folgende Idee auf ...«

»Nein«, unterbrach Margot. Sie wusste, was kommen würde. Es ging ihr selbst pausenlos im Kopf herum.

Natürlich fuhr Inge unbeirrt fort. »Wie wäre es, wenn du und ein paar andere Radiomusiker auf diesen Zug aufspringen? Wäre doch viel origineller als immer nur Schallplatten. Eine eigene Radio-Jazzcombo. Man muss mit der Zeit gehen. Die Nachfrage bedienen. Ich sage nicht, dass du die Klassik vernachlässigen sollst. Aber bis das große Orchester steht, könntest du dir mit moderner Musik die eine oder andere Mark dazuverdienen.«

»Unmöglich, als Frau ...«

Inge stieß ein ungläubiges Lachen aus. »Bitte! Dieser lahme Einwand, gerade von dir. Alles ist im Umbruch, Margot. Ich will nicht sagen, dass du es leicht haben wirst. Das war damals bei Radio Frankfurt auch nicht der Fall. Aber du kannst sein, was du möchtest. Du kannst spielen, was du willst. Du musst dich nur trauen.«

Draußen trommelte der Regen aufs Dach. Trotzdem öffnete Margot ein Fenster, als Inge sich eine Zigarette anzündete und nahm sich selber eine. Obwohl sie selten rauchte. Vielleicht würde das ihre aufgewühlten Gedanken beruhigen.

»Amerikanische?«

»Von Captain Hausner.«

»Es geht nicht nur ums Trauen, Inge. Wir sind keine jungen Dinger mehr, ich trage Verantwortung für eine Familie. Egon läuft erst seit ein paar Wochen vorsichtig auf Krücken. Ich muss mich um seine Zukunft kümmern. Bis Fritz Geld verdient, wird es noch eine Weile dauern. Meine Cousine ist schwermütig, weil ihr Mann in Kriegsgefangenschaft ist. Und Marianne wird langsam zum Backfisch. Oder nennt man das mittlerweile anders? Meine Hauptaufgabe ist es, jeden Tag Essen auf den Tisch zu bekommen und alle davon zu überzeugen, dass unser Leben irgendwann wieder normal sein wird. Wie könnte ich da extravagant werden und meinen, ich hätte auf einer Jazzbühne etwas verloren?«

Es sprach für Inge, dass sie nicht sofort dagegen schoss, sondern erst darüber nachdachte, was Margot sagte. Schweigend rauchten sie und hörten den gleichmäßigen Geräuschen des Regens zu.

»Wann musst du wieder in den Sender?«

»Morgen«, sagte Margot. »Wir proben und nehmen ein paar Stücke auf. Ich bin mir sicher, es wird nicht mehr lange dauern, bis das Orchester vollständig ist.«

Inge sah nicht aus, als wäre sie derselben Meinung. »Dann komm nach der Arbeit mit mir in die Stadt.«

»Wieso?«

»Der Bohländer hat nach unserem kleinen gemeinsamen Auftritt neulich erzählt, dass ein Freund von ihm sich ziemlich rührig um die heimischen Jazzmusiker kümmert. Ein gewisser Horst Lippmann. Seine Eltern haben ein Trümmergrundstück in der Baseler Straße gekauft und bauen das Hotel Continental wieder auf.«

Margot hatte die Zigarette bis zum letzten Rest aufgeraucht und warf den Stummel auf den Lehmboden des Schuppens. Sie trat die Kippe aus, hob sie auf und gab sie in eine leere Blechdose, die sie an Inge weiterreichte. »Seine Eltern? Wie alt ist denn dieser Herr Lippmann?«

»Wahrscheinlich noch keine zwanzig.«

Margot blies sich eine Haarsträhne aus der Stirn. »Ich weiß nicht, Inge. Das ist nicht mal mehr unsere Generation.«

»Er hat für die Hotclub Combo Auftritte im Tivoli eingefädelt. Der Kerl hat prima Verbindungen. Wenn du in der Jazzszene was werden willst …«

»Nein«, unterbrach Margot. »Zugegeben, ich bin von dieser Art Musik begeistert. Aber ich werde weiterhin klassisches Cello spielen und für Radio Frankfurt arbeiten. Auch wenn es sich nur langsam anlässt. Es wird besser werden. Außerdem würde es Fritz nie gestatten, dass ich nachts in Clubs auftrete.«

Inge gab sich geschlagen. Resigniert hob sie die Hände. »Wie du meinst. Trotzdem würde es mich freuen, wenn du mich ins Frankfurter Nachtleben begleitest. Das wird dein Göttergatte wohl erlauben. Eigentlich könnte Fritz auch gleich mitkommen. Ich habe nämlich einen kleinen Auftritt, weil es letztens mit den Hotclub Jungs so gut geklappt hat.«

»Das ist wundervoll, Inge. Natürlich komme ich gerne, Fritz ebenfalls. Ach, das freut mich für dich.«

Im Gesicht der Freundin las Margot keinerlei Enthusiasmus. Inge wirkte müde.

»Danke. Mal sehen, ob die Bühne und ich immer noch miteinander können.« Sie griff nach dem Korb, den sie mitgebracht hatte. »Margot, es ist mir unangenehm, dich schon wieder um etwas zu bitten. Aber könntest du vielleicht ein paar Eier erübrigen? Nicht für mich, für Theo.«

»Theo? Welcher Theo? Etwa Theodor Conrad?«

»Er ist kürzlich überraschend in Frankfurt aufgetaucht, völlig abgemagert und antriebslos. Sein Zustand erschreckt mich.«

»Und jetzt willst du ihn wieder aufpäppeln?«

»Das kann man so sagen. Ich habe das Gefühl, der Gute braucht eine ordentliche Portion Zuwendung, damit er wieder auf die Beine kommt.«

Nach Inges Beweggründen musste Margot nicht fragen. Es wäre schändlich, dem Mann nicht zu helfen, der ihr in schweren Zeiten eine große Stütze und immer ein aufrichtiger Freund gewesen war. Auch wenn der Kontakt in den Kriegsjahren eingeschlafen war.

»Klar hab ich was«, log Margot. Das geplante Abendessen würde zwecks Mangel an Eiern ausfallen, wenn sie Inge welche abgab. Dann musste sie eben umdisponieren, irgendetwas würde ihr schon einfallen.

Gemeinsam rannten sie vom Schuppen durch den Garten ins Haus und wurden dabei ordentlich nass.

Margot suchte die letzten Eier zusammen und noch ein paar andere Sachen, die sie erübrigen konnten.

»Das nicht«, sagte Inge, als die Freundin ein Stück Speck in den Korb legte. »Deine Cousine hat vier Kinder, und Egon und Marianne sind sicher auch ständig hungrig. Behalt das mal lieber.«

»Nimm es. Ich bestehe darauf. Und richte Theo unsere besten Wünsche aus.«

»Ich danke dir.« Inge rang um Fassung.

»Was hat er denn in Frankfurt vor?«

»Erst mal muss er durchs Entnazifizierungsverfahren. Das zieht sich. Gesa und ich und ein paar andere Kollegen werden zwar für ihn aussagen, aber ob er dann schneller wieder arbeiten darf? Ich weiß es nicht.«

»Hoffentlich wird er nicht auch für zwei Jahre gesperrt, wie Fritz. Wenn du willst, kann ich auch für ihn sprechen.«

»Das wäre wirklich hilfreich.« Auf dem Weg zur Haustür griff Inge nach Margots Hand und drückte sie.

»Wenn du deinen Auftritt hast, kommen Fritz und ich früher in die Stadt, und ich gehe vorher in die Kommandantur, um mich als Leumundszeuge zu melden.«

Sie umarmten einander und verabschiedeten sich. Inge setzte ein Kopftuch gegen den Regen auf. Das rote Muster darauf wirkte fröhlich gegen den grauen Himmel. Trotzdem hatte Margot ein Gefühl von Wehmut, als sie der Freundin hinterherblickte, wie sie in Richtung Bahnhof davonging. Es würde nie wieder werden wie früher, und es war töricht, darauf zu hoffen. Aber sie konnte an der Musik festhalten, an der Familie und der Freundschaft.

GESA

Radionachrichten 1945:
»Die Schauspielerin Hilde Sessak, bekannt aus dem Film
Die Feuerzangenbowle, steht mit ihren Kollegen Gustav
Fröhlich und Georg Thomalla für die Komödie *Ein toller
Fall* vor der Kamera.«

Bereits direkt nach dem Krieg wurde die geheimnisvoll-
exotisch wirkende Berlinerin Hilde Sessak wieder in Filmen besetzt. *Ein toller Fall* wurde allerdings erst am
30.12.1949 uraufgeführt.

Für Gesa war die Anstellung bei Radio Frankfurt Halt und
Stütze. Die neue Routine lenkte sie tagsüber ab, und das Wissen um ein Einkommen beruhigte sie. Aber nachts, allein im
Bett, entkam sie ihren Sorgen nicht. Schnee und Kälte vertrieben den Herbst, und die Sonne zeigte sich, wenn überhaupt,
nur sparsam. Das Jahr 1945 ging zu Ende. In nicht einmal
einer Woche würden sie das erste Weihnachten seit Kriegsende feiern.

Es war eisig im Schlafzimmer und noch immer stockdun-
kel, als Gesa aufstand und sich für die Arbeit zurechtmachte.
Die Kinder hatten an diesem Tag schulfrei und durften wei-
terschlafen, daher bemühte sie sich, besonders leise zu sein.
Auch bei Inge oben unterm Dach war noch alles still. Kein
Wunder, am Vorabend hatte sie einen Auftritt gehabt und

sicher war sie erschöpft. Die Freundin klagte zunehmend darüber, dass das Singen in verrauchten Clubs sie anstrengte.

Sehnsüchtig erinnerte sich Gesa an ihre warmen Winterstiefel von früher, während sie in ungefütterte Schnürstiefeletten mit dünner Sohle schlüpfte. Christel hatte ihrer Mutter einen blaugrünen Schal gestrickt, der exakt dieselbe Farbe hatte wie Gesas Augen. Natürlich gab es derlei Wolle momentan nicht zu kaufen, sie hatten dafür einen Pullover aufgetrennt, der Christel zu klein geworden war. An einem Ende war das Teil viel breiter als am anderen, aber das Mädchen hatte sich Mühe gegeben und Gesa liebte den Schal. Sie trug ihn jeden Tag.

Auf dem Arbeitsweg wurde es langsam heller, grauer, und die frostige Luft schmerzte beim Einatmen im Hals. Nachts hatte es gefroren, manche Wege waren glatt. Das zerstörte Frankfurt hatte aufgehört zu stinken. Lag das an der Kälte? Gesa hatte sich daran gewöhnt, durch Ruinen zu laufen. Auch an die allgegenwärtige Präsenz der Amerikaner. Und daran, dass es wenig gab, dass kaum etwas funktionierte und man sich einfach mit den Dingen arrangieren musste, wie sie waren. Von Tag zu Tag. Womit sie sich allerdings niemals abfinden würde, das war Alberts Abwesenheit. Sein Fehlen hatte ein Loch in ihr Herz gerissen, das immer tiefer klaffte.

Im Sender gab es an diesem Morgen heißen Tee, zubereitet von Hanne Reuter, der attraktiven neuen Sekretärin des Kontrolloffiziers. Major Lester spendierte dazu harte Kekse aus Armeebestand, auf die sich alle sofort stürzten, weil niemand gefrühstückt hatte. Mittlerweile hatte sich ein kollegiales Verhältnis zwischen den Sendermitarbeitern eingestellt. Freilich war ein jeder vorsichtig und überlegte sich zweimal, wem er etwas anvertraute. Sie waren weit entfernt vom fröhlichen Klatsch in Radio Frankfurts Teeküche und einem lockeren Umgang miteinander. Gesa stellte sich vor, dass es auch für die Amerikaner oftmals nicht leicht war, den schmalen Grat zwischen Distanziertheit und einem offenen Ohr für die Angestellten zu finden. Vor allem, weil jede Kleinigkeit kontrolliert und gegebenenfalls zensiert wurde. Und weil man sich einfach noch nicht gut genug kannte, um auch einmal zu diskutieren.

Wie an jedem Tag wurde Gesa zu Major Lester ins Büro bestellt, um mit ihm die anstehenden Beiträge durchzugehen und ihn über den aktuellen Stand auf dem Laufenden zu halten. Sie hatten es sich angewöhnt, diese Besprechungen an einem eigens dafür eingerichteten Platz abzuhalten, an dem sie nebeneinandersitzen und die Papiere und Zettel vor sich ausbreiten konnten. Major Lester hatte deswegen die unpraktische plüschige Besuchergarnitur entfernen und gegen einen höheren Tisch und zwei Stühle austauschen lassen. Darauf fanden sogar noch die Kaffeetassen bequem Platz, die Hanne Reuter soeben servierte. Sie trug das Tablett auf Brusthöhe vor sich her, dazu ein strahlendes Lächeln, mit dem sie ihren Chef bedachte. Gesa schätzte sie auf Anfang zwanzig. Ihre großen, dunklen Rehaugen und der Schmollmund verliehen ihr ein puppenhaftes Aussehen. Sie war ein hübsches Ding und sich dessen voll bewusst. Ihre Blusen saßen eng und waren stets einen Knopf mehr geöffnet, als es sich schickte. Dafür hatte Gesa absolut Verständnis. Der Mangel an Männern im kriegszerstörten Frankfurt zeigte sich überall. Frauen im heiratsfähigen Alter hatten düstere Zukunftsaussichten. Wenn Hanne Reuter sich einen Ehegatten angeln wollte, musste sie alle Register ziehen. Ob Jack Lester als verheirateter Amerikaner und ihr Vorgesetzter, deutlich älter noch dazu, der geeignete Kandidat dafür war, stand auf einem anderen Blatt. Aber es war nicht an Gesa, die junge Kollegin zu kritisieren.

»Für Sie wie immer mit extra Zucker, Major«, flötete die

Sekretärin, während sie Kaffee aus einer bauchigen Goldrandkanne in dazu passende Tassen goss. Vermutlich alter Hotelbestand. »Und Frau Bronnen nimmt keinen.«

Das stimmte zwar nicht, Gesa hätte gern süßen Kaffee getrunken, sie wollte aber nicht mit Hanne diskutieren, sondern zügig die Besprechung beginnen. Daher sagte sie nichts und wartete, bis die Kollegin das Zimmer wieder verlassen hatte. Mit einem vielsagenden Blick griff der Major nach dem Zucker und gab ungefragt einen gehäuften Löffel davon in Gesas Tasse. Dann stand er auf und ging hinüber zum Schreibtisch.

»Ich habe noch was. Nur für uns.« Verschmitzt grinsend zog er eine Schachtel Kekse hervor. »Die sind mit Schokolade. Nicht das staubtrockene Zeugs, mit dem man jemanden erschlagen könnte. Mögen Sie?«

»Unbedingt.«

Sie ließen sich die Hälfte der Packung schmecken und sprachen zwanglos über die Beiträge der anstehenden Sendungen.

Schließlich schob Major Lester die Zettel zu einem Stapel zusammen.

»Wir wollen im kommenden Jahr zügig mit einem Kinderprogramm beginnen«, informierte er Gesa. »Wie dieses Format genau aussehen soll, steht noch nicht fest. Aber es wurde bereits beschlossen, dass es von einer Frau moderiert wird. Ich weiß, dass Sie das nicht machen wollen, weil Sie den Hörspielen entgegenfiebern, das haben Sie von Anfang an klargestellt. Also werde ich gar nicht erst versuchen, Sie zu überreden. Außerdem brauche ich Sie in der Redaktion, Sie leisten dort hervorragende Arbeit. Aber kennen Sie vielleicht eine geeignete Person, die dafür infrage käme und die offiziell als entlastet eingestuft wurde? Das würde die Sache stark beschleunigen.« Er war keiner, der um den heißen Brei herumredete, das schätzte Gesa mittlerweile an ihm.

»Auf Anhieb fällt mir niemand ein. Aber ich werde darüber nachdenken und noch mal auf Sie zukommen, wenn es ein paar Tage Zeit hat.«

»In Ordnung.«

Es klopfte, und Hanne Reuter steckte den Kopf zur Tür herein. »Die Musiker sind hier, Major Lester.«

Der Kontrolloffizier erhob sich. »Ist gut. Wir sind fertig. Schicken Sie sie rein, Fräulein Reuter.«

Gesa stand ebenfalls auf und schob die losen Blätter vom Tisch in eine Mappe.

Als sie an ihm vorbeigehen wollte, legte er eine Hand auf ihren Arm, neigte seinen Kopf zu ihrem Ohr und flüsterte, sodass die Sekretärin es nicht hören konnte: »Ich würde Sie später gern noch mal kurz sprechen, Frau Bronnen. Kommen Sie zu mir, bevor Sie nach Hause gehen.« Und lauter sagte er: »Hier, nehmen Sie die restlichen *cookies* mit. Für Ihre Kinder.«

Seine Bitte war nicht ungewöhnlich, die Art, wie er sie vorgebracht hatte, hingegen schon. Aber Gesa hatte keine Zeit, weiter darüber nachzudenken, sie musste schleunigst in den Redaktionsraum, wenn sie ihr Tagespensum schaffen wollte. Im Hinausgehen kamen ihr eine Handvoll junger Männer entgegen, die ihr bekannt vorkamen, besonders einer mit Brille und hohem Haaransatz.

Statt sich an ihren Schreibtisch zu begeben, huschte sie durch die Gänge des ehemaligen Hotels bis zu dem großen Salon, in dem das Rundfunkorchester probte. Durch die Tür hörte sie, dass drinnen Stimmengewirr herrschte und nicht musiziert wurde, daher ging sie hinein und gab Margot ein Zeichen, sich später draußen auf dem Flur zu treffen.

Die Freundin kam sofort heraus.

»Zigarettenpause«, erklärte sie. »Für die, die rauchen und welche haben. Was gibt's?«

»Du weißt doch, dass Inge gelegentlich bei Horst Lippmann auftritt.«

»Bei diesem jungen Kerl vom Hotel Continental, der drauf und dran ist, alle unter seine Fittiche zu nehmen, die Jazzer werden wollen.«

»An den Inge dich ebenfalls vermitteln wollte.«

Margots Jazzgeheimnis wurde mittlerweile von Gesa und Inge geteilt. Auch Gesa fand, dass die Freundin wie ausgewechselt war und pure Lebensfreude ausstrahlte, wenn sie mal was Flotteres spielte. Doch sie weigerte sich hartnäckig, diese Richtung weiter zu verfolgen, und jazzte nur im stillen Kämmerlein, allein mit sich und dem Plattenspieler. Jammerschade.

»Dieser Herr Lippmann ist gerade ins Büro von Major Lester marschiert. Und hinter ihm Carlo Bohländer und ein paar seiner Hotclub-Combo-Kollegen. Hast du eine Ahnung, weshalb die hier sind?«

Es war kalt auf dem Hotelflur, Margot verschränkte fröstelnd die Arme. Sie trug einen Strickpullover über Bluse und Rock, ebenso wie Gesa, trotzdem froren beide. Was wäre es herrlich, wenn die Räume wieder mollig warm beheizt werden könnten. Oder zumindest so, dass man keine Eisfüße bekam.

»Also, ich habe läuten hören, unser Programm soll ab dem kommenden Jahr deutlich unterhaltsamer werden. Bisher gibt es ja nur die obligatorischen Wochenstunden Schallplattenjazz, sporadische Reportagen und den einen oder anderen Beitrag unserer Kapelle. Nicht gerade das, was den Hörer ans Gerät bannt. Daher vermute ich, dass die Amis die Fühler nach guten heimischen Jazzern ausstrecken, um Nummern direkt einzuspielen.«

Es klang wehmütig, wie Margot das sagte. Nur aus Rücksicht auf die Familie beschränkte sie sich weiterhin ausschließlich auf Orchestermusik und verleugnete ihre wahre Leidenschaft. Gesa warf ihr einen verständnisvollen Blick zu. Fragte sich Margot gerade, was gewesen wäre, wenn sie Inges Vorschlag gefolgt wäre? Wenn sie wenigstens mal mit Lippmann, Bohländer und Kollegen geprobt hätte? Wäre sie mittlerweile Frankfurts gefeierte Jazzbassistin? Die einzige weibliche?

»Ich glaube, das hat der neue Oberchef eingefädelt«, fuhr Margot fort. »Dem liegt mächtig viel daran, was für die einheimischen Künstler zu tun. Spricht für ihn, nicht wahr?«

Wie Major Lester schon im Sommer angekündigt hatte, lag seit dem Spätherbst die Verantwortung für Radio Frankfurt nicht mehr allein in seinen Händen. Golo Mann hatte das Kommando übernommen und führte den Sender in die Zukunft. Bevor er nach Bad Nauheim gekommen war, hatte er für die American Broadcasting Station gearbeitet, und hinter seinem Rücken nannten ihn alle den Radio-Mann. Er hatte zahlreiche neue Mitarbeiter eingestellt, besonders in der Technikabteilung. Deren Vorsitz selbstredend ein amerikanischer Rundfunkoffizier führte. Herr Mann kam Gesa vor, als wäre er zwischen zwei Welten gefangen. Weder gehörte er richtig zu den Besatzern, noch konnte er sich vollends auf sein ursprüngliches Heimatland einlassen, das für so viel Leid verantwortlich war. Er hatte traurige Augen, trotzdem lächelte er oft. Und er beurteilte die verheerende Zerstörung des alten Frankfurt, die Vernichtung von Kultur und Geschichte, zunehmend kritisch. Ganz recht wusste Gesa ihn noch nicht einzuschätzen, doch ihr Gefühl sagte ihr, dass die Zusammenarbeit von Golo Mann und Jack Lester den Radiosender auf ein solides Fundament stellen würde.

»Das bedeutet, dass sie nicht mehr nur Jazzplatten abspielen werden, sondern es auch Direktübertragungen geben wird? Radiokonzerte, klassisch und modern?«

Margot nickte. »Vermutlich.«

»Wäre das nicht auch was für Inge?« Gesa suchte nach den richtigen Worten. »Ich finde nämlich ehrlich gesagt, dass sie ihre Karriere nicht ernsthaft verfolgt, seit Theo zurück ist. Hin und wieder ein Auftritt vor kleinem Publikum, damit wird sie finanziell kaum über die Runden kommen.«

»Ist mir auch schon aufgefallen.«

Die Tür wurde aufgerissen, und der Dirigent sagte: »Kommste wieder rein, Margot? Wir können weitermachen.«

»Natürlich.« Und an Gesa gewandt: »Ich glaube, es wird Zeit für einen Plausch unter Freundinnen. Bevor was aus dem Ruder läuft.«

Zurück am Schreibtisch verflog der Tag geradezu. Gesa arbeitete die Mittagspause durch, und als sie von ihrer Schreibmaschine aufsah, dämmerte es bereits.

Sie streckte die Arme in die Luft und dehnte sich, legte den Kopf nach rechts und links, um ihren verspannten Nacken zu lockern.

Die Kekspackung in der Tasche erinnerte sie daran, dass sie noch einmal im Büro des Majors vorbeischauen musste. Sie hoffte, es würde nicht lange dauern. Daheim warteten sicher zwei hungrige Kinder.

Hanne Reuter war bereits nach Hause gegangen, daher klopfte Gesa direkt an Major Lesters Tür.

»Ah. Frau Bronnen«, sagte er und nahm die Brille ab, die er zum Lesen brauchte. Er kam hinter seinem Schreibtisch hervor. »Gut, gut. Setzen wir uns doch an unseren Tisch.« Er wartete, bis Gesa in der Besprechungsecke Platz genommen hatte, und ließ sich dann locker auf der Tischkante nieder, um sie besser ansehen zu können.

»Wir werden im kommenden Jahr einige neue Sendungen produzieren. Das Kinderprogramm, von dem wir schon gesprochen haben. Und dazu auch erste Hörspiele. Es dauert also nicht mehr lange, bis Sie wieder in dem Bereich arbeiten können, der Ihnen am meisten Freude bereitet.«

»Sehr gut.«

Er fuhr nicht fort, sondern studierte ihr Gesicht. In seinem Blick lag ein undeutbarer Ausdruck. Gesa bemühte sich, ihm standzuhalten, doch schließlich sah sie weg.

»Ich weiß nicht, wie ich Ihnen das sagen soll.« Seine Stimme war leise.

Kälte kroch in Gesas Beinen hoch, die nichts mit den winterlichen Temperaturen zu tun hatte. Sie wusste, dass sie um keinen Preis hören wollte, was der Major ihr zu sagen hatte.

»Wie Ihnen bekannt ist, hat die US Army sich auf die Suche nach Ihrem Gatten gemacht. Man hat lange und ausgiebig gesucht, aber leider erfolglos. Weder liegt er verletzt in einem Krankenhaus oder Lazarett, noch ist er in Gefangenschaft. Seine Spur verliert sich im Endkampf um Berlin. Es besteht keinerlei Hoffnung mehr, ihn noch lebend zu finden.«

»Nein«, hauchte sie. »Bitte sprechen Sie nicht weiter.«

»Ich muss. Ich will, dass Sie es von mir erfahren und nicht durch ein gefühlloses Schreiben.« Major Lester beugte sich vor und griff nach Gesas Hand. Der sanfte Druck seiner Finger brachte sie dazu, ihn wieder anzusehen.

»Weitere Suchtrupps auszusenden ist sinnlos. Albert Bronnen wird am 31. Dezember offiziell durch die Armee für tot erklärt. Es tut mir leid.«

Wie erstarrt saß Gesa auf dem Stuhl. Die Wucht dieser Worte drückte sie nieder. Man könnte einen allerletzten Versuch starten, wollte sie sagen. Nur weil ihn die Amerikaner nicht gefunden hatten, musste das nichts heißen. Womöglich hatte Albert das Gedächtnis verloren, vorübergehend. Wusste nicht mehr, wer er war. So was hörte man doch dauernd. Sie durften nicht aufgeben. All jene Szenarien, die sie sich in langen, einsamen Nächten ausgemalt hatte, sämtliche Erklärungsversuche wollte Gesa am liebsten herausschreien. Ihnen Worte verleihen, die Major Lester überzeugten. Aber auch das würde ihr Albert nicht zurückbringen. Nur mühsam gelang es ihr schließlich aufzustehen. Sie machte ein, zwei Schritte in Richtung Tür, dann wankte sie. Augenblicklich spürte sie die stützenden Arme des Majors um sich. Ohne es zu wollen, lehnte sie sich gegen ihn und ließ sich halten. Ein paar Atemzüge lang gestattete sich Gesa diese Hilflosigkeit. Er roch nach Rasierwasser, seine Brust fühlte sich stark und schützend an. Beinahe hätte sie geweint, aber sie kämpfte die Tränen zurück. Als sie sich aus seiner Umarmung löste, murmelte sie: »Vielen Dank. Es bedeutet mir in der Tat sehr viel, es von Ihnen zu erfahren und nicht mit einem Paukenschlag aus der Post.«

Ein Muskel in seiner Wange zuckte, doch er schwieg.

»Ich muss gehen. Meine Kinder warten daheim. Mir ist nicht gut.«

Augenblicklich war er wieder an ihrer Seite. »Ich fahre Sie nach Frankfurt.«

»Das ist nicht nötig.«

»In Ihrem Zustand steigen Sie auf keinen Fall in einen überfüllten Zug und laufen dann noch durch die halbe Stadt. Ich fahre Sie.«

Gesa fühlte sich zu schwach, um mit ihm zu diskutieren. Sie sehnte sich danach, allein zu sein. In der Dunkelheit ihres Schlafzimmers. Also nickte sie matt und ging an seinem Arm hinaus, wo ein Militärjeep in der Hoteleinfahrt parkte. Der Major winkte den Fahrer heran und teilte ihm die Adresse mit, dann hielt er Gesa die Tür auf, half ihr beim Einsteigen und setzte sich neben sie. Er sah starr geradeaus, als sie losfuhren.

»Was werden Sie jetzt tun?«, fragte er irgendwann.

Sie zuckte kraftlos mit den Schultern. »Ich weiß es nicht. Nachsehen, ob wir was zu essen haben. Meinen Kindern sagen, dass ihr Vater nicht mehr nach Hause kommt. Mein Sohn ist sechzehn, er rechnet ohnehin damit. Aber meine Tochter ist erst dreizehn. Sie klammert sich an den Gedanken, dass wir irgendwann wieder eine richtige Familie sein werden und betet jeden Abend für Albert. Es wird ihnen wehtun und sie für immer verändern. Beide.«

Eine Weile saßen sie schweigend nebeneinander.

»Haben Sie heute schon etwas gegessen, Frau Bronnen?«

»Die Schokoladenkekse.«

In Frankfurt ließ Major Lester den Fahrer vor einem PX-Lebensmittelladen halten, zu dem nur Personal der US Army Zutritt hatte. Dort gab es alles, was in den Geschäften fehlte. Dinge, die früher selbstverständlich gewesen, während des Kriegs jedoch Mangelware geworden und nach wie vor kaum zu bekommen waren. Beladen mit einem vollgepackten Karton kam er zurück. Gesa war viel zu apathisch, als dass sie es wirklich zur Kenntnis genommen hätte. Sie saß einfach nur da.

In Sachsenhausen fuhren sie an einem Trümmergrundstück vorbei, das in der Nähe des Bronnenschen Hauses lag, da kam plötzlich Leben in Gesa.

»Stopp!«, rief sie und sprang aus dem Wagen, noch ehe dieser vollständig zum Stehen gekommen war. Sie rannte hinter eine halb eingestürzte Ziegelwand.

»Dachte ich es mir doch, dass ich dich gesehen habe!«, blaffte sie. »Was fällt dir eigentlich ein, Julius? Ich habe dir und deiner Schwester ausdrücklich verboten, euch in den Ruinen herumzutreiben! Vor allem bei Dunkelheit. Weißt du, wie gefährlich das ist? Das alles hier kann jederzeit in sich zusammenfallen. Und überhaupt«, ihre Hand schnellte nach vorn und schnappte sich die Zigarette zwischen seinen

Fingern. Ein selbst gedrehtes Exemplar, zweifellos aus geduldig gesammelten Kippenresten zusammengebaut. Sie war noch relativ lang, trotzdem warf Gesa sie zu Boden und zertrat den wertvollen Tabak mit ihrem Schuh, zerrieb Papier samt Inhalt, bis sich alles mit Schmutz vermischte. Der zweite Junge wollte protestieren, doch sie fuhr ihm über den Mund.

»Von dir will ich kein Wort hören, Anton Berwald. Sieh zu, dass du schleunigst nach Hause kommst, dann sage ich vielleicht deiner Mutter nichts von dieser Begegnung.«

»Jawoll, Frau Bronnen.« Der Bursche lüpfte zackig die Mütze und machte sich davon. Zwei Jahre jünger als Julius und schon ebenso groß, lief er in Richtung der elterlichen Wohnung. Gesa wusste, wie resolut Frau Berwald war und dass Anton mächtig Ärger bekommen würde, falls sie erfuhr, dass sich der Junior auf gesperrten Grundstücken zum Rauchen herumdrückte.

»Woher habt ihr die Zigaretten?«, herrschte sie Julius an.

Als er antworten wollte, hinderte sie ihn mit einem erhobenen Zeigefinger am Sprechen. »Ich will es gar nicht wissen. Hop, steig in den Wagen.«

Stumm und mit bockigem Gesichtsausdruck folgte er den Anweisungen. Major Lester hatte die gesamte Szene beobachtet und sagte ebenfalls nichts. Er half Gesa erneut beim Einsteigen, und sie fuhren die restliche Strecke schweigend.

»Wo ist deine Schwester?«, fragte Gesa, als der Wagen vor ihrem Haus zum Stehen kam, da nirgends hinter den Scheiben Licht zu sehen war.

»Bei Frau Urbach.«

»Geh und hol sie.«

Julius trottete davon, die Hände in den Hosentaschen. Dabei kickte er einen Stein vor sich her.

Gesa wollte sich zügig von Major Lester verabschieden. »Vielen Dank fürs Heimbringen.«

Doch der Kontrolloffizier stieg aus und hielt ihr das Gartentor auf, dabei balancierte er die Kiste auf dem anderen Arm.

»Ich bringe Sie hinein und zeige Ihnen, was ich für Sie eingekauft habe.«

Protest wäre unhöflich gewesen, daher ließ Gesa ihn gewähren.

In der Küche stellte der Amerikaner ein Pfund Kaffeebohnen nebst Butter, Eiern, Zucker, Brot, Schokolade, Dosenfleisch und allerlei anderen Köstlichkeiten auf den Tisch. Gesa wusste nicht, was sie sagen sollte. Eine derart große Menge Essen auf einem Haufen hatte sie seit Jahren nicht gesehen. Vermutlich war dem Major gar nicht klar, was für eine Erleichterung dieser Überfluss für die Familie war. Wenn sie es sich gut einteilten, konnten sie wochenlang davon leben. Zusammen mit Kartoffeln und Wurzelgemüse ließ sich allerlei zubereiten. Wiederum war zu überlegen, ob sie den Kaffee nicht verkauften. Wesentlich sinnvoller, als sich das Luxusgut selber zu gönnen. Diese Gedanken schossen Gesa allesamt durch den Kopf, während sie die Sachen bestaunte.

»Das ist zu viel«, hauchte sie.

»Schon in Ordnung.«

»Danke.«

Er nahm sein Schiffchen vom Kopf. Auch bei der Arbeit im Sender hatte er Uniform zu tragen. Gesa hatte Major Lester noch nie in ziviler Kleidung gesehen.

»Es kann für Sie nicht überraschend kommen«, sagte er leise. »Sie müssen damit gerechnet haben.«

Auch Gesa setzte ihren Hut ab und fuhr sich mit der Hand durchs Haar. »Dass mein Mann für tot erklärt wird?« Die Worte schmerzten. »Es ist ein Unterschied, ob man etwas befürchtet, oder die offizielle Bestätigung erhält. Selbstverständlich ist mir schon seit einer Weile klar, wie unwahrscheinlich es mittlerweile ist, Albert unversehrt wiederzufinden. Andererseits ist es meine Entscheidung, ob ich dem Beschluss der Armee Glauben schenke, oder weiter daran festhalte, dass mein Mann noch lebt.«

Ein Ausdruck von Mitleid ließ die Züge des Majors sanft werden. »Sicher, Frau Bronnen, absolut. Was den rechtlichen Aspekt betrifft, werden Sie ab dem ersten Januar als Kriegswitwe eingestuft. Das wird sich günstig auf Ihre Versorgungssituation auswirken, auch langfristig.«

»Darüber möchte ich gerade überhaupt nicht nachdenken.«

»Natürlich nicht.« Etwas verlegen zog er eine Flasche aus der Kiste. »Das habe ich auch noch für Sie mitgenommen. Amerikanischer Bourbon. Ich dachte … Also, wenn es Ihnen schlecht geht …« Er rang um Worte.

»Vielen Dank, Major Lester. Das ist sehr nett von Ihnen.«

Gesa hörte, wie die Haustür geöffnet wurde und Julius und Christel im Flur ihre Mäntel auszogen. Sie kamen in die Küche und hielten erstaunt inne, als sie den US-Soldaten sahen.

»Sie sind noch da?«, fragte Julius überflüssigerweise und nicht gerade freundlich.

»Major Lester ist mein Chef im Sender. Er hat mich nach Hause gebracht.«

»Guten Tag«, sagte Christel. Und im selben Atemzug: »Ist das Schokolade?«

Julius presste die Lippen aufeinander und äußerte sich nicht zu den Köstlichkeiten auf dem Tisch. Feindseligkeit stand ihm ins Gesicht geschrieben. War es ihm peinlich, dass der Major die Schelte auf dem Trümmergrundstück mitbekommen hatte? Oder störte ihn die Tatsache, dass er in seinem Elternhaus war und reichliche Gaben mitgebracht hatte?

»Ich gehe dann mal lieber.« Major Lester setzte sein Schiffchen wieder auf und nickte den Kindern zum Abschied zu. Gesa begleitete ihn zur Tür.

Als sie in die Küche zurückkam, hatte Christel das Schokoladenpapier bereits geöffnet und ein kleines Stück abgebrochen, bevor irgendjemand es verbieten konnte. Gerade steckte sie es sich in den Mund. Ihr Bruder stand mit vor der Brust verschränkten Armen daneben und rührte nichts an.

»Wofür ist das ganze Zeug? Wieso schenkt der dir das? Alles Sachen aus dem Army-Laden, die normale Leute nicht kriegen. Was hast du getan, dass sich der Herr Major derart freigiebig zeigt?«

Am liebsten hätte Gesa Julius eine Ohrfeige verpasst. Sie musste sich beherrschen, um ihre aufflammende Wut unter Kontrolle zu halten. Wenigstens fühlte sie sich nun nicht mehr wie gelähmt.

»Wenn du noch einmal eine derart respektlose Andeutung machst, hat das ernste Konsequenzen. Wascht euch beide die Hände und setzt euch an den Tisch. Ich muss euch etwas sagen.«

Julius bekam hektische rote Flecken auf den Wangen, wie immer, wenn er sich aufregte.

»Ich will mir nicht die Hände waschen! Ich will wissen, was hier los ist!«

»Also schön.«

Betont langsam setzte sich Gesa und wartete, bis auch Julius und Christel Platz genommen hatten.

»Major Lester hat all diese Sachen gekauft, weil er Mitleid mit uns hat, vermute ich.« Sie atmete tief durch.

Schlagartig verschwand die Farbe aus Julius' Gesicht. »Es ist wegen Papa, nicht wahr?«

»Sie werden ihn in wenigen Tagen für tot erklären. Das offizielle Schreiben kriegen wir noch zugestellt.«

Mit einem Aufschluchzen schlug Christel die Hand vor den Mund.

Julius schüttelte den Kopf. »Aber das geht doch nicht!«

»Doch, Julius. Die Armee hat lange und ausgiebig nach ihm gesucht. Sie denken, es besteht keinerlei Chance mehr, dass er noch am Leben ist. Es tut mir leid, dass ich es euch nicht schonender beibringen kann, aber ich bin selber völlig schockiert.«

Christel sprang von ihrem Platz auf und warf sich in Gesas Arme. Das Mädchen schluchzte laut. Ihre Schultern bebten und Gesa zog sie fest an sich.

Julius schüttelte wiederum den Kopf. »So ein Blödsinn!«

Sie sah ihn an. In seinen Augen schimmerte es feucht. Als sie den Arm nach ihm ausstreckte, kam auch er zu ihr, und alle drei hielten einander fest. Auch Gesa konnte ihre Tränen nicht mehr zurückhalten. Die mühsam aufrechterhaltene Selbstbeherrschung bröckelte angesichts des Schmerzes ihrer Kinder.

»Es ist vollkommen egal, was irgendwelche Leute hinter irgendwelchen Schreibtischen beschließen«, schluchzte sie. »Für uns ist Papa nicht tot. Wir glauben fest daran, dass er noch lebt und eines Tages den Weg zu uns zurück finden wird.«

Trotz dieser Bekräftigung war Gesa die Hoffnungslosigkeit ihrer Situation wohl bewusst. Wie sehr sich die Welt verändert hatte, zeigte sich ihr jeden Tag im zerbombten Frankfurt.

Wo früher der Milchladen gewesen war, lag nun ein zwei Stockwerke hoher Ziegelhaufen. Links und rechts davon gähnten die aufgerissenen Fassaden der Nachbarhäuser wie unheimliche Mäuler. Von der Straße aus sah sie in verlassene, einsturzgefährdete Zimmer, in denen eine dünne Schneeschicht lag. Gesa erinnerte sich daran, wie sie früher, als die

Kinder noch klein gewesen waren, dort Milch geholt hatte. In einer mitgebrachten Blechkanne, die Julius auf dem Heimweg tragen durfte. Ganz stolz hatte er drauf geachtet, dass kein einziger Tropfen verschüttet wurde. Im Laden hatten sich die Frauen der Nachbarschaft zu einem Schwätzchen getroffen. Drinnen wurde der neueste Klatsch geteilt, während die Kinder draußen spielten und allerlei Unfug trieben. Wie sorglos waren alle gewesen.

Schmerzlich schöne Erinnerungen an die Kleinigkeiten eines friedvollen Alltags suchten Gesa heim, erinnerten sie daran, dass sie allein war, ohne Albert, und um sie herum apokalyptische Zustände herrschten. Wieder kroch die Kälte ihre Beine hinauf, bis ins Herz. Und der Winter fing erst an. Worauf sollte sie sich stützen?

INGE, 1946

Radionachrichten 1946:
»Die dänische Schauspielerin und Regisseurin Bodil Ipsen erhält als erste Frau die Goldene Palme bei den Filmfestspielen von Cannes.«

Bodil Ipsen wurde als Regisseurin für The Red Meadows ausgezeichnet, ein Antikriegsdrama, das während des Zweiten Weltkriegs spielt, als Dänemark von Nazideutschland besetzt war. Der Film wurde nur wenige Monate nach Kriegsende gedreht und war eine Hommage an die dänischen Widerstandskämpfer.

Eier in Pulverform, zugeteilt auf Lebensmittelkarten. Mit einem unterdrückten Schaudern legte Inge die Packung in ihre Einkaufstasche. Besser als zu hungern war das allemal, aber gewöhnen würde sie sich daran nie. Wie an so vieles andere, das nichts mehr mit dem Leben zu tun hatte, das sie kannte. Früher hatte sie mit Margot und Gesa im Café an der Hauptwache gesessen und das fröhliche Treiben beobachtet. Trams und Busse, Automobile und Fußgänger aus allen Himmelsrichtungen waren in scheinbarem Chaos um das schöne alte Gebäude herumgewirbelt, wie bunte Blätter im Herbstwind. Ganz am Anfang, vor zwanzig Jahren, hatten sie an eben dieser Stelle beschlossen, was aus ihnen einmal werden sollte. Alles hatten sie erreicht, sogar ihre ehrgeizigsten Ziele. Und wozu? Damit eine Handvoll gestörter Männer, die das

Herz einer gesamten Nation vergiftet und die Welt in Krieg und Verderben gestürzt hatten, ihnen alles wieder abnahmen?

Heute ging es in erster Linie darum zu überleben. Inge musste sich mit ihrer Situation arrangieren, das Beste daraus machen. Und für Theo sorgen, der noch immer in einem Ausmaß mit seinem Schicksal haderte, wie eine Frau das niemals tun würde.

Der neue Alltag zehrte. Wie sollte sie da vergnüglich auf einer Bühne stehen und Liedchen trällern? Unmöglich. Eine Karriere aus dem Nichts wieder aufbauen? Mit zweiundvierzig Jahren und einer Horde junger Talente im Nacken, die exakt dasselbe wollten? Sie hatte mit Gesa und Margot darüber gesprochen, und die zwei verstanden genau, wie sie sich fühlte. Inge war müde. Sie schulterte die Tasche und mischte sich unter die Passanten. Kaffee und Kuchen gab es derzeit keinen an der schwer beschädigten Hauptwache. Dafür blühte dort der Schwarzmarkt. Ohne jegliches Bedauern tauschte Inge einen Goldring, den ihr vor fünfzehn Jahren ein Verehrer geschenkt hatte, gegen Lebensmittel, die sie dringender benötigte als Schmuck. Darunter echte Eier von Hühnern, nicht diese pulverisierte Abscheulichkeit.

Beim Übersetzen über den Main pfiff ein eisiger Wind. Wie gut, dass das Boot voll war und die Leute eng beieinanderstanden.

In Gesas Haus kochte Inge das Abendessen für die ganze Familie. Und für Theo, der vorbeikommen würde. Mittlerweile hatte sie nicht einmal mehr Lust, dazu das Radio einzuschalten oder eine Platte aufzulegen. Sie schätzte die Stille.

Auch später beim Essen wurde nicht viel geredet. Erst als die Kinder hinauf in ihre Zimmer gegangen waren, wagte Theo, nach Gesas Befinden zu fragen.

»Wie soll es mir gehen? Ich fühle mich leer.«

Die Trauer der Freundin schmerzte auch Inge. Zwar beharrte Gesa darauf, dass Albert noch am Leben war, aber dass sie sich selbst nicht mehr glaubte, war ihr deutlich anzusehen.

»Es ist Januar, Gesa. Und draußen so kalt, dass niemand ...«

»Ich weiß«, sie hob die Hand. »Ich weiß. Trotzdem, ich will es nicht wahrhaben.«

»Das ändert nichts daran, dass die, die wir lieben, nicht mehr sind«, murmelte Theo dumpf. Dabei starrte er vor sich auf den Teller und Inge schnürte es die Kehle zu bei der Schwermut, die in der Luft hing wie eine dicke Wolke.

»Dein Chef bringt dich in letzter Zeit häufig mit dem Jeep heim. Das ist nett, gerade bei diesen Temperaturen.« Sie musste einfach das Thema wechseln.

»Ja, sehr nett.«

»Woran arbeitet ihr momentan?«

Gesa schien zu überlegen. Es dauerte eine Weile, als müsse sie erst zurück in den Moment finden. Dann sagte sie mit einem eigentümlichen Gesichtsausdruck und ohne auf Inges Frage einzugehen: »Würdest du mich morgen bitte in den Sender begleiten? Es gibt etwas zu besprechen.«

»Natürlich, gerne.« Inge fragte nicht nach, weil es sich bestimmt um irgendeine Art von musikalischer Einspielung handeln würde, und dann müsste sie Begeisterung heucheln. Dazu fühlte sie sich gerade nicht in der Lage. Allein der Gedanke daran, singen zu müssen, rief Übelkeit hervor, das fiel ihr mit Erschrecken auf.

»Du hältst dich momentan mit Auftritten sehr zurück.« Ohne es zu ahnen, schlug Theo in dieselbe Kerbe.

Natürlich!, wollte sie rufen. *Weil ich ausgelaugt bin, am Ende, erschöpft! Ich kann nicht noch mal von vorne anfangen!*

Stattdessen antwortete sie: »Es gibt genügend junge Talente, die sich um Frankfurts Clubbühnen reißen. Mich brauchen sie da nicht auch noch.«

Gesa protestierte sofort. »Inge, was redest du denn? Erst gestern war Horst Lippmann wieder im Sender. Ihr wisst ja, dass er seit Neuestem eine Jazzsendung moderiert. Und er hat mich gefragt, wann du Zeit hättest. Anscheinend habt ihr vereinbart, dass du dich bei ihm meldest. Er wartet darauf.«

»Hm. Dann werde ich das wohl bald machen.«

Gesa warf ihr einen Blick zu, in dem die Vertrautheit einer tiefen Freundschaft stand. Ihr konnte Inge nichts vormachen. Sie wusste genau, dass sie keinerlei Absicht hatte, Horst Lippmann zu kontaktieren. Aber Gesa schwieg, griff lediglich über Tisch hinweg nach ihrer Hand und drückte sie kurz.

»Und du, Theo?«, fragte Inge. »Gibt es was Neues?«

Alle hatten sie für ihn ausgesagt. Eine große Zahl ehemaliger Kollegen war in der Kommandantur erschienen und hatte Theodor Conrad einstimmig ein hervorragendes Leumundszeugnis ausgestellt. Dass er sich für Schauspieler eingesetzt hatte, wenn sie bei den linientreuen Oberen in Ungnade gefallen waren. Dass er sie verteidigt hatte, obwohl es ihn selber in Gefahr brachte. Dass er seine Freunde unterstützte, immer und mit vollem Einsatz. Und dass er seine beträchtlichen Auszeichnungen verdiente, jede einzelne davon. Weil er ein Ausnahmekünstler war.

»Leider nein. Es wird wohl auch noch ein Weilchen dauern. Die Mühlen der Bürokratie mahlen langsam.« Er seufzte in Richtung Wanduhr. »Dann mache ich mich mal auf den Heimweg, bevor die Ausgangssperre beginnt.«

Inge stand auf. »Ich begleite dich ein Stück. Es ist zwar kalt, aber ich brauche dringend frische Luft.«

Eingehüllt in Mantel und Schal hakte sie sich draußen bei ihm unter. Langsam fühlte sich Theos Arm nicht mehr ganz so mager an. Bisweilen hatte Inge den Eindruck, ihn gerade noch rechtzeitig erwischt zu haben, bevor er sich auflöste und verschwand. Wobei, genau genommen hatte er ja sie gefunden, womöglich in einem letzten Aufbäumen seines Selbsterhaltungstriebs.

»Weißt du«, sagte er, als sie die dunkle Straße entlanggingen und frisch gefallener Schnee unter ihren Füßen knirschte, »ich fühle mich wie ein Gefangener auf Freigang. Solange ich nicht auftreten kann, hat mein Leben keinen Sinn.«

»Was für ein ausgemachter Blödsinn.« Inge hatte gelernt, dass es nicht gut war, den Freund in seinem Trübsinn zu bestätigen. »Du bist nicht nur Schauspieler, sondern in allererster Linie Theo, der Mensch. Und als solcher kannst du dir bitte schön wenigstens vorübergehend eine andere Beschäftigung suchen, bevor du wieder Theodor Conrad, der Star sein darfst. Ich fand es schon immer dumm, wenn sich Personen lediglich über ihren beruflichen Status definieren. Das macht sie aufgeblasen und selbstverliebt.«

Irritiert hielt er inne. »War ich das? Aufgeblasen? Selbstverliebt?«

»Das hab ich nicht gesagt. Im Allgemeinen habe ich das bei männlichen Kollegen allerdings häufiger festgestellt als bei den weiblichen. Aber wenn du es genau wissen willst … Ja, es gab eine Zeit, da ist dir dein Ruhm zu Kopf gestiegen. Als du nach Berlin gerufen wurdest und für den Propagandaminister Filme gedreht hast.«

»Hm. Das muss ich mir wohl sagen lassen. Aber nur von dir.«

»Hast du schon gehört, dass Fritz Milanski dabei ist, ein Buch zu schreiben? Über seine Zeit als Sportreporter.«

»Ist das ein Wink mit dem Zaunpfahl? Dass ich mich ebenfalls literarisch betätigen soll?«

Sie setzten ihren Weg fort. Die Luft war klar und frisch, und Inge tat die Bewegung nach dem Essen gut.

»Warum nicht?«

»Da muss ich dir gleich sagen, meine Liebe, das kommt nicht infrage. Ich interpretiere, aber ich erschaffe nichts. Und ganz ehrlich gesagt bin ich viel zu alt, um auf irgendetwas anderes umzuschwenken. Nein, nein. Ich werde die Sache aussitzen. Und sobald ich rehabilitiert bin, trete ich wieder auf.«

»Na siehst du, das klingt doch schon wesentlich zuversichtlicher als dein Gejammere von vorhin.«

Sie kamen an die Ecke, an der sie sich für gewöhnlich voneinander verabschiedeten. Es begann wieder zu schneien, und zarte Flöckchen rieselten lautlos auf sie herab.

»Ach Inge, wenn man dich reden hört, könnte man meinen, du magst mich nicht. Sehr streng bist du.«

»Täusch dich nicht. Das muss ich sein, gerade weil du mir viel bedeutest«, sagte sie mit sanfter Stimme.

Er nahm ihre Hand und hauchte galant einen Kuss auf die kalten Finger. »Du bedeutest mir ebenfalls viel.«

Dann beugte er sich zu ihr und küsste sie auf die Wange. Das tat er selten. Inge erinnerte sich überhaupt nur an eine Gelegenheit, und das war gewesen, als er sich nach Berlin verabschiedet hatte. Plötzlich nahm sie die Kälte viel weniger wahr.

»Gute Nacht, Theo. Es wird alles wieder gut werden.«

»Ich weiß.«

»Wirklich?«

Sein Lächeln traf sie mitten ins Herz. Er fand sich wieder, Stück um Stück. Möglicherweise würde er am Ende dieses Prozesses ein anderer sein, aber einer, der nicht zerbrochen war, sondern einer, der weitermachte mit dem, was blieb.

Auch am darauffolgenden Morgen beflügelte Inge der Gedanke an Theo. Gut gelaunt fuhr sie mit Gesa in den Sender.

Sie war nie dort gewesen und wunderte sich, wie sehr das Gebäude noch immer wie ein Hotel wirkte und nicht wie eine Sendestation. Die amerikanischen Mitarbeiter erkannte sie eindeutig an den Uniformen, die deutschen an ihren hageren Gesichtern und der abgetragenen Kleidung.

Sie gingen nicht in das Büro von Major Lester, sondern in das von Golo Mann, ein Stockwerk darüber, wo die beiden Kontrolloffiziere bereits auf sie warteten. Herr Mann war ein großer Musikfreund und machte Inge gleich ein Kompliment zu einer ihrer Schallplatten. Er hatte ein offenes, freundliches Gesicht und sprach sehr herzlich mit ihr.

Trotzdem fasste Inge augenblicklich den Entschluss zu verneinen, falls er sie fragte, ob sie für einen Auftritt zur Verfügung stünde.

»Wir tüfteln derzeit an einem Konzept für eine Kinderfunksendung«, sagte Major Lester, ein sehr attraktiver Mann mit einem gesunden Aussehen. Warum hatte Gesa das nie erwähnt? »Das ist zwar nicht Frau Bronnens Bereich, aber sie hat uns empfohlen, Sie heute einzuladen, Frau Jacobs.«

Inge begann sich zu wundern, daher ließ sie ihn weiterreden.

»In den letzten Wochen haben wir Gespräche mit Bewerberinnen geführt, um eine Moderatorin für die Sendung zu finden. Nicht nur das, diese Person hätte auch die Leitung des Kinderfunks inne. Eine verantwortungsvolle Aufgabe. Leider war bisher die richtige Kandidatin nicht darunter.«

Das konnte sich Inge gut vorstellen. Frauen, die politisch sauber und belastbar waren, ihre Zeit nicht für die Familie aufbringen mussten und noch dazu Verantwortung übernehmen wollten, waren dieser Tage rar gesät. Sie hatte von Gesa gehört, dass die Kontrolloffiziere eine Ärztin mit der neuen Abteilung Frauenfunk betraut hatten. Abwegig, einerseits, andererseits passte das auch wiederum ganz gut. Golo Mann übernahm, und Inge fragte sich immer mehr, worum es hier eigentlich ging. Sie hoffte inständig, man werde ihr nicht vorschlagen, Kinderliedchen zu trällern. Das wäre ein absoluter Tiefpunkt.

»Frau Bronnen meint, wir sollten es mit Ihnen versuchen. Verstehen Sie uns nicht falsch, es geht hier nicht um ein Gesangsengagement, sondern um die komplette Leitung des Kinderprogramms. Was denken Sie? Hätten Sie Lust auf ein paar Probeaufnahmen?«

Vollkommen perplex klappte Inge den Mund zu und sah von einem zum anderen. Mit allem hatte sie gerechnet, aber nicht damit. Als sie mit ihren Augen bei ihrer Freundin angekommen war, bat sie: »Würden uns die Herren bitte einen Augenblick entschuldigen? Ich würde gerne mit Frau Bronnen ein Wort vor der Tür wechseln.« Sie zog Gesa hinaus und durch Herrn Manns Vorzimmer weiter bis auf den Flur.

»Was soll das denn?«, flüsterte sie. »Du schleppst mich ohne Vorwarnung vor die hohen Tiere im Sender, in dem Glauben, es handle sich um ein irgendeine Singstunde. Und dann so was! Wie um alles in der Welt kommst du darauf, ich könnte eine Kindersendung präsentieren, geschweige denn eine Rundfunkabteilung leiten? Wo ich überhaupt keine Kinder habe. Und mich noch nicht mal besonders für sie interessiere. Es gibt wohl keine ungeeignetere Person als mich. Wie komme ich wieder raus aus der Sache, ohne deine Chefs vor den Kopf zu stoßen? Ach Gesa, was hast du nur angestellt?«

»Bist du jetzt fertig?«

Im Kontrast zu Inges aufgeregtem Flüstern klang Gesas Stimme enervierend entspannt. Amüsierte sie die Sache etwa?

»Nein! Ich finde es unmöglich, dass du vorher nicht mit mir über die Sache gesprochen hast.«

»Wärst du dann mitgekommen?«

»Auf keinen Fall.«

»Siehst du.«

Inge setzte zu einem weiteren Protest an, aber Gesa ließ sie nicht zu Wort kommen. »Nein, warte, jetzt hörst du mir zu. Als Major Lester mich im Dezember gefragt hat, ob ich jemanden wüsste, der den Kinderfunk präsentieren könnte, habe ich ihm versprochen, darüber nachzudenken. Ich beobachte dich schon eine ganze Weile, Inge. Du hast dich verändert.«

»Wir haben uns alle verändert, meine Güte! Es war Krieg. Und als Theo …«

»Nicht erst seit Theo aufgetaucht ist. Schon vorher. Du vermeidest es geradezu, vor Publikum aufzutreten. Dein Beruf bereitet dir keinerlei Freude mehr, im Gegenteil. Ich habe das Gefühl, es löst Panik in dir aus, dir vorzustellen, auf einer Bühne zu stehen.«

Inge hatte vor Gesa und Margot versucht, diesen Sachverhalt herunterzuspielen, aber das traf den Nagel auf den Kopf. Eigentlich hätte sie sich denken können, dass ihre Freundinnen sie viel zu gut kannten. Sie konnte ihnen nichts vormachen. Um Zeit zu gewinnen, öffnete Inge den Schnappverschluss ihrer Handtasche und kramte nach einer Zigarette. Als sie keine fand, fluchte sie leise. Ärgerlich schob sie den Tragehenkel wieder übers Handgelenk.

»Ich kann nicht mehr auftreten, Gesa. Das habe ich alles vor zwanzig Jahren schon mal durchgemacht. Dieses Herumtingeln durch die Clubs. Ein Engagement nach dem anderen. Leute kennenlernen, die in der Branche wichtig sind, ihnen schöntun, sich hocharbeiten. Klar kennt man meinen Namen noch, aber seit meiner letzten Schallplattenaufnahme ist viel Zeit vergangen. Ich habe schlicht und einfach nicht mehr die nötige Energie. Manche Clubs umgehen die *curfew*, indem sie einfach durchmachen. Weißt du, wie anstrengend es ist, bis morgens um fünf eine Show bieten zu müssen? Sind wir mal ehrlich, mit Mitte zwanzig hat das Nachtleben deutlich mehr Spaß gemacht als heute. Die Konkurrenz ist jung und ehrgeizig. Ich bin es nicht mehr.«

Anstatt mit halbherzigen Protesten Inges Ego zu streicheln, blieb Gesa direkt: »Das verstehe ich. Und Margot ebenfalls. Deswegen weiß ich auch, dass du die perfekte Besetzung für den Kinderfunk bist. Das Programm ist sehr musiklastig. Du würdest mit Kindern arbeiten, selbstredend. Aber ihr singt zusammen, du liest Geschichten vor, ihr macht kleine Hörspiele und noch viel mehr. Es kann unglaublich kreativ sein, je nachdem, was du daraus machst.«

»Das ist alles vollkommen neu für mich.«

»Eben! Sieh es als Herausforderung. Du hast die Chance, in einem von Deutschlands besten Radiosendern das Kinderprogramm von Anfang an aufzubauen. Eine feste Anstellung. Keine nächtlichen Arbeitszeiten mehr, alles schön tagsüber. Und – wenn ich ganz offen sein darf – dein Alter ist bei der Sache vollkommen einerlei. Das kannst du auch in zwanzig Jahren noch machen.«

Inges Widerspruch erstarb. Dagegen gab es nichts einzuwenden.

»Ich muss darüber nachdenken.«

Die Tür hinter ihnen öffnete sich. »Konnten sich die Damen austauschen?«, fragte Herr Mann mit hochgezogenen Augenbrauen. Er lächelte sogar ein ganz klein wenig.

»Ja. Frau Jacobs würde gern die Probeaufnahmen machen. Stimmt's, Inge?«

Nun richteten sich zwei Augenpaare gespannt auf die Sängerin.

Obwohl sich Inge noch immer darüber ärgerte, von Gesa überrumpelt worden zu sein, war sie gleichzeitig gerührt, dass die Freundin sich anscheinend viele Gedanken um ihre Zukunft gemacht hatte. Selbstverständlich grenzte es an Skurrilität, ausgerechnet die kapriziöse Inge Jacobs für den Kinderfunk vorzuschlagen, aber den Probeaufnahmen stimmte sie zu. Schon allein, um Gesa nicht zu brüskieren. Sicher würden die Radioleute gleich erkennen, wie ungeeignet sie für diese Aufgabe war. Und außerdem, ganz tief in ihrem Inneren und für Inge selbst überraschend, regte sich das zarte Flüstern der Neugier. Eine kleine, aufgeregte Stimme, eine Spannung vor dem Neuen. Dieses Kribbeln hatte sie früher sehr genossen und leider lange Zeit nicht mehr gespürt.

»Äh, jetzt sofort?«, fragte sie überrascht, weil die Kontrolloffiziere sie in einen Raum baten, den sie Aufnahmestudio nannten, der aber in Wirklichkeit ein Badezimmer war.

»Natürlich«, antwortete Major Lester. »*Seize the day,* sagen wir immer. Also …«, er überlegte.

»Ja, ja, ich weiß schon. Die Gelegenheit beim Schopfe packen, wahrscheinlich. Oder so ähnlich. Also dann, gehen wir es an.«

Auf dem Rand der Badewanne saß ein Junge mit großen Kulleraugen neben zwei Mädchen, die beide lange, geflochtene Zöpfe trugen.

Sie waren vielleicht neun oder zehn. Inge fand es schwierig, das Alter von Kindern zu schätzen, daher konnte sie mit ihrer Vermutung genauso gut falschliegen. Für sie hatten sie den einzigen Stuhl freigelassen, das war nett. Irgendjemand hatte zwischen Waschbecken und Wanne einen Tisch exakt eingepasst. Darauf standen ein Mikrofon und ein Aufnahmegerät.

»Hallo«, sagte Inge. »Wartet ihr auf mich?«

»Ja. Schon 'ne ganze Weile«, antwortete das Mädchen, das in der Mitte saß.

»Oh. Das tut mir leid. Wisst ihr, ich bin eigentlich Sängerin, und bei uns Musikern ist es ziemlich unhöflich, wenn einer die Kapelle unnötig warten lässt. Daher entschuldige ich mich in aller Form bei euch.«

»Schon in Ordnung.«

»Was singst du denn?« Diese Frage kam von dem kleinen Jungen.

»Och, alles Mögliche. Früher habe ich viele Schallplatten aufgenommen.«

»Wir singen auch. Meine Schwester und ich.« Der Bub deutete auf das andere Mädchen. »Das mag unser Papa nicht. Seit er wieder zu Hause ist, liegt er im Bett. Und Mama hat gemeint, wir sollten's mal beim Radio versuchen. Die würden uns vielleicht was zahlen für unseren Radau und daheim wär es ruhiger.« Er zog die Nase hoch.

Nur mühsam verkniff sich Inge ein Grinsen. Dann dachte sie, dass sie nicht die Einzige war, die nicht mehr weitermachen konnte wie bisher und sich auf etwas Neues einlassen musste, und sie wurde wieder ernst. Vermutlich war der Vater Kriegsheimkehrer und verletzt, oder er litt an einem Trauma. Die Familie wollte ernährt werden, da war es sicherlich eine große Erleichterung, wenn die Kinder beim Rundfunk nicht nur Beschäftigung, sondern sogar ein Einkommen fanden. Inge fragte sich, ob sie mit Lebensmitteln bezahlt wurden. Selbst falls sie nicht für den Posten geeignet war, wollte sie doch wenigstens dafür sorgen, dass die drei Kleinen auf Sendung gingen.

»Na dann«, sagte sie mit frischer Stimme. »Was wollen wir denn heute zusammen Schönes machen?« Sie sah über die Schulter zurück, ob ihr einer der Kontrolloffiziere ein Skript oder Ähnliches reichen würde, aber von deren Seite kam lediglich ein aufmunterndes Lächeln. Also improvisierte sie. »Was haltet ihr davon, wenn wir zum Kennenlernen erst mal ein Lied singen? Ach so, ich heiße übrigens Inge. Und ihr?«

»Ich bin Elke und ich bin die Älteste. Renate ist meine Freundin, sie ist in meiner Klasse. Siggi ist ihr Bruder, der ist eine Klasse unter uns.«

Inge schüttelte allen dreien förmlich die Hände, was bei den Kindern gut anzukommen schien.

»Was für Lieder kennt ihr?«

»*Vorwärts, vorwärts* ...«

»Ach nein, das lieber nicht«, unterbrach Inge hastig und mit einem alarmierten Blick zurück über die Schulter, bevor die Kontrolloffiziere merkten, dass es sich dabei um das Lied der Hitlerjugend handelte. Selber schuld, schalt sie sich im Geiste. Was fragst du die Kinder auch so blöd. Sie hätte sich eigentlich denken können, was kommen würde. Anderes Liedgut war ihnen bisher nicht beigebracht worden.

»Wisst ihr was? Wir machen was ganz Feines. Ihr pfeift und ich singe, und zwar einen richtig kessen Song. Hört mal zu.«

Mit Feuereifer und gespitzten Lippen dauerte es nicht lange, bis die drei die Melodie gelernt hatten. Und als Inge dann dazu *Shoo shoo Baby* von den Andrews Sisters sang, schnipsten alle begeistert mit den Fingern. Das war zwar kein Kinderlied, aber man konnte schließlich nicht von Inge erwarten, dass sie unvorbereitet ein solches Repertoire auf Lager hatte.

Major Lester hatte das Aufnahmegerät eingeschaltet, und als sie fertig waren, drückte er auf die Stopptaste. Er klatschte, Gesa und Golo Mann ebenso, und Inge befürchtete, dass die Sache besser gelaufen war als gedacht.

Herr Mann bestätigte ihren Eindruck später in seinem Büro. »Da muss ich nicht lange nachdenken. Frau Jacobs, Sie sind ein Naturtalent mit Kindern und selbstverständlich eine große Künstlerin. Major Lester wird mir darin sicher zustimmen. Ich möchte Ihnen hiermit die Stelle als Leiterin des Kinderfunks bei Radio Frankfurt anbieten, wir würden uns glücklich schätzen, wenn Sie annehmen.« Erwartungsvoll sah er sie an.

Inge schluckte.

»Überlegen Sie es sich bis morgen«, schlug er schließlich vor, weil sie viel zu lange mit einer Zustimmung zögerte. »Überschlafen Sie es, und rufen Sie mich morgen an.« Er kritzelte eine Nummer auf einen Notizzettel und reichte ihn ihr über seinen Schreibtisch hinweg.

»Was ist mit den Kindern?«, fragte Inge. »Wären die drei ebenfalls dabei?«

Herr Mann nickte. »Wenn Sie der Meinung sind, mit Ihnen arbeiten zu können, gerne. Ansonsten suchen wir andere.«

»Falls ich die Stelle annehme, dann nur zusammen mit Renate, Elke und Siggi.«

Der erstaunte Blick, den Herr Mann mit Major Lester austauschte, entging Inge nicht, aber es war ihr egal, was sie dachten.

»In Ordnung.«

»Gut. Dann hören Sie morgen von mir. Vielen Dank.«

Sie verabschiedete sich und verließ das Büro. Gesa hatte draußen gewartet und empfing sie mit weit aufgerissenen Augen und einem lang gezogenen »Und?«.

»Da hast du mir ja was Schönes eingebrockt.«

»Nicht wahr?« Ungerührt begleitete Gesa sie bis zum Eingang. »Und nun fährst du nach Hause und lässt alles mal in Ruhe auf dich wirken. Dann wirst du sicher draufkommen, was sich dir gerade für eine unfassbare, einmalige Gelegenheit bietet.«

Je länger die Fahrt im übervollen Bus dauerte, desto mehr kam Inge zu dem Schluss, dass Gesa mal wieder recht hatte.

Das Leben war zu kurz, um trübselig einer vergangenen Karriere hinterherzujammern. Wenn sie sich genauso gut völlig neu erfinden konnte.

Daheim wartete ein Brief auf sie. Es handelte sich um

eine sogenannte Trümmerbeschlagnahme-Anordnung der Trümmerverwaltungsgesellschaft, kurz TVG. Ein gefürchtetes Schreiben, denn es bedeutete, dass die TVG Inges ausgebombtes Haus in der Ziegelgasse Nummer 16 vollständig abreißen und das Grundstück räumen würde. Die Trümmer gingen dabei in den Besitz der Stadt über.

Ein Schlag in die Magengrube. Zwar hatte sie ohnehin befürchtet, dass ihre Immobilie nicht mehr zu retten war, trotzdem traf sie die Entscheidung der TVG mit schmerzlicher Endgültigkeit. Das Haus, in dem sie und Rolf aufgewachsen waren, würde vollkommen verschwinden. Für immer. Wurde von Inge erwartet, dass sie sich beim Abtragen der Ruine beteiligte? Sie saß oben in ihrem Zimmer und starrte auf das förmlich getippte Schriftstück in ihren Händen. Sehr wohl wollte sie dabei sein, wenn man die Reste ihres Hauses zerpflückte, Stein für Stein. Der Schutt der Frankfurter Gebäude wurde zum Bornheimer Hang gekarrt, wo bereits seit den Feuerstürmen des Krieges ein Berg zerstörter Hoffnungen immer höher wuchs. Der sogenannte Monte Scherbelino, eine unerwartet humorige Bezeichnung für etwas derart Trauriges. Dort würde auch Inges vormaliges Zuhause sich mit den Resten der Altstadt vermengen, irgendwann überwachsen und von der Natur vereinnahmt werden. Einen Moment lang stellte sie sich vor, wie alle Menschen, die ihre Häuser im Bombenhagel verloren hatten, um den Schuttberg standen wie um ein riesiges Grab, und ihre Verluste betrauerten. Bestimmt fühlten viele von ihnen wie Inge, hatten eine enge Bindung an ihr Zuhause gehabt und waren schutzlos ohne ihr Dach über dem Kopf. Derartige Gedanken äußerte sie nicht laut, aus Angst, ihre Freundinnen würden sie für verrückt erklären. Lediglich mit Theo sprach sie darüber, als sie am Abend beisammensaßen. Dieses Mal in seinem Zimmer, einer karg möblierten Bleibe, schlecht beheizt zudem.

»Das verstehe ich«, meinte er. »Mit Häusern verbinden wir Menschen, Familie, Sicherheit. Wenn uns das genommen wird, ist es nur normal, sich entwurzelt zu fühlen. Aber uns bleiben immer noch die Erinnerungen.«

Wie oft hatte sie diesen Satz in den letzten Monaten gehört. Von allen Seiten. Als ob Erinnerungen so etwas Tolles wären. Mittlerweile hielt Inge das für Blödsinn. Doch sie widersprach Theo nicht. Vielmehr genoss sie es, einen Moment lang nicht stark sein zu müssen und sich von ihm trösten zu lassen. Sie saßen vor einem Bolleröfchen in der Ecke seines Zimmers, in dem aus Mangel an Heizmaterial nur zwei magere Tischbeine vor sich hin glommen. Viel Wärme gab das nicht. Deswegen trugen sie ihre Mäntel und hielten dampfende Teetassen in den Händen. Ein seltsames Bild mussten sie abgeben, ausgehfertig gekleidet, die Füße in Richtung Ofen gestreckt. Inge rutschte mit ihrem Stuhl näher an Theo heran, bis sich ihre Schultern berührten.

»Lass uns nicht von der Vergangenheit reden. Erzähl mir lieber mehr von deiner neuen Stelle. Ganz geschickt angestellt hat das unsere Gesa«, meinte er anerkennend.

»Immer langsam. Noch habe ich sie nicht angetreten. Morgen muss ich bei Herrn Mann anrufen, dem Kontrolloffizier, und zusagen. Dann werden wir sehen, ob die Stelle und ich harmonieren.«

»Daran habe ich keinerlei Zweifel. Die Kindelein werden dich lieben, Tante Inge.« Er stellte seine Tasse ab und legte einen Arm um ihre Schultern.

Behagliche Stille breitete sich zwischen ihnen aus, und die widerstreitenden Gefühle bezüglich der Hausbeschlagnahmung und des so seltsamen wie aufregenden Berufswechsels verstummten. Inge schloss die Augen. Die Anspannung fiel von ihr ab. Ein kleines Lächeln stahl sich auf ihre Lippen, und sie ließ ihren Kopf auf Theos Schulter sinken.

MARGOT

Radionachrichten 1946:
»In einem rein amerikanischen Finale besiegt die Tennisspielerin Pauline Betz ihre Gegnerin Louise Brough in Wimbledon mit 6–2 und 6–4.«

Bei diesem Turnier musste Pauline Betz keinen einzigen Satz an die Konkurrenz abgeben. Insgesamt konnte die erfolgreiche Sportlerin in ihrer Laufbahn fünf Einzel-Grand-Slam-Titel für sich beanspruchen. Pauline Betz stieg relativ spät in den Sport ein, erst im Alter von fünfzehn Jahren erhielt sie Tennisstunden. Verheiratet mit einem Sportjournalisten bekam sie fünf Kinder und gründete nach ihrer Karriere ein Tenniscamp, um junge Talente zu fördern.

Im Sommer war alles besser, fand Margot. Egal ob es sich um die Versorgungslage handelte oder die allgemeine Stimmung. Mit Wärme ließ sich vieles leichter ertragen, was in dunklen, kalten Winterstunden deprimierend schien. An einigen Häusern in Königstein hingen sogar wieder Blumenkästen unter den Fenstern. Fast wie früher. Margot hatte einen Blick für Details und erfreute sich an den bunten Farbtupfern. Neues Leben, das aus Blumentöpfen spross, war wie ein Symbol für den großen Umbruch, jenes emsige Wiederauferstehen, das momentan überall und in allen Lebensbereichen stattfand.

Margot stand auf dem Bürgersteig vor dem Krämerladen und spähte hinauf zur Burgruine, dem stolzen Wahrzeichen von Königstein. Sie schirmte die Augen mit der Hand vor der Sonne ab und genoss den Anblick des Bauwerks, das über dem Ort auf einem Hügel thronte, während sie auf Marianne wartete. Der hoch aufragende Bergfried war weithin sichtbar. Von seiner Spitze aus konnte man bei gutem Wetter das große Frankfurt in der Ferne erkennen. Dorthin wollte Margot zurückkehren, so schnell es ging. Die Pendelei in den Sender war zeitraubend und ihr Alltag ansonsten gähnend eintönig. Schon damals daheim in der Eifel hatte sie die Sehnsucht nach dem Großstadtleben ergriffen. Ihr Unterkommen bei Cousine Gerda war zwar die Rettung für Familie Milanski gewesen, aber mittlerweile wünschte sich Margot täglich in ihr eigenes Haus in Frankfurt zurück. Wann würden sie endlich wieder umziehen können? Auch um Friedrichs Willen, dem schlug die Eintönigkeit hier ordentlich aufs Gemüt. In der Stadt würde alles wieder normaler und zugleich abwechslungsreicher sein, da war sie sich sicher. Unwillkürlich dachte Margot an Gesa. Erst am Morgen hatte sie die Freundin im Radio gehört, als sie für eine erkrankte Kollegin die Nachrichten las. In den vergangenen Monaten hatte sich Gesa verändert, was nicht verwunderte, nachdem der Verlust ihres Ehemannes für offiziell erklärt worden war. Das Ende der Hoffnung, mit amerikanischem Stempel drauf. Sie war stiller geworden, der ihr eigene bemerkenswerte Esprit blitzte kaum noch durch. Sogar während der Kriegsjahre hatte sich Gesa dieses kraftvolle Funkeln in den Augen bewahrt, und Margot vermutete, dass es Alberts Liebe geschuldet und mit ihm erloschen war. Sie hoffte inständig, die Freundin möge es eines Tages wiederfinden. Es gab nichts, was Margot derzeit tun konnte, damit es Gesa besser ging. Außer für sie da zu sein und ihr den Halt zu geben, den sie ihr auch stets geschenkt hatte.

Für Gerda Friese war es eine willkommene Gesellschaft,

die Milanskis bei sich zu haben, denn noch immer befand sich ihr Mann Erwin in Kriegsgefangenschaft, was die Cousine in zusehends tiefere Gefühlsabgründe stürzte. Auch für sie waren die Sommermonate gut, brachten sie doch viel Arbeit und damit weniger Zeit zum Nachdenken.

Fritz verschanzte sich fast nur noch hinter dem Schreibtisch und zog sich auch sonst immer weiter in sich zurück. Wenn nicht bald irgendetwas in seinem Leben passierte, das ihn forderte, fürchtete sie um ihre Ehe. Überhaupt quälte Margot die eigene Hilflosigkeit angesichts des Leids ihrer Lieben, aber natürlich konnte sie nichts gegen die Ursachen ausrichten.

Dreimal die Woche fuhr sie in den Sender, der seit Februar wieder im provisorisch instand gesetzten Rundfunkhaus in der Eschersheimer Landstraße beheimatet war. Dabei hatte sie fast schon ein schlechtes Gewissen, weil sie froh darüber war, wenigstens zeitweise in eine andere Welt zu entfliehen. Mittlerweile gab es regelmäßige Musikbeiträge des neuen Orchesters in mal größerer, mal kleinerer Besetzung. Kammerkonzerte, Unterhaltungsmusik, Klassisches wie Modernes. Nach wie vor bedauerte Margot es in stillen Stunden, sich nicht dem Jazz zugewandt zu haben, aber so war es am besten. Manchmal hatte sie das Gefühl, dass von allen Seiten an ihr gezerrt wurde und sie nur in der Musik Ruhe fand. Am nächsten Tag durfte sie wieder in den Sender fahren. Über ihrem Sinnieren hatte Margot die Burg vergessen, obwohl sie immer noch versonnen zu den geschichtsträchtigen Mauern hinaufstarrte.

»Mama?«, hörte sie plötzlich die Stimme ihrer Tochter.

Mit einem großen Stapel alter Zeitungen unter dem Arm kam Marianne ihr entgegen. »Sieh nur, Mama, das ist der Rest, nun habe ich genug.«

Lächelnd griff Margot nach den beiden Tragetaschen, die

sie von daheim mitgebracht hatte und die ebenfalls bis obenhin mit Altpapier gefüllt waren.

Gemeinsam betraten sie den Dorfladen und tauschten ihre Sammlung gegen eine Schreibtafel für die Schule. Zu kaufen gab es die derzeit nämlich nicht. Nur wer genügend altes Papier abgab, erhielt eine. Dabei handelte es sich nicht um Schiefertafeln wie früher, sondern lediglich um gepresste und mit Lack überzogene Pappe. Das hielt natürlich nicht wirklich lange, aber auf irgendetwas musste schließlich geschrieben werden.

Direkt nach ihrem Einmarsch in Königstein hatten die Amerikaner das örtliche Schulhaus besetzt, nun waren sie umgezogen und der Unterricht konnte endlich wieder in den üblichen Räumen fortgesetzt werden. Über diesen Schritt in Richtung eines normalen Schullebens freuten sich manche Kinder mehr, manche weniger. Marianne gehörte glücklicherweise zu Ersteren, sie war wissbegierig und lernte gerne. Stolz presste sie die neue Tafel an sich. Viele Wochen hatte sie dafür überall Altpapier gesammelt.

Draußen auf der Straße umfing sie die Sommerhitze. Margot und ihre Tochter trugen dünne Kleider, durch den Stoff hindurch spürte sie die warmen Strahlen auf der Haut. Mariannes Kleid war bereits mehrfach länger und weiter genäht worden. Es wäre wirklich kein Luxus, dem Kind ein neues zu machen, dachte Margot. Aber woher sollte sie den Stoff nehmen?

»Oh«, rief Marianne plötzlich verzückt aus. »Schau mal. Der Eisladen hat geöffnet. Kann ich ein Eis haben, bitte, bitte?«

Tatsächlich stand die Tür des Eiscafé Schwenk offen, und die Schlange von Kindern und Erwachsenen reichte bis weit heraus auf die Straße. Natürlich konnte Margot ihr diesen Wunsch nicht abschlagen.

Für einen Besatzungsdollar gab es eine Kugel knallrotes Eis, serviert auf einem Bierdeckel zum Mitnehmen, in Ermangelung von Bechern oder gar Waffeln. Es wärmte Margots Herz, Marianne dabei zuzusehen, wie sie die kalte Köstlichkeit aufleckte. Hinterher waren nicht nur ihre Lippen, sondern auch die Haut um den Mund knallrot. Die Farbe hielt lange und sorgte für Spott seitens ihres Bruders. Herr Schwenk hatte sein improvisiertes Eis, Geschmacksrichtung undefinierbar, mit Kartoffelstärke eingefärbt, die war hartnäckig. Aber Marianne war selig und redete Tage später noch von dem besten Eis, das sie je gegessen hatte.

Daheim auf dem Hof stand Paule in der Küche und bereitete das Essen zu, weil seine Mutter an diesem Tag zu Besuch bei einer Freundin war.

Margot schnupperte. »Hm. Das duftet. Was gibt es Gutes?«

»Ich habe vom Metzger ein paar Wurstschnippel bekommen, daraus mache ich Speckdunksel.«

»Mein Lieblingsessen!«, rief Marianne, bevor sie hoch in ihr Zimmer rannte. »Heute wird's immer besser. Was für ein toller Tag!«

Die Anfangs- und Endstücke der Wurst – eine begehrte Besonderheit, die Paule nur bekam, weil er mit dem Metzger befreundet war –, wurden in einer Pfanne kross angebraten. Dabei trat das Fett aus, das mit Brotstücken aufgetunkt wurde. Das seltene, kalorienreiche Mahl sorgte bei allen Familienmitgliedern für Verzückung, nicht nur bei Marianne.

Paule grinste. »Na, da ist aber jemand gut gelaunt.«

»Das liegt vermutlich an der überraschenden Zuckerdosis«, scherzte Margot. »Das Mariannchen hat heute bei Schwenks ihr erstes Speiseeis seit Gott-weiß-wann bekommen.«

»Daher die kreischend roten Lippen?«

Margot nickte. »Wie läuft es bei der Arbeit?«

»Die Amis und ihre Gäste vertilgen ganze Berge. Davon würde unsereins lange satt werden.« Er nahm die Pfanne vom Herd. »Wenn ich sehe, wie die schlemmen und wovon wir leben müssen ... Aber sie sind die Besatzer, wir die Besiegten.«

»Das haben wir uns selber eingebrockt.«

Er schüttelte den Kopf. »Trotzdem. Machen wir uns nichts vor, der kommende Winter wird für uns mindestens genauso hart wie der letzte.«

Mittlerweile fast dreißig, hatte Paule in Abwesenheit seines Vaters die Funktion des Hausherrn übernommen. Schon immer ein fürsorglicher Mensch, kümmerte er sich gern um das Wohl seiner Familie, aber durch den Krieg hatte er zu schnell erwachsen werden müssen, wie viele Jugendliche seiner Generation. Das war nicht fair.

»Und wie ist es bei dir, Margot? Läuft alles gut bei Radio Frankfurt?«

»Wir proben gerade für ein Kammerkonzert. Es soll am Wochenende gesendet werden.«

Erst jetzt bemerkte sie Fritz, der zu ihnen in die Küche getreten war. Anscheinend hatte er bereits länger zugehört, denn mit Bitterkeit in der Stimme fragte er: »Na? Sprechen die arbeitenden Familienmitglieder über ihren Tag? Ein Luxus, den ich mir leider verkneifen muss. Weil ich nie rauskomme hier. Den ganzen Tag hänge ich an meiner Schreibmaschine. Aber davon kann niemand abbeißen. Ich bin praktisch nutzlos. Armselig, nicht wahr?«

»Blödsinn, Fritz. Wenn dein Buch erst mal fertig ist, wird schon was reinkommen.« Paule versuchte ihn zu beruhigen. Die ewige Diskussion mit all ihren abgenutzten Argumenten, Beschwichtigungen und hoffnungsvollen Erwiderungen führte wie immer zu nichts außer Frust.

»Wie ein Versager fühlt man sich als Mann, wenn man vom Geld der Frau leben muss.«

»Du lebst wenigstens überhaupt noch. Bei meinem Papa bin ich mir da nicht so sicher.«

Das erstickte Friedrichs Selbstmitleid umgehend. Er schnappte sich wortlos seinen Hut von der Garderobe im Hausflur.

Margot sah Paule an, der zuckte mit den Schultern. Ganz bestimmt war auch er das Lamentieren leid.

»Wohin gehst du?«, rief sie ihrem Mann nach.

»Aus.« Die Tür fiel ins Schloss.

»Mach dir keine Gedanken. Der läuft sicher nur rüber zum Heinerhof. Dort brennen sie heimlich Schnaps im Rübenkeller, und alle Kerle aus der Nachbarschaft treffen sich zum Jammern und Verkosten.« Paule stellte einen Untersetzer auf den Tisch.

Egon kam in die Küche. Mittlerweile war er wieder auf den Beinen und brauchte lediglich einen Spazierstock, um sein leichtes Hinken auszugleichen. Er hatte in den vergangenen Monaten unablässig das Laufen trainiert, zuerst mit der Hilfe seiner Mutter, dann an Krücken, und bald würde auch der Stock überflüssig sein. Margot bewunderte seinen eisernen Willen.

»Was ist los? Hadert Papa schon wieder mit seinem Schicksal?«

»Es ist eben hart für ihn.«

»Es ist hart für uns alle.«

Margot nahm es den beiden jungen Männern nicht übel, dass sie wenig Geduld für die Eltern aufbrachten. Immerhin hatte deren Generation die Misere heraufbeschworen, in der ganz Deutschland nun saß. Wenn dann noch endloses Selbstmitleid nervte, erhitzte das die Gemüter der Jüngeren, die ebenfalls im Krieg gekämpft, geblutet und Freunde verloren hatten. Im Namen von etwas, das ihnen mit der Muttermilch als richtig eingetrichtert worden war und sich hinterher als abscheuliche Monstrosität herausstellte. Kein Wunder, dass ihr Respekt sich in Grenzen hielt.

»Ich weiß, Egon.«

»Ist er wieder rüber zum Schnapstrinken?« Offensichtlich wussten alle außer Margot von der Schwarzbrennerei beim Nachbarn.

»Das geht dich überhaupt nichts an«, entfuhr es ihr, schärfer als beabsichtigt. Beschwichtigend hob Egon eine Hand.

»Ist ja gut.«

»Es tut mir leid.« Die Situation im Haus zerrte jeden Tag mehr an Margots Nerven. Nachdem sie ihren Sohn monatelang gepflegt hatte und er nicht nur körperlich, sondern auch psychisch wieder gestärkt war, musste etwas geschehen. Egon konnte nicht länger daheim herumsitzen. Ihm war langweilig. Und die Spannungen mit Fritz, der ebenfalls die meiste Zeit zu Hause war, wuchsen. Nachts hörte Margot ihren Sohn manchmal im Schlaf schreien, sogar durch geschlossene Türen. Daher weigerte sie sich, ihn als genesen zu bezeichnen. Seine Kriegserlebnisse quälten ihn. Egon brauchte eine Beschäftigung. Etwas Neues, das seine Gedanken vollkommen beanspruchte, damit er richtig heilen konnte. Margots Lösung dafür war denkbar einfach. Und bot gleichzeitig unendliches Potenzial für Disharmonie. Weshalb sie die Sache bisher zwar mit Gesa und Inge besprochen, aber daheim noch nichts gesagt hatte. Letztendlich war es der Ärger über Fritz, der zwischen Schreibmaschine und Schnapsbrenner pendelte und immer launischer wurde, der den Ausschlag dafür gab, dass Margot Egon an diesem Sommertag einen Vorschlag machte.

»Weißt du, mein Junge, ich verstehe, dass es für dich so nicht weitergehen kann.«

Er lehnte den Spazierstock an den Tisch und ließ sich auf einem Stuhl nieder. Dabei beäugte er seine Mutter überrascht. »Na. Da dank ich schön. Dafür, dass du's erkennst. Aber was soll ich deiner Meinung nach machen, als Krüppel?«

»Vor allem nicht ins gleiche Jammer-Horn stoßen wie der Fritz«, tönte Paule, bevor er die Pfanne auf den Untersetzer stellte. »Ich gehe mal nach oben und hole Marianne.«

Margot zog sich einen Stuhl heran und setzte sich zu Egon. Den sturen Blick aus seinen braunen Augen kannte sie nur zu gut, dennoch meinte sie, einen Funken Neugier darin auszumachen.

»Ich weiß, wie schwer es für dich ist, deinen Traum von einer Fußballkarriere zu begraben.«

Er brummte unwirsch. »Kann ich mir nicht vorstellen.«

»Dann will ich dir mal was sagen. Für mich ist das hier auch nicht einfach. Aber ich reiße mich zusammen, damit alles irgendwie weitergeht. Also hörst du mir nun zu und denkst erst mal nach, ehe du vorschnell dagegenschießt?«

»Du musst nicht gleich streng werden, ich bin kein Kind mehr.«

Margot atmete tief durch. Sie stellte sich einen Moment lang vor, mit ihrem Cello im Aufnahmestudio zu sitzen. Der Gedanke bereitete ihr Freude und beruhigte sie.

»Also. Du bist jetzt vierundzwanzig und hast keine Ausbildung. Aber du konntest hervorragend Fußball spielen und kennst dich mit Sport aus wie kaum ein anderer. Es ist an der Zeit, dass du rausgehst, anfängst zu arbeiten und in deine Zukunft in die Hand nimmst. Und ich habe gute Verbindungen zu Radio Frankfurt ...«

»Nein, nein!«, unterbrach Egon schnell. »Vergiss es. Ich lese keine Nachrichten vor. Oder Werbung, noch schlimmer.«

Mit einem scharfen Blick brachte Margot ihn zum Schweigen.

»Davon spreche ich nicht. Sondern von Sportberichterstattung. Außenreportagen von Fußballspielen, Leichtathletikwettkämpfen, Autorennen und so weiter. Noch ist Radio Frankfurt unter Kontrolle der Amerikaner. Aber das wird sich irgendwann ändern. Die Zensur wird wegfallen, und wir werden unser Programm wieder selbst bestimmen dürfen. Was denkst du, wer dann die besten Posten bekommt? Diejenigen, die sich bereits bewiesen haben, die in der Aufbauzeit dabei waren! Weißt du eigentlich, was das für eine Chance ist, zum jetzigen Zeitpunkt eine Stelle beim Radio zu ergattern? Die Leute stehen Schlange für derartige Gelegenheiten, nur bieten die sich den meisten erst gar nicht.«

»Und mir schon? Durch deine Beziehungen?«

In Egons hübschem Gesicht zuckte ein Wangenmuskel. Margot konnte förmlich sehen, wie die Gedanken hinter der Stirn rasten. Er schob die Hände in sein dunkles Haar, das in den Monaten daheim viel zu lang gewachsen war, und strich es ordentlich glatt, wie er es schon immer getan hatte, wenn er unsicher war.

»Ich kann dir zumindest ein Vorstellungsgespräch beim verantwortlichen Kontrolloffizier verschaffen. Was daraus wird, liegt allein an dir.«

Sie hoffte, damit seinen Ehrgeiz zu wecken. Egon liebte einen sportlichen Wettstreit, und wenn sie es schaffte, dass er die Sache als Herausforderung sah, hatte sie schon halb gewonnen.

»Dir ist bewusst, dass du mir gerade genau die Stelle anpreist, die sich Papa unbedingt zurückwünscht und nicht wieder bekommen wird? Weiß er davon?«

»Es geht jetzt nicht um meinen Mann, sondern um meinen Sohn. Wenn Fritz davon erfährt, wird er dir alles Gute wünschen und sicher den einen oder anderen Tipp geben.«

»Also hat er keine Ahnung von deiner Idee.«

Margot stand auf, weil Paule und Marianne hereinkamen. Sie ging hinüber zur Anrichte und holte Geschirr und Besteck. Als sie Egon seinen Teller hinstellte, flüsterte sie ihm zu: »Du hast noch keine Stelle, daher gibt es nichts, was ich ihm sagen müsste.«

Wie erhofft biss Egon an, mochte es auch nur aus Neugier sein. Aber mehr war es bei Inge zu Beginn auch nicht gewesen, und nun leitete sie seit März derart begeistert den Kinderfunk, dass Margot und Gesa bisweilen dachten, das wäre schon immer ihr Traumberuf gewesen. Egon fuhr mit in die Eschersheimer Landstraße. Das Rundfunkgebäude, auf dessen Bau Albert Bronnen seinerzeit so stolz gewesen war, hatte unter den Bomben gelitten. Es war beschädigt, aber es stand noch, und nun ging die Arbeit darin ohne seinen ehemaligen Intendanten weiter. Ein bittersüßer Tag für Gesa, als sie ihre Tätigkeit dort wieder aufgenommen hatten. An ihre Handtasche geklammert hatte sie lange vor dem Eingang gestanden und in stummem Zwiegespräch die verkohlte Fassade angestarrt. Margot hatte Major Lester dabei beobachtet, wie er sich aufmerksam um die Freundin kümmerte. Sie befürchtete, der Amerikaner entwickelte Gefühle für Gesa. Die das allerdings nicht zu bemerken schien. Oder es nicht bemerken wollte.

Auch an diesem Tag steckten die beiden über einem Schreibtisch die Köpfe zusammen, als Margot und Egon das Büro betraten. Es war derselbe Tisch, der schon im Terrassenhof unter Major Lesters Fenster gestanden hatte. Ob er ihn aus sentimentalen Gründen mit hierher genommen hatte? Seitdem Margot vermutete, dass er ein Auge auf ihre Freundin geworfen hatte, studierte sie den Kontrolloffizier genau. Hatte in Bad Nauheim noch ein Foto seiner Gattin den Schreibtisch geziert, fehlte dies nun.

»Sie haben sich auseinandergelebt«, lautete Gesas Erklärung. »Major Lester war seit Jahren nicht zu Hause in den Vereinigten Staaten. Er meinte, seine Frau habe ihm schon vor einer Weile zu verstehen gegeben, dass er nicht mehr willkommen wäre, und mittlerweile hat sie die Scheidung eingereicht.«

»So was ist aber sehr privat.«

»Man spricht eben nicht immer nur über Berufliches, wenn man so viel Zeit miteinander verbringt wie Major Lester und ich.«

Margot hatte diese Antwort unkommentiert im Raum stehen lassen, bis Gesa bemerkt hatte: »Das klingt seltsam, oder? Aber dass du mir nicht auf dumme Gedanken kommst. Unser Verhältnis ist ein rein berufliches.«

»Hat er dir nicht neulich erst wieder ein paar Kisten Lebensmittel aus dem Army-Shop frei Haus geliefert?«

»Ja und? Das feine Mehl und die Schokolade, die ich dir gegeben hatte, stammten auch daraus.«

»Ich beschwere mich nicht, Gesa. Aber ich hoffe, dir ist bewusst, dass das mit dem ›rein beruflich‹ ein ausgemachter Blödsinn ist. Jack Lester ist ein Mann und gern in deiner Nähe. Wenn du da bist, sieht sein ach so ernstes Gesicht aus wie das eines glücklichen Schuljungen. Und das liegt nicht an der spannenden Programmplanung, die ihr macht, glaub mir.«

Damit hatte Margot es auf sich beruhen lassen, weil sie merkte, wie unangenehm Gesa dieses Thema war. Sie verschloss ihre Augen davor, dass sich außer Albert ein anderer Mann für sie interessierte. Das war zwar verständlich, aber Margot wusste, irgendwann würde sich die Freundin auf ein neues Leben einlassen müssen.

»Guten Morgen«, sagte sie fröhlich beim Eintreten. »Major Lester, darf ich Ihnen meinen Sohn Egon vorstellen? Wir hatten kürzlich darüber gesprochen, dass er sich für den Posten als Sportkommentator vorstellen möchte.«

»Ah, ja, ich erinnere mich.« Er stand auf und schüttelte Egons Hand. Dabei nahm er mit einem Blick den Gehstock wahr.

»Kriegsverletzung?«

»Das Ende meiner Karriere bei der Eintracht.«

»Sie wollten Profifußballer werden?«

»Seit ich denken kann.«

»Ich hatte auch einmal vor, in den Profisport einzusteigen. Als Schwimmer. Aber eine Schulterverletzung mit neunzehn hat das vereitelt.«

Egon betrachtete den Kontrolloffizier mit plötzlichem Interesse. »Was haben Sie stattdessen gemacht?«

Ein seltsamer Ausdruck trat in Major Lesters Augen. »Mein *High-School-Sweetheart* geheiratet und in der Firma ihres Vaters angefangen. Als Amerika in den Krieg eingetreten ist, habe ich mich freiwillig gemeldet, um einem Tod aus Langeweile hinter einem Schreibtisch zu entgehen.«

»Da haben Sie Glück gehabt, ihn nicht auf dem Schlachtfeld gefunden zu haben«, sagte Gesa.

»Gewiss. Ein unpassendes Wortspiel meinerseits. Aber Sie verstehen, was ich meine?«

»Auf jeden Fall.« Egon grinste. »Mit dem Tod aus Langeweile sehe ich mich ebenfalls konfrontiert, falls ich noch länger untätig daheim herumhänge.«

»Dann bedaure ich es umso mehr, Ihnen sagen zu müssen, dass ich die Stelle leider gestern bereits vergeben habe.«

GESA

Radionachrichten 1946:
»Die Kasseler Juristin Elisabeth Selbert zieht für die SPD in die Verfassungsberatende Landesversammlung für Groß-Hessen ein.«

Später wurde sie auch in den Parlamentarischen Rat gewählt und war eine von lediglich vier Frauen, die zusammen mit einundsechzig Männern das Grundgesetz ausarbeiteten. Elisabeth Selbert (sowie der Unterstützung einiger Frauenrechtsorganisationen) verdanken wir Art. 3 Abs. 2 des Grundgesetzes: »Männer und Frauen sind gleichberechtigt«.

Im August legte Walter Kolb in der Aula der Frankfurter Universität seinen Amtseid als erster frei gewählter Oberbürgermeister nach dem Krieg ab. Um den Hals trug er die goldene Amtskette, die auf seinem wuchtigen Torso beinahe filigran wirkte. Kolb überragte fast alle Anwesenden. An seiner Seite Ehefrau Aenne, über die in den Medien nichts vermeldet wurde. Es war allein sein Tag. Auch Radio Frankfurt war vor Ort, um von diesem historischen Ereignis zu berichten. Golo Mann hatte den Chefredakteur des Politikressorts geschickt. Das Wetter war nicht gerade sommerlich, es war frisch, und zwischendurch regnete es immer wieder.

Im Sender tat sich einiges. Gesa und ihre Kollegen waren verblüfft, als Golo Mann auf eigenen Wunsch aus der US-

Armee austrat. Glücklicherweise blieb er ihnen als Kontroll-offizier erhalten, nur erschien er fortan nicht mehr in Uniform, sondern in Zivilkleidung zur Arbeit. In den vorangegangenen Monaten hatte ihn Gesa als einen besonnenen, feinsinnigen Menschen kennengelernt, der seine Umgebung sehr bewusst wahrnahm. Ihr gegenüber hatte er freilich nie persönliche Ansichten geäußert, aber von Major Lester wusste sie, dass Mann vom Ausmaß der Kriegszerstörung durch die Alliier-ten schockiert war. Geradezu abgestoßen schien er davon zu sein, wie die Zivilbevölkerung unter den Bombenschäden litt, ganz zu schweigen von der unwiederbringlichen Zerstörung des Kulturguts. Dennoch hätte sie ihm nicht zugetraut, in sei-nem Abscheu die letzte Konsequenz zu ziehen, sich von der US-Armee zu distanzieren und seine Uniform an den Nagel zu hängen. Herrn Manns Entscheidung hatte auf sein berufli-ches Wirken keinerlei Einfluss. Er strich nach wie vor äußerst korrekt aus den Beiträgen, was nicht gesendet werden durfte. Dabei geriet er oft und gerne mit jenem Leiter der Politik-abteilung aneinander, der von der Amtseinführung des neuen Bürgermeisters berichtete.

Ein kluger Kopf namens Hans Mayer, von dem jeder wusste, dass er eigentlich mit den Kommunisten sympathi-sierte. Trotzdem hatte Herr Mann ihn von der DANA ab-geworben, der Deutsch-Amerikanischen Nachrichtenagen-tur, die ihren Sitz in Bad Nauheim hatte, wie vormals Radio Frankfurt. Seither kabbelten sich die zwei auf gutmütige Art und Weise über das, was Hans Mayer in seinen Beiträgen sagen wollte, der Kontrolloffizier ihm jedoch wieder heraus-kürzte, weil es nicht den Vorgaben der Besatzer entsprach. Die Kultur sollte gefördert werden und ebenso die schönen Künste. Waren die Deutschen nicht ein Volk der Dichter und Denker gewesen, bevor sie sich von Herrn Hitler hatten irre-leiten lassen? Die Musen sollten wieder wach geküsst werden, die Zuhörer sich dafür begeistern und gleichzeitig Welt-offenheit lernen. Ein frommer Wunsch, der im Angesicht von Hunger und allgegenwärtigem Mangel inmitten einer kriegs-zerstörten Stadt nicht einfach umzusetzen war. Oftmals gingen die rhetorisch ausgeschmückten Vorgaben der Sieger am wirklichen Leben der Besiegten vorbei.

»Sie verlangen von mir, aus Scheiße Gold zu machen?«, fragte Mayer gelegentlich zynisch. »Wenn ein jeder nur das Fenster öffnen muss, sofern er überhaupt eines hat und nicht nur ein Loch in der Wand, um die Trümmerwüste da drau-ßen zu sehen? Mein von Ihnen kastrierter Beitrag ist nichts als Schönrederei. Die Leute sind nicht blöd, die merken das.«

Eine Erwähnung eigener politischer Ansichten gestattete Golo Mann dem Kollegen Mayer dennoch nicht, selbst nicht in winziger Dosis.

Gesa vermutete, beide genossen heimlich den verbalen Schlagabtausch und keiner von ihnen würde es anders haben wollen.

Auch die Abteilung für Frauenfunk hatte mittlerweile ihren Betrieb aufgenommen. An der Spitze die Ärztin aus Bad Homburg, auf die Golo Mann große Stücke hielt.

Was die Unterhaltung betraf, daran arbeitete Radio Frankfurt ebenfalls emsig, zu Gesas großer Freude.

»Es fühlt sich irgendwie befreiend an, wieder in einem richtigen Studio zu stehen und sich nicht in ein enges Hotelbadezimmer zu quetschen, um zu senden«, bemerkte sie zu ihrem Kollegen Gerrit Holstein, einem sehr norddeutschen Neuzugang mit eingängiger Stimme.

»Das müssen ja Zustände gewesen sein in Bad Nauheim. Spricht für dich, wenn du dich über dieses leidlich instand gesetzte Gebäude freust. Aber vermutlich müssen wir wirklich froh sein, überhaupt ein Dach über dem Kopf zu haben.«

Gerrit war mit einem Flüchtlingstreck von der Ostsee nach

Frankfurt gekommen. Gesa wusste, er hatte als Theaterschauspieler in Riga Erfolge gefeiert. Nun fehlten dem Fünfzigjährigen am rechten Fuß einige Zehen. Im letzten Kriegswinter abgefroren hatten sie entfernt werden müssen, und seitdem humpelte er. Über die Stelle beim Rundfunk war er mehr als glücklich. Er verstand sich blendend mit Dietrich Traut, dem früheren Zeitungsreporter, der nun in der Nachrichtenredaktion arbeitete.

»Ich bin zwar bühnenuntauglich, aber im Radio fällt mein Hinkebein nicht auf. Dort kann ich die Zuhörer mit meiner Stimme blenden«, sagte Gerrit Holstein oft. Gesa kam er mit seinem kantigen und zugleich zerknautscht wirkenden Gesicht, auf dem immer ein deutlicher Bartschatten lag, vor wie ein Piratenkapitän. Besonders wenn er in nordisches Näseln verfiel. Er konnte prima Stimmen imitieren, was ihm bei ihrem aktuellen Projekt zugutekam.

Der versiegelte Theaterdirektor, ein lustiges Hörspiel mit Musik stand an diesem Tag auf dem Programm. Abends, direkt im Anschluss an die Prozessübersicht aus Nürnberg. Gerrit Holstein las den Direktor, dazu noch einen Gassenjungen, und singen durfte er obendrein. Auch Gesa war in einer Doppelrolle zu hören, ihr blieb aber glücklicherweise der Gesang erspart. Das Ganze war keine große Sache, lediglich ein in sich abgeschlossenes kleines Hörspiel zur leichten Kurzweil. Es hatte weder einen Lehrauftrag, noch trug es eine erzieherische Botschaft in sich, und genau deswegen fand Gesa es wunderbar.

Ein Amerikaner aus der Technikabteilung war abgestellt worden, um sie bei der Geräuschkulisse zu unterstützen. Wegen seiner spärlichen Deutschkenntnisse unterhielten sich Gesa und Gerrit in einem Kauderwelsch aus deutschen und englischen Wortbrocken mit ihm und kamen damit gut voran.

»Also dann«, sagte Gesa, »teilen wir die Requisiten folgendermaßen auf: Der Sergeant stellt sich in die Schrittbox, er hat ja stabile Schuhe an, die gute Geräusche machen. *You come over here.*« Sie wies auf eine Kiste auf dem Boden, in der eine mit Sand bestreute Gehwegplatte lag. »Zusätzlich macht er Vorhang auf und Vorhang zu, wenn der Direktor im Theater ist. *Open and close, please.* Ich übernehme das Eingießen der Getränke. Dabei habe ich es zugegebenermaßen leicht, weil ich einfach nur den Wasserkrug und ein Glas brauche. Und Gerrit, du machst den Regen.« Sie überreichte ihm eine leere Schüssel, in die er langsam aus einem gut gefüllten Gefäß getrocknete Linsen rieseln lassen sollte.

»Darf ich die nachher mitnehmen? *I take them home, yes?* Die würden ein fürstliches Abendessen ergeben«, fragte der Kollege, nur halb im Scherz.

»*Only if I get some, too.*« Der amerikanische Sergeant grinste.

Eine Handvoll Orchestermitglieder gesellten sich zu ihnen, weil es doch ein *lustiges Hörspiel mit Musik* werden sollte. Leider war Margot nicht darunter.

Nach dem Eröffnungslied spielten sie eine vorher aufgezeichnete Aufnahme von der Straße ein, um dem Hörer zu verdeutlichen, dass die Szene im Freien begann. Nämlich vor besagtem Theater.

Es war inzwischen nicht mehr üblich oder gar notwendig, Stücke live im Radio zu übertragen. Die Technik, nach der sich Albert vor zwanzig Jahren gesehnt hatte, war mittlerweile so weit fortgeschritten, dass alle es leichter hatten. Auch dieser Beitrag wurde aufgenommen und würde um kurz nach acht ausgestrahlt werden. Allerdings hatten die Sprecher nur einen Versuch. Gleich im Anschluss wurde das Studio wieder für den Literaturzirkel gebraucht, der sendete live. Es musste also zügig gehen.

»*Heh da! Herr Direktor! Warum steht die Tür Ihres Thea-*

ters offen? *Ist das nicht der Künstlereingang? Da kann ja
jeder einfach reinspazieren* ...« Gesa legte los mit ihrem Text
und genoss das Schauspielern. Sie ließ sich vollkommen auf
ihre Rolle ein und machte an der passenden Stelle hingebungsvoll Geräusche mit einem alten Handtuch, das sie ruckartig und rhythmisch auseinanderzog, was wildes Herzklop-
fen täuschend echt imitierte. Schließlich klappte sie glücklich
ihr Skript zu.

»*Thanks, guys. That was fun*«, sagte auch der Sergeant.

Woraufhin ihn Gerrit gleich aufforderte: »Dann kommste
nächstes Mal wieder, gell? *Next time? Again?*«

»*Sure!*« Grinsend tippte er sich an seine Kappe und half
sogar noch dabei, die Requisiten aufzuräumen, weil der Moderator des Literaturzirkels schon mit einem Stapel Bücher
unter dem Arm in der Tür stand.

Draußen wartete Major Lester auf Gesa. »Das war sehr
gut«, lobte er. »Die Zuhörer werden begeistert sein.«

»Ach, es ist so schön, endlich wieder Hörspiele zu machen.«

»Da habe ich eine Überraschung für Sie. Nachdem sich
der DIAS *Agamemnons Tod* von Gerhart Hauptmann gesi-
chert und es noch dazu genau am Tag seiner Beerdigung ausgestrahlt hat – reklametechnisch ein toller Schachzug übrigens –, sollen wir auch mehr in die Vollen gehen. Das sagt
man doch so, oder? ›In die Vollen gehen‹?« Erst als Gesa
nickte, fuhr er fort. »Natürlich waren die Zuhörerzahlen in
Berlin enorm, und der neue DIAS ist mit einem Schlag in aller
Munde. Wenn wir nicht hintenanstehen wollen, müssen wir
mehr bieten.«

Gesa fragte sich, worauf er hinauswollte. Sie begleitete
Major Lester durch die Flure des Sendergebäudes und hielt
dabei noch immer ihr Skript in den Händen. Er hatte die seinen hinter dem Rücken verschränkt.

»Aber ich bin nicht derjenige, dem zusteht, Ihnen die

Neuigkeit zu überbringen. Daher ...« Er klopfte an die Tür des neuen deutschen Intendanten von Radio Frankfurt und öffnete schwungvoll die Bürotür.

Unmittelbar bildete sich ein Kloß in Gesas Hals, wofür sie sich hasste. Sie sollte sich endlich damit abfinden, dass Alberts Posten neu besetzt war. Die Amerikaner hatten lange gewartet, und der Kandidat, den sie letztendlich ausgewählt hatten, schien ein äußerst fähiger Mann zu sein, mit einer angenehmen, respektvollen Art. Weshalb nur fühlte sie sich jedes Mal, wenn sie vor ihm stand, als würde ihr das Herz aus der Brust gerissen? Das war ebenso unprofessionell wie töricht. Gesa ballte die Hände zu Fäusten und zählte im Geiste bis drei, dann öffnete sie sie wieder.

»Guten Tag, Herr Beckmann.« Obwohl etwa in Alberts Alter, wirkte der Intendant deutlich reifer. Wahrscheinlich wegen seiner grau melierten Haare und der Brille. Sie musste wirklich damit aufhören, Vergleiche anzustellen.

»Ah, Frau Bronnen. Die Aufzeichnung eben lief gut?«

»Wir sind zufrieden. Die Hörer hoffentlich auch. Obwohl nur Herr Holstein und ich gelesen haben, klingt es glaubhaft nach mehr Personen. Und die musikalische Untermalung war natürlich ausgezeichnet, das macht direkt Lust auf mehr.«

Eberhard Beckmann, groß und schmal, erhob sich hinter seinem Schreibtisch und kam auf sie zu. »Gut, gut. Dann werden Sie sich sicher freuen, wenn ich Ihnen sage, dass wir was Feines planen. Die Amerikaner«, er beugte sich zur Seite, um an Gesa vorbei hinaus auf den Gang spähen zu können. Stand Major Lester noch immer dort? Beckmann schloss die Tür, bevor er leiser fortfuhr. »Also: Die Amis haben uns ein richtig spannendes Krimihörspiel genehmigt. Endlich! Wahrscheinlich, weil es von Edgar Wallace ist, der ja in den Staaten recht beliebt war. Wir dachten für den Anfang mal an vier Teile, damit die Herren Kontrolloffiziere weniger zum

Abnicken haben.« Er senkte die Stimme nochmals. »Künftig hoffe ich, bei weiteren Abendhörspielen die Episoden aufstocken zu können. Sechs bis acht Folgen, jeweils eine Stunde lang. Aber für den Anfang bin ich vollauf zufrieden. Mit großen Hörspielproduktionen kennen Sie sich ja bestens aus, nicht wahr, Frau Bronnen?«

Vor Gesas innerem Auge spielten sich vergnügliche Studioszenen ab. Erinnerungen an das alte Radio Frankfurt, an kreative Stunden mit netten Kollegen.

»Gewiss«, antwortete sie. »Die Zeiten haben sich zwar geändert, die Technik natürlich auch in weitreichendem Ausmaß. Aber wenn wir irgendwann wieder ein normales und vor allem konkurrenzfähiges Programm senden wollen, sollten wir loslegen.«

»Das sehe ich ganz genauso. Sobald mir das Skript vorliegt, werde ich Sie und einige andere Kollegen zu einer ersten Lesung bitten. Ich rechne bereits kommende Woche damit.«

Mit einem freudigen Lächeln trat Gesa aus Herrn Beckmanns Büro und war überrascht, ein Stückchen weiter den Gang hinunter tatsächlich Jack Lester noch wartend vorzufinden.

»Na, was habe ich gesagt? Tolle Neuigkeiten, nicht wahr?«

»Sie haben nicht untertrieben.«

»Ich finde, das muss gefeiert werden. Wenn Sie erlauben, würde ich Sie gern zum Essen einladen.«

Gesa wollte Nein sagen. Aber durfte sie das? »Wann?«

»Gleich jetzt. Wir sind beide fertig für heute. Betrachten Sie es als spätes Mittagessen. Wie ich Sie kenne, haben Sie heute noch keine Pause gemacht.«

Das stimmte. Und wie zur Bekräftigung spürte Gesa ein schmerzhaftes Hungerziehen im Bauch. »In Ordnung.«

Gemeinsam verließen sie den Sender. Major Lester verzichtete auf einen Fahrer und steuerte den Jeep selbst. Auf den wenigen befahrbaren Straßen waren kaum Autos unterwegs, lediglich US-Militärfahrzeuge, Fahrräder und das ein oder andere Pferdefuhrwerk. So still wie seit Kriegsende hatte Gesa Frankfurt noch nie erlebt. Beinahe der gesamte Verkehrslärm war verstummt. Mittlerweile waren einige Hauptwege vom Schutt befreit worden. Aber durch einen Großteil der Altstadt führten lediglich Trampelpfade, beidseitig von Ziegelbergen und Resten alter Häuser gesäumt. Manche Viertel waren überhaupt nicht zu betreten, weil sie unter meterhohem Schutt begraben lagen. Im Winter hatten die Frankfurter alles aus den Trümmern geholt, was sich verheizen ließ. Gesa fragte sich, woran sie sich dieses Jahr wärmen sollten.

»Wohin fahren wir?«

Der Major legte einen höheren Gang ein, und der Wagen machte ein unwirsches Geräusch. »Noch kurz zu meiner Wohnung, aber das wird nicht lange dauern.«

Sie mussten die Absperrung durchqueren, die den Rest der Stadt von den Unterkünften der Militärangehörigen trennte. Es kam Gesa dumm vor, sich einerseits freundlich gegenüber der Bevölkerung zu geben und sich anderseits mit Stacheldraht, Sandsäcken und Maschinengewehren abzukapseln wie im Schützengraben. Die Amerikaner waren die Sieger, die Besatzer, das durfte sie über all dem höflichen Lächeln nicht vergessen.

»Kommen Sie mit rein?«, fragte Major Lester. Er parkte den Wagen vor einem modernen Reihenhaus, in dem früher die Familie eines hohen Tieres der IG Farben gewohnt hatte. Wo die wohl mittlerweile untergekommen waren? Gesa schüttelte den Kopf. »Ich warte lieber.« Sie blieb sitzen und sah aus dem Fenster. Einige Meter entfernt stand ein Mast, an dem schlapp eine amerikanische Fahne baumelte. An eine Wand des Nachbarhauses hatte jemand einen Basketballkorb montiert.

»Alles verändert sich. Immer und unablässig«, flüsterte sie vor sich hin. Was machte sie eigentlich hier? Auf einen US-Soldaten warten, wie ein deutsches Liebchen? Gesa war keines jener Frolleins, die sich privat mit den Besatzern trafen, und am allerwenigsten war sie interessiert an einem Bratkartoffelverhältnis. Genau genommen war sie überhaupt keinem Verhältnis mit einem neuen Mann zugeneigt. Selbst in den einsamsten Nächten dachte sie nur an Albert. Und doch wurde sein Bild vor ihrem inneren Auge zusehends unschärfer. Wie hatte seine Stimme geklungen? Was war an seinem Lachen so besonders gewesen? Wie hatten sich seine Küsse angefühlt? Mit jedem schwindenden Stückchen Erinnerung fühlte sich Gesa leerer.

Ein Klopfen an der Fensterscheibe ließ sie aufschrecken.

Lächelnd lief Major Lester um den Jeep herum und schlüpfte wieder auf den Fahrersitz. Er trug einen Anzug aus leichtem Stoff mit betonten Schultern und breitem Revers, in dem er völlig verändert wirkte.

»Oh«, sagte Gesa. »Ich habe Sie noch nie in etwas anderem als Uniform gesehen.«

»Wir sind gehalten, sie stets zu tragen. Aber was soll's, mir ist es wichtig, dass Sie mich auch einmal als Mensch wahrnehmen, wenn wir außerhalb des Senders etwas gemeinsam unternehmen.«

Sogar sein Gesicht sah anders aus. Offen, fröhlich und mit eindeutigem Interesse in seinen blauen Augen blickte er sie direkt an. Sollten angesichts dessen nicht die Alarmglocken in Gesas Kopf schrillen? Oder sie nicht wenigstens ein kleines Kribbeln spüren? Sie mochte Jack Lester, aber seine Gefühle für sie waren zweifelsohne stärker als die ihrigen für ihn. Das wusste sie, und sie wollte ihm keine falschen Hoffnungen machen. Dennoch wollte sie auch nicht abweisend wirken. Nicht, weil er einer ihrer Vorgesetzten war. Sie schätzte ihn wirklich.

»Na dann«, sagte sie leichthin. »Wo wollen wir essen?«

Sie hoffte, er würde nicht den Palmengarten Red Cross Club vorschlagen. Der lag gleich in der Nähe und noch in der abgetrennten Sperrzone. Die Besatzer hatten aus dem bombengeschädigten Palmengarten samt Gesellschaftshaus eine Unterhaltungszone für ihre GIs gemacht, über die ganz Frankfurt tuschelte. Weil Deutsche dort natürlich keinen Zutritt hatten. Ausnahmen gab es freilich immer. Gesa legte keinen Wert darauf, diese Alt-Frankfurter Institution vollkommen amerikanisiert zu sehen. Sie hätte vorgeben müssen, so etwas schön zu finden, und dabei hätte ihr Herz geblutet. Daher war sie erleichtert, als Major Lester ein Lokal in Bornheim nannte, nordöstlich des Zoos. Allzu viel Auswahl gab es ja nicht, das meiste war kaputt.

GESA

Radionachrichten 1946:
»In *Die Mörder sind unter uns*, dem ersten deutschen Spielfilm nach Kriegsende, der am fünfzehnten Oktober in der sowjetischen Besatzungszone in Berlin uraufgeführt wird, spielt die zwanzigjährige Hildegard Knef die weibliche Hauptrolle.«

Die Mörder sind unter uns war der erste sogenannte Trümmerfilm, und Hildegard Knef war zu der Zeit mit dem US-Kontrolloffizier Kurt Hirsch liiert. Bei ihrer ersten Begegnung weigerte sie sich noch, sich mit einem Amerikaner zu verabreden. Bei der zweiten zeigte sie sich aufgeschlossener. Sie heiratete den Offizier mit deutschjüdischen Wurzeln 1947 und ging mit ihm in die USA, wo sie unbedingt in Hollywood Karriere machen wollte. Als sie den Regisseur Anatol Litvak kennenlernte, verließ sie Hirsch.

Die Fassade der Apfelschänke sah überraschend gut aus, sogar ein paar Butzenscheiben im Erdgeschoss waren intakt geblieben. Bei Weitem nicht alle, aber Gesa freute sich über das nostalgische Flair der farbigen Fensterchen. Überhaupt war Frankfurt eine bunte Stadt gewesen. Die Altstadthäuser hatten in sämtlichen Farben geleuchtet, blau, rot, grün, gelb, mit Fachwerk oder Stuck, spitz aufragenden oder verschachtelten Dächern, Kragsteinen und Schnitzereien. Und den berühmten *Belvederchen*, den kleinen Dachgärten, die überquollen vor Grünpflanzen. Nun war die vorherrschende Farbe Staub, eine Melange aus Grau, Greige und Sand, die sich bei Regenwetter zu Dreck verdunkelte, also mit Beimischungen von Umbra und Siena noch deprimierender aussah.

An der Seite ihres Begleiters durchquerte Gesa den Gastraum und trat durch die Hintertür in einen teilweise überdachten, gepflasterten Garten. Genau genommen war es ein Hinterhof, aber zwischen der Bestuhlung standen Töpfe mit Blumen, und an einer Wand rankte wilder Wein. Die Gäste saßen an bunt zusammengewürfelten Tischen und auf Stühlen unterschiedlichster Bauart.

Die wenigen Gerichte waren mit Kreide auf einem Brett notiert, das von Platz zu Platz getragen und zur Auswahl vor die Gäste gestellt wurde.

Major Lester steuerte auf einen schattigen Tisch unter der Überdachung zu, denn die Nachmittagssonne strahlte kräftig.

Es war Freitag, und wie zur Einstimmung aufs Wochenende tönte aus einem alten Radio neben der Tür *Wochenend und Sonnenschein* von Hans Bardeleben und den Cherokees.

»Na, das passt ja«, stellte Gesa lakonisch fest. »Auch wenn ich mich ernsthaft frage, wie dieses klapprige Gerät überhaupt noch einen klaren Ton erzeugen kann.«

Das Gehäuse des alten Empfangsgerätes hatte abgeschlagene Ecken und war mit einem dünnen Hanfseil umspannt, das es am Auseinanderfallen hinderte. Um sein ausgefranstes Kabel plante Gesa einen großen Bogen zu machen. Aber die Übertragungsqualität war einwandfrei.

»Erstaunlich«, pflichtete der Major bei und bestellte einen Krug Apfelwein und zweimal das Tagesgericht. Er wies sich als US-Militärangehöriger aus und brauchte daher kein Bezugsscheinheft: Er würde mit Dollars bezahlen, was dem Wirt ohnehin lieber war. »Allerdings ist genau das eines der großen Probleme, die gelöst werden müssen, wenn die Hörerzahlen steigen sollen.«

»Alte Radiogeräte?«

»Fehlende Radiogeräte. Sie sind ebenso zerstört worden wie Möbel und Häuser. Und fast die gesamte deutsche Geräteindustrie liegt im Osten, in der russischen Zone. Was bedeutet, dass der Rest des Landes keinen Nachschub bekommt, aber natürlich dringend Radios braucht, wenn er uns weiterhin zuhören soll.«

Die Bedienung brachte eine gemüselastige Sülze, die so gut wie kein Fleisch enthielt.

»Im Sender haben die Kollegen von einem neuen Gerät erzählt, das man schon vorbestellen kann. Gerrit Holstein meint, das wäre was ganz Raffiniertes.«

Der Major runzelte die Stirn. »Vermutlich spricht er von diesem *Heinzelmann*, der gerade in aller Munde ist. Ein Bausatz für zu Hause, der, korrekt montiert, zu einem Radioempfangsgerät wird. Ein gewisser Herr Grundig aus Fürth hat sich das einfallen lassen. Schlauer Kopf. Nur die Bezeichnung verstehe ich nicht ganz.«

Da konnte Gesa weiterhelfen. Sie erinnerte sich gut an die Konkurrenz von damals. »Vermutlich bezieht sich Herr Grundig dabei auf den Funkheinzelmann, den Hans Bodenstedt vor zwanzig Jahren für die NORAG, also die Norddeutsche Rundfunk AG, erfunden hat. Das Heinzelmännchen war eine äußerst beliebte Kindersendung am Sonntagnachmittag und weithin bekannt.«

»Ein geschickt gewählter Name.«

»Nicht wahr?« Mit diesem Montagesatz umging Grundig die geltende Reglementierung für den Bau von Radiogeräten. Das war nämlich unter den Besatzern nicht so einfach und unterlag einer strengen Genehmigungspflicht. Fertig zusammengebaute Radios durften, selbst wo sie zu haben waren, nur auf Bezugsschein erworben werden. Aber der als Spielzeug deklarierte Heinzelmann-Bausatz war bereits zigfach vorbestellt worden, und Gesa hatte den Unternehmergeist von Herrn Grundig famos gefunden, als Gerrit Holstein die Geschichte vor ein paar Tagen während der Pause erzählt hatte. Solche Leute wurden jetzt gebraucht. Leute, die sich etwas trauten, die erfinderisch waren, Schlupflöcher sahen und alle Chancen nutzen. Das gab Hoffnung.

Vergnügt trank Gesa von ihrem Ebbelwoi.

»Mit Herrn Holstein scheinen Sie sich gut zu verstehen«, bemerkte Major Lester unvermittelt.

»Glücklicherweise herrscht zwischen allen Kollegen ein gutes Verhältnis«, antwortete sie diplomatisch. Dass dies nicht für seine Sekretärin Fräulein Reuter galt, erwähnte sie nicht. Hanne hatte sich leider zu einem intriganten Vorzimmerdrachen entwickelt, aber keiner ließ sich von ihren Allüren die Laune vermiesen.

Gesa vermutete, sie war frustriert, weil sich Major Lester nicht an ihr interessiert zeigte. Und auch niemand anders aus der Chefetage. Kalle Meinradt hingegen, der Hausmeister, war hingerissen von Hanne Reuter und drückte sich so häufig wie möglich in ihrem Büro herum. Was zu einem weiteren Stimmungsabfall bei der jungen Frau führte. Es war amüsant, die kollegialen Verstrickungen zu beobachten.

»Herr Holstein ist nicht verheiratet?«

Sie schüttelte den Kopf. »Soviel ich weiß nicht.« Gesas Bauchgefühl sagte ihr, dass Gerrit überhaupt nicht am weiblichen Geschlecht Gefallen fand, aber das wollte sie ihrem Chef nicht auf die Nase binden. Sie war schließlich keine Klatschtante.

Beim zweiten Glas merkte Gesa, dass sie aufpassen musste, der ungewohnte Apfelwein zeigte Wirkung. Sie kicherte über

Major Lesters Scherze und amüsierte sich seit langer Zeit einmal wieder unbeschwert.

»Was, schon so spät!«, entfuhr es ihr, als ihr Blick irgendwann auf ihre Uhr fiel. »Ich muss nach Hause.«

»Ich fahre Sie.«

Mit offenen Fenstern und im Fahrtwind wehenden Haaren erreichten sie über Umwege Sachsenhausen. Die Untermainbrücke war noch immer nicht befahrbar. Zwar war das Provisorium aus Stahl und Holz, das man auf die stehen gebliebenen Pfeiler gezimmert hatte, unterdessen fertiggestellt, aber das durften lediglich Fußgänger passieren. Auch das schon eine enorme Erleichterung für die Anwohner.

Als der Major einem entgegenkommenden Jeep ausweichen musste, wurde Gesa unsanft durchgerüttelt.

»Tut mir leid«, sagte er und griff nach ihrer Hand. Die ließ er den restlichen Weg über nicht mehr los.

Vor dem Haus angekommen wollte er aussteigen und ihr die Tür öffnen, aber Gesa bat ihn, sitzen zu bleiben. »Meine Kinder sind beide da, ich muss schnell hinein.« Und die Nachbarn schauen sicher auch schon, setzte sie im Geiste hinzu.

»Ist es Ihnen peinlich, von einem Amerikaner heimgebracht zu werden?«, fragte er ohne Umschweife.

Seine Direktheit war entwaffnend. Hitze stieg in Gesas Wangen, und das lag vermutlich nicht allein am Wein.

»Die Leute wissen, dass ich beim Radio arbeite und mit der Militärverwaltung zu tun habe.«

»Dann ist Ihnen meine Gesellschaft also nicht unangenehm?«

»Durchaus nicht. Sie sind mein Vorgesetzter.«

Endlich ließ er ihre Hand los. Zu Gesas eigener Verblüffung war sie fast ein wenig enttäuscht.

Beherzt sprach er weiter. »Können wir bitte einen Moment lang einfach nur privat sein? Und ehrlich zueinander?

Es kann Ihnen nicht entgangen sein, dass ich mehr für Sie empfinde als Kollegialität.«

Gesa warf einen kurzen Blick zum Küchenfenster. Alles ruhig dahinter. Dann drehte sie sich auf dem Autositz, um Jack Lester direkt in die Augen zu sehen. Ihr Blau war schlichtweg umwerfend.

»Ich habe es bemerkt. Und trotzdem verhalten Sie sich äußerst korrekt und professionell. Dafür danke ich Ihnen. Es wäre mir nicht möglich, weiter für Sie zu arbeiten, sollte sich daran etwas ändern.«

Unzählige Frankfurterinnen litten unter den Nachstellungen der Amerikaner. Natürlich gab es Frauen, die gezielt die Gesellschaft der Besatzer suchten. Aber vielen wurde sie aufgedrängt, gegen ihren Willen und teilweise mit Gewalt. Das Problem war allgemein bekannt, doch niemand sprach laut darüber, weil es keine Hilfe gab. Daher war Gesa in der Tat froh über Major Lesters Zurückhaltung, und auch jetzt fühlte sie sich neben ihm im Jeep nicht unwohl. Er war einer von den Guten, sie wusste, er würde seine Machtposition niemals ausnutzen.

»Sie können sich darauf verlassen, dass das immer so bleiben wird.«

»Vielen Dank, Major Lester.«

»Bitte nennen Sie mich Jack. Und ich möchte Gesa zu Ihnen sagen.«

»Das wäre unpassend.«

»Nicht, wenn wir uns privat sehen. Wie gesagt, im Sender werden wir uns stets angemessen verhalten.«

Gesa nickte zustimmend, fasziniert davon, wie viel Wärme seine ansonsten kühlen Augen ausstrahlen konnten, wenn er es zuließ.

»Wirst du dich noch mal mit mir verabreden?«, fragte er mit sanfter Stimme. Das »Du« klang ungewohnt aus seinem

Mund. Bevor sie antwortete, küsste er sie. Federleicht zunächst. Erst als sie sich nicht zurückzog, schob er eine Hand in Gesas Nacken und rückte näher an sie heran.

Gesa kostete den Kuss aus. Sie war lange nicht geküsst worden und sehnte sich nach Zärtlichkeit. Jack zündete kein Feuerwerk in ihrem Herzen, aber sie mochte ihn. Reichte das? Und wofür?

»Ich weiß nicht«, antwortete sie ehrlich, als sie sich voneinander gelöst hatten. »Aber ich werde darüber nachdenken. Wir sehen uns morgen, Jack. Und vielen Dank.«

Lag es am Alter? Am Erwachsensein? An den Schrecken der Vergangenheit, die alle Unbefangenheit ausgelöscht hatten? Niemand würde jemals Alberts Platz einnehmen, aber sollte sie nicht wenigstens einen kleinen Anflug von Kribbeln verspüren, wenn ein wirklich anziehender und obendrein netter Mann sie küsste? Kam das vielleicht noch? Verwirrt stieg Gesa aus und ging zum Haus. An der Tür drehte sie sich um und winkte Jack zu, erst dann fuhr er los.

Julius und Christel waren in ihren Zimmern, die gottlob beide nach hinten auf den Garten hinauswiesen. Nichts wäre Gesa unangenehmer gewesen, als wenn sie den Kuss beobachtet hätten.

Allein das war ein Grund dafür, dass aus ihr und Jack Lester niemals ein Paar werden konnte: Julius würde unter keinen Umständen einen Amerikaner im Haus dulden.

»Warum kommst du so spät?«, fragte er seine Mutter prompt mit den feinen Antennen eines Kindes für die Gefühle seiner Eltern. Er kam die Treppe heruntergelaufen und steckte den Kopf zur Küchentür herein.

»Hat eben länger gedauert.«

»Was gibt es zu essen?«

Gesa war nach dem Gasthof nicht hungrig, aber das konnte sie schlecht sagen. »Ich mache euch Arme Ritter.«

»Du siehst komisch aus. Irgendwie durcheinander.«

»Draußen ist es schwül, und ich habe einen langen Heimweg. Reicht das als Erklärung?«

Er grinste. Sein Lächeln erstarb augenblicklich, als Inge dazukam. Die beiden warfen sich einen eigenartigen Blick zu, woraufhin er unmerklich den Kopf schüttelte. Inge presste die Lippen aufeinander, nickte ihm auffordernd zu und starrte ihn so lange an, bis er wegsah.

»Was ist los?«, fragte Gesa.

»Dein Sohn möchte dir was sagen.«

»Will er nicht!«, rief Julius unwirsch und stürmte hinaus. Es fehlte nicht viel und er hätte mit der Küchentür geknallt. Gesa beschlich der Verdacht, dass sie ein Weilchen warten musste, um dem nachzuspüren, was Jacks Kuss ihr bedeutete.

Sie seufzte. »Dann erzähl du es mir, Inge.«

Die Freundin trug einen engen, knielangen Rock und eine Bluse mit viereckigem Ausschnitt, das Haar hatte sie kunstvoll hochgesteckt. Sie sah schick aus.

»Ich bin mit Theo verabredet und muss gleich los, aber ein paar Minuten hab ich noch.« Inge lehnte sich mit dem Rücken gegen die Anrichte und verschränkte die Arme vor der Brust. »Das wird dich bestimmt verärgern, Gesa, und Julius sowieso, aber ich betrachte es als meine Pflicht, es dir zu sagen.«

»Was?«

»Dein Sohn treibt sich in Nachtclubs rum.«

»Wie bitte? Du musst dich täuschen, Julius ist abends immer zu Hause.«

Inge verdrehte die Augen. »Vor ein paar Wochen war ich im Topper Club und dachte, ich hätte ihn gesehen, zusammen mit dem Berwaldjungen, diesem Tunichtgut. Ich war mir nicht sicher und habe die Sache wieder vergessen. Aber beim zweiten Mal habe ich genau hingesehen. Und ihn hinterher zur Rede gestellt. Er hat mir versprochen, das künftig zu unterlassen.«

»Wieso hast du mir nicht sofort Bescheid gegeben?«

»Ich wollte keine Zuträgerin sein. Aber leider hat er sein Versprechen nicht gehalten.«

Ihr Sohn rebellierte und baute Mist! Ärger stieg in Gesa auf, sie stemmte die Hände in die Hüften und wartete darauf, dass Inge fortfuhr.

»Es stellte sich raus, dass Julius ein ausgemachter Jazzfan ist, abends aus seinem Zimmerfenster klettert und sich zusammen mit seinem Freund Anton Berwald, einem ziemlich frühreifen Bürschlein, wenn ich das sagen darf, in die Clubs schleicht.«

Gesa war sprachlos.

»Und leider zeigt er keinerlei Reue, daher erzähle ich es dir ganz offen. Julius scheint in einer schwierigen Phase zu sein. Der Verlust seines Vaters, du arbeitest viel, es ist alles nicht einfach ...«

»Irgendwer muss das Essen auf den Tisch bringen!«

»Mir musst du das nicht erklären, ich mache dir auch keinen Vorwurf. Es liegt an ihm, er ist aufmüpfig, will testen, wie weit er gehen kann.« Inge steckte sich eine Zigarette an und reichte sie Gesa. »Dieser Anton übt keinen guten Einfluss auf ihn aus. Das ist ein Trickser.«

Gesa atmete den Tabakrauch tief ein und stieß ihn gereizt wieder aus. Sie sank auf einen Stuhl.

Wie war sie es doch leid, alles alleine stemmen zu müssen. Sie wollte die Beine hochlegen, sich einmal um nichts kümmern, aber nein, alles blieb an ihr hängen. Die Last ihres einsamen Nachkriegsalltags wog zusehends schwerer.

»Da ist noch mehr«, sagte Inge leise, sichtlich betrübt, ihrer Freundin eine weitere schlechte Nachricht aufbürden zu müssen. »Neulich habe ich Antons Mutter auf der Straße getroffen. Sie hat erzählt, die Polizei hat ihren Sohn heimgebracht und verwarnt. Weil er erwischt wurde, als er im Luftbad in der Friedlebenstraße ein Loch in den Zaun gebohrt und die Nackedeis beobachtet hat. Angeblich war noch ein zweiter Junge dabei, der aber schneller laufen konnte und nicht geschnappt wurde. Frau Berwald meinte, dass es Julius war.«

Gesa schloss für einen Moment die Augen und massierte ihre Schläfen. Das wurde ja zusehends schlimmer. »Warum sagt mir Frau Berwald das nicht selbst?«

»Vielleicht weil sie dir nicht noch mehr Kummer bereiten wollte? Wo du doch allein bist und immer arbeitest und sie selber weiß, wie schwierig es ist, einen halbwüchsigen Sohn an Dummheiten zu hindern. Sie hat gemeint, ich könnte es dir sagen, falls ich es für richtig erachte.«

Mit einer resignierten Geste drückte Gesa die Zigarette im Aschenbecher aus und erhob sich. »Ich gehe rauf und rede mit ihm.« Am Durchgang zum Flur drehte sie sich noch mal um. »Danke, Inge. Ich bin so froh, dass du hier bist. Bestell bitte Theo liebe Grüße.«

Sie klopfte an Julius' Tür und erhielt statt einer Aufforderung zum Eintreten lediglich ein Grunzen als Antwort.

Er lag auf seinem Bett, die Arme unter dem Kopf verschränkt, und starrte an die Decke.

»Dann hat sie also gepetzt«, stieß er hervor.

»SIE heißt Tante Inge und hat viel zu lange für dich geschwiegen, weil sie dich lieb hat. Also erspar dir deinen herablassenden Tonfall.«

Vorsichtig ließ Gesa sich auf dem Bettrand nieder und streckte eine Hand nach ihrem Sohn aus. Der drehte sich unwirsch weg.

»Momentan ist alles durcheinander«, begann sie sanfter,

»aber dieses Chaos ist kein Freifahrtschein für Dummheiten, verstehst du?«

»Interessiert doch sowieso keinen, wo ich bin. Solange Christel von Tante Urbach betüddelt wird und du in deinen heiligen Sender fahren kannst, ist doch alles in Ordnung.«

Seine Worte trafen Gesa mitten ins Herz. »Fühlst du dich vernachlässigt?«

Er schnaubte. »Ich bin kein Kleinkind mehr.«

»Dann verhalte dich entsprechend. Die Clubs sind für dich verboten. Und nackte Leute bespitzeln im Luftbad ist kein Kavaliersdelikt. Stell dir vor, du wärst geschnappt worden. Einmal ermahnt die Polizei dich vielleicht, aber beim zweiten Mal wird's aktenkundig. So unorganisiert, wie du glaubst, ist Frankfurt nicht mehr.«

»Mir egal.«

Wenn Albert hier wäre, würde er mit dem Jungen sprechen, möglicherweise das Verständnis aufbringen, das Gesa fehlte, bestimmt aber einen besseren Zugang zu Julius finden.

»Das darf es nicht sein, mein Schatz. Du bist in der Obersekunda, die Prima steht an. Was denkst du wird aus dir werden, wenn du eine dicke Polizeiakte hast?«

»Hör mir mit der Schule auf«, brummte er. »Weißt du eigentlich, mit wie vielen Schülern wir in einem Raum sitzen? Die Schulen sind zerbombt, es fehlen Lehrer, und wir werden einfach nur zusammengepfercht, ohne Bücher oder Schreibzeug, und sollen so tun, als wäre das normaler Unterricht!«

Sie strich durch sein rotbraunes Haar, bis er sich wieder zu ihr drehte. In seinem Gesicht fand sie viel von sich wieder. Trotz und Entschlossenheit, Fluch und Segen zugleich.

»Julius«, flüsterte sie. »Wirf deine Zukunft nicht weg. Es ist einfach, sich im Strom treiben zu lassen, besonders wenn es den Anschein hat, dass alles bedeutungslos ist. Aber glaub mir, jeder Tag zählt. Falls du hier unglücklich bist, werde ich alles tun, was in meiner Macht steht, um dir ein besseres Umfeld zu bieten.«

Er setzte sich auf. »Wie meinst du das?«

»Ich erinnere mich an den letzten Winter. Eiskalte, unbeheizte Klassenräume, du und Christel wart ständig krank. Der nächste wird auch nicht besser werden, fürchte ich. Die Zustände sind wirklich katastrophal, dabei ist ein gutes Abitur so wichtig. Möchtest du nach den Ferien die Schule wechseln? Es gibt tatsächlich bereits wieder ein paar wenige private Internate mit kleineren Klassen, die eine hervorragende Ausbildung anbieten. Nicht hier in der Stadt, auf dem Land. Das kostet, aber ich krieg es hin, wenn du das wirklich willst.«

»Du willst mich loswerden?« Seine Stimme wurde lauter. »Damit ich dir keine Umstände mehr bereite und du mehr Zeit für deinen Ami hast? Ich hab seinen Jeep gehört, wie er dich wieder heimgebracht und ziemlich lang vor dem Haus geparkt hat. Weißt du, wie man Frauen nennt, die sich mit denen einlassen?«

Gesa schoss hoch. »Halt den Mund, Julius! Wenn du zu dumm bist zu verstehen, was ich dir gerade vorgeschlagen habe, dann drück dich ruhig weiter mit dem Berwaldjungen rum. Und komm mir nicht wieder unter die Augen, ohne dich für dein freches Mundwerk zu entschuldigen!«

Nun knallte Gesa mit der Tür, und zwar laut. Wie konnte ihr Sohn es wagen, etwas Derartiges anzudeuten! Er entglitt ihr und entwickelte sich zu einem Menschen, den sein Vater nicht wiedererkennen würde. Hilflos presste sie ein Taschentuch unter ihre Nase und ließ es zu, dass die Einsamkeit sie mit voller Wucht überfiel.

Christels Zimmertür öffnete sich einen Spalt breit. Das Mädchen warf der Mutter einen traurigen Blick zu und schloss sie wieder.

INGE

Radionachrichten 1946:
»Die berühmte Tänzerin, Sängerin und Schauspielerin
Josephine Baker wird mit der Médaille de la Résistance
ausgezeichnet.«

Und zwar nicht für ihre Leistungen in der Unterhaltungsbranche, sondern für ihren Einsatz im Zweiten Weltkrieg.
Josephine Baker war in Nordafrika für die Fliegenden
Sanitäterinnen tätig und arbeitete später für die Résistance und den französischen Geheimdienst. Als Mitglied
der Armée de l'air bekleidete sie den Dienstgrad eines
Unterleutnants.

Inge hatte wirklich und wahrhaftig ihr eigenes Büro. Nicht
als Vorzimmerdame von irgendwem, sondern ganz für sich
allein, mit ihrem Namen an der Tür, einem Schreibtisch,
einer Schreibmaschine, einem Bücherregal und sogar einer
Topfpflanze. Die hatte sie selber mitgebracht. Zugegeben, es
war übersichtlich, eher ein geräumiger Kleiderschrank, da
die Rundfunkoberen dem Kinderfunk keinen allzu großen
Stellenwert beimaßen. Ein Telefon gab es auch nicht, darauf würde sie noch eine Weile warten müssen. Aber als
Abteilungsleiterin saß sie nun tatsächlich in ihren höchst-
eigenen vier Wänden. Wer hätte das jemals gedacht? Sicher
nicht Kneipenbesitzer Fred aus der Erebos Bar oder der
armselige Egozentriker Curt Schäfer, wahrscheinlich nicht

154

mal Herr Paschke vom Palastcafé, obwohl der stets große Stücke auf Inge gehalten hatte. Nicht nur, was das Singen betraf. Kurz vor Kriegsbeginn hatte den Ärmsten ein Herzinfarkt ereilt, und Inge hatte auf seiner Beisetzung hemmungslos geweint. Dafür war ihm dieser schreckliche Krieg erspart geblieben, vielleicht ein Segen … *Aus dir wird mal was. Auf der Bühne sowieso, Inge, das ist klar, aber Grips hättest du für viel mehr,* hatte er ihr bereits prophezeit, ehe sie überhaupt ihren ersten Schallplattenvertrag unterschrieben hatte. Unzählige Male war sie in seinem Café aufgetreten, auch noch als Berühmtheit, und dann natürlich als Freundschaftsdienst ohne Bezahlung. Bis man ihr das Singen verboten hatte.

Theo war, im Gegensatz zu ihr, sofort felsenfest davon überzeugt gewesen, dass sie den Posten als Leiterin des Kinderfunks annehmen musste. »So 'ne Chance kriegst du nie wieder. Schnapp ihn dir und mach was draus.«

Seine Worte geisterten durch Inges Kopf. Mach was draus. Leichter gesagt als getan. Sie hatte keine Ahnung von Kindern, noch weniger davon, was sie unterhaltsam fanden. Immer nur Liedchen trällern, das kam jedenfalls nicht in Frage. Sie würde ihnen mehr bieten müssen.

Die Chefetage zeigte sich erleichtert, dass die Stelle endlich besetzt war, und ließ Inge freie Hand. Das bedeutete, man interessierte sich nicht wirklich für das, was sie tat.

Nachdem Major Lester ihr bei der Einstellung die übliche Rede von der demokratischen Umerziehung der deutschen Bevölkerung gehalten hatte, wurde sie auf die kindlichen Zuhörer losgelassen.

Gerade diese gönnerhafte Gleichgültigkeit spornte Inge dazu an, etwas Außergewöhnliches auf die Beine zu stellen. Jeden Sonntagnachmittag um zwei ging es live auf Sendung. Zuvor musste der Ablauf geplant und vor allem geprobt werden. Wenigstens so einigermaßen. Es sollte sich ehrlich und spontan anhören, aber dahinter steckte ein Konzept.

Gerade klopfte es an der Tür, und Elke und Renate spazierten herein.

»Guten Tag«, sagte Inge. »Wo ist dein Bruder, Renate?«

»Der muss nachsitzen und kommt später.«

»Was hat er angestellt?«

Die Elfjährige zuckte vielsagend mit den Schultern. »Das weiß man bei ihm nie.«

Elke, ein halbes Jahr älter als die Freundin, worauf sie großen Wert legte, rollte mit den Augen. »Kinder«, sagte sie.

Sie zog die Wäschetruhe mit dem gepolsterten Sitz an den Schreibtisch. Die war ebenfalls von zu Hause mitgebracht, und Inge bewahrte darin Notenhefte auf. Mehr Sitzmöbel passten nicht in das winzige Büro, doch die zwei Mädchen fanden gut darauf Platz.

»So, meine Lieben, wir fangen schon mal an. Für die nächste Sendung habe ich das Thema Herbst geplant. Erntedank ist zwar rum, aber ich dachte, wir bringen vielleicht ein Gedicht übers Drachensteigen?«

Die Mädchen nickten zustimmend.

»Dann singen wir natürlich ein, zwei Lieder. Ich suche was Herbstliches raus. Und ein Märchen lese ich auch vor.«

»Bitte Rumpelstilzchen«, bat Elke. »Das mag ich am liebsten. Du wolltest es letzte Woche schon machen, aber da hatte sich Siggi Tischlein Deck Dich gewünscht.« Inge ließ sich von ihren jungen Kollegen duzen, weil sie fand, das solle nicht den älteren vorbehalten sein. Man war schließlich auf Augenhöhe, und das sah sie absolut ehrlich so.

Inge verkniff sich ein Grinsen. Ganz so erwachsen war das Mädchen also doch noch nicht. »Rumpelstilzchen – ist notiert. Mach ich gerne und nur für dich.«

Die Tür flog auf und Siggi polterte herein. »Tut mir leid,

schneller ging's nicht«, stieß er atemlos hervor. Und als er sah, dass die Wäschetruhe schon besetzt war: »Dann nehm ich heute wohl die Obstkiste.« Er stellte die Topfpflanze, die üblicherweise auf der bunt lackierten Kiste stand, aufs Fensterbrett und machte es sich bequem. »Gibt's Limonade?«

Wortlos reichte ihm Inge ein Glas Coca-Cola, das der Junge in großen Schlucken leerte. Die amerikanische Brause war überall heiß begehrt. Inge erzählte ihm kurz die bisherige Planung.

»Singen tun wir wieder einfach so?«, fragte er mit gelangweiltem Tonfall.

»Herr Beckmann hat uns zwar ein Klavier in Aussicht gestellt, aber damit würde ich in nächster Zeit nicht rechnen.« Sie wies auf den Schreibtisch. »Ich hab noch nicht mal ein Telefon. Eins nach dem anderen.«

»Renate und ich könnten Flöte spielen«, schlug Elke vor.

»Wirklich? Warum habt ihr das noch nie erwähnt? Eine ausgezeichnete Idee. Allerdings singen dann nur noch Siggi und ich.«

»Dann nehmen wir halt mehr Kinder dazu.«

Inge überlegte. Das würde sie mit den Zensoren und dem Intendanten abklären müssen, aber warum nicht? »Mehr Kinder, die singen können. Das würde sich sicher gut machen. Eine kleine Singgruppe würde man uns bestimmt genehmigen.«

Siggi verzog das Gesicht. »Singgruppe klingt öde. Da werden keine Jungs mitmachen wollen. 'ne Bande wär besser.«

»Genau!« Inge war von dieser Idee so begeistert, dass sie aufsprang. »Eine Radiobande! Kinder, ihr seid die Besten! *Inges Radiobande*, die singen und spielen und erzählen kann und auch sonst noch allerlei, was die Gleichaltrigen da draußen interessiert.« Die drei nickten und strahlten sie an. Renate, Elke und Siggi waren ein kreativer Jungbrunnen, und

Inge filterte aus ihren Vorschlägen heraus, was im Programm funktionieren könnte. Ein offenes Ohr und ein ebensolches Herz waren das Geheimnis für einen erfolgreichen Kinderfunk, kam es ihr in den Sinn. Sie war beschwingt wie seit Langem nicht mehr. Eilig machte sie Notizen auf ihrem Block. »Gut. Nächster Punkt – wer von euch mag in der Sendung was sagen? Vorzugsweise zum Thema Herbst. Ich dachte, wir könnten den Hörern vielleicht erklären, wie man Dickwurzmänner bastelt.«

Das stieß bei allen auf Begeisterung, und Elke erklärte sich dazu bereit, eine Art Interview mit Inge darüber zu machen.

Dickwurze waren Futterrüben, aus denen um Allerheiligen herum Laternen gebastelt wurden. Dabei schnitt man das Oberteil der Rübe wie einen Deckel ab, höhlte sie aus und stellte eine Kerze hinein. Je nach Geschick wurden in die Schale Muster geritzt, oder auch Gesichter, die einen Rübengeist darstellten.

»Ich steck sie immer auf 'nen Besenstiel, damit kann man wenn's dunkel ist in die Fenster von anderen Leuten gucken«, konstatierte Siggi, und Inge fand, dass dieser praktische Einsatzbereich des Dickwurzmannes unbedingt in der Sendung Erwähnung finden musste.

»Prima«, verkündete sie schließlich. »Vielen Dank, dann sind wir für heute fertig. Ich habe alle Punkte aufgeschrieben und werde bis morgen ein kleines Skript machen, das wir zusammen einüben können. Das mit der Bande kläre ich mit den Chefs ab.« Sie griff in eine Schreibtischschublade. »Und das hier soll ich euch mit schönen Grüßen von Major Lester geben. Er hat gemeint, ihr würdet für die Schokolade bessere Verwendung finden als er.«

Vollauf zufrieden verließ Inge am Ende ihres Arbeitstages den Sender. Draußen erwartete sie eine Überraschung.

»Gus!«, rief sie perplex aus.

Ihr amerikanischer Bekannter Captain Gus Hausner stand auf dem Bordstein, seine Kopfbedeckung in den Händen und ein Lächeln im Gesicht. Mit ihm hatte Inge am allerwenigsten gerechnet. Schon vor einer ganzen Weile war er versetzt worden, wohin wusste sie nicht.

»*I'm back*«, sagte er und breitete die Arme aus.

Statt ihm um den Hals zu fallen, schüttelte Inge lieber seine Hand.

»Das sehe ich. Bist du wieder in Frankfurt?«

»Für den Moment, ja. Hast du mich vermisst, Inge?«

Sie suchte nach einer diplomatischen Antwort. Im Laufe ihrer nicht allzu lang währenden Bekanntschaft waren sie zusammen ausgegangen und einander auch nähergekommen. Wobei seine Begeisterung für Inge stets enthusiastischer gewesen war als die ihre für ihn. Und überhaupt, alles hatte sich verändert, Theo war zurück und … apropos Theo, der kam soeben mit forschen Schritten und Gewittermine auf sie zumarschiert. Wieso war er hier? Er hatte nicht gesagt, dass er sie abholen wollte.

»Was ist hier los? Wer ist das? Belästigt dich dieser Soldat?«

Andere Kollegen, die eben das Funkhaus verließen, verharrten neugierig in einiger Entfernung. Womöglich kam es hier gerade zu einer Szene?

Inge beeilte sich abzuwiegeln. »Nein, nein. Das ist Captain Gus Hausner, ein Freund. Gus, das ist Theodor Conrad, ein berühmter Schauspieler und sehr lieber Freund.« Diese Vorstellung klang reichlich blöd, aber vielleicht klärte sie die Verhältnisse. Oder auch nicht.

»Ein Freund?«, echote Theo, die Brauen missbilligend hochgezogen. »Seit wann bist du mit einem Amerikaner befreundet?«

»Ich bin mit vielen Menschen befreundet. Der Captain und ich teilen die Leidenschaft für Musik.«

Theo gab ein ungläubiges Schnauben von sich. »Das kann ich mir vorstellen. Und wahrscheinlich teilt ihr …«

Inges Zeigefinger schoss in die Höhe und hinderte ihn am Weiterreden. »Sag jetzt nichts, was du später bereuen könntest.«

Und Captain Hausner meinte laut und vernehmlich: »*Gosh*, du hast dich ja schnell getröstet.« Woraufhin sich Theos Gesicht wutrot verfärbte und er ein »Was erlauben Sie sich!«, hervorstieß.

Wenn es nicht schrecklich peinlich gewesen wäre, hätte sich Inge darüber gefreut, dass sich auch mit über vierzig die Männer noch um sie stritten. Wer konnte das schon von sich behaupten? So aber verabschiedete sie sich kurz angebunden von Gus Hausner, hakte sich bei Theo unter und zog ihn weg, die Eschersheimer Landstraße hinunter in Richtung Innenstadt. Dabei hoffte sie inständig, das Publikum möge sich trollen und sie mit Funkhaus-Tratsch verschonen.

Erst am Eschenheimer Turm blieb sie stehen. Der ragte tapfer aus dem umliegenden Trümmerchaos hervor, als wolle er sagen: *Seht ihr, manche von uns haben sich nicht kaputtmachen lassen.* Der vertraute Anblick des alten Bauwerks rührte jedes Mal an Inges Herz. Doch davon ließ sie sich nun nicht ablenken.

»Was war das bitte für ein Auftritt?«, herrschte sie Theo an. »Bühnenreif, wirklich, aber leider extrem rufschädigend für mich, vor den Augen der Kollegen. Was ist nur in dich gefahren, den eifersüchtigen Liebhaber zu spielen?« Resolut schob sie den Henkel ihrer Handtasche bis hoch zum Ellenbogen. In stummer Zustimmung verdunkelte eine dicke Herbstwolke die Sonne. Gäbe es noch Bäume in der Innenstadt, würden sie sicher verfärbte Blätter tragen, aber leider waren auch sie nicht mehr da. Die Atmosphäre war so gewittrig, wie Inge sich fühlte.

»Du hast nie was von einem Ami erwähnt. Da will ich dich einmal überraschen und von der Arbeit abholen, und dann steht dieser Kerl mit ausgebreiteten Armen vor dir, als müsstest du ihm um den Hals fallen.« Das klang vorwurfsvoll.

»Ich habe ihn seit Monaten nicht gesehen. Captain Hausner hat Frankfurt verlassen, kurz nachdem du zurückgekommen bist. Wir waren ein paarmal aus, aber das ist lange her. Ich war selbst perplex, als er heute einfach dastand.«

»Und das soll ich dir glauben?«

Das wurde ja immer schöner. Wer meinte Theo zu sein, dass er ihr Vorhaltungen machen konnte? Inges Temperament flammte auf. »Es ist mir ehrlich gesagt egal, ob du's glaubst oder nicht. Ich bin dir keine Rechenschaft schuldig. Und deine gespielte Eifersucht nehme ich dir auch nicht ab!«

»Du denkst, ich tu nur so, als ob mir das was ausmacht?«

»Nach drei geschiedenen Ehen und einigen Affärchen, über die ich in den Klatschspalten gelesen habe, weiß ich, dass du nicht so kühl bist, wie du gern tust. Aber mich fasst du seit zwanzig Jahren nicht mal mit der Kneifzange an. Also weshalb der dramatische Auftritt? Du bist der beste Schauspieler, den ich kenne.«

Unvermittelt riss Theo Inge an sich und küsste sie mitten auf der Straße. Sie schubste ihn von sich und gab ihm eine Ohrfeige. Einen kurzen Augenblick starrten sie einander an. Schlagartig verpuffte Inges Wut und sie stürzte sich in seine Arme. Den zweiten Kuss erwiderte sie. Er war sinnlich, wütend und ein wenig wehmütig und erfüllt von einer Innigkeit, die niemals gespielt sein konnte.

Atemlos lösten sie sich voneinander. Die vorbeilaufenden Passanten warfen ihnen erstaunte Blicke zu. Immerhin waren sie beide keine Halbwüchsigen mehr, deren öffentlich zur Schau gestellte Zuneigungsbekundungen mit Nachsicht betrachtet wurden.

Theo lächelte, legte einen Arm um Inges Schultern und führte sie weiter.

»Warum hast du nie was gesagt?«, fragte sie ihn. Hatte sie allen Ernstes weiche Knie?

»Dass ich dich liebe? Ich dachte, du weißt es und ignorierst es nur.«

»Woher hätte ich das bitte wissen sollen? Aus deinem Verhalten war es jedenfalls nicht zu schließen.«

»Na ja, es waren immer andere Partner da. Bei dir. Na gut, bei mir auch. Zu Anfang, als es dir schlecht ging und wir uns angefreundet hatten, wollte ich dich nicht auch noch zusätzlich mit meinen Gefühlen überfordern. Du musstest erst mal wieder zu dir finden. Und später, als deine Karriere Fahrt aufnahm, warst du ständig umschwärmt und ich hatte den Eindruck, eine feste Beziehung würde dich nicht interessieren. Ich wollte mich nicht aufdrängen. Dann haben wir uns eine Weile aus den Augen verloren. Und mir ist klar geworden, dass ich nur an deiner Seite glücklich sein kann. Als der Krieg zu Ende war, musste ich so schnell wie möglich zu dir.«

Sie blieb stehen, hob den Kopf und studierte sein Gesicht, das ihr vertraut und doch mit einem Mal ganz neu war. Weil er ihr endlich gestattete, bis in sein Herz zu sehen.

»Du Dummkopf«, murmelte sie. »Wir haben unsere besten Jahre versäumt.«

Er widersprach. »Haben wir nicht, Inge. Die Zeit war noch nicht richtig für uns. Es hätte vorher nicht geklappt, wir waren in unterschiedlichen Richtungen unterwegs. Unsere besten Jahre beginnen genau jetzt.«

Tränen stiegen ihr in die Augen. Sie fühlte sich wie ein anderer Mensch, völlig verändert durch sein Geständnis. Es war ihr teuer, bedeutete ihr mehr als alle Liebesschwüre der Männer davor. »Wir stehen vor dem Nichts, Theo. Keiner von uns hat ein eigenes Dach über dem Kopf und …«

»Schschscht. Du suchst nicht nach Ausreden, das erlaube ich nicht. Gesteh dir endlich ein, dass du mich auch liebst.«

Nun musste sie lachen. »Natürlich liebe ich dich!« Inge küsste Theo erneut. Die Passanten waren ihr vollkommen egal. Sie fühlte sich ein wenig wie der eigensinnige Eschenheimer Turm, der nicht hatte umfallen wollen. Das Durchhalten hatte sich gelohnt, weil sie und Theo zueinandergefunden hatten.

Auch wenn sie keine Ahnung hatte, wie ein gemeinsamer Alltag aussehen könnte.

MARGOT, 1947

Radionachrichten 1947:
»Die in Ungarn geborene Schriftstellerin Emma Orczy stirbt im englischen Henley-on-Thames.«

Baroness Emma Magdolna Rozália Mária Jozefa Borbála Orczy de Orci schrieb unter anderem den bekannten Roman Scarlet Pimpernel. Das scharlachrote Siegel. Als sie vierzehn Jahre alt war, zog die Familie nach London. Ihre Ehe mit dem Illustrator Henry George Montagu MacLean Barstow galt als sehr glücklich. Obwohl zunächst das Geld knapp war, kam das Ehepaar mit der Zeit durch die erfolgreichen, teils gewagten Romane der Schriftstellerin zu Wohlstand.

»Ein Anruf für Sie, Frau Milanski!« Die Köchin der Scherenbrinks stand schwer atmend in der Tür und hielt sich am Rahmen fest. Margot legte die Rübe weg, die sie gerade wusch, und rannte hinter der Hausangestellten her über die Straße, in den gegenüberliegenden Weg und durch den Seiteneingang in den weitläufigen Hausflur der Scherenbrink-Villa. Die Familie gehörte zu den wohlhabendsten in Königstein und hatte neben einer Köchin und einem Hausmädchen sogar schon wieder ein Telefon. Die Nummer durfte Margot freundlicherweise für Notfälle beim Sender angeben, galt die Rundfunkcellistin doch ein klein wenig als Prominenz im Ort. Einfach Hinz und Kunz hätte Herr Scherenbrink das nicht gestattet. Aber noch nie hatte jemand für sie angerufen. Bis zu diesem Tag. Hoffentlich war nichts Schlimmes geschehen. Was, wenn das nur notdürftig instand gesetzte Funkhaus nun doch eingestürzt war? Mit der Statik nahm man es derzeit nicht übergenau.

Mit hochrotem Gesicht deutete die Köchin auf eine schmale Konsole mit geschwungenen Beinen und einer Marmorplatte, auf der das Telefon stand. Der Hörer lag daneben. Dann ging sie japsend in die Küche, und Margot hörte, wie sie sich auf einen Stuhl fallen ließ.

»Margot Milanski, guten Tag«, meldete sie sich und versuchte, dabei ruhig zu klingen.

»Na, das hat ja mal ewig gedauert, Frau Milanski. Wir haben unsere Zeit nicht gepachtet. Ich stelle Sie zum Chef durch«, hörte sie die schnippische Stimme von Hanne Reuter am anderen Ende, dann ein Klicken und gleich darauf Major Lester. Erleichterung durchflutete Margot. So schlimm konnte es also nicht sein.

»Frau Milanski?«

»Ja?«

»Tut mir leid, dass ich Sie an Ihrem freien Tag zu Hause störe. Aber es eilt, und ich brauche ganz schnell eine Entscheidung.«

Die Verbindung war schlecht, Margot hielt sich das freie Ohr zu, um ihn besser zu verstehen.

»Schon in Ordnung, Major. Worum geht es denn?«

»Stellen Sie sich vor, unser Sportreporter fällt aus. Ab sofort. Auf die Gründe will ich nicht näher eingehen, und hoffentlich kriegen die Kollegen von der Presse keinen Wind davon. Könnte sonst peinlich werden. Glauben Sie mir einfach, wenn ich Ihnen versichere, der kommt nicht wieder.«

Margots Herz begann wie wild zu pochen.

»Daher möchte ich Ihrem Sohn nun doch die Stelle anbieten. Ich weiß, es ist eine Weile her, und vielleicht hat er in der Zwischenzeit schon etwas anderes gefunden?«

»Nein, hat er nicht!«, rief sie schnell.

»Gut. Ich habe es sehr bedauert, dass es damals nicht geklappt hat, weil ich überzeugt davon bin, Ihr Sohn wäre perfekt geeignet für den Job. Meinen Sie, er will noch?«

Es knackte in der Leitung, und Margot befürchtete, sie würden unterbrochen. Aber dann hörte sie ihn wieder.

»Leider brauche ich sofort eine Entscheidung. Er müsste umgehend anfangen. Morgen spielt die Eintracht. Darüber müssen wir natürlich berichten. Ich hoffe, Sie fühlen sich nicht allzu überrumpelt. Sie wissen ja, wie hektisch es in unserem Beruf manchmal zugehen kann.«

»Nein, nein, ist schon gut, ich verstehe vollkommen.« In Wirklichkeit drehte sich alles um Margot. »Selbstverständlich nimmt Egon die Stelle gern an. Wann soll er morgen im Sender sein?«

»Wunderbar!« Es knackte wieder, zweimal, dreimal. »Bitte gleich früh um acht, dann haben wir noch etwas Zeit für eine Einweisung. Vielen Dank, Frau Milanski.«

»Ich danke Ihnen, Major Lester. Bis morgen.«

Behutsam legte sie den Hörer zurück auf die Gabel und musste sich erst mal an die Wand lehnen, weil ihre Beine nachzugeben drohten.

Das war die Rettung! Das Ende des Haderns und Zauderns für Egon. Er würde eine Aufgabe bekommen, eine Chance, eine Zukunft. Noch dazu eine, die seinen geliebten Fußball mit einschloss. Hinter einem Schreibtisch würde er verkümmern, das wusste sie. Egon brauchte den Austausch mit Gleichgesinnten, etwas, das ihn anspornte und seine Leidenschaft für den Sport wieder entfachte, auch wenn er ihn selbst nicht mehr ausüben konnte. Was für eine Gelegenheit – was für ein Segen! Margot schloss die Augen und schickte ein Stoßgebet zum Himmel. Dann bedankte sie sich bei der Köchin, die immer noch ermattet auf dem Stuhl saß, aber sicher jedes Wort mitgehört hatte. Egal.

Eilig rannte sie zurück zum Hof der Frieses und rief nach Egon. Sie fand ihn im Hühnerstall, wo er gerade Eier aus den Nestern holte.

»Stell den Korb mal vorsichtig ab, damit nichts zerbricht, und komm raus zu mir.«

Er humpelte kaum mehr, fand Margot, als Egon auf sie zuging.

»Was gibt's? Du siehst aus, als hättest du in der Landeslotterie gewonnen.«

»Ich nicht. Aber du hast den Hauptgewinn gezogen – jedenfalls bildlich gesprochen. Stell dir vor, Major Lester aus dem Sender hat gerade angerufen. Der Reporterposten im Sportressort ist wieder frei, und er bietet ihn dir an.«

»Was sagst du da? Stimmt das wirklich?« Zwischenzeitlich hatte Egon durchaus realisiert, was für eine Gelegenheit der Vorschlag seiner Mutter gewesen wäre. Seine anfängliche Skepsis hatte sich mit jedem weiteren Tag mehr in Resignation verwandelt. Er wollte nicht in Königstein versauern. Aber einen anderen Plan hatte er auch noch nicht auf die Beine gestellt, weil er sich nicht mit der Möglichkeit abfinden wollte, dass Sport keine Hauptrolle mehr in seinem Leben spielte. Und nun würde er damit sogar Geld verdienen. Wenn auch anders, als er sich das vorgestellt hatte.

»Du musst allerdings morgen gleich anfangen und vom Spiel der Eintracht berichten. Willst du?«

Der groß gewachsene Egon hob seine zierliche Mutter kurzerhand hoch und herzte sie, bis Margot mit den Beinen strampelte und er sie wieder absetzte. Er drückte ihr links und rechts einen Schmatz auf die Wangen. »Und ob ich will. Danke Mama, das vergess ich dir nie!«

Wie gut, dass sie bereits zugesagt hatte.

»Lass uns reingehen und in deinem Schrank schauen, ob du noch einen präsentablen Anzug hast.«

»Aber man sieht mich doch überhaupt nicht.«

»Die Kollegen und die Kontrolloffiziere schon. Und bei denen wirst du einen hervorragenden Eindruck machen. Ein junger, attraktiver Mann in einem gut sitzenden Anzug, der kompetent seine Stelle antritt. So was merkt man sich, glaub mir.«

Friedrich kam leicht wankend aus dem Obstgarten. Sicher hatte er so den Rückweg vom Heinerhof abgekürzt. Er hatte Augenringe und sah zerknittert aus, um seinen Mund lag ein missmutiger Zug. Man sah es ihm an, er konnte sich derzeit selber nicht leiden.

»Worüber freut ihr euch denn?«, fragte er.

»Egon wird Sportreporter beim Radio«, platzte es aus ihr heraus, bevor sie sich eine diplomatischere Formulierung überlegen konnte. »Wir haben es gerade erfahren, Major Lester hat angerufen.«

Stirnrunzelnd fuhr sich Fritz durchs Haar. »Ach was? Ich dachte, daraus ist nichts geworden.« Natürlich hatte sie ihm doch irgendwann von ihrem ergebnislosen Besuch bei Major Lester erzählt. Damals hatte er es auf die leichte Schulter genommen – nun, wo Egon die Stelle bekam, schien es ihn aber zu treffen.

»Jetzt doch! Ist das nicht herrlich?«

»Ganz toll.« Mit unbeteiligtem Gesichtsausdruck setzte er seinen Weg zum Haus fort.

»Schön, dass du dich so für mich freust«, rief Egon ihm hinterher.

»Mach dir nichts draus. Vielleicht muss er es erst sacken lassen. Ich bin jedenfalls überglücklich, mein Schatz.« Tatsächlich merkte Margot, dass Friedrichs unmögliches Verhalten ihre Freude kein bisschen dämpfte. Erleichterung erfüllte sie. Und Dankbarkeit. Major Lester hätte sich nicht an sie wenden müssen. Er hätte zu seinem Stapel mit Bewerbungen greifen und die nächstbeste herausziehen können. Oder er hätte die Sache einfach an Herrn Mann weiterreichen können. Jack Lester war ein guter Kerl, das merkte Margot immer wieder, im Kleinen wie im Größeren. Sie wünschte sich wirklich, dass Gesa endlich reinen Tisch mit ihm machte. Er hatte es nicht verdient, hingehalten zu werden. Selbstverständlich verstand sie auch die Freundin. Sich nach dem Verlust der Lebensliebe auf eine neue Beziehung einzulassen musste höllisch schwer sein. Um Margots eigene Ehe stand es nicht zum Besten, das war ihr wohl bewusst. Aber Fritz war nicht tot, sondern saß lediglich an einem dunklen Ort fest, von dem er sich selber zu ihr zurückkämpfen musste. Für sie gab es Hoffnung. Für Gesa nicht. Wie Margot Major Lester einschätzte, hatte der keineswegs vor, ein Soldatenliebchen aus ihrer Freundin zu machen. Sondern würde, frisch geschieden und verliebt wie er war, sofort vor ihr auf die Knie gehen, falls sie ihm endlich ihr Herz öffnete. Als Mrs Lester hätte sie ein sorgenfreies Leben vor sich, wenn sie das wollte, vielleicht sogar in Amerika. Doch das würde Gesa ihren Kindern niemals antun.

Hoffentlich lief alles gut. Mit Egons neuer Stelle, mit Gesa und dem Major, mit Inges Kinderfunk und mit ihr und Fritz. Dieser Tag läutete das Ende der Lethargie ein, das spürte sie. Es ging endlich weiter.

In aller Eile brachte Margot Egons Kleidung auf Vordermann, flickte ein Loch im Anzugärmel und polierte die guten Schuhe.

»Ich kann das auch machen, Mama, ich bin kein kleiner Junge mehr«, protestierte er.

Aber irgendwie brauchte Margot das als Abschluss, bevor sie ihn auf seinen Weg schickte. Bei der Arbeit war er auf sich allein gestellt, und künftig würde er sich die Schuhe selber putzen.

Obwohl sie erst um elf anfangen musste, begleitete Margot Egon frühmorgens nach Frankfurt. Sie brauchten nicht mal mit dem Zug zu fahren, weil ein Koch-Kollege von Paule etwas in der Stadt zu erledigen hatte und sie freundlicherweise mitnahm. Was für ein Glück, denn es regnete Bindfäden.

»Guten Morgen, Frau Milanski, Herr Milanski«, begrüßte sie Major Lester im Funkhaus. Er wirkte äußerst zufrieden.

Egon wackelte mit den Augenbrauen in Richtung seiner Mutter, was sie als Aufforderung zu gehen interpretierte und deshalb tunlichst ignorierte.

»Heute Nachmittag zum Spiel soll das Wetter besser werden«, meinte der Major mit einem skeptischen Blick aus dem Fenster. »Na ja, wir werden sehen, auf die Wetterfrösche ist nicht immer Verlass.«

»Frankfurt gegen den Karlsruher FV, stimmt's? Wo wird denn eigentlich gespielt?«, fragte Egon.

»Auf einem Ausweichplatz. Die Adresse kriegen Sie später.«

Das schöne Eintracht-Stadion am Ratsweg war im Oktober 1943 inklusive Tribüne und Clubhaus vollkommen zerstört worden. Da war nichts mehr zu retten. Vermutlich, weil gleich daneben ein Flak-Turm gestanden hatte, den die Alliierten natürlich massiv bombardierten.

»Aber Sie müssen nicht selber fahren, die Kollegen von der Technik nehmen Sie im Wagen mit. Und ja, Frankfurt spielt gegen Karlsruhe.«

»Da werden wir gewinnen.«

»Wie können Sie so sicher sein, Herr Milanski?« Major Lester wirkte amüsiert.

»Weil die besten Spieler beim KFV alle gefallen sind. Da ist kaum jemand zurückgekommen. Tot oder verkrüppelt«, er wies auf sein eigenes Bein, »ein Schicksal, das viele Fußballer teilen. Aber den KFV hat es leider besonders arg erwischt. Ich bezweifle, dass der Verein nächste Saison weiterhin in der Oberliga spielen wird.«

»Sie sind bestens informiert. Wenn Sie auch noch moderieren können, sage ich Ihnen eine glänzende Zukunft voraus.« Major Lester taxierte seinen jungen Neuzugang freundlich. Und an Margot gewandt fügte er hinzu: »Ich glaube, ab hier kommen wir allein zurecht. Folgen Sie mir bitte, Herr Milanski.«

Nachdenklich blickte sie den beiden hinterher, wie sie durch den Korridor liefen und sich in den Tiefen des Funkhauses verloren. Sie war nervös. Fritz damals, der war mit Leib und Seele rasender Reporter gewesen. Mit einem flotten Mundwerk und dem Selbstbewusstsein, dass er die Zuhörer schon irgendwie unterhalten würde. Gab es Pannen – und die gab es immer mal –, kam er erst richtig in Fahrt und begann zu improvisieren. Besaß Egon dieselbe Courage?

Margot liebte und bewunderte die Eloquenz ihres Gatten. Mit seinem Humor und seiner kessen Lippe hatte er sie oft zum Lachen gebracht. Sie seufzte tief. Das konnte er immer noch, wenn er wollte, doch es war selten geworden. Zumeist war er mürrisch und in sich gekehrt. Auch die Arbeit an dem Buch hatte das nicht ändern können. Natürlich hatte es andere um sie herum schlimmer getroffen, sie hatten immer noch einander. Doch sie musste sich eingestehen, dass sie sich Sorgen um Fritz machte.

Später sah sie aus dem Fenster des Probenraums den Übertragungswagen mit Egon zu seiner ersten Reportage fahren. Obwohl das Gefährt alt war, sah es doch wesentlich stabiler aus als der klapprige Rundfunkbus, den Fritz seinerzeit mehr oder weniger eigenhändig umgebaut hatte. Margot erinnerte sich an einen abenteuerlich montierten Ersatzreifen. Und daran, dass die Motorhaube mit einem Seil zugebunden werden musste, damit sie beim Fahren nicht aufflog. Was waren das für Zeiten gewesen, rasant unterwegs auf den Straßen des alten Frankfurt. Ihrer Stadt, die heute nicht einmal mehr mit einem ordentlichen Fußballplatz aufwarten konnte. Glücklicherweise musste sich Egon keine Gedanken um das Technische machen, was die Übertragung betraf. Dafür gab es inzwischen Fachmänner. Fritz hatte damals alles in Eigenregie auf die Beine gestellt und Margot mehr als einmal als Kabelträgerin eingespannt. Sie lächelte in sich hinein.

Nachdem sie und die Kollegen die Aufnahme für eine Tanzteestunde beendet hatten, rief Gerrit Holstein nach ihr.

»Der Sohnemann geht gleich das erste Mal auf Sendung. Komm mit, Margot, ich hab dir 'nen Platz in der Kantine frei gehalten.«

Dort stand ein Radiogerät, aus dem das laufende Programm für diejenigen zu hören war, die gerade Pause machten. Natürlich handelte es sich nicht um eine richtige Kantine, sondern um einen Aufenthaltsraum, aus dem hoffentlich bald mal ein Speisesaal werden würde, sobald es wieder genügend Essen für alle gab.

Gesa war schon da, sie hatte ihre Schuhe ausgezogen und die Beine gemütlich auf einen freien Stuhl gelegt. Inge saß neben ihr, elegant und hübsch frisiert wie immer. Und Dietrich Traut von den Nachrichten. Als der Hausmeister vorbeikam, beschloss er kurzerhand: »Ei, hört ihr euch des Speel an? Da setz isch misch dezu.« Flugs stellte er seinen Werkzeugkasten ab und zog sich ebenfalls einen Stuhl näher ans Gerät.

Eigentlich sah Kalle Meinradt nicht aus, wie man sich

einen Hausmeister vorstellte. Dafür war er erstens zu jung und zweitens viel zu gut aussehend, eher Typ »mediterraner Herzensdieb«. Dieser Eindruck hielt allerdings nur an, solange er nichts sagte. Der breite hessische Dialekt disqualifizierte ihn sofort als Südländer, dazu war er auch noch etwas schlichten Gemüts. Herzlich, aber nicht allzu schlau. Trotzdem, fand Margot, würde er hervorragend zu Hanne Reuter passen. Sie verstand überhaupt nicht, weshalb die junge Dame das unermüdliche Werben des Hausmeisters nicht erhörte.

»Woran denkst du denn gerade?«, fragte Gesa. »Deinem Gesichtsausdruck nach zu urteilen an etwas Witziges.«

»Erwischt. Aber jetzt konzentriere ich mich auf Fußball.«

»Des mecht isch hoffe«, tönte Kalle Meinradt von der Seite.

Als sie die Stimme ihres Sohnes zum ersten Mal aus dem Radio hörte, bekam Margot Gänsehaut.

»Verehrte Zuhörer, mein Name ist Egon Milanski und ich freue mich, für Sie heute das Spiel der Oberliga Süd, Eintracht Frankfurt gegen den Karlsruher FV, kommentieren zu dürfen. Die Mannschaften laufen soeben auf den Platz, der unter den heutigen Regenfällen stark gelitten hat. Frankfurt spielt in Weiß, mit dem Adler auf der Brust, die Gegner ganz in Schwarz. Und da erfolgt schon der Anstoß. Leider setzt auch gerade wieder Regen ein, es verspricht also eine spannende Schlammschlacht zu werden.«

»Seit wann hat Egon denn eine derart sonore Stimme?«, raunte Inge. »Der Junge muss mehr reden, grundsätzlich. Ich könnte ihm stundenlang zuhören, selbst wenn's die ganze Zeit um Fußball geht.«

Margot lachte. Erleichtert lehnte sie sich zurück und nahm die Tasse Tee entgegen, die Gesa ihr reichte. Sogar mit Zucker drin. Was für ein Tag.

Als Margot nach Hause kam, war die Sonne bereits untergegangen, doch man hatte sie an diesem Tag hinter den dicken Regenwolken ohnehin nicht zu Gesicht bekommen. Sie beschloss, sich ein wenig Musik im Schuppen zu gönnen. Das hatte sie lange nicht getan, aber sie war derart beschwingt, dass sie sich kreativ ausdrücken musste. Tanzen gehen wäre noch besser gewesen, doch Fritz war nicht da und hätte sie wahrscheinlich sowieso für verrückt erklärt.

Sie setzte das Grammofon in Gang und legte eine Schallplatte auf, die Horst Lippmann ihr geschenkt hatte. Mit dem fachsimpelte Margot im Funkhaus gerne über Musik. Sie hörte auch regelmäßig die Jazzsendung, die er moderierte. Trotz des Altersunterschiedes, und obwohl sie sein Jobangebot ausgeschlagen hatte, waren die beiden mittlerweile Freunde geworden.

Take the A Train von Duke Ellington. Gab es irgendeinen Titel, der mehr Lebensfreude versprühte? Bereits die ersten Akkorde zauberten ihr ein seliges Lächeln auf die Lippen. Sie schloss die Augen und zupfte mit lockeren Fingern die Basslinie auf dem Cello. Wie absolut fabelhaft wäre es, wenigstens ein einziges Mal in einem Tanzorchester mitzuspielen. Wenn nur mehr ihrer Kollegen auf Margots Wellenlänge lägen, könnten sie eine swingende, jazzende Rundfunk-Bigband auf die Beine stellen. Horst Lippmann könnte dirigieren. Aber an so was wollte sie jetzt nicht denken. Margot ließ sich von den Rhythmen tragen und kostete jede einzelne Note des Stücks aus. Dabei erlaubte sie sich nochmals jenen Mutterstolz, den Egons Reportage ihr heute geschenkt hatte. Sie musste keine Panik vor der Zukunft haben. Es war in Ordnung, eine freudige Erregung vor dem Unbekannten zu spüren, anstelle der lähmenden Angst der vergangenen Jahre. Margot sang laut mit. Bis die Tür auflog und mit einem Schwall Regen und kalter Luft Fritz hereinstürmte.

Breitbeinig stand er da, Haar und Kleidung durchnässt. Er hatte wieder getrunken.

Erschrocken hielt sie inne. »Kommst du vom Heinerhof?«

»Das geht dich nichts an. Was machst du da?«

Margot hob behutsam die Nadel von der Platte und stellte das Grammofon ab.

»Cello üben, was sonst?«

»Ich hatte dir verboten, diese Negermusik zu spielen! Man hört sie auf dem gesamten Hof.«

»Das bezweifle ich. Und selbst wenn, wäre es mir egal. Ich bin einfach nur glücklich, weil Egon sich heute im Radio hervorragend geschlagen hat.«

»Das hab ich mitbekommen. Ein Milanski berichtet vom Eintracht-Spiel.« Er stieß ein Grunzen aus. »Aber der falsche!«

»Es wird alles bald besser werden, Fritz, auch für dich.«

»Dein Mitleid kannst du dir sparen! Ich bin es leid, dass mich alle überholen, jeder was auf die Beine stellt und ich von euch nichts anderes als aufmunternde Sprüche im Vorbeigehen kriege. Ach ja, Fritz, den Versager gibt's auch noch. Klopf ihm doch mal auf die Schulter, dann fühlt er sich gleich besser.«

Seine verbitterten Worte schmerzten.

»Aber ich bin immer noch der Mann im Haus. Und ich habe dir ausdrücklich verboten, dieses amerikanische Zeugs zu spielen!« In einem Anfall von Rage holte er aus und schleuderte das Grammofon zu Boden. Krachend zersplitterte es, dabei zerbrach auch die Platte.

Margot hielt entsetzt die Luft an. Es war, als hätte ihr Mann nicht das Gerät, sondern sie geschlagen. Unfähig sich zu bewegen stand sie da. Es wurde still in der kleinen Hütte. Fritz wischte sich mit der Hand übers Gesicht, sank auf die Knie und hob die einzelnen Teile der Schallplatte auf.

»Margot, es tut mir leid. Ich weiß nicht, was in mich gefahren ist.«

Er hielt sie ihr hin, aber sie reagierte nicht, starrte ihn bloß weiter unverwandt an. Fritz erhob sich und machte einen Schritt weg von ihr, noch einen, dann drehte er sich um und ging wortlos in den Regen hinaus.

Erst als er verschwunden war, kehrte Leben in Margot zurück. Sie rannte ihm nach, kalte Tropfen prasselten ihr ins Gesicht.

»Warte!«, schrie sie. »So geht es nicht weiter, Fritz. Das bist nicht mehr du.«

Er blieb stehen, schwer atmend. »Sobald mein Buch auf dem Markt ist, wird es besser, Margot, das verspreche ich dir. Sobald ich wieder wer bin, wird alles wieder normal.«

»Nein!«, rief sie. »Dann ist es zu spät. Wenn das mit uns nur funktioniert, weil du erfolgreich bist, ist es nichts wert. Wir müssen jetzt zueinanderfinden, wir beide, Fritz und Margot, so wie wir waren und immer noch sein können. Ich bin nicht nur Cellistin, sondern auch deine Frau. Und du darfst dich nicht nur an deinem Beruf messen, sondern auch an dem, was dich als Mensch ausmacht. Und das schnell, bevor uns deine Frustration zerstört.«

GESA

Radionachrichten 1947:
»Dr. Gabriele Strecker, die Leiterin des Frauenfunks bei
Radio Frankfurt, gründet zusammen mit anderen Damen
den Frauenverband Bad Homburg.«

Im Oktober 1946 war Dr. Gabriele Strecker, speziell ausgewählt von den amerikanischen Besatzern, die einzige
Deutsche beim Internationalen Frauenkongress in den
USA. Die Ärztin und Journalistin wurde 1948 Mitglied
der CDU und zog später in den hessischen Landtag ein.
Sie war auch Mitglied verschiedener Frauenrechtsorganisationen und Gründungsmitglied des Frankfurter Clubs
von Soroptimist International Deutschland. Für den
Hessischen Rundfunk war sie bis 1962 tätig.

»Hallo, Sie? Dürfte ich Sie etwas fragen, gnädige Frau?«

Gesa hielt inne. Eigentlich wollte sie so schnell wie möglich
raus aus dem eisigen Wind und hinein ins Funkhaus, aber
der Herr, der mit einem Zettel in der Hand wedelte, schien
Hilfe zu brauchen.

»Ja, bitte?«

»Wo ist denn hier der Eingang?« Entschuldigend wies er
auf die verkohlte Fassade des Funkhauses, den windschief
wieder aufgestellten Zaun zum Bürgersteig und die Schuttberge ringsum. Es war wirklich nicht einfach, sich hier auf
den ersten Blick zurechtzufinden.

»Kommen Sie mit, ich bin selbst auf dem Weg hinein. Wohin müssen Sie denn?«

»Zu einem«, er sah auf seinen Zettel, »gewissen Major Jack Lester.«

Er ließ ihr den Vortritt und folgte Gesa ins Gebäude. Im Foyer war die Temperatur kaum höher als draußen, daher marschierte Gesa eilig weiter. Brennmaterial war nach wie vor Mangelware, es wurden nur wenige Räume geheizt. »Ich bringe Sie hin.«

»Das ist sehr freundlich, gnädige Frau.« Schon zum zweiten Mal *gnädige Frau*? Dazu ein unangemessen breites Lächeln, und er hielt sich etwas hinter ihr, um ihre Rückseite in Augenschein nehmen zu können. Sie kannte diesen Typ Mann. Den Hut verwegen in die Stirn gezogen, den Mantelkragen aufgestellt, breitschultrig, einnehmend und über die Maßen selbstbewusst. Er mochte ein paar Jahre jünger sein als Gesa, aber seine Weltsicht war mit Sicherheit vorsintflutlich, das merkte sie auf Anhieb.

»Sind Sie wegen einer Stelle hier?«, fragte sie, ohne sein Lächeln zu erwidern.

»Gestatten, Philip Kellermann, ich fange neu an. Nachrichtenressort und Moderationen. Oder was auch immer sonst anfällt«, setzte er hinzu.

Na, mit dem würde Dietrich Traut seine helle Freude haben. Bisher war der besonnene Kollege die unangefochtene Nummer eins in der Nachrichtenabteilung. Bei diesem Kellermann würde er sich auf Konkurrenz einstellen müssen.

»Wissen Sie, das Radio ist die wichtigste Informationsquelle für die Menschen da draußen, und ich sehe mich als Korrespondenten und Unterhalter gleichermaßen.«

»Mh«, machte Gesa. »Das ist ja schön.« Wollte er sie belehren? War er einfach nur radiobegeistert? Oder litt er an Selbstüberschätzung?

»Und Sie?« Grüne Augen musterten sie neugierig. »Lassen Sie mich raten – Sie sind Sekretärin.«

Vor Major Lesters Büro angelangt, kam Gesa nicht dazu, an die Tür zu klopfen, denn sie wurde bereits von innen geöffnet. Gerade in dem Moment, als sie Luft holte, um etwas auf diese mutmaßende Frage zu antworten.

»Gesa«, sagte Jack mit einem warmen Lächeln. Und als er gewahr wurde, dass sie nicht allein war: »Frau Bronnen. Guten Morgen. Wen haben Sie denn dabei?«

»Das ist Philip Kellermann, Major Lester. Er meint, er will hier bei Radio Frankfurt, der wichtigsten Informationsquelle die es gibt, Nachrichten machen und gleichermaßen unterhalten.« Sie konnte sich die ironische Wortwahl nicht verkneifen. »Ich habe ihn draußen getroffen und ihm den Weg zu Ihrem Büro gezeigt.«

Jack Lester schmunzelte. »Dann haben Sie sich also schon kennengelernt? Herr Kellermann, das ist Gesa Bronnen …«

»… die bekannte Hörspielsprecherin! Es tut mir leid, dass ich Ihre Stimme nicht gleich erkannt habe«, fiel Philip Kellermann ein und sah dabei derart peinlich berührt aus, dass Gesa ihm endlich ein gnädiges Lächeln schenkte.

Sie sah auf ihre Uhr. »Ich muss dann mal. Willkommen bei Radio Frankfurt, Herr Kellermann.«

»Wir sehen uns später, wie geplant?«, fragte Major Lester, als sie sich zum Gehen wandte.

»Natürlich, Major.« Der neugierige Blick von Philip Kellermann entging ihr nicht. Aber vielleicht würde er sich mit weiteren Vermutungen zurückhalten, nachdem sich auf so amüsante Weise herausgestellt hatte, dass Gesa keine Sekretärin war. Hinter sich hörte sie Hanne Reuters entzücktes »Guten Morgen«, als Herr Kellermann Major Lester ins Büro folgte. Sie würde bestimmt nicht mit weiblicher Bewunderung geizen, wenn der Neue sie an seinem Wissen teilhaben ließ.

Immer noch verschmitzt grinsend ging Gesa in Richtung der Senderäume.

In einem der Studios nahm Margot gerade mit dem Orchester ein Konzert auf. Die Musiker waren wie immer emsig bei der Sache. Die kleine Hauskapelle war zu einem ordentlichen Sinfonieorchester angewachsen, mit einem Chefdirigenten, der einen straffen Zeitplan vorgab. Während der Bombardierung Frankfurts war beinahe das gesamte Schallarchiv vernichtet worden, die riesige Sammlung von Aufnahmen, mit der ein Großteil des Programms bestritten wurde. Nun lag es am neu gebildeten Orchester, diese Lücken wieder aufzufüllen und möglichst schnell und viel nachzuproduzieren, damit im Radio jederzeit Klassik gesendet werden konnte. Ein Vorhaben, das bereits im Vorjahr begonnen worden war und sicherlich noch eine Weile dauern würde. Unterstützung erhielten die Musiker von zahlreichen Opernsängern, die momentan ohne Engagement dastanden, weil die Bühnen und Opernhäuser ebenfalls in Schutt und Asche lagen. Auch sie waren dankbar für Arbeit und wirkten fleißig an den Aufnahmen mit. Und schließlich hielt obendrein ein neues Musikgenre Einzug im Radio, über das sich Margot besonders freute, wie sie Gesa gegenüber oft betonte. Zeitgenössisches auf Deutsch und Englisch. Vielleicht wurde der Traum der Freundin doch noch wahr und sie durfte endlich einmal jazzen?

Vorbei am großen Aufnahmestudio, in dem das Orchester spielte, marschierte Gesa direkt an ihren Arbeitsplatz. Auch in diesem Funkhaus teilte sie sich das Büro mit ein paar Kollegen, aber das Mobiliar fiel weit weniger zusammengewürfelt aus als im Hotel Terrassenhof.

Es gab richtige Schreibtische, keine zweckentfremdeten Servierwagen. Und dieser Raum war sogar geheizt. Gesa dachte an ihre Kinder, die gerade in eiskalten Klassenzimmern saßen und Mütze und Schal nicht einmal drinnen abnehmen konnten. Sie hatte ein schlechtes Gewissen, weil sie nicht fror. Und wünschte sich, die Situation für Julius und Christel verbessern zu können. Gerade heute beim Frühstück hatte sie wieder mit ihrem Sohn diskutiert, der sich beharrlich weigerte, über den Internatsvorschlag nachzudenken. Christel war in Tränen ausgebrochen.

»Wenn Julius fortgeht, muss ich dann auch weg, Mama? Hast du überhaupt keine Zeit mehr für uns? Immer bist du in deinem dummen Sender!«, hatte sie geschluchzt. Woraufhin Gesa mal wieder die Segel gestrichen hatte. Es war sinnlos, mit den beiden zu diskutieren. Falls sie etwas partout nicht wollten, schalteten sie auf stur, alle Argumente trafen dann auf taube Ohren. Abgesehen davon wäre es ein finanzieller Kraftakt, Julius auf ein Internat zu schicken. Für zwei Kinder würden Gesas Mittel hinten und vorne nicht reichen. Auch wenn sie alles dafür tun würde, den beiden die beste Schulbildung zu ermöglichen. Sie seufzte und nahm ein Blatt Papier aus der Schublade, spannte es in die Schreibmaschine und begann zu tippen. Jack wollte Vorschläge für Hausproduktionen, wie er es nannte. Selbst geschriebene Hörspiele von Radio Frankfurt. Keine eingekauften Krimis oder Buchadaptionen. Etwas Hausgemachtes eben. Weshalb er unter anderem Gesa mit der Ideensammlung beauftragt hatte, war ihr schleierhaft. Doch sie würde ihr Bestes geben. Nachdem der Edgar-Wallace-Vierteiler ein Erfolg gewesen war, hatten die Herren Kontrolloffiziere eingesehen, dass Krimis keine subversiven Gedanken bei der Bevölkerung auslösten, sondern schlicht für viele Zuhörer sorgten. Auf diesen Zug wollten sie nun mit günstigen Hausproduktionen aufspringen. Wobei es das eine war, vorhandene Vorlagen für das Radio zu bearbeiten und etwas vollkommen anderes, brandneue Stücke zu schreiben. Das konnte keiner nebenher erledigen. Dafür müssten wiederum neue Mitarbeiter eingestellt beziehungsweise Autoren verpflichtet werden. Gesa seufzte. Irgendwer würde das den Chefs ausdeutschen müssen – im wahrsten Sinn des Wortes.

In der Mittagspause war sie mit Inge verabredet. Margot hatte keine Zeit, sie war den ganzen Tag im Aufnahmestudio.
Wenn In der Kantine fand Gesa einen Tisch am Fenster. Gerade hatte sie ihr mitgebrachtes Essen ausgepackt, da kam Inge dazu.

»Hast du schon gehört?«, fragte die Freundin. »Heute soll ein Sahneschnittchen seinen Dienst bei uns angetreten haben. Nachrichtenressort. Grüne Augen, dunkles Haar, Schultern wie ein Leistungsschwimmer?«

»Hmhm. Ich hatte bereits das Vergnügen.«

»Und?«

»Setz noch Selbstbewusstsein wie ein Panzer mit auf deine Liste. Und einen ebenso subtilen Charme. Er hat mich gefragt, ob ich hier Sekretärin bin. Nein, falsch, er hat mich angesehen und sofort beschlossen, dass ich Sekretärin bin.«

Inge kicherte. »Oje. Damit hat er dich wohl nicht gerade auf seine Seite gezogen, was?«

»Versteh mich nicht falsch, ich habe gegen den ehrenwerten Beruf der Sekretärin rein gar nichts einzuwenden, das ist nicht der Punkt. Ich mag es nur nicht, präpotent in eine Schublade gesteckt zu werden. Sagen wir, es arbeiten zahlreiche Kollegen hier, die mir auf Anhieb sympathischer waren als dieser Philip Kellermann.« Gesa biss in ihre Stulle. »Übrigens, wenn man vom Teufel spricht.«

In Begleitung zweier weiblicher Mitarbeiterinnen betrat der Neue die Kantine und nahm etwas entfernt an einem Tisch Platz. Als er Gesa bemerkte, stand er noch mal kurz auf und nickte grüßend herüber.

»Er lächelt dich aber enorm engagiert an«, stellte Inge trocken fest. »Anscheinend hat er nicht gemerkt, dass er dich nicht überzeugen konnte. Und mal ehrlich, Gesa, er sieht fantastisch aus, da hat der Flurfunk nicht übertrieben.«

»Kann schon sein. Aber lass uns von was anderem sprechen. Was ist mit dir und Theo? Ihr habt doch sicher Pläne?«

Für Gesa war es nicht überraschend gekommen, dass die beiden endlich ein Paar geworden waren. Umso mehr wunderte sie sich, dass sie den nächsten Schritt nicht wagten. Heiraten, zusammenziehen … Es herrschte noch immer Wohnraummangel. Doch Gesa wäre es sowieso am liebsten, Theo würde ebenfalls in die Villa in Sachsenhausen mit einziehen. Platz genug hatte sie.

»Eins nach dem anderen«, wiegelte Inge ab. »Jetzt haben wir so lange gewartet, da müssen wir nichts überstürzen. Erzähl mir mal lieber, ob du den guten Major endlich erhört hast. Ist ja nicht mit anzusehen, wie er dich anschmachtet.«

Ein schuldbewusstes Grummeln zog durch Gesas Magen. »Ich kann nicht auf die Art und Weise mit ihm zusammensein, die er sich wünscht«, flüsterte sie.

»Du magst ihn doch?«

»Ich mag ihn, ja, aber er empfindet viel mehr für mich, und es ist nicht fair, sich auf eine unausgewogene Beziehung einzulassen, nur um versorgt zu sein. Die Situation für meine Kinder würde sich weiß Gott verbessern. Dieser Winter ist noch schlimmer als der letzte. Ich mache mir wirklich Sorgen, Inge. Aber ich kann nicht …«

»Das hast du dir schön zurechtgelegt.«

»Wie meinst du das?«

Inge flüsterte ebenfalls. »Albert ist seit bald drei Jahren weg, nein tot, er ist tot. Nennen wir es bitte beim Namen, auch wenn es hart klingt. Keine Augenwischerei mehr. Ich fühle von Herzen mit dir, Gesalein. Aber du musst ihn endlich gehen lassen und dir einen Neuanfang gestatten.«

»Ich komme gut zurecht.«

»Tust du nicht. Ich kenne dich zu lang und zu gut, um nicht zu merken, wenn du leidest.«

»Die Kinder würden einen neuen Mann niemals akzeptieren.«

»Darauf musst du es ankommen lassen. Hör auf dein Gefühl.«

Gesa beugte sich über den Tisch. »Aber das mache ich doch. Ich bin nicht verliebt in Jack, glaub mir. Da ist kein Prickeln, kein Feuer. Das fehlt.« Ihr Blick fiel auf Philip Kellermann, der schon wieder zu ihr herübersah. Obwohl die Kollegin rechts von ihm auf ihn einredete, starrte er Gesa unverhohlen an.

Auf dem Nachhauseweg sah Gesa den Trümmerexpress durch die Ruinen zuckeln. Auf eigens verlegten Schienen zog eine kleine Dampflok eine Reihe Kipploren mit sortierten Steinen und Ziegeln vom Schefflereck den ganzen Weg bis zum ehemaligen Riederwald-Stadion, dem zerstörten Vereinsgelände der Eintracht. Dort wuchsen die Schuttberge täglich. Der Adolf-Hitler-Gedächtnisexpress, wie manche die Trümmerlok nannten, fuhr seit über einem Jahr im Auftrag der TVG. Sein unermüdlicher Einsatz erinnerte Gesa an eine kleine Raupe, die sich durch einen dicken Apfel fraß. Unfassbar viel Schutt bedeckte nach wie vor den Altstadtbereich, alle packten mit an, sogar der Herr Bürgermeister höchstpersönlich. Trümmer waren das Einzige, das Frankfurt im Überfluss besaß. Aber die konnte man weder essen noch verheizen. Alles, was sich auch nur im Entferntesten dazu eignete, war längst geplündert worden, und Kohle ebenso wie Lebensmittel waren Mangelware.

Gesa hatte nicht übertrieben, als sie am Mittag Inge gegenüber ihre Ängste geäußert hatte. Der kälteste Winter, an den sie sich erinnern konnte, hatte das Land zum denkbar ungünstigsten Zeitpunkt heimgesucht. Temperaturen von bis zu minus fünfundzwanzig Grad, dazu der Mangel an Heizmaterial, Nahrung und Wohnraum hatte bereits viele Menschenleben gekostet.

Zuletzt war der Main im Januar 1933 zugefroren gewesen. Damals hatten mollig warm gekleidete Frankfurter auf dem Eis für Fotos posiert und sich zum Spaziergang getroffen, um danach in ihre behaglich geheizten Stuben zurückzukehren, Gesa erinnerte sich gut daran.

In diesem Jahr war der Fluss abermals erstarrt, und mit ihm die Bürger. Nach lustigem Eislaufen war keinem zumute. Bis in den März hinein hielt die tödliche Kälteumklammerung. Daheim verheizte Gesa das Mobiliar und schickte Christel und Julius bisweilen nicht in die Schule, da sie dort nur noch mehr frieren würden als zu Hause.

Endlich wehte am neunzehnten März mit einem Mal milde Luft durch die zerstörten Straßenzüge und verhieß Hoffnung auf ein Ende des Winters.

Mittlerweile war es fast April, das Eis geschmolzen, und die ersten Frühlingsblüher zeigten sich zwischen den Trümmern. Gesa war ausgelaugt, als sie von der Arbeit nach Hause ging. Bald zwei Jahre war der Krieg schon vorüber, und das tägliche Überleben dennoch ein immerwährender Kampf.

Julius saß im Wohnzimmer. Das Sofa hatten sie noch, der Couchtisch war längst verheizt. Zunehmend spartanisch sah es in der Wohnung aus. Egal.

Erschöpft vom Fußmarsch ließ sich Gesa neben ihren Sohn plumpsen. Sie lehnte den Kopf ins Polster.

»Es ist bald Ostern«, sagte sie mit geschlossenen Augen.

»Danach werde ich dich und deine Schwester an den Bodensee schicken.«

Sie spürte, wie sich Julius neben ihr anspannte, auch ohne hinzusehen. »Fängst du schon wieder vom Internat an? Das kannst du vergessen. Außerdem haben wir sowieso kein Geld dafür.«

»Eine entfernte Verwandte von mir arbeitet an dieser Schule, die würde uns Sonderkonditionen organisieren. Ich verkaufe den restlichen Schmuck, und beim Radio verdiene ich schließlich auch was. Es wird schwierig werden, aber ich kriege es hin. Im Internat gibt es täglich drei Mahlzeiten, kleine Klassen und vernünftige Unterkünfte.« Langsam öffnete sie die Augen und sah Julius an. Der Trotz in seinem Blick war unverkennbar.

»Ich will aber nicht. Und Christel sowieso nicht. Du kannst uns nicht zwingen.«

Gesa wurde es schwer ums Herz. Sie wollte ihren Sohn nicht mit dieser Art von Problemen belasten, sie wünschte sich eine unbeschwerte Zeit für ihre Kinder. Aber sie musste es ihm sagen, weil sie seine Hilfe brauchte. Allein würde sie es nicht schaffen.

»Wir sind am Boden, Julius. Und damit meine ich nicht nur unsere Familie, sondern das ganze Land. Hast du eigentlich eine Vorstellung davon, wie viele Menschen in diesem Winter verhungert oder erfroren sind? Sieh dich an. Du bist blass und abgemagert. Wie oft hat Christel abends vor Hunger geweint? Denkst du, das tut mir nicht weh? Ich will das Beste für euch, und das kann ich euch hier nicht geben. Gar nichts mehr kann ich euch hier geben.«

»Wir könnten hamstern fahren ...«

»Du brauchst einen guten Schulabschluss, Julius. Und deine Schwester fast noch dringender, wenn sie mal auf eigenen Füßen stehen will. Und vor allem müsst ihr mehr essen.

Ihr habt beide Mangelerscheinungen, und das bilde ich mir nicht ein, das ist eine Tatsache.«

»Ich soll meine Freiheit opfern?« Seine Stimme wurde schärfer.

»Wenn du damit meinst, dass du in der Schule wohnen und schlafen wirst, dann ja.«

»Das kommt nicht infrage.«

Sie hatte gewusst, dass er so reagieren würde. »Falls es dir unmöglich ist, dein letztes Schuljahr in einem Internat zu verbringen, in dem dein Lerndefizit wieder aufgeholt wird, und falls es dir unerträglich ist, an einem wunderschönen See zu wohnen, mit guter Luft und vernünftigen Mahlzeiten – dann können wir auch zu Major Lester ziehen. Keiner von uns müsste mehr hungern. Aber so wie es momentan ist, kann es nicht bleiben.«

Es dauerte ein paar Augenblicke, bis das Ausmaß ihrer Worte vollständig zu Julius durchdrang und er verstand, was sie vorschlug.

»Liebst du ihn?«, fragte er mit einer tonlosen Stimme, aus der jede Widerspenstigkeit gewichen war, wie Luft aus einem angestochenen Ballon.

»Nein.«

»Und trotzdem würdest du das tun?«

»Für euch würde ich alles tun.«

Seine Wangenmuskeln zuckten, während er nachdachte. Er sah älter aus als seine fast achtzehn Jahre, wie die meisten Jugendlichen seiner Generation, der man die geraubte Kindheit anmerkte.

»Ich werde nach den Osterferien ins Internat gehen«, sagte Julius mit einem Mal bestimmt. »Und um Christel mach dir keine Sorgen, die überzeuge ich schon davon, dass das ein tolles Abenteuer für uns Geschwister wird. Ich werde auf sie aufpassen.«

Rührung übermannte Gesa, mehr noch als Erleichterung.
»Danke.«

»Es gibt nichts, wofür du mir danken musst, Mama.«

»Ich gehe heute Abend mit Major Lester aus. Es wird das letzte Mal sein.«

Julius' Finger umschlossen die ihren. Mit Wehmut erinnerte sich Gesa daran, wie klein seine Hand früher gewesen war.

»Gut.«

In unversehrter Würde ragte das Haus Wertheym aus den Ruinen empor. Seit der Renaissance stand es hier am Fahrtor nahe des Mainkais, und nicht einmal die Tausend-Bomber-Angriffe der Alliierten hatten an seiner Schönheit auch nur gekratzt. Das Haus Freudenberg, gleich gegenüber am Saalhof, gab es ebenfalls noch, wenn auch beschädigt. Und wenn Gesa die Augen schloss, erstanden in ihrem Geiste auch die anderen Häuser wieder. Die Villa des Tuchhändlers Souchay mit ihren klaren, klassizistischen Linien, das Anwesen der Passavant, einer hugenottischen Familie, das direkt ans Haus Wertheym anschloss und ebenso alt gewesen sein musste. Namen, die Frankfurts Geschichte und Stadtbild jahrhundertelang mitgeprägt hatten. Jetzt waren ihre Bauten für immer verschwunden. Mit schwerem Herzen ließ Gesa ihren Blick die Fachwerkfassade hochwandern, bis hinauf zum schieferverkleideten Dachgeschoss. Über tausend dieser typischen Fachwerkhäuser hatten die Altstadt geziert. Keine Handvoll war mehr übrig, das einzig unbeschädigte genau genommen eben dieses Haus Wertheym, in das Gesa nun eintreten musste, um sich mit Jack zu treffen. Sie seufzte und öffnete die niedrige Tür zum Lokal im Erdgeschoss. Dabei tippte sie kurz mit der Hand gegen die Wand, als müsse sie sich versichern, dass das alte Mauerwerk wirklich und wahrhaftig hielt. Drinnen war es ziemlich finster. Immer schon gewesen, auch vor dem Krieg, das lag an den dunklen Holzvertäfelungen und schummrigen Ecken. Gesa fand Jack an einem Platz in einer kleinen Nische. Über ihm an der Wand hingen alte Fotografien aus besseren Tagen, und auf dem Tisch stand ein Bembel mit Apfelwein und zwei bis oben eingegossene Gerippte. Als er sie entdeckte, erhob er sich und lächelte sie an. Er küsste sie zur Begrüßung auf den Mund, weil niemand hier war, der etwas dagegen haben könnte. Wie sollte sie es ihm nur beibringen?

»Schön, dass du hier bist. Möchtest du was essen?«

Natürlich, Gesa war immer hungrig, wer war das dieser Tage nicht? Aber sie würde keine Bissen hinunterbekommen, ehe sie nicht gesagt hatte, weshalb sie gekommen war. Also schüttelte sie den Kopf.

»Das hier genügt vollkommen. Wohlsein.« Sie hob ihr Glas und prostete ihm zu, dann nahm sie einen großen Schluck.

Früher war sie gelegentlich mit Albert hier eingekehrt. In der bodenständigen Gaststätte war typisches Frankfurter Essen serviert worden, Handkäs mit Musik, Grüne Soße mit Eiern und Kartoffeln, Haddekuchen, Linsensuppe oder Himmel und Erde mit Würsten. Wann würde es endlich genug Lebensmittel geben, dass sich jeder diese Gerichte einfach so wieder bestellen konnte?

»Hast du über meinen Vorschlag nachgedacht, Gesa?«, fragte er unumwunden. Sicher fand auch er, dass sie ihn lange genug hingehalten hatte. Ein Spaziergang hier, eine Verabredung da. Gelegentliche Küsse und Umarmungen, mehr nicht.

»Es ist sehr großzügig von dir, dass du mich und meine Kinder in diesen schwierigen Zeiten unterstützen möchtest.«

Sein Lächeln verschwand. »Formuliere es nicht so, bitte. Ich will nicht das, was ihr hier ein Bratkartoffelverhältnis nennt, keine wilde Ehe, sondern eine …«

»Warte«, unterbrach sie ihn hastig. Er durfte nicht weitersprechen, sonst würde sie nicht die Kraft haben, ihn abzuweisen.

»Jack, ich mag dich sehr. Ich verbringe gern Zeit mit dir und schätze dein Herz und deinen Intellekt. Aber ich kann dir nicht geben, was du dir von mir wünschst.«

»Ist es immer noch wegen Albert?«

Gesa nickte stumm. Er stieß ein Seufzen aus und fuhr sich durch die Haare. »Wie soll ich mit einem Toten konkurrieren, Gesa? Wenn du mir nicht einmal die Chance gibst, für dich zu sorgen? Man kann lernen, sich neu zu verlieben.«

Ich will nicht!, schrie sie innerlich, dabei knüllte sie die Stoffserviette in ihrer Hand zusammen, um die Fassung zu wahren.

»Unsere Leben sind zu verschieden. Du und ich, wir verbringen hier in Frankfurt nur einen kurzen Moment miteinander, dann wirst zurück nach Amerika gehen oder woandershin versetzt werden. Und alles, das mir etwas bedeutet, ist hier. Meine Familie, meine Freunde, meine Arbeit. Ich bin vor vielen Jahren wegen Radio Frankfurt hierhergekommen und habe sofort gewusst, hier ist mein Zuhause. Ich werde nie woanders leben wollen und begeistere mich fürs Radio genauso stark wie vor zwanzig Jahren. Ich habe hart gearbeitet und werde meinen Beruf für niemanden aufgeben.«

»Das würde ich nicht von dir verlangen. Es gibt immer Möglichkeiten, wenn man einander liebt.«

Gesa trank ihren Ebbelwoi aus. Er schmeckte sauer und anders als früher, wahrscheinlich war er ordentlich verdünnt. Ihr Schweigen war es, das ihm die bittere Einsicht schenkte.

»Du wirst mich niemals lieben, stimmt's?«

Schmerzten seine Worte sie mehr oder ihn? »Es tut mir so leid, Jack«, flüsterte Gesa.

In seinen Augen verschwand der zärtliche Ausdruck, mit dem er sie immer betrachtete, sobald sie allein waren. Er presste die Lippen zusammen und nickte. Dann erhob er sich, sie sah noch, wie er im Gehen der Kellnerin einen Schein zusteckte und das Lokal verließ.

Gesa wurde heiß und kalt. Wie würde er ihr von nun an bei der Arbeit begegnen? Um nichts in der Welt durfte sie ihre Stelle verlieren, schon gar nicht jetzt, wo die Kinder endlich eine bessere Zukunft in Aussicht hatten. Gesa hätte nichts anderes tun können. Und doch: Hatte sie soeben ihre Karriere beim Sender aufs Spiel gesetzt?

MARGOT

Radionachrichten 1947:
»Im Frauenfunk diskutieren eingeladene Damen über die
neue Rolle der Frau in der Nachkriegsgesellschaft und ihr
verändertes Verhältnis zur Männerwelt.«

Auch Zeitschriftenartikel aus der Zeit formulieren unumwunden die Frage, ob die Frau sich einen Mann überhaupt
noch leisten kann. Mit den einhellig ernüchternden Antworten mussten die wenigen vorhandenen Herren lernen
umzugehen. Der Hunger beherrschte Deutschland, viele
Familienväter waren tot oder traumatisiert, und vormaligen Hausfrauen fiel nun die schwere Aufgabe zu, sich und
ihre Kinder durchzubringen. Dabei stellte sich eine von
Pragmatismus geprägte neue Weltsicht ein. Im Hambur-
ger Echo formuliert es eine Zweiunddreißigjährige scho-
ckierend ehrlich: Ihr Mann, ein Kriegsheimkehrer, müsse
gepflegt und versorgt werden, und sie müsse vier Personen ernähren. – »Von denen mein Mann am meisten isst.«

Cousine Gerda verstand partout nicht, weshalb die Milanskis
zurück nach Frankfurt wollten.

»Habt ihr nicht alles in Königstein? Warum zieht es euch
ins Elend der Stadt? Meint ihr, dort wärt ihr ebenso gut über
den Winter gekommen wie hier? Dank Paules Beziehungen
zu den Amis waren wir sogar in der Villa Gans.«

Das stimmte, und dieses Ereignis würde Margot sicherlich nie vergessen. Zu außergewöhnlich, fast skurril hatte es sich angefühlt, von den Besatzern im eigenen Land zum Weihnachtsessen gebeten zu werden. Unmittelbar bevor die tödliche Kälte hereingebrochen war. Die Frieses, Margot und ihre Familie ebenso wie ein paar andere Einwohner Königsteins waren von der amerikanischen Militärführung zum Essen in die Villa Gans geladen worden. General Lucius Clay persönlich hatte das veranlasst, warum, darüber durfte gerätselt werden.

Kurz hatten sie Paule in der großen und modern ausgestatteten Küche besucht. Der runde Elektroherd, an dem er kochte, war eine Kuriosität, die besonders Marianne in Erinnerung blieb. Tage später sprach sie noch davon, der Herd beeindruckte sie fast noch mehr als der Überfluss an Essen.

Eine große Tafel war für die deutschen Besucher gedeckt worden. Für die Kinder gab es Kakao, welch Luxus. Und zum *Dinner* Truthahn, Klöße und Preiselbeeren. Beängstigend hatte Marianne den riesigen, knusprig gebratenen Vogel gefunden. Margot erinnerte sich nicht daran, dass sie oder ihre Tochter jemals vorher Truthahn gegessen hätten, und wie er so auf seiner Platte lag wie ein ungeheuerlich großes Huhn, sah er schon außergewöhnlich aus. Als Dessert gab es Wackelpudding, knallrot und durchsichtig. Keines der anwesenden Kinder wollte von der eigenartigen Substanz nehmen, sämtliche Mütter bestanden darauf.

»Schmeckt eigentlich ganz gut«, hatte Marianne leise geflüstert, nachdem sie vorsichtig gekostet hatte.

Hinterher gab es für alle als Weihnachtsgeschenk Fertigpäckchen des Roten Kreuzes mit Milchpulver, Zahnpasta und Zahnbürste. Danach durften sie wieder gehen.

»Schön die Überlegenheit demonstriert«, hatte Fritz daheim düster angemerkt, und Margot hatte sich gefragt, ob er womöglich recht hatte. Konnte es wirklich einzig der Freundlichkeit der Amerikaner geschuldet sein, ein paar Familien aus dem Ort für einen kurzen, kostbaren Abend mit allem zu verwöhnen, von dem die Deutschen in ihrer derzeitigen Mangelsituation nur träumen konnten? Für Paule war die Stelle bei den hohen Herren natürlich ein Glücksfall. Wenn er es schlau anstellte, konnte der talentierte Koch es noch weit bringen.

Nachts im Bett war es Mariannchen übel geworden. Sie vertrug das reichhaltige Essen nicht.

Im Nachhinein kam es Margot vor wie eine üppige Henkersmahlzeit, ein letzter Moment des Genusses, bevor der Winter zugeschlagen hatte. Natürlich war sie dankbar dafür, dass es ihren Kindern besser ging als vielen anderen. Gesas zum Beispiel mussten hungern. Auch sie und Inge waren zusehends dünner und blasser geworden, je länger das eisige Wetter andauerte. Theo, der Ärmste, war schließlich erkrankt, weil er keinerlei Brennmaterial mehr hatte und in seinem kalten Zimmer fast erfror. Noch im März hatte er einen bösen Husten gehabt.

Aber auch diese schlimme Zeit war vorübergegangen, und nun kehrte der Frühsommer ein.

»Gerda, ich werde dir ewig dankbar sein für das, was du für uns getan hast. Und ich hoffe, mich irgendwann einmal bei dir revanchieren zu können, auch wenn ich mir beim besten Willen nicht vorstellen kann, wie. Deine Güte und Großzügigkeit haben uns über die schlimmste Zeit gerettet. Es ist nur so, dass unser Zuhause in Frankfurt ist.«

»Das ist aber kaputt.«

»Aber was für ein Glück, dass die TVA sagt, wir dürfen es wieder herrichten.« Sie hängten Wäsche an einer langen Leine im Hof auf. »Es wird sowieso noch dauern, bis Fritz es so weit hat, dass wir umziehen können.«

»Ich verstehe euch ja«, lenkte Gerda ein. Sie reichte Margot ein paar hölzerne Wäscheklammern. »Vor allem, seit auch noch Egon in die Stadt pendelt, das ist natürlich reichlich mühsam.«

Mühsam war das korrekte Wort. Die Züge waren nach wie vor heillos überfüllt. Kraftstoff für Autos hatten nur die Amis. Einige Male waren sie und Egon mit einem Bekannten in die Stadt gefahren, der sich einen Holzvergaser gebaut hatte. Hinter dem Führerhaus seines Lieferwagens hatte er einen Heizkessel montiert, der ständig befeuert werden musste. Das Gas trieb den Wagen an. Eine abenteuerliche Sache, und Margot hegte die Befürchtung, dass ihnen der Kessel jederzeit um die Ohren fliegen konnte. Daher hatte sie in letzter Zeit eine Mitfahrt dankend abgelehnt. Es würde eine große Erleichterung sein, wieder in der Stadt zu wohnen und zu Fuß oder mit dem Fahrrad in den Sender zu gelangen.

Seit ihrem fürchterlichen Streit, bei dem Friedrich das Grammofon zertrümmert hatte, hatte sich ein Wandel in Margots Mann vollzogen. Er schämte sich für seinen Wutausbruch, für die Trinkgelage beim Nachbarn und für sein Selbstmitleid. Als der Bescheid von der TVG gekommen war, dass das Reihenhaus der Milanskis nicht abgerissen werden musste, sondern wieder aufgebaut werden durfte, hatte er sich sofort in die Arbeit gestürzt. Jeden Tag war er damit beschäftigt, es instand zu setzen. Seit Monaten. Die Arbeit bereitete ihm nicht nur Freude, sie gab ihm das Gefühl, aus eigener Kraft etwas erreichen zu können, endlich wieder zu etwas nutze zu sein.

Margot bückte sich und zog ein Bettlaken aus dem Weidenkorb. Sie schüttelte es aus und hängte es über die Leine. Erneut reichte ihr Gerda Klammern. Ein lauer Wind ließ die Wäsche flattern, und die Sonne blendete Margot, als sie das Laken festklemmen wollte. Trotzdem bemerkte sie sofort die

Gestalt, die sich auf der Dorfstraße zu Fuß dem Hof der Frieses näherte.

Sie schirmte ihre Augen mit dem Handrücken gegen die Helligkeit ab und blinzelte. »Schau mal, Gerda. Da kommt schon wieder einer. Fast zu einem Gerippe abgemagert. Spätheimkehrer, ganz sicher.« In den letzten Wochen waren einige Kriegsheimkehrer aus russischer Gefangenschaft vorbeigelaufen. Allesamt sahen sie aus wie Gespenster, sie mussten Schreckliches erlebt haben. Dieser Mann war keine Ausnahme. Die viel zu große Hose schlackerte um seine Beine, und sogar auf die Distanz sah Margot, wie dürr Hals und Arme waren.

Gerda stieß einen erstickten Schrei aus. »Das ist Erwin!«

Sie kippte den Korb mit der Wäsche um, als sie unter der Leine hervortrat und in Richtung Straße rannte.

Niemals war dieser ausgemergelte, weißhaarige Greis Erwin Friese. Margot hatte ihn als groß und bullig in Erinnerung, mit breitem Nacken und vollem dunklem Haar.

Aber Gerda und der Mann fielen einander in die Arme, sanken auf die Knie und kauerten auf dem staubigen Weg. Ihrer beider Schultern hoben und senkten sich vom heftigen Weinen.

Plötzlich fühlte sich Margot schwindelig. Konnte das tatsächlich Erwin sein? Heimgekehrt nach – sie überschlug es schnell – über vier Jahren?

Langsam ging sie den beiden entgegen, die sich mittlerweile erhoben hatten und auf sie zukamen.

»Margot!«, rief Erwin und lachte, und sie sah, dass ihm mehrere Zähne fehlten. Sie wollte ebenfalls lächeln, brach aber in Tränen aus und schloss ihn in die Arme. Unter ihren Händen fühlte er sich tatsächlich an, als hätte er kein Gramm Fleisch auf seinen Knochen.

In seiner ersten Nacht zu Hause schrie Erwin Friese so laut im Schlaf, dass alle auf dem Flur zusammenliefen. Gerda kam aus dem Schlafzimmer, sie sah erschrocken aus.

»Was soll ich machen?«, flüsterte sie hilflos.

»Du musst ihn aufwecken«, sagte Egon. »Lass ihn nicht mit seinen Albträumen allein, hol ihn raus. Aber sei vorsichtig.«

»Wie meinst du das?«

»Ein Kamerad von mir an der Front hat jede Nacht geschrien. Er hatte uns gebeten, ihn zu wecken. Aber dabei schlug er immer um sich und einmal hat er ... ach, egal. Soll ich es machen?«

Gerda schüttelte den Kopf. »Nein, ich krieg das schon hin.«

Sie schloss die Tür. Kurze Zeit darauf wurde es still, dann hörten sie Schluchzen. Den Blick voller Mitgefühl wandte sich Egon ab und ging zurück in sein Zimmer. Es war nicht lange her, dass auch er nachts von schlimmen Erinnerungen heimgesucht worden war, aber Erwin Frieses Schreie waren noch mal eine andere Kategorie.

Margot begleitete ihre Tochter zurück ins Bett. »Ich hab Angst vor Onkel Erwin«, flüsterte Marianne.

»Das musst du nicht, Schatz. Onkel Erwin hat selber Angst, es geht ihm nicht gut.«

»Ist er krank?«

»Ja, er ist krank. Wir müssen auf ihn Rücksicht nehmen.«

»Fühlst du dich nicht gut, Margot?«, fragte Inge einige Tage später im Sender. Die beiden saßen zusammen mit Gesa in Inges Schuhkartonbüro.

»Ich weiß nicht, wie ich es formulieren soll, ohne mich anzuhören wie ein herzloses Weibsbild, aber es ist der Mann meiner Cousine. Seitdem er wieder da ist, bekommt niemand mehr ein Auge zu. Er schreit jede Nacht im Schlaf, hat offensichtlich schlimme Albträume. Und wenn er geweckt wird, geistert er durchs Haus, weil er wach bleiben möchte. Marianne besteht mittlerweile darauf, bei mir und Fritz zu schlafen, weil sie Angst hat, Erwin könnte sich in ihr Zimmer verirren. Und mein Sohn ist nachdenklich und bedrückt wie lange nicht. Die Gespräche mit Erwin wecken seine eigenen schlimmen Kriegserinnerungen wieder, von denen ich gehofft hatte, er würde sie langsam vergessen.« Sie stieß die Luft aus. »So, jetzt wisst ihr es. Ich lebe seit Jahren in Gerdas Haus, esse ihr Essen, verheize ihr Holz und wohne ihre Möbel ab. Und nun rege ich mich darüber auf, dass ihr Mann, ein schwerst traumatisierter Spätheimkehrer, der zweifellos Unaussprechliches erlebt hat, meinen Familienfrieden durcheinanderbringt. Ich bin verachtenswert.«

Sofort protestierte Gesa: »Bist du nicht! Ich verstehe, was du meinst. Außerdem, wir drei untereinander dürfen über alles reden und immer ehrlich sein. Was ist mit Fritz? Ist er wenigstens wieder er selbst?«

Mit einem Seufzer ließ Margot die Schultern sinken. Es tat gut, offen zu sprechen. Ständig musste sie sich zusammenreißen, sie konnte nicht mehr. »Er gibt sich Mühe. Und es geht ihm auf jeden Fall besser. Aber ich kann nicht vergessen, wie garstig er sich im Schuppen benommen hat. Irgendwie werden wir es wieder hinkriegen müssen. Wird das Leben eigentlich mal wieder normal?« Den letzten Satz hatte sie fast gerufen.

Inge holte eine Flasche aus der Schreibtischschublade und goss dunkelrote Flüssigkeit in ihre leere Teetasse. »Hat mir eine Hörerin geschickt. Ein selbst gebrauter Likör, angeblich Johannisbeere, schmeckt ganz gut. Ich kriege öfters was geschenkt, stellt euch vor. Leider habe ich kein Glas.« Sie schob Margot die Tasse hin, die nahm einen Schluck, verzog das Gesicht und reichte sie weiter an Gesa. Nachdem das Getränk eine Runde gedreht hatte, stützte Inge die Ellenbogen auf den Schreibtisch.

»Ihr müsst zurück nach Frankfurt kommen, allein als Familie leben. Erst dann wird sich wieder Normalität einstellen. Eine neue, andere halt, aber es ist Zeit, Königstein zu verlassen. Bestimmt hat Gerda nichts mehr dagegen, jetzt wo ihr Mann wieder da ist. Wahrscheinlich ist sie sogar froh, wenn für sie auch mehr Ruhe einkehrt, damit Erwin sich erholen kann. Wann ist das Haus fertig?«

»Ich weiß es nicht. Nach der Arbeit gehe ich hin und hole Fritz ab, dann zeigt er mir den Stand der Dinge. Aber ich bete, dass es nicht mehr lange dauert. Ehrlich, solange ein Dach drauf ist und es nicht reinregnet, würde ich jede Baustelle in Kauf nehmen.«

Gesa, die Margot die gepolsterte Wäschetruhe überlassen hatte und auf der Obstkiste saß, beugte sich vor und tätschelte beruhigend den Rücken der Freundin. »Wird schon, Margot. In ein paar Jahren lachen wir drüber, wie wir uns durch das Nachkriegs-Chaos gewurstelt haben, wirst sehen.«

»Meinst du?«

»Spätestens, wenn uns in unserem wohlorganisierten, bürgerlichen Leben todlangweilig ist.«

»Dieser Fall wird nie eintreten.«

Gesa nahm noch einen Schluck aus der Tasse. »Lass dich doch einfach mal trösten und hinterfrag nicht alles.«

»Wie ist eigentlich das Verhältnis zwischen dir und Major Lester, seitdem du mit ihm Schluss gemacht hast?«

»Schwierig«, sagte Gesa knapp, und Margot wusste, mehr würde sie aus ihr momentan nicht herausbekommen. Sie sah zu Inge. »Und bei dir? Ist Theo wieder gesund?«

»Die Amis haben sein Auftrittsverbot aufgehoben. Das hat seine Bronchitis schneller verschwinden lassen als meine gesamte hingebungsvolle Pflege, das sag ich euch.« Sie lachte.

»Stellt euch vor, er hat schon ein Engagement bei den Städtischen Bühnen Frankfurt ergattert.«

»Na, davon sind aber keine mehr übrig«, warf Gesa lakonisch ein. Vom schönen großen Schauspielhaus ragten lediglich ein Teil der Fassade und ein paar Wände in die Höhe, das Innere war völlig ausgebombt. Angeblich gab es noch einige Räume im Keller. Ähnlich verhielt es sich mit dem Opernhaus, und um das Neue Theater stand es sogar noch schlimmer, das war vollkommen zerstört. Seit Kriegsende diskutierten die Stadtoberen, ob und was davon wieder aufgebaut werden konnte oder sollte – oder ob man lieber gleich alles abriss und neu machte. Für die Künstler untragbare Umstände. Sie hatten keine Probenräume. Technik und Requisiten waren in den Bombardements verbrannt oder verschüttet worden. Und so sie denn ein Stück einstudiert hatten, auf welcher Bühne sollten sie es aufführen? Dabei lechzte die Bevölkerung nach Unterhaltung. Die Menschen wollten ausgehen, sich amüsieren und Kultur, Schauspiel, Musik und Tanz genießen. Trotz allen Mangels keimte eine Lebensfreude bei den Frankfurtern auf, die endlich wieder unzensiert gefeiert werden durfte.

Inge schien optimistisch. »Theo tritt im kleinen Komödienhaus in Sachsenhausen auf. Unter uns gesagt, das ist eine alte Turnhalle mit einer winzigen Bühne. Als Bestuhlung hat man die Plüschsessel aus den zerbombten Theatern zusammengetragen, die noch verwendbar waren. Abenteuerlich, Kinder, glaubt es mir. Aber Theo ist vollkommen aus dem Häuschen. Sie proben irgendwas von Shakespeare. Da blüht er regelrecht auf. Ich freue mich wirklich für ihn. Er hat es verdient, sich wieder künstlerisch ausdrücken zu dürfen.« Sichtlich bewegt griff sie nach ihrer Halskette und nestelte daran herum.

Auch Gesa schluckte. »Das ist wundervoll, Inge. Wir müssen unbedingt alle zu seiner Premiere gehen. Den großen

Theodor Conrad auf einer Bühne zu sehen, so was dürfen wir uns auf keinen Fall entgehen lassen.«

»Das machen wir. So, aber nun an die Arbeit. Wir treffen uns schließlich nicht nur zum Quasseln hier beim Kinderfunk.« Inge zückte Zettel und Stift, ihre Freundinnen ebenso. Mit dem Schallarchiv waren auch die Tonträger mit all den aufgezeichneten Geräuschen und Klängen verbrannt, die für Hörspiele benutzt worden waren. Heulen des Windes, Regenprasseln, Bahnsteiggeräusche oder gemurmelte Unterhaltungen der Gäste in einem Café zum Beispiel. Was das anbelangte, so war der Sender im Prinzip wieder so weit wie in den 1920er-Jahren, als alles per Hand gemacht werden musste. Für die Abendhörspiele gab es bereits erste Aufnahmen, die bei Bedarf wiederverwendet werden konnten, beim Kinderfunk sah das anders aus. Erzählte Inge ein Märchen oder wollte sie gar ein kleines Hörspiel aufführen, musste sie sämtliche Geräusche dazuorganisieren. Und da die amerikanische Sendeleitung allen Abteilungen mehr Gewicht beimaß als den Kindersendungen, reichte das Budget nicht für große Sprünge.

Daher halfen Margot und Gesa aus, und Inge würde ihr eigenes kleines Schallarchiv starten.

»Ich habe dir alle Musikstücke, die du wolltest, mit dem Cello eingespielt. Weil das nicht gerade beeindruckend klang, so allein für sich, sind eine Kollegin mit der Geige und ein netter Pianist spontan eingesprungen.« Margot zückte eine Schallplatte. »Deswegen habe ich hier eine Eins-a-Liedersammlung, die das junge Publikum von den Stühlen reißen wird. Und falls deine kleinen Mitmoderatoren das Ganze mit Flöten oder Gitarre begleiten wollen, geht das auch. Voilà.« Sie überreichte der begeisterten Inge die Platte mit einem breiten Grinsen.

»Margot, du Goldstück! Lass dich herzen!« In der Enge des

Büros zwängte sich Inge zwischen Schreibtisch und Bücherregal durch und umarmte die Freundin.

»Damit kann ich zwar nicht aufwarten«, warf Gesa lachend ein, »aber ich habe draußen auf dem Flur ein tragbares Aufnahmegerät geparkt. Und wenn du mir versprichst, mich auch zu drücken, dann streife ich gleich mit dir zusammen durch die Stadt auf der Jagd nach Tönen und Klängen. Was nicht dabei ist, machen wir anschließend im Studio selber nach.«

»Ihr zwei seid die Allerbesten. Wisst ihr eigentlich, wie lange ich Herrn Mann schon in den Ohren liege, dass ich besseres Material brauche, um meine Sendungen aufzuhübschen?«

»Inge, du weißt doch, am schnellsten und besten klappt es immer, wenn wir uns selber drum kümmern.«

»So ist es. Dann mal los!« Sie schnappte sich ihren Hut und scheuchte Gesa und Margot aufgeregt zur Tür hinaus, die Liste der Geräusche gezückt, die sie unbedingt brauchte.

»Ich überlasse dich den erfahrenen Händen der Kollegin Bronnen«, sagte Margot draußen, »und begebe mich dann mal auf den Weg in mein altes und hoffentlich bald wieder neues Zuhause.«

Der Fußmarsch um die militärische Sperrzone herum machte Margot nichts aus, langes Gehen war sie mittlerweile gewohnt. Als sie in ihre Straße einbog, versuchte sie die noch immer zerstörten Häuser mit anderen Augen zu sehen. Viel war passiert seit dem Ende des Krieges. Die Trümmerberge verwandelten sich, schmolzen, machten Platz für neue Gebäude und Straßen. Frankfurt würde sich verwandeln und wie ein Schmetterling aus dem Kokon der vergangenen Zeit neu entstehen. Dafür brauchte es Geduld. Genau wie bei ihr und Fritz. Er wartete bereits auf sie, wo früher das

Gartentor gewesen war und ein schmaler Weg zur Haustür geführt hatte. Nun ja, es würde noch eine Weile dauern, bis Margot wieder so etwas wie einen Vorgarten haben würde, aber immerhin war ihre Grundstücksgrenze zu erkennen, und sie konnte das Haus erreichen, ohne über Geröll klettern zu müssen.

»Willkommen daheim«, sagte Fritz, und sein breites Lächeln verlieh ihm etwas Schelmisches. Er war gut gelaunt. Auf der Wange prangte ein Schmutzfleck, das Hemd war staubig, aber die Hände sauber gewaschen. »Tritt ein durch unsere neue Tür. Noch provisorisch, ich weiß, aber ich bin dabei, uns eine andere zu organisieren. Bis dahin ist das eine zwar scheußliche, jedoch funktionsfähige und vor allem: abschließbare Haustür. Tadaaa!«

Er schwang das knarzende Ding auf und machte eine elegante Verbeugung.

Im Flur zog sich ein dicker, gezackter Riss durch den abbröckelnden Putz, Fritz führte Margot schnell weiter ins Wohnzimmer. Wie im restlichen Gebäude waren dort die Fensterscheiben zerschmettert gewesen. Auch die Wand zum Garten hatte es getroffen. Statisch sicherlich ein Problem, doch er schien es gelöst zu haben.

»Eine komplett neue Wand! Sogar mit Terrassentür. Und überall intakte Scheiben. Wie hast du das gemacht?«

»Mit vollem Einsatz und guten Beziehungen. Schau mal, das ist zwar auch nur eine Übergangslösung, aber ich habe zwei Polstersessel, einen Couchtisch und ein Radio geschrottelt.«

Illegales Tauschen und der Schwarzmarkt waren nicht ungefährlich. In der Stadt gab es eine ganze Brigade an verurteilten Schwarzmarkthändlern, die als Strafe beim Straßenbau mithelfen mussten, wenn sie nicht ins Gefängnis wandern wollten. Die Amerikaner ahndeten jeglichen verbotenen

Handel hart. Was die Frankfurter natürlich nicht vom *Schrotteln* abhielt, wie sie ihre Tauschgeschäfte nannten.

»Wir haben wieder ein Wohnzimmer. Und können sogar Radio hören, während wir gemütlich zusammensitzen, wie früher.« Andächtig strich Margot mit der Hand über den abgegriffenen Samt eines dunkelblauen Fauteuils. Mit ersten Möbelstücken hatte sie nicht gerechnet.

»Oh, was ist das?«

Auf dem neu verlegten Boden bei der Terrassentür lag eine Wolldecke, auf der zwei Teller, Brot, Wurst und Käse und sogar eine Flasche Wein standen. »Ein Picknick im Haus?«

»Rasen gibt es noch keinen, im Garten ist nur Dreck und es stehen allerlei Bausachen rum. Daher dachte ich, ich lade dich hier drinnen zum Essen ein. Wenn du magst.«

Gerührt wischte Margot den Schmutzfleck von Friedrichs Wange und zog seinen Kopf zu sich herunter. »Danke. Ich kann mich nicht daran erinnern, wann wir beide zuletzt miteinander verabredet waren. Nur du und ich.«

»Es ist auf jeden Fall viel zu lange her.« Er legte seine Arme um ihre Hüfte und küsste sie. Auch das hatte sie vermisst. Margot lehnte sich gegen ihren Mann und genoss seine Nähe.

»Komm«, er nahm ihre Hand, »ich zeige dir den Rest des Hauses und dann essen wir. Wenn du willst, können wir ab sofort wieder hier wohnen. Mit Möbeln sieht es zwar noch mager aus, aber ich habe zumindest Schlafgelegenheiten für uns vier gebaut. In den Zimmern von Egon und Marianne bin ich schon weiter als in unserem, aber ich dachte, besser zuerst die beiden, damit sie sich wohlfühlen. Und wir wären als Familie wieder unter uns.«

»Was habe ich diesen Schwung in deiner Stimme vermisst.«

Er hielt am Treppenabsatz des ersten Stocks inne. »Wie bitte?«

»Du klingst anders. Deine Begeisterung ist zurück. Wusstest du, dass mich das von Anfang an fasziniert hat an dir? Du kannst so mitreißend sein, wenn du möchtest.«

Erneut umarmte er Margot. »Dann verzeihst du mir?«

Sie nickte, und ihr traten Tränen in die Augen. »Wir gehören doch zusammen. Daran wird sich nie was ändern.«

»Ich liebe dich, Margot. Und ich werde sie wiedergutmachen, die Jahre meiner Unzufriedenheit, die ich dir zugemutet habe. Ich werde mich nie wieder derart gehen lassen. Das verspreche ich.«

INGE, 1949

Radionachrichten 1949:
»Margaret Mitchell, die mit dem Pulitzerpreis ausgezeichnete Autorin von Vom Winde verweht, stirbt mit nur achtundvierzig Jahren in den USA.«

In ihrer Heimatstadt Atlanta, Georgia, war Margaret Mitchell von einem betrunkenen Autofahrer angefahren worden, als sie gerade die Peachtree Straße überquerte. Diese Straße erwähnte sie übrigens mehrfach in ihrem Bestseller. Die Schriftstellerin erlag fünf Tage nach dem Unfall ihren Verletzungen, nachdem sie in ein Koma gefallen war. Sie hatte sich jahrelang stark für wohltätige Zwecke engagiert und viele ehrenamtliche Aufgaben erfüllt.

Das Jahr 1949 stand ganz im Zeichen des Aufschwungs. Seit der Währungsreform im Sommer des Vorjahres gab es zusehends mehr Konsumgüter und Lebensmittel. Die Bundesrepublik Deutschland wurde gegründet. Dass der Parlamentarische Rat beschloss, das unbekannte Bonn zur Hauptstadt zu küren und nicht Frankfurt, war ein Dämpfer für die Hessen. Zumal das Fundament des Rundbaus für den Plenarsaal des Deutschen Bundestages bereits stand, weil man fest damit gerechnet hatte, neue Bundeshauptstadt zu werden.

Schritt für Schritt übertrugen die Besatzer den Besiegten wieder mehr Aufgaben und Eigenständigkeit. Ende Januar wurde aus Radio Frankfurt der Hessische Rundfunk, eine

Anstalt des öffentlichen Rechts, und Intendant Beckmann erhielt in einer feierlichen Veranstaltung die Sendelizenz überreicht. Damit zogen sich auch die Kontrolloffiziere endlich zurück, die Verantwortung fürs Radio lag wieder bei den Deutschen.

»Major Lester wird versetzt, aber das weißt du bestimmt schon.« Inge studierte Gesa aufmerksam von der Seite.

»Es war lediglich eine Frage der Zeit, bis sie ihm nach der Senderübergabe einen anderen Posten zuweisen.«

»Wirst du ihn vermissen?«

Gesa blickte von ihrem Skript auf. Sie bereitete sich auf ein neues Hörspiel vor und las in der Pause den Text in der Kantine, in der es mittlerweile tatsächlich kleine Happen zu essen und Getränke gab. Ebenso wie einheitliches Mobiliar, bestehend aus Stühlen und Tischen mit grauen Resopalplatten.

»Natürlich. Allerdings habe ich ihn ohnehin kaum mehr gesehen, seit die Amis aus dem Funkhaus ausgezogen sind. Das ist jetzt auch schon wieder ein halbes Jahr her. Obwohl es mit uns beiden nicht geklappt hat, war er mir immer ein guter Freund. Ich verdanke ihm viel. Nicht zuletzt all die Lebensmittel aus dem PX Shop, die er uns sogar dann noch gebracht hat, als er wusste, dass ich nicht seine Frau werden wollte. Die waren oftmals die Rettung, wenn ich nichts mehr für die Kinder hatte. Jack hätte mir meinen Arbeitsplatz zur Hölle machen können, aber er hat sich immer mehr als fair verhalten.«

Nach einer gewissen kritischen Phase, setzte Inge in Gedanken hinzu. Das blendete Gesa offenbar aus. Es hatte eine Weile gedauert, bis der Major die Zurückweisung verkraftet hatte.

»Und dass Hanne Reuter ihn sich am Ende doch noch geschnappt hat, stört dich nicht?«

»Überhaupt nicht. Jack wollte nicht länger alleine sein,

verständlicherweise. Und seine Vorzimmerdame brauchte einen Versorger.«

Sehr pragmatisch ausgedrückt.

Inge saß mit übereinandergeschlagenen Beinen und verschränkten Armen am Tisch. Ihr Haar hatte sie nach der neuesten Mode kürzen und in Wellen legen lassen. Ohne Spangen oder Haarnadeln war es aus dem Gesicht gekämmt, genau wie auf dem Bild der Schauspielerin Lauren Bacall, das Inge in einer Zeitschrift entdeckt und mit zum Friseur genommen hatte. Es fühlte sich herrlich befreiend an, am liebsten würde sie ständig mit den Händen hindurchfahren.

»Du, Gesa, es ist keine Schande, Gefühle zu zeigen. Ich habe den Verdacht, du igelst dich zusehends ein, seitdem Theo und ich umgezogen sind.« Sie hatten sich endlich dazu durchgerungen, richtig zusammenzuwohnen. Ohne Trauschein war das zwar ungewöhnlich, doch der Vermieter hatte einfach vorausgesetzt, dass Inge Frau Conrad war, wenn sie mit Herrn Conrad einzog, und sie hatten ihn in dem Glauben gelassen. Christel verbrachte nur die Schulferien in Frankfurt und war ansonsten im Internat. Und Julius, der die Schule bereits abgeschlossen hatte, besuchte in Berlin die Universität, zur großen Freude seiner Mutter. Die kleine blaue Villa in Sachsenhausen hatte sich von einem belebten Taubenschlag in ein ruhiges Refugium verwandelt. Diese Umstellung konnte für Gesa nicht leicht sein.

»Im Gegensatz zu Jack Lester bin ich gern für mich allein.« In den Worten der Freundin schwang eine bittere Note mit.

»Siehst du, das glaube ich dir nicht. Du warst nämlich immer ein äußerst geselliger Mensch. Und siebenundvierzig ist nicht alt genug, um vollständig auf die Liebe zu verzichten und sich in der Vergangenheit zu vergraben.«

»Ach, nicht wieder die alte Leier, ich bitte dich.«

Resigniert hob Inge die Hände. »Ist gut, ich bin schon still.«

Obwohl sie sah, dass Philip Kellermann sich ihrem Tisch näherte, sagte sie Gesa nichts, sondern verschränkte wieder die Arme und beobachtete die Situation. Erst als er unmittelbar neben ihnen stand, sagte sie: »Hallo Philip, na, wie läuft es in der Redaktion?«

Gesas Kopf fuhr herum, beinahe rutschte ihr das Skript vom Tisch.

»Alles bestens, Inge, danke. Gesa, hättest du kurz Zeit?«

»Worum geht es?«

»Um ein neues Sendeformat. Herr Beckmann meint, ich solle mit dir darüber sprechen.«

»Warum du?«

Philip zuckte die Achseln, was in seinem gut geschnittenen Anzug überraschend ungelenk wirkte. »Vielleicht bin ich der Mann seines Vertrauens.«

Gesa runzelte die Stirn. Sie hätte auch über seinen offensichtlichen Scherz lachen können, aber obwohl sie inzwischen per Du waren, behandelte sie den Kollegen konsequent mit derselben Reserviertheit wie am Anfang. Inge verkniff sich ein Grinsen. Klar, Philip Kellermann war ehrgeizig und selbstbewusst. Aber Gesa Bronnen nicht weniger. Die beiden waren sich sehr ähnlich, ohne das anscheinend zu merken. Wenn sie aufeinandertrafen, knisterte die Luft. Gesa meinte, das lag daran, dass Philip ein unmöglicher Kerl war. Inge vermutete, es lag an etwas ganz anderem.

»Er versucht mit jeder zu flirten«, hatte Gesa vor einiger Zeit behauptet.

Inge hatte widersprochen. »Eigentlich macht er das nur bei dir. Mit mir hat er noch nie geflirtet, und bei anderen Frauen wäre mir das auch nicht aufgefallen. Im Gegenteil, er verhält sich immer äußerst korrekt. Obwohl genügend Kolleginnen auf ihn fliegen. Kein Wunder, bei diesem Lächeln und den grünen Augen.«

»Blödsinn«, hatte Gesa gebrummt, und Inge hatte wiederum resigniert. Jedes Aufeinandertreffen der beiden war ein kurzweiliges Schauspiel, ein verbaler Schlagabtausch und ein Kräftemessen. Bisweilen erinnerte es Inge an amerikanische Screwball-Komödien mit Katherine Hepburn und Cary Grant. Die schaute sie sich mit Theo am liebsten im Kino an.

Philip zog sich einen Stuhl heran. »Ich darf doch?«

»Hat das nicht Zeit bis später? Inge und ich machen gerade Pause, und sie wollte mir noch etwas über das Konzert heute Abend erzählen.«

»Ach, ihr geht auch hin? Schön, dann sehen wir uns dort. Und über die neue Sendung reden wir dann einfach morgen, ja?«

Wie konnte Gesa bei einem derart gewinnenden Lächeln so kühl bleiben? Inge selbst fiel es schwer, Philip nicht anzustrahlen, dabei galt seine Aufmerksamkeit nicht einmal ihr.

»Du bist sehr streng zu ihm«, sagte sie tadelnd, nachdem der Kollege gegangen war.

»Quatsch.«

»Komm schon, Gesa. Sei mal ein wenig netter, er bemüht sich so.«

»Er ist ein von sich selbst überzeugter Aufschneider.«

Inge lachte ungläubig. »Ist er nicht, er meint vieles selbstironisch, aber du kriegst es immer in den falschen Hals. Dabei will er dich einfach beeindrucken, merkst du das nicht?«

Die Freundin brummte irgendwas von Text lernen und verabschiedete sich ebenfalls. Inge sah auf die Uhr. Na gut, dann würde sie eben nach Hause gehen und sich schick machen. Vorher wollte sie noch rasch Margot anrufen, um sich zu versichern, dass sie am Abend auch dabei war.

Hinter der Bühne ragte die Ruine der Alten Oper in den lauen Frankfurter Abendhimmel. Was für eine Konzertkulisse!

Die Altstadt war auch vier Jahre nach Kriegsende noch immer voller Schutt und zerstörten Gebäuden. Es wurden weniger, zugegeben, langsam kam System ins Chaos, und überall entstanden neue Läden und Geschäfte. Aber große Konzert- oder Theatersäle gab es schlichtweg immer noch nicht. Daher fanden Veranstaltungen bei gutem Wetter einfach draußen statt, was auch etwas für sich hatte. So wie an diesem Abend. Eine Bigband würde spielen, eine Jazzkombo, mehrere Sänger würden auftreten, und alles in allem hofften die Zuschauer auf eine unbeschwerte, unterhaltsame Zeit. Zahlreich waren sie erschienen, und als die ersten Sterne am wolkenlosen Himmel aufblinkten, betrat der Moderator die Bühne – Horst Lippmann, natürlich, wer sonst? Mittlerweile zweiundzwanzig, wie Inge wusste, sah er nach wie vor aus wie ein Oberprimaner. Aber das konnte nicht über seine Musikleidenschaft hinwegtäuschen oder über seinen scharfen organisatorischen Verstand, der ihn fabelhafte Dinge auf die Beine stellen ließ. So wie diese Veranstaltung. Inge und Margot saßen gern mit Lippmann im Sender zusammen und fachsimpelten über Jazz und Swing. Er bedauerte es nach wie vor, dass Inge ihre Gesangskarriere auf Eis gelegt hatte. Extra für diesen Abend hatte er sie überredet, noch einmal eine Nummer zum Besten zu geben. Erst hatte sie abgelehnt. Doch dann hatte sich etwas ergeben, das Horst Lippmann im Gegenzug für sie tun konnte, und deswegen fieberte sie dem Konzert ganz besonders entgegen.

Inge saß zwischen Theo und Margot in der ersten Reihe, Fritz war ebenfalls dabei, Egon und natürlich Gesa, die in ihrem neuen Kleid bemerkenswert hübsch aussah.

Zu Anfang legte die Bigband los und begeisterte schon mit den ersten Takten das Publikum. Danach kündigte Horst Lippmann die Hotclub Combo an, und nachdem sie mitreißend gejazzt hatten, sagte er: »So, meine Herrschaften, jetzt habe ich ein ganz besonderes Sahnestückchen für Sie. Nur heute, hier und an diesem Abend singt für Sie zur Musik der Hotclub Combo die hinreißende Inge Jacobs. Inge, komm auf die Bühne, bitte!«

Sie drückte kurz Theos Hand und stand auf. Alle applaudierten, Inge warf einen letzten fragenden Blick auf Friedrich Milanski, und der nickte.

»Vielen Dank, lieber Horst«, sprach Inge ins Mikrofon. »Es ist mir eine große Freude, heute mit den Hotclub-Jungs aufzutreten. Aber so als einzige Frau auf der Bühne fühle ich mich doch ein wenig allein. Deshalb bitte ich eine großartige Musikerin dazu, deren Mann sich wünscht, seine Gattin swingen und jazzen zu hören. Margot Milanski, kommst du hoch zu uns?«

Wie vom Donner gerührt sah Margot zu Fritz, der aufstand, ihr die Hand reichte und sie unter dem Applaus der Zuschauer die wenigen Schritte zur Bühne führte.

»Ist das wahr?«, hörte Inge sie fragen. »Ich soll wirklich mitmachen?« Er flüsterte Margot etwas ins Ohr und half ihr die Stufen hinauf.

Abseits des Mikrofons raunte Inge ihrer Freundin zu: »Ganz allein Friedrichs Idee. Er hat alles eingefädelt, wir entsprechen lediglich seinen Wünschen.« Sie zwinkerte verschwörerisch und schob Margot in die Richtung von Hans Otto Jung, der ihr großzügig seinen Bass überließ.

»*It don't mean a thing?*«, fragte Inge über die Schulter nach hinten, und die anderen, einschließlich Margot, nickten zustimmend. Eine Herausforderung für die Bassstimme, aber Margot brauchte das. Sie zupfte los, die Musiker setzten ein und Inge sang »*It don't mean a thing, if it ain't got that swing. Doo-ah, doo-ah, doo-ah, doo-ah ...*«

Kein anderer Song ließ in Inges Kopf so augenblicklich alle Sorgen der Welt verschwinden wie dieser. Sie stand tatsächlich hier mit Margot, vor diesem Riesenpublikum. Was für ein erhebendes Gefühl. Inge und Margot jazzten, und Gesa jubelte ihnen zu.

»*It don't mean a thing, all you gotta do is swing …*«

Ein paar Minuten pure Lebensfreude. Dieser Song war Inges Bedingung gewesen, wenn sie auftreten sollte. Das und Margots Gastspiel natürlich. Fritz hatte tatsächlich noch mal die Kurve gekriegt und seinen Esprit wiedergefunden, wer hätte das gedacht? Auch er durfte mittlerweile wieder uneingeschränkt arbeiten, hatte aber keine Anstellung mehr beim Radio bekommen. Zu sehr erinnerte er in seiner Person und Berichterstattung an jene Zeit, die alle zu vergessen versuchten. Er klang nicht modern genug, nicht so wie Egon und seine Kollegen. Daher gab die Sendeleitung ihm keine zweite Chance. Ein harter Schlag für ihn, an dem er gewiss zu knabbern gehabt hatte. Zwischenzeitig hatte Inge befürchtet, Fritz könnte sein Selbstmitleid wieder hochholen und erneut zu einer Belastung für Margot werden. Aber er riss sich zusammen. Als Autor war er nämlich mittlerweile recht erfolgreich, unternahm Lesereisen und hielt Vorträge. Und kürzlich war er tatsächlich heimlich bei Inge im Büro erschienen und hatte gesagt: »Ich will Margot eine Freude machen. Eine richtig große, mit der sie nicht rechnet. Nächste Woche ist doch das Konzert an der Oper. Kannst du nicht bei der Hotclub Combo ein gutes Wort für mich einlegen und fragen, ob Margot eine Nummer mit ihnen spielen darf? Ich weiß, ich habe ihr das in der Vergangenheit vereitelt, aber jetzt möchte ich …«, er hatte nach dem passenden Ausdruck gesucht.

Dabei half sie ihm gern auf die Sprünge. »Einen symbolischen Kniefall machen?«

»Kann man so sagen.«

Inge hatte sich nicht zweimal bitten lassen. Auch sie wusste, es war Margots sehnlichster Wunsch seit Jahren, einmal aus ihrer Schublade auszubrechen und etwas vollkommen anderes zum Besten zu geben als Klassik.

Und nun stand sie im Scheinwerferlicht und zupfte den Bass, als hätte sie nie etwas anderes getan. Ihr musikalisches Können war wirklich außergewöhnlich. Und am allerschönsten war Margots Strahlen.

Der Funke der Musiker sprang auf die Zuschauer über. Schon hielt es die ersten nicht mehr auf den Sitzen, und sie begannen vor der Bühne zu tanzen.

Inge und Margot gaben noch eine Zugabe und dann das Ruder wieder an die Jungs ab, und nach der Hotclub Combo war die Bigband ein zweites Mal dran.

»Du weißt, dass das morgen bei uns im Radio gesendet wird, oder?«, fragte Inge die Freundin atemlos, als sie wieder auf ihren Plätzen saßen, und deutete auf einen Übertragungswagen des Hessischen Rundfunks, der an der Seite stand.

Margot sah verzückt aus. Sie griff sich Fritz und küsste ihn so leidenschaftlich, dass ihr Sohn peinlich berührt den Kopf abwandte. Falls Friedrich mit dieser Aktion das Feuer zwischen ihm und seiner Frau hatte wiederentfachen wollen, war ihm das auf ganzer Linie gelungen, dachte Inge.

»Du warst großartig, mein Schatz«, sagte Theo und küsste Inges Hand. »Ihr wart alle großartig. Es tut so gut, dass die Musen aus den Ruinen hervorgekrochen sind und Frankfurt sich wieder am Leben erfreut.«

Die Röcke der Tänzerinnen flogen zu Benny Goodmans *Sing, Sing, Sing*, Schlagzeug, Trompeten und Posaunen heizten das Publikum an, die Klarinette setzte noch einen obendrauf. Eine ganz besondere Stimmung lag in der Abendluft. Aus dem Augenwinkel bemerkte Inge, wie Philip Kellermann vor Gesa hintrat. Sein Platz war etwas weiter seitlich, und er hatte ihnen vor dem Konzert nur kurz zugewunken.

»Darf ich bitten?«, fragte er und hielt ihr die Hand hin. Dabei blickte er recht ernst drein. War er etwa unsicher?

Gesa zögerte, aber Inge beschloss, dass die Freundin weder dem Swing noch Philip widerstehen durfte, daher schob sie ihren Arm hinter Theos Rücken bis zu Gesas und klopfte ihr forsch auf die Schulter. Womöglich wäre das nicht notwendig gewesen, denn zu Inges allergrößtem Erstaunen war es zum ersten Mal Gesa, die Philip anlächelte, offen und ohne Zurückhaltung. Das musste an der magischen Nacht liegen. »Sehr gern.« Sie nahm seine Hand und ließ sich von ihm zu den Tanzenden führen. Gerade in dem Moment, als er seinen Arm um ihre Taille legte, endete das flotte Stück und die sinnlichen Akkorde von *Moonlight Serenade* setzten ein.

Gesas Lächeln kam ein wenig ins Flackern, wurde ihr die Sache nun doch zu heiß? Die ersten Tanzschritte der beiden waren etwas steif, doch dann sah Inge, wie sich Gesa und Philip entspannten und der schmeichelnden Musik hingaben. Perfekt harmonisch tanzten sie miteinander, schmolzen geradezu in die Arme des jeweils anderen, und ihre Köpfe näherten sich, bis Philips Wange an Gesas Schläfe lag.

»Aber hallo! Hab ich was verpasst?« Margot stupste Inge mit dem Ellenbogen an.

»Ehrlich gesagt bin ich auch überrascht. Sie sehen aus wie ein Liebespaar.«

»Weil ausnahmsweise keiner von beiden redet«, feixte Margot. »Wenn sie öfter zusammen den Mund halten würden, kämen sie wahrscheinlich darauf, dass ...«

Die Musik endete, und abrupt trat Gesa einen Schritt zurück, drehte sich um und ging.

»... oder vielleicht doch nicht.«

»Doch, doch, Margot, das Eis ist hiermit gebrochen. Glaub mir, dafür hab ich einen Riecher.«

Gesa war zurück an ihrem Platz und schnappte sich ihre

Jacke. »Äh, ich muss heim«, sagte sie knapp. »Wir sehen uns im Sender. Ihr wart beide wundervoll auf der Bühne.« Und weg war sie.

»Einen Riecher, ja?« Skeptisch blickte Margot der Freundin hinterher.

Aber Inge ließ sich nicht beirren. »Philip ist auf dem besten Weg, Gesas Panzer zu knacken, da bin ich mir ganz sicher. Wenn es einer schafft, dann er.«

GESA

Radionachrichten 1949:
»Die amerikanische Rhythm-and-Blues-Sängerin Ruth Brown hat bei Atlantic Records die Single So long aufgenommen und damit innerhalb kurzer Zeit einen Hit bei den Radiostationen gelandet.«

In den 1950er-Jahren feierte die Afroamerikanerin Ruth Brown große Erfolge in den R'n'B-Charts. Während der 1960er-, -70er- und -80er-Jahre trat sie als Musicaldarstellerin und Schauspielerin auf und später auch wieder als Sängerin. Ruth Brown starb vielfach ausgezeichnet mit 78 Jahren in Las Vegas. Ihr Neffe ist ein bekannter Rapper.

»Wollen wir drüber reden?«, fragte Philip Kellermann, als Gesa tags darauf wie verabredet in seinem Büro erschien.

»Über die neue Sendung? Sicher, deswegen bin ich ja hier.«

Er zögerte merklich, sagte dann aber: »Also schön. Wie du willst. Setz dich.« Er überließ ihr seinen Schreibtischstuhl und nahm sich selbst einen Hocker, den er direkt neben Gesa stellte. Immerhin mussten sie sich beide über die Notizen beugen, die er auf dem Schreibtisch ausgelegt hatte, daher wollte sie nichts in diese Nähe hineininterpretieren.

Er schob ihr das Porträtfoto eines Mannes Mitte dreißig hin. Schmales Gesicht, wache Knopfaugen, dunkles Haar und hohe Stirn mit Geheimratsecken.

»Das ist Wolf Schmidt. Er beliefert uns seit Längerem gelegentlich mit Beiträgen und hat Radio Frankfurt vor zwei Jahren ein Konzept für eine Sendung angeboten, das aber abgelehnt wurde. Damit ist er dann letztes Jahr zu Radio Stuttgart gegangen, die haben es gekauft und dort läuft es wunderbar. Deswegen will der Hessische Rundfunk es nun doch mit Schmidt und seiner Hörspielidee versuchen. Zuerst mal für eine Probesendung, die im Rahmen eines unserer *Bunten Nachmittage im Funk* live vor Publikum aufgezeichnet werden soll. Und dann wird man weitersehen. Kommt es bei den Hörern an, wird eine monatliche Sendung produziert werden.«

Gesa studierte Wolf Schmidts Gesicht. »Er kommt mir bekannt vor.«

»Vor einiger Zeit haben wir mit ihm und seiner Bühnenpartnerin ein paar Sketche aufgenommen, vielleicht seid ihr euch da mal begegnet?«

»Kann sein. Worum soll es denn bei seinem Hörspiel gehen?«

»Ah«, Philip strich sich das Haar aus der Stirn. »Also eigentlich um das Alltagsleben einer Durchschnittsfamilie. Vater, Mutter, zwei Söhne, zwei Töchter. Sehr humorig und in hessischer Mundart.«

Auch Gesa hatte bereits davon gehört, dass ein derartiges Format sich bei den Schwaben zu einem überraschenden Straßenfeger entwickelt hatte. Verständlich, dass der Intendant etwas Ähnliches nach Frankfurt holen wollte.

»Herr Beckmann will wissen, ob du eine der Rollen sprechen möchtest.«

Gesa überlegte. »Vielen Dank, aber da passe ich. Obwohl ich schon so lange hier lebe, kriege ich den Dialekt nicht hin. Da gibt es einige hessische Kolleginnen, die viel besser geeignet wären.«

»Fällt dir jemand Konkretes ein?« Er kramte einen anderen

Zettel hervor. »Herr Beckmann bittet uns um Vorschläge. Hier habe ich ein paar Namen aufgeschrieben, die mir in den Sinn gekommen sind, wenn ich an hessisches Gebabbel denke. Volksschauspieler in erster Linie, und ein paar vom Theater.«

»Lass mal sehen.«

Eine Weile diskutierten sie konzentriert über die mögliche Besetzung, und Gesa musste sich eingestehen, dass es Spaß machte, mit Philip zu arbeiten. Auch wenn sie sich immer noch wunderte, weshalb Beckmann ausgerechnet ihn mit dieser Aufgabe betraut hatte. Schließlich fragte sie ihn geradeheraus.

»Du meinst, weil ich hauptsächlich im Nachrichtenressort tätig bin?«

Sie nickte.

»Es stehen einige neue Sendeformate an, nun da wir wieder selber das Sagen haben. Herr Beckmann weiß, dass ich mich auch für den Unterhaltungssektor interessiere. Also nicht fürs Schauspielern, aber die Produktion reizt mich, das Drumherum, die Regie. Vermutlich lässt er mich so ein wenig in andere Abteilungen hineinschnuppern. Wolltest du nie was anderes machen?«

»Mein großer Traum war tatsächlich immer schon, Hörspielsprecherin zu sein. Es macht mir nichts aus, die Nachrichten zu lesen oder die Werbung oder sonst irgendwas. Aber wenn es an ein neues Kriminalhörspiel oder ein Drama geht, bin ich Feuer und Flamme. Das ist jedes Mal wieder genauso aufregend wie beim allerersten Mal.«

Sie sprach temperamentvoll und gestikulierte mit den Händen, und Philip Kellermann hörte Gesa aufmerksam zu.

Dann sagte sie nichts mehr und rückte etwas von ihm ab, weil ihr plötzlich seine Nähe bewusst wurde – und vor allem, wie wohl sie sich darin fühlte.

Er räusperte sich. »Es war sehr schön, gestern bei dem Konzert mit dir zu tanzen. Bisher habe ich gedacht, du kannst mich nicht leiden, aber als wir gestern Wange an Wange …«

»Es war einfach eine magische Stimmung«, unterbrach sie ihn. »Die Kulisse, der Sternenhimmel, meine beiden großartigen Freundinnen, die auf der Bühne geglänzt haben, die Musik, die Ausgelassenheit.« Wehmütig ging ihr Blick in die Ferne. »Als wäre alles wieder gut.«

Philip streckte seine Hand aus, wollte sie auf Gesas legen, verharrte dann aber in der Luft. Sie spürte die Wärme seiner Haut, ohne dass er sie berührte.

»Es darf alles wieder gut sein«, sagte er leise. »Wir müssen es uns nur erlauben.«

Sie studierte sein ernstes Gesicht, hatte das Gefühl, in seiner außergewöhnlichen Augenfarbe zu versinken, ein helles, fast transparentes Grün mit einem dunklen Rand, wie das Wasser eines Bergsees. Solche Augen hatte sie nie zuvor gesehen.

Langsam zog Gesa ihre Hand unter der seinen weg, die noch immer in der Luft schwebte. Den Verlust seiner Wärme bedauerte sie. Aber Vertraulichkeiten zwischen ihnen wären falsch. Er hatte keine Ahnung, was sie verloren hatte. Wie könnte für sie jemals alles wieder gut sein?

»Du bist jung, Philip, für dich mag das einfacher sein.«

»Wie kommst du darauf? Meine Frau starb daheim im Bombenhagel, während ich an der Front war.«

Betroffen senkte sie den Blick. »Tut mir leid, das wusste ich nicht.«

»Du bist nicht die Einzige, die jemanden verloren hat. Warum sollte für mich irgendetwas einfacher sein als für dich? Weil uns ein paar Jahre trennen? Fünf sind es, Gesa, wenn du es genau wissen willst. Ich habe nämlich Beckmanns Sekretärin dazu bewegt, in deiner Akte nachzusehen und mir dein Geburtsdatum zu verraten.«

Ihre Augen weiteten sich. »Wieso, bitte?«

»Weil ich es genau wissen wollte. Weshalb ist das für dich ein Problem? Dieser vermeintliche Altersunterschied ist so was von bedeutungslos. Aber du hast ihn von Anfang an benutzt, um mich auf Distanz zu halten. Manchmal behandelst du mich wie einen kleinen Lehrling, weißt du das eigentlich?«

»So ein Unsinn!« Sie fuhr aus dem Stuhl hoch. Was redete Philip Kellermann da? Sie wusste gar nicht, was sie mehr aufregte: dass er in ihrer Personalakte herumschnüffelte oder dass er haltlose Vorwürfe erhob. »Es ist mir egal, wie alt wir sind. Wir sind am Leben, und dafür sollten wir dankbar sein«, schnappte sie.

»Sehe ich auch so.«

Gesa sah auf ihre Uhr, ohne die angezeigte Zeit wirklich wahrzunehmen. »Ich muss los.«

Er erhob sich ebenfalls, wirkte wesentlich entspannter, als sie sich fühlte.

»Na schön. Ist zwischen uns also alles in Ordnung?«

»Natürlich, Philip.«

»Dann bitte ich dich darum, dass du mich am Wochenende zu Theodor Conrads Theaterpremiere begleitest.«

»Eine Verabredung? Das wird nicht möglich sein, wir sind Kollegen.«

Nun lächelte er jenes gewinnende, mit einem Hauch von Arroganz gewürzte Lächeln, das Gesa jedes Mal schrecklich aufreizend fand. »Nun, da ich wusste, dass du genau das antworten würdest, werde ich in offizieller Funktion bei der Premiere sein, um im Kulturprogramm darüber zu berichten. Du als enge Freundin des Schauspielers und von Inge Jacobs wirst so oder so hingehen. Zufällig habe ich den Platz direkt neben dir bekommen.«

»Das heißt, selbst wenn ich nicht mit dir hingehe, verbringe ich den Abend mit dir?«

Das Grinsen wurde noch breiter.

Gesa rang um Fassung. Er war unverschämt. Wahnsinnig von sich überzeugt. Und provokant.

Sie griff nach ihrer Handtasche. »Du darfst mich um neunzehn Uhr abholen. Sei pünktlich.«

Ihre Antwort überraschte ihn sichtlich, was Gesas Selbstbewusstsein wieder ein wenig stärkte.

»Verrätst du mir deine Adresse?«, rief er ihr hinterher, als sie schon fast zur Tür hinaus war. Sie drehte sich noch einmal um und schenkte ihm ihrerseits ihr charmantestes Lächeln.

»Frag doch Herrn Beckmanns Sekretärin, ob sie noch mal in meiner Akte nachsieht. Das macht sie sicher gern für dich.«

Seitdem Inge und Theo in eine Wohnung in der Nachbarschaft gezogen waren, war es still geworden im Haus. Natürlich wollten die beiden zusammenleben, und das nicht im Dachgeschoss einer Freundin, sondern unabhängig und für sich. Julius kam nur noch in den Semesterferien heim, er hatte sich in Berlin gut eingelebt. Und Christel, ihr kleines Mädchen, war mittlerweile siebzehn und fast erwachsen und liebte das Internat am Bodensee. Wer hätte das vor zwei Jahren gedacht?

Sobald Gesa ihr Zuhause betrat, schaltete sie das Radiogerät ein, egal, was gerade lief. Obwohl sie Inge gegenüber etwas anderes behauptet hatte, war sie nicht gern allein. In der Stille pirschten sich die Erinnerungen unaufhaltsam an Gesa heran, anfangs wundervoll und wehmütig, und irgendwann doch immer schmerzhaft. Sie dachte an das Lachen ihrer Kinder, die mit Albert im Garten Fangen spielten. Und an anregende Gespräche mit ihrem Mann über einem Glas Wein auf der Veranda. Was hatten sie sich die Zukunft ausgemalt und Pläne geschmiedet. Seine waren voller neuer Ideen für den Sender gewesen. An warmen Sommerabenden hatten sie Freunde zu Gast gehabt. Margot mit ihrer Familie, Inge, Kollegen von Radio Frankfurt, Musiker und Künstler. Die kleine Villa in Sachsenhausen mit den alten Bäumen im Garten war stets von Leben erfüllt gewesen. Weil Albert da war. Wie sollte jemals wieder alles gut werden? Wenn sie darauf eine Antwort wüsste, würde sie längst die beherzte, fröhliche, patente Gesa wieder zulassen, die niemand schmerzlicher vermisste als sie selbst.

Pünktlich um sieben klingelte Philip Kellermann an der Tür. Sieh einer an, dachte Gesa.

»Guten Abend«, sagte er, als sie öffnete, dann stockte er und starrte sie mit unverhohlener Bewunderung an. Auch Gesa konnte mit grünen Augen aufwarten, anders als die seinen leuchteten sie allerdings in einem dunklen Ton, der sich im satten Petrol ihres eng anliegenden Abendkleids wiederfand.

»Du siehst umwerfend aus.«

»Danke.« Dann fiel ihr etwas ein. »Oh, ich habe was vergessen, Moment, bitte.« Sie lief zurück in die Küche, wo ein Strauß Rosen in einer Vase stand.

»Blumen? Das wäre aber wirklich nicht nötig gewesen.« Er war ihr hinterhergegangen.

Gesa lachte auf. »Die sind für Theo. Inge hat mich gebeten, sie zu besorgen, als Überraschung nach der Premiere. Kannst du den Strauß kurz halten?«

»Es ist schön, wenn du lachst«, sagte er.

Sie schlug ein Geschirrtuch um die nassen Stängel, und als sie die Blumen wieder an sich nahm, berührten ihre Finger die von Philip.

»Wollen wir los?«, fragte sie leise.

Dafür, dass das Ganze eigentlich keine Verabredung sein sollte, fühlte es sich reichlich aufregend an. Auch als sie neben ihm unter freiem Himmel im Hof des Karmeliterklosters saß und Theo auf der Bühne in Shakespeares *Was ihr wollt* bewunderte, war ihr Philips Anwesenheit in jeder Sekunde bewusst.

Bereits in der vierten Spielzeit führten die Städtischen Bühnen im schwer kriegsbeschädigten Kloster in der Münzgasse ihr Programm auf. Ein blasser Mond schien auf weinüberwachsene Ruinen und Arkaden. Siebenhundert Jahre hatten ihnen nichts anhaben können, erst unter den Angriffen der Engländer waren die Mauern gebrochen. Noch immer schwebte der Geist einer fernen Vergangenheit über dem Kloster. Mitten auf der Bühne stand eine Trauerweide, die überlebt hatte. Es gab keinen stimmigeren Ort für Shakespeares Dramen.

»Er ist großartig«, flüsterte Philip, als Theo einen Monolog beendete.

»Das war er früher auch schon«, wisperte Gesa zurück. »Aber ich finde, nach allem was er durchmachen musste, hat er noch an Klasse dazugewonnen. Er spielt authentischer.«

»Das gilt wahrscheinlich für jeden, den der Krieg nicht gebrochen hat. Wir spielen alle authentischer.«

Sie wandte ihm ihr Gesicht zu, aber er hielt den Blick starr auf die Bühne gerichtet, sogar als sie nach seiner Hand griff und sie sanft drückte. Erst als sie sie wieder zurückziehen wollte, verschränkte er seine Finger mit ihren, und Gesa sah, dass Philips Augen feucht schimmerten.

Nach der Aufführung war von dieser plötzlichen Emotionalität nichts mehr zu spüren, Philip Kellermann war wieder sein smartes Selbst.

Zusammen mit Inge, Theo, Margot und Fritz feierten sie die gelungene Premiere in einem Weinlokal.

»Er wirkt verdammt vertraut«, bemerkte Margot zu Gesa, als sie gemeinsam zur Toilette gingen. »Philip meine ich. Es ist, als ob er schon immer dabei gewesen wäre. Ganz eigenartig, weil wir uns im Sender nur beiläufig grüßen, wenn wir uns auf dem Flur begegnen. Verstehst du, was ich meine?«

»Soll ich das als verbalen Schubs in eine gewisse Richtung werten?«

Margot verzog den Mund zu einem schiefen Lächeln. »Kannste machen, wie du willst, Gesa.«

Als sie zurück an den Tisch kamen, erzählte Theo gerade eine Anekdote. »Wisst ihr noch, als die Amerikaner uns das erste Mal im Rahmen ihres Hilfsprogramms Getreide geliefert haben und es einen Fehler bei der Übersetzung gab? Statt Korn, also Weizen oder Roggen, wurde *corn* geschickt, also amerikanischer Mais, und die Bäcker haben dann das Maismehl mit dem Rest unseres eigenen Mehls gemischt.«

»Stimmt«, sagte Philip. »Ich erinnere mich. Es gab wochenlang nur gelb getupftes Brot. Schräg sah das aus.«

»Mir hat das nicht nur prima geschmeckt, sondern ich fand es sowohl rührend als auch amüsant, zu einer Zeit, in der wir alle gehungert haben.«

»Was willst du damit sagen, Theo?«, fragte Inge.

Er lachte. »Ich weiß nicht. Dass wir das Beste aus allem machen und es deswegen immer weitergeht? So wie mit der Kultur in Frankfurt. Als ich zu den Städtischen Bühnen kam, haben wir in einem Abbruchhaus geprobt, ohne jedwede Requisiten. Was gerade in der kalten Jahreszeit egal war, da wir uns in den unbeheizten Räumen in Mäntel und Decken hüllen mussten und sowieso alle Hände voll hatten. Wir haben uns einfach immer was einfallen lassen, damit es weiterging, haben improvisiert und waren glücklich, weil wir wieder spielen durften. Es wird noch Jahre dauern, bis Frankfurt wieder ein großes Schauspielhaus hat. Aber wer will sich darüber beschweren, wenn er Shakespeare in historischen Gemäuern zum Besten geben darf und Fledermäuse über unseren Köpfen flattern? Ich meine, ist es nicht herrlich, dass wir uns wieder spüren?«

»Darauf trinke ich«, rief Fritz und erhob sein Glas. Alle stießen an. Philip lächelte schnell, weil Gesa ihn mit einem nachdenklichen Gesichtsausdruck ertappte. Hinter seiner fröhlichen Fassade steckte so viel mehr, als sie auf den ersten Blick vermutet hatte.

Später ließ er es sich nicht nehmen, sie nach Hause zu bringen. Die Nacht war mild wie im Süden.

»Vielen Dank für den schönen Abend«, sagte Gesa.

»Ich habe dir zu danken. Ihr habt mich so nett in eure Gruppe aufgenommen, dass ich mich nicht wie ein Trottel gefühlt habe.«

»Du meinst, obwohl alle wussten, dass du rein gar nichts mit der Kulturberichterstattung zu tun hattest, weil das ein anderer Kollege macht?«

Er lachte leise. »Genau. Du siehst, ich scheue nicht mal vor einer Lüge zurück, um mit dir ausgehen zu dürfen.«

Darauf ging Gesa nicht näher ein. Sonst hätte sie sich eingestehen müssen, wie sehr sie sich geschmeichelt fühlte. Stattdessen steckte sie den Schlüssel ins Schloss. »Wir sehen uns übermorgen im Sender.«

»Hast du morgen frei?«

Sie nickte.

»Ich auch. Du könntest mich noch hineinbitten.«

Ein Widerstreit der Gefühle brach in Gesa los. Nichts wünschte sie sich mehr, als ihren gemeinsamen Abend noch ein wenig in die Länge zu ziehen, aber zugleich wollte sie keine falschen Hoffnungen wecken.

»Ich habe eine Veranda, die auf den Garten hinausgeht. Und eine Flasche italienischen Rotwein. Wenn ich dir sage, ich würde gerne einfach noch ein Glas Wein mit dir trinken, Philip ...«

»… dann würde mich das sehr freuen. Ich würde nie etwas von dir verlangen, das du mir nicht geben willst.«

Sie öffnete die Tür und ließ ihn eintreten, führte ihn hinaus auf die Terrasse und holte den Wein und zwei Gläser.

»Wie friedlich es hier ist«, sagte er nach einer Weile. »Durch die hohen Hecken und Bäume vergisst man, dass man in der Stadt ist. Was für ein schöner Rückzugsort, du kannst dich glücklich schätzen, hier zu leben.«

»Wo wohnst du eigentlich?«

»Nachdem unser Haus ausgebombt und von der TVG beschlagnahmt wurde, habe ich eine Zeit lang bei meiner Schwester gewohnt. Mittlerweile bin ich in Niederrad gelandet.«

»Das ist ja gleich in der Nähe.« Wie wenig sie über ihn wusste. Gar nichts, eigentlich.

»Hast du Kinder?«, fragte sie vorsichtig.

Er schüttelte den Kopf. »Leider nein. Du hast zwei, stimmt's? Einen Sohn und eine Tochter?«

Sie sprachen leise, tranken den Wein, und Gesa entspannte sich in seiner Gesellschaft. Erst als die Vögel zu zwitschern anfingen und sich das Schwarz der Nacht zu einem blassen Grau erhellte, das den Morgen ankündigte, fiel ihnen auf, wie viel Zeit vergangen war.

»Ach du meine Güte, ich war ewig nicht mehr so lang wach.«

Er stand auf. »Tut mir leid, ich wollte dich nicht um deinen Schlaf bringen.«

»Ich bin überhaupt nicht müde.«

»Ich auch nicht. Trotzdem werde ich jetzt gehen.«

Sie begleitete ihn hinaus. »Vielen Dank.« Er strich zart mit einem Finger über ihre Wange. Als er weg war, schloss Gesa die Tür und lehnte sich mit dem Rücken dagegen.

Sie wünschte sich, er hätte sie geküsst.

GESA

Radionachrichten 1949:
»Dorothea Wieck und Maria Holst spielen die weiblichen
Hauptrollen im neuen Kriminalfilm Mordprozess Dr. Jordan, der auf einer wahren Begebenheit beruht und im Oktober in Wiesbaden Premiere hat.«

Dorothea Wieck, eine Nachfahrin von Clara Schumann,
war nach dem Krieg nur noch in wenigen Filmen zu sehen,
dafür hauptsächlich am Theater. Außerdem führte sie
eine eigene Schauspielschule. Maria Holst spielte in den
1950er-Jahren in erfolgreichen deutschen Heimatfilmen,
unter anderem in der Trapp-Familie. Sie verstarb 1980 auf
tragische Weise, als sie beim Essen erstickte.

Am nächsten Tag beschloss Gesa, einen Spaziergang durch
Niederrad zu machen. Und weshalb auch nicht? Der Stadtteil
lag schließlich direkt neben Sachsenhausen, ebenfalls südlich
des Mains.

Sie lief am Fluss entlang auf dem Kai. Ein breitkrempiger
Strohhut schützte sie vor der Sonne, trotzdem wurde es Gesa
bald warm. Was tat sie hier eigentlich?

Kopfschüttelnd setzte sie sich auf eine Bank am Wegrand
und starrte aufs Wasser. Hatte sie den Verstand verloren? Sich
übernächtigt und ziellos auf den Weg zu machen – wohin
überhaupt? Zu Philip? Weder kannte sie die Straße, in der er
wohnte, noch kam es infrage, dort überraschend aufzutau-

chen. Besser, sie ging wieder heim. Mit einem tiefen Seufzer nahm sie den Hut ab und fächelte sich kurz Luft zu, dann stand sie auf. Gerade als sie umdrehen wollte, sah sie ausgerechnet Philip auf sich zukommen, einen Korb in der Hand. Er erkannte sie ebenfalls und winkte ihr erfreut zu.

»Gesa! Was machst du denn hier, auf halbem Weg nach Niederrad?«

»Äh, einen Spaziergang«, lautete ihre lahme und wenig überzeugende Antwort, auf die er gottlob nicht näher einging. Philip für seinen Teil sagte unumwunden, was er vorhatte: »Und ich wollte gerade zu dir und dich fragen, ob wir ein Picknick machen. Wo wir doch beide heute frei haben.«

Er hielt seinen Korb hoch und schlug das Tuch zurück, mit dem er die Sachen zugedeckt hatte. »Ich habe alles dabei.«

Um nicht gegen die Sonne anblinzeln zu müssen, setzte Gesa den Hut wieder auf. »Ein Picknick? Und wo?«

»Ehrlich gesagt dachte ich, unter dem großen Kastanienbaum in deinem Garten.«

Gerade mit diesem Baum verband sie so viele Erinnerungen. Doch sie stimmte zu. Er reichte ihr seinen Arm, und untergehakt schlugen sie den Weg zurück nach Sachsenhausen ein. Hatten sie gestern Abend unablässig miteinander geredet, schwiegen sie nun zusammen, und auch das war schön. Erst als sie am Gartentor angekommen waren, sagte Philip: »Ich wohne übrigens in Zickzackhausen.«

»In der Bruchfeldstraße?« Gesa wusste gleich, was gemeint war. Die vom Architekten Ernst May gestaltete Wohnsiedlung mit ihren streng kubischen, im Zickzack angeordneten Flachdachhäusern war das erste Projekt im Rahmen des Neuen Frankfurt in den 1920er-Jahren gewesen. Nun musste beinahe alles in Frankfurt neu gemacht werden, die Stadt würde irgendwann komplett modern aussehen. Wenn das Ernst May damals gewusst hätte …

»Ja«, sagte Philip. »Ich meine nur, falls du mal vorhättest, bis ganz nach Niederrad zu spazieren.«

Gesa legte eine Decke unter den Kastanienbaum, wie in jedem Sommer, seitdem sie hierhergezogen war. Und Philip kniete sich hin und breitete aus, was er mitgebracht hatte. Margot hatte erzählt, dass Fritz für sie ein Picknick daheim im Wohnzimmer aufgebaut hatte, als sie wieder zurück in ihr Haus gezogen waren. Sehr romantisch sei das gewesen und der Anfang einer neuen Verliebtheit, wie die Freundin es ausgedrückt hatte. Ein Picknick war immer romantisch, ganz eindeutig. Falls Gesa sich darauf einließ, musste ihr klar sein, was es bedeutete. Und Philip ebenfalls.

»Setz dich doch«, forderte er sie auf, weil sie unschlüssig neben der Decke stand. Abwartend taxierte er sie unter dunklen Brauen. Merkte er, dass sie für ein paar Sekunden die Luft anhielt? Langsam nahm sie den Strohhut ab und warf ihn ins Gras. Die Kastanie spendete genug Schatten. Dann ließ sie sich nieder, winkelte die Beine an und stützte sich auf eine Hand.

»Ich wusste nicht, was du magst. Außerdem ist es viel zu heiß heute für schweres Essen. Daher habe ich Obst und etwas Gebäck dabei.«

»Ehrlich gesagt bin ich nicht besonders hungrig.«

»Ich auch nicht.« Sofort räumte er die Schale mit den Weintrauben und Äpfeln beiseite, die zwischen ihnen stand. »Aber es ist schön hier, so friedlich und still.«

Gesa wurde das Sitzen unbequem. Zudem war sie müde. Die Nacht war kurz gewesen, außerdem war Philip ihr nicht aus dem Kopf gegangen und sie hatte kaum ein Auge zugetan. Sie lehnte sich mit dem Rücken gegen den Baumstamm und streckte die Beine aus, wie sie es schon tausendmal getan hatte.

»Ich konnte heute Nacht nicht schlafen«, gestand auch Philip leise.

»Dann ruh dich aus.« Sie machte eine einladende Geste.

Er legte sich auf den Rücken, den Kopf in Gesas Schoß, und schloss die Augen. Um seine Lippen spielte ein zufriedenes Lächeln.

Wehmut zerriss Gesa das Herz. Aber zum ersten Mal war es nicht mehr die direkte Erinnerung an Albert, sondern nur noch ein diffuser Vergangenheitsschmerz. Rasch wischte sie die Träne von ihrer Wange, bevor sie auf Philip tropfen konnte.

Dann begann sie, sanft über sein Haar zu streicheln, und vergrub die Finger darin. Bis sie merkte, wie er sich entspannte und sein Atem gleichmäßig ging. Auch Gesa wurde schläfrig, ihr fielen die Augen zu, die Hand noch immer in seinem dunklen Haar.

Plötzlich spürte sie, wie er zuckte, und sie erwachte. Hatte sie tatsächlich geschlafen? Die Sonne schien hell auf den Rasen, der Schatten des Baumes, in dem sie lagen, war etwas weitergewandert. Gesa hatte jegliches Zeitgefühl verloren.

Sie sah Philips Augenlider flattern, er wimmerte leise im Traum.

Sachte hob sie seinen Kopf mit beiden Händen an, wand sich unter ihm hervor und legte sich neben ihn. Sollte sie ihn wecken? Sie studierte sein Gesicht, das ihr so lange fremd gewesen und nun in kurzer Zeit so vertraut geworden war. Mit einem Finger fuhr sie die Form seiner Augenbraue nach und streichelte über die Schläfe die Wange hinunter. Er schlug die Augen auf und zuckte zurück.

»Tut mir leid. Ich wollte dich nicht erschrecken.«

Philip atmete tief durch. Es schien, als müsse er sich erst wieder in der Wirklichkeit zurechtfinden.

»Du hast schlecht geträumt.«

»Das passiert dauernd. Aber in deinen Armen war es lauschig, und ich möchte …«

Er beendete seinen Satz nicht, sondern beugte sich über Gesa, sah ihr tief in die Augen und senkte seine Lippen auf die ihren.

Damit holte Philip sie unmittelbar und unwiederbringlich aus ihrem selbst gewählten Schneckenhaus zurück in die Welt. Sie verlangte nach seiner Nähe und war es absolut leid, sie sich zu versagen. Als seine Finger gekonnt die Knöpfe ihrer Bluse öffneten, hielt Gesa ihn nicht davon ab, zumal er dazu nicht einmal seinen Kuss unterbrechen musste. Er setzte sich kurz auf, um sein Hemd über den Kopf zu streifen. Auf der rechten Seite seines Oberkörpers sah sie zahlreiche Narben, aber ehe Gesa danach fragen konnte, beugte er sich erneut über sie.

»Kriegsandenken«, murmelte er knapp, seine Lippen wieder an den ihren, und schob Gesas Sommerrock hoch. Ganz offensichtlich hatte er nicht vor, jetzt mit ihr darüber zu sprechen.

Es fühlte sich nicht an wie ein erstes Mal mit ihm, vielmehr als hätten sie sich eine Zeit lang verloren und endlich wiedergefunden. Ihre Körper suchten einander, bewegten sich wie selbstverständlich zusammen, und das machte Gesa Angst. Obwohl sie seine Haut an der ihren und die Art, wie er sie liebte, genoss. Oder vielleicht gerade deswegen?

»Das wird sich nicht wiederholen, Philip«, sagte sie zu ihm, als sie sich wieder anzogen. Er schloss den Gürtel seiner Hose, stand mit nacktem Oberkörper vor ihr und zündete zwei Zigaretten an. Eine davon gab er Gesa, dann nahm er einen tiefen Zug, inhalierte den Rauch und stieß ihn wieder aus. »Warum nicht?«

Beinahe unmöglich, dies logisch zu erklären, wenn er sie so ansah.

»Wir sind Arbeitskollegen.«

»Na und?«

»Wir sind zu verschieden.«

»Im Gegenteil, ich finde, wir harmonieren sehr gut miteinander.« Die Zigarette im Mundwinkel schlüpfte er in sein Hemd und begann es zuzuknöpfen. Sie hielt ihn davon ab, indem sie eine Hand auf seine Brust legte.

»Woher hast du die Narben?«

Ein merklicher Schatten huschte über sein Gesicht, dann kam das Lächeln, das sich von seinem echten unterschied und das er nur als Rüstung trug. »Streubombe.«

»Wie schrecklich.«

»Ich hab's überlebt. Was man von zahlreichen meiner Kameraden nicht sagen kann.« Er trat einen Schritt zurück, schloss das Hemd und steckte es in den Hosenbund. Gesa hatte das Gefühl, als würde er damit eine Wand zwischen ihnen aufbauen.

»Es tut mir sehr leid, was du erleben musstest, Philip. Wenn ich irgendwas tun kann, damit …«

»Danke«, fiel er ein. »Aber ich brauche niemanden, und am allerwenigsten brauche ich Mitleid. Weißt du, eigentlich ist es mir auch lieber, wenn wir uns nicht noch näherkommen.« Er strich sich das Haar glatt und verwandelte sich zurück in den smarten Herrn, den sie aus dem Sender kannte. Der immer ein charmantes Gesicht zeigte und von dem keiner wusste, wer er wirklich war und was er dachte.

Das versetzte nun Gesa einen Stich, obwohl sie ebendies gerade noch von ihm verlangt hatte. Keine tiefergehenden Gefühle. Kein Herzschmerz.

Sie begleitete ihn zum Gartentor.

»Damit wir uns nicht falsch verstehen, Gesa: Solltest du das hier wiederholen wollen«, er deutete hinüber zum Kastanienbaum, »jederzeit. Nur dafür«, er klopfte mit der flachen Hand auf die Stelle auf seiner Brust, unter der sein Herz schlug, »dafür bin ich nicht zu haben.«

Vollkommen perplex saß Gesa wenig später in der Küche und überlegte sich, wie es dazu hatte kommen können, dass sie ihn eigentlich auf Distanz halten wollte, sie sich dennoch so nahegekommen waren und dann auch er letztendlich kalte Füße bekommen hatte. Immerhin waren sie erwachsene Menschen, er hatte sich intensiv um sie bemüht. Im Grunde hatte sie befürchtet, Philip mehr oder weniger das Herz zu brechen, weil sie keine Beziehung mit ihm wollte. Wie außerordentlich falsch sie damit doch lag. Eigentlich könnte sie mit dieser Lösung zufrieden sein. Warum nur fühlte sie sich dann schrecklich, als hätte sie etwas wirklich Wichtiges verloren?

Bei der Arbeit ließen sich beide nichts anmerken. Da das Verhältnis zwischen Gesa und Philip ohnehin als schwierig galt, fiel niemandem auf, dass die zwei einander aus dem Weg gingen. Außer Margot und Inge natürlich, die sofort merkten, dass etwas nicht stimmte.

Philip saß oftmals mit dem Intendanten zusammen und brütete mit ihm gemeinsam über der Idee für eine neue Sendung, die Eberhard Beckmann aus seinem Amerikaurlaub mit nach Frankfurt gebracht hatte.

Die Kollegen munkelten, es sollte eine Morgenshow werden, wie Deutschland sie noch nie erlebt hatte. Was war Philips Aufgabe dabei?, fragte sich Gesa immer wieder. In welcher Position sah er sich beim Hessischen Rundfunk, wo wollte er hin? Hatte er sich am Ende nur deshalb für sie interessiert, weil sie Gesa Bronnen war, ein Name, eine Stufe auf seiner Karriereleiter?

Dass er sich nicht mit dem zweiten Platz zufriedengab, merkte am deutlichsten Dietrich Traut im Nachrichtenressort. Las er seit Jahren alleine und unangefochten die Abendnachrichten, musste er sich nun mit Philip Kellermann abwechseln.

»In letzter Zeit kommt er mir noch ehrgeiziger vor als sonst«, vertraute Dietrich Gesa an. »Als hätte er alles andere in seinem Kopf ausgeblendet und würde nur noch an seine Karriere denken. Dabei hat er zwischendurch mal entspannter gewirkt. Er ist ein komischer Vogel.«

Sie standen im Flur und unterhielten sich.

»Man darf nicht vergessen, dass er eine traumatische Vergangenheit hat.«

»Bitte, wer hat die nicht? Wir waren alle im Krieg. Und jetzt ist er vorbei, wir reißen uns zusammen und lassen uns nichts anmerken.«

»Vielleicht kann das nicht jeder. Andauernd.«

»Das alte Gejammer will keiner mehr hören, Gesa. Derart sensibel, wie du meinst, ist der Kellermann außerdem nicht. Mal daran gedacht, dass er sich nur dir gegenüber so gibt?«

»Warum sollte er das tun?« Stirnrunzelnd verlagerte Gesa den Packen Papier, den sie trug, von einem Arm auf den anderen.

Ein missbilligendes Schnauben entfuhr dem Kollegen. »Taktik, meine Liebe. Alles Taktik. Du bist Gesa Bronnen. Dein Mann war Radiopionier. Und du bist Radioprominenz, nicht irgendein austauschbares Büromäuschchen. Es macht sich gut für Philip Kellermann, dich auf seiner Seite zu wissen.« Er streute Salz in ihre Wunde.

»Dietrich! Wie kannst du etwas derart Abscheuliches sagen?«

»Wach auf, meine Liebe, und sieh der Realität ins Auge. Hier geht es schon lange nicht mehr darum, 'ne nette Sendung zu machen. Die ganze Welt hat mittlerweile ein Radiogerät daheim stehen, alle sitzen vor dem Kasten und hören uns zu. Es kommt auf die Zuhörerzahlen an, auf Einfluss, darauf, wer da draußen am beliebtesten ist. Und letzten Endes geht es um Geld.«

»Das tut es immer, und bisher lief alles manierlich ab. Ich finde, du übertreibst. Wir sind Profis und arbeiten seit vielen Jahren zusammen. Philip zu unterstellen, er würde im Alleingang alle anderen ausbooten wollen, halte ich für an den Haaren herbeigezogen.«

Dietrich verdrehte die Augen. »Oh, es geht nicht nur um den Herrn Kellermann. Du hast wohl noch nichts davon gehört. Für das geheime neue Sendeformat sollen richtige Prominente engagiert werden. Hauseigene Moderatoren sind nicht mehr gut genug. Wir müssen alle sehen, wo wir bleiben, Gesa. Und ich rate dir, sei vorsichtig mit Philip Kellermann. Der geht über Leichen.«

Schockiert über Dietrich Trauts abstruse Ansichten, war Gesa während ihrer Probe unkonzentriert.

»Geht es dir heute nicht gut, meine Liebe?«, fragte Gerrit Holstein und sah sie aus seinen runden, weit aufgerissenen Augen besorgt an. Oder tat er nur so? Weil er sich in Wirklichkeit freute, wenn sie einen schlechten Tag hatte? Gesa erschrak. Wie konnte sie dem gutmütigen, netten Kollegen nur plötzlich Derartiges unterstellen? Hatte Dietrich Traut sie mit seinem Misstrauen angesteckt?

»Tut mir leid, Gerrit. Ich passe besser auf. Machen wir noch mal ab Seite neun unten, bitte.«

Sie saßen gemeinsam an einem Tisch, über dessen Mitte das Mikrofon von der Decke hing. Zwei Töpfe mit Deckel standen darauf, weil sie gerade eine Szene aufnahmen, die in einer Küche spielte, und zu ihrem Dialog Kochgeräusche machten. Ein anderer Kollege steckte den Kopf zur Tür herein.

»Tut mir leid, wenn ich euch störe. Aber der Chef fragt, ob es in Ordnung ist, wenn euch ein Reporter von der neuen Frankfurter Illustrierten kurz für die aktuelle Ausgabe ablichtet. Die haben explizit nach euch beiden gefragt, weil die Leser die Gesichter zu den bekannten Stimmen interessieren.«

Normalerweise liebte Gesa ihre Arbeit, aber diesen Tag empfand sie als anstrengend. Dauernd dachte sie an das, was Dietrich Traut über Philip gesagt hatte.

Am frühen Abend saß sie endlich zusammen mit Inge in einem Café.

»Lass dich vom Flurfunk nicht aus der Ruhe bringen«, versuchte die Freundin Gesa zu beruhigen. »Es wird dauernd alles Mögliche gebabbelt. Das hat dich doch noch nie gestört.«

»Welche Gerüchte kursieren? Was hast du gehört?«

Inge rührte in ihrer Tasse. »Philip Kellermann will angeblich Dietrich Traut den Posten streitig machen. Aber dann heißt es andererseits, die Nachrichten interessieren ihn nicht wirklich, er wartet nur darauf, bis er die Programmleitung für eine richtig wichtige Sendung bekommt. Eigentlich dachte ich, dass du mehr weißt?«

»Ich, wieso?«

»Na, weil du die einzige Person im Sender bist, für die sich Philip Kellermann brennend zu interessieren scheint. Zu allen anderen ist er höflich, zuvorkommend und distanziert. Dich lässt er nicht aus den Augen.«

»Er macht sich nichts aus mir, das hat er mir direkt gesagt.«

Die Freundin lachte ungläubig auf.

Stühle und Tische des Cafés standen am Straßenrand, inmitten von Baulärm, und die beiden mussten laut reden, um einander zu verstehen. Nicht gerade eine intime Atmosphäre, die sich für Klatsch und Tratsch eignete. Am liebsten hätten sie sich in die Hauptwache gesetzt, wie früher, aber die war innen völlig ausgebrannt und noch weit von einer Sanierung entfernt. Das schöne alte Gebäude in diesem Zustand zu sehen schmerzte Gesa jedes Mal, wenn sie daran vorbeiging.

»Gesa, bitte, wem willst du etwas vormachen, sicher nicht mir, oder? Was läuft zwischen euch?«

»Himmel und Hölle«, brummte Gesa düster. »Irgendwas stimmt nicht mit ihm. Ach nein, das ist nicht fair. Mein Verhalten ihm gegenüber war auch nicht in Ordnung. Am besten, Philip und ich machen einen weiten Bogen umeinander. Lächerlich, dabei ist das eigentlich genau das, was ich vermeiden wollte – eine seltsame Stimmung bei der Arbeit, nur weil es privat nicht geklappt hat.«

»Aber du magst ihn doch, oder?«

Gequält sah Gesa die Freundin an. »Er hat seine Frau verloren und will sich nicht mehr binden. Ich habe meinen Mann verloren und glaube nicht an eine zweite Liebe. So.«

»Mensch, meint ihr, da seid ihr die Einzigen? Es mag dich jetzt vielleicht erstaunen, aber wenn jeder, der im Krieg einen geliebten Menschen verloren hat, sich derart anstellen würde, dann gäb es in ganz Frankfurt keine glücklichen Paare mehr. Und schau dich mal um – ich sehe überall welche, die sich trauen. Seid ihr feiger als die anderen? Das passt gar nicht zu dir.«

»Wie kannst du mir derart das Messer auf die Brust setzen?«

»Weil ich seit zwanzig Jahren eine mutige, intelligente und temperamentvolle Frau kenne, die dabei ist, sich aus freien Stücken in einen faden Einsiedlerkrebs zu verwandeln.«

»Inge!« Gesas Protest fiel viel zu laut aus, die anderen Gäste im Café drehten sich nach ihnen um.

»Ist doch wahr. Weißt du eigentlich, was für ein Glück du hast? Ein junger, gesunder Mann, der vollkommen hin und weg ist von dir. Und du lässt diese Chance verstreichen.« Sie brach ab, Tränen traten in Inges Augen.

Erschrocken griff Gesa über den Tisch hinweg nach ihrem Arm.

»Ist irgendwas mit Theo?«, fragte sie leise.

»Ach.« Unwirsch wühlte Inge in ihrem sommerlichen Körbchen, fand kein Taschentuch und ließ sich von Gesa eines geben. »Seit Monaten hat er immer wieder Bauchschmerzen. Aber beweg mal einen Mann dazu, zum Arzt zu gehen. Sind die allesamt gescheiter als die Mediziner, oder haben sie Angst vor denen? Ich weiß es nicht.« Sie schnäuzte sich und steckte das Taschentuch ein. »Jedenfalls, vor ein paar Tagen konnte ich ihn endlich dazu bringen, sich untersuchen zu lassen.«

»Und?«

»Irgendwas mit der Galle. Theo bleibt bei der Diagnose gerne vage, aber ich merke genau, dass es was Ernstes ist. Jetzt muss er strenge Diät halten. Wo ich ihm endlich ein wenig Fleisch auf die Rippen gefüttert hatte. Er schluckt Tabletten und muss regelmäßig zum Arzt.«

»Dann ist alles unter Kontrolle?«

Erneut wurden Inges Augen feucht. »Ich denke nicht. Besser gesagt: Ich weiß es nicht.«

Mitfühlend rückte Gesa ihren Stuhl näher an den von Inge und beugte sich zu ihr. »Mach dir nicht zu große Sorgen. Er war beim Spezialisten, er ist in Behandlung, es dauert sicher eine Weile, bis die Medikamente anschlagen.«

»Das sage ich mir auch dauernd. Ach, ich bin eine blöde Gans.«

»Bist du nicht.« Gesa legte einen Arm um Inge. »Stimmt schon, dass man Theo im Auge behalten muss. Er tut immer, als wäre alles in bester Ordnung. Weißt du noch, kurz nachdem er zurück nach Frankfurt gekommen ist, wie er in dieser eiskalten Bruchbude saß und nicht zugeben wollte, dass er keinerlei Holz oder Kohle mehr hat?«

»Wenn ich ihn nicht unangemeldet besucht hätte, wäre er wahrscheinlich zum Eiszapfen erstarrt. Glücklicherweise hat Julius ihm von irgendwoher einen Eimer Kohle organisiert.«

Besagtes Heizmaterial hatte Julius natürlich geklaut, aber das hatte Gesa damals für sich behalten.

»Du, ein Gerücht habe ich noch.« Gesa versuchte die Freundin abzulenken. »Angeblich hat der Sender von der Stadt den Rundbau am Dornbusch gekauft. Und noch eine Menge Gelände drum herum. Für ein neues Funkhaus.«

Inges Augen weiteten sich. »Was? Den Plenarsaal, der keiner wurde? Das wäre ja mal eine sinnvolle Verwendung für diesen vorschnellen Bau. Ein neues Funkhaus, wie toll. Meinst du, ich kriege dann ein größeres Büro?«

»Verkleinern kannst du dich nicht mehr!«

Die Freundinnen lachten zusammen, und Gesa war froh, Inges Sorgen wenigstens kurzzeitig vertrieben zu haben.

MARGOT

Radionachrichten 1949:
»Die junge Schauspielerin Nadja Tiller aus Wien gewinnt die Wahl zur Miss Austria und ist bald in ihrem ersten Film *Märchen vom Glück* zu sehen.«

In den 1950er- und -60er-Jahren zählte Nadja Tiller zu den bekanntesten deutschen Filmstars und schönsten Frauen der Welt. 1956 heiratete sie ihren Kollegen, den Schauspieler Walter Giller, und fortan galten die beiden als das Traumpaar der Schauspielszene. In internationalen Produktionen spielte Nadja Tiller an der Seite von Hollywoodstars ebenso wie im *Jedermann* bei den Salzburger Filmfestspielen. Mit Walter Giller war sie bis zu dessen Tod 2011 verheiratet. Sie lebt in einem Seniorenstift in Hamburg.

Aus dem Großen Symphonie-Orchester von Radio Frankfurt war das Sinfonieorchester des Hessischen Rundfunks geworden.

Der bekannte Dirigent Georg Solti war zu Gast und leitete das Doppelkonzert für zwei Streichorchester, Klavier und Pauke von Bohuslav Martinu. 1938 hatte Paul Sacher, ebenfalls Dirigent, Mäzen und dazu Spross einer schwerreichen Schweizer Industriellenfamilie, das Werk bei dem tschechischen Komponisten persönlich in Auftrag gegeben. Martinu hatte es zu einer Zeit geschrieben, als seine Heimat aufgrund der Politik Hitlers zerschlagen worden war. Verarbeitete er in dem Doppelkonzert diese Zerteilung seines Landes? Margot hatte während der Proben viel darüber nachgedacht. Es war anders als alles, was sie bisher gespielt hatte. Die große Zahl an Streichern – Violinen, Bratschen, Celli, Kontrabässen – erzeugte ein beeindruckendes musikalisches Volumen, und sie war stolz, ein Teil davon zu sein. Bis auf den letzten Platz ausverkauft war das Konzert. Margot sah ihre Freundinnen zusammen mit anderen Rundfunkkollegen auf extra dazu geholten Klappstühlen an der Seite sitzen. Keiner wollte es sich entgehen lassen. Fritz und Theo waren ebenfalls da. Und Philip Kellermann, der Gesa dauernd verstohlene Blicke zuwarf, ebenso wie sie ihm.

Die Musik klang modern, nicht disharmonisch, aber auch weit entfernt von herkömmlich. Etwas Lebendiges lag darin, das beim Spielen wie beim Zuhören aufregend fühlbar war.

Georg Solti dirigierte makellos, natürlich, er war ein Könner. Mit seinem herrlichen ungarischen Akzent hatte er Margot bei den Proben verzückt. Es wurde gemunkelt, dass es dem Maestro in Frankfurt recht gut gefiel. Vielleicht konnte man ihn halten? Oder wenigstens immer wieder einmal für Konzerte gewinnen? Mit ihm zu arbeiten gehörte zu Margots bisherigen Karrierehöhepunkten. Daheim hatte sie Fritz derart von Solti vorgeschwärmt, dass er eifersüchtig geworden war. Dabei bestand kein Grund dazu. Als Mann interessierte der Dirigent Margot nämlich nicht die Bohne, als Künstler und Kollegen dagegen bewunderte sie ihn und scheute sich nicht, das auch zu sagen. Mit seiner Halbglatze sah er älter aus, als es seine Jahre hergaben, aber er hatte wache Augen, ein verschmitztes Lächeln und führte das Orchester gekonnt.

Trotz ihres Lampenfiebers genoss Margot das Konzert wie kaum eines vorher. Es war der Beginn einer neuen Ära, das spürte sie ganz deutlich. Die Menschen nahmen sich wieder

Zeit für Musik und würdigten sie, indem sie Eintrittskarten zu den Konzerten kauften. Sie gönnten sich Kultur. Das Rundfunkorchester würde einen großen Konzertsaal im geplanten Funkhaus am Dornbusch bekommen. Margot war nicht mehr die einzige Frau unter Männern, durfte professionell und ohne Schikane arbeiten. Wie weit war sie gekommen, seit ihren schweren Anfängen bei Radio Frankfurt mit dem abscheulichen Ewald Bienefeld? Stolz erfüllte sie, beflügelte ihre Darbietung und beseelte Margot noch immer, als sie hinterher mit Freunden und Kollegen feierte.

»Ich habe dich nie glücklicher spielen sehen als heute«, sagte Fritz und überreichte seiner Frau eine langstielige rote Rose.

»Du meinst spielen hören.« ·

»Nein, ich meine deinen Gesichtsausdruck. Die ganze Zeit über hast du gestrahlt. Es war offensichtlich, wie die Musik dich regelrecht durchdringt. Das ist ein großes Geschenk, Margot, dein Können und deine Freude. Und du hast dir beides durch dunkle Zeiten hindurch bewahrt. Ich bin stolz auf dich.«

Überraschend gefühlvoll, seine Worte. Sie küsste ihn, obwohl sie mitten in einer Bar standen und die Kollegen um sie herum. »Danke, Fritz.«

»Wie lange seid ihr eigentlich schon verheiratet?« Dieser unerwartete Einwurf kam von Philip Kellermann. Margot hatte nicht bemerkt, dass er neben ihnen am Tresen lehnte.

»Bald zweiundzwanzig Jahre«, antwortete Fritz. »Warum?«

»Weil ich mich frage, wie man nach all der Zeit noch derart«, er machte eine weit ausholende Geste, die Margot und Fritz umschloss, »verguckt ineinander sein kann.«

»Das nennt man Liebe, Philip.«

Er gab ein schnorchelndes Geräusch von sich. »Darauf hebe ich mein Glas.«

»Eindeutig betrunken, würde ich sagen«, flüsterte Margot Fritz ins Ohr. »Lass uns gehen.«

»Warte!« Philip machte einen Schritt auf sie zu. »Wo ist Gesa? Ich habe sie beim Konzert gesehen, und nun ist sie weg.«

»Ich glaube, sie ist nach Hause gegangen«, sagte Margot.

»Das mache ich jetzt auch.«

Mit leicht unsicherem Schritt schob er sich durch die Menge der Gäste in Richtung Ausgang.

»Frag nicht«, sagte Margot zu ihrem Mann. »Ich glaube, Philip ist vom Ausmaß seiner Gefühle für Gesa überfordert. Die er ganz offensichtlich nicht in dieser Intensität haben möchte.«

Erstaunt hoben sich Friedrichs Augenbrauen. »Tatsächlich, Doktor Freud? Das muss ich nicht verstehen, oder? Was hältst du davon, wenn wir ebenfalls nach Hause gehen und ich dir dort das Ausmaß meiner Gefühle für dich demonstriere?«

Tags darauf beim Frühstück war Margot in bester Laune. Die gesamte Familie saß um den Tisch, und in einer Vase standen die ersten Gartenblumen, die in den neu angelegten Beeten zu beiden Seiten der Terrasse wuchsen. Wundervolle Normalität.

»Du hättest gestern beim Konzert deiner Mutter wirklich dabei sein sollen«, sagte Fritz zu Egon. »Sie hat herausragend gespielt.«

»Glaub ich gern, sie ist die Beste. Aber ihr wisst ja, ich hab's nicht so mit Klassik. Wenn du mal wieder jazzen willst, sitze ich allerdings in der ersten Reihe, Mama.« Er griff nach einem Stück Brot. »Und wenn diese Probefolge von der neuen Serie aufgezeichnet wird, von der alle im Sender reden, bin ich sicher auch im Publikum. Wie soll die noch mal gleich heißen? *Die Hesselbachs*, oder?«

»Banause«, murmelte Fritz, zwinkerte aber gutmütig zu Egon hinüber. Dann wandte er seine Aufmerksamkeit Marianne zu. Das Mädchen hatte vor den Sommerferien die Mittelschule abgeschlossen und träumte davon, Künstlerin zu werden. Am liebsten an der Städelschule. Malerei wollte sie studieren, Grafik und Bildhauerei, und sich endlich mit Gleichgesinnten austauschen, nachdem sie jahrelang daheim im stillen Kämmerlein allein vor sich hin gemalt hatte. Ihr Vater lehnte einen derartigen Werdegang kategorisch ab. Künstler war kein Beruf.

»Hast du über meinen Vorschlag mit dem Volontariat nachgedacht, Marianne?«, fragte er.

»Nur weil ihr alle im Rundfunk euren Lebensinhalt findet, muss ich das nicht auch tun. Ich will malen. Sieht man im Radio Bilder? Nein!« Zur Unterstreichung ihres angewiderten Tonfalls legte Marianne ihre Brotscheibe demonstrativ zurück auf den Teller.

»Ein Volontariat?« Margot horchte auf. »Davon habt ihr mir nichts gesagt.«

»Weil es nichts zu sagen gibt.«

»Aber die Idee ist gut. Es wird sicher möglich sein, dich unterzubringen. Soll ich im Büro nachfragen?«

»Nein!«

Fritz runzelte die Stirn. »Etwas freundlicher, bitte. Was willst du denn sonst machen? Du interessierst dich nur für deine Pinselschwingerei, aber davon kannst du später nicht abbeißen. Wenn du nicht in irgendeinem Büro versauern möchtest, solltest du froh sein über die Chance, die deine Familie dir bieten kann. Oder hast du vor, zeitig zu heiraten? Dann kannst du dir eine Ausbildung natürlich sparen.«

»Nein, das habe ich ganz und gar nicht vor!« Zornig sprang Marianne auf und verließ das Zimmer. Fritz wollte ihr hinterherrufen, aber Margot hielt ihn davon ab.

»Lass sie. Es ist gerade nicht einfach für sie.«

»Dieses Gerede von der Kunstschule muss endlich aufhören. Das Kind soll einsehen, dass es einen richtigen Beruf braucht. Gerade in der heutigen Zeit.«

»Das wird sie schon.«

Dabei war sich Margot aber nicht so sicher. Mariannes Herz schlug für die Kunst. Sie wollte nicht vor Menschen sprechen, interessierte sich nicht für Technik, und ihre Mutter fragte sich, für welche Position im Sender sie überhaupt geeignet wäre.

Später, als Fritz auf dem Sofa ein Buch las und gleichzeitig mit einem Ohr die Sportberichterstattung im Radio hörte und Marianne sich in ihr Zimmer zurückgezogen hatte, ging Margot zu ihr nach oben.

»Darf ich reinkommen?«, fragte sie vorsichtig, weil ihre Tochter am Schreibtisch saß und offensichtlich mit etwas beschäftigt war.

»Wenn du willst. Ich werde mich aber nicht zu einem Rundfunkpraktikum überreden lassen, falls du das vorhast.«

»Keine Angst, ich komme in Frieden.« Lächelnd zog Margot einen Hocker an den Schreibtisch und setzte sich neben ihre Tochter. »Was machst du? Zeig mal.«

»Ich sehe meine Bewerbungsmappe durch. Egal, was du oder Papa sagt, ich werde mich auf jeden Fall an der Städelschule bewerben, und wenn sie mich nehmen, gehe ich hin.« Mariannes Stimme klang nicht trotzig, sondern entschlossen, und Margot fiel wieder einmal auf, dass sie kein Kind mehr war, sondern eine junge Frau. Mit ihren wilden Locken, die sie zumeist nur mühsam bändigen konnte, der zarten Haut und dem klassischen Profil erinnerte sie ihre Mutter an die Rötelstudien von Leonardo da Vinci, die der Künstler von Renaissanceschönheiten angefertigt hatte. Mag sein, dass sie ihr Kind verklärt betrachtete, aber Margot fand, Marianne war etwas ganz Besonderes.

»Das hier habe ich erst gestern fertiggestellt.« Sie reichte Margot einen Pappkarton, auf den sie eine Art abstraktes Stillleben mit Buntstiften gezeichnet hatte. Interessant sah das aus, und Margot ließ es eine ganze Weile auf sich wirken.

»Sind das Bananen und Orangen in einer Schale?«

»Ja, genau. Ich habe sie in einem Zerrspiegel gespiegelt.«

»Woher hast du denn einen Zerrspiegel?«

»Ich habe so einen alten Panoramaspiegel gefunden, mit dem man schauen kann, wer vor der Haustür steht. Er war zwar kaputt, aber für mein Zeichenprojekt konnte ich ihn noch verwenden.«

Perplex betrachtete Margot das Stillleben erneut. »Wie kreativ«, entfuhr es ihr fast ein wenig überrascht.

Sie war neugierig, was Marianne sonst noch in ihrer Mappe hatte. Jedes einzelne Bild entlockte ihr Staunen.

»Kennst du das noch?« Marianne hielt eine kleine Kohlezeichnung hoch. »Das habe ich damals im Schuppen bei den Frieses gemacht, als wir zusammen gejazzt und gesungen haben.«

»Das hast du aufgehoben?«

»Ich werde es dem Ausschuss der Kunstschule zwar nicht vorlegen, weil es eine Kinderzeichnung ist, aber ich habe es immer in meiner Mappe, um mich an diesen schönen Tag mit dir zu erinnern. Damals habe ich dich zum ersten Mal mit anderen Augen gesehen, weißt du. Weil du plötzlich was ganz anderes gemacht hast, einfach nur aus Spaß.«

Margot legte einen Arm um ihre Tochter und küsste sie auf die Stirn. Weil sie plötzlich sehr bewegt war, musste sie blinzeln und legte den Kopf in den Nacken. Dabei entdeckte sie etwas, das ihr vorher noch nie aufgefallen war.

An der Zimmerdecke über dem Schreibtisch hing eine Vielzahl kleiner Papierschmetterlinge. Jeder von ihnen sah anders aus und war mit einer Reißzwecke und Angelschnur befestigt, sodass die Flügel sich leicht im Luftzug bewegten.

»Wie wunderschön«, hauchte Margot. »Wann hast du das denn gemacht?«

Marianne folgte ihrem Blick. »Das ist quasi eine laufende Arbeit.« Sie grinste. »Immer wieder zwischendurch bastle ich einen Schmetterling. Und irgendwann wird die ganze Zimmerdecke voll sein.«

»Wie ist es möglich, dass ich die noch nie bemerkt habe?«

»Weil du nicht hochschaust, Mama.«

»Warum hast du sie mir nicht gezeigt?«

Marianne fasste ihr Haar zusammen, drehte es zu einem Knoten und steckte einen Bleistift hindurch. Sie senkte ihre Stimme zu einem Flüstern. »Weil ich meine Kunst nicht zeige. Sie soll entdeckt werden.« Dabei blickten ihre großen Augen so ernsthaft, dass Margot beschloss, ihre Tochter bei der Bewerbung für die Städelschule zu unterstützen. Sie würde Fritz überzeugen. Eigentlich musste er nur einen Fuß in Mariannes Zimmer setzen und sich mit aufmerksamen Augen umsehen, dann würde er erkennen, wo ihr Talent lag. Und das war nicht im Funkhaus.

INGE

Radionachrichten 1949:
»Die in Deutschland geborene US-amerikanische Dokumentarfilmerin und Schriftstellerin Frances Hubbard Flaherty wird bei der diesjährigen Oscarverleihung in der Rubrik beste Originalgeschichte nominiert.«

Zusammen mit ihrem Mann Robert schrieb Frances H. Flaherty das Drehbuch zum Filmdrama Louisiana Story. Dafür wurden die beiden im selben Jahr auch für den Robert Melzer Award nominiert, der von der Writers Guild of America vergeben wird. In ihrem halb dokumentarischen Film thematisieren die Flahertys Leben und Probleme der Cajun im Bayou.

Am liebsten hätte Inge mit der Tür geknallt, aber es war die Tür des Intendantenbüros, und das gehörte sich nicht. Stattdessen marschierte sie, innerlich aufgewühlt, den Gang hinunter und immer weiter, bis zu einem Seitenausgang. Sie brauchte frische Luft. Und eine Zigarette. Draußen traf sie Gabriele Paulus, eine Geigerin aus dem Orchester und Kollegin von Margot. Ihr Strickjäckchen über der Schulter rauchte diese hastig.

»Muss gleich wieder rein«, meinte sie entschuldigend und reichte Inge ihr Feuerzeug.

»Alles in Ordnung, Gabriele?«

»Die Pausen werden immer kürzer. Und die Dirigenten

anspruchsvoller. Macht wenig Spaß.« Sie nahm einen tiefen Zug. »Weißt du, ich würde höllisch gern ins Tanzorchester wechseln. Ach ja, so heißt es ja nicht mehr. Ich meine in die Big Band des Hessischen Rundfunks. Die machen richtige Musik.« Sie schnippte den Zigarettenstummel weg. »Aber erstens brauchen die keine Geiger, sind ja alles Jazzer, Blechbläser, du weißt schon. Und zweitens ist das eine reine Männerwirtschaft, die würden eine Frau nie reinlassen. Also, ich muss los. Danke fürs Zuhören, Inge.«

Und weg war sie. Fünfzehn Jahre jünger, erst seit Kurzem dabei und schon am Jammern. Wie anders war doch Margot gestrickt! Die hatte sich gegen alle Widrigkeiten in einem ihr feindlich gesinnten Orchester behauptet. Dass die Proben keinen Spaß machten, hatte sie in all den Jahren nie bemängelt. Margot war Vollblutmusikerin. Gabriele offensichtlich nicht. Die wusste überhaupt nicht, wie leicht sie es hatte, nachdem Frauen wie Margot ihr den Weg bis hierher geebnet hatten. Hier draußen sollte mal jemand einen Aschenbecher aufstellen, überall lagen Kippen auf dem Boden, unmöglich. Inge dachte an die Tomatensuppendose, in der früher auf dem Dach des alten Sendegebäudes die Raucher ordentlich ihre Zigaretten entsorgt hatten. Keiner hatte sie einfach in die Gegend geworfen. Wurde sie alt? Oder warum regte das Verhalten der jüngeren Kollegin Inge plötzlich auf? Es lag sicher an ihrer aufgebrachten Grundstimmung. Eben war sie beim Intendanten gewesen, hatte sich vorab extra einen Termin geben lassen, um mit ihm über den Kinderfunk zu reden. So ganz allgemein. Denn jede andere Abteilung war offenbar wichtiger, bekam mehr Budget, mehr Zuwendungen, mehr Aufmerksamkeit. Was Inge machte, interessierte eigentlich niemanden, solange sie sonntags pünktlich auf Sendung ging.

»Herr Beckmann, wie Sie wissen, erfreut sich *Inges Radio-*

bande bei den jungen Zuhörern größter Beliebtheit. Ich möchte frischen Wind in das Format bringen, um am Puls der Zeit zu bleiben und den Kindern etwas zu bieten.«

»Und was schwebt Ihnen vor? Das Budget ist knapp, das sage ich Ihnen gleich, große Sprünge sind nicht drin.« Natürlich hatte er dieses Argument umgehend in den Ring geworfen.

»Ich möchte nicht mehr als die anderen Unterhaltungsabteilungen auch. Nämlich eine Außenveranstaltung. Im Zoo.«

»Ich höre.«

»Professor Grzimek hat den Frankfurter Zoo aus dem sprichwörtlichen Nichts wiederauferstehen lassen. Es ist ja allgemein bekannt, dass nur elf größere Tiere den Bombenkrieg überlebt haben und das ganze Zoogelände voller Schutt und Einschlagskrater war. Und dass die Amis keinerlei Zuschüsse für den Wiederaufbau bewilligt haben. Nichtsdestotrotz hat er es geschafft, schon '45 wieder aufzusperren.«

Eberhard Beckmann stimmte mit einem amüsierten Gesichtsausdruck zu. »Ja, weil er einen Rummel daraus gemacht hat. Schausteller, Buden, Theater, sogar einen Zirkus hat er untergebracht. Kein Wunder, dass die Leute hinrennen.«

»Ganz richtig. Der Zoo wird gut besucht, braucht allerdings ständig Mittel. Wie wäre es deshalb, wenn wir am Sonntag unsere Sendung direkt von dort übertragen?«

»Hm.« Der Intendant überlegte. »Ihr Programm ist in der Tat bei den Hörern äußerst beliebt, es würden sicherlich zahlreiche Menschen erscheinen.«

»Die im Zoo Eintritt bezahlen.«

»Und *Inges Radiobande* live sehen und erleben. Eine hervorragende Werbung. Sie kriegen einen Übertragungswagen und die Techniker, die Sie brauchen.« Er sah auf die Uhr und stand auf. »Wenn sonst nichts mehr ist, ich habe gleich einen Termin.«

Das war überraschend einfach gewesen. Aber schon würgte er sie wieder ab, musste weg und hatte keine Zeit mehr. Sie bedankte sich und stand ebenfalls auf.

»Ach übrigens«, sagte Eberhard Beckmann noch, »ich habe gehört, dass Sie sich in Eigenregie ein kleines Tonarchiv gebastelt haben. Zusammen mit Frau Bronnen und Frau Milanski.«

Trotzig reckte Inge den Kopf hoch. »Ist das ein Problem? Ich habe dafür keinerlei Mittel in Anspruch genommen.«

»Oh nein, im Gegenteil. Lobenswerte Initiative. Ich wollte Ihnen nur sagen, dass wir planen, wieder ein richtig großes Lautarchiv für den Sender anzulegen. Es wird noch ein wenig dauern, aber wenn Sie sich gedulden, können Sie bald tontechnisch aus dem Vollen schöpfen.«

»Gut. Das wird auch Zeit. Und bis dahin helfe ich mir mit meinem Selbstgebastelten.«

Warum nur war sie so wütend? Es fiel Inge schwer, sich zu beruhigen. Wie leicht es gewesen war, den Chef zu einer Außensendung zu bewegen. Hätte sie das gewusst, hätte sie mehr gefordert. Und weshalb diese joviale Anspielung auf ihren Vorrat an Geräuschen? Fand er das putzig? Hätten sich zwei, drei Herren zusammengeschlossen und etwas Ähnliches auf die Beine gestellt, würde das sicherlich lobend vor dem Verwaltungsrat erwähnt werden und nicht nur so zwischen Tür und Angel. Inge Jacobs wurde nur im Vorbeigehen symbolisch der Kopf getätschelt. Oder sah sie das Ganze zu verbissen? Sie ging zurück in ihr Büro. War doch egal, wenn die Chefetage sie nicht wichtig nahm, dann konnte sie sich mehr Freiheiten erlauben. Sie selbst wusste, was sie leistete, und der Zuspruch durch die Hörerschaft gab ihr recht. Kam es nicht letztendlich darauf an? Erfolgreich zu senden? Etwas, das sie zusehends weiter ausbauen würde. Den anderen Punkt, der ihr wichtig war, hatte sie bei Beckmann gar nicht erst angesprochen. Im kommenden Jahr würde beim Hessischen Rundfunk ein zweites Programm starten. Und zwar sicher nicht ohne Kinderfunk, dafür wollte sie sorgen, wenn es so weit war.

Sogar das Wetter spielte am Sonntag mit, als Inge, Renate, Siggi, Elke und mittlerweile auch eine Riege weiterer Kinder auf der Bühne Aufstellung nahmen, auf der sonst Jongleure und Gaukler das Publikum begeisterten. Sie passten perfekt ins zusammengewürfelte Ambiente mit dem Zirkuszelt, den Schaustellern und Tieren. Es war eine eigene, kleine, bunte Welt.

»Wunderbar, dass es geklappt hat und Sie heute von hier senden.« Zoodirektor Grzimek, einen ganzen Kopf größer als Inge, schlank, schmalgesichtig und im perfekt sitzenden Anzug, freute sich. »Gerade jetzt, wo der Sommer schon fast vorüber ist und die kalte Jahreszeit naht, brauchen wir wieder mehr Geld für Futter. Alles, was uns Aufmerksamkeit bringt, ist willkommen.«

Er hatte nicht gerade eine Radiostimme, konstatierte Inge, viel zu hell und gepresst. Aber sie wusste, er scheute sich nicht, diese zu erheben, wenn es um seinen Zoo und die Tiere ging. »Das sehe ich für den Kinderfunk genauso. Daher hoffe ich, falls es heute gut klappt, dass wir öfter aus dem Zoo übertragen können.«

»Von unserer Seite aus herzlich gern. So, und nun lasse ich Sie mal machen. Falls Sie mich brauchen, wissen Sie ja, wo ich zu finden bin.« Sehr aufrecht ging er davon, grüßte den einen oder anderen und verschwand schließlich in der Menge der Leute. Inge atmete tief durch, dann drehte sie sich um. »Rudi!«, rief sie dem Techniker zu, der mit dem Mikrofon hantierte, »steht der Ton?«

»Alles paletti. Ihr könnt pünktlich loslegen. Schau mal, das hier ist deins, und damit du das Mikro nicht ständig hoch- und runterschrauben musst, ist hier noch ein zweites für die Kinder.«

»Danke, sehr nett, du denkst eben mit. Apropos – seid ihr bereit, Kinder?« Sie sah sich um.

»Ja, Inge!«

»Natürlich, Inge.«

»Fangen wir an!«

Zustimmendes helles Stimmengewirr war die einhellige Antwort, und aufgeregte Vorfreude durchflutete nicht nur die Kleinen.

Im Gegensatz zu den Sinfoniekonzerten oder bunten Nach- mittagen im Sender waren die Kollegen nicht zu Inges Frei- luftsendung aus dem Zoo erschienen. Außer Margot und Gesa natürlich, auf die war immer Verlass. Sie standen neben der Bühne bereit und drückten die Daumen.

Es war außergewöhnlich, einen derartigen Aufwand »nur« für Kinder zu betreiben, das hatte Inge zu spüren be- kommen. Das Ganze entpuppte sich hoffentlich als respek- tabler Erfolg, sonst würde es eine einmalige Aktion blei- ben. Aber Inge hatte noch viel vor. Für sie bestand keinerlei Zweifel daran, das Richtige zu tun, nach vorne zu streben und für ihr Publikum Qualität zu beanspruchen. Das würde sich auszahlen. Zuhörer war Zuhörer, egal ob elf oder sech- zig Jahre alt, und Inge lockte sie vor die Geräte. Die Herren vom Verwaltungsrat würden sich wundern. Als sie ihr Zei- chen bekam, begrüßte sie mit einem strahlenden Lächeln die zuhauf erschienenen Kinder mit ihren Eltern. Sie bot eine tolle Show, das konnte sie, das hatte sie gelernt, darin war sie gut. Es wurde gesungen und geklatscht, viel gelacht und erzählt, und als besonderen Programmpunkt veranstaltete sie ein kleines Tierquiz.

»Du hast sie immer noch drauf, diese Auftritte. Egal ob du in einem verrauchten Club singst oder für Kinder ein Äffchen hochhältst, bei dir ist was geboten, Ingelein.« Gesa klopfte der Freundin auf die Schulter, und auch Margot war voll des Lobes.

»Seit wann spielst du eigentlich Gitarre? Das klag spektakulär!«

Inge winkte bescheiden ab. »Ach, die paar Akkorde, du, die hab ich mir schnell angeeignet. Für eine Zugabe hätte es nicht gereicht, aber die stand glücklicherweise nicht auf dem Programm.«

»Bin gespannt, was der Beckmann sagt. Und die Herren von ganz oben. Ich meine, das war eine bemerkenswerte Sendung. Die werden das bestimmt wiederholen wollen.«

»Das hoffe ich, Gesa. Na, und du, Elke? Wie fandest du es heute?«

Das Mädchen, mittlerweile dreizehn und nach einem Wachstumsschub lang, schlaksig und größer als Inge, strahlte. »Irre!«, stieß sie hervor. »So ein Auftritt vor Publikum, Mensch, Inge, wir sind richtige Stars!«

Vom Zoo aus fuhr sie direkt heim zu Theo. Sie hätte sich gefreut, wenn er dabei gewesen wäre, aber er hatte sich am Morgen müde und ausgelaugt gefühlt und war zu Hause geblieben. Ihre gemeinsame Wohnung lag lediglich fünf Gehminuten von Gesa entfernt, im ersten Stock eines Mehrfamilienhauses. Sie hatten zwar keinen Garten, dafür aber einen hübschen Balkon hinaus ins Grüne, auf dem sie abends gern saßen und sich unterhielten. Inge fühlte sich angekommen in ihrem neuen Leben, es war weit besser, als sie gehofft hatte. Die Arbeit beim Kinderfunk war eine bereichernde Herausforderung, sie ging voll in ihrer Aufgabe auf. Das ruhige, bürgerliche Tagaus-Tagein mit Theo in der Wohnung war ihr

Fels in der Brandung, der Ruhepol, zu dem sie jeden Abend freudvoll zurückkehrte.

»Theo! Ich bin wieder da. Du, es war eine feine Sendung, das hätte dir bestimmt auch gefallen. Ich durfte sogar ein kleines Äffchen auf den Arm nehmen. Theo?«

Zuerst sah Inge in der Küche nach, dann im Wohnzimmer, wo das Radiogerät lief. Er hatte zugehört, der Liebe. Da noch immer keine Antwort kam, ging sie ins Schlafzimmer. Theo lag neben dem Kleiderschrank auf dem Boden, er war bewusstlos.

»Du meine Güte, Schatz, wach auf!« Erschrocken sank Inge auf die Knie und tätschelte seine Wange. Seine Augenlider flatterten. »So ist es gut, komm zu dir.« Sie schob ein Kissen unter seinen Kopf.

»Inge?«, seine Stimme klang schwach, aber wenigstens sah er sie an. »Du bist schon wieder hier.« Er versuchte sich aufzusetzen, doch sie drückte ihn sanft zurück ins Polster.

»Bleib liegen. Was ist passiert?«

»Ah.« Er überlegte, fuhr sich mit der flachen Hand über die Stirn. »Mir wurde plötzlich schwindlig, da muss ich hingefallen sein.«

»Hast du Schmerzen?«

»Nein, nein, mir tut nichts weh. Komm, hilf mir auf.«

»Wir sollten einen Arzt rufen.«

»Bitte, mach kein Drama draus. Es ist ja nichts passiert.« Trotz ihres Protests setzte er sich hin und stand schließlich auf. Sein Gesicht war blass, und Inge sah, dass seine Beine zitterten. An ihrem Arm stakste er hinüber ins Wohnzimmer, und sie brachte ihm eine Tasse Tee mit reichlich Zucker darin.

»Haben wir nichts Substanzielleres?«

»Jetzt gibt es keinen Alkohol. Trink den Tee, und dann müssen wir herausfinden, warum du das Bewusstsein verloren hast. Gott weiß, wie lange du ohnmächtig auf dem Boden gelegen hast.«

»Unsinn. Ich habe mir deine Sendung angehört – die übrigens absolut bezaubernd war –, danach etwas gelesen und dann dachte ich mir, du bist sicher gleich hier, deshalb wollte ich mir statt der Strickjacke ein Sakko anziehen. Dabei ist mir wohl der Kreislauf versackt. Kein Drama.«

Hin- und hergerissen zwischen Rührung und Sorge, war Inge kurz überfordert. Er hatte sich extra für sie umziehen wollen. Theo war schon immer ein Gentleman gewesen. Aber um seine Gesundheit musste es schlechter stehen, als er zugab. Mit einem Kreislaufleiden ließ sich Inge nicht abspeisen.

»Ich bestehe darauf, dass wir noch mal zum Arzt gehen. Zusammen. Und dieses Mal will ich die Diagnose hören, Theo. Ich komme um vor Sorge, wenn du mir nicht die Wahrheit sagst.«

Abermals wollte er protestieren. Erst als Inge damit drohte, einen Krankenwagen zu holen, lenkte er ein.

»Morgen«, sagte er, »ich verspreche es dir. Heute ist Sonntag, da hat kein Arzt Dienst, und ins Krankenhaus will ich nicht. Aber morgen fahren wir zu Doktor Kunze, damit du beruhigt bist.«

Leider hatte Theos alternder Hausarzt am folgenden Tag nichts Erhellendes zu vermelden.

»Solange Sie Diät halten, müsste sich Ihre Gallenblase erholen. Das geht eben nicht von heute auf morgen, und manche Tage sind besser, andere schlechter. Wie dem auch sei, ich denke, diese kurze Ohnmacht war vollkommen harmlos. Vermutlich in der Tat der Kreislauf. Hier haben Sie ein Rezept für Tropfen.«

Draußen auf der Straße ließ Inge ihrem Unmut freien Lauf. »Das war gar nichts! Überhaupt nichts! Keine anständige Untersuchung, keine Diagnose. Kreislauftropfen, pah!« Sie machte eine verächtliche Geste. »Lass uns einen Spezialisten konsultieren.«

»Jetzt ist es aber genug, Inge. Man kann jemanden auch krank reden. Es geht mir gut und damit Punkt. Ich habe diese Woche jeden Tag Proben mit dem Ensemble und keine Lust darauf, von einem Quacksalber zum nächsten zu laufen und Stunden in Wartezimmern zuzubringen.«

Theo mochte nichts hören. Also würde sie ihn im Auge behalten und auf ihn achtgeben. Ob er wollte oder nicht.

Sie holte ihn von der Probe ab. Die mittlerweile, zumindest was Requisiten betraf, wieder ein Stück Normalität zurückgewonnen hatte. Allein das Ambiente hatte sich nicht wesentlich verbessert. Noch immer spielten sie in der Turnhalle in der Veitstraße. Einziger Vorteil für Theo war der kurze Arbeitsweg. Die Proben fanden in einem baufälligen, zugigen Raum mit Schimmel unter bröckelndem Putz statt, und beheizbar war die Bruchbude sowieso nicht.

»Wann wird sich das ändern?«, fragte Inge spitz, als sie Theo nach der Probe in Empfang nahm.

»Das kann noch dauern. Wenigstens steht der Beschluss, das Schauspielhaus wieder aufzubauen. Sie haben endlich alle Trümmer ausgeräumt. Hast du das eigentlich vorher mal gesehen? Haushoch lag der Schutt im Zuschauerraum. Ich habe gehört, die Stadtverordnetenversammlung hat Gelder für den weiteren Aufbau bewilligt. Es tut sich also was.« Er küsste sie. »Hübsch siehst du aus, mein Liebling. Ist das das neue Kleid?«

»Die Schneiderin hat es gestern fertiggestellt.«

Seit der Währungsreform füllten sich die Schaufenster, und der Materialmangel schwand zusehends. Bei den Menschen keimte die Lust nach Neuem auf, und da Inge was Mode betraf schon immer mutig gewesen war, hatte sie sich ein

Kleid im sogenannten New Look anfertigen lassen. Christian Dior in Paris tauschte scharf geschnittene Schulterpartien gegen runde aus, schnürte die Taille schmal zusammen und betonte die Hüfte. Das mit der schmalen Taille war für die meisten Damen kein Problem, war man nach den Jahren der Entbehrungen ohnehin noch mager. Die vollen Hüften mussten hingegen mit weichen Stoffen, Raffungen und Falten vorgetäuscht werden. Diese sehr weibliche Silhouette unterschied sich deutlich von den Kleidern der frühen 1940er-Jahre. Natürlich konnte sich Inge kein Modellkleid aus Paris leisten, aber sie hatte ihrer Schneiderin genau gesagt, wie sie sich das neue Kleidungsstück vorstellte. Zugegeben, es war eine Investition gewesen. Doch es war völlig legitim, sich so etwas von Zeit zu Zeit zu gönnen, und Inge wollte mit der Mode gehen. Nichts machte eine Frau langweiliger als eine altbackene Garderobe. Das predigte sie auch Gesa und Margot immer. Dazu noch eine flotte Frisur und ein frischer Lippenstift, und schon sah die Welt fröhlicher aus. Theo war zudem ein Ästhet, er schätzte die Schönheit. Niemals würde er Inge vorwerfen, zu viel Geld für Kleidung auszugeben. Wollte sie sich vor sich selbst rechtfertigen? Inge blickte an sich hinunter. Der blassblaue Stoff machte sie sicher fünf Jahre jünger, er stand ihr hervorragend. Und sie hatte nicht mal Vorhänge oder Bettwäsche dafür opfern müssen, sondern ihn ganz einfach kaufen können. Der Schnitt zauberte ihr Rundungen, die der Hunger ihr genommen hatte. Nein, das Kleid war dringend notwendig gewesen, und Inge würde es zu ihrer eigenen Freude oft tragen.

Arm in Arm spazierte sie mit Theo nach Hause. Zum Abendbrot aß er kaum etwas. Blass und müde zog er sich früh ins Bett zurück. Inge blieb allein auf dem Balkon sitzen und trank noch eine Tasse Tee. Und mit jedem Schluck wuchs ihre Sorge.

GESA

Radionachrichten 1949:

»Am Samstag findet im Rahmen unserer beliebten bunten Nachmittage die Aufzeichnung eines neuen unterhaltsamen Hörspiels statt. Sehen und hören Sie neben Wolf Schmidt die Schauspielerinnen Anny Hannewald und Lia Wöhr in Die Hesselbachs. Eintrittskarten erhalten Sie an den üblichen Stellen.«

Lediglich in dieser ersten Folge spielte Elisabeth »Lia« Wöhr die Rolle der Tochter Anneliese. In den weiteren Episoden war sie Mamma Hesselbach. Neben der Schauspielerei sang und tanzte sie und führte auch Regie. Später war sie die erste weibliche Produzentin im deutschen Fernsehen. Und zeitlebens ein original Frankfurter Mädsche.

»Also das muss mer de Mamma lasse, grün Soß mache, des kann se.«

»Ka Wunner, da sin abe aach drei Eier neigeschnibbelt.«

»Davon hat sich abe de Willi mindestens schon zwei rausgefischt. Guck nur, guck nur, wie der wieder fischt!«

Mit verschränkten Armen lehnte Gesa im halb dunklen Abseits an der Wand und betrachtete fasziniert das Geschehen. Oben auf der Bühne saßen die Schauspieler um einen Küchentisch und gaben in breitem Hessisch die Episode *Die Hesselbachs ihrn Hausschlüssel* zum Besten. Und unten im Zuschauerraum ging das Publikum voll mit. Schmidt als

Babba Hesselbach war gut, aber Gesa überzeugte vor allem die Leistung von Anny Hannewald und Lia Wöhr, die sich rasant als Mutter und Tochter kabbelten. Niemals hätte sie selbst den Dialekt derart überzeugend bringen können wie die beliebte Volksschauspielerin Hannewald und das Frankfurter Original Wöhr, das erkannte sie neidlos an. Und hatte nicht den geringsten Zweifel, dass die Hesselbachs nach Ausstrahlung dieser Probefolge sofort in Serie gehen würden. Wolf Schmidt traf den Nerv des Publikums, den Nerv der Zeit und den Nerv der Frankfurter.

Als das Stück zu Ende war, klatschte auch Gesa begeistert Beifall.

»Na, das war ja mal was, nicht wahr?« Überrascht fuhr sie herum, als sie eine lange nicht gehörte Stimme vernahm.

»Paule! Wie schön! Was machst du denn hier?« Lachend drückte sie den Jungen an sich. Wobei, ein Junge war er bei Weitem nicht mehr, auch wenn Gesa den Sohn von Margots Cousine zeitlebens als solchen betrachten würde. Wie alt mochte er sein? Dreißig? Oder noch etwas älter?

»Egon hat mich mitgenommen. Ich bin gerade für ein paar Tage bei den Milanskis zu Gast, bevor es für mich weitergeht.«

Margot, ihr Sohn und Fritz gesellten sich zu ihnen, die anscheinend weit hinten im Publikum gesessen hatten. Der Saal leerte sich zusehends.

»Was hast du denn vor, Paule?«

Stolz sprang Margot ein. »Stell dir vor, weil er in der Villa Gans für die Amis immer ausgezeichnet gekocht hat, erheben nun auch unsere eigenen großen Tiere Anspruch auf ihn.«

»Ich ziehe nach Bonn und werde für den Heuss arbeiten.«

»Den Bundespräsidenten?« Gesa riss die Augen auf.

»Und kommendes Jahr, wenn er in die Villa Hammerschmidt zieht, bin ich auch dabei und krieg 'ne schöne, neue, große Küche dort. Nur einen runden Herd wie bei den Amerikanern wird's wohl nicht geben. So einen habe ich seitdem nicht mehr gesehen.«

»Deine Familie ist sicher mächtig stolz auf dich. Was für ein Werdegang, Paule, gratuliere.« Erneut drückte sie ihn. »Habt ihr bei Julius gesessen?« Sie reckte den Kopf und suchte ihren Sohn, dabei blickte sie direkt in die Augen von Philip Kellermann. Kurz setzte ihr Herz einen Schlag aus, aber bis er sich zu ihnen durchgekämpft hatte, hatte sich Gesa wieder gefangen.

»Hast du keinen Sitzplatz mehr bekommen?«, fragte er.

Sie schüttelte den Kopf. »Ich wollte gerne hier stehen, um alles aus nächster Nähe zu beobachten. Man hat nicht jeden Tag die Gelegenheit, zwei bekannte Schauspielerinnen zu studieren.«

Da Philip Paule neugierig musterte, kam Gesa nicht umhin, die beiden einander vorzustellen.

»Das ist Paul Friese, der Sohn von Margots Cousine. Diesen Namen wirst du dir merken müssen, Philip, denn Paul bekocht ab sofort unseren Bundespräsidenten und seine Gäste.«

»Und meinen Namen können Sie sich dann eigentlich auch gleich merken. Julius Bronnen.« Forsch trat der Junior dazwischen, was seiner Mutter ein Augenrollen abnötigte, und streckte Philip die Hand hin.

»Philip Kellermann. Dass Sie Gesas Sohn sind, sieht man auf den ersten Blick, aber das wissen Sie sicher.«

Trotz Julius' unangemessenem Auftritt schien Philip regelrecht begeistert von ihm. Anstatt Paule über seinen aufregenden neuen Arbeitsplatz zu befragen, begann er sofort ein Gespräch mit Julius.

»Sie studieren in Berlin, stimmt's?«

»Betriebswirtschaftslehre.«

»Und, macht es Spaß?«

»Nein. Es ist gähnend langweilig.«

»Julius.« Gesa unterbrach. Allein dass ihr Sohn hier mit Philip zusammentraf, war ihr unangenehm. Die Anwesenheit von Paule und den Milanskis machte es nicht besser. Es war, als stünden sie alle auf einem Pulverfass. Ein falsches Wort, und die Situation konnte eskalieren. Gesa dachte daran, wie feindselig Julius damals Jack Lester begegnet war. Er hatte sich nie bemüht, seine Abneigung gegen den Amerikaner zu verbergen. Nicht auszudenken, wie peinlich es wäre, wenn er nun Philip gegenüber etwas Dummes sagte. »Lass uns gehen, mein Junge. Du hast bestimmt Hunger, und wir wollten schließlich zusammen was essen.«

Ehe es Philip einfiel, sich anzuhängen, bugsierte sie die kleine Gruppe in Richtung Ausgang.

Aber so leicht ließ Philip Gesa nicht davonkommen. Am Montagmorgen wartete er vor dem Eingang zum Sender auf sie. Das mittlerweile sanierte Gebäude hatte eine schlichtere Fassade bekommen, es war moderner geworden und deutlich weniger hübsch.

»Kann ich kurz mit dir reden?«

Etwas widerstrebend blieb sie stehen. Leider sah er mal wieder außerordentlich gut aus, in einem grauen Mantel mit passendem Hut, und duftete zudem noch himmlisch.

»Worum geht es?«

»Findest du diese Zurschaustellung deiner Gefühle in der Öffentlichkeit nicht unangebracht? Mit einem derart jungen Kerl. Falls du darauf abzielst, mich eifersüchtig zu machen ...«

Sie brauchte einen Augenblick, um zu verstehen, worauf er anspielte. »Moment!« Sie hob die Hand. »Sprichst du etwa von Paul Friese?«

»Von wem sonst?«

Ein ungläubiges Lachen entfuhr Gesa. »Das ist wirklich

geschmacklos.« Sie wollte weitergehen, doch dann hielt sie inne.

»Nicht, dass es dich etwas angeht, aber ich kenne den kleinen Paule schon, seit er zehn war. Er und seine Mutter haben dafür gesorgt, dass meine Kinder und ich nach dem Krieg nicht verhungert sind. Ich habe den Frieses viel zu verdanken. Wage es ja nicht, mein familiäres Verhältnis zu Paule durch deine schändlichen Gedanken in den Dreck zu ziehen.« Damit ließ sie ihn stehen und eilte davon. Wäre sie nur eine Sekunde länger geblieben, hätte sie ihn geohrfeigt.

Was für ein Idiot! Wie kam Philip zu einer derart abstrusen Annahme?

Gesas Tag lief nach dieser Begegnung denkbar schlecht. Sobald sie mit der Arbeit fertig war, marschierte sie ziellos durch die Stadt, um Dampf abzulassen, bevor sie schließlich heimging. Julius würde am folgenden Tag wieder zurück nach Berlin fahren, und sie wollte noch etwas Zeit mit ihm verbringen. Er hatte nicht zum ersten Mal anklingen lassen, dass ihn die Betriebswirtschaftslehre langweilte, und Gesa musste nachfühlen, was los war. Sie kannte ihren Sohn. Der sagte so lange nichts, bis er eine Entscheidung getroffen hatte, und war dann in seinem Starrsinn nicht mehr davon abzubringen.

Doch in der Küche wartete eine Überraschung auf sie. Ihr Sohn und Philip Kellermann standen einträchtig nebeneinander und schälten Kartoffeln. Auf dem Herd blubberte ein Topf mit Wasser.

»Was ist hier los?« Grußlos knallte sie ihre Handtasche auf den Tisch und schlüpfte aus der Jacke.

»Hallo Gesa. Julius und ich fragen uns gerade, wie lang die Salzkartoffeln wohl kochen müssen.«

»Raus aus meiner Küche!«

»Oh, oh«, unkte Julius. »Ihr beide unterhaltet euch besser nebenan. Ich krieg das hier schon alleine hin. Aber vielen

Dank für die Hilfe, Herr Kellermann. Es war nett, mit Ihnen zu plaudern.«

Fassungslos sah Gesa, wie die zwei einander verschwörerisch zunickten. Sie stürmte hinüber ins Wohnzimmer und durch die Verandatür ins Freie. Gut, dass wenigstens Christel nicht da war. Fehlte noch, dass sie diesen grotesken Auftritt mitbekam.

»Gesa!«, begann Philipp, aber sie packte seinen Arm und zerrte ihn bis ans Ende des Gartens, wo Julius sie weder sehen noch hören konnte, und sonst auch keiner.

»Was erdreistest du dich, einfach in meinem Haus aufzutauchen? Nach allem, was war, und besonders nach deinem unfassbar blöden Benehmen heute Morgen!«

In einer defensiven Geste hob er beide Hände. »Du hast absolut recht. Ich entschuldige mich in aller Form für meine dämliche Unterstellung, du könntest was mit diesem jungen Kerl haben.«

»Dass du es auch noch ausformulieren magst!«

»Es hat mich fast wahnsinnig gemacht, euch zusammen zu sehen.«

»Merkst du eigentlich, wie lächerlich das klingt?«

Er ließ den Kopf sinken. Sie standen neben dem Schuppen, der die Sicht aufs Haus blockierte. Es begann zu nieseln, daher machten sie einen Schritt unter den schmalen Dachüberstand, weswegen sie plötzlich näher beieinander waren. Gesa fröstelte ohne Jacke, ließ sich aber nichts anmerken.

»Ich weiß, wie das klingt. Trotzdem hat es mir etwas gezeigt. Und deswegen bin ich hier. Um mich in aller Form zu entschuldigen und dir zu sagen«, er machte eine Pause, als fiele es ihm unendlich schwer, die Worte auszusprechen, »dass du mir mehr bedeutest, als ich bereit war zuzugeben.«

Der Regen wurde stärker, prasselte neben ihnen zu Boden, und Gesa bekam langsam nasse Füße. Philip hatte ihr den

Wind aus den Segeln genommen. Sie sah ihn an und hatte keinen blassen Schimmer, was sie sagen sollte. Wie verhielt man sich, wenn man plötzlich wieder Schmetterlinge im Bauch hatte? Wenn man vor einem Mann stand, der einen zur Weißglut brachte und einem dennoch nicht aus dem Kopf ging? Wenn man ebendiesem Mann nicht ganz vertraute? Und den eigenen Gefühlen auch nicht?

»In Ordnung.«

»Das ist alles, was du sagst?«

»Ich nehme deine Entschuldigung an. Und wenn du willst, kannst du reinkommen und mit Julius und mir essen.«

Grüne Augen starrten einander an, Philip senkte den Blick als Erster. »Na schön. Essen wir.«

Durch den Regen rannten sie zurück ins Haus, wo Julius bereits gedeckt hatte. Für zwei Personen.

»Dann hole ich wohl noch einen Teller«, bemerkte er mit einem süffisanten Zug um den Mund.

Es war ungewohnt, so zu dritt um den Tisch zu sitzen. Ohne Christel. Dafür mit Philip. Ein wenig kam sich Gesa vor wie eine Fremde in ihrem eigenen Haus. Wie ein Zuschauer bei einem Theaterstück. Fehlte nur noch, dass es grüne Soße gab.

»Und? Seid ihr bereits länger Kollegen beim Radio? Ich frage nur, weil Mama Sie vorher nie erwähnt hat, Herr Kellermann.«

»Eigentlich schon, ja.«

Gesa wechselte sofort das Thema. »Was ist mit deinem Studium? Weshalb behauptest du, dass es dich langweilt?«

»Weil es stimmt.«

»Das ist schlecht«, konstatierte Philip ungefragt. »Wie alt sind Sie? Zwanzig? Einundzwanzig? Wenn Sie jetzt schon merken, dass die Betriebswirtschaftslehre nichts ist, was Sie auch nur ein klein wenig fasziniert, würde ich einen Wechsel empfehlen. Es gibt nicht Deprimierenderes, als jahrzehntelang einen Beruf ausüben zu müssen, der einen anödet.«

»Klingt, als sprechen Sie aus Erfahrung.«

»Das stimmt. Ich war vor dem Krieg Rechtsanwalt, wie mein Vater und mein Großvater. Ein schrecklicher Beruf, jeder einzelne Tag war mir zuwider.«

»Wie bitte? Das hast du nie erwähnt.« Überrascht blickte Gesa auf.

»Nicht? Kanzlei Kellermann in der Porzellanhofstraße, direkt beim Amtsgericht?«

»Das bist du?«

»Das war ich mal. Nun mache ich beim Rundfunk etwas, das mich wirklich interessiert. Auch wenn ich meine Nische dort noch nicht hundertprozentig gefunden habe.«

Julius schien fasziniert. »Also meinen Sie, ich sollte mir was anderes überlegen?«

»Sie könnten sich auch mal beim Radio umsehen. Der Rundfunk bietet tolle Möglichkeiten für junge Leute.« Plötzlich wurde Philip Gesas warnenden Blicks gewahr, und er ruderte zurück. Reichlich spät. »Andererseits steht es mir nicht zu, Ihnen Berufstipps zu geben. Darüber sollten Sie besser mit Ihrer Mutter reden.«

»Die möchte, dass du dein Studium abschließt.«

»Abschließen? Mama! Ich bin im zweiten Semester, das mache ich auf keinen Fall bis zum Ende.«

»Julius!« Die Stimmen wurden lauter, der Ton rauer.

»Wie wäre es denn, wenn Sie zumindest die Prüfungen für dieses Semester absolvieren? Und in den Semesterferien könnte ich Sie ein wenig unter meine Fittiche nehmen und Ihnen die Rundfunkwelt zeigen.«

So was kam überhaupt nicht infrage. Was glaubte Philip, wer er war, Julius in seine Zukunft reinzureden? Er gehörte nicht zur Familie, das ging ihn nichts an.

»Darüber sprechen wir später«, sagte sie bestimmt. »Alleine.«

Philip verstand den Wink mit dem sehr großen Zaunpfahl und beschränkte sich fortan auf unverfängliches Geplauder. Nach dem Essen spülte Gesa, und er trocknete ab. Es fiel ihr schwer, sich in seiner Anwesenheit zu entspannen, zu skurril erschien ihr die Situation. Als Jack Lester Gesa gelegentlich besucht hatte, waren von Julius stets bissige Bemerkungen gekommen, um ihn zu vergraulen. Gegen Philip schien er keinerlei Vorbehalte zu haben. Lag das am Erwachsenwerden? Oder weil er in ihm einen vermeintlichen Unterstützer ausgemacht hatte, was sein Hadern mit dem Studium betraf? Draußen regnete es weiterhin in gleichmäßigen Bindfäden, als Philip ankündigte, sich auf den Heimweg zu machen.

»Ich leihe dir einen Regenschirm, sonst wirst du nass.« Sie begleitete ihn so weit aus dem Haus, wie das Vordach über dem Eingang reichte, dann blieb sie stehen.

»Vielen Dank«, sagte er und drehte sich zu Gesa um. »Es war schön, mit dir und deinem Sohn zu essen. Ich hatte beinahe vergessen, wie so was ist.« Als er den Schirm entgegennahm, hielt er Gesas Hand für einen Moment, und ehe er sie losließ, streichelte er sanft über ihre Finger.

»Du kannst dich nicht in Dinge einmischen, die dich nichts angehen. Das Studium ist wichtig, Philip. Bitte setz Julius keine Flausen in den Kopf.« In Gesas Stimme lag keinerlei Schärfe, seine Berührung stimmte sie milde.

»Du hast absolut recht, verzeih.« Er spannte den Schirm auf und trat die letzte Stufe hinunter auf den Gartenweg. Dabei sah er sie immer noch an. Langsam machte er ein paar Schritte rückwärts, dann erst drehte er sich um und ging.

»Scheint in Ordnung zu sein«, lautete Julius' Urteil, als Gesa zurück ins Haus kam. »Falls du Wert auf meine Meinung legst.«

»Natürlich. Du bringst sie schließlich stets prägnant vor.«

»Keine Ironie, Mama, bitte. Ich meine es ehrlich. Dein Kollege ist ein netter Kerl, offensichtlich höllisch interessiert an dir, er sieht anständig aus, scheint intelligent zu sein …«

»Und du machst auf keinen Fall gemeinsame Sache mit ihm beim Rundfunk, sondern bleibst bei deinem Studium in Berlin, hast du mich verstanden?«

Er setzte sich neben Gesa aufs Sofa und legte die langen Beine hoch auf den Couchtisch. »Selbstredend, liebe Mutter.«

»Keine Ironie, das gilt auch für dich.«

»Warum bist du ihm gegenüber abweisend wie ein stacheliger Igel?«

Bei diesem Vergleich verzog Gesa das Gesicht. »Ach Julius. Weißt du, meine Generation schleppt Altlasten mit sich herum, die Neuanfänge für uns kompliziert machen.«

»Ist es wegen Papa? Ehrlich, diesen Ami damals konnte ich nicht leiden. Nicht nur, weil es zu früh gewesen wäre, ich hätte ihn an deiner Seite niemals ertragen können. Dass du ihn geheiratet hättest, nur damit Christel und ich versorgt wären, hat mich unfassbar schockiert. Und sehr betroffen gemacht, das weißt du sicher noch. Aber wenn du Philip Kellermann eine Chance geben möchtest«, er machte eine Pause, bei der er das Gesicht abschätzig verzog, als würde er Für und Wider kalkulieren, »dann würde ich kein Veto einlegen.«

»Wie großzügig von dir.« Mit einem leisen Seufzen lehnte sich Gesa gegen die Schulter ihres Sohnes und entspannte sich zum ersten Mal an diesem Tag. »Aber das mit Philip und mir wird leider nichts.«

Julius fuhr zurück nach Berlin, und es kehrte wieder Ruhe ein. Gesa schöpfte bereits Hoffnung, dass sein Hadern mit dem Studium vorbei sein könnte.

Dann kamen beide Kinder in den Weihnachtsferien nach

Hause, und als Erstes fiel ihrer Mutter eine veränderte Stimmung zwischen ihnen auf.

»Christel, na, dir scheint es aber im Internat gut zu schmecken«, begrüßte Julius seine Schwester auf denkbar uncharmante Weise. Sofort schossen dem Mädchen Tränen in die Augen.

»Du entschuldigst dich!«, zischte Gesa ihn an.

»Wieso? Guck doch, wie proper sie geworden ist. Jahrelang war sie viel zu mager, da darf ich doch bemerken, wenn sie erstmals ein wenig Fleisch auf den Rippen hat.«

»Kannst du mal aufhören, in der dritten Person über mich zu sprechen? Schließlich sitze ich mit euch am Tisch. Und wenn du dich nicht nur von Zigaretten ernähren würdest, hättest du vielleicht auch ein ansprechenderes Aussehen.«

»Ach was, übersensibel auch noch.«

Während die beiden sich zankten, ging Gesas Blick geistesabwesend aus dem Fenster. Draußen fielen dicke Flocken zu Boden. Im Wohnzimmer stand ein Weihnachtsbaum, geschmückt mit altem, aber frisch gebügeltem Lametta und dem selbst gebastelten Christbaumschmuck der Kinder, den Gesa über die Jahre gerettet hatte. Zum ersten Mal seit den verheerenden Kriegsjahren konnten sie sich wieder ein einigermaßen normales Fest leisten. Es war Gesa bewusst, dass es ihnen besser ging als manch anderen, die noch immer Not litten.

»Ich muss gleich zur Arbeit.«

Christel und Julius verstummten.

»Alles in Ordnung, Mama?«, fragte Christel.

Mit einem Seufzer riss Gesa ihren Blick vom friedlichen Schneefall los. »Ja, natürlich.«

»Was macht ihr gerade im Sender?«

»*Mord um Mitternacht*, ein Krimi, offensichtlich. Allerdings nur ein Kurzhörspiel. Es wird gleich Anfang Januar gesendet, wir nehmen es heute auf. Und dann proben wir noch für *Die Ratten*.«

»Gerhart Hauptmann?« Julius horchte auf. »Ein heftiges Stück. Passt das denn in die Weihnachtszeit?«

»Aber nein, es wird erst Ende Januar ausgestrahlt. Eine schöne Herausforderung, ein soziales Drama zu spielen. Neben den lustigen Sendungen, die im Moment Konjunktur haben, wissen es einige Hörer sicher zu schätzen, wenn wir ihnen auch etwas Klassisches, Anspruchsvolles präsentieren.«

»Was hast du für eine Rolle?«, fragte Christel.

»Ich lese die Henriette John.«

»Ah. Die tragische Mutter.« Offenbar kannte sich Julius aus und zeigte das auch gerne. »Sag mir auf jeden Fall Bescheid, sobald du den Sendetermin kennst. Das werde ich mir nicht entgehen lassen.«

Nachdem Gesa in ihren neuen warmen Wintermantel aus dickem Wollstoff geschlüpft war, verabschiedete sie sich von den Kindern.

»Ach Mama, wenn du später wieder hier bist, würde ich gern mit dir reden.«

»Ich hab auch jetzt noch kurz Zeit, Christel, wenn es dir lieber ist.«

»Nein, nein, keine Eile.«

Mit gemischten Gefühlen machte sich Gesa auf den Weg. Christel war im vorletzten Schuljahr, hatte sich während der vergangenen Monate kaum gemeldet. Daher hatte Gesa angenommen, es wäre alles in Ordnung. Und auch Julius kam ihr irgendwie verändert vor. Aber vielleicht bildete sie sich das auch bloß ein, weil sie die beiden viel zu selten sah. Sie wurden eben einfach erwachsen.

Die Aufzeichnung des Kriminalhörspiels lief reibungslos. Für die Proben zum Drama trafen sich die Sprecher in einem warm beheizten Zimmer im ersten Stock, man saß um einen runden Tisch, auf dem alle ihre Skripte bequem ablegen konnten. Der fünfte Akt stand an diesem Tag auf dem Programm. Das traurige und dramatische Ende, das besonders Gesa viel abverlangte.

»Wundervoll!« Das Lob kam von Gerrit Holstein. Er spielte Herrn John, ihren Mann. »Du bist heute in Hochform, meine Liebe. Das musst du morgen bei der Aufzeichnung unbedingt ganz genauso bringen.«

»Es ist nicht einfach, sich auf dieses deprimierende Stück einzulassen.«

»Ich weiß. Man ist richtiggehend froh, nicht damals in derart asozialen Verhältnissen gelebt zu haben.«

»Päuschen, ihr Lieben!«, rief Fränze Roloff, die bei diesem Stück Regie führte. »Ach, und Gesa, wirklich gut, da stimme ich Gerrit zu.« Fränze, eigentlich Franziska, Mitte fünfzig, mit dunklen Haaren und markanten Gesichtszügen, rauchte Kette und hatte in den zwanziger Jahren eine Schauspielschule geleitet. Der Hessische Rundfunk hatte sie als Hörspielregisseurin verpflichtet und damit einen Glücksgriff getan, fand Gesa. Sie hielt große Stücke auf ihre Kollegin und freute sich über das Lob. Und noch mehr darüber, dass Fränze in der rundfunkbegeisterten Gesa offenbar eine verwandte Seele entdeckt hatte. Obwohl sie nach wie vor in erster Linie als Sprecherin aktiv war, wuchs ihr Interesse an der Regiearbeit, und Fränze, die auch in der Abteilung Frauenfunk tätig war, teilte bereitwillig ihr Wissen mit Gesa. Das war keineswegs selbstverständlich. Gerade die neu nachrückenden Kollegen gingen mit wesentlich mehr Ellenbogeneinsatz an die Arbeit, als Gesa das von früher gewohnt war. Fränze war da noch ganz aus altem Holz geschnitzt. Sie wusste um ihr eigenes Können und besaß die Größe, es weiterzugeben. Vorzugsweise an weibliche Gleichgesinnte, denn die waren noch immer spärlich gesät.

»Wer weiß«, hatte Gesa kürzlich zu Fränze gesagt, »vielleicht wirst du die erste Intendantin beim Rundfunk.«

Daraufhin hatte die Kollegin laut losgelacht. »Wir wissen beide, dass die Männer erst aussterben müssten, ehe sie da eine Frau ranlassen.«

»Wir wissen auch beide, dass du es mindestens genauso gut machen würdest wie die Herren der Schöpfung, wenn nicht sogar besser.«

»Eben.«

Frauen waren präsenter geworden in den meisten Bereichen des öffentlichen Lebens – und doch waren die Spitzen fast überall nach wie vor von Männern besetzt. Und nicht nur das: Es war deutlich zu merken, wie die Aufbruchsstimmung der Frauen, die sie nach dem Krieg ergriffen hatte, wieder abebbte und sie sich freiwillig erneut mit Heim und Herd begnügten. Einerseits verständlich, hatte die entbehrungsreiche Zeit ihnen doch alles abverlangt. Aber Fränze, Gesa und ihre Freundinnen, die sich schon in den zwanziger Jahren eine Selbstständigkeit erkämpft hatten, die mittlerweile tief in ihrem Selbstbild verwurzelt war, waren nicht zu Rückschritten bereit.

GESA

Radionachrichten 1949:
»Gloria Nord, Star der Revue Skating Vanities, befindet sich auf der Überfahrt von Amerika, um ihre spektakuläre Show nach Europa zu bringen. Damit sie in Form bleibt, trainiert sie auch an Bord der Washington täglich eine Stunde lang auf Rollschuhen an Deck.«

Gloria Nord, eine Eis- und Rollschuhläuferin, genannt die »Sonja Henie auf Rollen«, erlangte mit ihrer Revue weltweit große Berühmtheit. Sie trat sogar vor der englischen Königin auf. Die zierliche Blondine war während des Krieges ein beliebtes Pin-up-Girl der amerikanischen GIs und tourte in den 1940er- und -50er-Jahren mit ihrer Rollschuhrevue durch Europa und Australien.

Laute Stimmen empfingen Gesa daheim, Julius und Christel stritten sich. Sofort verpuffte ihre gute Stimmung von der Probe.

»Dann sag es ihr doch!«, hörte sie ihre Tochter schreien.

»Was soll er mir sagen?«

Wie ertappt fuhren die beiden herum. Sie standen zwischen ihren Zimmern im Flur im ersten Stock. Genau an dieser Stelle hatten sie sich immer schon gern gezankt, manche Dinge änderten sich nie. Doch nun herrschte Stille.

»Also?«

»Vielleicht sollten wir uns setzen«, schlug Julius vor.

»Das wird nicht notwendig sein. Ich höre.«

Trotzig schob er die Hände in die Hosentaschen und sagte: »Na gut. Das mit den Prüfungen in diesem Semester wird nichts mehr.«

»Bist du durchgefallen?«

»Nein, ich bin nicht mal angetreten. Und bevor du dich aufregst – es ist nicht so, dass ich faul herumhänge. Nach meinem letzten Besuch hier habe ich mich bei Radio Berlin beworben, weil klar war, dass du mich hier in Frankfurt nicht ranlassen würdest. Und tatsächlich habe ich eine Stelle bekommen. Wahrscheinlich nur, weil mir der Name Bronnen in der Branche die Türen öffnet, aber egal. Ich will das machen.«

Nun bereute Gesa es, das mit dem Sitzen abgelehnt zu haben. Sie ballte ihre Hände zu Fäusten, zählte bis zehn und spreizte dann alle Finger weit auseinander. Der Schock wollte dennoch nicht weichen. Ihre Kinder beobachteten sie gespannt. Langsam atmete sie ein und aus.

»Du hast dein Studium abgebrochen und arbeitest beim Radio, ohne mir ein Sterbenswörtchen davon zu sagen? Wie lange geht das schon?«

»Seit ein paar Monaten. Und wenn Christel nicht zufällig über irgendwelche Leute in der Schule davon erfahren hätte …«

»… hättest du es mir weiterhin verschwiegen?«

»Ich wollte sagen, dann hätte ich es dir schonender beigebracht.« Er funkelte seine Schwester an. »Aber Christel muss ja aus jeder Mücke gleich einen Elefanten machen.«

Gesa schloss für einen Moment die Augen. Das durfte nicht wahr sein. Alles hatte sie ihm ermöglicht, hart dafür gearbeitet, dass Julius die besten Chancen hatte. Und er schmiss einfach hin. Tat, was er wollte, wie immer.

»Du scherst dich um gar nichts, oder? Hauptsache, du

hast Spaß. Ich glaube wohl, dass es kurzweiliger ist, an einer Radiosendung zu basteln, als theoretisches Wissen zu pauken. Aber ich hätte dich für schlauer gehalten. Wie weit, denkst du, wirst du es beim RIAS bringen? Ohne Ausbildung, ohne Abschluss, ohne alles? Da gibt es viele junge Männer, die zwar nicht Bronnen heißen, die aber im Gegensatz zu dir Qualifikationen vorweisen können. Ich gebe dir ein Jahr, maximal zwei, dann werden sie dich überflügelt haben, und für dich geht es nicht weiter die Karriereleiter hoch.« Ihre Beherrschung schwand mit jedem Satz, Wut stieg in Gesa auf, während sie sprach. »Selbst wenn die Betriebswirtschaftslehre nichts Aufregendes ist, hätte ein Hochschulabschluss eine wesentlich bessere Ausgangsposition für dich bedeutet. Mein Gott, die paar Jahre an der Uni hättest du doch locker hingekriegt. Und dann wäre dein Einstieg beim Radio ein ganz anderer gewesen. Nachrichtenressort, Wirtschaft, alles hättest du machen können.« Mit einer abwinkenden Handbewegung wandte sie sich ab und stieg die Treppe nach unten.

»Gehst du jetzt, oder was?«, rief ihr Julius hinterher. »Ist das alles, was du zu sagen hast?«

»Wenn dich meine Meinung interessiert, hättest du mich vorher mal fragen können!«

Er stapfte in sein Zimmer und knallte mit der Tür. Christel zuckte oben auf dem Treppenabsatz zusammen, dann folgte sie ihrer Mutter langsam, Stufe für Stufe, mit blassem Gesicht. Sicher rührte das nicht vom Streit her, so zartbesaitet war sie nicht.

»Und was ist mit dir los? Hast du auch irgendwelche schlechten Nachrichten für mich? Immer her damit. Worüber wolltest du mit mir sprechen?« Sie wünschte sich, weniger genervt zu klingen, aber Julius' Eröffnung machte Gesa irrsinnig zornig. Sie hätte schreien mögen.

Statt einer Antwort rannte Christel plötzlich los, schubste

ihre Mutter beiseite und stürzte in die Toilette. Gesa hörte, wie sie laut erbrach. Filmreif. Gesa legte den Kopf in den Nacken und schloss die Augen. »Bitte nicht«, flehte sie gen Himmel.

»Christel ist schwanger.« Gesas Gesprächseröffnung machte die Freundinnen zunächst sprachlos. Auf ihre dringende Bitte hin hatten sich alle bei Inge um den Küchentisch versammelt, wie in alten Zeiten. Theo hatte unaufgefordert das Weite gesucht und die Damen allein gelassen.

»Und Julius hat sein Studium abgebrochen und arbeitet beim RIAS. Eigentlich möchte ich heulen, aber ich bin total paralysiert. Wisst ihr, ich dachte wirklich, wir haben das hier hinter uns.« Sie deutete auf ihr leeres Schnapsglas, das Inge gerade wieder mit Doppelkorn auffüllte. »Lebenskrisen am Küchentisch bei Hochprozentigem diskutieren. Ich hatte das Gefühl, es geht bergauf, das Schlimmste ist überstanden. Klar, mein Privatleben ist nicht rosig. Aber die Kinder, die waren doch aus dem Gröbsten raus. Haben den Krieg überlebt, die Bomben, sind nicht verhungert oder erfroren. Und jetzt das.« Sie stürzte den Schnaps in einem hinunter und knallte das Glas auf den Tisch.

Was Margot und Inge aus ihrer Schockstarre holte.

»Wie weit ist sie?«

»Fünfter Monat.« Gesa schnaubte. »Julius hat sie noch wegen ihrer Extrapfunde aufgezogen. Und ich dumme Kuh habe nicht gemerkt, was los ist.«

»Wer ist der Vater?« Inge und Margot wechselten sich ab mit Fragen.

Hilflos zuckte Gesa die Schultern. »Das, meine Lieben, ist das große Geheimnis. Christel sagt es nicht. Ich habe nur aus ihr herausbekommen, dass es einer ihrer Mitschüler sein muss.«

Inge nahm sich ebenfalls einen Schnaps. »Immerhin kein Lehrer.«

»Pff. Laut Christel ist er ein verdammter Mistkerl, mit dem sie nie wieder was zu tun haben will.«

»So läuft das aber nicht. Er wird schon auch seinen Teil der Verantwortung tragen müssen. Schwanger werden passiert ja schließlich nicht von alleine.«

»Wie geht es Christel?«, fragte Margot leise.

»Nun, da ich Bescheid weiß, wohl besser. Mensch, sie ist so kurz vor dem Abitur! Das kann es doch nicht gewesen sein!«

»Na, mit 'nem dicken Bauch wirst du sie nicht zurück ins Internat schicken können.«

»Warum nicht?«

»Gesa, bitte!« Margot war entsetzt. »Was sollen die Leute denken?«

»Die werden sich hier in Sachsenhausen auch das Maul zerreißen. Wenn das junge Fräulein Bronnen plötzlich in anderen Umständen ist. Lange dauert es nicht mehr, dann sieht jeder, dass Christel nicht zu viel Süßes verdrückt hat, sondern ein Kind erwartet.«

»Ist aber heutzutage kein Skandal mehr«, warf Inge ein.

»Was möchte denn Christel?« Margot wurde anscheinend an ihre eigene Vergangenheit als ledige junge Mutter erinnert. Sie brachte das Verständnis auf, das Gesa fehlte. An die Decke könnte sie springen. Schreien und lamentieren. Ausgerechnet Christel, die immer ein braves, ruhiges Kind gewesen war!

»Sie will es behalten und alleine aufziehen. Adoption kommt für sie nicht infrage.«

»In Ordnung. Dann ist das eben jetzt so.« Inge blickte Gesa bestimmt in die Augen. »Wir haben schon größere Schwierigkeiten gemeistert. Und so ein neues Leben ist doch auch eine Freude.«

»Ihre Zukunft ist ruiniert!«

»Blödsinn. Ich habe trotz Kind damals im Radioorchester angefangen. Und Fritz hat mich auch mit Anhang geheiratet. Deine Tochter wird ihren Weg gehen, so oder so.«

»Darauf trinken wir.« Inge goss allen ein.

Der Korn brannte im Hals, aber er zeigte langsam Wirkung. War sie vorhin noch verzweifelt gewesen, so begann sie mittlerweile langsam, aber sicher zu hoffen, dass sie es hinkriegen könnten.

»So.« Inge stellte ihr Glas auf den Tisch. »Und was ist das mit Julius? Eine Stelle beim Berliner Radio? Ist doch gut.«

»Du findest das gut? Der hat sich doch bisher überhaupt nicht für den Rundfunk interessiert. Das ist nur eine bequeme Flucht aus seinem Studium. Philip hat ihm diesen Floh ins Ohr gesetzt. Dem werde ich auch noch meine Meinung sagen.«

»Deine Kinder sind beide gesund, Julius arbeitet und frönt nicht dem Müßiggang, und Christel setzt die Familie fort. Du solltest dich mehr auf die positiven Seiten konzentrieren.«

»Inge, also wirklich …« Gesa fühlte sich plötzlich erschöpft. Was für eine Misere – und nun zeigte nicht einmal die Freundin Verständnis. »Gerade heute habe ich mit Fränze darüber gesprochen, dass ich gern mehr mit ihr in der Regie arbeiten würde. Wie soll das gehen, wenn erst ein Baby im Haus ist? Christel kriegt das doch nicht alleine hin, sie ist ja selber noch nicht mal richtig erwachsen.«

Vollkommen übernächtigt und mit einem ordentlichen Brummschädel erschien Gesa am folgenden Tag im Sender. Sie hatte kein Auge zugetan, und ihr war so übel, als erwarte sie selbst ein Kind.

Sie quälte sich durch ihr Programm und versuchte, sich nichts anmerken zu lassen. Zum Feierabend, beim Verlassen des Gebäudes, sah sie Philip Kellermann.

»Warte!«, rief sie ihm hinterher. »Ich muss mit dir reden.«
Er ließ sie zu sich aufschließen, und sie gingen gemeinsam durch die anbrechende Dämmerung weiter in Richtung Bushaltestelle.

»Du siehst blass aus«, konstatierte er.

»Ich habe schlecht geschlafen.« Gesa wechselte ihre Handtasche auf den anderen Arm. Ihr Nervenkostüm war dünn, und was wollte sie eigentlich von Philip? Dumme Idee, ihm nachzurufen. Als der Bus kam, ließ er ihr den Vortritt und setzte sich neben sie in die Bank. Sollte sie ihm wirklich von Julius erzählen? Genau genommen ging es ihn nichts an. Wahrscheinlich interessierte es ihn nicht einmal. Schulter an Schulter saßen sie im vollen Gefährt und zuckelten Richtung Sachsenhausen.

»Möchtest du hier reden oder woanders?«

»Woanders.«

»Bei dir daheim?«

Sie schüttelte den Kopf. »Dort sind meine Kinder. Kann ich mit zu dir kommen?«

Beide blickten starr geradeaus nach vorne. Falls er sich wunderte, ließ er sich nichts anmerken. »Selbstverständlich.«

Statt an ihrer Haltestelle auszusteigen, fuhr sie mit ihm weiter bis nach Niederrad. Seine Straße, die Bruchfeldstraße mit ihren modernen Bauten, sah gepflegt aus, soweit sie das im Abendlicht erkennen konnte. Das lag an der schnörkellosen Gleichförmigkeit der Siedlung. Außerdem war hier nicht so viel kaputt gewesen wie drüben in der Altstadt.

»Das ist mein Haus.« Sie standen vor einem Eckhaus mit einem halb runden überdachten Vorbau mit Glaswänden.

»Irgendwie war ich der Meinung, du hättest eine Wohnung.«

Er zuckte lediglich mit den Schultern, schloss auf und schaltete das Licht ein. Dann ließ er ihr wiederum den Vortritt. Auf einen Blick erkannte Gesa, dass Philip einen guten

Geschmack hatte. Und schlecht konnte es ihm auch nicht gehen, seine Möbelstücke waren allesamt von hochwertiger Qualität, modern und stilvoll. Allein mit seinem Gehalt vom Rundfunk hätte er sich weder dieses Haus noch seine Einrichtung leisten können, doch sie kannte ja mittlerweile seinen Hintergrund. Er nahm ihr den Mantel ab und hängte ihn an eine an der Wand befestigte Stahlrohrgarderobe. Gesas Hut legte er auf die Ablage. Durch einen Flur, von dem mehrere Türen abgingen, erreichten sie das Wohnzimmer. Ein beinahe raumhohes Fenster ließ sicherlich viel Licht herein. Nun lag im Dunkel, was auch immer sich jenseits davon befand. Ein Garten, eine Terrasse? Die Wände waren in einem matten Graublau gestrichen. Ein Sofa und eine wuchtige Stehlampe in dunklem Ochsenblut bildeten einen mutigen Kontrast dazu. Die unerwartete Farbkombination beeindruckte Gesa.

»Das sieht toll aus.«

»Dachtest du, ich hause in einem Verschlag?« Amüsiert wies er auf die Couch, und Gesa nahm Platz.

»Natürlich nicht.«

Auf dem Beistelltisch standen ein Zigarettenspender und ein Drehaschenbecher aus zyanfarbenem Glas sowie drei Spirituosenflaschen auf einem silbernen Tablett.

»Ich sehe schon, für Wortgefechte bist du heute nicht zu haben. Möchtest du was trinken?«

»Nein.« An ihrer Stimme hörte Philip sicherlich, dass Gesa gleich anfangen würde zu heulen. Was sie um jeden Preis vermeiden wollte. War es die schlaflose Nacht, der viele Doppelkorn am Vorabend oder die Sorge um ihre Kinder? Sie hatte das Gefühl zu zerbröckeln.

Ohne ein weiteres Wort setzte er sich neben sie und nahm sie einfach in den Arm. Das tat gut, trug jedoch nicht dazu bei, ihre Fassung zu wahren.

Gesa unterdrückte ein Schluchzen, aber sie sank gegen ihn

und ließ sich halten. Wie war sie es leid, ständig stark zu sein und für alles eine Lösung zu wissen.

»So schlimm?«, fragte er nach einer Weile.

Sie hob den Kopf, nickte und rückte von Philip ab. »Tut mir leid.«

»Oh bitte, sag das nicht. Das war gerade einer der wenigen Momente, in denen du mir nicht das Gefühl vermittelt hast, dir unterlegen zu sein. Fast so, als würde dir meine Nähe etwas bedeuten, als würde ich dir was bedeuten.«

»Natürlich tust du das. Herrgott, das ist doch offensichtlich! Aber darum geht es gerade nicht. Julius hat sein Studium abgebrochen. Seitdem arbeitet er beim RIAS.«

Philip sprang auf und trat einen Schritt von ihr weg, fuhr sich durchs Haar und starrte fassungslos auf Gesa hinunter. »Und jetzt bist du der Meinung, das wäre meine Schuld? Weil ich ihm den Gedanken in den Kopf gesetzt habe?«

Mit einem müden Seufzen lehnte sie sich zurück ins Polster. »Anfangs war ich das. Aber dann ist mir klar geworden, dass nur Julius dafür verantwortlich ist, was er tut, niemand sonst.«

Philip nickte stumm.

»Also. Mein Sohn ist ein Studienabbrecher, und meine siebzehnjährige Tochter ist schwanger aus dem Internat heimgekommen. Schlimmer kann Weihnachten nicht werden. Ich weiß nicht mal, warum ich dir das erzähle, geschweige denn, weshalb ich darauf bestanden habe, mit zu dir zu kommen. Du musst mich für verrückt halten. Ich werde gehen.« Sie stand ebenfalls auf und machte ein paar Schritte an ihm vorbei.

»Auch wenn sich das momentan wie ein Schock für dich anfühlt, bin ich mir sicher, ihr findet für alles eine Lösung. Das ist nicht das Ende der Welt, Gesa.«

Er folgte ihr zur Garderobe. »Geh nicht.«

Sie war dabei den Mantel vom Haken zu nehmen, ließ die

Hand sinken und drehte sich zu ihm um. Dann trat sie vor und küsste ihn. Er reagierte schnell, hielt sie an sich gezogen und dirigierte sie, ohne den Kuss zu unterbrechen, in den Raum neben der Garderobe. Sein Schlafzimmer, wie sie nach einem kurzen Blick erleichtert feststellte. Genau hier wollte sie sein. Hastig befreiten sie einander von ihren Kleidungsstücken und sanken aufs Bett. Sie sprachen kein Wort miteinander, während sie sich liebten. Erst als Gesa in Philips Arm lag und er ihr liebevoll eine Haarsträhne aus der Stirn strich, flüsterte er: »Ich brauche dich.«

»Ich dich auch. Aber ich muss nach Hause, Christel und Julius fragen sich sicher, wo ich so lange bleibe.« Mittlerweile war es draußen stockdunkel. Einzig das einfallende Licht aus dem Flur durch die halb geschlossene Tür erhellte den Raum ein wenig.

»Bleib bei mir.«

»Wenn ich jetzt nicht aufstehe, schlafe ich ein.«

Er streichelte ihr Gesicht. »Deine Kinder sind erwachsen. Bleib heute hier, und morgen bringe ich dich heim.«

Eine köstliche Schwere ergriff Besitz von Gesa. Das Gefühl von Geborgenheit, Philips Wärme, seine Arme um ihren Oberkörper. Und jemand, der ihr sagte, dass sie für heute nichts mehr zu tun brauchte. Sie schloss die Augen.

»Warum ist dein Schlafzimmer hier unten neben der Garderobe? Das ist außergewöhnlich.«

»Weil es nahe am Ausgang liegt.«

Eine eigenartige Antwort, aber ehe sie darüber nachdenken konnte, dämmerte sie ein. Einmal erwachte sie kurz, mitten in der Nacht. Sie schaltete das Licht auf dem Flur aus und kuschelte sich wieder an Philip. Ganz ruhig schlief er, als ob ihre Anwesenheit ihm Frieden schenken würde. Ja, sie brauchten einander, das war absolut klar. Wie hatten sie sich so lange dagegen wehren können?

INGE, 1951

Radionachrichten 1951:
»Die einunddreißigjährige amerikanische Journalistin Marguerite Higgins erhält als erste Frau den Pulitzerpreis für Auslandsberichterstattung.«

Marguerite Higgins stellte als weibliche Kriegsberichterstatterin eine Ausnahmeerscheinung dar. Am 29.04.1945 war sie bei der Befreiung des KZ Dachau durch die 7. US-Armee dabei und berichtete später aus dem Koreakrieg und dem Vietnamkrieg. Ehrgeizig und diszipliniert musste sie hart arbeiten, um sich in der Männerdomäne Kriegsberichterstattung durchzusetzen. 1965 steckte sie sich in Südvietnam mit Leishmaniose an und verstarb daran im folgenden Jahr mit nur fünfundvierzig Jahren.

Die Auslage des Schuhgeschäftes war gut gefüllt. Allein dieser lang vermisste Anblick verzückte Inge schon. Und noch mehr die ausgefallenen roten Pumps, die wunderbar zu ihrem neuen rot-weiß karierten Kleid passen würden. Obwohl die Tauschbörsen langsam verschwanden und durch richtige Läden ersetzt wurden, war es noch nicht alltäglich, an schickes Schuhwerk zu kommen. Zur Kleidung passende Handschuhe gab es einfacher zu kaufen, die waren ebenfalls sehr in Mode. Aber Schuhe ... – Die roten mussten unbedingt her, entschied Inge. Kurz entschlossen trat sie zum dezenten Klingeln des Glöckchens über der Tür ein. Drinnen roch es nach neuem Leder, ein sehnsüchtig vermisster Duft.

Auch fertige Kleidung gab es mehr und mehr zu kaufen. Inge persönlich bevorzugte allerdings nach wie vor den Service ihrer Schneiderin. Ein Mantel von der Stange saß niemals annähernd so perfekt wie ein auf den Leib geschneiderter, das war eine Tatsache. Den Karton mit den neuen Pumps unter dem Arm musste sie sich sputen, um in den Sender zu kommen.

Alles veränderte sich rasend schnell, wurde neu und besser. Am deutlichsten sah sie das im Funkhaus am Dornbusch, in das Inges Abteilung kürzlich umgezogen war. Es würde noch eine Weile dauern, bis der Hessische Rundfunk komplett übergesiedelt war, aber sie durfte sich schon mal als angekommen bezeichnen.

Pech für die Herren Abgeordneten, die nun nicht durch die prächtige Goldhalle wandelten, sondern im faden Bonn saßen. Pech für sie, nicht den riesigen Plenarsaal zu bevölkern, der nun ein Konzertsaal für das Rundfunkorchester war, wie es noch nie zuvor einen gegeben hatte. Pech für sie, kein modernes Büro im Labyrinth der reichlich vorhandenen neuen Räume zu erhalten. Und Glück für den Hessischen Rundfunk und für Inge.

Besonders gern kam sie in den Abendstunden in Frankfurts Norden, wo die gigantische Glasrotunde auf der Bertramswiese stand. Mit ihren unzähligen Scheiben fing sie die Sonnenstrahlen ein, die sich innen in der Goldhalle auf schlanken goldfarbenen Säulen und filigranen Treppengeländern widerspiegelten. Auch die Sandsteinwände und das ockerfarbene Bodenmosaik harmonierten mit dem warmen Licht. In ehrfürchtigem Staunen wertschätzte Inge tagtäglich die Architektur ihres neuen Arbeitsplatzes. Kein Abstellkammerbüro mehr, in das sie sich quetschen musste, nein, einen richtigen

Redaktionsraum hatte sie hier für ihren Kinderfunk, der seinen Namen verdiente. Und nicht nur das. Seit dem Vorjahr gab es einen zweiten Sender, und auch dort hatte sie Sendezeit bekommen. Deswegen klamüserte sie gerade an neuen Ideen, die ihr in diesem inspirierenden Ambiente besonders leicht kamen.

Inges Absätze klapperten auf dem Steinboden. Durch den lichten Eingangsbereich marschierte sie direkt in die Goldhalle. Hundehimmel hatten die Kollegen das Bauwerk frech getauft, wegen der goldenen Farbe und den Leuchtröhrenscheiben an der Decke, die an Sterne erinnerten. Wie im Himmel fühlte man sich hier auf jeden Fall, im Vergleich zum alten, viel zu kleinen und nur notdürftig wieder aufgebauten Sender, Hund oder nicht Hund.

Mit einem Lächeln auf den Lippen hielt sie inne, genoss für einen Augenblick das Licht und ging dann die Treppe zum umlaufenden Balkon hinauf und weiter hinein in die aufregend neuen Tiefen des Baus.

Nicht allein der Rundbau, auch das ehemalige Gebäude der pädagogischen Akademie stand dem Hessischen Rundfunk zur Verfügung. Mit reichlich Platz für jeden und ausklappbaren gestreiften Markisen an den Fenstern, die dem strengen Komplex einen Hauch Buntheit und Leichtigkeit schenkten.

»Das ist aber nett, dass du heute noch Zeit für mich hast«, begrüßte Inge Margot, die im Redaktionsraum schon auf sie wartete.

»Wir sind gerade mit der Probe fertig geworden. Was ist in der Schachtel?«

»Neue Schuhe. Schau mal.«

Wie den Deckel eines Schatzkästchens öffnete Inge den Karton, und der Anblick der glänzenden kirschroten Pumps entlockte Margot ein verzücktes »Ooh!«.

Nicht einen, sondern zwei Schreibtische, jeder ausgestattet mit einer Schreibmaschine, fanden im neuen Büro Platz. Dazu Bücherregale, die es zu füllen galt, und ein abschließbarer Aktenschrank aus Metall. Inge hatte absolut vor, sämtliche Kapazitäten zu nutzen. Auch die Topfpflanze war mit umgezogen und bekam vor einem größeren Fenster mehr Licht und Liebe, wofür sie dankbar zu sein schien. Und aus Sentimentalitätsgründen hatte Inge die Wäschetruhe und die Obstkiste mitgenommen, weil die Kinder gern drauf saßen.

»Margot«, begann sie, »du bist doch eine versierte, flexible Musikerin.«

Die Freundin grinste. »Versiert immer, aber meine Flexibilität nimmt von Jahr zu Jahr ab, das muss ich leider gestehen.«

»Komm, komm. Wenn ich heute zu dir sagen würde, spiel mal einen Abend mit einer Jazzkombo, wärst du ebenso begeistert dabei wie vor fünf, sechs Jahren. Und du könntest mit deinem Repertoire problemlos mit allen mithalten.«

»Sehr schmeichelhaft, vielen Dank. Willst du mir das denn vorschlagen, Inge?«

War das ein Hoffnungsschimmer in Margots Blick, oder lediglich mildes Amüsement?

»Fast. Na ja, nicht ganz. Eigentlich nicht mal annähernd. Apfel?« Plötzlich nervös öffnete Inge eine Schreibtischschublade und holte einen nicht mehr wirklich frischen Apfel hervor.

Die Freundin schüttelte den Kopf. Inge schob die Schublade zu und legte den Apfel neben die hölzerne Tintenlöschwiege auf den Schreibtisch.

»Äh. Ja. Also, dann will ich nicht länger um die Sache herumreden. Weißt du, wie viele Kinder in unserem Sendebereich leben?«

»Ehrlich? Keine Ahnung.«

»Genau kann ich das auch nicht sagen, aber es ist zumindest amtlich, dass die Herren der Schöpfung in der Bevölkerung zahlenmäßig am wenigsten vertreten sind und es deutlich mehr Frauen und Kinder bei uns gibt. Die wiederum meine Zielgruppe sind. Ich möchte noch mehr von ihnen ansprechen und ans Radio binden. Das funktioniert am besten, indem man sie irgendwie integriert.«

Margot schlug die Beine übereinander, saß kerzengerade auf ihrem Stuhl und hörte Inge aufmerksam zu.

»Ich habe vor, einen Kinderchor zu gründen. Also zusätzlich zur *Radiobande* einen offiziellen Kinderchor des Hessischen Rundfunks, die Obrigkeit hat das schon abgenickt. Das allein ist schon mal ein Spektakel, das viele junge Hörer begeistern wird, und ihre Familien gleich mit. Vorsingen, Auswahl, Präsentation der Sänger in der Sendung und so weiter. Wenn dieser Chor steht, soll er anschließend den Leuten draußen präsentiert werden. Das Orchester gibt schließlich auch öffentliche Konzerte, mittlerweile kennt man nicht nur eure Musik, sondern auch eure Gesichter. Wenn die Leute dich einmal gesehen haben, wollen sie dich auch hören und schalten ein, verstehst du?«

»An welche Art Auftritte denkst du? Eigene Konzerte?«

»Ich glaube nicht, dass wir ein abendfüllendes Programm auf die Beine stellen könnten. Aber unsere Sendungen aus dem Zoo zum Beispiel erfreuen sich großer Beliebtheit. Da würde der Kinderchor gut dazu passen. Und dann startet bald *Alice im Wunderland* in den Lichtspielhäusern, das ist ein neuer Zeichentrickfilm aus dem Hause Disney. Darüber werde ich natürlich im Kinderfunk berichten. Zur Premiere könnte der Chor vorab bei einer Art Empfang im Foyer des Kinos singen. Nachdem ich in der Sendung ein paar Eintrittskarten verlost habe.«

»Tolle Idee, Inge. Du hast vollkommen recht, man muss Kinder als Hörer ebenso ernst nehmen wie Erwachsene und auf ihre Wünsche und Bedürfnisse eingehen. Deine Aktionen werden bestimmt gut aufgenommen. Aber wofür brauchst du mich dabei?«

Inge warf Margot einen bedeutungsvollen Blick zu. Und schwieg. Die Freundin kniff zuerst die Augen zusammen, dann riss sie sie weit auf. »Nein«, sagte sie gedehnt. »Dafür findest du bestimmt jemand anderes.«

»Ich will aber dich. Wir beide sind ein eingespieltes Team, wir können gemeinsam wahnsinnig viel erreichen, weil wir ähnlich ticken. Margot Milanski, Leiterin des Kinderchors beim Hessischen Rundfunk. Klingt doch toll!«

»Ich habe noch nie mit Kindern gearbeitet.«

»Das ging mir doch genauso, als ich hier angefangen habe. Im Gegensatz zu dir kann ich nicht mal auf Erfahrungen mit eigenen Kindern zurückgreifen und kriege es trotzdem gut hin. Mit einem neuen Tätigkeitsfeld ist natürlich auch eine Gehaltserhöhung verbunden. Auch das wäre schon mit dem Chef abgeklärt.« Sie beugte sich verschwörerisch vor. »Sollen wir den Jungspunden das Feld überlassen? Ich denke nicht. Nimm zum Beispiel Gabriele Paulus. Die jammert den lieben langen Tag, wie gestresst sie als Geigerin ist, aber ich wette mit dir, falls sie die Gelegenheit zum nächsten Karriereschritt bekommen würde, wäre sie sofort dabei.« Inge schnippte mit den Fingern, um ihren Worten Nachdruck zu verleihen. »Aber sie ist keine Macherin, mit ihr kann man nicht arbeiten. Wir sind die alten Hasen, Margot, wir wissen, wie es läuft, welche Bedürfnisse und Interessen die junge Nachkriegsgeneration hat. Und wir haben das Hirn und den Esprit, ihnen genau das zu präsentieren, was sie wollen, und zwar in hervorragender Qualität.«

Margot hörte ruhig zu, dann wog sie ab, dabei zuckte ein Muskel in ihrer Wange. Ihr Gesichtsausdruck war undurchschaubar, aber endlich sagte sie etwas.

»Du kannst verdammt überzeugend sein, wenn du willst, Inge. Eigentlich wollte ich dir sagen, ich rede zuerst mit Fritz darüber und dich auf morgen vertrösten. Damit ich länger darüber nachdenken kann. Aber er wird sicherlich nichts dagegen haben, vor allem nicht gegen mehr Gehalt.« Sie stand auf und streckte der Freundin über den Schreibtisch hinweg ganz förmlich die Hand hin. »Ich nehme dein Angebot an.«

Jubelnd sprang Inge auf, riss sich zusammen und schlug ebenso förmlich ein.

»Auf gute Zusammenarbeit, Frau Chorleiterin.« Ein breites Grinsen konnte sie sich dabei nicht verkneifen.

Als sie die Treppe hinunter in Richtung Ausgang liefen, waren sie bereits in ihr erstes Fachgespräch vertieft. Inge fühlte sich wie beflügelt. Ohne Margot hätte sie die Pläne für einen Chor wieder begraben, auch wenn es ihr im Herzen wehgetan hätte.

Draußen verabschiedete sich die Freundin überraschend schnell und eilte davon, aber nicht ohne Inge vorher noch auf etwas hinzuweisen: »Schau mal, dort wartet jemand auf dich.« Mit ausgestrecktem Arm zeigte sie auf Theo, der in der Abendsonne auf einer Bank am Rand der Wiese saß, die an den Rundbau anschloss. Dazu zwinkerte sie. Was ging hier vor?

»Holst du mich ab?«, fragte sie ihn im Näherkommen. Sie setzte sich neben ihn und küsste ihn auf die Lippen. »Oder hat Margot dich herbestellt? Irgendwie kam sie mir gerade so verschmitzt vor.«

Er sah ertappt aus. »Sagen wir, ich habe mich vorab mit ihr besprochen, um herauszufinden wann ihr beide fertig seid. Und mit ihr vereinbart, dass du den Sender nicht durch irgendeinen Nebeneingang verlässt, sondern hier vorne rauskommst. Ich wollte dich auf keinen Fall verpassen, denn«, er machte eine kleine Pause.

»Ist was passiert? Wie geht es dir?« Augenblicklich überfiel Inge die Sorge. Obwohl Theo auf sich achtete, erholte er sich gesundheitlich nicht. Vor drei Monaten hatte er eine Gallenkolik gehabt, und der Arzt war der Meinung, langfristig werde er um eine Operation nicht herumkommen. Was Theo wiederum unbedingt vermeiden wollte. Seine Schmerzen zu sehen betrübte Inge, wirklich helfen konnte sie ihm nicht.

Er beruhigte sie. »Nein, mein Liebling, mir geht es bestens. So gut sogar, dass ich bereit bin, das größte Abenteuer meines Lebens zu wagen. Aber nur, wenn du dabei bist.«

»Ich verstehe kein Wort. Hast du etwa einen Urlaub gebucht, Theo?« Erst kürzlich hatten sie davon gesprochen, wie schön es wäre, nach Italien zu fahren. Für Inge wäre das wahrhaftig ein Abenteuer, dort war sie noch nie gewesen. Sie träumte schon lange davon.

Ein jungenhaftes Lächeln huschte über Theos klassisches Antlitz. »Eine Woche Venedig und dann eine Woche Capri.«

Inges Herz setzte vor Aufregung einen Schlag aus. »So lang? Und schon reserviert? Ich bekomme niemals zwei Wochen am Stück frei.«

»Ach, das denke ich wohl. Bei Hochzeitsreisen ist das üblich.«

»Was?«, hauchte sie.

Er griff nach ihrer Hand, sah ihr tief in die Augen und sagte mit seiner wundervoll sonoren Stimme: »Inge Jacobs, ich liebe dich seit unseren langen Gesprächen damals im Irrenschloss, als du dir aus eigener Kraft dein Leben zurückgeholt hast. Mit meiner Frage habe ich viel zu lang gewartet, aber ich hoffe, du siehst mir das nach. Willst du meine Frau werden?«

Sonst nie um eine Antwort verlegen, konnte Inge nur nicken. Mehr als ein geschluchztes »Ja«, brachte sie vor Rührung auch nach mehrmaligem Schlucken nicht heraus, dann fiel sie Theo um den Hals. Wie verliebte Backfische küssten sie einander auf der Bank. Arm in Arm blieben sie sitzen und sahen zu, wie die letzten Sonnenstrahlen den gläsernen Rundbau zum Funkeln brachten wie einen Diamanten, bevor sich schließlich der Abend über sie senkte.

Wild entschlossen hatte Theo gleich für den folgenden Samstag einen Termin im Standesamt vereinbart. Elegant sah er aus in seinem Anzug, und Inge nicht weniger. Unter einem weit schwingenden Mantel in Kornblumenblau trug sie ein passendes Kleid mit Fledermausärmeln, angeschnittenem Reverskragen und Handschuhen aus glänzendem Stoff. Dazu eine Perlenkette, die Theo ihr am Morgen geschenkt hatte. Der Römerberg war noch immer eine Großbaustelle. Vom Rathaus stand nur mehr die Fassade, wie die Kulisse auf einer riesigen Bühne. Dahinter entstand ein neues Bürohaus. Das Ambiente im Trauzimmer war kein wirklich malerisches, aber das war allen Anwesenden egal. Als Trauzeugen fungierten Gesa und Margot, die beide vor Rührung schnieften, während sich das Brautpaar gegenseitig die Ringe ansteckte.

Weil sie nicht in der Hauptwache feiern konnten – eindeutig Inges erste Wahl, aber auch dort wurde weiterhin gebaut –, hatte sich Inge für Carlo Bohländers Keller in der Kleinen Bockenheimer Straße entschieden. Er hatte ihr sein Domicile du Jazz angeboten, obwohl es noch nicht einmal eröffnet war.

»Na, das ist aber ein richtiger Keller«, bemerkte Fritz Milanski beim Hinabsteigen der engen, steilen Treppe. Unten hätte er sich beinahe den Kopf gestoßen.

»Klar«, rief ihm Bohländer mit einer Zigarette im Mundwinkel zu, während er seine Trompete auspackte. »Das wird der heißeste Jazzkeller Frankfurts. Wenn er mal fertig ist und die ganz Großen hier auftreten.«

Unverputzte Ziegelwände und Gewölbe stammten noch vom zerbombten alten Bau. Darüber entstand ein neues

Haus. Eingepasst unter einen Gewölbebogen war eine hölzerne Bühne errichtet, auf der ein zerschlissener Perserteppich lag, den wahrscheinlich irgendwer aus irgendwelchen Trümmern geborgen hatte. Die Bestuhlung war zusammengewürfelt, die Bar jedoch neu gebaut, sogar mit Beleuchtung. Und bereits vor der Eröffnung gut bestückt. Inge hatte viele Kollegen aus dem Sender eingeladen, Theo seine Freunde aus dem Ensemble der Städtischen Bühnen. Als die Hotclub Combo anfing zu spielen, war der Keller rappelvoll.

»Na, bist du die Nächste?«, fragte Margot in Richtung Gesa. Sie standen zusammen mit der Braut an der Bar und gönnten sich einen Moment der Dreisamkeit.

»Ich werde in diesem Leben nicht mehr heiraten, sondern für immer Frau Bronnen bleiben.«

»Weiß Philip das?«

Alle drei sahen zum Tisch, an dem die Männer saßen. Gerade lachten sie über etwas, das Theo gesagt hatte.

»Natürlich. Wenn er mich haben will, muss er in wilder Ehe mit mir leben.«

»Gesa, Gesa, immer die Rebellin.« Inges Blick ging versonnen in die Ferne. »Wisst ihr noch, damals, als ich im Palastcafé gesungen habe und der Paschke euch immer einen Likör ausgegeben hat, weil wir chronisch knapp bei Kasse waren? Wir sind einen langen Weg zusammen gegangen, Mädels. Und er war weiß Gott bisweilen steil und steinig.«

»Und sieh uns an, wie weit wir gekommen sind. Du bist unter der Haube, Gesa ist bis über beide Ohren verliebt, und ich habe meine Ehe gerettet, und das obwohl ich mehr verdiene als mein stolzer Gatte. Darauf können wir uns was einbilden.«

»Ach Margot«, Inge hakte sich bei beiden Freundinnen unter.

»Und das ist noch lange nicht alles«, warf Gesa ein. »Was

meint ihr, was das Schicksal für entschlossene Frauen wie uns noch parat hat?«

»Och, sicher noch so einiges. Aber zunächst einmal genieße ich meine Hochzeit, dann fahre ich in die Flitterwochen und dann werde ich mich wieder mit vollem Einsatz ins Kinderprogramm stürzen.«

»Weißt du, das ist eigentlich das Außergewöhnlichste überhaupt. Dass du in diesem Beruf derart aufgehst, hätte ich nie erwartet.«

»Ich bin eben ein Chamäleon, Gesa. Wer überleben will, muss sich anpassen. Das können wir sehr gut, nicht wahr?«

»Was für eine außergewöhnliche Hochzeit.« Philip prostete Gesa zu. »Gin und Escorial statt Kaffee und Torte, und nachher werden Rippchen und Speckkuchen geliefert, hat mir Theo verraten. Die Boheme feiert standesgemäß unter den Ruinen Frankfurts.«

»Klingt wie eine Zeitungsschlagzeile.«

»Nicht schlecht, gell?«, rief Inge. »Aber jetzt hoch die Gläser, und dann lasst uns tanzen. Und von dir«, sie deutete auf Margot, »wünsche ich mir ein jazziges Hochzeitsständchen mit den Jungs auf der Bühne.«

Für Inge, die eine Verehelichung nie als eine der erstrebenswerten Errungenschaften im Leben betrachtet hatte, und für Theo, der schon zum vierten Mal Ja gesagt hatte, war es ein unvergessliches Fest. Sie feierten ausgelassen mit ihren Freunden, und am folgenden Tag hatte der Bräutigam noch eine Überraschung für seine frisch angetraute Gattin parat: Vor der Wohnung stand ein 1946er-Brezelkäfer in Beige, den er einem amerikanischen Offizier abgekauft hatte, und der sie komfortabel nach Italien bringen würde. Sogar ein selbst gemaltes Schild mit »Frisch verheiratet« hatte er hinten draufgeklebt, zu Inges großem Entzücken.

MARGOT, 1952

Radionachrichten 1952:
»Evita ist tot. Die Frau des argentinischen Präsidenten stirbt mit nur dreiunddreißig Jahren in Buenos Aires an Krebs.«

María Eva Duarte de Perón, ehemalige Radiomoderatorin, Schauspielerin und First Lady Argentiniens, war bereits zu Lebzeiten eine Legende. Die Gattin des Präsidenten Juan Perón engagierte sich politisch stark für die ärmere Bevölkerungsschicht und setzte das Frauenwahlrecht in Argentinien durch. Besonders die Arbeiterklasse verehrte die charismatische Frau, und nach ihrem Tod entstand ein Kult, der teils bis heute anhält.

Manchmal dachte Margot zurück an ihre Anfänge bei Radio Frankfurt, als es in erster Linie darauf angekommen war, ein funktionierendes Programm mit möglichst guter Tonqualität und möglichst wenigen Pannen auf die Beine zu stellen. Und das gleich beim einzigen Versuch, denn es ging immer live auf Sendung, weil die Technik Aufzeichnungen noch nicht zuließ. In den allermeisten Fällen saß das Orchester dabei zusammengepfercht in einem zu kleinen Studio, und die Musiker hatten kaum Platz gehabt, ihre Notenständer aufzustellen. Trotzdem hatte es funktioniert. Und die Freude hinterher war immer eine ganz besondere gewesen. Auf dem Dach des Postscheckamts hatten sie gestanden, einander auf die Schultern klopfend, mit einem herrlichen Ausblick über

Frankfurts Giebel und Belvederchen. Es war ein Privileg, die Altstadt erlebt zu haben. Margot würde ihre Erinnerungen daran im Herzen behalten, während überall neue Häuser und Straßen gebaut wurden, die rein gar nichts mehr mit dem zu tun hatten, was einst so viel Flair verströmte. Natürlich war das Sendegebäude am Dornbusch besser, größer, moderner. Das Lampenfieber bei der Arbeit fiel zumeist weg, der Großteil der Beiträge wurde vorab aufgezeichnet. Dafür stellte sich eine neue Nervosität ein: Hatten genügend Hörer eingeschaltet? War das Konzert ausverkauft? Waren andere Moderatoren beliebter, Dirigenten bewunderter, Musiker herausragender, Sprecher bekannter oder gar Radiosender erfolgreicher? Im Nachhinein beglückwünschte sich Margot täglich, auf Inges Vorschlag mit der Chorleitung eingegangen zu sein. Der Kinderchor erfreute sich von Anfang an großer Popularität, und besonders die Auftritte vor den Premieren in den Filmpalästen lockten viel Publikum an. Margot saß im Hessischen Rundfunk fest im Sattel, fester, als es ihr als Orchestercellistin allein je hätte gelingen können. Das war ein durchaus angenehmes Gefühl. Den Wettbewerb um sich herum beobachtete sie aufmerksam. Erst vor wenigen Wochen hatten Gesa und sie eine Diskussion mitbekommen, die es damals unter Albert Bronnen nie gegeben hätte.

Dietrich Traut war wegen des ständigen Konkurrenzkampfs mit Philip Kellermann die sprichwörtliche Hutschnur geplatzt, und zwar mitten im Redaktionsraum des Nachrichtenressorts. Dabei hatte er noch Glück, dass nicht mehr Personen anwesend gewesen waren.

»Du kannst nicht alles an dich reißen! Kriegst wohl den Hals nie voll, was?«, hatte der ansonsten so beherrschte Traut gebrüllt.

»Wovon sprichst du bitte? Du musst schon deutlicher werden.« Philip hatte versucht, ruhig zu bleiben, aber Margot hatte gemerkt, wie peinlich ihm die laute Stimme des Kollegen war.

»ICH berichte vom fünfzigsten Geburtstag des Oberbürgermeisters! Ich!« Er klopfte sich auf die Brust. »Nicht du! Das war mit dem Chef abgeklärt.«

»Weiß ich. Warum regst du dich also auf?«

»Weil es der Gipfel der Frechheit ist, dem Beckmann hinter meinem Rücken vorzuschlagen, du würdest das übernehmen und er solle mich lieber zur 33. Nationalen Rassegeflügelschau aufs Messegelände schicken!« Trauts Gesicht verfärbte sich ungesund dunkelrot. Er war fuchsteufelswild. Dass Gesa sich ein Grinsen verkneifen musste, half wenig, deshalb stupste Margot sie tadelnd und hoffentlich unauffällig mit dem Ellenbogen an.

Philip fand das gar nicht lustig. »Was redest du für einen Unsinn? So was habe ich nie gesagt.«

»Ach nein? Und woher weiß es dann der Arndt?«

»Das würde ich mich an deiner Stelle auch fragen. Vermutlich, weil er das frei erfunden hat, um dich zu provozieren. Scheint prima zu funktionieren.«

Kurz glaubte Margot, Dietrich Traut würde die Beherrschung verlieren und auf Philip losgehen. »Das würde er nicht machen.«

»Ach nein? Falls du es noch nicht gemerkt hast, Günther Arndt ist scharf auf deinen oder meinen Posten, seitdem er beim Sender angefangen hat. Da ist er nicht wählerisch. Was denkst du, warum der ständig deine Nähe sucht? Nicht weil er dich so bewundert, sondern weil er irgendeinen Ansatzpunkt sucht, um dich auszubooten.« Mit ausgestrecktem Arm wies Philip auf die Tür. »Wenn du mir nicht glaubst, lass uns zu Herrn Beckmann gehen und ihn fragen, ob ich dir wirklich deine Außenreportage wegschnappen wollte. Jetzt gleich.«

Die beiden Männer funkelten einander böse an, dann

wurde Traut unsicher und sagte: »Nein, ist schon gut«, und Philip ließ den Arm sinken.

Ohne sich zu entschuldigen verließ Dietrich Traut den Raum, und die drei blieben perplex zurück.

»Was für ein Kindergarten«, brummte Philip. »So was brauche ich nicht, das ist erbärmlich.«

Gesa strich beruhigend über seinen Arm. »Das war wirklich ein unprofessioneller Auftritt, derart aufgelöst kenne ich Dietrich nicht. Er muss sehr unter Druck stehen.«

»Das tun wir alle. Aber wir reißen uns zusammen und bleiben höflich.«

»Na ja«, widersprach Gesa, »nur weil du ihn nicht auf diese Weise hintergehst, weiß trotzdem jeder, dass du der Leiter im Nachrichtenressort sein willst.«

»Das ist sogar bis zum Kinderfunk durchgedrungen«, bestätigte Margot. »Und das Orchester ist sowieso eine einzige große Klatschzentrale ...«

Betroffen runzelte Philip die Stirn. »Das schafft keine gute Arbeitsatmosphäre. Außerdem muss an Gerüchten nicht immer was dran sein. Ich werde die Sache klären, umgehend und mit dem Intendanten. Vielleicht erkennen dann so manche, dass sie sich geirrt haben.«

Was er mit dieser kryptischen Aussage meinte, erfuhr Margot kurz darauf in der Kantine. Mit einem lauten Plopp köpfte Günther Arndt effektheischend eine Flasche Schaumwein. Woher er den hatte, war Margot schleierhaft, sicher nicht von der Getränketheke, dort gab es so was nicht. Mit großem Brimborium stieß er auf seine Beförderung an, ausgerechnet mit Dietrich Traut. Arndt war nun die Nummer zwei, Traut blieb Chefredakteur, und Philip Kellermann verließ das Nachrichtenressort. Der gezwungen heitere Gesichtsausdruck von Dietrich Traut ließ darauf schließen, dass er nicht glücklich war mit der neuen Konstellation. Margot bemitleidete ihn. Schließlich war Günther Arndt wegen seines unkollegialen Verhaltens und seiner opportunistischen Radfahrermentalität im Sender unbeliebt und gefürchtet. Das war von nun an allein Trauts Problem, denn Kellermann hatte sich ausgeklinkt. Respekt, dass er die Konsequenz gezogen hat, dachte Margot. Sie schätzte Philip, seinen gesunden Ehrgeiz und die Fairness, mit der er seine Ziele verfolgte. Dietrich Traut hingegen hatte nun ein faules Ei in seinem Korb und durfte gewiss sein, dass Arndt es auf seinen Posten abgesehen hatte.

»Wie, Philip ist nicht mehr bei den Nachrichten?«, fragte Inge, die mit Margot und Gesa am Tisch saß. Fast sämtliche Plätze in der Kantine waren besetzt. Ein publikumswirksamer Auftritt, den Günther Arndt da hinlegte.

»Was die beiden dort drüben noch nicht wissen, ist, dass Philip keineswegs das Handtuch geworfen hat, sondern sie gerade alle überholt«, raunte Gesa den Freundinnen zu.

»Ehrlich? Erzähl.« Inge lüpfte interessiert die Augenbrauen und beugte sich über den Tisch, damit Gesa leise weitersprechen konnte.

»Er wird morgen als neuer Programmdirektor vorgestellt.«

»Nein, wirklich? Wie toll!« Unauffällig zu bleiben fiel Margot schwer, sie freute sich für Gesa und für Philip. »Gratuliere! Das ist ja mal 'ne sinnvolle Entscheidung. Er ist perfekt für diese Aufgabe.«

»Danke, ich werde es weitergeben. Und wir alle feiern das natürlich gebührend. Aber nicht so wichtigtuerisch wie die da«, sie nickte in Richtung Arndt und Traut, »sondern unter uns.«

Inge griff über den Tisch und tätschelte Gesas Hand. »Das hat er echt verdient. Er schwankt ja schon länger zwischen Nachrichten und Unterhaltung, und dass er jetzt eine Entscheidung getroffen hat, ist sicher auch wichtig für seinen beruflichen Fokus.«

»Finde ich auch. Vor allem, nachdem er ewig mit Herrn Beckmann an diesem neuen Format getüftelt hat, das kommende Woche startet. Stellt euch vor, morgens um sechs wollen sie auf Sendung gehen, und zwar live und vor geladenem Publikum und mit Tanzorchester und Sängern.«

Das war wirklich eine ambitionierte Uhrzeit für eine Livesendung. Margot unterdrückte selbst ein Gähnen. Sie hatte wenig geschlafen und später noch eine lange Orchesterprobe vor sich. »Na, dann wollen wir mal hoffen, dass es viele Frühaufsteher im Sendegebiet gibt.«

Am vierten Mai war es so weit. Noch waren nicht alle Abteilungen in den Neubau umgezogen, und so startete der *Frankfurter Wecker* aus dem alten Sendegebäude in der Eschersheimer Landstraße 33 mit einem fröhlichen Marsch in einem bis auf den letzten Platz besetzten Studio. Wie es sich gehörte, waren nicht nur Gesa, sondern auch Margot und Inge zur ersten Sendung erschienen, um ihre Freunde zu unterstützen.

Innerhalb kürzester Zeit entwickelte sich der *Frankfurter Wecker* zum Liebling der Hörer. Die Erleichterung darüber, dass das Konzept aufging, war nicht nur Philip Kellermann, sondern auch Gesa anzumerken, die natürlich mitgefiebert hatte. Der Erfolg lag sicherlich zu einem Gutteil an den Moderatoren. Peter Frankenfeld, vor Jahren bereits vom Unterhaltungschef von einer Frankfurter Theaterbühne weg für den Hörfunk verpflichtet, hatte bisher die Sendung *Guten Morgen allerseits* präsentiert. Der versierte Entertainer mit den vielen Talenten war ein zugkräftiger Name, das Publikum mochte ihn. Margot waren seine Kartentricks gut in Erinnerung, die er bei der Weihnachtsfeier vorgeführt hatte. Nicht gleich am Anfang, sondern später, in gesellig geschrumpfter Runde. Frankenfeld wechselte sich beim *Frankfurter Wecker* mit seinem Kollegen Hans-Joachim Kulenkampff ab. Der große, charmante Schauspieler mit der eingängigen Stimme hatte nach dem Krieg im Kleinen Theater am Zoo gespielt und war seit zwei Jahren Ansager beim Hessischen Rundfunk. Seine Schlagfertigkeit, die beim Ablesen von Texten bisher freilich nicht gefragt gewesen war, katapultierte ihn nun in der Gunst der Hörer bis ganz nach oben. Zu den beiden äußerst beliebten Moderatoren gesellten sich in der Sendung bekannte Stars und Sänger. Die Leute standen trotz der unwirtlichen Uhrzeit Schlange, um bei freiem Eintritt einen der begehrten Plätze im Studio zu ergattern.

Margot bekam die Begeisterung aus nächster Nähe mit, als sie einen erkrankten Kollegen kurzfristig im Tanzorchester vertrat.

Höllisch früh war es, als sie Aufstellung nahmen und anspielten. Das entsprach der passionierten Langschläferin leider überhaupt nicht. Zwar durften sie noch kurz hinter der Bühne einen Kaffee trinken, dennoch war sie froh, das nicht jeden Tag machen zu müssen.

»Wer kommt noch mal heute in die Sendung?«, fragte sie Hans-Joachim Kulenkampff, der sich neben ihr ebenfalls eine Tasse Kaffee aus einer Thermoskanne eingoss.

»Peter Alexander. Der hat demnächst Premiere mit einem neuen Film, und er wird uns auch was singen. Und Nora Holden, eine junge Schwedin, die allerdings auf Deutsch singt. Laut Peter Frankenfeld wird sie noch ganz groß rauskommen, und der hat für so was einen untrüglichen Riecher. Er hat sie als Conférencier auf einer Schlagertournee kennengelernt und zu uns eingeladen. «

»Interessante Gäste, beeindruckend.«

»Oh ja, selbstverständlich«, sagte der Entertainer. »Wir müssen schon was bieten um diese Uhrzeit.« Er sah ebenso müde aus, wie sie sich fühlte. »Aber ganz unter uns, an dieses extrem frühe Aufstehen werde ich mich nie gewöhnen.«

Er musterte Margot mit plötzlicher Neugier. »Was machen Sie denn eigentlich bei den Herren im Tanzorchester? Ist ja ganz ungewöhnlich, eine Dame dabeizuhaben.«

»Ich vertrete einen erkrankten Kollegen, nur heute. Am Bass.«

»Sie zierliche Person spielen Kontrabass?« Amüsiert hob er eine Augenbraue.

»Eigentlich Cello. Ist 'ne lange Geschichte, und irgendwie scheint in der Planung heute einiges schiefgelaufen zu sein, wenn sie mich hierherschicken, weil sie sonst niemanden haben. Das wird sicherlich ein einmaliges Gastspiel bleiben.«

Willy Berking, der Leiter des Tanzorchesters, hatte explizit nach Margot gefragt, nachdem sein eigener Musiker über Nacht krank geworden und er mit dem männlichen Ersatz nicht zufrieden gewesen war.

»Also mir soll's auf jeden Fall recht sein, und dem Peter Alexander auch, wie ich ihn kenne. Dann hauen Sie mal rein.« Der groß gewachsene Kulenkampff klopfte Margot beinahe väterlich auf die Schulter, obwohl er zwanzig Jahre jünger war als sie, und sie sah ihm nach, wie er in Richtung Bühne ging.

Das Publikum im Sendesaal war begeistert von der Show und sang und klatschte mit. Es lachte über Kulenkampffs Witze, und die schmissige Musik sowie die Fröhlichkeit der Künstler weckte daheim sogar die ganz Verschlafenen. Hinterher ließ sich Margot sagen, dass an den Geräten wie immer eine beeindruckende Zahl an Hörern die Sendung verfolgt hatte.

Im Sommer startete der *Frankfurter Wecker* seinen Siegeszug durch das Sendegebiet. Frankenfeld und Kulenkampff sendeten aus Dorfgemeindehäusern, Turnhallen und von Marktplätzen. Immer morgens früh um sechs. Immer vor großen Menschenmengen. Immer mit einem Staraufgebot, das diese anlockte. Und Philip leitete die Sendung vorbildlich.

»Er blüht auf, seitdem er das macht«, erzählte Gesa. »Obwohl er als Programmdirektor wirklich genug zu tun hat, lässt er es sich nicht nehmen, persönlich den *Wecker* zu leiten. Mit so viel Leidenschaft war er bei den Nachrichten nie am Werk. Es war absolut die richtige Entscheidung, zur Unterhaltung zu wechseln, das merkt er auch selber.«

Margot und Gesa standen auf dem Flur vor einem Sendestudio. Als das Schild *Nicht eintreten* über der Tür rot aufleuchtete, gingen sie rasch weiter in Richtung Sitzungszimmer, dabei schwangen ihre vollen Röcke um die Beine, Margots in Apricot, Gesas in Dunkelblau mit weißen Pünktchen.

Dort wartete bereits eine außergewöhnlich Runde auf sie, lediglich Radiofrauen waren anwesend, kein einziger männlicher Kollege. Fränze Roloff hatte das Treffen arrangiert. Im Sitzungszimmer waren Tische und Stühle in einem großen Halbkreis aufgestellt, damit man einander besser sehen konnte. Es standen Wasserflaschen, Gläser und Kekse bereit, und die Fenster waren weit geöffnet, um frische Luft hereinzulassen.

»Vielen Dank, dass ihr alle Zeit gefunden habt, meine Damen«, begrüßte sie die Leiterin des Frauenfunks. »Wir treffen uns auf Fränze Roloffs Initiative, aber ich finde ebenfalls, es ist höchste Zeit, dass wir uns einmal zusammensetzen.« Frau Doktor Gabriele Strecker, eine ehemalige Ärztin, war nicht nur seit sechs Jahren für den Rundfunk tätig, sondern erklomm zeitgleich politisch die Karriereleiter. Sie setzte sich für Frauenbelange ein und war eine geübte Rednerin, das merkte Margot sofort. Sie war in Margots Alter, trug ihr stark krauses braunes Haar in einem hohen Seitenscheitel aus der Stirn gekämmt und hatte eine dominante Nase und warme Augen. Ihr Lächeln wirkte offen und ansteckend. »Über siebenhundert Mitarbeiter sind in diesen neuen Räumen tätig. Es werden auch zusehends mehr werden, da immer noch nicht alle umgezogen sind und im kommenden Jahr die Ausstrahlung eines Fernsehprogramms startet.«

»Bei Gerätepreisen von über tausend Mark und noch mal fünf Mark Gebühr pro Monat obendrauf frage ich mich, wer sich dieses Fernsehen eigentlich leisten soll«, warf Inge ein.

Gabriele Strecker stimmte ihr zu. »Anfangs wird die Zuschauerzahl sicher überschaubar bleiben. Wenn wir uns allerdings daran erinnern, wie teuer Radioempfangsgeräte seinerzeit waren und wie schnell die Preise gesunken sind, als die Produktion anstieg, habe ich Hoffnung für unsere Fernsehabteilung. Dass jedoch sogar der Herr Bundespräsident das Fernsehgerät als verführerisches Ungetüm bezeichnet, ist wahrscheinlich keine gute Reklame.«

»Och, wie man's nimmt. Interesse weckt das auf jeden Fall«, meinte Fränze Roloff. »Wollen wir nur hoffen, dass in diesem neuen Unterhaltungszweig mehr Platz für uns Frauen vorgesehen ist als lediglich ein paar Posten als Ansagefräuleins.«

»Womit wir bei unserem heutigen Thema wären«, nahm Gabriele den Faden auf. »In dieser überschaubaren Runde repräsentieren wir die Frauen in gehobenen Posten des Hessischen Rundfunks. Ich übergebe das Wort an die Kollegin.«

Fränze stand auf. Formidabel sah sie wieder einmal aus, die Haare in einem kinnlangen Bob, zwar frisiert, aber dennoch wild. Sie trug ein weißes Hemd, keine Bluse, und dazu weite beige Hosen und einen knallroten Lippenstift auf ihren breiten Lippen. Für Margot lag in Fränzes Erscheinungsbild etwas ungekünstelt Dramatisches. Mit ihren kontrastreichen Farben, den mandelförmigen Augen und wenig femininen Zügen war sie in der Vergangenheit ein beliebtes Modell zeitgenössischer Maler gewesen. Manchen war es tatsächlich gelungen, ihre spezielle Ausstrahlung auf die Leinwand zu bannen.

»Meine Damen. Der Sender wächst, die Mitarbeiterzahlen

ebenfalls. Wir sind der harte weibliche Kern, diejenigen, die seit Jahren dabei sind. Bald werden wir uns nicht nur gegen die leider vorwiegend männliche Konkurrenz aus den eigenen Reihen durchsetzen müssen, sondern auch noch gegen die vom Fernsehen.« Beim Sprechen gestikulierte sie, als würde sie mit den Händen ein unsichtbares Stück Ton kneten und formen. »Daher fragen wir uns heute, wie behaupten wir uns? Was haben wir vor? Welche Möglichkeiten stehen uns zur Verfügung.«

»Wie aufregend«, flüsterte Gesa Margot zu, »eine heimliche Frauenversammlung.«

»Heimlich wohl kaum. Das ist sicher mit der Obrigkeit abgeklärt, schau mal, es gibt sogar eine Protokollführerin.«

»Trotzdem, Margot, ich finde es spannend. So was hatten wir noch nie. Dass wir uns treffen und sagen können, was wir wollen.«

»Mach dir mal nicht zu große Hoffnungen. Sagen können wir viel. Aber ob wir es auch machen dürfen, darüber entscheiden letzten Endes wieder die Männer.«

Am Abend zu Hause schaltete Margot das Radiogerät ein. Sie war allein, Fritz bereits seit einer Woche auf einer Lesereise. Er stellte sein neues Buch vor, und wenn sie seine Reiseroute korrekt in Erinnerung hatte, war er an diesem Abend in München zu Gast. Marianne, die ihren Vater mit Margots Unterstützung schließlich doch noch weichgekocht hatte, besuchte unterdessen tatsächlich die Städelschule und hatte einen Abendkurs. Und Egon, den würde sie gleich hören. Die »Aufwärmlampe« des nagelneuen Telefunken Dacapo blinkte rot, es dauerte eine Weile, dann ging es über in konstantes grünes Leuchten, und nach einem leisen Rauschen stellte sich der Ton ein. Das querformatige Tischgerät mit seinem polierten Holzgehäuse war ein Schmuckstück.

Margots Herz zersprang fast vor Mutterstolz, als sie Egons Stimme hörte. Jedes Mal aufs Neue. Sie würde sich nie daran gewöhnen, dass er mittlerweile ein erfahrener Sportreporter war.

»Wir berichten für Sie vom Autorennen auf der weltschönsten und -schwierigsten Rennstrecke, dem Nürburgring. Zweihundertfünfzigtausend Zuschauer sind gekommen, um unsere Silberpfeile anzufeuern. Mercedes dominiert das Rennen in der Sportwagenklasse, gleich vier Wagen sind dabei. Karl Kling, Hermann Lang, Fritz Riess und der Karratsch, Rudolf Caracciola, sitzen in den Silberpfeilen.« Mit engagierter Stimme kommentierte Egon das Rennen, Margot fieberte mit.

»An der Spitze liefern sich Kling und Lang einen Zweikampf, immer wieder überholen sie einander, und am Ende ist es Hermann Lang, der auf der Ziellinie die Nase vorn hat und das Rennen mit knappem Vorsprung als Sieger beendet!«

Kürzlich erst hatte Margot Egon zu einer Außenreportage über das Sechstagerennen im wiederaufgebauten Riesenkuppelbau der Festhalle begleitet. Alles hatte sie an frühere Zeiten erinnert, als Fritz ein rasender Reporter gewesen war. Der hatte seinerzeit sogar mal mit Gesa als Handlanger in Berlin vom Tribünendach aus über ein Fußballspiel berichtet. Davon sprach die Freundin noch heute. Mittlerweile war kein abenteuerlicher Körpereinsatz mehr nötig, und auch der klapprige Rundfunkbus hatte längst modernen Übertragungswagen Platz gemacht. Eine regelrechte Flotte dieser Gefährte gab es im Sender, damit die Berichterstatter jederzeit überall in den Einsatz geschickt werden konnten.

Margot hatte neben Egon auf der Tribüne gesessen, mit Rundumblick auf die Radrennbahn. Routiniert hatte er ins Mikrofon gesprochen, gelegentlich einen Blick auf seine Notizen geworfen, und über ein Kabel war alles zum Wagen übertragen worden, in dem ein Techniker saß. Was der nun genau machte, an welchen Knöpfen er drehte und was für Hebel er betätigte, das wiederum erschloss sich Margot wirklich nicht. Aber sie fand die zahlreichen Gerätschaften im Bus wahnsinnig faszinierend. Technik, von der Fritz bei Radio Frankfurt nur hatte träumen können und die damals Lichtjahre entfernt von einer Realisierung erschienen war.

Nach der Sportübertragung hörte Margot Musik und nähte nebenher den Saum eines Rocks hoch. Ihre Gedanken schweiften von Fritz in München zu Egon auf dem Nürburgring und weiter zu Marianne in der Städelschule. Sie war stolz auf ihre Familie und genoss die friedliche Stimmung allein in ihrem ansonsten so trubeligen Haus.

GESA

Radionachrichten 1952:
»Die berühmte schottische Ballerina Moira Shearer wird Mutter einer Tochter.«

Die Tänzerin war bekannt für ihre Auftritte im königlichen Ballett Sadler's Wells in Islington und im Royal Opera House in Covent Garden, für ihre Überseetourneen und besonders aus dem Ballettfilm Die roten Schuhe. In Covent Garden blieb sie allerdings stets die Nummer zwei hinter Primaballerina Margot Fonteyn. Nikolaj Sergejew, ihr russischer Lehrer, nannte sie wegen ihres tizianroten Haares »Eichhörnchen«, weil er sich keine englischen Namen merken konnte. Oder wollte. Moira Shearer war verheiratet mit dem Schriftsteller Sir Ludovic Kennedy und hatte vier Kinder.

»Euch ist bewusst, dass es sich nicht schickt, in wilder Ehe zusammenzuleben, oder? Auch nicht in eurem Alter – vielmehr besonders dann.« Christel fütterte den kleinen Peter mit Apfelmus und blickte dabei tadelnd zwischen ihrer Mutter und Philip hin und her. Julius, der aus Berlin zu Besuch war, spuckte beinahe seinen Kaffee über den Tisch.

»Christel!«, prustete er. »Was unterstehst du dich, so mit Mama zu reden!«

»Du bist ja nie hier und kriegst den Tratsch nicht mit. Die Nachbarn zerreißen sich das Maul über die flotte Frau

Bronnen und ihren Herrenbesuch, der gern mal über Nacht bleibt. Und dann ist sie wieder tagelang weg, weil sie drüben in Niederrad übernachtet. Das merken alle! Sogar Tante Uhrig hat mich auf den bösen Klatsch aufmerksam gemacht, das ist mehr als peinlich.«

»Meinst du nicht, die tratschen eher über die ledige junge Mutter, die mit ihrem unehelichen Kind in der Villa residiert wie die Made im Speck? Vielleicht solltest du lieber vor deiner eigenen Tür kehren, bevor du dich als Moralapostel aufspielst.«

»Julius, du Biest!«

Gesa verdrehte genervt die Augen. Sie stand am Spültisch und trocknete Teller ab. »Und das, Philip, kommt bei einer modernen Erziehung heraus, wenn man seine Kinder immer dazu anhält, ihre Meinung zu sagen.«

Grinsend setzte er sich zu den beiden an den Tisch. »Alles halb so wild. Halte nur nicht mit deinen Ansichten hinterm Berg, Christel.«

Das Mädchen legte ihr Kind zum Bäuerchenmachen über die Schulter und klopfte sanft auf seinen Rücken. »Ich meine nur, ihr könntet endlich heiraten.«

»Das ist immer noch unsere Sache.«

»Natürlich, Mama.«

Gesa ärgerte sich. Sie, die sich tolerant und verständnisvoll verhalten hatte, was Christels ungewollte Schwangerschaft betraf, sie nie gedrängt hatte, den Vater des Kindes preiszugeben, musste sich nun solche Dinge anhören.

»Seit wann bist du derart zart besaitet, was das Gerede irgendwelcher Leute betrifft? Ich denke, wir als Familie haben ein gutes Arrangement getroffen. Die meiste Zeit über gehört das Haus dir und Peterchen, weil ich bei Philip bin. Wenn du etwas vorhast, kannst du ihn sogar zu Tante Urbach rüberbringen. Du hast alle Freiheiten und den Luxus dieses Heims.

Trotz Schulabbruch habe ich nie Druck auf dich ausgeübt. Es gibt sicher ledige Mütter, die in weiß Gott schlechteren Umständen leben. Daher schlage ich vor, dass du dich mit Kritik zu meiner Lebensführung künftig zurückhältst, haben wir uns verstanden?«

»Wie du wünschst.« Mit einem schnippischen Aufschnaufen erhob sich Christel und zog sich mit Peterchen in ihr Zimmer zurück. Gesa stellte sich hinter Philip und legte ihm die Hände auf die Schultern. Die Berührung sollte helfen, ihren Ärger zu besänftigen. Was bildete sich ihre Tochter ein? Viel zu gut ging es dem Mädchen. Es hatte in seinem Leben noch nichts geleistet, außer sich von irgendeinem Kerl ein Kind anhängen zu lassen. Zugegeben, Peter war ein entzückendes Käferlein, und es gab keine stolzere Großmutter als Gesa. Aber auch Christel musste ihre Grenzen kennen.

An diesem Abend fuhren sie und Philip nicht in sein Haus nach Niederrad, sondern übernachteten in Sachsenhausen, weil Julius zu Besuch war und sie am darauffolgenden Morgen zusammen frühstücken wollten. Sie sah ihren Sohn viel zu selten, seitdem er in Berlin lebte.

»Ich finde es ja eher amüsant, wie Christel sich aufplustert«, sagte Philip später im Bett. »Aber dich scheint es getroffen zu haben.«

Natürlich wusste Gesa, dass ihr Privatleben keineswegs der Norm entsprach. Das Gerede der Leute war ihr herzlich egal. Aber musste sie sich nun von der eigenen Familie Vorhaltungen machen lassen dafür, mit einem Mann zu leben, mit dem sie nicht verheiratet war?

»Ist es nicht ungerecht, von mir Toleranz zu erwarten und selber völlig antiquiert zu urteilen?«

Es war eine heiße Sommernacht, die Fenster standen offen, daher sprach Gesa leise. Sie und Philip lagen nackt im Bett, und kurz dachte sie daran, dass dieser Umstand Christel wahrscheinlich zu weiterer moralischer Schelte veranlassen würde.

Philips Haut sah im Schein des Mondes blass aus. Er lag zu ihr gedreht, auf einen Ellenbogen gestützt, und die Umrisse seiner Schulter zeichneten sich im Dunkel scharf ab.

»Was ist der Grund dafür, dass du nicht meine Frau werden willst? Ich habe dich weiß Gott oft genug gefragt, und immer wieder vertröstest du mich auf später. Ich liebe dich. Wir leben zusammen. Und ich will mit dir alt werden, Gesa. Nach diesem schrecklichen Krieg habe ich nicht mehr daran geglaubt, das große Glück zu finden, aber du bist alles für mich.«

Sie legte eine Hand an seine Wange. »Ich liebe dich auch, Philip.«

»Ist es wegen Albert? Willst du seinen Namen nicht verlieren und stattdessen meinen tragen? Steht er noch immer zwischen uns, nach all der Zeit?«

War es so? Traf er damit bei Gesa einen Nerv? Seine Worte berührten sie, zeugten sie doch davon, wie wenig er sich ihrer sicher war.

»Es tut mir leid, wenn dich mein Zögern verletzt. Das will ich nicht. Ich fühle mich an deiner Seite angekommen, glücklich, und ich hatte gehofft, das weißt du auch. Bitte zweifle nicht an der Tiefe meiner Liebe zu dir.«

Er legte seine Hand auf die ihre und schob sie hinunter auf seine Brust. »Das tue ich nicht. Ich hätte mir nur gewünscht, dass in dir das Bedürfnis wächst, meine Frau zu werden, so wie ich mir wünsche, dein Mann zu sein.«

Was sollte sie ihm antworten? Dass ihre Ehe mit Albert einmalig gewesen war? Dass sie Angst davor hatte, einen anderen zu heiraten und die letzten emotionalen Verbindungen zur Vergangenheit zu kappen? Bei Jack Lester hätte diese

Gefahr nie bestanden, auf ihn hätte sie sich nie ehrlich eingelassen. Aber Gesa wusste, wenn sie Philip heiratete, würde sie vollkommen die Seine sein, er war ein Hundertprozentmann. Ihr Hundertprozentmann. Philip bedeutete Gesa alles.

Albert hatte einmal gesagt, ihm wäre wohl bewusst, dass sie eigentlich keinen Partner bräuchte, da sie gut allein zurechtkäme. Und dass er sich deswegen umso mehr freute, weil sie sich trotzdem für ihn entschieden hatte.

Das mochte vor langer Zeit für die junge Gesa wahr gewesen sein. Nach allem, was passiert war, nach dem Krieg, dem Verlust ihres Mannes, dem täglichen Überlebenskampf, war sie eine andere geworden. Sie brauchte Philip heute mehr als Albert damals. Aber für ihn war das nicht genug.

»Vielleicht findest du es irgendwann in dir, dich vollkommen zu mir zu bekennen. Denn ewig werde ich mich nicht damit zufriedengeben, dass wir nicht richtig zusammengehören.«

Am sogenannten Frankfurter Nationalfeiertag, dem Wäldchestag, fuhr Gesa mit ihrer Familie und Philip in den Stadtwald nach Niederrad, in die Nähe des Waldstadions. Ab mittags hatten alle Angestellten frei, sogar die Geschäfte auf der Zeil waren geschlossen – zumindest diejenigen, die es mittlerweile wieder gab.

Traditionellerweise machten die Frankfurter am Dienstag nach Pfingsten ein Picknick beim Oberforsthaus, allerdings war es schon lange nicht mehr wie früher. Gesa erinnerte sich an ihre ersten Ausflüge mit Albert, zuerst ohne, dann mit Kindern, und stets mit Picknickkorb und Decke. Sie hatten selbst gebackenen Kuchen und Brote gegessen, Apfelwein getrunken, und Julius und Christel tollten mit Freunden herum.

Den historischen Gebäudekomplex des Oberforsthauses gab es seit 1727, ein adliger Oberförster hatte ihn gebaut, samt Stallungen, Remise und einer langen, überdachten Veranda. Er hatte auch eine städtische Schankgerechtigkeit erhalten, und seither erfreute sich das Oberforsthaus bei Generationen von Frankfurter Ausflüglern allergrößter Beliebtheit. Besonders seit ab 1790 der Wäldchestag dazugekommen war. Während des Krieges hatte er ausfallen müssen, wie auch in den entbehrungsreichen Jahren danach. Und als die Leute 1949 ihre heiß geliebte Tradition wiederbeleben wollten, verbot es der Magistrat aus Angst vor Blindgängern im Wald. Die Menschen reagierten halsstarrig, pilgerten trotzdem ins Grüne, und die Stadtverwaltung musste den Stadtwald schleunigst aufräumen. Nun fand zum dritten Mal in Folge wieder ganz offiziell der Wäldchestag statt, und Gesa war allerbester Laune. Sie hatten keinen Picknickkorb mehr dabei, sondern kehrten im Biergarten des Oberforsthauses ein. Natürlich hatte der Feuersturm der Bombardierungen durch die Alliierten auch hier sein Opfer gefordert. Es standen genau genommen nur noch die Stallungen, alles andere würde nicht zu retten sein. Trotzdem lief die Gastronomie weiter, an langen Biertischen saßen die Ausflügler im Freien und ließen sich Würstchen und Getränke schmecken.

»Der große Goethe hat hier anno dunnemals seinen Achtzigsten gefeiert. Eine Tragödie, dieses Kleinod gebrochen zu sehen.« Philip warf einen wehmütigen Rundumblick auf die Ruinen und fragte dann, was alle trinken wollten.

»Ja, und de Napoleon war aach hie. Den hätt mer awwer in Frankfort ebbesowenich gebraucht wie de Hitler. Jammerschad um unse Oberforsthaus, awwer was solls«, warf eine ältere Dame im Vorbeigehen ungefragt ein.

»Ich möchte bitte eine Pepsi mit Strohhalm, wie die Leute am Nebentisch«, sagte Christel. »Mama, die musst du auch probieren, die Brause schmeckt herrlich. Viel besser als das saure Ebbelwoizeugs.« Sie schob den Kinderwagen mit Peterchen darin an die Schmalseite eines freien Tisches mit Blick auf die Tanzkapelle. Das Kind interessierte sich freilich mehr für das bunte Karussell und die Plüschtiere an der Schießbude. Es roch nach gebrannten Mandeln und Gegrilltem, eine Kombination, die Köstlichkeit und Frohsinn verhieß.

»Wir haben Glück, noch einen großen Tisch zu finden.« Gesa freute sich. »Macht euch mal ein bisschen breit, damit wir ihn für die anderen frei halten können.« Sie setzte sich und breitete ihren weiten Sommerrock mit aufgesetzten Taschen links und rechts von sich auf der Bierbank aus. Zum Rock trug sie eine weiße Kurzarmbluse, die schmale Taille betonte ein breiter Gürtel. Christel, die an warmen Tagen am liebsten in praktischen Caprihosen herumlief und sich das Haar mit einem um den Kopf geknoteten Band aus dem Gesicht hielt, hatte sich für ein gelbes Kleid mit eckigem Ausschnitt entschieden. Es betonte ihre Sonnenbräune – die von im Garten verbrachten Nachmittagen mit Peterchen herrührte. Auch ins Brentanobad in Rödelheim ging Christel gern, natürlich ohne ihr Kind, dafür mit Freundinnen.

Kurz darauf kamen die Milanskis und Inge und Theo dazu, und alle rutschten zusammen. Während die Damen tatsächlich Colaflaschen mit Strohhalmen darin vor sich auf dem Tisch stehen hatten, genehmigten sich die Herren lieber Bier vom Henninger Bräu aus Sachsenhausen.

»Ich hätte fast gesagt, es ist wie früher«, rief Inge über den Tisch, »doch das stimmt ja nicht. Viel trubeliger ist es, und der Rummelplatz wird von Jahr zu Jahr größer. Trotzdem herrlich, wieder zu feiern.«

»Dann legen wir mal los. Darf ich bitten?« Theo stand auf und führte Inge nach vorne zur Tanzfläche, die von einer Holzbrüstung umgeben und mit bunten Wimpelgirlanden geschmückt war. Die Kapelle stimmte einen bekannten Schlager an.

»Mama, nimmst du mal das Peterchen, sonst fordert mich keiner auf.« Christel reichte ihr das Kind, und Gesa setzte es sich auf den Schoß.

»Wollen wir denn das Siegel brechen?«, schlug Julius grinsend vor und reichte seiner Schwester galant die Hand. Die nichts lieber tat als tanzen.

Gesa brach ein Stück Wasserweck ab und hielt es ihrem Enkel hin, der mit seinen kleinen Fingern begeistert danach griff.

»Theo sieht nicht gut aus«, sagte Margot leise zu ihr, während sie die Tanzenden beobachteten. »Seit ich ihn das letzte Mal getroffen habe, ist er noch dünner geworden, dabei ist das erst drei Wochen her.«

»Ich habe mir das kürzlich im Theater schon gedacht, als er auf der Bühne stand.«

»Ob es wieder seine Galle ist?«

Gesa gab Peterchen ein weiteres Stück. »Sie redet nicht gern drüber, aber ich glaube, es ist ernster, als Inge zugibt. Theo hat wohl mittlerweile alle infrage kommenden Ärzte konsultiert, und die sind sich einig, dass er operiert werden muss.«

»Und das zögert er hinaus?« Margot sog an ihrem Strohhalm. »Würde ich sicher auch«, sinnierte sie. »Ich meine, wer lässt sich schon gern den Bauch aufschneiden?«

»Aber wenn es sein muss? Inge stürzt sich momentan voll in die Arbeit, noch mehr als sonst. Da schrillen bei mir mittlerweile die Alarmglocken.«

»Meinst du, sie will ihre Sorgen wegarbeiten?«

»Ich kann mir nicht vorstellen, dass du das anders siehst, Margot. Wir kennen einander einfach zu gut. Für Theo steht eine anstrengende Theatertournee an, ausgerechnet jetzt, wo er so wenig bei Kräften ist. Inge kann sie ihm nicht ausreden, also lenkt sie sich mit Arbeit ab. Wahrscheinlich würde sie ihm sonst ständig in den Ohren liegen.«

»Aber sie sind absolut glücklich miteinander.«

Wie zwei Frischverliebte sahen Inge und Theo einander beim Tanzen tief in die Augen, als hätten sie alles um sich herum vergessen. Inge standen die knallroten Schuhe zu ihrem rot-weiß karierten Kleid hervorragend. Sie hatte sogar Ohrringe in Form von Kirschen aufgetrieben. Nach zwei Stücken hörten sie allerdings auf zu tanzen und kamen zurück an den Tisch, und Gesa bemerkte, wie erschöpft Theo war. Niemand verlor ein Wort darüber, aber auch Margots besorgter Blick sprach Bände.

Zu einem flotten Swing wirbelten Christel und Julius auf der Tanzfläche herum, und Philip holte noch mal für alle kühles Bier, weil eine Cola wirklich reichte und der Tag zusehends heißer wurde. Gesa legte eine Hand auf Philips Oberschenkel und betrachtete das fröhliche Treiben.

Plötzlich plumpste eine wütende Christel wieder auf ihren Platz, gefolgt von ihrem Bruder.

»Was hast du getan?«, fragte Gesa Julius.

»Ich? Rein gar nichts, wirklich. Aber Anton Berwald hat auf der Tanzfläche eine saudumme Bemerkung gemacht, da ist Christel abgerauscht.«

Zu Gesas Erleichterung waren Julius und sein fragwürdiger Jugendfreund seit Jahren auseinandergedriftet. Nun hatte Anton ihre Tochter anscheinend verärgert. Fragend hob sie die Augenbrauen.

»Er hat gesagt, dass mein Bruder der Einzige ist, der sich erbarmt und mit mir tanzt. Weil mit meinem unehelichen Blagen am Hals kein normaler Mann mit mir gesehen werden will«, stieß Christel hervor. Tränen standen in ihren Augen. »Und dass das Lotterleben wohl in der Familie Bronnen liegt. Damit meint er dich!« Sie nahm Gesa das Peterchen wieder ab und vergrub ihr Gesicht in seinem Haar.

»So ein Lümmel!« Philip stellte sein Glas mit einem lauten Poltern zurück auf den Tisch.

Julius sah das entspannter. »Ihr werdet euch doch nicht zu Herzen nehmen, was der dumme Anton von sich gibt? Seine Mutter hat sich nach dem Krieg nicht nur von einem Ami aushalten lassen. Bei Berwalds hat sich 'ne ganze Kompanie von denen die Klinke in die Hand gegeben. Und das junge Fräulein, mit dem Anton tanzt, hat einen recht zweifelhaften Ruf. Das weiß sogar ich, obwohl ich kaum hier bin. Also bitte, der braucht sich nicht zu moralischen Reden aufzuschwingen.«

»Ich habe das Gefühl, alle Leute starren mich an und tuscheln hinter meinem Rücken.«

»Christel, das bildest du dir nur ein«, versuchte Gesa sie zu beruhigen.

»Und dich schauen sie auch schief an!«

»Niemand hier interessiert sich für uns.« Margot sprang ein. »Wir sind einfach nur eine Gruppe von Wäldchestagbesuchern, wie alle anderen. Wir essen, trinken und feiern.«

»Mir ist nicht mehr nach feiern. Ich geh nach Hause.« Christel setzte Peterchen zurück in den Kinderwagen und sah abwartend in die Runde.

»Schon gut«, sagte Julius, »ich bringe dich heim. Bleib du noch hier, Mama, wir müssen uns ja nicht alle die Laune vermiesen lassen.«

Aber die Stimmung war getrübt, nachdem ihre Kinder gegangen waren. Christel hatte sich so sehr auf den Wäldchestag gefreut, hatte sogar scherzhaft geplant, mit ihrem Bruder in der Schiffschaukel zu schaukeln, wie früher. Selten genug ging sie mit Peterchen unter Leute, weil sie das Gerede fürchtete. Zumeist war Gesa dabei, damit Fremde nicht auf den ersten Blick zuordnen konnten, wer die Mutter des Kleinkinds war.

Wir müssen alle mit den Folgen unserer Handlungen leben, dachte Gesa, und Christel hat es nicht leicht. Aber die Freude, die das Peterchen ihnen schenkte, wog unendlich viel mehr als sämtliche Anfeindungen von außen.

Später auf dem Nachhauseweg wirkte Philip nachdenklich.

»Ich möchte, dass du zu mir ziehst«, verlangte er unvermittelt.

»Wirklich? Ich hatte immer den Eindruck, du magst es, wenn du ab und an deine vier Wände mal ganz für dich hast. Weshalb der plötzliche Sinneswandel?« Sie versuchte, neckend zu klingen, aber es misslang ihr.

»Das hier«, er schloss die Tür auf und ließ Gesa eintreten, »soll unser gemeinsames Zuhause sein. Nur das hier.«

»In Ordnung. Ich kann die Kinder ja nach wie vor viel besuchen, aber wir müssen nicht mehr in meinem Haus übernachten, wenn du nicht willst.«

Perplex blieb Philip am Durchgang zum Wohnzimmer stehen und starrte Gesa an. »Wie? Du sagst Ja? Einfach so? Wenn das so leicht ist, sollte ich dir vielleicht gleich noch eine andere Frage stellen.«

Sie schüttelte den Kopf. »Das war es für heute mit willigem Entgegenkommen.«

»Sicher?« Der Ausdruck in seinen herrlich grünen Augen veränderte sich, und er sah Gesa verführerisch an. »Das kann ich mir kaum vorstellen.« Langsam machte er einen Schritt auf sie zu, dann einen zweiten.

»Philip, du wolltest doch noch die Sendung für morgen vorbereiten.«

»Nö.«

Ein Lächeln stahl sich auf Gesas Gesicht. Sie wich zurück in Richtung Schlafzimmer, als er zusehends näher kam.

»Dann bist du vermutlich müde.«

»Sehr.«

»Und musst dich ausruhen.«

»Unbedingt.« Er lockerte seine Krawatte und streifte sie

über den Kopf, warf sie achtlos weg und knöpfte das Hemd auf.

Mittlerweile stand Gesa im Schlafzimmer, mit dem Rücken zum Bett. »Vielleicht kann ich dir dabei Gesellschaft leisten«, schlug sie mir sanfter Stimme vor, öffnete ihren Rock und ließ ihn zu Boden gleiten. »Und später räumst du mir mehr Platz in deinem Kleiderschrank frei. Viel mehr, wenn das ab jetzt unser gemeinsamer sein soll.«

Gesa musste sich nicht fragen, weshalb sie Philips Vorschlag so schnell zugestimmt hatte, sie kannte die Antwort. Dies war ihr Weg zu ihm, ein Schritt nach dem anderen. Die kleine blaue Villa mit altem Baumbestand in Sachsenhausen war ihr und Alberts Zuhause gewesen, in jedem Winkel steckte die Erinnerung. Sie konnte niemals das Heim von Philip werden. Gesa wünschte sich einen Bruch, wollte die Vergangenheit endlich hinter sich lassen. Sie war so weit.

Beim Hessischen Rundfunk begann Egon Milanskis Stern steil zu steigen. Er wurde offiziell nach Helsinki entsandt, um von der Sommerolympiade zu berichten. Emil Zatopeks Siege über fünftausend und zehntausend Meter und beim Marathon waren eine weltweite Sensation. Der Tscheche schrieb mit drei Goldmedaillen Geschichte. Egon war live an der Strecke, und seine Freude über diese historische sportliche Leistung übertrug er so ehrlich übersprudelnd in die Heimat, dass es ihm viele neue Sympathien bescherte. Nach den Olympischen Spielen war der Dreißigjährige ganz klar Sportreporter Nummer eins in Frankfurt.

Nicht nur die Hörer an den Geräten fanden ihn gut, Gesa fiel zum ersten Mal das Interesse einer jungen Dame auf, als sie zusammen mit Egon schwatzend die Treppe in der Goldhalle hinunter schlenderte.

Nora Holden war im Haus, um bei einer Quizsendung ihren neuesten Schlager zu singen, und kam ihnen aus dem Wald der goldenen Säulen entgegen. Sie bemerkten sie erst, als sie am Fuß der Treppe vor ihnen stand.

»Entschuldigen Sie bitte, wie komme ich …«, sie stutzte, schürzte sinnierend die Lippen und zwitscherte dann mit heller Stimme, in der ein schwedischer Akzent mitschwang: »Jetzt erkenne ich Sie! Sie sind Egon Milanski von der Olympiade. Das ist aber schön, Sie kennenzulernen.«

Nora Holden stellte sich vor, sie und Egon schüttelten Hände, Egon stellte Gesa vor, und Gesa war sich hundertprozentig sicher, dass die Sängerin diese Begegnung absichtlich herbeigeführt hatte. Das sagte ihr ihre weibliche Intuition, und auf die konnte sie sich immer verlassen.

»Ach, Herr Milanski, ich finde mich in diesem riesigen neuen Gebäude nicht zurecht, wo ist denn bitte der Ausgang?«

Beinahe hätte Gesa losgeprustet, auch Egon schaute befremdet drein. Von der Halle aus ging es direkt und ohne Umwege durchs Foyer nach draußen.

»Drehen Sie sich einfach um und gehen Sie geradeaus, Fräulein Holden.«

»Vielleicht, wenn Sie mir den Weg zeigen?«

»Natürlich. Wartest du auf mich, Gesa? Ich bin sofort zurück.« Egon hatte gerade begonnen, Gesa von seiner Reise nach Helsinki zu berichten.

Obwohl die Strecke kurz und sehr eindeutig war, hakte sich die Sängerin bei Egon unter. Er wirkte geschmeichelt, und warum sollte er nicht flirten? Nora Holden war bildhübsch und sicherlich eine gute Partie.

Kurz darauf war Egon allerdings schon wieder da. »Du machst dir keine Vorstellung davon, wie viele Fotografen draußen auf Fräulein Holden gewartet haben. Eine ganze Traube. Um uns rum haben die Blitzlichter nur so geklickt.«

»Sie haben euch zusammen abgelichtet?«

Er nickte.

»Na, da kannst du dich morgen auf ein paar süffisante Artikel gefasst machen, Egon.«

»Meinst du wirklich?«

Neue Liebe für Nora Holden?

Der *Frankfurter Illustrierten* war diese provokante Frage sogar die Titelseite wert. Unter dem Bild von Nora und Egon wurde weiter spekuliert: *Findet die schwedische Sängerin ihr Glück mit dem beliebten Frankfurter Sportreporter Egon Milanski, nachdem sie im vorigen Jahr die Verlobung mit Fußball-Ass Herbert Königsfurt gelöst hat? Ein schönes Paar geben die beiden allemal ab.*

Andere Lokalblätter und einige größere Zeitungen brachten ebenfalls Fotos und Mutmaßungen, und von nun an warteten täglich auch auf Egon ein paar Reporter am Eingang, wenn er zur Arbeit ging oder den Sender verließ.

»Er kommt sich selber schon fast vor wie ein Schlagersternchen«, bemerkte Margot spitz, als sie mit Gesa an einem Zeitungskiosk in der Nähe des Bahnhofs vorbeispazierte. »Und alles nur, weil diese Nora Holden ihn vor die Fotografen geschleppt hat. Die wusste doch, dass die Meute vor der Tür wartet. Scheint ein sehr forsches Fräulein zu sein. Sie hat sogar schon bei uns zu Hause angerufen. Ich kann mich nicht daran erinnern, dass wir seinerzeit derart hinter den jungen Herren hergewesen wären. Wir haben gewartet, bis sie uns um eine Verabredung gefragt haben, nicht umgekehrt.«

Margots Mutterherz rebellierte ganz offensichtlich.

»Hm, wir waren auch nicht gerade Mauerblümchen. Bist du nicht gleich zu Anfang mit Fritz übers Wochenende in ein Hotel nach Dresden oder Leipzig gefahren?«

»Dresden. Aber das war doch was ganz anderes, Gesa.«
»Klar.«

»Diese Woche waren sie zweimal zusammen aus, einmal in einem Restaurant und einmal zu einem Tanztee. Diese Treffen gingen immer von ihr aus, und jedes Mal wurden sie von Fotografen abgelichtet, hier, sieh dir das an.« Margot griff nach der *Frau mit Herz*, schlug eine Seite auf und las vor: »*Frankfurts Prominenz zum Foxtrott im Tanzcafé Regina an der Hauptwache – Nora Holden und Egon Milanski waren die Stars beim Tanztee.* Ich vermute ganz stark, dass dieses Fräulein Holden die Herren von der Presse gezielt mit Informationen füttert, wann sie wo und mit wem anzutreffen ist. Und Egon, der Gute, kapiert nicht, dass sie nur seine Popularität nach der Olympiade ausnutzt.«

Sie überquerten die Straße und warfen beide einen bedauernden Blick auf das Schumann-Theater. In dem nach wie vor vom Krieg gezeichneten Bau nutzten die US-Streitkräfte seit Jahren die erhalten gebliebenen Restauranträume und hatten einen Army-Shop für ihre GIs eingerichtet. Ein Frankfurter Original, zuerst gebrochen, dann beschlagnahmt, durfte nur noch von außen mit Wehmut betrachtet werden. Es stand mitten unter ihnen, gehörte aber den Fremden und würde nie wieder das sein, was es einmal gewesen war.

Gesa und Margot sahen einander an, seufzten und verstanden sich ohne Worte.

Sie stiegen in die Tram, bezahlten jede ihre fünfzehn Pfennig und fuhren zum Karmeliterkloster, in dessen Keller sie sich ein Kabarett mit dem klangvollen Namen *Dornröschen im Mistbeet* ansehen wollten, das Theo ihnen empfohlen hatte. *Die Schmiere* nannte das Ensemble seinen Spielort, oder auch *Das schlechteste Theater der Welt*.

»Vielleicht tust du Nora Holden unrecht«, nahm Gesa

den Faden wieder auf. »Klar, sie ist ein Vermarktungsprofi und will Schallplatten verkaufen. Dabei macht sich ein interessantes Privatleben gut. Aber ich habe schon den Eindruck, dass sie an Egon interessiert ist. Vor allem, weil er sich ihr nicht so zu Füßen wirft wie die meisten anderen Herren. Außerdem, sie ist nun mal ein prominentes Gesicht, das überall erkannt wird. Ich finde es eher romantisch, dass sie trotzdem mit ihm tanzen gehen will, wie eine ganz normale junge Frau.«

»Du meinst, sie nutzt ihn nicht bloß aus?«

Gesa wiegte den Kopf. »Das weiß man natürlich als Außenstehender nie. Aber so, wie sie ihn ansieht – das ist nicht gespielt, da liegt echtes Gefühl drin.«

»Sie ist ein Schlagerstar, und er ist eben«, Margot rang nach Worten, »na, mein Egon halt.«

»Nun stell mal sein Licht nicht unter den Scheffel. Er sieht gut aus, ist intelligent, hat Humor und ist schlagfertig. Und er macht Karriere beim Radio. Die Holden kann froh sein, wenn er mit ihr ausgeht.«

An der Kasse des Kabaretts kauften sie zwei Eintrittskarten, dann stiegen sie eine sehr steile Treppe in ein muffiges Kellergewölbe hinab, das mit allerlei seltsamen Sitzgelegenheiten vollgestopft war.

»Also, ich ziehe meinen Mantel sicher nicht aus«, sagte Gesa fröstelnd. »Und außerdem hoffe ich, dass das Stück besser ist als die Möblierung des Theaters.« Sie saßen auf einer antiquierten Reisetruhe, wie Gesa sie von ihrer Großmutter kannte. Eine von denen, die früher auf Dachböden vor sich hin staubten und voll mit alten Kleidern und Mottenkugeln gewesen waren.

Zur *Schmiere* gehörten lediglich eine Handvoll Schauspieler. Einige von ihnen hatten mehrere Funktionen, Gesa erkannte später auf der Bühne den Herrn vom Ticketverkauf wieder. Alle legten sich ins Zeug und gaben alles, um ihrer politischen Satire den gewünschten Biss zu verleihen.

Hinterher suchten sich Margot und Gesa schleunigst eine Gaststätte, um sich nach dem kalten Kellermief aufzuwärmen und etwas zu essen, denn im *Schlechtesten Theater der Welt* gab es weder Getränke noch Häppchen.

INGE, 1953

Radionachrichten 1953:
»Ein neuer Hollywoodfilm startet in unseren Lichtspielhäusern: Blondinen bevorzugt, geschrieben von der Amerikanerin Anita Loos. In der Komödie mit Sexappeal spielen Marilyn Monroe und Jane Russell die Hauptrollen.«

Anita Loos, Jahrgang 1889, war die erste bedeutende
Drehbuchautorin in Hollywood, bereits mit achtzehn
Jahren erhielt sie ein festes Engagement. Gentlemen pre-
fer Blondes, so der Originaltitel, war ihr größter Erfolg.
1925 schrieb sie die ursprünglich spritzige, pointenreiche
Satire. Deutsche Kritiker bemängelten, dass die Filmver-
sion lediglich eine »aufgedonnerte Schmieren-Burleske«
sei, die das Publikum mit plump zur Schau gestellten Rei-
zen lockte. Die Darstellerinnen würden zu hüftschwingen-
den Dummchen degradiert. Allerdings war der kommerzi-
elle Erfolg von Anita Loos' Komödie derart überragend,
dass in der Folge gefeierte Schauspielerinnen wie zum Beispiel Olivia de Havilland nach diesem Vorbild auftreten
und schmachtend und heiß dargestellt werden wollten.
In Amerika wurde deswegen sogar die arg strenge Zensur gelockert.

Auch nach seiner offiziellen Eröffnung als Domicile du Jazz
kehrte Inge besonders gerne außerhalb der Öffnungszeiten in
Carlo Bohländers Jazzkeller ein. Abgesehen von den schönen
Erinnerungen an ihre Hochzeit mochte sie einfach die Atmo-

sphäre dort. Mit seiner Prognose hatte Bohländer richtig-
gelegen, in seinem Club traten mittlerweile Jazzgrößen und
einheimische Musiker auf, die Stars der Szene ebenso wie die
Jungen und Neuen. Jeden Abend war der Keller rappelvoll.
Inges Freundschaft mit ihm und seinen Kollegen hatte seit
Jahren Bestand. Selbstverständlich besaß sie eine Clubkarte,
die sie aber nie vorzeigen musste, weil Kassenwart und Türsteher sie kannten.

Selbst wenn keine Gäste im Keller waren, roch die Luft
abgestanden, und es war eigentlich immer verqualmt. Albert
Mangelsdorff stand mit seiner Posaune alleine auf der Bühne
und übte, Inge saß an der Bar und kritzelte Notizen auf einen
Bierzettelblock von Binding mit rotem Adlerlogo. Natürlich
war auch diese Brauerei auf dem Sachsenhäuser Berg während des Krieges weitgehend zerstört worden, aber man ließ
sich nicht unterkriegen, alle machten weiter.

»Sag mal, wie kannst du dich eigentlich konzentrieren,
wenn der Albert die ganze Zeit übt und übt und übt?«,
fragte Willi, der Geschäftsführer, der eben die Bar auffüllte.
In einem Aschenbecher glomm seine Zigarette unbeachtet vor
sich hin, ihr Rauch schlängelte sich in einer dünnen Spirale
in die Höhe.

»Wunderbar, mich beruhigt das, weißt du. Sehr nett, dass
ich bei euch bleiben kann, bis Theo fertig ist.«

Draußen lag Schnee, und ein eisiger Wind pfiff um die Häuser, machte keinen Unterschied zwischen den Neubauten und
den Ruinen, und Inge wartete darauf, Theo von seiner Probe
abzuholen und noch ein Glas mit ihm trinken zu gehen. Um
die Zeit zu nutzen, plante sie ihre nächste Sendung. Sie hatte
den Mantel nicht ausgezogen, sogar den kleinen Fellkragen
ließ sie umgelegt, um ihren Hals zu wärmen. Nur die Handschuhe lagen neben ihr, damit sie besser schreiben konnte.
Zwischen Neujahr und Frühling, wenn es kalt, dunkel und

ereignislos war, gab es kaum nette Themen, die sie ihren jungen Hörern präsentieren konnte. Kürzlich war sie mit einem tragbaren Aufnahmegerät bewaffnet an der Eisbahn gewesen und hatte Kinder interviewt, die lustig auf Schlittschuhen ihre Runden drehten. Dazu hatte sie gleich auch das typische Geräusch der Kufen auf dem Eis aufgezeichnet, für ihre Geräuschesammlung. Das würde sich gut zur Untermalung verwenden lassen, wenn sie Wintermärchen erzählte.

Sie legte den Bleistift weg und hörte Albert Mangelsdorff eine Weile zu. Willi stellte ihr ein Glas Sauergespritzten hin, also mit Wasser verdünnten Apfelwein. Er selbst goss sich ein Bier ein.

»Willste auch 'n Schmalzbrot, Inge?«

Sie schüttelte verneinend den Kopf, konzentrierte sich noch immer auf Mangelsdorffs Spiel. Der hielt plötzlich inne und kam herüber.

»Sing ein Lied mit mir«, schlug er geradeheraus vor.

Sie schmunzelte. »Posaune und Gesang? Das klingt doch nicht.«

»Dann spiel ich halt auch mit«, warf Willi kurz entschlossen ein, kam hinter seinem Tresen hervor und setzte sich ans Klavier.

Warum nicht? Die Sendung konnte sie später weiterplanen, und wann hatte sie dieser Tage schon mal die Gelegenheit, mit derartigen Künstlern zu musizieren? Immerhin war sie nicht nur die Tante vom Kinderfunk, sondern auch noch Sängerin.

Sie rutschte von ihrem Barhocker und stellte sich zu den anderen beiden nach vorne auf die etwas erhöhte Bühne. Von irgendwoher zog es eiskalt um Inges Knöchel.

»Dann machen wir aber was Schönes, Warmes, Langsames, so richtig von damals. *Basin Street Blues*? Kennt ihr das?«

»New Orleans, südlicher geht es kaum. Na klar.« Mangelsdorff sah fragend zu Willi, der wirkte etwas unsicher, daher wühlte der Posaunist in einer alten Tasche, die in der Ecke stand, und zog schließlich ein Notenblatt mit Eselsohren hervor. Das stellte er Willi aufs Klavier, und dann ging es los.

Die drei verliehen der Ballade aus den zwanziger Jahren ihre ganz individuelle Note. Inge ließ sich voll auf den Südstaatensound ein, die Herren begleiteten hingebungsvoll ihre weiche Stimme, und Albert Mangelsdorff legte ein famoses Solo hin.

Am Ende musste sie sogar den Mantel aufknöpfen, weil ihr warm wurde.

Beschwingt bedankte sie sich bei den Herren, sammelte ihre vollgekritzelten Bierzettel auf und steckte sie in die Handtasche. Als sie oben aus der Tür trat, trieb ihr der Wind eisige Schneeflöckchen ins Gesicht. Inge hielt ihren Hut fest und wünschte sich, eine Mütze zu tragen. Es war nicht weit zu Theos Probenraum, und er wartete bereits auf sie. Den Hut tief in die Stirn gezogen, erkannte Inge auf einen Blick die glasigen Augen unter der Krempe.

»Wie lief es?«, fragte sie.

»Ganz ordentlich. Können wir vielleicht einfach nach Hause fahren? Es ist bitterkalt, und ich fühle mich nicht gut.«

»Natürlich.« Sie bestiegen einen Autobus in Richtung Sachsenhausen. Noch immer waren das Hauptfortbewegungsmittel des Nachkriegsfrankfurters seine beiden Beine, aber Trams und Busse zogen zusehends weitere Kreise. Die letzten Meter zur Wohnung mussten sie laufen, das Wetter hatte sich zu einem regelrechten Schneesturm verschlechtert, und nachdem Theo Hut und Mantel abgelegt hatte, erschrak Inge, wie schlecht es um ihn stand.

Sie zog seinen Kopf zu sich und legte ihre Lippen an seine Schläfe. »Du hast Fieber. So geht es nicht weiter, Theo, da muss jetzt mal was unternommen werden.«

Sie begleitete ihn ins Schlafzimmer und half ihm beim Auskleiden.

»Das ist sicher nur eine Grippe. Wäre bei dem Wetter kein Wunder.«

Sie deckte ihn zu und setzte sich an den Bettrand. »Wir wissen beide, dass es keine Grippe ist. Hast du Schmerzen?«

Sein Blick flackerte kurz, wie immer würde er verneinen, aber dann gab er zu: »Seit Tagen sehr starke.«

Nachdem Inge ihm Tee und ein Schmerzpulver ans Bett gebracht hatte, sagte sie: »Ich werde den Arzt anrufen, und der wird dich ins Krankenhaus einweisen. Du musst dich endlich operieren lassen, Schatz, es gibt keine andere Möglichkeit mehr.«

Er lehnte erschöpft im Kissen. »Ich weiß. Ich halte es sowieso nicht mehr aus, das ist kein Leben so.« Mit kalten Fingern griff er nach Inges Hand. »Aber warte bis morgen, ja? Heute ist es ohnehin zu spät. Leg dich zu mir und leiste mir Gesellschaft.«

Das Gesicht, das sie so liebte, war gezeichnet von Schmerz. Es würde eine Erleichterung für Theo sein, endlich seine Galle operieren zu lassen. Ihn leiden zu sehen tat Inge weh.

»In Ordnung.« Sie schlüpfte neben ihn ins Bett und schmiegte sich an ihn. Ihre Körperwärme schenkte ihm Behaglichkeit, und langsam, sehr langsam, entspannte er sich.

»Erzähl mit vom Jazzkeller. War überhaupt jemand da?«

»Dort ist immer jemand am Herumwerkeln. Oder Albert Mangelsdorff übt einsam auf seiner Posaune. So war es auch heute. Stell dir vor, wir haben sogar zusammen musiziert.«

»Wirklich? Was denn?«

»Einen Song namens *Basin Street Blues*. Das ist 'ne ganz alte Nummer, bestimmt fünfundzwanzig Jahre alt. Aber Albert kannte sie und hatte sogar die Noten dabei, damit Willi am Klavier mitspielen konnte.«

Theo breitete seinen Arm aus, und Inge kuschelte sich noch enger an ihn.

»Beim Singen habe ich die Augen geschlossen und mir vorgestellt, ich wäre in Amerika, in New Orleans, an einem schwülen Sommerabend, zusammen mit dir.«

»Das klingt schön. Was haben wir gemacht?«

»Wir haben mitten auf der Straße getanzt, überall lagen weiße Blütenblätter, und aus den geöffneten Fenstern der Häuser drang Musik.«

Theos Atem wurde ruhig und gleichmäßig, und er schlief ein. Inge wischte sich eine Träne aus dem Augenwinkel.

Natürlich bestand der Arzt am nächsten Tag darauf, Theo sofort ins Krankenhaus einzuweisen, obwohl Samstag war. Er zeigte sich Inge gegenüber sichtlich erleichtert, dass der Starrsinn seines Patienten endlich ein Ende hatte.

»Hinterher wird er sich fragen, warum er überhaupt so lange gewartet und gelitten hat. Es wird ihm bedeutend besser gehen.«

»Sie scheinen sehr sicher zu sein, Doktor Kunze.«

»Natürlich, Frau Conrad. Ich predige Ihrem Gatten seit Jahren, dass nur eine Operation eine spürbare Verbesserung für ihn darstellt. Ich werde Professor Gersheim bitten, meinen Kollegen im Hospital zum Heiligen Geist, die Operation von Herrn Conrad vorzuziehen. Sie werden sehen, in einer Woche ist er wieder daheim.«

Seit drei Jahren hatte die Klinik in der Innenstadt am nördlichen Mainufer ihren Betrieb wieder aufgenommen. Das Gebäude an der Langen Straße war nach der Bombardierung zwar auf dem alten Grundriss, aber viel schlichter wieder errichtet worden. Drinnen roch es wie in allen Krankenhäusern, ein Aroma, das Inge zutiefst verabscheute und mit dem sie nichts als schlechte Erinnerungen verband. Theo war guter Dinge, ließ all seine Voruntersuchungen klaglos über sich ergehen, und als Inge sich vergewissert hatte, dass es ihm hier an nichts fehlen würde, schickte er sie nach Hause.

»Da passiert heute nichts mehr«, beruhigte er sie. »Und morgen auch nicht, da ist Sonntag. Ich wünschte, es gäbe ein Radiogerät hier drinnen, dann könnte ich im Bett liegen und mir deine Sendung anhören. Aber vorne im Aufenthaltsraum habe ich eines gesehen.«

»Theodor Conrad, der große Mime, wird sich in Bademantel und Pantoffeln mit einer Tasse Krankenhaus-Hagebuttentee im Aufenthaltsraum die Kindersendung des Hessischen Rundfunks anhören? Das möchte ich sehen.« Inge legte bewusst einen neckenden Unterton in ihre Stimme.

Er lächelte sie an. »Kannste aber nicht. Denn Inge Conrad, die Frau des großen Mimen und Star des Kinderfunks, wird die Sendung präsentieren. Was kommt denn dran?«

»Verrate ich dir nicht.« Sie beugte sich über ihn und küsste ihn. »Da musst du dich schon überraschen lassen.«

Sobald sie das Krankenhaus verlassen hatte, spürte Inge einen Druck auf der Brust, sie blieb sogar kurz stehen, weil sie das Gefühl hatte, die Beklemmung würde ihr den Atem rauben. Sie musste sich wirklich zusammenreißen. Theo unterzog sich einem Routineeingriff. Und nur, weil sie eine Krankenhausangst mit sich herumtrug, die an Hysterie grenzte, durfte sie den Teufel nicht an die Wand malen. Das war geradezu lächerlich.

Unten am Mainufer pausierte sie erneut. Es war immer noch kalt, doch es schneite nicht mehr, und der Himmel wirkte deutlich freundlicher als am Vortag. Theo hatte vollkommen recht, sie würde früh zu Bett gehen, morgen in den Sender fahren und eine gute Show abliefern, wie es sich für einen Profi gehörte. Und anschließend würde sie ihm auf dem Weg ins Krankenhaus ein leckeres Stück Kuchen kaufen. Aber nein, vor der Operation durfte er sicher nichts essen.

Statt in den Bus zu steigen, beschloss Inge, zu Fuß nach Sachsenhausen zu marschieren. Die Bewegung würde ihr guttun.

»Nicht, Frau Conrad!« Der Techniker im Tonstudio, ein junger Kerl mit hoch frisierter Tolle herrschte Inge alarmiert an. »Jetzt hätten Sie beinahe Ihren eigenen Beitrag gelöscht, den Sie gleich in die Sendung einbauen wollen.«

»Tut mir leid, ich bin heute nicht ganz bei der Sache.«

Der Tontechniker brummte etwas von Frauen und Technik, und Elke, die ebenfalls im Studio war, wies ihn umgehend zurecht. »Sagen Sie mal, wie reden Sie eigentlich mit Frau Conrad? Haben Sie überhaupt keine Erziehung? So was Ungehöriges!«

Auf die scharfe Rüge der mittlerweile achtzehnjährigen und bildhübschen jungen Dame wurde er knallrot. »Tut mir leid, gnädige Frau«, entschuldigte er sich sofort bei Inge.

Weil es bis zur Ausstrahlung noch etwas dauerte, ging sie mit Elke zurück ins Büro.

»Ich kann mich heute ganz schlecht konzentrieren«, gab Inge zu. »Hoffentlich wird das was mit der Sendung.«

»Aber natürlich, du kriegst es doch immer prima hin. Hast du Sorgen, Inge?«

»Mein Mann wird morgen operiert.«

»Hoffentlich nichts Ernstes?«

»Ein reiner Routineeingriff. Aber man macht sich eben Gedanken.«

Margot kam zur Tür herein. Ihr Mantel war durchnässt, und sie beeilte sich, den tropfenden Schirm in den Schirmständer zu stecken.

»Meine Güte«, schimpfte sie, »erst schneit es tagelang und

ist eiskalt, und über Nacht taut alles weg und es schüttet wie aus Kübeln. Ich bin nur vom Bus bis zum Gebäude gelaufen, und seht mich an.« Mit spitzen Fingern beförderte sie den Mantel an einen Haken.

»Soll ich Ihnen einen heißen Tee aus der Kantine holen, Frau Milanski? Zeit hätten wir noch.«

»Gerne, Elke, das wäre sehr freundlich, vielen Dank.«

Sobald sie allein waren, fragte Margot nach Theo.

»Morgen früh ist er dran, gleich als Erster.«

»Das ist doch wunderbar. Dann hat er es hinter sich. Wie lang muss er bleiben?«

»Ich denke, fünf Tage?« Genau wusste Inge das nicht, war sich aber sicher, dass ihr Mann das Krankenhaus frühestmöglich wieder zu verlassen gedachte.

»Was ist mit Elke? Warum ist die plötzlich so beflissen?«

Inge verzog das Gesicht. »Weißt du es noch nicht? Sie ist mit der Schule fertig und macht ein Volontariat hier. Elke ist die Radiofrau von morgen, das, was wir vor hundert Jahren mal waren.«

»Ach du!« Margot drückte Inge kurz an sich. »Das kannst du doch nicht sagen. Wir sind im besten Karrierealter. Was wir schon alles geschafft haben, muss die Kleine erst mal erreichen. Und ehrlich, würdest du noch mal von vorn anfangen wollen?«

Inge schüttelte sich. »Gott bewahre! Haben wir zweimal gemacht. Das reicht.«

Dankbar nahm Margot Elke den Tee ab, als sie zurückkam. »Das wird mich vor einer Erkältung bewahren, ganz sicher.« Sie pustete in die Tasse und trank das heiße Getränk in kleinen Schlucken. »So, wollen wir los? Der Chor trifft sich direkt im Studio, auf den brauchen wir nicht zu warten.«

Sobald die rote Lampe leuchtete und Inge wusste, sie war

auf Sendung, ließ sie all ihre Sorgen hinter sich und konzentrierte sich vollkommen auf ihre Aufgabe. Sie sang zusammen mit den Kindern das Begrüßungslied und las anschließend die Erzählerstimme in einem Hörspiel. Passend zum Wetter hatte sie *Die Schneekönigin* ausgesucht, ein Märchen von Hans Christian Andersen, das sie in zwei Teile aufteilte. Den zweiten würde es in der kommenden Woche geben. Sie brachten das live, zeichneten es aber gleichzeitig auf. Danach sang der Chor ein paar Lieder, und als letzter Beitrag wurde das Interview mit den Eislaufkindern eingespielt, das sie beinahe gelöscht hätte. Der junge Tontechniker mit der Tolle streckte hinter seiner Glasscheibe beide Daumen hoch. Dazu musste er sich seine Zigarette zwischen die Lippen klemmen, der Rauch stieg ihm ins Gesicht und er kniff ein tränendes Auge zusammen. Woraufhin Elke den Kopf schüttelte und die Chorkinder lachten.

Hinterher fühlte sich Inge tatsächlich besser. Sie fuhr direkt zu Theo, der wie versprochen zugehört hatte.

Sie verbrachten den Nachmittag gemeinsam, erst als sein Abendessen gebracht wurde und die Schwester Inge darauf hinwies, dass die Besuchszeit längst vorbei war, ging sie nach Hause.

Am Montagmorgen stand sie früh um acht an Theos Bett und hielt seine Hand.

»Ich muss Ihren Gatten jetzt mitnehmen und für die Operation vorbereiten«, sagte eine Krankenschwester. »Sie können gerne im Aufenthaltsraum Platz nehmen, Frau Conrad. Dort gibt es Getränke, und es ist nicht so ungemütlich wie auf einem Stuhl im Flur. Sie wissen ja, dass es dauern wird, nicht wahr?«

»Ja, vielen Dank, das macht nichts.«

Die Schwester drehte sich dezent weg, weil Inge Theo ausgiebig küsste.

»Ich warte auf dich«, flüsterte sie ihm ins Ohr.

Er sah ihr tief in die Augen. »Was hältst du davon, zusammen nach New Orleans zu fahren und auf der Straße zu tanzen, wenn ich das alles hinter mir habe?«

»Das ist ein guter Plan, das machen wir.«

Inge hielt seine Hand, solange sie konnte, bis die Schwester die Bremse des Bettes löste und Theo aus dem Zimmer schob. Mit einem Buch setzte sie sich in den Warteraum, aber an Lesen war nicht zu denken. Viel zu nervös konnte sie sich nicht konzentrieren. Die zwei Tassen Kaffee, die sie in schneller Folge trank, halfen dabei auch nicht. Angespannt lief sie auf und ab, erst als ein Patient mit seinem Besuch das Zimmer betrat, setzte sie sich, wippte aber unablässig mit dem Fuß. Sie starrte auf die Uhr an der Wand. Die beiden anderen Personen gossen sich ebenfalls einen Kaffee ein und beschlossen, mit einem Seitenblick auf Inge, ihn doch lieber auf dem Krankenzimmer zu trinken.

Sie zwang sich zur Ruhe, zum gleichmäßigen Atmen. Am besten, sie dachte an etwas Schönes. New Orleans … Der Ort klang viel zu exotisch, als dass sie jemals gehofft hätte, ihn tatsächlich zu sehen. Aber mit Theo war alles möglich. Und warum auch nicht? Ihre Gedanken gingen auf Reisen, und trotz des Koffeins und der Hibbeligkeit wurde Inge müde. Ihre Augenlider senkten sich langsam, und sie nickte ein. Mit einem Zucken erwachend, weil ihr Kopf nach vorne kippte, schreckte sie auf. Wie viel Zeit war vergangen? Ein Blick auf die Wanduhr rief die Nervosität wieder auf den Plan. War es normal, dass die Operation derart lange dauerte?

Sie stand auf, streckte Arme und Beine, ging die paar Schritte zum Fenster und starrte hinaus in einen grauen Tag.

»Frau Conrad?«, eine Stimme riss Inge aus ihren Gedanken, sie drehte sich um.

»Ja?«

»Mein Name ist Professor Gerstheim, ich habe Ihren Gatten operiert.«

»Wie geht es Theo, kann ich zu ihm?«

Dicke Brillengläser mit Schildpattrahmen machten es schwer, den Ausdruck in seinen Augen zu deuten.

»Ich bedauere, Ihnen mitteilen zu müssen, dass Herr Conrad nicht mehr aus der Narkose erwacht und leider verstorben ist.«

»Was?«

Der Klang ihrer eigenen Stimme kam ihr fremd vor, ein Pfeifton begann in Inges rechtem Ohr. Hatte der Professor diesen Satz auswendig gelernt, mit einer gewollt neutralen Betonung? Seine Bedeutung drang nur widerstrebend zu Inge durch, ihr Kopf wehrte sich dagegen, ihr Herz noch mehr.

»Nun ja«, sichtlich unwohl verschränkte der Arzt die Hände hinter seinem weißen Kittel, »es verlief eigentlich alles nach Plan, die Operation an sich war ein Erfolg. Aber aufgrund des reduzierten Allgemeinzustandes war die Reaktion des Patienten auf die Dosierung der Anästhesie ...«

Seine Worte verschwammen, sie hörte ihm nicht länger zu. Der Pfeifton setzte nun auch im linken Ohr ein und übertönte alle anderen Geräusche. Inge wurde schwindlig und sie schwankte.

»Oh«, sagte Professor Gerstheim und rief laut: »Schwester! Schwester!« Er dirigierte Inge zu einem Stuhl, ohne sie zu berühren, rückte seine Brille zurecht, und sobald eine Krankenschwester auftauchte, verschwand er.

Apathisch starrte sie auf den Linoleumboden und versuchte zu verstehen. Theo sollte tot sein? Das war nicht möglich. Er hatte doch nur eine einfache Operation gehabt, würde in ein paar Tagen wieder daheim sein.

Mit einem raschen Griff packte sie den Arm der Schwester, die versuchte, Inges Puls zu messen. »Lassen Sie das. Was hat der Professor gesagt? Woran ist mein Mann gestorben?«

»Ich bin nicht befugt, Ihnen Auskunft zu geben. Da müssen Sie den Herrn Professor fragen. Aber er hat es Ihnen doch eigentlich gerade erklärt.«

»Wo ist mein Mann? Ich will ihn sehen!«

»Frau Conrad, ich weiß nicht, ob das eine gute Idee ist. In Ihrem Zustand.«

»Ich will ihn sehen!«, rief Inge so laut, dass die Leute draußen auf dem Gang innehielten. »Sofort!«

Die Schwester führte sie in den Aufwachraum. Weiß getünchte Wände, eine Sauerstoffflasche, zwei leere Betten. Und Theo im dritten. Inge sah in sein Gesicht, dessen wächserne Blässe ihr versicherte, dass er sie tatsächlich verlassen hatte. Die Haut unter ihren Fingerspitzen fühlte sich kühl an, als sie seine glatt rasierte Wange streichelte. Sie beugte sich darüber, küsste ihren Mann ein letztes Mal und atmete den Duft seines frisch gewaschenen Haars, der ihr so vertraut war.

Dann richtete sie sich auf. Wie sollte sie nach Hause gehen, ohne ihn? Wie weitermachen? Nichts ergab mehr einen Sinn.

Sie war es, die ihn dazu überredet hatte, sich operieren zu lassen.

GESA

Radionachrichten 1953:
»Die ›Pythia vom Bodensee‹, Dr. Elisabeth Noelle-Neumann, trägt mit ihrem Institut für Demoskopie maßgeblich zum erfolgreichen Wahlkampf der CDU bei.«

Elisabeth Noelle-Neumann wurde in eine großbürgerliche Familie geboren und studierte in Berlin, Königsberg und den USA. Schon früh sympathisierte sie mit der NS-Ideologie. Nach dem Krieg gründete sie mit ihrem Mann das »Institut für Demoskopie Allensbach«. Trotz ihrer Nähe zum Nationalsozialismus durfte sie ihre wissenschaftliche Arbeit im Nachkriegsdeutschland fortsetzen. 1953 führte sie von einem umgebauten Bauernhaus am Bodensee demoskopische Befragungen zur Politik von Konrad Adenauer durch, deren Ergebnisse die CDU/CSU für ihren Wahlkampf und letztlich ihren Wahlsieg nutzen konnte. Gegen ihren Spitznamen »Pythia« hatte sie nichts, Elisabeth Noelle-Neumann kokettierte sogar damit und ließ sich für eine Anzeigenkampagne in Delphi fotografieren. Ihr Engagement für den Nationalsozialismus bedauerte die Wissenschaftlerin bis zu ihrem Tod 2010 nicht.

Bei Theos Beerdigung regnete es. Die Blumen in den Kränzen litten unter der Kälte und Nässe und ließen die Köpfe hängen. Trotz des scheußlichen Wetters waren viele Menschen gekommen, um dem beliebten Schauspieler die letzte Ehre zu erweisen. Inge sah aus wie ein Geist. Blass und gebeugt stand sie am Grab. Siggi und Renate, zwei ihrer ersten Kinderfunkkinder, stützten sie rechts und links, und Siggi hielt einen großen schwarzen Schirm über alle drei. Inge schien es vollkommen egal zu sein, ob sie nass wurde, wahrscheinlich merkte sie es nicht einmal. Unbewegt starrte sie auf Theos Sarg hinunter. Die Beileidsbezeugungen ließ sie teilnahmslos über sich ergehen, und sobald es vorbei war, führten Siggi und Renate sie weg, als wären sie ihre Kinder. Der Anblick bewegte Gesa zutiefst.

»Ich kann das nicht, mit diesem Traueressen. Und habe auch noch nie verstanden, was das überhaupt soll«, verkündete Inge.

»Deshalb haben wir auch keines organisiert«, sagte Gesa, »sondern gehen nur im engsten Kreis zu Carlo Bohländer in den Club.«

»Ich fahre nach Hause.«

»Das tust du nicht. Glaub mir, Inge, es hat schon seinen Sinn, nach einer Beisetzung noch mit seinen Lieben zusammen zu sein. Du kommst auf jeden Fall mit.«

Auf Gesas Wink hin schlüpften auch Renate und Siggi mit in das wartende Taxi.

»Die zwaa sin awwer noch kaa einundzwanzisch«, bemängelte der Türsteher des Jazzkellers, der extra erschienen war, damit sich keine Passanten von der Straße in die geschlossene Gesellschaft verirrten.

»Das ist heute egal, die kommen mit rein.« Inge schob Siggi und Renate in Richtung Treppenabsatz und stieg dann selbst hinunter. Gesa folgte, sie hielt Philip fest an der Hand, weil sie befürchtete, sonst umgehend in Tränen auszubrechen. Siggi und Renate gehörten längst nicht mehr zu *Inges Radiobande*. Der Junge überragte sie mittlerweile um einen halben Kopf und machte eine Banklehre. Das Mädchen arbeitete bei einer Hutmacherin in der Innenstadt. Aber ihr freundschaftliches Verhältnis zu Inge hatte über die Jahre hinweg Bestand. Die Mutter der beiden hatte nie vergessen, wie die bekannte Sängerin sich dafür eingesetzt hatte, dass ihre Kinder es in der schweren Zeit nach dem Krieg besser hatten. Zu Inges Geburtstag buk sie jedes Jahr einen Sandkuchen, und an Weihnachten gab es etwas Selbstgestricktes. Renate und Siggi selbst trafen sich regelmäßig mit Inge, auch außerhalb des Senders. Im Gegensatz zu Elke, für die in erster Linie die Arbeit beim Rundfunk zählte, bedeutete Inge den beiden persönlich viel, und das merkte man. Deswegen durften sie auch unerlaubterweise in den Club. Elke war nach der Beerdigung nicht dazugebeten worden.

Geschäftsführer Willi hatte ein paar Tische zusammengeschoben. Gesa saß neben Inge, dann Philip, Fritz und Egon und die beiden Jugendlichen. An Inges anderer Seite hatte Margot Platz genommen und daneben die Hotclub Combo.

Es gab eine Runde Doppelkorn, und niemand sagte etwas, als Willi auch Elke und Siggi ein Glas hinstellte. Sie stießen auf Theo an.

»Hätte ich seine Theaterkollegen einladen müssen?«, fragte Inge tonlos.

»Nein. Das hier ist nur für uns.« Margot winkte Willi für eine zweite Runde und bedeutete ihm, die beiden Teenager dieses Mal auszulassen.

Später brachten Gesa und Philip ihre Freundin nach Hause. Gesa bot an, über Nacht zu bleiben, doch Inge wollte allein sein. Es brach Gesa fast das Herz, sie in der stillen, leeren Wohnung zurückzulassen.

»Ich weiß nicht, ob Inge mit diesem Verlust umgehen kann«, sagte sie später zu Philip, daheim auf dem Sofa in seinen Arm geschmiegt. Sie wollte ehrlich mit ihm sein. »Damals, als Albert für tot erklärt wurde, war ich unsagbar traurig, aber es kam nicht als Schock. Immerhin hatte er lange Zeit als verschollen gegolten, meine Hoffnung war sozusagen ganz langsam gestorben. Das mit Theo ist etwas anderes, ein völlig unvermittelter Schlag für Inge, der sie komplett aus der Bahn wirft.«

Philip stimmte ihr zu. »Es ist wirklich eine Tragödie, damit hatte niemand gerechnet.«

»Am wenigsten Inge selbst. Sie ist so ein sensibler Mensch und nicht gut darin, starkem psychischem Druck standzuhalten. Wir dürfen nicht zulassen, dass sie zerbricht.«

»Aber wie willst du helfen?«

Nachdenklich nagte Gesa an ihrer Unterlippe. »Darüber muss ich mit Margot reden. Wir drei sind wie Schwestern, wir werden eine Lösung finden.«

Tatsächlich allerdings mussten die beiden hilflos dabei zusehen, wie Inge rasend schnell dünner und apathischer wurde. Drei Wochen lang übernahm Margot die Moderation der Kindersendung, in Woche vier bat Eberhard Beckmann sie und Gesa um ein Gespräch unter sechs Augen.

»Ich weiß um Ihre enge Freundschaft mit Frau Conrad«, begann er vorsichtig, nachdem er seine Sekretärin aus dem Büro geschickt und die Tür geschlossen hatte. »Daher wollte ich fragen, ob Sie mir dabei behilflich sein könnten, die Lage einzuschätzen? Wann können wir wieder mit ihr rechnen? Ich habe natürlich keinerlei Einwände dagegen, ihr eine gewisse Trauerzeit zuzugestehen. Aber wir müssen planen, und auch die Hörer wollen informiert sein.«

Die beiden Freundinnen wechselten einen Blick. »Der Tod ihres Mannes hat ihr vollkommen den Boden unter den Füßen weggezogen.«

»Womöglich wäre eine Rückkehr an den Arbeitsplatz mit seinen geregelten Abläufen etwas, das ihr helfen könnte?« Das schmale, ernste Gesicht des Intendanten drückte ehrliche Anteilnahme aus.

»Das sehen wir genauso, Herr Beckmann«, sagte Margot.

»Gut. Ich bin ganz offen mit Ihnen, eine Mitarbeiterin hat sich angeboten, Frau Conrads Stelle zu übernehmen.«

»Wie bitte?«, entfuhr es Gesa. Niemand von den Kollegen würde etwas derart Heimtückisches unternehmen. »Da muss es sich um ein Missverständnis handeln.«

»Ich fürchte nicht. Die betreffende junge Dame hat sich für den Kinderfunk empfohlen.«

»Elke Kleiber, Inges ehemaliges Radiobandenmädchen, derzeit Volontärin?« Gesas Mutmaßung traf ins Schwarze, das merkte sie an Beckmanns Mimik.

»Die Bewerberin hat mich gebeten, ihr Anliegen vertraulich zu behandeln.«

»Inge hat das Mädchen unter ihre Fittiche genommen, sie jahrelang gefördert, und auch jetzt im Volontariat teilt sie bereitwillig ihr Wissen und ihre Erfahrung mit Elke. Nur um hinter ihrem Rücken ausgebootet zu werden?« Gesa hielt mit ihrer Verachtung nicht hinter dem Berg.

»Davon kann keine Rede sein, deshalb habe ich Sie ja zu mir gebeten.«

Margot runzelte die Stirn. »Es weht ein neuer, kalter Wind durch die Räume des Hessischen Rundfunks. Als wir in Fräulein Kleibers Alter waren, hätten wir es niemals gewagt, dem Intendanten einen derart präpotenten Vorschlag zu machen. Ehrlich gesagt hätten wir uns wahrscheinlich nicht mal getraut, überhaupt bei Ihnen vorzusprechen.«

Beckmann nickte beipflichtend und lächelte wehmütig. »Ja, für unsere Generation galten noch Werte, die für die jungen Menschen heute eine geringere Rolle spielen. Wir müssen uns alle im Klaren darüber sein, dass sich daran auch nichts ändern wird. Wenn wir Ende des Jahres zusätzlich zum Radio auch noch mit der Produktion von Fernsehsendungen beginnen, wird das den Wettbewerb um die besten Posten nicht entspannen, im Gegenteil.« Er seufzte. »Also, wie kriegen wir Frau Conrad wieder zurück ans Mikrofon? Und vor allem, wann?«

»Wir kümmern uns darum«, bestimmte Gesa.

»Ich hatte gehofft, dass Sie das sagen.«

Erste Frühlingsblumen spitzelten durch die Erde, Schneeglöckchen und Krokusse, und die nackten Bäume kleideten sich Zweig um Zweig in Blüten und Knospen. Sichtlich widerstrebend bat Inge ihre Gäste herein. Sie trug einen Wintermantel von Theo, den sie eng um sich geschlungen hatte.

»Ich sitze draußen auf dem Balkon, da ist es frisch«, erklärte sie, also ließen auch ihre Freundinnen die Jacken an.

Gesa fiel die Unordnung auf, achtlos herumstehende Schuhe, schmutziges Geschirr, überquellende Aschenbecher. Und dass Inge unter dem Mantel ihr Nachthemd trug. Seit wann?

Sie folgten ihr hinaus auf den Balkon und nahmen an dem Klapptisch Platz, an dem sie schon so manch heiteren Sommerabend verbracht hatten. Auch hier stand ein voller Ascher, mit einer noch glimmenden Zigarette darin, zusammen mit einer halb leeren Flasche Weißwein. Wortlos deutete Inge darauf, Gesa und Margot nickten. Sie holte zwei weitere Gläser und goss ein. Schweigend tranken sie den Wein und sahen hinunter in den Hinterhof des Hauses mit seinem angeschlossenen kleinen Garten. Die Stille zwischen den dreien trug die Vertrautheit von Jahrzehnten. Schließlich fing Inge leise an zu weinen, und Margot reichte ihr ein Taschentuch.

»Es muss unfassbar schwer für dich sein«, sagte sie. »Und

für Gesa und mich ist es schmerzhaft, deinen Kummer nicht mittragen zu können.«

»Ihr seid da, das ist alles, was zählt. Auch wenn ich momentan am liebsten für mich bin.«

»Wann kommst du wieder zur Arbeit?«, fragte Gesa geradeheraus und erntete dafür von der sanften Margot einen tadelnden Blick. Der sich allerdings ganz schnell in alarmiert aufgerissene Augen verwandelte, als Inge antwortete: »Überhaupt nicht.«

»Blödsinn!«, warf Gesa ein. »Das kommt nicht infrage.«

»Was macht es, bitte, noch für einen Sinn? Ich bin alt und allein und habe die Liebe meines Lebens verloren. Was könnte ich jungen Menschen zu bieten haben?«

»Du bist fünfzig und damit ein Jahr jünger als ich. Also komm mir nicht mit alt. Ich kann deine Gefühle nachvollziehen. Als Albert damals für tot erklärt wurde, dachte ich auch, ich könnte nie wieder fröhlich sein. Aber das Leben geht weiter, Inge, dein Leben geht weiter. Und wenn du mich fragst, was du deinen jungen Zuhörern zu bieten hast, dann sage ich dir: dein unfassbar großes Herz.«

Inge schniefte erneut.

»Nein, hör mich an. Ich kenne niemanden, der sich derart in Kinder hineindenken kann wie du. Es ist, als könntest du jederzeit das Gefühl heraufbeschwören, wieder acht Jahre alt zu sein, oder zehn oder zwölf. Wenn du mit ihnen redest, ist das ehrlich und auf Augenhöhe. Du interessierst dich für das, was sie zu sagen haben, und verstehst sie.«

»Das stimmt«, pflichtete Margot bei. »Ich vertrete dich wirklich gern, Inge, wenn du noch ein wenig Zeit brauchst. Aber ich könnte dich niemals ersetzen. Das Herzblut, mit dem du jede Sendung angehst, das hab ich einfach nicht. Und sonst auch niemand.«

Inge horchte auf. »Was meinst du mit ›sonst auch niemand‹? Kreisen etwa schon die Geier?« Sie öffnete ihr Zigarettenetui und bot den Freundinnen an, bevor sie sich selbst eine ansteckte.

Betretenes Schweigen war die Antwort.

»Wer ist es? Irgendein junger Hüpfer? Wartet, lasst mich nachdenken.« Sie nahm einen Zug von der Zigarette, inhalierte tief und stieß den Rauch aus. »Elke, stimmt's? Die hat sich schon immer zu Höherem berufen gefühlt und meint, sie kann alles, ohne lernen zu müssen.«

Gesa lehnte sich vor. »Du bist die Leiterin des Kinderfunks. Du hast ihn überhaupt erst erschaffen, er ist deine Kreation, und du lässt dir nicht von einer achtzehnjährigen Rotznase die Position streitig machen, hast du mich verstanden, Inge Conrad?«

Kurz flackerte etwas in Inges Augen auf, aber es erlosch und wurde von neuen Tränen weggespült. »Ich habe von ihm verlangt, dass er sich operieren lässt, wisst ihr? Ich bin schuld, dass er nicht wieder aufgewacht ist.«

»Blödsinn!« Margot schlug, gar nicht mehr sanft, mit der flachen Hand auf den Tisch. »Theo hat zu lange gewartet mit der Operation, sein Körper war geschwächt, in einem konstant schlechten Zustand und das seit Jahren. Er hat die Narkose nicht verkraftet, hatte nicht die Energie, wieder aufzuwachen. Wage es nicht, dir einzureden, du hättest irgendwas mit seinem Tod zu tun, das ist ein ausgemachter Schwachsinn, und ich werde es nicht erlauben, hörst du?«

Sowohl Inge als auch Gesa starrten Margot mit offenem Mund an. Derart zornig hatten sie die Freundin selten erlebt.

»Trotzdem hat für mich alles keinen Sinn mehr. Wir haben doch erst so spät zueinandergefunden, warum war uns nicht mehr Zeit vergönnt?«

»Es kommt nicht darauf an, wie viele Jahre ihr hattet, sondern auf alles, was ihr gemeinsam erlebt habt. Ihr hattet so viele glückliche Momente. Kein einziger davon kann dir genommen werden, sie gehören für immer dir.«

»Ach Gesa!«, Inge schluchzte laut auf. »Was du immer sagst.«

»Also, wann dürfen wir im Sender wieder mit dir rechnen?«

»Soll Elke doch weitermachen. Es ist mir egal. Ich bin raus, leer, versteht ihr? Ich habe nichts mehr zu geben. Außerdem fliege ich in zwei Tagen nach Amerika.«

Gesa verschluckte sich an ihrem Wein, und Margot rief: »Wieso das denn jetzt?«

Ungerührt sah Inge von einer zur anderen. »Das muss ich machen. Ich fliege nach New Orleans und tanze dort auf der Straße.«

»Sie ist übergeschnappt«, flüsterte Margot draußen auf dem Gehweg, nachdem sie sich von der Freundin verabschiedet hatten. Gesa hoffte inständig, dass das nicht stimmte. Sie fand Inges Beweggründe irgendwie romantisch, wenn auch sehr drastisch.

»Was machen wir denn jetzt?«

An der Ecke mussten sie sich voneinander verabschieden, Gesa legte eine Hand auf Margots Arm. »Du präsentierst den Kinderfunk weiterhin, wir lassen nicht zu, dass irgendjemand anderes das übernimmt. Morgen gehen wir zu Beckmann und versichern ihm, dass Inge Conrad in vier Wochen wieder für ihre Radiobande da ist und mit frischen Ideen eine tolle Sendung auf die Beine stellt. Er ist ein passionierter Weltenbummler. Herr Beckmann wird verstehen, dass eine Reise Inge wieder zurück ins Leben hilft.«

»Na, dein Wort in Gottes Ohr. Was, wenn sie uns einen Strich durch die Rechnung macht?«

»Glaub mir, sie braucht nur noch ein wenig mehr Zeit,

dann wird sie sich auf das besinnen, was ihr Freude bereitet und ihr Kraft gibt.«

»Und wenn nicht?«

Margots beharrliches Nachfragen brachte Gesas Entschlossenheit ins Wanken. »Dann überlegen wir uns was anderes«, sagte sie schnell.

»In Ordnung.« Margot atmete tief durch. »Noch drei Wochen, das kriege ich hin. Fritz meckert zwar, weil ich dauernd im Sender bin, aber da muss er durch.«

»Wir haben schon viele Krisen zusammen gemeistert, das hier schaffen wir auch. Ich helfe dir mit den Beiträgen.«

Wie wackelig ihre Zuversicht war, wollte sie Margot nicht verraten. Gesa war sich keineswegs sicher, ob Inge jemals zum Rundfunk zurückkehren würde. Die kommenden drei Wochen bedeuteten jede Menge zusätzliche Arbeit für die beiden, wenn sie darauf bestanden, Inge zu vertreten. Aber es war die einzige Möglichkeit, die Konkurrenz auf Abstand zu halten.

In der Nacht schlief sie schlecht. *Wir haben erst spät zueinandergefunden.*« hatte Inge über sich und Theo gesagt. Das traf durchaus auch auf sie und Philip zu. Sie warf sich von einer Seite auf die andere, schließlich schlug Gesa die Augen auf und blickte direkt in Philips neben sich.

»Was quält dich?«, flüsterte er. »Noch immer die Sorge um Inge?«

»Ich kann ihr einfach nicht so helfen, wie ich will.«

»Sie kann sich nur selber helfen.«

»Hm. Ich weiß.«

Er strich ihr eine Haarsträhne aus der Stirn. »Bist du vorbereitet für morgen?«

»Ich denke schon.«

»Dann schlaf jetzt. Komm in meinen Arm.«

Nachdem Gesa den Intendanten am darauffolgenden Morgen über Inges sichere Rückkehr in vier Wochen informiert hatte – zu dessen großer Freude –, eilte sie ins Aufnahmestudio. Dort wartete bereits die Besetzung von *Celias Abenteuer* auf sie. Gesa spielte die Titelrolle, und das Kriminalhörspiel war wahrlich abenteuerlich. Auf eine gute und unterhaltsame Weise. Wenn nicht die permanente Sorge um Inge gewesen wäre, wie hätte sie diese Produktion genossen. Gerrit Holstein war der Einzige, der sich ein wenig verschnupft gab, hatte er doch gehofft, die männliche Hauptrolle zu bekommen, aber die war an Erik Schumann gegangen. Der gut aussehende Schauspieler sorgte für Begeisterung bei seinen weiblichen Kolleginnen, und Gerrit musste sich mit der Nebenrolle des Inspektors begnügen. Bestritten wurde die Handlung von Celia, alias Gesa, einer finanziell chronisch klammen Schauspielerin, und dem Privatdetektiv Larry, alias Erik Schumann. Die beiden waren privat wie beruflich ein Paar und ergänzten einander wunderbar. Kam er bei einem schwierigen Fall nicht weiter, half die kreative Celia. War sie mal wieder knapp bei Kasse, engagierte sie der gut beschäftigte Larry. Wie Ping-Pong-Bälle flogen die Dialoge zwischen den beiden hin und her, leicht und neckisch, zwischendurch wurde es spannend, und jede Episode endete mit einem Cliffhanger, der es in sich hatte. *Celias Abenteuer* hatte das Potenzial zum Straßenfeger, das spürten alle Beteiligten.

»Gesa, endlich, komm, lass uns loslegen«, rief Gerrit eilig zur Begrüßung, obwohl er in der geplanten Szene gar nicht dran war.

Sie schlüpfte aus Mantel und Hut und zwang sich, im Kopf umzuschalten. Jetzt zählte ihre Arbeit, alles andere hatte Pause.

Auf dem Programm stand eine Szene vor einer Kirche in

London. Per Tonband wurde Glockengeläut eingespielt, dazu die Klänge des Hochzeitsmarsches aus Wagners *Lohengrin*, um dem Hörer zu suggerieren, dass im Gotteshaus gerade geheiratet wurde.

Celia und Larry standen wartend vor dem Portal, inmitten einer Menschentraube, verdeutlicht durch Jubelrufe und Applaus vom Band, die das Brautpaar empfing. Die Geräuschkulisse bildete den Hintergrund, Gesa und Erik Schumann beugten sich nahe ans Mikrofon, damit ihr Dialog deutlich zu hören war. Der lief locker und mit einem flirtenden Unterton ab, dann stiegen ihre Charaktere in ein Taxi. Das Öffnen und Schließen der Türen imitierte Gerrit Holstein direkt im Studio mit einer alten, ausgebauten Autotür. Die Geräusche der wartenden Menschen wurden leiser, verschwanden als der Wagen losfuhr, und dann waren gedämpfter Straßenlärm und Motorenbrummen vom Band zu hören. Im Fahrzeug änderte sich die Stimmung. Celia und Larry wurden verfolgt, die Handlung nahm an Tempo auf.

Die Szene klappte reibungslos. Es machte Spaß mit dem talentierten Schauspieler zu arbeiten, das musste sich Gesa eingestehen. In der Pause rauchten sie eine Zigarette, und er erzählte von seiner Tätigkeit am Theater. Unumstritten war er ein attraktiver Mann, er sah dem gerade sehr gefragten Claus Biederstaedt zum Verwechseln ähnlich. Aber was Gesa am meisten an ihm faszinierte waren weder sein Aussehen noch seine Rollen, sondern seine Stimme.

»Sie arbeiten auch als Synchronsprecher, nicht wahr?«, fragte sie.

»Seit fast fünf Jahren.«

Um sie herum wurde umgeräumt. Die Autotür verschwand, stattdessen deckte ein Mitarbeiter den Tisch mit Tellern und Gläsern für die anschließende Szene beim Essen. Außerdem legte er ein Buch bereit, weil gleich hörbar darin geblättert werden sollte. Obwohl mittlerweile die meisten Geräusche im Tonarchiv abgelegt waren und bei Bedarf genutzt werden konnten, sprach nichts dagegen, das eine oder andere direkt selbst zu machen, wenn es problemlos möglich war.

»Sie haben Cary Grant in *Leoparden küsst man nicht* gesprochen.«

»Ja, richtig! Haben Sie meine Stimme erkannt?«

Gesa nickte. »Wenn man seit so vielen Jahren beim Radio arbeitet, werden Stimmen markanter als Gesichter.«

»Ich habe Sie auch schon so oft gehört und mich sehr auf unsere Zusammenarbeit gefreut.«

»Störe ich?« Philip kam dazu und blickte aufmerksam zwischen Gesa und Erik Schumann hin und her.

»Überhaupt nicht. Frau Bronnen und ich unterhalten uns gerade über die Macht der Stimme.«

»Ihr scheint euch ja blendend zu verstehen, du und dieser junge Schauspieler«, bemerkte Philip später, als sie ihn in seinem Büro besuchte. Hatte sie ihm die Hauptrolle zu verdanken oder der Stellung, die sie sich selbst erarbeitet hatte? So genau konnte Gesa das nicht mehr bestimmen, seitdem er Programmdirektor war und großen Einfluss beim Sender hatte. Als die Wahl auf Herrn Schumann statt wie sonst auf Gerrit Holstein bei der männlichen Hauptrolle gefallen war, hatte Gesa läuten hören, dass man für die weibliche eine junge Filmschauspielerin verpflichten wolle. Aber dann hatte doch sie den Zuschlag erhalten. Und Fränze Roloff durfte Regie führen, obwohl auch ein männlicher Kollege bereitgestanden hätte. Wenn nicht Philip seine Hand im Spiel hatte, dann vielleicht Gabriele Strecker. Ihre Frauenrunde hatte mittlerweile Gewicht beim Sender, wurden sie deswegen mehr berücksichtigt?

»Herr Schumann hat eine vielseitige Stimme, und die Aufnahme heute hat schnell und gut geklappt.«

Philip reichte diese nonchalante Antwort nicht. »Es sah aus, als würde er mit dir flirten, als ich dazugekommen bin.«

»Es war ein vollkommen unverfängliches Gespräch.«

»Weißt du, wenn du Kellermann heißen würdest und nicht Bronnen, würde jeder wissen, dass du meine Frau bist, und keiner im Sender würde sich dir gegenüber Freiheiten herausnehmen.«

Langsam ging Gesa um den Schreibtisch herum und blieb direkt vor Philip stehen.

»Mir gegenüber hat sich noch nie jemand Freiheiten herausgenommen, egal wie ich heiße«, sagte sie und setzte sich auf seinen Schoß. Zuerst sträubte er sich ein wenig, aber dann gab er nach.

»Im Gegensatz zu vielen meiner weiblichen Kolleginnen hat mir noch keiner an den Hintern gelangt oder sich zu nah an meinen Busen gedrängt.« Sie legte die Arme um seinen Hals. »Die eine oder andere anzügliche Bemerkung zähle ich nicht, man ist ja schließlich keine Mimose, nicht wahr?« Gesa klimperte mit den Wimpern. »Du bist eifersüchtig, Philip. Dazu besteht keinerlei Grund. Ich interessiere mich nur für deine grünen Augen«, sie küsste ihn, »dein hübsches Gesicht«, sie küsste ihn noch mal, »und ich finde, du hast von allen Männern, die ich kenne, die allerschönste Stimme.«

Das heiterte ihn auf. Seine gerunzelte Stirn glättete sich, und er lächelte ein wenig. »Das mit der Stimme ist für dich das größte Kompliment, oder?«

Gesa knuffte ihn.

Endlich legte er seine Arme um sie und forderte einen weiteren Kuss. Der Arbeitstag war noch nicht zu Ende, jederzeit konnte Philips Sekretärin hereinkommen oder sonst jemand, der ihn sprechen wollte. Gesa merkte, dass auch er die Situation aufregend fand.

»Siehst du«, flüsterte sie ihm ins Ohr, »wären wir verheiratet, wäre das, was wir hier machen, nicht halb so verboten.«

GESA

Radionachrichten 1953:
»Friedelind Wagner, fünfunddreißig, Enkelin des großen Richard und mittlerweile amerikanische Staatsbürgerin, kehrt zum ersten Mal seit 1939 zurück auf den Hügel in Bayreuth.«

Friedelind Wagners Auftauchen zur Festspielpremiere kam einer Sensation gleich. Sie zelebrierte ihre Rückkehr mit Limousine, Chauffeur und großer Abendrobe. Die Tochter von Siegfried und Winifred Wagner hatte sich früh mit ihrer Familie überworfen und war 1939 über England in die USA ausgewandert. Sie lehnte die Nähe der Wagners zu Adolf Hitler und den Nationalsozialismus generell ab und hatte Schwierigkeiten mit ihrer regimetreuen Mutter. Schon 1947 hatte man sie vergeblich gebeten, nach Bayreuth zurückzukehren, um die Wiederauferstehung der Festspiele nicht ihren nationalsozialistisch vorbelasteten Brüdern zu überlassen. Nach 1953 gab sie einige Jahre lang Meisterkurse für Musikstudenten, später zog sie sich in die Schweiz zurück. Weder übernahm sie jemals die Leitung der Wagner-Festspiele, noch freundete sie sich wieder mit ihrer alten Heimat an, denn sie meinte, »im Land der Nazis« habe sich nichts geändert.

Bei der Ausstrahlung der ersten Folge von *Celias Abenteuer* namens *Die aufregende Geschichte von der Schnupftabakdose* waren die Zuhörerzahlen ausgezeichnet. Bei der zweiten, *Die entsetzliche Geschichte von Tante Nora,* bei der Celia und Larry einen Erbschleicher entlarvten und es richtig gefährlich wurde, waren sie überragend. Sodass man durchaus schon von einem Straßenfeger sprechen konnte. Die Zuhörer merkten sich den Sendetermin im Programmheft vor, machten Kreuzchen daneben und Eselsohren in die Seite und versammelten sich abends mit der Familie um die Geräte. Am Tag nach der Ausstrahlung wurde beim Bäcker und in der Tram diskutiert, wer sich beim Lösen des Falls geschickter angestellt hatte, Celia oder ihr Larry. Und worum es wohl in der nächsten Folge gehen würde.

Zahlreiche Liebesbriefe trafen für Erik Schumann ein, und Gesa bekam ebenfalls einiges an Fanpost, auch von Herren. Daran schien sich Philip nicht zu stören. Im Gegenteil, als eine große Pralinenschachtel für »Die zauberhafte Celia« geliefert wurde, griff er gern hinein.

Während der Aufzeichnung von Folge drei, *Die unerfreuliche Geschichte von dem verschwundenen Kinderstar*, blieb Philip die ganze Zeit über mit im Studio.

Unter den Kollegen war allgemein bekannt, dass Gesa und er ein Paar waren, aber aufgrund des fehlenden Trauscheins durfte er nicht als ihr Mann bezeichnet werden. Hatte das Verhältnis anfangs natürlich für Tuscheleien gesorgt, war es mittlerweile längst nicht mehr interessant. Trotzdem stellte es ein Etiketteproblem dar, mit den beiden über ihre Beziehung zu sprechen. Daher unterließen es die meisten gänzlich. Fränze Roloff hingegen hatte kein Problem damit.

»Was ist los mit deiner besseren Hälfte?«, fragte sie Gesa. »Seit wann hört er sich Probe plus Aufzeichnung komplett an? Das hat der Herr Programmdirektor noch nie gemacht. Befürchtet er, du könntest den Schumann hübscher finden als ihn?« Sie zwinkerte schelmisch in ihrer etwas burschikosen Art und schob dabei die Ärmel ihres Hemds bis über die

Ellenbogen hoch, nicht wissend, dass sie mit ihrer Vermutung den Nagel auf den Kopf traf.

Gesa reagierte schlagfertig. »Ich habe ihm einfach nur derart von deinen Qualitäten als Regisseurin vorgeschwärmt, dass er sich wahrscheinlich selbst ein Bild davon machen will.«

»Mensch, bei dir weiß man auch nie, ob du's ernst meinst oder nicht, Gesa. Hast du eigentlich was von Inge gehört?«

Ein abrupter Themenwechsel, aber Gesa war vorbereitet. »Die kommt in ein paar Tagen wieder«, log sie flüssig. »Ihr gefällt es gut in Amerika.«

»Na, das kann ich mir wohl vorstellen.«

Tatsache war, sowohl Gesa als auch Margot versuchten seit Wochen Inge in dem Hotel zu erreichen, das sie ihnen als Kontaktadresse genannt hatte. Weder rief sie zurück, noch antwortete sie auf Telegramme oder hinterlassene Nachrichten. Die beiden hatten keine Ahnung, wann ihre Freundin gedachte zurückzukehren, und langsam wurde die Zeit knapp. Vorbereiten konnten sie die nächste Sendung, aber falls Inge sie nicht präsentieren würde, stand es schlecht um ihre Stelle.

»Ich schwör dir, wenn sie sich heute nicht meldet, flieg ich selber rüber und hole sie zurück«, drohte Margot, als sie später zusammen mit Gesa in Inges Büro Beiträge für die Sendung tippte. »Und ständig hängt diese Elke hier rum und fragt, ob sie was helfen kann. Sollte sie nicht eigentlich diesen Monat in der Nachrichtenredaktion sein?«

»Lass dich nicht aus der Ruhe bringen, wir müssen einen kühlen Kopf behalten. Und wir bleiben so lange bei unserer Geschichte von Inges Rückkehr wie irgend möglich.«

»Das sagt sich so leicht. Es geht nicht nur um Inges Position. Wir haben uns für sie verbürgt, dem Intendanten hoch und heilig versprochen, dass sie am Sonntag hier ist. Wie stehen wir da, wenn sie uns hängen lässt?«

»Das wird sie nicht. Sie weiß, was für uns alle drei auf dem Spiel steht. Herr Beckmann verhält sich unglaublich kulant, aber irgendwann kann auch er ihr nicht weiter entgegenkommen, und das muss ihr bewusst sein.«

»Warum meldet sie sich dann nicht? Verflixt! Jetzt habe ich mich vertippt!« Ärgerlich wühlte Margot in der Schublade nach dem Schreibmaschinenradierer. Mit seinem spitzen Ende entfernte sie den falschen Buchstaben und fegte die Radierkrümel mit der kleinen Nylonbürste an der anderen Seite des stiftförmigen Radierers vom Blatt. »Und mein Fingernagel ist auch noch eingerissen. Ach Gesa!« Sie zog das Schriftstück komplett aus der Maschine, zerknüllte es und warf es mit Schmackes in den Papierkorb. »Ich kann bald nicht mehr! Diese Sorge um Inge, was stellt sie in ihrer Trauer in Amerika nur an? Ich vermisse sie. Warum kommt sie nicht zurück hierher, wo sie hingehört?«

»Das wird sie. Ganz bestimmt.«

Auch Gesa wurde zusehends nervöser. Als sie am Büro von Herrn Beckmann vorbeilief, kam Elke heraus und huschte mit gesenktem Kopf und ohne zu grüßen schnell weiter. Draußen vor dem Gebäude stand eine Menschentraube mit Regenschirmen, die darauf wartete, dass irgendein Prominenter aus dem Sender kam. Gesa hatte vergessen, wer gerade zu Gast war. Der trübe Tag entsprach exakt ihrer Stimmung, es wurde immer schwerer, zuversichtlich zu bleiben. Der Rundfunk wurde zusehends spektakulärer, prominenzlastiger, und unablässig lauerten Presse oder Schaulustige vor dem Gebäude. Prioritäten verschoben sich irreversibel. Kaum etwas ähnelte mehr dem Radio von früher. Ein voller Arbeitstag machte Gesa nichts aus, aber die ständige Hektik und dass alles immer noch schneller und noch getakteter vonstattengehen sollte, ging ihr langsam an die Substanz. Besonders, da sie und Margot Inges Fehlen abpufferten, was den beiden

Freundinnen viele Stunden extra abverlangte. Gesa war erschöpft, schlicht und ergreifend.

Am Abend, als sie sich Philips Haus näherte, erschrak sie: Durch die Glasbausteine des Windfangs waren die Umrisse einer Gestalt zu erkennen. Es dämmerte, die Straßenlaternen brannten noch nicht, und außer Gesa war niemand auf der Straße. Vorsichtig ging sie näher.

»Inge!«, rief sie laut, als sie erkannte, wer auf sie wartete. »Du bist zurück! Mein Gott, endlich!«

Ihre Freundin lehnte mit dem Rücken an der Glaswand, schmal und ausgezehrt, wie Gesa sie noch nie gesehen hatte. Die Wangen eingefallen und die Haare nicht gemacht, war sie ein Schatten ihrer selbst und bot einen besorgniserregenden Anblick. Gesa umarmte sie ganz vorsichtig und war erleichtert, als sie auch Inges Arme um ihren Rücken spürte.

Schnell öffnete sie die Haustür, begleitete die Freundin in die Küche und setzte sofort Wasser auf. Sie nahm ihr Hut und Mantel ab und Inges Hände in die ihren.

»Du bist eiskalt, Liebes, ich mache dir erst mal was Heißes zu trinken, und dann erzählst du mir alles. Tee oder Kaffee?«

»Egal.« Sogar ihre Stimme klang anders, tonlos wie raschelndes Papier.

»Seit wann bist du wieder hier?«

»Ich habe nur meinen Koffer daheim abgeladen und es keine fünf Minuten allein in der Wohnung ausgehalten.«

Gesa stellte den Porzellanfilter auf die Kaffeekanne und goss auf. Während der Kaffee langsam durchtropfte, musste sie immer wieder nachgießen.

»Wie ist es dir ergangen?«

»Ich bin viel herumgefahren. Die Strecken dort drüben sind lang, alles liegt sehr weit auseinander, das kann man sich hier gar nicht vorstellen.«

»Hast du gefunden, wonach du gesucht hast?«

Inge lächelte traurig. »Wenn du damit meinen Seelenfrieden meinst – ich weiß es nicht. Ich habe viel nachgedacht, eine andere Welt gesehen und gemerkt, dass ich sie nicht brauche, die weite Ferne.«

»Deswegen bist du zurückgekommen?« Mit der vollen Kanne und zwei Tassen kam Gesa an den Tisch und goss ein.

»Ja. Hier bin ich meinem Theo näher. Und euch auch. Das ist es, was zählt.«

Sie tranken das heiße Getränk. Es schien Inge aufzuwärmen, ihre Wangen bekamen ein wenig mehr Farbe.

»Hör mal«, schlug Gesa schließlich vor, »warum fahren wir zwei nicht rüber in mein Haus nach Sachsenhausen, du nimmst ein entspannendes Bad und schläfst dich erst mal aus. Ich bleibe bei dir. Und morgen mache ich dir die Haare und Margot kommt vorbei. Wie früher.«

Inge nickte, ihre Lippen zitterten.

»Gut. Aber jetzt isst du noch was von meinem Auflauf, es ist von gestern reichlich übrig, warte, ich hole ihn.«

Einen Protest nicht zulassend vergewisserte sich Gesa, dass Inge tatsächlich eine schöne Portion zu sich nahm. Sie würde sich in den kommenden Wochen darum kümmern, dass die Freundin wieder zu Kräften kam.

Am folgenden Tag machte sie schon einen wesentlich besseren Eindruck, auch wenn Margot, als sie zu ihnen stieß, die Augen aufriss und Gesa in einem stillen Moment zuflüsterte: »Wie viel hat sie abgenommen? Inge ist total abgemagert. Meinst du, sie hat in den vergangenen Wochen überhaupt was gegessen?«

»Das wird schon wieder. Mit meiner guten Hausmannskost füttere ich ihr rasch was auf die Rippen, das ist nicht das Problem. Ich mache mir mehr Sorgen um ihre psychische

Verfassung. Heilsam scheint Amerika nicht gewesen zu sein, eher ein anstrengendes, zielloses Umherirren.«

In Strickjacken gehüllt setzten sich die drei auf die Terrasse in die Sonne und lackierten sich die Fingernägel.

Inge erzählte von ihrer Reise.

»Warum hast du nicht auf unsere Nachrichten geantwortet?«, fragte Gesa.

Als Antwort erhielt sie nur ein stummes Schulterzucken.

Margot schraubte das Lackfläschchen zu, blies auf ihre Nägel und sagte: »Wir haben dich in den vergangenen Wochen im Sender vertreten, ich habe die Kinderstunde präsentiert, und Gesa und ich haben zusätzlich zu unserer eigenen Arbeit fleißig Beiträge verfasst, geprobt und alles am Laufen gehalten. Herr Beckmann wusste natürlich Bescheid, er war wirklich verständnisvoll. Aber diesen Sonntag ist Schluss, Inge, wenn du dann nicht auf Sendung gehst, fürchte ich, verlierst du deine Stelle.«

Konzentriert trug Inge korallenroten Lack auf ihren Daumennagel auf, streckte die Hand von sich und betrachtete eingehend ihr Werk. Das machte sie mit allen anderen Fingern ebenso, und Gesa und Margot warfen einander beunruhigte Blicke zu.

»In Ordnung«, sagte sie schließlich. »Ich werde weitermachen. Wenn ich es nicht tue, drehe ich sowieso durch. Ich brauche eine Aufgabe. Aber nur singen und erzählen, das reicht mir nicht. Es muss mehr geben, was man für die Kinder und Jugendlichen machen kann.«

Mit dieser Antwort hatte Gesa nun am allerwenigsten gerechnet. Auch Margot machte ein überraschtes und zugleich erleichtertes Gesicht.

»Es war sehr anständig von euch beiden, mir hier den Rücken freizuhalten, das werde ich euch nie vergessen. Mir ist klar, wie anstrengend das gewesen ist.«

»Hättest du für uns auch gemacht«, sagte Gesa mit einem Kloß im Hals.

»Es geht immer irgendwie weiter, oder? Das Leben meine ich. Selbst wenn man denkt, alles müsse stillstehen vor Schmerz.« Versonnen blickte Inge hinüber zu den alten Bäumen im Garten. Neben sich sah Gesa, wie Margot verstohlen eine Träne wegblinzelte.

Wenn Inge das Vorhaben äußerte, mehr für Kinder tun zu wollen, bezog sich das auf ihre Arbeit – oder plante sie, sich ehrenamtlich zu engagieren? Wenn es die Erkenntnis ihrer langen Abwesenheit war, dass sie ihren Alltag wieder schultern konnte, wenn sie sich sogar bereit fühlte für neue Aufgaben, dann hätte sich die Reise gelohnt. Obwohl die Trauer sicherlich weiterhin ihr ständiger Begleiter sein würde. Bis sie irgendwann nicht mehr jeden Gedanken, sondern nur noch jeden zweiten beherrschte. Und eines Tages würde Inge wieder sie selbst sein. Gesa sagte ihr nicht, was für ein langer Prozess das war, weil sie sich gut daran erinnerte, wie sie sich damals nach Alberts Verschwinden gefühlt hatte. Gut gemeinte Ratschläge waren das Letzte gewesen, das sie hatte hören wollen.

Christel kam mit Peterchen aus dem Haus und setzte ihr Kind in den Sandkasten neben der Terrasse, den Julius eigenhändig für seinen Neffen gebaut hatte.

»Oh gut, Nagellack, darf ich?« Sie schüttelte das Fläschchen, bevor sie es aufschraubte.

»Kann es sein, dass der Kleine schon wieder gewachsen ist, seit ich ihn das letzte Mal gesehen habe?«, fragte Inge.

»Momentan brauchen wir alle paar Monate neue Sachen. Tante Urbach ist nur am Stricken.«

Christel musterte Inge unauffällig von der Seite, während diese dem Kind beim Spielen zusah, dann traf ihr Blick auf Gesas.

»Wisst ihr«, sagte sie, »Peterchen und ich sind oft recht allein hier in diesem großen Haus. Es war herrlich damals, als du noch hier gewohnt hast, Tante Inge. Du hast immer Musik oben unterm Dach gespielt und mir Marmeladenbrote geschmiert.«

»Ja, das war eine schöne Zeit.«

»Warum kommst du nicht zurück? Peterchen und ich würden uns über Gesellschaft freuen, aber wir würden dich auch bestimmt in Ruhe lassen, wenn du für dich sein willst.«

»Eine hervorragende Idee, Christel«, stimmte Gesa zu. »Du hast noch nicht mal ausgepackt, Inge. Wir holen einfach später deine Sachen, und du bleibst erst mal. Was meinst du?«

Es war warmherzig von Christel, das anzubieten. Sie hatte mit einem Blick erfasst, wie es um Inge stand, auch ohne alle Details zu kennen. Der Freundin ging es schlecht, sie gehörte zur Familie, und die hielt zusammen. Gesa war stolz auf ihre Tochter.

»Vielleicht für ein, zwei Wochen?« Inge klang unsicher.

»Solange du magst, Tante Inge.«

Es lief gut zwischen den beiden, und Inge blieb nicht nur Wochen, sondern Monate. Ihre Wohnung gab sie dennoch nicht auf, weil sie fand, darin wäre einfach noch zu viel Theo, als dass sie sich davon verabschieden könnte. Sie goss die Blumen auf dem Balkon und holte alle paar Tage ihre Post, und niemand drängte sie zu irgendeiner Entscheidung. Das Zusammenleben mit einer jungen Frau und einem Kind erweckte ganz allmählich wieder Inges Lebensmut.

Sie stellte Eberhard Beckmann neue Ideen vor, zu denen das amerikanische Radio sie inspiriert hatte, und er ließ sie begeistert machen. Immerhin hatte seine eigene Inspiration von jenseits des großen Teichs zum *Frankfurter Wecker* geführt, einer der beliebtesten Sendungen des Hessischen Rundfunks überhaupt. Die Freundinnen waren für sie da. Gesa beobachtete Inge genau und merkte, dass sie zwar heilte, aber dennoch stiller blieb als früher.

Im Juni gab es einen Aufstand in der jungen DDR, die von allen in Westdeutschland weiterhin konsequent »russische Besatzungszone« genannt wurde. Arbeiter demonstrierten gegen die Gewalt und Willkür ihrer neuen Herren, und die antworteten darauf mit Panzern und noch mehr Gewalt. Über dreißig Menschen starben, viele wurden verletzt, und die West-Berliner merkten schmerzlich, dass sie absolut machtlos waren gegen das, was sich direkt nebenan im Ostteil der Stadt abspielte.

Die wenigen, die ein Fernsehgerät besaßen, konnten die brutale Niederschlagung des Aufstands zu Hause verfolgen, alle anderen, wie Gesa und Philip, sahen die schrecklichen Bilder in der Wochenschau im Kino. Im nächsten Beitrag berichtete der Sprecher über das fünfjährige Bestehen der D-Mark, deren Einführung an einem regnerischen Junitag den Aufschwung in Deutschland eingeläutet hatte. Obwohl es allen von Jahr zu Jahr besser ging, war es Gesa angesichts des Hexenkessels in Ost-Berlin nur allzu bewusst, wie fragil der Frieden war und wie wertvoll jeder schöne Tag.

An Philips Arm spazierte sie nach der Vorführung über die Zeil. Die Trümmerberge schrumpften zusehends, bald würden sie aus den Augen der Menschen verschwunden sein, und die Erinnerung an die schrecklichen Bombardements nicht mehr allgegenwärtig.

Neben ihnen wuchs ein riesenhafter Gebäudekomplex aus dem Boden, direkt an der Stelle, an der früher das schöne Palais Thurn und Taxis gestanden hatte. Stahlgerüste ragten in den Himmel, sie würden ein neues Hochhaus bilden, größer als die anderen Neubauten der Straße. Das Bauprojekt der Deutschen Bundespost würde nach seiner Fertigstellung das Stadtzentrum dominieren. Gigantismus statt Historie, dachte Gesa mit einem Anflug von Bitterkeit.

»Du bist nachdenklich, Gesa«, stellte Philip fest. »Hat dich die Wochenschau mitgenommen?«

»Ziemlich.« An der noch immer nicht wiedereröffneten Hauptwache überquerten sie die Straße. Sie mussten einen Pferdewagen von *Eis Günther* passieren lassen, der Kühleis für Lebensmittel auslieferte und an diesem warmen Tag nicht trödeln dufte. Waren gleich nach dem Krieg noch wesentlich mehr Pferdefuhrwerke als Autos in Frankfurt unterwegs gewesen, verschwanden diese nun langsam aus dem Stadtbild.

»Können wir vielleicht kurz aus der Sonne raus?«, fragte Gesa.

Sie traten in die St. Katharinenkirche, die ebenfalls zerstört gewesen war. Noch nicht ganz wieder hergerichtet, war der Innenraum leer und kahl, und an Stelle von Kirchenbänken standen nur ein paar Stühle darin. Gesa erinnerte sich an die schöne alte Orgel, den Altar, die Leuchter und Emporen. Wegen ihrer barocken Üppigkeit, mit kunstvollen Bildern und warmem Holz, war die Katharinenkirche ein Schmuckstück gewesen, in dem bereits Familie Goethe seinerzeit sonntags den Segen empfangen hatte. So prächtig wie früher würde sie nie wieder werden, doch auch in ihrem derzeitigen Baustellenzustand spürte Gesa die Gelassenheit der Jahrhunderte im Kirchenschiff. Zur vollen Stunde blieb es still. Es gab noch keine neuen Glocken, kein Geläut, lediglich die Erinnerung daran.

»Möchtest du dich setzen?«

Sie schüttelte den Kopf. »Nur kurz durchatmen.«

Philip inspizierte die wiedererrichteten Wände, und Gesa studierte dabei sein Profil. Sie liebte den vertrauten Anblick seiner dunklen Brauen, des geraden Nasenrückens und der Lachfältchen um seine Augen. Sie liebte alles an Philip und wünschte sich nichts mehr, als dass ihnen noch viele gemeinsame Jahre vergönnt sein mochten. Albert würde immer einen Platz in Gesas Herzen haben, aber durch die Zeit mit Philip hatte sie es endlich geschafft, ihn gehen zu lassen. Sie war frei. Und hatte allen lange genug demonstriert, wie unabhängig sie sein konnte. Gesa sah es mittlerweile als ein Zeichen von Stärke, sich zu dem zu bekennen, was ihr teuer war. Worauf wartete sie dann eigentlich?

»Philip«, Gesa nahm seine Hand und sah ihn an, »lass uns heiraten. Es tut mir leid, dass ich so lange gezögert habe, aber es wäre mir eine Freude, deine Frau zu werden.«

Eindeutig überrumpelt von diesem unvermittelten Sinneswandel fragte er verwirrt: »Wie? Jetzt? Hier?«

»Nein«, Gesa lachte. »Tut mir leid, du musst mich für verrückt halten. Nicht hier und jetzt, aber sobald wie möglich. Und zwar nur wir beide.«

Er lachte nicht, sondern blieb ernst und zog Gesa in seine Arme. In seinen Augen schimmerte es verdächtig. »Dann gehen wir auf der Stelle beim Standesamt vorbei und fragen, wann der nächste freie Termin für eine Trauung ist.«

»Das machen wir.«

Sie hob ihm ihr Gesicht entgegen, und er küsste Gesa mit einer behutsamen Zärtlichkeit, als wäre sie plötzlich zerbrechlich geworden. Eine seiner Tränen benetzte ihre Wange. In inniger Umarmung genossen sie ihre Nähe und die Magie des Augenblicks in der feierlichen Umgebung der alten Kirche.

»Ich bin sehr glücklich über deine Entscheidung«, raunte Philip in ihr Ohr. »Aber deine Kinder und Margot und Inge werden es uns übel nehmen, wenn sie nicht dabei sind.«

»Wenn ich es ihnen erkläre, werden sie es verstehen.«

»Mit allem hätte ich gerechnet, aber nicht mit einem Heiratsantrag. Ich hatte die Hoffnung aufgegeben, dass du jemals meinen Namen tragen wirst, und hätte auch weiterhin in wilder Ehe mit dir gelebt.«

»Vielleicht habe ich mich gerade deswegen getraut. Weil mir deine Liebe Sicherheit schenkt. Und Mut.«

»Du bist eine außergewöhnliche Frau, Gesa.«

Sie legte eine Hand an seine Wange und wischte mit dem Daumen behutsam die Tränenspur weg.

»Ich kann mich nicht daran erinnern, jemals in meinem Leben derart ergriffen gewesen zu sein«, gab er zu.

»Weißt du, was, mir geht es ebenso.« Sie hielt die Hand hoch. »Siehst du, wie ich zittere?«

Er verschränkte seine Finger mit den ihren. »Komm«, sagte er, »lass uns sofort das Datum festmachen, ehe du es dir anders überlegst.«

Gemeinsam spazierten sie zum Römerplatz, dabei blieben sie immer wieder stehen und warfen einander verliebte Blicke zu. Die zahlreichen Baustellen der Altstadt mit ihrem Lärm und Staub fielen Gesa und Philip kaum auf.

Auf dem Römerberg hatte man sich um einen Kompromiss bemüht. Nicht alles, was zerstört war, wurde abgerissen, manches wurde auch teilweise wiederaufgebaut, gemischt mit modernen Elementen. Vor drei Jahren hatte man mit dem Innenausbau des alten Rathauses begonnen, auch außen wurde noch gewerkelt, und Gesa vermutete, dass sich die Instandsetzungen Jahre, wenn nicht sogar Jahrzehnte hinziehen würden. Die Pracht der Vergangenheit völlig zu rekonstruieren war unmöglich, die historischen Reste mit der Moderne zu kombinieren ein gewagter Plan. Gesa erinnerte sich an den großen Streit um den Wiederaufbau des Salzhauses, eines vormals besonders prächtigen Teils des Rathauskomplexes, dessen Gesicht nun deutlich moderner wurde. Ihr Blick verharrte auf der lang gestreckten Fassade, ehe sie das Gebäude betrat. Wenigstens Haus Löwenstein, in dem der Trausaal lag, hatte sein Antlitz zumindest teilweise behalten dürfen.

Schon wenige Tage später, recht viel länger hätte Gesa es auch nicht für sich behalten können, wurden sie und Philip von einem Standesbeamten offiziell verheiratet.

Der nüchtern gestaltete Trausaal mit seiner modernen Holzvertäfelung ließ wenig Romantik aufkommen. Aber das war Braut und Bräutigam egal, die beiden waren vollkommen beseelt und konnten die Augen nicht voneinander abwenden. Gesa trug ein schmal geschnittenes Kostüm mit betonter Taille in Elfenbein, dazu ein passendes Hütchen und einen kleinen Blumenstrauß. Philip sah in seinem Anzug sehr elegant aus, auch er hatte sich einen neuen Hut gekauft.

Nach der Zeremonie fuhren sie an den Rhein und bestiegen ein kleines Boot mit Kajüte, das einem Freund von Philip gehörte.

Kostbare zwei Tage lang schipperten sie auf dem Fluss, verbrachten romantische Abende an Deck unter dem Sternenhimmel und kosteten jeden gemeinsamen Moment aus. Nur zum Essen gingen sie an Land. Sie kehrten in einfachen Wirtschaften am Rheinufer ein, tranken Wein und hielten Händchen und konnten gar nicht schnell genug zurück an Bord gelangen.

»Am liebsten würde ich nie wieder festmachen, sondern für immer mit dir hier auf dem Fluss leben«, sagte Gesa. Sie trug ein rotes Taschentuch als Haarband, während sie sich mit dem Korken einer Weinflasche abmühte, und sah in ihren Caprihosen und der geknoteten Bluse sehr mädchenhaft aus. Philip beobachtete sie von seiner Position am Steuerrad, auch er leger gekleidet, mit hochgekrempelten Hosenbeinen.

»Mir geht es ebenso.« Er streckte die Hand aus. »Gib her,

lass mich die Flasche öffnen.« Als sie auf ihn zutrat, wankte das Boot, und Gesa fiel gegen ihn. Sofort schloss er sie in die Arme und küsste sie.

»Was meinst du, sollten wir beruflich ein wenig zurückschrauben, um mehr Zeit füreinander zu haben?«, fragte er.

Gesa zuckte mit den Schultern. Im Rentenalter waren sie eigentlich noch nicht. Außerdem nahm seine Karriere gerade richtig Fahrt auf. Sein derzeitiger Posten war sicher nicht die Endstation für den ehrgeizigen Philip Kellermann. »Dafür hast du viel zu hart gearbeitet.«

»Aber nichts ist mir wichtiger als du.«

»Das weiß ich, Philip. Aber wenn wir weiterhin unsere gemeinsamen Auszeiten nehmen, ist alles in Ordnung, wirklich. Auch wenn wir jetzt verheiratet sind, muss niemand auf etwas verzichten. Wir werden Kompromisse finden und uns nicht verlieren.«

Sie machten das Boot fest und setzten sich mit der nun geöffneten Flasche Rheinwein, zwei Gläsern und Klappstühlen nach vorne an den Bug. Sanft schwappten die Wellen eines vorbeifahrenden Lastkahns gegen ihre Außenwände und schaukelten sie. Am Ufer blühte der Klatschmohn, in der Ferne lagen die Weinberge und ein kleines Dorf.

»Ich hätte nie gedacht, dass ich in meinem Leben noch einmal absolut glücklich sein darf. Aber mit dir bin ich es.« Gesa nahm seine Hand.

»Weißt du noch, als wir uns das allererste Mal im kalten Wind vor dem Sender gesehen haben und ich dich nach dem Eingang gefragt habe?«

Sie lachte. »Was für ein selbstbewusster Auftritt.«

Auch er grinste. »Ich war dir wohl nicht besonders sympathisch.«

»Sagen wir, die Zuneigung musste erst wachsen. Deine grünen Augen haben mich aber von Anfang an fasziniert.«

»Na, wenigstens etwas. Du hast mich sofort umgehauen. Wahrscheinlich bin ich deshalb so forsch gewesen, um dich zu beeindrucken. Und was hast du dich anschließend geziert. Manche würden sogar sagen, du warst kratzbürstig.«

»Philip!« Kichernd stand sie auf und setzte sich auf seinen Schoß. Der Klappstuhl knarzte bedenklich. Gesa verschränkte beide Hände in Philips Haar und legte ihre Stirn an die seine. »Anders hättest du es doch nicht gewollt«, flüsterte sie. »Umso schöner war es, als wir endlich zu unseren Gefühlen gestanden haben. Und jetzt sieh uns an, wir schippern durch unsere heimlichen Flitterwochen, oder besser Flittertage, wie zwei liebestrunkene Halbwüchsige.«

»Das haben wir uns auch verdient.«

»Wie wahr. Jede Sekunde davon.«

Schon am darauffolgenden Tag rief die Arbeit sie zurück in den Alltag. Die Frischvermählten tauchten widerwillig aus ihrer Zweisamkeit auf und gestanden Familie und Freunden, dass Gesa nun Frau Kellermann war. Und Philip erzählte natürlich allen stolz von dem wirklich sehr außergewöhnlichen Antrag seiner Gattin.

MARGOT, 1954

Radionachrichten 1954:
»Die amerikanische Opernsängerin Teresa Stich-Randall
wird beim Konzert zur Eröffnung des Großen Sendesaals
im Funkhaus am Dornbusch als Solistin auftreten.«

Teresa Stich aus Connecticut gab sich mit Randall, so hieß
ihr Lieblingsonkel, einen Künstler-Doppelnamen und erlangte im Europa der 1950er große Bekanntheit als Sängerin. Ihren Durchbruch hatte sie 1951, als sie in einer
Aufführung der romantischen Oper Oberon von Carl
Maria von Weber in Florenz eine Meerjungfrau spielte
und schwimmend in einem Brunnen im Boboli-Garten
sang. Zehn Jahre später wurde sie als erste Amerikanerin
in Wien zur österreichischen Kammersängerin ernannt.

Auch ein Jahr nach Gesas ziemlich heimlicher, auf jeden
Fall überraschender, wenn auch längst überfälliger Hochzeit
konnte sich Margot nicht daran gewöhnen, dass ihre Freundin nicht mehr Bronnen, sondern Kellermann hieß. Sie verstand gut, welch bedeutsamer Schritt es für Gesa gewesen
sein musste, Alberts Namen abzulegen. Weil sie deswegen
stolz auf sie war, hatte sie ihr schließlich verziehen, nicht zur
Trauung eingeladen worden zu sein. Nur zu zweit heiraten,
ohne Freunde und Familie, wer machte bitte so was Dummes? Margot wusste, Inge ging es wie ihr, auch sie wäre gern
dabei gewesen. Julius sah das Ganze lockerer, und Christel,

von der alle befürchtet hatten, sie würde sich schrecklich aufregen, war ebenfalls milde gestimmt. Was am Ende zählte, war die ehrliche Freude darüber, dass Gesa und Philip sich endlich offiziell füreinander entschieden hatten. Das brachte die Klatschmäuler zum Schweigen. Nun ja, nicht alle. Eine bissige Sekretärin aus dem Unterhaltungsressort hatte hörbar in der Kantine verlauten lassen, dass Gesa sich nicht zum ersten Mal im Sender nach oben heiratete.

Inge hatte das ebenfalls mitbekommen. »Am liebsten würde ich der blöden Kuh meine Sauer Brie über den Kopf kippen«, zischte sie und hob ihren Teller mit der typisch hessischen Kartoffelsuppe hoch. »Aber Neid muss man sich verdienen, und ich bin eine Dame und kann mich beherrschen.« Allerdings waren sie und Margot hinterher schnurstracks zu Philip gegangen und hatten ihm von der dummen Bemerkung erzählt, damit er wusste, was für eine Person da für ihn arbeitete.

Was Inge betraf, die hatte ihrem Vorsatz Taten folgen lassen und engagierte sich in ihrer Freizeit für die Stiftung Waisenhaus, die es schon seit beinahe dreihundert Jahren in Frankfurt gab. Mit offenem Ohr nahm sie die Anliegen der Kinder auf, hörte zu und half, und dabei heilte ihr gebrochenes Herz. Margot fand, die Inge von früher, die als junge Frau in der Erebos Bar aufgetreten war, hatte nichts mehr gemein mit der Inge dieser Tage, die nicht sich selbst, sondern Kinder in den Mittelpunkt ihrer Aufmerksamkeit rückte. In ihrer Sendung hatte sie das ja von Anfang an getan.

In der Familie Milanski hatte sich ebenfalls manches verändert. Egon war inzwischen mit Nora Holden verlobt, und Marianne hatte die Städelschule abgeschlossen und beim Hessischen Rundfunk als Bühnenbildnerin angefangen. In erster Linie war sie für die junge, noch sehr im Entstehen begriffene Fernsehabteilung tätig. Beim Radio wurden Bühnenbilder nur dann gebraucht, wenn zum Beispiel die Hesselbachs vor Publikum auftraten.

Für deren neueste Episode hatte Marianne ein äußerst gemütliches Wohnzimmer aufgebaut.

»Du hängst sogar Vorhänge auf, obwohl die Fenster nur aufgemalt sind?«, hatte Margot sie verwundert gefragt. Natürlich schaute sie gerne mal vorbei, wenn ihre Tochter im Sender tätig war.

»Dann wirkt es gleich echter, Mama. Die Mischung macht's.«

Marianne, in schwarzer Hose und engem Pullover, hatte Farbkleckse auf ihrem im Nacken geknoteten Kopftuch. Sie hatte über Kopf gemalt und ihr Haar geschützt. Als sie es abnahm und ihre wilden Locken befreite, hielten einige ihrer Kollegen in ihrer Tätigkeit inne und starrten sie bewundernd an. So was fiel allerdings nur Margot auf, ihrer Tochter nie. Wenn Marianne kreativ war, hatte sie nur Augen für ihr Werk, für nichts und niemanden sonst.

Deshalb war sich Margot sicher, dass Mariannes zukünftiger Mann einmal mit der Kunst würde konkurrieren müssen, um ihr Herz zu erobern. Keine leichte Aufgabe.

Bisweilen fand Margot es grotesk, dass alle Mitglieder ihrer Familie für den hr arbeiteten, außer Fritz, der sich nach dem Krieg nichts sehnlicher gewünscht hatte. Noch immer hörte sie Groll in seiner Stimme, wenn er davon sprach, dass man ihn hier nicht mehr gewollt hatte, nachdem sein Berufsverbot endlich aufgehoben worden war.

Im Orchester war Margot gut beschäftigt. Dieses Jahr waren sie zum ersten Mal bei den Bad Hersfelder Festspielen aufgetreten. Und nun, nachdem endlich sämtliche Abteilungen vom alten Funkhaus in das neue umgezogen waren, stand die Eröffnung des Großen Sendesaals an. Für das Konzert wurde ausgiebig geprobt. Sie würden Beethovens Neunte geben, natürlich, was sonst, unter der Leitung von Karl Böhm.

»Herrschaften, das muss noch deutlich besser werden, oder wollen Sie mich vor dem Publikum blamieren?«, rief er mit seinem weichen österreichischen Akzent, als hätte er ein paar Freizeitmusikanten vor sich. Er sah freundlich aus, gab sich bisweilen väterlich, doch das täuschte. Böhm war berüchtigt für seinen Sarkasmus und lang andauernde Wutausbrüche. Der Druck, den er auf das Orchester ausübte, war enorm. Alle Augen waren auf ihn gerichtet, jeder versuchte es ihm recht zu machen, damit bloß die Stimmung nicht kippte. Wie viele erfolgreiche Männer hatte Böhm im Laufe seiner Karriere ein übersteigertes Selbstbewusstsein entwickelt. Aber gemeinhin waren das die Musiker von ihren Dirigenten sowieso gewöhnt.

»Nein, nein! Sie dort, mit der Fiedel, Sie müssen besser auf mich achten, dann verpassen Sie den Einsatz nicht ständig. Na, schauen Sie halt her zu mir, ich kann Ihnen keine Extraeinladung schicken, wenn's losgeht!« Er stocherte mit dem Taktstock in Richtung der Geigen, ausgreifend in seiner Gestik.

»Wenn er nur immer so deutlich anzeigen würde, was er will, dann täte ich mich auch leichter«, flüsterte Margots Pultnachbar ihr zu. »Aber seine kleine Zeichengebung, die macht mich ganz kirre.«

»Pst, lass ihn das nicht hören, sonst regt er sich noch mehr auf.«

»Na, dafür braucht's ja nicht viel.«

Margot unterdrückte ein Grinsen. Sie für ihren Teil verließ sich beim Spielen auf ihr Gehör und schaute kaum zum Dirigenten, dessen zugegeben kleine Gesten ihr ebenfalls wenig weiterhalfen.

Wie Fritz und Theo war auch der Österreicher Böhm nach dem Krieg mit einem Berufsverbot belegt worden. Im Unterschied zu Margots Mann und Theodor Conrad hatte Karl Böhm allerdings offen mit den Nationalsozialisten sympathisiert, jeder wusste das. Er hatte keinen Hehl aus seiner Hitlerverehrung gemacht. Sobald seine Sperrung aufgehoben worden war, durfte er erstaunlicherweise wieder in seinen vormaligen Beruf zurückkehren. Wie bei so vielen anderen herrschte stillschweigendes Vergessen und Vergeben. In Berlin dirigierte er oftmals die Philharmoniker, zumeist bei Schallplattenaufnahmen. Er war für mehrere Orchester tätig und beim großen Sinfonieorchester des Hessischen Rundfunks sogar ständiger Gastdirigent. Eine paradoxe Bezeichnung, die ans Absurde grenzte, fand Margot. »Ständig« und »Gast« zu einem Ausdruck zusammenzuschustern. Böhms Sohn Karlheinz war Schauspieler, auf ihn war er mächtig stolz. Jedoch nicht so sehr, als dass er dessen Licht heller als das eigene strahlen sehen würde.

Nach einer kräftezehrenden Probe fuhr Margot mit dem Bus, anstatt zu laufen. Sie stieg eine Haltestelle früher aus und kaufte noch beim Metzger, Bäcker und Gemüsehändler fürs Abendessen ein.

Auf dem Gehweg kam ihr ein Junge entgegen, der aus der Ebbelwoiwirtschaft an der Ecke einen bis zum Rand gefüllten Bembel geholt hatte. Vor dem Überqueren der Straße blieb er stehen und trank die ersten paar Zentimeter ab, sodass beim Gehen nichts überschwappte. Margot lächelte in sich hinein. Egon hatte früher von einem Jungen in seiner Klasse erzählt, dessen Vater ihn jeden Tag zum Apfelweinholen geschickt hatte. Und ebenfalls jeden Tag hatte der Bub auf dem Heimweg so viel davon selber getrunken, dass er an einem Brunnen mit Wasser wieder auffüllen musste, was fehlte. Irgendwann war dem Vater aufgefallen, dass sein Ebbelwoi zusehends wässriger schmeckte, und er war dem Sohn auf die Schliche gekommen.

»Dann hat er ihm ordentlich den Hosenboden stramm gezogen«, hatte Egons Fazit gelautet.

»Und was lernst du daraus?«, hatte Fritz den Jungen damals gefragt.

»Dass man's beim Pfuschen nicht übertreiben soll, damit es keiner merkt.«

Margot bog in ihre Straße und winkte grüßend der Fensterguckerin im zweiten Stock, einer alten Frau, die dort immer zu finden war, solange es nicht gerade regnete, und beobachtete, was unten *auf der Gass* passierte.

Daheim im Esszimmer fand sie Fritz, Egon und Nora Holden am Tisch sitzend.

»Es wird aber noch ein Weilchen dauern mit dem Essen«, rief Margot.

»Das macht nichts, Frau Milanski, ich habe sowieso keinen Hunger.«

Innerlich verdrehte Margot die Augen, ließ sich aber nach außen nichts anmerken. Nora aß nie etwas, entweder weil sie gerade wieder eine Abmagerungskur machte oder weil irgendwas in ihrem Leben ihr den Appetit verdarb. Und obwohl sie eigentlich eine geräumige Wohnung in einem modernen Neubau hatte, verbrachte sie die meiste Zeit bei den Milanskis. Es sei denn, sie war auf Schlagerreise unterwegs durch Deutschland. Oder für Schallplattenaufnahmen in einer anderen Stadt. Ihre Karriere lief, sie war mittlerweile eine gefragte Sängerin.

Besonders glücklich darüber schien sie nicht zu sein. Manchmal tat sie Margot leid, obwohl sie nicht wirklich verstand, was Noras Problem war. Vielleicht fühlte sie sich fern ihrer schwedischen Heimat allein? Vermisste ihre Familie und war deshalb lieber bei den Milanskis als in ihrer eigenen Wohnung? Doch wirkliche Nähe zur Familie suchte sie nicht. An diesem Tag machte sie einen besonders kümmerlichen Eindruck.

Ehe sie in die Küche ging, setzte sich Margot kurz mit an den Tisch.

»Was bedrückt Sie denn, Fräulein Holden?« Verlobt mit Egon oder nicht, man war noch nicht per Du. Margot legte ihre Hand auf die von Nora. Diese überraschende Herzlichkeit ließ bei der jungen Frau anscheinend den letzten Rest Selbstbeherrschung schwinden, und sie brach in Tränen aus. Rasch sprang Egon auf und umrundete den Tisch, ging neben Nora in die Hocke und redete beruhigend auf sie ein.

»Was hast du? Komm, erzähl es uns, gemeinsam finden wir für alles eine Lösung.«

Fritz, ein wenig peinlich berührt von diesem Gefühlsausbruch, schob Nora ein Taschentuch hin.

»Ach, es ist lächerlich. Einerseits. Andererseits wache ich jeden Tag mit einem Stein im Magen auf, weil ich weiß, da komme ich nicht mehr raus.« Ihre geschluchzten Worte zusammen mit dem durchblitzenden schwedischen Akzent rührten Margot und beunruhigten sie gleichzeitig. Hatte Nora Bedenken wegen ihrer Beziehung zu Egon? Das würde ihrem Sohn das Herz brechen. Er schluckte und rückte ein wenig von ihr ab.

»Wovon sprichst du?«, fragte er.

»Von meinen Liedern natürlich, wovon denn sonst!«, rief sie, gefolgt von heftigerem Weinen.

Egon warf seiner Mutter einen Blick zu, in dem sich Erleichterung mit Unverständnis mischte.

»Ewig diese Schlager, einer nach dem anderen, ich halte das nicht mehr aus! Ich hasse diese Art von Musik. Aber mein Manager sagt ...« Sie brach ab und putzte sich die Nase.

Margot verstand sofort. Sie erhob sich. »So, Sie kommen mit mir in die Küche, Fräulein Holden, und erzählen mir alles, nachdem Sie sich ein wenig beruhigt haben. Fritz, Egon, ihr habt doch sicher zu tun. Ich rufe euch, wenn das Essen fertig ist.«

Sie schloss die Küchentür hinter sich und Nora, reichte

der jungen Frau eine Küchenschürze und band sich ebenfalls eine um. Dann wies sie auf die Kartoffeln im Einkaufskorb. »Sie können mit denen anfangen. Einfach alle schälen, bitte.« Margot wusch den Salat. Sie gab Nora etwas Zeit, sich beim Kartoffelschälen zu sammeln, und begann zuerst selber, leise zu erzählen.

»Nach dem Krieg habe ich meine Leidenschaft für den Jazz entdeckt. Damals haben wir bei meiner Cousine in Königstein gewohnt. Egon war schwer verwundet und ich musste ihn pflegen. Lange war ich nicht sicher, ob er überhaupt jemals wieder würde laufen können. Heute merkt man ihm nichts mehr an, aber er hat Ihnen sicher davon erzählt. Es mangelte an allem. Manchmal fiel es mir schwer, morgens aufzustehen und mich dem Tag zu stellen.«

Nora nickte heftig, ein Gefühl, das sie anscheinend kannte.

»Meine Freundinnen Gesa und Inge und ich, wir haben uns gegenseitig gestützt, ich habe mich nie allein gefühlt. Und ich habe mir etwas gesucht, das nur mir gehörte. Im Gartenschuppen habe ich mir ein winziges Refugium eingerichtet und mein Cello zu einem Jazzbass umfunktioniert. Stellen Sie sich vor, ich habe Platten aufgelegt und dazu gespielt und lauthals gesungen. Niemals in meinem Leben hat mir etwas mehr Freude bereitet. Ich hätte das ewig machen können.«

Mit weit aufgerissenen blauen Augen starrte Nora Margot an. »Wirklich? Aber Sie sind doch klassische Cellistin.«

»Und Sie sind Schlagersängerin. Aber nur, weil man früh in seinem Leben einen Weg eingeschlagen hat, bedeutet das nicht, dass man keine anderen Interessen haben darf. Bei mir war es der Jazz.«

»Und? Konnten Sie Ihrer großen Leidenschaft nachgehen?«

Margot hielt inne im Salatwaschen. »Nein.« Sie beschloss, ganz offen zu sein. »Mein Mann wollte das nicht. Und dann gab es natürlich keinerlei weibliche Jazzmusikerinnen damals in Frankfurt. Genau genommen gibt's die bis heute nicht. Es wäre ein weiterer anstrengender Kampf gegen Windmühlen gewesen, mich in dieser Männerdomäne zu behaupten. Die Rückkehr zu einem Punkt, an dem ich schon mal gewesen war und der mich erneut extrem viel Kraft gekostet hätte. Daher habe ich meinen Traum begraben und mich auf das konzentriert, was mich und meine Familie weiterbrachte. Ich habe meine Position im Rundfunkorchester gefestigt und zu einer Zeit wieder Geld verdient, in der viele andere noch Not litten.«

»Ich verstehe.«

»Aber Sie sind noch so jung. Es sind andere Zeiten. Und was für mich die richtige Entscheidung war, muss es nicht auch für Sie sein.«

»Mein Manager schreibt mir vor, wie meine Frisur auszusehen hat, welche Kleider meinen Verehrern am besten gefallen und welche Lieder ich zu singen habe. Aber das bin nicht ich, das ist eine Kunstfigur, die er geschaffen hat.«

Margot verstand exakt, was Nora meinte. Mit ihrem duftigen, sauberen Stil, ohne zu viel Sexappeal und mit der glockenreinen Stimme bediente sie einen derzeit gefragten Typ. Das heitere Schlagermädchen, das von der Liebe sang, die Sache jedoch nicht zu deutlich beim Namen nannte. Sie war die Schwiegertochter, die Eltern sich wünschten, die Traumfrau jeden Mannes und ein Vorbild für junge Fräuleins.

»Und mit dieser Kunstfigur wollen Sie nicht weitermachen?«, bohrte Margot vorsichtig nach.

Unentschlossenes Schulterzucken. »Doch, schon, denke ich. Muss ich ja. Wissen Sie, ich bin gut gebucht und verdiene eine Menge Geld. Viel mehr als in jedem anderen Beruf. Ich hab ja auch nichts gelernt außer singen.«

Mit einem wissenden Lächeln rückte Margot ein wenig näher an die junge Frau heran. »Sie sollten unbedingt zu schätzen wissen, was Sie erreicht haben. Geben Sie Ihre finanzielle Unabhängigkeit niemals auf.«

Nora legte die geschälten Kartoffeln in den Topf, den Margot ihr hinhielt.

»Wenn Sie die Wahl hätten, welche Art von Musik würden Sie denn machen wollen, Fräulein Holden?«

»Rock and Roll!« Die Antwort kam wie aus der Pistole geschossen, entlockte Margot ein Lächeln und veranlasste sie gleichzeitig zu einer sehr ernüchternden Erwiderung.

»Ich fürchte, für eine Rock and Roll singende junge Dame ist hier bei uns die Zeit heute ebenso wenig reif, wie sie es damals für eine jazzende Cellistin gewesen wäre.«

Beide Frauen stützten sich mit den Händen auf der Arbeitsplatte ab und hingen für einen Moment ihren zweifelsohne ähnlich wehmütigen Gedanken nach.

»Und jetzt?«, fragte Nora Holden schließlich mit dumpfer Stimme. »Was soll ich machen? Eine weitere Schlagertournee halte ich ohne Licht am Horizont nicht durch. Dieses anspruchslose Gedudel. Ich brauche etwas, das mich fordert.«

»Dann sagen Sie das Ihrem Herrn Manager geradeheraus, so wie Sie es mir gesagt haben. Verlangen Sie mehr von ihm. Vielleicht sollte er mal seine Fühler in Richtung Film ausstrecken. Es ist immerhin seine Aufgabe, Sie nicht nur im Geschäft, sondern auch bei Laune zu halten. Das müssen Sie ihm nur klarmachen.«

»Ich soll schauspielern?« Wieder die weit aufgerissenen blauen Augen. Dieses Mal allerdings ohne Resignation, dafür mit einem interessierten Funkeln.

»Warum nicht? Das wäre eine Herausforderung. Musikfilme sind gerade ganz groß in Mode. Einer nach dem anderen kommt in die Lichtspielhäuser, und alle locken ein großes Publikum an. Singen und tanzen können Sie, Fräulein

Holden. Und das Schauspielern wäre etwas, das Sie sich erarbeiten müssten, bis Sie es meistern. Das ist zwar kein Rock and Roll, aber ...«

»... aber etwas Neues! Ein Schritt nach vorne. Gute Idee, Frau Milanski. Ich werde darüber nachdenken und mit meinem Manager reden. Vielen Dank.«

Ehe Margot sich versah, fiel Nora Holden ihr um den Hals und drückte sie, dann lief sie aus der Küche und rief nach Egon.

»Na, wie es so schnell geht, aus einer völlig aufgelösten jungen Dame wieder eine fröhliche zu machen, das musst du mir verraten.« Fritz lehnte mit verschränkten Armen im Türrahmen und sah Margot belustigt an.

Sie wischte sich die Hände an ihrer Schürze ab und stellte sich vor ihn. »Tja, ich bin eben einfühlsam.«

Er küsste ihre Nasenspitze. »Das weiß niemand besser als ich. Aber ganz ehrlich, ich bin nur froh, dass nicht Egon für Fräulein Holdens Anfall eben verantwortlich war. Kurz hatte ich befürchtet, sie will nicht mehr mit ihm zusammen sein.«

Margot legte ihre Arme um Fritz. »Dabei geht es nur um berufliche Bedenken. Da konnte ich glücklicherweise neue Möglichkeiten aufzeigen. Erstaunt mich selber, wie gut das eben geklappt hat. Möglicherweise liegt es daran, dass Nora Holden schnell versteht und mehr im Kopf hat, als wir alle dachten.« Eine Erkenntnis, die Margot freute, wünschte sie sich für ihren Sohn doch eine intelligente Frau und nicht bloß eine hübsche.

Sie war gespannt, ob der Denkanstoß fruchten würde. Natürlich war es nicht einfach, beim Film Fuß zu fassen, für niemanden. Auch eine bereits populäre Schlagersängerin würde sich gegen harte Konkurrenz durchsetzen müssen. Viele Talente drängten derzeit zum Film. Margot dachte an die junge Caterina Valente, deren Name immer öfter fiel und die anscheinend alles konnte. Singen, tanzen, schauspielern, musizieren und dabei nie die gute Laune verlieren. Daran musste Nora Holden sich ein Beispiel nehmen. Sie hatte sich doch eine Herausforderung gewünscht.

Fritz unterbrach ihre Gedanken. »Ich sehe, die Kartoffeln stehen auf dem Herd. Aber was hältst du davon, wenn wir sie Egon und Nora überlassen? Marianne kommt sicher auch gleich nach Hause. Und ich lade dich stattdessen zum Essen ein. Nur wir zwei?«

»Die beste Idee des Tages.« Mit einem strahlenden Lächeln schmiegte sich Margot an ihren Mann. »Gibt es was zu feiern?«

»Möglicherweise möchte ich mit dir auf einen neuen Buchvertrag anstoßen.« Er zwinkerte. »Bei dem Drama vorhin habe ich mich nicht getraut, die gute Nachricht zu verkünden.«

»Gib mir eine Minute, ich trage nur schnell Lippenstift auf und hole meine Handtasche.«

Eine Woche später, beim Eröffnungskonzert des Großen Sendesaals, einer modernen Halle mit tausend Sitzplätzen, war Margot nervös wie lange nicht. Die Dimensionen des Orchesterraums, der Platz für einhundertfünfzig Musiker und dreihundert Chorsänger bot, waren nicht nur für sie neu, auch den Kollegen entlockten sie ehrfürchtiges Staunen. Einzig Karl Böhm fühlte sich gleich recht wohl an seinem Dirigentenpult. Alles, was in Frankfurt Rang und Namen hatte, war erschienen, ein Umstand, der ihn zu beflügeln schien. Natürlich war auch Kurt Schröder anwesend, Chefdirigent und Leiter der Musikabteilung des Hessischen Rundfunks. Margot schätzte den älteren Herrn sehr. Nach dem Krieg hatte er in einer schwierigen Zeit viel für den Wiederaufbau des Orchesters geleistet. Dem deutlich bescheideneren Kurt

Schröder gefielen Karl Böhms zahlreiche Auftritte mit dem Orchester und seine Selbstdarstellung gewiss nicht, aber er war zu sehr Gentleman, um sich das anmerken zu lassen. Dass Intendant Beckmann ihn in der Öffentlichkeit bei jeder Gelegenheit ausdrücklich als Chefdirigent betitelte, war da nur recht und billig.

Die amerikanische Sängerin Teresa Stich-Randall trat in einem eleganten schwarzen Kleid mit V-Ausschnitt und langen Ärmeln auf, das dunkle Haar in schicken Wellen aus dem Gesicht frisiert. Sie bekam am Ende einen Strauß weiße Nelken, ebenso wie Gertrude Pitzinger, die zweite Solistin an diesem Abend. Deren weiche, gefällige Altstimme hatte Margot ganz besonders imponiert. Das lange Proben hatte sich gelohnt, Karl Böhms bisweilen harsche Töne an seine Musiker waren vergessen angesichts des Erfolges. Die Einweihung des Großen Sendesaals läutete gewissermaßen eine neue Ära für den Hessischen Rundfunk ein. Am Dornbusch, wie in ganz Frankfurt, klopfte die Moderne an die Tür und kam auch gleich hereingepoltert mit aufwendiger Technik, viel Platz und dem Versprechen einer rosigen Zukunft.

So zumindest kam es Margot vor, die die Rundfunkkapelle von Radio Frankfurt in ihren Anfängen erlebt hatte. Zu kleine Sendestudios mit provisorisch stoffbehangenen Wänden zur Schalldämmung, darin eine Handvoll Musiker. Mehr war das damals nicht gewesen. Kein Vergleich zum Funkhaus, das nun an der Bertramstraße stand. Eine riesige Konzertorgel würde der Sendesaal auch noch bekommen. Wenn das kein Schritt in ein neues Rundfunkzeitalter war.

INGE, 1955

Radionachrichten 1955:
»Fini Pfannes, Trägerin des Bundesverdienstkreuzes am
Bande, wird Vizepräsidentin der Arbeitsgemeinschaft der
Verbraucherverbände.«

Josefine Pfannes, auf ausdrücklichen eigenen Wunsch Fini
genannt, wurde als Tochter eines deutschstämmigen Ge-
schäftsmannes 1894 in Rumänien geboren. Mit ihrem
Mann lebte sie in Frankfurt am Main, wo sie unter anderem Werbeleiterin bei den Main-Gaswerken war. Wegen
ihrer jüdischen Wurzeln wurde die konvertierte Katholikin
durch die Nationalsozialisten allen Ämtern und Berufen
enthoben. Sofort nach dem Krieg nahm Fini Pfannes ihre
Geschäftstätigkeit wieder auf, gründete den Pfannes-Wer-
bedienst und betrieb unter anderem den Hausfrauen-Ver-
lag. Sie war Vorsitzende des Deutschen Hausfrauenbundes
und scheute sich nicht vor medienwirksamen Auftritten
oder Diskussionen mit Politikern. Zitat: »Was kann ich
dafür, dass ich so berühmt bin?« Ebenfalls 1955 setzte sie
sich im Rahmen der Wiederbewaffnungsdiskussion vehe-
ment gegen eine Aufnahme von weiblichen Freiwilligen in
die Bundeswehr ein.

»Warum gehst du nicht endlich in Pension, Inge? Du hast
doch weiß Gott genug zu tun mit deinem ganzen wohltätigen
Engagement für Waisenkinder oder was auch immer. Wieso
kannst du nicht Platz machen für die neue Generation?« Elke

Kleiber spie Inge die Worte in ihrer Wut geradezu vor die Füße und stürmte türknallend aus dem Redaktionsraum des Kinderfunks, ohne eine Antwort abzuwarten.

Vor Theos Tod hätte sie eine derartige Unverschämtheit noch schrecklich aufgeregt, nun aber perlten die harschen Worte von Inge ab wie Wasser von einem Regenschirm. Sie berührten sie schlichtweg nicht. Margot hingegen schon, ihre Wangen bekamen in Sekundenschnelle zornesrote Flecken, und auch Fränze Roloff schnappte wortlos nach Luft. Was bei Fränze nicht oft vorkam.

»Das lässt du dir doch von dieser Rotzgöre nicht bieten!«, stieß sie schließlich hervor.

Margot war von ihrem Platz aufgesprungen und deutete Elke hinterher. »Das geht zu weit, Inge. So benehmen wir uns hier nicht. Die junge Dame muss abgemahnt werden. Wenn du nicht zu Beckmann gehst, gehe ich.«

Eine plötzliche Schwere überfiel Inge. Sie war es so leid, dauernd mit Elke Kleibers krankhaftem Ehrgeiz und noch vielmehr ihrem mangelnden Anstand konfrontiert zu werden. Das junge Ding hatte es auf ihren Posten abgesehen und war frustriert, weil sie damit nicht weiterkam. Inge Conrad war die unangefochtene Leiterin des Kinderfunks, und das würde sie bleiben.

»Früher war Elke eigentlich ein nettes Kind. Ich habe ihr so viel beigebracht hier im Sender«, sinnierte sie traurig.

Mit theatralischer Stimme und dazu passenden Gesten deklamierte Fränze: »Und sie ahnte nicht, welch Natter sie an ihrem Busen nährte!«

Inge musste lachen. »Hast du irgendwann mal die Cleopatra gespielt?«

»Ich wäre durchaus dazu befähigt.« Fränze schüttelte das Haar aus der Stirn. »Mal ehrlich, mit der«, sie wies Richtung Tür, »kannst du doch nicht mehr arbeiten. Die muss weg.«

Inge wusste genau, weshalb Elke Kleiber die Beherrschung verloren hatte. Dabei hatte sie der jungen Kollegin eigentlich etwas Gutes tun wollen. Nun ja, manche Menschen waren undankbar und dumm dazu. Erst am Vortag hatte der Intendant Inge erneut um eine Unterredung in seinem Büro gebeten und sie darauf hingewiesen, dass Fräulein Kleiber ihn weiterhin drängte, ihr eine Position beim Kinderfunk zu geben. Um zu irgendeinem Kompromiss zu gelangen und das Thema endlich abzuschließen, hatte Inge vorgeschlagen, Elke die Moderation der Kindersendung für die jüngsten Zuhörer von drei bis sechs Jahren zu übertragen. Dieses äußerst beliebte wöchentliche Programm startete mit fröhlichem Klaviergeklimper und den Kinderworten: »Hier ist Frankfurt, wir Kleinsten spielen für die Kleinsten«, gefolgt von Gesang mit weiterer Klavierbegleitung. Inges Angebot war großzügig, eigentlich hätte sie darauf bestehen können, dass die intrigante Kollegin keinen Fuß mehr in ihre Abteilung setzte. Eberhard Beckmann sah das genauso. Elke jedoch naturgemäß nicht. Als er ihr an diesem Tag den Vorschlag unterbreitet hatte, war sie wütend aus seinem Büro gestürmt. Der Intendant hatte sofort über das Haustelefon bei Inge durchgeklingelt.

»Frau Conrad, ich muss Sie warnen. Fräulein Kleiber scheint übergeschnappt zu sein. Sie meinte allen Ernstes, mit Kindergartenkram würde sie sich nicht abspeisen lassen, für sie käme nur die »richtige« Sendung mit *Inges Radiobande* und dem Chor infrage. Ich fürchte, sie ist gerade auf dem Weg zu Ihnen, daher wollte ich Sie vorwarnen.«

Elkes Wutausbruch war also nicht überraschend gekommen, enttäuschend war er deshalb nicht weniger.

»Ja, meine Lieben«, sagte Inge ruhig. »Ich fürchte, das wird in der Tat Konsequenzen für Elke haben.« Sie ließ sich telefonisch mit dem Intendanten verbinden.

»Hallo, Herr Beckmann? Ja, sie war eben hier und hat sich

mächtig danebenbenommen. Nein, ich bin mittlerweile wie Sie der Meinung, dass Fräulein Kleiber untragbar ist. Bitte tun Sie, was Sie für nötig erachten.«

Für Elke Kleiber war dies das Ende ihres Volontariats beim Hessischen Rundfunk. Was fortan aus ihr wurde, verfolgte Inge nicht weiter. Sie konzentrierte sich auf das, was ihr Freude bereitete, nämlich die Qualität des Kinderfunks auf das Niveau der Erwachsenensendungen zu bringen. Weil kleine Zuhörer das ebenso verdienten wie die Großen.

Möglich machte das zum einen der Intendant, der von Inges Fähigkeiten überzeugt war und ihr in vielen Dingen freie Hand ließ. Zum anderen unterstützte die Popularität der *Radiobande* ihr Vorhaben. Wer hohe Zuhörerzahlen hatte und bei den Leuten daheim beliebt war, durfte neue Projekte verwirklichen, so einfach war das. Inges Freunde und Kollegen halfen bei der Umsetzung der Ideen, wo sie nur konnten.

Zur Premiere von *Schneeweißchen und Rosenrot* in Frankfurts bekanntem Kino *Metro im Schwan* hatte der Chor einen Auftritt im Foyer. Während die jüngeren Sänger sich auf den anschließenden Film freuten, hingen die älteren Mädels vor den Plakaten von *Denn sie wissen nicht, was sie tun* und himmelten den amerikanischen Schauspieler James Dean an. Der zugegebenermaßen nett anzusehen war, wie Inge und Margot übereinstimmend feststellten. Als das Kino nach dem Wiederaufbau vor sechs Jahren seine Pforten wieder geöffnet hatte, kam gleich die Prominenz, Inge erinnerte sich an Heinz Erhardt und Peter Frankenfeld. Und Willy Berking vom Sender hatte mit seinem Tanzorchester aufgespielt. Ein toller Abend war das gewesen. Und sogar mit einer ganz besonderen Premiere konnte das *Metro im Schwan* aufwarten. Im Dezember 1953 war zum ersten Mal überhaupt in

Deutschland ein Film in Cinemascope gezeigt worden, ein beeindruckendes Bild- und Tonerlebnis. Zusammen mit Theo war Inge mindestens ein-, zweimal die Woche ins Kino gegangen. Seit seinem Tod deutlich weniger, aber sie mochte das Ambiente der zahlreichen Filmpaläste Frankfurts. Die bunten Leuchtreklamen, die breiten Eingangsfronten mit Filmplakaten in den Schaukästen, das hatte was. Und der Kinderchor des Hessischen Rundfunks war vor den Premieren der Kinderfilme immer sehr gefragt.

Kürzlich war Nora Holden auf Margots Bitte hin in Inges Sendung gekommen und hatte mit dem Chor und der *Radiobande* gesungen. Zuerst beliebte Kinderlieder und dann ihren neuen Schlager. Das war etwas Außergewöhnliches und kam gut an. Zudem ging die junge Frau derart herzlich mit den Kindern um, dass sie bei Inge ab sofort einen Stein im Brett hatte.

Außerdem hatte Inge damit begonnen, bei ihren Kinderhörspielen selbst Regie zu führen. Fränze Roloff unterstützte die Kollegin dabei mit ihrem über die Jahre gesammelten Wissen und Können.

»Und als Nächstes mache ich ein richtig groß angelegtes Hörspiel«, verkündete sie ihren Freundinnen. »*Pippi Langstrumpf* von Astrid Lindgren. Das Problem ist nur, dass es nicht länger dauern darf als dreißig Minuten.«

Endlich, endlich, endlich hatte die Hauptwache wiedereröffnet, und Inge, Gesa und Margot saßen draußen vor dem Eingang unter einem roten Sonnenschirm im Freien und tranken Kaffee.

»Das wird schon gehen. Man muss das Buch entsprechend kürzen, aber dafür haben wir fähige Köpfe im Sender«, meinte Gesa. »Die geben unseren Texten auch immer exakt die gewünschte Länge.«

»Bist du dabei?«

»Als Sprecherin? Wenn du mir eine Rolle gibst, sehr gern. Bin sowieso gespannt, wie es ist, unter deiner Regie zu arbeiten.«

»Ich bin wahnsinnig organisiert, konzentriert und effizient.« Gesa lachte. »Ganz bestimmt, Inge.« Sie sah sich zufrieden um. »Ist es nicht herrlich, Kinder, dass wir wieder hier sitzen dürfen? Wer hätte das gedacht, als die Altstadt nur noch aus Schutt und Tränen bestanden hat?«

»Ja, es ist schön«, stimmte Margot zu. »Aber die Hauptwache selber haben sie schon deutlich abgespeckt wieder aufgebaut. Das ist kein Vergleich zu dem zuckerschönen Gebäude, das wir kannten.«

»Die gestreiften Markisen unter den Steinbögen! Die üppigen Pflanztröge, die auf der Terrasse die Tische voneinander abgegrenzt haben. Und überhaupt, die Bestuhlung war etwas ganz anderes als diese klapprigen Dinger.« Zur Bekräftigung ihrer Worte wackelte Gesa auf ihrem Stuhl herum. Der Herr am Nebentisch warf ihr einen tadelnden Blick wegen des undamenhaften Verhaltens zu, und Inge kicherte. »Aber du änderst dich bitte nie, Gesa, ja?«

»Was? Wieso? Nur weil wir langsam in ein Alter kommen, das manche Menschen als gesetzt bezeichnen würden? Niemals.«

»Du hast aber auch den großen Vorteil deiner jugendlichen Stimme«, sagte Margot augenzwinkernd.

»Deswegen funktioniert es auch mit Erik Schumann und mir so gut. Nach dem Erfolg der *Celias-Abenteuer*-Reihe stehen neue Kriminalhörspiele mit uns beiden an, das Publikum mag uns.«

»Gesa Kellermann und Erik Schumann, die beiden Hörspielstars des Hessischen Rundfunks. Ist Philip nicht mehr eifersüchtig?«

»Mittlerweile hat er begriffen, dass er nie einen Grund dazu hatte.«

Inge blickte zwischen ihren Freundinnen hin und her. Momente wie dieser erfüllten sie mit inniger Dankbarkeit. Nach unzähligen Höhen und Tiefen, nach Krieg, Verlusten und Tod saßen sie in der guten alten Hauptwache beisammen und unterhielten sich. Noch immer Radiofrauen, noch immer erfolgreich, noch immer ungebrochen und das Leben bejahend. Zugegeben, was die letzten beiden Punkte anging musste sie an sich arbeiten, doch Inge spürte, wie die drückende Last der Trauer ganz langsam ein wenig leichter wurde. Sie würde Theo jeden Tag vermissen, aber der Gedanke an seinen Tod schnürte ihr nicht mehr die Luft zum Atmen ab. Gesa hatte recht gehabt.

Margot streckte die Hand hoch und winkte in die Ferne. »Ich hoffe, es stört euch nicht, Nora Holden wollte unbedingt dazukommen, als ich ihr von unserem Kaffeeklatsch erzählt habe.«

Erstaunt blickte Inge auf. »Tatsächlich? Wieso das denn?«

»Das wird sie uns vermutlich gleich erzählen.«

Die junge Frau bahnte sich ihren Weg durch die zahlreichen Passanten und hatte sie beinahe erreicht, als ein Mädchen vor sie trat und um ein Autogramm bat. Noras neuer Schlager, *Bella, bella, bambolina*, hatte sich innerhalb kürzester Zeit zu einem Ohrwurm entwickelt, dem man nicht entkam. Er spielte mit der Sehnsucht nach Italien und dem Meer und hatte eine eingängige Melodie. Inge und Gesa wussten von Margot, dass Nora damit haderte, sich lediglich auf Schlager beschränken zu müssen. Aber gegen einen Erfolg wie diesen hatte sie gewiss nichts einzuwenden.

»Guten Tag zusammen«, Nora setzte sich zu den Damen an den Tisch, und sofort kam ein Kellner gelaufen, um ihre Bestellung aufzunehmen.

»Vielen Dank, dass ich dazukommen darf«, sagte sie ein wenig atemlos. »Ich hoffe, Sie halten mich nicht für aufdringlich, aber ich wollte Sie um Ihren Rat bitten.«

Das verwunderte Inge noch mehr. »Unseren Rat? Wie kommen wir denn zu der Ehre?«

Täuschte sie sich, oder wurde Nora Holden tatsächlich ein klein wenig rot um die Nase?

»Na ja, Frau Milanski kenne ich schon ein wenig besser, und sie hat mir sehr geholfen, als ich am Boden zerstört war. Und als ich kürzlich im Kinderfunk bei Ihnen zu Gast war, Frau Conrad, hatte ich den Eindruck, wir verstehen uns ganz gut. Wissen Sie, so seltsam es klingt, für mich ist es nicht einfach, in der Unterhaltungsbranche Freunde zu finden. Oder zumindest jemanden, der mir ohne Hintergedanken seine ehrliche Meinung sagt.«

Nach dem enttäuschenden Erlebnis mit Elke Kleiber tat Inge sich etwas schwer damit, offen und unvoreingenommen zu sein. Was wollte Nora Holden? Anscheinend irgendetwas, das sie oder ihre Karriere betraf. Sie war aus eigennützigen Gründen hier, um einen Vorteil aus diesem Treffen zu ziehen. War das verwerflich oder vollkommen in Ordnung? Von Margot wusste Inge, dass Nora Holden tatsächlich fernab ihrer Heimat auf sich allein gestellt war. Ihr Manager bestimmte beruflich so gut wie alles. Und erst seitdem sie mit Egon verlobt war, hatte die junge Frau so etwas wie Familienanschluss. Sie war Inge durchaus sympathisch – aber das war Elke anfangs ebenfalls gewesen. Abwartend hörte sie zu, was Nora Holden zu erzählen hatte.

»Seit letztem Jahr ist es mein großer Wunsch, neben dem Singen auch beim Film Fuß zu fassen. Mein Agent wollte diesen Weg zuerst nicht verfolgen und hat mich immer wieder vertröstet. Erst müsste ich einen richtigen Verkaufsschlager landen, hat er gemeint, damit man noch mehr auf mich aufmerksam wird. Mit *Bella, bella, bambolina* ist mir das nun gelungen.«

Die junge Frau sah sich unauffällig nach rechts und links um, ob niemand zuhörte, und gab dann zu, sie hätte das Lied mittlerweile derart oft gesungen, dass es ihr gehörig auf die Nerven ging. Auch Inge erinnerte sich an eine ihrer erfolgreichsten Nummern. 1929 war das gewesen und der Titel hatte gelautet *Woher soll ich es wissen*, mit anschließenden kecken Reimen wie zum Beispiel »küssen«, natürlich.

Damals war sie an einen Punkt gelangt, an dem sie glaubte, den Verstand zu verlieren, wenn sie das Lied noch ein einziges Mal singen musste. Wie eine hängen gebliebene Schallplatte hatte sie wieder und immer wieder dasselbe zum Besten gegeben. Und damit viel Geld verdient, ja. Deswegen hatte sie durchgehalten und sich gleichzeitig darum bemüht, schnellstmöglich eine Anschlussplatte aufzunehmen.

»Können Sie nicht zeitig einen anderen Schlager nachschieben?«, fragte sie.

»Oh Gott, nicht noch einen!«, entfuhr es Nora Holden in ehrlichem Entsetzen. »Nein, darum geht es nicht. Schauen Sie, es ist ein Filmangebot reingekommen, wirklich und wahrhaftig. Eines, das mein Manager mir nicht vorenthalten konnte, weil es ein ausgesprochen gutes ist.«

Margot freute sich. »Na, wunderbar. Das ist doch toll.«

»Nein, ist es nicht. Ganz und gar nicht«, flüsterte Nora Holden. Sie sah todunglücklich aus und zudem so, als würde sie jeden Augenblick die Nerven verlieren. Mit dem Handrücken wischte sie hektisch ihren hellroten Lippenstift ab, kramte nach einem Taschentuch und reinigte die Hand. »Dieses Zeugs, ich kann es nicht leiden. Außerdem kriege ich keine Luft.« Sie nestelte an dem schwarz-weiß gepunkteten Tuch, das sie wie ein Halsband trug, bis sie sich davon befreit hatte.

»Fräulein Holden«, raunte Gesa leise. »Wenn Sie lieber woanders reden wollen …«

»Nein, ist schon gut, jetzt sind wir hier, und ich muss es loswerden. Ich brauche Ihren Rat, bitte!« Sie atmete tief durch. »Also, ich will keine Namen nennen, aber das Filmangebot kommt von einem sehr bekannten Produzenten, der auch schon mit Peter Alexander und anderen Filmsternen gearbeitet hat. Es soll eine Urlaubskomödie werden, die in Italien spielt, mit viel Tanz und Gesang und Amore.« Beim letzten Wort verdrehte sie peinlich berührt die Augen. »Und wenn das gut läuft, hätte ich die Option auf zwei weitere Spielfilme in zwei Jahren.«

Gesa pfiff anerkennend durch die Zähne. »Eine hervorragende Chance. Das klingt nach allem, was Sie sich wünschen. Was gibt es da zu überlegen, Fräulein Holden?«

Der Gesichtsausdruck der Sängerin wurde noch jämmerlicher, als sie flüsterte: »Man besteht darauf, vertraglich abzusichern, dass ich die kommenden drei Jahre ledig bleibe. Weil eine unverheiratete Frau mehr Verehrer in die Kinos lockt als eine, die offiziell vergeben ist.«

Es wurde still am Tisch.

Nora Holden sah Margot an, die ruckartig aufstand und sich gleich darauf wieder hinsetzte.

»Das kommt überhaupt nicht infrage!«, stieß sie hervor. »Das würde meinem Egon das Herz brechen. Was für eine Unverschämtheit, so was zu verlangen.«

»Aber wenn sie Nein sagt, wird sie vielleicht keine zweite Chance auf eine Filmkarriere bekommen«, merkte Gesa dumpf an.

»Hat sich in all den Jahren denn nichts geändert?« In Inge kochte die Wut hoch. »Müssen wir Frauen uns immer noch verbiegen, wie es den Männern gefällt, nur damit man uns arbeiten lässt? Was sind wir denn? Marionetten, deren Geschicke sie nach ihrer Willkür lenken können? Zum Kotzen ist das!«

»Wenn ich nicht unterschreibe, ist es mit meiner Filmkarriere vorbei, bevor sie überhaupt angefangen hat.«

»Und wenn Sie unterschreiben, trifft genau das Gleiche auf Ihre Ehe zu.«

»Aber Frau Milanski, Sie waren es doch, die mir geraten hat, ins Filmgeschäft einzusteigen.«

Margot und Nora Holden starrten einander wild in die Augen, und Inges Wut wurde schlagartig vom Mitleid verdrängt.

GESA

Radionachrichten 1955:
»Rosa Parks, eine afroamerikanische Näherin, weigert sich, ihren Platz im Stadtbus von Montgomery, Alabama, einem weißen Mann zu überlassen, und löst damit den Montgomery Bus Boycott aus.«

Die Folge von Rosa Parks' Weigerung war, dass sie verhaftet wurde. Doch ihr Mut läutete die schwarze Bürgerrechtsbewegung ein, die schließlich in den Südstaaten zum Ende der Rassentrennung in öffentlichen Einrichtungen führte. Rosa Parks wurde zu einer Ikone der Bewegung, und sie inspirierte Martin Luther King. Zugleich war sie fortan Drohungen und Beleidigungen ausgesetzt, weshalb sie und ihre Familie Alabama verließen und in den Norden nach Detroit zogen. Auch dort blieb sie weiterhin als Bürgerrechtlerin aktiv.

Im Schlafzimmer herrschte absolute Dunkelheit. Für Gesa machte es keinen Unterschied, ob sie die Augen geöffnet oder geschlossen hielt, sie sah lediglich Schwarz, ohne jegliche Abstufungen von Grau. Philip neben ihr warf sich unruhig von einer Seite auf die andere. Er murmelte im Schlaf, dann schrie er wieder laut. Bisweilen setzte er sich ruckartig auf, ehe er zurück in die Kissen fiel. Auch zehn Jahre nach dem Ende des Krieges suchten ihn seine Albträume heim. Noch immer sprach er nicht darüber, was ihm Schreckliches widerfahren war. Damit hielt er es wie Hans-Joachim Kulenkampff, der Kollege mit dem Sonnenscheingemüt, der sofort abblockte, wenn er nach seinen Kriegserlebnissen gefragt wurde, und die meisten anderen Männer diesen Alters, die Gesa kannte.

»Ich bin nicht der Einzige, der an der Front war, und die anderen machen auch keine große Sache daraus. Jammern bringt nichts, vorbei ist vorbei«, lautete Philips Devise. Erst ein einziges Mal hatte er gesagt: »Außerdem will ich nicht drüber reden, weil ich es schlichtweg nicht kann. Ich habe Angst, dass die Erinnerungen lebendiger werden, wenn ich ihnen Worte verleihe.«

Seitdem hatte Gesa ihn nie wieder gedrängt, sich ihr zu öffnen. Schmerz wurde manchmal nicht weniger, wenn man ihn teilte, sondern mehr. Und Philip wünschte sich nichts sehnlicher als traumlosen Schlaf, das wusste sie.

Als er noch mal zuckte, legte sie ihre Hand auf seine Stirn und strich sanft hinunter über die Wange, bis er aufwachte.

»Schon wieder?«, murmelte er. »Habe ich auch gesprochen?«

»Du warst sehr unruhig. Ich wollte dich nicht in deinem Traum lassen, deswegen habe ich dich geweckt.«

»Danke.« Er klang erschöpft.

»Hier, komm in meinen Arm, Philip, ich halte dich.«

Wortlos schmiegte er sich an Gesa, und kurz darauf war er wieder eingeschlafen. Dieses Mal friedlich und ohne die Heimsuchungen der Vergangenheit. Sie wünschte sich, mehr für ihn tun zu können. Vermutlich bräuchte er professionelle Hilfe, doch als sie einmal einen Psychologen erwähnt hatte, hatte er sofort das Thema gewechselt.

Wenn es sich mit dem Trauma wie mit der Trauer verhielt, würde er wahrscheinlich irgendwann darüber hinwegkommen und seinen Frieden finden. Aber vergessen würde er diese seelische Erschütterung nie.

Am darauffolgenden Morgen war Gesa müde und kam nur schwer aus dem Bett. Sie bereitete das Frühstück für sich und Philip und küsste ihn an der Haustür, als er in den Sender fuhr. Sie selbst hatte an diesem Tag frei. Nachdem sie sich um die Hausarbeit gekümmert hatte, stieg sie aufs Fahrrad und radelte hinüber nach Sachsenhausen zu Christel. Die Sonne strahlte, und ihr blassgelber Rock flatterte im Wind, während sie in die Pedale trat. Mit den neuen Petticoats konnte sich Gesa nicht anfreunden, die überließ sie der Jugend. Für die es plötzlich wichtig zu sein schien, sich von der Elterngeneration optisch zu unterscheiden. Gesa und ihre Freundinnen wählten elegante Silhouetten, Kleidung, deren Schnitt nach wie vor stark von Christian Diors Vorgaben aus Paris beeinflusst war. Die A-Linie bestimmte das Bild, betonte Schultern mit schmaler Taille und schwingenden Röcken. Für die Backfische hingegen konnte der Petticoat nicht aufgeplustert genug sein. Er musste beim Gehen ebenso schwingen wie die hoch angesetzte Pferdeschwanzfrisur. Gesa mochte die modische Vielfalt, sie fand es befreiend, wenn ein jeder sich über seine Kleidung ausdrücken konnte. Daher gehörte sie auch nicht zu denjenigen, die die neue Montur der Halbstarken verurteilten, Jeans, Lederjacken, T-Shirts statt Hemden. Die Jugend ließ sich von den amerikanischen Filmsternen in den Kinos beeinflussen, James Dean und Marlon Brando standen hoch im Kurs. Einflüsse von jenseits des großen Teichs schwappten herüber. Nach Nationalsozialismus, Krieg und Not freute sich Gesa über alles, was das Leben wieder bunter machte. Der Aufschwung sollte gefeiert werden, auch in der Mode. Und sie hoffte von Herzen, dass die jungen Leute ihre neuen Freiheiten auskosteten, so wie sie selbst damals, im Frankfurt der unvergesslichen Zwanziger.

Es war noch nicht einmal zehn Uhr, als Gesa bei ihrer Tochter ankam.

Kürzlich hatten sie eine vollautomatische Waschmaschine der Firma *Constructa* angeschafft, die bei Christel im Keller stand. Ein tolles Ding, das mühelos die gesamte Wäsche schaffte, die bei Christel, Inge und den Kellermanns anfiel. Nachdem sie eine Weile wöchentlich eine Maschine gemietet hatten und Gesa ihre Sachen immer pünktlich zu Christel hatte bringen müssen, war sie nun flexibler. Mit Grauen erinnerte sie sich an die schweißtreibenden Waschaktionen von früher, die bisweilen den gesamten Tag in Anspruch genommen hatten. Sinnlos vertane Zeit. Gesa nahm die Tasche mit der Schmutzwäsche vom Gepäckträger und hoffte, dass die Waschmaschine frei war. Kurz rief sie zur Begrüßung in den Hausflur, marschierte gleich die Treppe hinunter in den Keller und freute sich, dass gerade einmal nicht Peterchens zahlreiche schmutzige Sachen gewaschen wurden. Gesa befüllte die Trommel und stellte das Gerät an. Seitdem ihr Enkel in den Kindergarten ging, war es an den Vormittagen still in der Villa Bronnen.

»Christel?«, rief sie, wieder oben im Flur. »Wo bist du denn?«

»Hier, im Bad! Komm rauf!«

Gesa fand ihre Tochter vor dem Spiegel, wo sie sich mit Lockenwicklern abmühte.

»Ich kann das nicht, Mama. Hilfst du mir?«

Als Gesa Christels dunkles Haar gekonnt auf die Wickler drehte, fiel ihr wieder einmal auf, dass es exakt dieselbe Farbe hatte wie Alberts. Wäre er wohl mittlerweile ergraut? Mit, sie rechnete kurz nach, sechsundfünfzig Jahren wahrscheinlich schon. Sie versuchte sich Albert grauhaarig vorzustellen und merkte erschrocken, dass sie sich nicht mehr genau an sein Gesicht erinnerte. Dann blickte sie in den Badspiegel und in Christels Antlitz, und er war wieder da. Seine Tochter würde Alberts Andenken weitertragen und hoffentlich auch an künftige Kinder vererben. Denn bei Peterchen hatte sich leider niemand aus der Familie Bronnen durchgesetzt. Sein blondes Haar und die Gesichtszüge mussten von seinem Vater stammen, unbekannterweise.

»Woran denkst du?«, fragte Christel unvermittelt.

»An Peterchens Vater. Ich finde es einfach nicht richtig, dass er sich derart aus der Verantwortung stehlen darf.«

»Mama, das hatten wir doch schon so oft. Ich will nichts mit ihm zu tun haben.«

»Aber was ist, wenn dein Sohn nach ihm fragt? Dieser Tag wird unausweichlich kommen, Christel, das weißt du.« Vorsichtig breitete Gesa ein Haarnetz über die Lockenwickler.

»Ihn kannst du nicht mit einem stummen Kopfschütteln abspeisen wie mich. Du wirst ihm erklären müssen, wer sein Vater ist und warum er ihn noch nie gesehen hat. Er hat ein Recht darauf, es zu erfahren.«

»Das hat noch Zeit.«

Sie gingen hinunter in die Küche, und Christel spülte das Frühstücksgeschirr. Auch Inge war in den Sender gefahren, sie waren allein im Haus.

»Ich glaube, du irrst dich. Neulich, als ich ihn vom Kindergarten abgeholt habe, hat er gemeint, er wünscht sich, von seinem Papa im Auto heimgefahren zu werden, wie sein Freund.«

Christel ließ den Spüllappen sinken. »Wirklich? Nun, das ist dann eben ein Wunsch, der sich nicht erfüllen lässt.«

Sie klang trotzig. In ihrer schmalen Hose mit Pepitakaro und dem ärmellosen Pulli erinnerte sie Gesa noch immer an ein junges Mädchen. Wegen Peterchen hatte Christel schnell erwachsen werden müssen.

»Du bist eine gute Mutter«, sagte Gesa. »Glaub nicht, ich wüsste nicht, wie schwierig die letzten Jahre für dich waren. Alle deine Freunde sind tanzen gegangen, haben geflirtet und unbeschwert in den Tag hineingelebt. Nur du musstest jeden Tag früh aufstehen und für dein Kind da sein.«

»Peterchen ist jedes Opfer wert. Außerdem, so skandalös wie früher sind ledige Mütter mittlerweile nicht mehr. Nur die Art der ledigen Mutterschaft …«

Sie verstummte, aber Gesa wusste, worauf sie anspielte. Nach dem Krieg hatten die Besatzer nicht nur Gutes für die Besiegten getan, sondern auch geplündert und vergewaltigt. Die Kinder, die aus diesen Verbrechen entstanden waren, ließen sich nicht wegleugnen, sie waren etwas älter als Peterchen und ihre Schicksale teilweise tragisch. Und dann gab es natürlich noch die zahlreichen Folgen der willentlich mit den Amerikanern eingegangenen Verhältnisse. Kinder, die ohne Väter aufwuchsen, weil die längst woanders stationiert waren oder in den USA verheiratet oder einfach so das Weite gesucht hatten. Außerehelich gezeugter Nachwuchs, der sich nun irgendwie in eine Nachkriegsgesellschaft eingliedern sollte, die zunehmend spießigere Werte propagierte. Bieder galt als erstrebenswert. Kein Wunder, dass die Halbstarken gegen diese Doppelmoral rebellierten. Und Christel mittendrin.

»Natürlich schenkst du Peterchen deine Liebe und Aufmerksamkeit. Und sein familiärer Hintergrund geht keinen Außenstehenden etwas an. Aber es ist an der Zeit, dass du auch etwas für dich tust, Christel.«

Überrascht fuhr die junge Frau herum. »Wie meinst du das?«

»Na, du bist dreiundzwanzig, mein Schatz. Und Kochen, Waschen und Putzen kann nicht dein Lebensinhalt sein. Während der Bub im Kindergarten ist, willst du doch nicht nur in der Küche stehen, oder?«

»Und was soll ich deiner Meinung nach stattdessen machen?«

»Was auch immer dir Freude bereitet. Überleg dir was.

Willst du deinen Schulabschluss nachholen? Etwas lernen? Einen Kurs belegen? Arbeiten? Weniger als absolute Begeisterung ist nicht genug, finde etwas, das dich wirklich erfüllt.«

»So wie dich das Radio?«

Gesa nickte.

»Weißt du eigentlich, dass ich immer eifersüchtig war, wenn du, Inge und Margot über die guten alten Zeiten bei Radio Frankfurt erzählt habt? Mit Papa und Fritz und den tollen Reportagen und Hörspielen?«

Das hörte Gesa zum ersten Mal. Betroffen blickte sie ihrer Tochter in die Augen. »Warum eifersüchtig?«

»Weil es eine Welt war, mit der ich nichts zu tun hatte und in der ihr alle glücklich wart. Viel glücklicher, als ich euch kannte.«

Christel war 1932 geboren. Sie hatte nicht miterlebt, wie ihre Eltern tatsächlich beim Radio arbeiteten, weil sie in Christels Kindheit bereits mit einem Verbot belegt waren. Ausgegrenzt aus der Gesellschaft und an den Rand gedrängt. Natürlich hatte Gesa und Albert das wütend gemacht. Dann kam der Krieg, und alles, was Christel von ihren Eltern hörte, waren bittersüße Erinnerungen gewesen, an eine versunkene Welt, die niemals wiederkommen würde. An bessere Zeiten, die sie nicht gekannt hatte.

»Das tut mir leid. Ich wollte dir nie das Gefühl geben, ausgeschlossen zu sein.«

Tränen stiegen in Christels Augen. »Und dann, nach dem Krieg, als alles total schrecklich war, hat Radio Frankfurt ganz schnell wieder die wichtigste Stelle bei dir eingenommen. Du warst mehr im Sender als daheim bei Julius und mir.«

»Ich musste Geld verdienen. Ohne meine Arbeit hätten wir nichts zu essen gehabt«, sagte Gesa.

»Mag sein. Aber ich habe genau gemerkt, wie gern du das

getan hast. Du konntest es kaum erwarten, aus dem Haus und hinter dein geliebtes Mikrofon zu kommen.«

»Das ist nicht fair, Christel. Du kannst mir nicht verübeln, dass ich meine Arbeit gern mache.« Auch Gesas Augen füllten sich mit Tränen. In welche Richtung lief dieses Gespräch? Warf ihre Tochter ihr vor, vernachlässigt worden zu sein?

»Dein Vater war fort, ich war allein für dich und deinen Bruder verantwortlich – wäre ich bei euch zu Hause geblieben, wer hätte euch dann ernährt?«

»Ist schon gut.« Christel drehte sich halb von Gesa weg und wischte sich über die Augen. »Ich habe mich damals einsam gefühlt und werde genau aus diesem Grund sicher nicht irgendeine ehrgeizige, eigennützige Karriere verfolgen und darüber mein Kind vernachlässigen.«

Das verschlug Gesa die Sprache. Immer hatte sie ihr Bestes dafür gegeben, dass die Familie keine Not leiden musste. Und sie war der Meinung, es gut gemacht zu haben. Sie hatte all ihre Möglichkeiten genutzt, sich bemüht und hart gearbeitet, damit die Kinder ein sicheres Zuhause hatten. Und nun kam Christel ihr mit solchen Vorwürfen. Herrgott, sie war sogar kurz davor gewesen, sich zu opfern und einen Amerikaner zu heiraten, den sie nicht liebte, nur um die Kinder versorgt zu wissen!

Diese ungerechten Beschwerden musste sich Gesa nicht anhören. Nicht von jemandem, der sich im Internat heimlich mit Jungs getroffen und schwängern lassen hatte. Christel hatte kein Recht, ihr moralische Vorhaltungen zu machen.

»Wie du willst«, sagte Gesa knapp. »Ich dachte nur, in dir würde mehr stecken. Du solltest wissen, dass ich dich bei allem unterstütze. Aber irgendwann wirst du auf eigenen Füßen stehen müssen. Vielleicht ist es dir nicht bewusst, aber eigentlich kannst du es dir nicht leisten, einfach nur Hausfrau zu sein. Ebenso wenig, wie ich das damals konnte. Dafür braucht man nämlich einen Ehemann, und zwar einen, der ausreichend verdient. Wer soll für dein Leben aufkommen und für das von Peterchen, langfristig gesehen? Bisher mache ich das. Ich fahre jetzt nach Hause, meine Wäsche hole ich später.«

»Nicht alle Frauen nehmen sich so wichtig wie du!«, rief Christel ihr hinterher. »Manche von uns sind zufriedene Mütter!«

Im Hinausgehen musste Gesa sich beherrschen, um nicht loszuschreien. Lebten sie und ihre Tochter in zwei verschiedenen Welten? Wütend riss sie die Haustür auf, machte einen großen Schritt hinaus und knallte direkt in: »Julius! Du liebe Güte!«

Ihr Sohn erschrak mindestens ebenso wie sie, als sie ihm seinen Namen ins Gesicht schrie. Er kam aus dem Gleichgewicht, Gesa auch, und sie hielten sich aneinander fest, um nicht zu straucheln.

Als sie wieder sicher standen, machten beide einen Schritt zurück.

»Hallo Mama«, sagte er, und an seinem zaghaften Lächeln merkte sie sofort, dass etwas ganz und gar nicht in Ordnung war. Er sah übernächtigt aus, war unrasiert und hatte Augenringe. Aber er trug überraschend modische Kleidung, eine helle Hose, ein weißes Hemd ohne Krawatte, das am Kragen etwas aufgeknöpft war, dazu ein hellgraues Jackett. Anscheinend bevorzugte man in Berlin einen legeren amerikanischen Stil.

Christel hatte sie gehört und kam ebenfalls an die Tür.

»Julius!«, rief auch sie überrascht. »Was machst du denn hier?«

Mit einem Blick erfasste Gesa die zwei Koffer und die große Reisetasche, die neben ihm standen. Das war keine kurze Stippvisite.

»Gut, dass ihr beide da seid, dann kann ich es euch gleich sagen. Das mit Berlin ist aus und vorbei, ich gehe nicht mehr zurück. Ich will wieder daheim wohnen, fürs Erste zumindest, bis ich mir überlegt habe, wie es weitergeht.«

Das saß. Die Eröffnung traf Gesa und Christel überraschend, keine der beiden war zu einer Reaktion imstande.

»Können wir reingehen? Oder lasst ihr mich mit Sack und Pack vor der Tür stehen?« Ohne eine Antwort abzuwarten schob Julius sie zur Seite und trug seine Sachen ins Haus. Unschlüssig sah Gesa zu ihrem geparkten Rad. Sie konnte jetzt nicht einfach fahren.

»Hast du Hunger?«, rief sie im hinterher. »Soll ich dir was zu essen machen? Oder einen Kaffee?«

»Nein, Mama. Ich will nur hoch in mein Zimmer und meine Ruhe haben.«

Christel schritt ein. »Zuerst erklärst du uns mal, was los ist. Du kannst nicht einfach unangemeldet hier auftauchen, offensichtlich mit Problemen im Gepäck, und dann nichts sagen.«

Er lachte kurz auf. »Ach, das darfst anscheinend nur du, was? Oder hast du uns mittlerweile eröffnet, wer dich in der Schule in andere Umstände versetzt hat?«

Christel klappte den Mund auf und wieder zu.

»Dachte ich's mir doch. Du bist die Letzte, die mir Vorhaltungen machen darf, Schwesterherz.« Er ließ sie einfach stehen, stapfte die Treppe hinauf und knallte mit seiner Tür.

»Julius!«, rief Christel.

»Lass ihn. Ich rede mit ihm.« Entschlossen marschierte auch Gesa in den ersten Stock, direkt bis in sein Zimmer, ohne anzuklopfen.

Er fuhr herum, kam auf sie zu und schloss sie wortlos in seine Arme. Sie spürte, wie aufgewühlt er war, hielt ihren Sohn fest an sich gedrückt und gab ihm Zeit, sich zu sammeln. Sie war sich nicht sicher, ob er mit ihr reden würde. Schon immer war Julius verschlossen gewesen, teilte seine Empfindungen ungern. Ganz im Gegensatz zu seiner Schwester, die nicht damit hinter dem Berg hielt, wie es ihr ging. Schließlich löste sich Julius von Gesa und steckte die Hände in seine Hosentaschen. Er sah sich im Zimmer um. Sein Bett war in einer Art Alkoven in die Wand eingebaut. Links und rechts davon und darüber befand sich Stauraum für Kleidung. Die hölzernen Fronten waren in einem gedeckten Salbeigrün gestrichen, ebenso wie der Schreibtisch und der dazu passende Stuhl. Am Fenster stand Alberts dicker alter Lesesessel, mit braunem Leder überzogen, das an einigen Stellen abgegriffen war. Julius liebte dieses Möbelstück seines Vaters, er hatte früher Stunden darin zugebracht, lesend oder einfach nur aus dem Fenster schauend. Manchmal war er sogar dort eingeschlafen, und Gesa hatte ihn unter Aufbietung all ihrer Kräfte irgendwie ins Bett bugsiert. Auch jetzt ließ er sich im Sessel nieder, und Gesa setzte sich auf den Schreibtischstuhl.

»Sieht aus wie immer. Sehr nett, dass ihr nichts verändert habt.«

»Es ist dein Zuhause, dein Zimmer.«

»Wenigstens darauf kann ich zählen.«

»Wie meinst du das?«

Nachdenklich fuhr er mit den Fingern über die Armlehnen. »Na, dass man sich anscheinend wirklich nur auf seine Familie verlassen kann.«

»Was ist passiert? Bist du enttäuscht worden?«

Ein bitteres Schnauben entfuhr ihm, das in Gesa die Sorge anfachte. »Natürlich. Wobei ich selbst wohl die schlimmste Enttäuschung bin. Ich hab Mist gebaut, Mama, ganz großen.«

Die Sorge verwandelte sich in ein nagendes Gefühl im Magen. »Willst du es mir erzählen?«

»Will ich nicht. Weil es peinlich ist und ich mich schäme. Aber es wird sowieso alles rauskommen, also sage ich es dir lieber gleich.«

War es möglich, sich innerlich zu wappnen? Gesa bezweifelte das und bemühte sich stattdessen um einen aufmunternden Gesichtsausdruck. Auch wenn sie noch immer unter den Vorwürfen von Christel litt und befürchtete, Julius' Eröffnung würde keinen weniger schmerzhaften Schlag bedeuten.

»Ich hatte eine kurzweilige Zeit in Berlin. Beim Radio lernt man tolle Leute kennen, aber das weißt du natürlich. Jedenfalls war ich viel unterwegs, hatte Spaß und – um es kurz zu machen, ich habe mächtig über meine Verhältnisse gelebt.«

»Was bedeutet das genau? Hast du Schulden?«

Wieder dieses Schnauben. »Natürlich habe ich Schulden! Bis über beide Ohren!«

»Warum hast du nie was gesagt? Ich hätte dir Geld geschickt.«

»Du musst doch schon Christel und Peter mit durchfüttern. Wenn ich dir erklärt hätte, dass ich auf der Hunderennbahn verloren, zu viele junge Damen in den Nachtclubs ausgehalten und mir beim Herrenschneider teure Kleidung habe anfertigen lassen, einfach nur weil es Spaß macht und meine Freunde das auch tun, dann hättest du mir dafür Geld geschickt? Obwohl ich eigentlich mit meinem Gehalt auskommen sollte?«

Seine Augen funkelten sie trotzig an.

»Möglicherweise nicht«, antwortete sie ehrlich. »Was ist mit deiner Stelle beim RIAS?«

»Ich bin rausgeflogen. Zu oft zu spät zur Arbeit erschienen, Vorschüsse gefordert, eine schlechte Leistung abgeliefert. Reicht das? Oder muss ich mich weiter demütigen und mein Versagen detailliert ausformulieren?«

Gesa schloss die Augen. Was war aus dem entzückenden

Jungen geworden, der unten im Garten gespielt hatte, vollkommen zufrieden in seiner eigenen kleinen Welt? Schon hier in Frankfurt hatte er sich in schlechte Gesellschaft begeben. Sie hatte so gehofft, er hätte das erkannt und sich bessere, richtige Freunde gesucht.

»Und jetzt?«, fragte sie ihn.

»Pfff«, machte er. »Keine Ahnung, Mama. Ich muss erst mal nachdenken.«

Sie erhob sich. »Dann mach das. Wenn du mich brauchst oder reden willst, bin ich da.« An der Tür drehte sie sich noch mal um. »Dein Vater hat immer gesagt, dass du später bestimmt entweder Detektiv oder Journalist werden würdest, weil du jemand bist, der alles entdeckt und den Dingen auf den Grund geht. Vielleicht ist es an der Zeit, dich auf deine Talente zu besinnen, Julius.«

»Du weißt, dass du nicht allen immer und sofort helfen kannst, Gesa?«, fragte Philip tags darauf mit sanfter Stimme und hauchte einen Kuss auf die Nasenspitze seiner Frau. »Auch wenn das dein allersehnlichster Wunsch ist.«

Sie zuckte mit den Schultern. Was sollte sie sagen, er hatte ja recht.

»Du musst Julius seine eigenen Fehler machen lassen. Die er in der Folge dann auch selber ausbadet, sonst wären sie sinnlos gewesen.«

»Aber mein Mutterherz will, dass es ihm gut geht.«

»Er ist daheim, in einem schönen Haus, bei seiner lieben Familie, in Wohlstand und Sicherheit. Also bitte.«

Gesa sagte nichts darauf, weil Philip es absolut treffend ausgedrückt hatte. Und er sich außerdem auf seine Arbeit konzentrieren musste.

Tusch, Orchester, Gesang – der *Frankfurter Wecker* startete. Live und strotzend vor morgendlicher Heiterkeit tönte

Peter Frankenfelds Stimme durch die neue Turnhalle des süd-
hessischen Goddelau. Bis auf den allerletzten Platz war sie besetzt, Groß und Klein waren erschienen. Die Zuschauer hatten sich fein herausgeputzt und trugen ihre Sonntagskleidung.
Philip hatte die Sendeleitung inne, er stand mit Gesa in einem
Übertragungswagen und sah dem Techniker von hinten über
die Schulter. Der hielt sich einen Hörer ans Ohr, drehte mit
der anderen Hand wild an einer Kurbel und drückte dann
einen Knopf. Die unzähligen Regler, Anzeigen und Kabel,
die sich zu einem bunten Board zusammensetzten, wirkten
für Gesa, als stammten sie direkt aus einem Raumschiff. Sie
fragte sich, ob Philip wohl eher einen Überblick hatte als sie.
Anscheinend war dem so, denn er deutete auf einen der Regler, den der Kollege sofort etwas weiter nach oben schob. Damit von außen niemand ins Fahrzeug sehen konnte und die
empfindlichen Geräte vor der Sonne geschützt waren, befanden sich an den Seitenfenstern des Übertragungswagens überall Vorhänge, was dem Raum ein beinahe heimeliges Flair
verlieh. Für Gesa war es etwas Besonderes, hier zu sein, sie
war nicht allzu oft bei Außenübertragungen dabei und bekam noch seltener einen Einblick ins Herz der Technik.

Nach ein paar Minuten ging Philip mit seiner Frau zurück
in die Turnhalle, und sie stellten sich an die Seite der Bühne,
um davor und dahinter einen guten Überblick zu haben.

Willy Berking, wohlbeleibt, mit Halbglatze und einem
Lächeln auf dem pausbäckigen Gesicht, dirigierte sein Tanzorchester mit mächtig Schmiss, das Publikum war begeistert. Dann trat Max Erich Octavian Böhm auf, Spitzname
Maxi und selbst ernannter Witzepräsident Österreichs. Das
war an sich schon ein Wortwitz, fiel Gesa auf, Witzepräsi-
ident, Vizepräsident ... Er brachte die Halle zum Wackeln
mit seinen Anekdoten, und Gesa merkte, dass sich Philips
angespannte Schultern wieder lockerten, weil es gut lief. Ein

neues Schlagersternchen gab sein erstes Lied zum Besten, dann folgte ein Quiz, moderiert von Peter Frankenfeld. Absoluter Höhepunkt der Sendung war der Auftritt von Gerhard Wendland, der mit samtiger Stimme *Hochzeitsglocken läuten, einmal auch für dich ...* sang, und damit sämtliche anwesenden Damen in Verzückung versetzte. Einen derart bekannten Star hatte man in dem kleinen Ort noch nie gesehen, er war schlichtweg die Sensation, und das bereits vor dem Achtuhrläuten. Mit dem *Frankfurter Wecker* konnte der Tag nur allerbestens werden. Zum Ende gingen Gesa und Philip wieder hinaus in den Übertragungswagen, da Philip sich vergewissern wollte, dass auch alles auf Sendung gegangen war, wie es sollte. Danach fuhren sie zurück in die Stadt. Es würde noch eine Weile dauern, bis Technik und Bühnenbild abgebaut, sämtliche Kabel eingerollt, verstaut und reisefertig waren, das mussten sie nicht abwarten. Am darauffolgenden Tag würde der *Wecker* in einem anderen Ort, auf einem anderen Marktplatz oder in einem anderen Gemeindehaus ertönen. Die Sendung erfreute sich nach wie vor allergrößter Beliebtheit.

Auch Gesa mochte die Stimmung, die sie heraufbeschwor. Der *Frankfurter Wecker* war exakt das, was sich ein jeder daheim wünschte – ein kurzweiliges Vergnügen, das die Laune für den anstehenden Tag auf sonnig stellte.

Für die Dauer der Sendung hatte er auch Gesas Sorgen vertrieben, aber nun dachte sie wieder an Julius und wie sie ihm auf die Beine helfen könnte. Wohl wissend, dass er das eigentlich selber schaffen musste. Und dann gab es da noch den tiefen Graben, der sich zwischen ihr und Christel aufgetan hatte, ohne dass sie etwas davon bemerkt hatte. Das setzte Gesa schwer zu, war sie doch immer überzeugt gewesen, ein gutes Verhältnis zu ihrer Tochter zu haben. Anscheinend lag sie damit grundfalsch.

Sie fuhren in Philips neuem Auto zurück in die Stadt, einem Borgward Isabella in silbrigem Eisblau mit knalligen kirschroten Ledersitzen und einem großen weißen Lenkrad. Er hatte ihn sich extra angeschafft, um mobil und unabhängig zu sein und die *Wecker*-Sendung durch Hessen begleiten zu können, ohne im Übertragungswagen mitfahren zu müssen. Gesa fand den Wagen wunderschön, seine Farben ließen sie lächeln, und wenn die Fensterscheiben heruntergekurbelt waren und der Wind hereinwehte, fühlte sie sich herrlich mondän.

»Die Sendung lief wie am Schnürchen«, lobte sie.

Philip setzte den Blinker und bog ab. »Ja, ich bin zufrieden. Obwohl es ganz schön anstrengend ist. Aus dem Funkhaus zu senden ist eine Sache, da ist alles an Ort und Stelle. Das Herumgereise während der Sommermonate, die Planung, die dem vorausgeht, und die Organisation vor Ort sind eine ganz andere Hausnummer. Aber die Leute lieben es, wenn der *Wecker* unterwegs ist, und schalten ein – das zählt. Trotzdem ist es schön, morgen frei zu haben. Die Woche hat mich angestrengt, ich bin todmüde.«

»Warum machst du dir heute nicht einen gemütlichen Abend und ruhst dich aus?«, schlug Gesa vor. Eigentlich war geplant, dass er sie zum Konzert in den Sender begleitete. Margot spielte mit dem Sinfonieorchester unter der Leitung eines neuen Gastdirigenten von auswärts. Aber Gesa wusste, dass Philip ohnehin nicht der größte Klassikfreund war. Zudem hatte er in den letzten Wochen viel gearbeitet, er brauchte eine Pause.

»Würde es dir nichts ausmachen, wenn ich daheimbleibe?«

Gesa schüttelte den Kopf. Sie klappte die ebenfalls kirschrote Sonnenblende herunter. »Ich nehme einfach Christel mit, damit sie auch mal rauskommt. Sie freut sich sicher. Und Peterchen, das Orchester gibt *Peter und der Wolf*, das wäre doch was für den Kleinen.«

GESA

Radionachrichten 1955:
»Der DFB verbietet den Frauenfußball.«

Angeblich aus Sorge um das weibliche Wohl untersagte
der Deutsche Fußballbund Frauen auf seinem Bundestag
in Berlin das Kicken. Die selbstverständlich ausschließlich
männliche Berichterstattung vergriff sich vor und nach
diesem Verbot nur allzu gern im Ton, wenn es um Frauenfußball ging. Von wackeligen Busen war die Rede, von
fehlender Anmut und davon, dass die Frauen hinterher
ihre schmutzigen Trikots wenigstens selber waschen würden. Aber es gab Sportlerinnen, die dagegenhielten. Anne
Droste und Christa Kleinhans zum Beispiel trotzten dem
DFB und bestritten mit ihren Teamkolleginnen 1957 in
München ein Länderspiel gegen eine weibliche Auswahl
aus Holland. Sie gewannen vor 17.000 Zuschauern mit
4:2 und erhielten überraschendes Lob von der Presse.

Tatsächlich waren sowohl Christel als auch ihr Sohn begeistert von der Idee, ein richtiges Konzert im Großen Sendesaal
zu hören. Peterchen deswegen, weil es von einem Jungen handelte, der so hieß wie er. Christel, weil es eine willkommene
Abwechslung zu ihrem Alltag bot. Gesa hoffte, ihre Tochter
würde diese Geste als Friedensangebot verstehen. Sie wollte
mehr Zeit mit ihr verbringen. Vielleicht würde sich die Gelegenheit zu einem Gespräch ergeben, wenn nicht an diesem

Abend, dann zu einer anderen Zeit; Hauptsache, Christel merkte, wie wichtig sie ihrer Mutter war.

Sie hatten tolle Plätze und sich hübsch zurechtgemacht. Gesa trug ein elegantes nachtblaues Kleid mit engem Rock, Christel eines in pastelligem Rosa mit weitem Petticoat und herzförmigem Ausschnitt und Peterchen ein neues Hemd, in dem er sich wie ein Großer fühlte. Inge saß ebenfalls bei ihnen.

Falls Gesa befürchtet hatte, ihrem Enkel könne es bei der Länge des Konzerts langweilig werden, wurde sie eines Besseren belehrt. Fasziniert saß der Junge zwischen ihr und seiner Mutter und sah mit offenem Mund zum Orchester. Die Darbietung war aber auch erstklassig. Besonders freute sich Peterchen, Tante Margot mit dem Cello zu sehen.

Er hatte sogar eine Blume dabei, die er ihr nach der gelungenen Vorstellung überreichte. Hinter der Bühne, was etwas noch Spezielleres für ihn war.

»Ach, du bist aber ein kleiner Gentleman, Peter, ich danke dir sehr.« Margot war entzückt. »Was hat dir denn am besten gefallen?«

»Die Geigen natürlich, die haben den Peter gespielt. Und dass die Jäger den Wolf nicht erschossen haben, sondern in den Zoo gebracht. Mama, können wir auch mal wieder in den Zoo gehen und die Wölfe besuchen?«

Der Gastdirigent, ein Holländer fortgeschrittenen Alters, Gesa schätzte ihn auf über siebzig, mit schlohweißem Haar und einer tiefen Sonnenbräune, unterhielt sich nach dem Konzert mit seinen Musikern und kam auch auf Margot zu. Er schüttelte ihr die Hand, immerhin war sie die erste Cellistin.

»Außerordentliche Leistung, Frau Milanski«, sagte er mit hörbarem holländischem Akzent.

»Vielen Dank. Darf ich Ihnen meine Freunde vorstellen?

Das sind Inge Conrad und Gesa Kellermann, die beide ebenfalls beim Hessischen Rundfunk arbeiten, und das ist Gesas Tochter Christel mit ihrem Sohn Peter.« An die kleine Gruppe gewandt erklärte sie: »Herr van Leeuwen war heute zum ersten Mal unser Gastdirigent, aber vielleicht wird er ab jetzt öfter das Orchester leiten, nicht wahr?«

»Ja, in der Tat, das ist recht wahrscheinlich.« Jemand tippte ihm von hinten auf die Schulter und er sah sich kurz um.

»Oh, darf ich vorstellen, das ist mein Sohn Rikard. Er ist heute extra wegen des Konzerts angereist.«

Herr van Leeuwen machte einen Schritt zur Seite und gab den Blick auf einen großen jungen Mann mit blondem Haarschopf und blauen Augen frei. Er grüßte zunächst höflich, verstummte jedoch abrupt bei Christels Anblick. Die beiden mussten im selben Alter sein. Während er den Damen die Hände geschüttelt hatte, starrten er und Christel sich lediglich stumm an.

»Was ist?«, fragte Herr van Leeuwen. »Kennt ihr euch etwa?«

»Ja, Vater. Wir waren gemeinsam im Internat.« Er sprach akzentfreies Deutsch. »Zumindest bis …«, dann verstummte er, als er Peterchen entdeckte. Seine Augen weiteten sich in offensichtlichem Entsetzen.

Christel war vollkommen panisch. Schnell nahm sie ihr Kind auf den Arm und trat einen Schritt zurück hinter Gesa. Bei der sofort der Groschen fiel. Dieselben blonden Locken, dieselben Augen, überraschtes Erkennen – der Junge war Rikard van Leeuwen wie aus dem Gesicht geschnitten, und der hatte das ebenfalls bemerkt. Im Gegensatz zu van Leeuwen Senior, der irgendetwas plapperte, was Gesa nicht mehr wahrnahm. Ihre Tochter war wie gelähmt. Hatte sie Angst vor diesem jungen Kerl?

Auch Inge und Margot schienen zu spüren, dass gerade etwas Ungeheuerliches passierte, und sie schlossen beinahe synchron und sprichwörtlich die Reihen. Beide stellten sich eng rechts und links neben Gesa, sodass Christel und Peterchen dahinter vollkommen abgeschirmt waren.

Rikard wollte etwas sagen, aber Gesa ließ ihn nicht zu Wort kommen.

»Tut mir leid, es ist sehr spät und mein Enkel muss ins Bett. Es war nett, Sie kennenzulernen, auf Wiedersehen.« Damit traten sie den Rückzug an. Gesa legte den Arm um ihre Tochter, Margot bahnte vorneweg einen Weg durch die Musiker bis hinaus ins Freie, und Inge bildete das Schlusslicht.

»Ich bin mit dem Auto hier«, rief sie nach vorne. »Drüben auf dem Parkplatz.« Sie überquerten den Platz vor dem Rundbau und eilten regelrecht davon, bis sie vor Inges VW Käfer standen. Nach Theos Tod hatte sie kurz überlegt, ob sie ihn verkaufen sollte, dann aber den Führerschein gemacht, und nun war sie eine sehr mobile Dame.

Sie öffnete die Fahrertür. »Setz du dich schon mal rein, Peterchen. Darfst noch ein wenig spielen, bis es losgeht. Aber drück bitte nicht die Hupe, ja?« Als die Tür wieder geschlossen war, drehte sie sich zu den anderen um.

»Du rückst jetzt sofort raus mit der Sprache«, verlangte Gesa, nur mühsam beherrscht. »Rikard van Leeuwen ist Peters Vater, stimmt's?«

Christel lehnte sich ans Auto. »Mir ist schlecht. Ich glaube, ich muss mich übergeben.«

»Musst du nicht, Kind. Atme durch, ein, aus, nicht zu schnell.« Margot strich über Christels blasse Wange. »Siehst du, es geht schon wieder.«

»Also, was ist?« Auf keinen Fall würde Gesa sie ohne eine Antwort davonkommen lassen. Die Reaktion auf den jungen Mann war eindeutig gewesen.

»Wieso ist er hier?«, flüsterte Christel. »Wie kann es sein, dass an er an einem so wundervollen Abend ohne Vorwarnung einfach so vor mir steht? Nach all den Jahren. Das gibt es doch nicht!«

»Ja oder nein?«, fragte Gesa ungerührt.

»Ja, natürlich, das sieht doch wohl ein Blinder!«, zischte Christel. »So, jetzt wisst ihr es. Sogar ihm selber dürfte das klar geworden sein. Du lieber Gott, was mache ich denn nun? Hat jemand eine Zigarette?«

Inge zückte wortlos ihr Etui, hielt es der jungen Frau hin und gab ihr Feuer.

»Soll das heißen, er wusste die ganze Zeit über nicht mal, dass du von ihm schwanger warst? Ich dachte immer, er drückt sich um seine Verantwortung.«

»Ich habe alles darangesetzt, es vor ihm geheim zu halten. Und jetzt …« Sie nahm einen tiefen Zug. »Ich muss weg mit Peterchen. Weg aus Frankfurt.«

»Christel, das geht nicht. Er hat ein Recht darauf, sein Kind kennenzulernen.« Margot sprach eindringlich und warf einen kurzen Blick durchs Fenster in den Wagen. »Und Peterchen ebenso.«

Die meisten anderen Konzertbesucher hatten den Parkplatz bereits verlassen, er lag ziemlich leer in der abendlichen Dunkelheit. Ein scheußlicher Ort, um über derart Wichtiges zu reden.

»Kommt, steigt ein. Wir fahren alle nach Sachsenhausen.«

Mit den Freundinnen ihrer Mutter war Christel seit der Kindheit derart vertraut, dass sie bei der Unterredung nicht stören würden. Wahrscheinlich bevorzugte sie es sowieso, ihr nicht allein Rede und Antwort stehen zu müssen, dachte Gesa. Besonders mit Inge hatte ihre Tochter ein inniges Verhältnis. Und Inge war es auch, die sich sofort auf Christels Seite stellte, als Peterchen im Bett war. Sie saßen nicht mehr bei Doppelkorn um den Küchentisch wie früher, sondern bequem im Wohnzimmer, und es gab einen Martini aus dem kleinen Barwagen, der neben der Couch stand. Die Zeiten änderten sich. Was blieb, war die innige Freundschaft der Frauen, die einander beistanden. Das schloss ab sofort auch Christel mit ein.

»Wenn Christel nicht möchte, dass der Kindsvater plötzlich eine Rolle spielt, ist es ihre Entscheidung, ihm dieses Privileg zu verweigern.«

»Nein, Inge, Peterchen hat Vater UND Mutter. Es wird gut für ihn sein, eine Beziehung zu beiden Elternteilen zu haben.« Margot nippte an ihrem Cocktail.

Gesa griff nach der Hand ihrer Tochter, doch die zog sie weg und nahm sich lieber ihr Getränk und einen großen Schluck davon. Nach kurzem Zögern leerte sie es anschließend in einem Zug.

»Was ist das Problem, Christel? Ich meine, jetzt wäre ein guter Zeitpunkt, darüber zu reden. Wir lieben dich und stehen immer auf deiner Seite. Du musst die Last der Welt nicht alleine stemmen, lass uns helfen.«

»Ihr versteht nicht, Mama ...«

»Dann erklär es uns.«

»Damals in der Schule ... Es war nicht so, als wäre ich hinter den Jungs her gewesen, im Gegenteil, sie haben mich überhaupt nicht interessiert. Bis Rikard in meine Klasse kam. Aber bitte, glaubt mir, ich hatte nie vor, mit ihm zu schlafen!«

»Hat er dir etwa Gewalt angetan?« Inges Ton klang ebenso besorgt, wie Gesa sich fühlte.

»Nein. Es war alles ganz anders.« Ehe sie weitersprach, machte sich Christel einen zweiten Martini.

»Ich war verliebt in Rikard. Wie ein dummes Schaf, alle haben es gemerkt.«

»Das ist nichts Schlimmes.«

»Doch, Margot, wenn man bei den anderen bisher als Mauerblümchen verschrien war. Und weil Rikard sich von Anfang an mit einem Hofstaat umgab und Wert darauf legte, wichtig zu sein. Er mag aussehen wie ein Engel, aber er ist kein guter Mensch. Es ist selbstverliebt und grausam.«

Wenn sie das wusste, weshalb hatte Christel sich dann auf ihn eingelassen? Gesa wagte nicht, diese Frage zu stellen. Die erste Liebe war eine unkontrollierbare, mächtige Kraft, gegen die niemand ankämpfen konnte.

»Falls es dir unangenehm ist, vor uns darüber zu reden …«, setzte Margot an, aber Christel winkte ab.

»Nein, ist schon gut. Ich bin irgendwie froh, dass der Moment nun da ist und alles ans Licht kommt. Es war eine Wette, versteht ihr? Rikard van Leeuwen hat mit seinen Freunden gewettet, dass er die kühle, brave Christel Bronnen noch vor Schuljahresende verführen kann. Den Beweis, den er seinen Freunden liefern musste, erspare ich uns hier, aber glaubt mir, alle haben von seinem Erfolg erfahren.« Sie schloss die Augen und leerte den zweiten Cocktail, stellte das Glas auf den Tisch und blickte in die Runde. »Daher hat sich auch bestimmt keiner gewundert, als ich nach den Ferien nicht wieder zurück ins Internat gekommen bin. Nach einer derartigen Demütigung schien ein Schulwechsel sicher logisch. Begreift ihr jetzt, warum ich mich über Peterchens Vaterschaft ausgeschwiegen habe? Ehrlich gesagt hätte ich lange Zeit überhaupt nicht darüber sprechen können, weil ich mich so geschämt habe. Vor mir selbst und vor der ganzen Welt. Wie kann man nur so dumm sein wie ich?«

Für Gesa war diese Eröffnung wie ein Schlag. Wie einsam musste sich Christel die vergangenen Jahre gefühlt haben, mit diesem erschütternden Erlebnis im Herzen, das sie mit niemandem geteilt hatte? Sie hatte ihre erste Liebe nicht einfach nur verloren, sondern war aufs Schäbigste von ihr getäuscht worden, betrogen und erniedrigt. Und wäre das nicht schon schlimm genug, war sie auch noch schwanger gewesen. Peterchen eine tägliche Erinnerung an seinen Vater.

»Ich liebe mein Kind über alles«, sagte Christel leise. »Was auch immer Rikard mir angetan hat, er hat mir das Wichtigste geschenkt, was es in meinem Leben gibt. Deswegen hasse ich ihn nicht mehr. Aber ich werde meinen Sohn unter keinen Umständen mit ihm teilen!«

Gesa nickte entschieden. »Das sehe ich jetzt ebenso, seit ich die Wahrheit kenne. Ich stimme dir uneingeschränkt zu. Und bin sogar der Meinung, dass Peterchen um jeden Preis vor dem schlechten Einfluss von Rikard van Leeuwen geschützt werden muss.«

Christel sprang auf. »Das sage ich ja! Wir müssen weg aus Frankfurt, jetzt, wo er weiß, wo wir leben und dass er einen Sohn hat.«

»Nein, Kind, wir laufen vor niemandem davon. Die Vergangenheit holt dich immer ein, du kannst ihr nicht entkommen. Das ist eine Lektion, die ich vor langer Zeit lernen musste. Daher ist es besser, sich ihr zu stellen.«

»Darf ich noch eine Zigarette haben, Tante Inge?«, bat Christel. Sie setzte sich auf die Armlehne von Inges Sessel und ließ sich Feuer geben. Was für ein Bild sie abgaben: Elegante Damen in Abendkleidern, die gepflegt beieinandersaßen, als wären sie auf einer Cocktailparty. Dabei fehlte nicht viel, und Gesa wäre vollkommen durchgedreht.

»Also schön. Was machen wir?«

»Wir lassen sie kommen, Schätzchen.« Inge streichelte Christels Rücken. »Nachdem er euch heute gesehen hat, muss Rikard eine Entscheidung treffen. Wird er es seinem Vater erzählen, oder hält er den Mund und reist einfach wieder ab? Morgen werden wir erfahren, welchen Weg er genommen hat. Aber Peterchen ist dein Sohn, und niemand kann ihn dir wegnehmen.«

Die van Leeuwens waren im besten Haus am Platz abgestiegen, im Frankfurter Hof. Nur vier Jahre nachdem Albert Steigenberger das traditionsreiche Hotel gekauft hatte, war es 1944 im Bombenhagel untergegangen, wie alles andere, das der Altstadt Charme verliehen hatte. Doch wie Phönix aus der Asche war Frankfurt in den vergangenen zehn Jahren wiederauferstanden. Zwar hatte es seine Schönheit eingebüßt, aber die Menschen, die der Stadt ihren Charakter einhauchten, waren noch da. Mit jedem abgetragenen Trümmerberg hatten sie sich ihre Lebensfreude zurückerobert, ihre Häuser neu gebaut, die Wirtschaft blühte auf und mit ihr auch der vereinfacht wiedererrichtete Frankfurter Hof. Gesa erinnerte er an den römischen Gott Janus, den Doppelköpfigen. Mit der schmucklos modernen Südseite blickte er in die Zukunft. Die prächtige Nordseite, mit ihren Balkonen, Fenstergiebeln, Brüstungen und den drei gewaltigen Trakten, die den Besucher beim Eintreten in die Arme schlossen, verbeugte sich vor der Vergangenheit. Wie hätte Gesa nicht von Nostalgie ergriffen werden sollen, wenn sie an der Fassade hinaufblickte?

Hier wollten die van Leeuwens sich treffen. Gesa schritt mit Christel durch die Eingangshalle. Peterchen hatten sie daheim bei Julius gelassen. Eigentlich hatte van Leeuwen Senior sie zum Essen ins Hotelrestaurant eingeladen, aber sie hatten abgelehnt und stattdessen ein Getränk in der Bar vorgeschlagen.

Mit üppig dunklem Holz und den einladenden Sesseln um niedrige Tische verströmte die Bar das typische Flair schicker Hotels. Auch das natürlich kein Vergleich zu damals. Gesa erinnerte sich an frühere Besuche mit Albert und den Freundinnen. Was hatten sie für herrlich unterhaltsame Abende am Tresen verbracht.

»Du kannst dir nicht vorstellen, wie hier seinerzeit das Leben pulsierte, Christel«, sagte Gesa. »Einmal war ich mit deinem Vater hier, ich glaube das war 1928, und wir haben uns mit dem Ehepaar Paquet getroffen. Der Name sagt dir wahrscheinlich nichts, aber Alfons Paquet war ein Schriftsteller, der an diesem Tag zu Gast bei Radio Frankfurt war. Die Sendung hieß«, sie überlegte kurz, »*Die Stunde der Frankfurter Zeitung*, und er wurde interviewt. Damals hat er viel fürs Theater geschrieben, und er arbeitete gerade an einem Konzept für einen Kinofilm. Papa und ich saßen mit ihm und seiner Frau an der Bar und tranken Champagner. Ich erinnere mich deshalb, weil mich Marie Paquet ungemein beeindruckt hat. Sie war eine bekannte und sehr erfolgreiche Malerin und gleichzeitig Mutter. Wenn ich mich recht entsinne, hatte sie sechs Kinder. Was für eine intelligente, warmherzige Frau. Damals habe ich gehofft, eines Tages so zu werden wie sie und Familie und Beruf ebenso gut unter einen Hut zu bekommen.«

Sie warf ihrer Tochter einen vielsagenden Blick zu und Christel blieb stehen, nahm Gesas Hand und hakte sie bei sich unter.

»Das ist dir gelungen, Mama. Was ich dir neulich vorgeworfen habe, tut mir leid. Ich weiß, dass du für mich und Julius immer das Beste gewollt hast und jetzt auch für Peterchen. Aber ich bin anders als du. Mir fehlt nichts, wenn ich nur Mutter bin und keine Karriere verfolge. Ich hoffe, du verstehst das. Was ist aus den Paquets geworden?«

»Alfons starb 1944 im Keller seiner Villa, während die Bomben fielen. Marie lebt noch. Soweit ich weiß, hat sie sich auf eine Burg im Hunsrück zurückgezogen, die ihre Eltern gekauft haben.«

»Und ihre Bilder?«

»Sie hatte ein Atelier im Städel. Die meisten ihrer Werke sind im Krieg verbrannt.«

»Aber du erinnerst dich an sie.«

Gesa nickte, atmete tief durch. »Nicht nur ich. Es wird immer Menschen geben, die sich an eine Frau wie sie erinnern.«

Christel drückte liebevoll Gesas Arm. »Ich weiß nicht wieso, aber diese Geschichte hat mir irgendwie Mut gemacht. Komm, bringen wir es hinter uns.«

Beherzt schritten sie auf den Tisch zu, an dem die van Leeuwens warteten. Beide Herren erhoben sich, es wurden Hände geschüttelt. Ein Ober brachte Getränke und eine Etagere, die zum Bersten gefüllt war mit Köstlichkeiten. Eclairs, Törtchen, kleine Sandwiches und Kuchen sowie Obst lagen malerisch arrangiert auf drei Ebenen.

»Der plötzliche Überfluss an Essen ist für mich immer noch erstaunlich«, sagte Gesa.

Herr van Leeuwen nickte zustimmend. »Auch ich erinnere mich zu gut an die Not der Nachkriegsjahre. Bleibt zu hoffen, dass die junge Generation schneller vergisst.«

»Ich bin mir nicht sicher, ob das Vergessen erstrebenswert ist.«

Damit war das Einstiegsgeplauder abgehakt. Weder Gesa noch Christel nahmen sich von den Häppchen, sie begnügten sich mit Kaffee. Es entstand eine unangenehme Pause.

»Was wollen Sie?«, platzte Christel schließlich heraus. Kein Wunder, dass ihre Nerven blank lagen. Rikard van Leeuwen starrte sie die ganze Zeit über mit unlesbarem Gesichtsausdruck an. Aber nicht er antwortete, sondern sein Vater.

»Über das Kind sprechen.«

»Mein Sohn heißt Peter.«

Der ältere Herr lächelte dünn. »Sehr wohl. Wir möchten

also über den kleinen Peter sprechen, der Rikard wie aus dem Gesicht geschnitten ist. Daher stelle ich auch nicht in Zweifel, was er mir erzählt hat.«

»Sie meinen seine Vaterschaft? Nur, damit wir uns recht verstehen«, übernahm Gesa das Gespräch für Christel.

»Gewiss, Frau Kellermann. Es soll nicht der Eindruck entstehen, Rikard hätte sich um seine Verantwortung gedrückt. Wir wussten bisher schlichtweg nichts von Peters Existenz. Und fragen uns voller Bestürzung, weshalb dem so ist.«

Die gewählte Ausdrucksweise schüchterte Gesa nicht ein. Im Gegenteil. Beide Männer verströmten jene Selbstgewissheit, die von finanzieller Sicherheit herstammte, gepaart mit lebenslanger Bewunderung durch andere. Manche Menschen ließ so etwas faszinierend erscheinen, andere wiederum abstoßend. Bei den van Leeuwens war es eher Zweiteres. Doch Gesa wollte fair bleiben, da sie nicht wusste, ob ihr untrügliches Bauchgefühl das sagte oder ob ihr Eindruck von den Dingen beeinflusst wurde, die sie vorab über Rikard erfahren hatte.

»Nun, da möchte ich ganz offen mit Ihnen sein. Meine Tochter hat entschieden, ihr Kind ohne seinen Vater großzuziehen, da das Verhältnis zwischen den beiden gestört ist und sie keine Verbindung mit ihm wünscht.«

Zum ersten Mal wandte Rikard sich von Christel ab und Gesa zu. In seinen intensiv blauen Augen stand unverhohlene Aggression. Aber er schwieg, hielt die Lippen fest aufeinandergepresst.

»Das mag Ihre Sicht der Dinge sein. Die unsere ist eine andere. Rikard ist mein einziger Sohn, den ich in bereits fortgeschrittenem Alter bekommen habe. Ich habe nicht mehr damit gerechnet, noch zu erleben, mit einem Enkelkind gesegnet zu werden. Daher verstehen Sie sicher meine unbändige Freude über den kleinen Peter. Er ist nicht nur ein Junge, sondern bereits aus dem Gröbsten raus, wie man hierzulande sagt.«

Neben Gesa sog Christel die Luft hörbar ein. Hoffentlich beherrschte sie sich.

»Nachdem Sie ihn nun einige Jahre gehabt haben, erheben wir Anspruch auf Peter. Meine Frau lebt die meiste Zeit des Jahres in unserer Villa an der Riviera, auch Rikard hält sich oft dort auf. Wir möchten, dass Peter eine musikalische Ausbildung erhält, wie alle männlichen Mitglieder der Familie. Zudem wären die Lebensbedingungen im Süden wesentlich angenehmer als das, was Sie ihm hier bieten können.«

»Sie wollen mein Kind mitnehmen? Das ist ausgeschlossen!«

»Junges Fräulein, Sie wollen ihm doch seine Chancen nicht vorenthalten?«

Eine tiefe Röte überzog Christels Wangen. »Mein Kind bleibt bei mir. Hier ist er glücklich und damit Punktum. Ich bin seine Mutter, ich werde mich unter keinen Umständen von ihm trennen.«

»Aber holla!« Das war das erste Mal, dass Rikard etwas sagte. »Da steckt wohl reichlich Trotz in dem schüchternen Mädchen.« Er grinste. »Wenn du bereits zu Internatszeiten derart feurig gewesen wärst, hätte ich sicher mehr Spaß mit dir gehabt.«

Ehe Christel auch nur ein Wort äußern konnte, sprang Gesa auf und schüttete Rikard ihre volle Kaffeetasse ins Gesicht. Der junge Mann schrie auf vor Schmerz, und er und sein Vater schossen ebenfalls aus ihren Sesseln hoch.

»Diese Unterhaltung ist beendet«, sagte Gesa scharf.

»Das entscheiden nicht Sie!«, rief der Dirigent mit lauter Stimme. »Was glauben Sie, mit wem Sie es hier zu tun haben? Ein van Leeuwen bekommt immer, was er will! Und wenn Sie denken, eine Chance gegen uns zu haben, täuschen Sie sich. Wir werden uns das Kind holen. Und ich mache Sie fertig.

Mit Ihrer Stelle beim Radio fange ich an, damit Sie gleich mal auf Ihren Platz verwiesen werden, Sie Weibsbild! Betrachten Sie sich ab sofort als arbeitslos!«

EPILOG

»Hat er das wirklich gesagt? *Betrachten Sie sich ab sofort als arbeitslos?*« Inge imitierte eine tiefe, geradezu lächerlich streng klingende Männerstimme, die verdeutlichte, was sie von einer derartigen Drohung hielt. Die Freundinnen hatten sich zusammen mit Christel, Marianne und Nora auf der Veranda der Milanskis versammelt. Marianne war direkt von der Arbeit gekommen. Sie besaß jetzt eine Vespa in Knallrot, mit der sie durch Frankfurt düste und die ihr viel Freude bereitete. Mit beiden Händen fuhr sie durch ihre vom Wind zerzausten Haare. Erst vor ein paar Tagen hatte sie die lange Lockenmähne zu einer modischen Frisur kürzen lassen, an die sie sich erst gewöhnen musste. Im Gegensatz zu Nora, die in ihrem pastellfarbenen Kleid und mit dem ordentlich geföhnten Blondhaar eher klassisch schick wirkte, verströmte Marianne etwas Unkonventionelles, Frisches. Gesa trug eine taubenblaue Strickjacke, weil es ein wenig frisch war, und Margot hatte den Sonnenschirm aufgespannt, falls es anfangen würde zu tröpfeln. Doch die grauen Wolken am Himmel schienen vorbeizuziehen und lichteten sich bereits.

»Ja, das hat er gesagt. Mit hochrotem Kopf, als würde er gleich platzen. In dem Moment hatte ich wirklich Bammel. Sicher mehr als Mama, die ist nämlich vollkommen ruhig geblieben und hat geantwortet: ›Das wird sich zeigen. Guten Tag.‹« Christel gab Peterchen einen gebutterten Wasserweck, und der Junge ging an Egons Hand zurück ins Haus.

Er würde oben im Speicher des Milanskihauses dabei helfen, eine Modelleisenbahn aufzubauen. Von der aus Egons Kindheit waren zwar nur noch ein paar Teile übrig, aber Fritz hatte zugekauft, nach und nach, und nun war es so weit. Auf einer aufgebockten Sperrholzplatte wurden Schienen verlegt. Über dieses Vorhaben waren Fritz und Egon mindestens ebenso erfreut wie der Junge.

»Sie werden Stunden beschäftigt sein«, mutmaßte Margot und deutete vielsagend nach oben.

»Was wirst du bezüglich der van Leeuwens unternehmen, Mama?«, fragte Christel.

»Nichts. Wenn ich mich von jedem polternden Herren, aus dem nur heiße Luft dringt, einschüchtern lassen würde, hätte ich längst das Handtuch geworfen. Was will er mir anhaben, der Herr Dirigent? Ich arbeite seit so vielen Jahren beim Rundfunk und habe mir nichts zuschulden kommen lassen. Im Gegenteil, ich vermute, falls ich beim Intendanten verlauten lassen würde, wie Herr van Leeuwen uns behandelt hat, würde die Sache für ihn übler enden als für mich. Herr Beckmann ist nämlich ein feiner Mensch, der weiß, was sich gehört.«

»Das sehe ich genauso«, pflichtete Inge ihr bei und sah dann direkt Christel an. »Aber wenn wir schon dabei sind – was hast du eigentlich vor zu tun? Die Runde unserer Radiofrauen wird immer größer – daher interessiert es mich natürlich.«

Die Angesprochene schien verblüfft. »Wie meinst du das? Ich bin keine Radiofrau, wie du das nennst. Und ich habe auch nicht vor, eine zu werden.«

Inge setzte ein spitzbübisches Lächeln auf. »Dinge ändern sich manchmal schneller, als man glaubt.« Ehe Christel protestieren konnte, fuhr sie fort: »Eigentlich spreche ich von der Familie van Leeuwen. Wie wirst du künftig mit dem Vater deines Kindes umgehen?«

Darauf kam keine Antwort. Nur ratloses Schulterzucken und die Melodie des Wunschkonzerts, das im Wohnzimmer im Radio lief und durch die geöffnete Tür zu ihnen herausdrang: *Die schönen Frauen haben immer Recht* von Peter Alexander. Damit war eigentlich alles gesagt.

Inges Blick wanderte weiter. »Schwierig, schwierig«, sinnierte sie. »Ebenso wie die Frage, ob eine Filmkarriere jedes Opfer wert ist.« Damit verharrte sie bei Nora, die sich gerade eine Zigarette anzündete.

Prompt seufzte die Sängerin gequält. »Ich weiß! Ich habe mich immer noch nicht entschieden, ob ich den Vertrag unterzeichnen soll, obwohl mein Manager mächtig Druck macht. Egon ist natürlich dagegen.«

»Nicht nur Egon«, warf Margot ein.

»Woher weiß man, welcher Schritt der richtige ist?«

»Ach, wenn das so einfach wäre, meine Liebe. Meistens stellt es sich erst nach einer Weile heraus. Nämlich dann, wenn man nicht nur selbst mit den Folgen seiner Entscheidungen leben muss, sondern auch diejenigen, die wir lieben«, sagte Gesa und sah dabei nicht Nora an, sondern ihre Tochter, die ihrem Blick auswich.

Auch Marianne griff nun nach einer Zigarette. In einem schmalen schwarzen Pullover und weiten Hosen wirkte sie gleichzeitig moderner und reifer. Ihre Kreativität bei der Gestaltung von Bühnenbildern hatte sich im Sender schnell herumgesprochen und alle wollten mit ihr arbeiten. Margot konnte stolz auf ihre Tochter sein, die eine ganz eigene Nische beim Hessischen Rundfunk für sich gefunden hatte. Ob ihr das langfristig genügen würde, musste sich zeigen. Mariannes Talent erstreckte sich nicht nur auf Malerei und Gestaltung, sie fertigte auch Skulpturen, interessierte sich für Kunstgeschichte und – ganz stark: für Musik.

»Ich dachte, wir treffen uns heute, um unsere Erfolge zu

feiern, nicht um das Haar in der Suppe zu suchen«, sagte sie. »Das gibt es nämlich sowieso immer, also sollten wir es nicht beachten.«

»Marianne, das klingt richtig weise«, warf Christel neckend ein. »Ich stimme dir vollkommen zu.« Sie streckte den Arm aus und schnappte sich ein paar Spießchen vom Käseigel, der auf der kalten Platte in der Tischmitte stand. Einen davon steckte sie sich in den Mund, genoss die Kombination aus Traube und Schnittkäse und stieß mit den anderen mit Tom Collins an, den Marianne für alle gemixt hatte.

Von oben aus dem offenen Dachbodenfenster hörten sie das Lachen von Fritz, Egon und Peterchen. Gesa blickte in die Runde. Das Leben meinte es eindeutig wieder gut mit ihnen. Die Zeiten von Krieg und Unterdrückung waren vorüber, und in vielen Bereichen hatte sich der vormalige Mangel in eine nie gekannte Üppigkeit verkehrt.

Sie hatten viel erreicht. Am beeindruckendsten fand Gesa Inges Wandel von der Sängerin hin zur verantwortungsbewussten Leiterin des Kinderfunks, die nicht nur ein feines Ohr für die Wünsche ihrer Zuhörer hatte, sondern auch viele Ideen für die Zukunft. Sie war eine starke Frau, selbst Theos Tod hatte sie nicht brechen können.

Auch Margot hatte sich endgültig von männlichen Repressalien freigeschwommen. Sie hatte ihre Unsicherheit abgelegt und ruhte in der Erkenntnis, dass sie mit niemandem wetteifern musste, weil sie gut genug war.

Und Gesa selbst? In stillen Momenten fragte sie sich, ob sie manche Dinge hätte anders machen sollen. Hätte sie mehr für ihre Kinder da sein müssen? Wäre das überhaupt möglich gewesen? Gesa gab immer ihr Bestes, sie war eine Kämpferin mit Augenzwinkern, die sich niemals geschlagen gab. Sie würde sich um Christel bemühen, weil sie ihre Tochter liebte.

Überhaupt, die neue Generation, Christel, Marianne und auch Nora, musste erst einmal zeigen, dass auch sie den Schneid besaß, ihr Glück einzufordern und die Zukunft selbst zu bestimmen. Dies miterleben zu dürfen, darauf freuten sich Gesa, Inge und Margot.

ENDE

GLOSSAR

Beckmann, Eberhard (1905 – 1962): Ursprünglich Reiseschriftsteller und Theaterkritiker, organisierte Eberhard Beckmann nach dem Krieg 1945 die Städtischen Bühnen Frankfurt neu. 1946 bestellten ihn die amerikanischen Besatzer zum Leiter von Radio Frankfurt, und 1948 wählte ihn der Rundfunkrat nach Rückgabe des Senders in deutsche Hände zum ersten Intendanten des Hessischen Rundfunks. Im Rahmen eines Festaktes erhielt Eberhard Beckmann seine Urkunde als Sendeleiter in Anwesenheit von US-General Clay. Den Posten als Intendant behielt er bis zu seinem Tod 1962. Eberhard Beckmann war ebenfalls Vertreter der ARD, also nicht nur ein Radiomann, sondern auch ein Fernsehmann der ersten Stunde. Er starb mit sechsundfünfzig Jahren nach langer schwerer Krankheit.

Bodenstedt, Hans (1887 – 1958): Als Rundfunkpionier hatte Hans Bodenstedt viele Positionen inne. Er war Radiosprecher, Programmleiter und Autor und in der Zeit des Nationalsozialismus nicht nur Parteimitglied, sondern auch Direktor diverser NS-Verlage. Trotzdem durfte er nach dem Krieg wieder beim Kinderfunk des NWDR arbeiten. Am bekanntesten ist Hans Bodenstedt für seine Erfindung des Funkheinzelmanns, Namensgeber für die früheste Kinderserie des Deutschen Rundfunks in den 1920er-Jahren.

Böhm, Karl (1894 – 1981): Karl August Leopold Böhm war der Vater des bekannten Schauspielers Karlheinz Böhm. Der Österreicher war ab der Saison 1951/52 ständiger Gastdirigent beim Hessischen Rundfunk. Durch seine häufigen Konzerteinsätze und das selbstbewusste Auftreten konkurrierte er mit dem eigentlichen Leiter der Musikabteilung und des Sinfonieorchesters.

Wegen seiner Nähe zum Nationalsozialismus wurde er 1945 von den Amerikanern mit einem Berufsverbot belegt und verlor seinen Posten als Direktor der Wiener Staatsoper. Erst 1955, nach dem Ende der Besatzungszeit, bekam er dieses Amt zurück. Bei seinen Kollegen war der oftmals zynische und aufbrausende Karl Böhm als schwierig verschrien.

Bohländer, Carlo (1919 – 2004): Jazzlegende Carlo Bohländer war ein Frankfurter Original. Seine Freundschaft mit Inge und Margot im Roman ist natürlich fiktiv. Gleich nach dem Krieg 1945 startete er mit dem Hotclub Sextett, später Hotclub Combo, in den amerikanischen Clubs durch, und ab 1951 betrieb er das Domicile du Jazz, später einfach nur Jazzkeller genannt.

Bratkartoffelverhältnis: Wie der Name vermuten lässt, bezeichnet dieser Ausdruck eine Beziehung, die weniger der Liebe wegen als vielmehr aus Versorgungsgründen geführt wird, und bei der das Paar nicht verheiratet ist. Wenn Frauen in der Notlage nach dem Zweiten Weltkrieg eine Beziehung zu amerikanischen Besatzungssoldaten eingingen, weil sie Zugang zu Lebensmitteln hatten, die im zerstörten Deutschland ansonsten unerschwinglich waren, nannte man das ein Bratkartoffelverhältnis. Meist war so etwas nicht von Dauer. Der Begriff stammt angeblich bereits aus dem Ersten Weltkrieg.

Brütting, Edmund: Edmund Brütting aus Königstein im Taunus ist eine der wichtigsten Quellen für diesen Roman. Der renommierte ehemalige Koch und seine Erinnerungen dienen unter anderem als Inspiration für Paule Friese in der Geschichte. Herrn Brüttings Vater, ebenfalls Koch, stand nach dem Krieg für die hohen amerikanischen Herren in der Villa Gans in Königstein in der Küche. Viele seiner Erinnerungen an die Nachkriegszeit habe ich in diesem Roman verarbeitet. Zum Beispiel das erste knallrot eingefärbte Eis auf dem Bierdeckel, die Schreibtafel aus Presspappe oder Zigaretten, die aus aufgesammelten Stummeln neu gedreht wurden. Wie Paule in der Geschichte war Edmund Brütting in Wirklichkeit selbst Chefkoch für mehrere Bundespräsidenten. In seiner Karriere hat er gekrönte Häupter, Stars und Politiker von höchstem Rang bekocht. Sein Wissen über die Heimatgeschichte der Gegend um Königstein ebenso wie seine persönlichen Erinnerungen sind ein faszinierender Fundus, und ich bin ihm unendlich dankbar, dass er ihn mit mir geteilt hat.

Celias Abenteuer: Diesen Kriminalhörspiel-Mehrteiler von Edward J. Mason hat der Hessische Rundfunk 1953 produziert. Die männliche Hauptrolle, Privatdetektiv Larry, sprach tatsächlich wie im Roman erwähnt der Schauspieler Erik Schumann. Die Aufnahmen der einzelnen Folgen gibt es noch, sie sind bei den gängigen Hörbuchanbietern erhältlich.

Clay, Lucius D. (1898 – 1978): Nach dem Krieg, von 1947–1949, war der US-General Militärgouverneur der amerikanischen Besatzungszone. Er förderte eine eher marktwirtschaftlich orientierte Politik und sprach sich gegen eine Politik der wirtschaftlichen Bestrafung der ohnehin Besiegten aus. Unter anderem war er verantwortlich für die Berliner Luftbrücke. Auch General Clay war einer der Gäste, die von General Eisenhower in dessen umfunktioniertem Victory Guest House, also der Villa Gans in Königstein, empfangen und verköstigt wurden.

Der versiegelte Theaterdirektor: Dieses Hörspiel wurde am Sonntag, den 10.02.1946 um 21.05 Uhr bei Radio München gesendet.

DIAS: Drahtfunk im amerikanischen Sektor, Berlin. Später RIAS, Rundfunk im amerikanischen Sektor.

Domicile du Jazz/Jazzkeller: Der 1952 von Carlo Bohländer gegründete Jazzclub hat Kultstatus bis weit über Frankfurts Grenzen hinaus erlangt. Alles, was in der Jazzszene Rang und Namen hatte, trat irgendwann hier auf. Willi Geipel, vormaliger Geschäftsführer, übernahm den Club 1956 von Carlo Bohländer und führte ihn erfolgreich weiter. Noch heute findet man ihn in der Kleinen Bockenheimer Straße 18a. Er wechselte nur einmal seinen Namen, von Domicile du Jazz zu Jazzkeller, Kenner nennen ihn allerdings sowieso nur »den Keller«.

Frankfurter Illustrierte: Die *Frankfurter Illustrierte* erschien erstmals 1913 und musste 1942 den Betrieb wegen Rohstoffmangels einstellen. Ab 1950 ging es dann wieder weiter, bis die Zeitschrift schließlich 1963 mit der Illustrierten fusionierte, die heute als *Bunte* bekannt ist.

Frankfurter Wecker: Der *Frankfurter Wecker* war, neben den *Hesselbachs*, die erfolgreichste Sendung im Hessischen Rundfunk der damaligen Zeit. Von 1952 bis 1967 ging er montags bis samstags von 6.30 Uhr bis 8.00 Uhr live on air. Während der Sommermonate sendete man aus den Städten und Dörfern Hessens. Als das Programm am 8. Juli 1967 eingestellt und durch die Studiosendung *Guten Morgen allerseits* ersetzt wurde, stieß das auf großen Protest bei den Hörern.

Hadamovski, Eugen (1904 – 1945): Der glühende Nationalsozialist und Hitlerverehrer Eugen Hadamovski war von 1933 bis 1942 Reichssendeleiter des deutschen Rundfunks. Den Reichs-Rundfunk-Prozess gegen Hans Flesch (historisches Vorbild für Albert Bronnen) und seine Kollegen 1934 führte er als lang gezogenen Schauprozess. Er starb kurz vor Kriegsende in Hinterpommern bei einem Angriff auf ein von den Sowjets besetztes Dorf.

Hesselbachs, Die: Die Kultsendung des Hessischen Rundfunks schaffte sogar den Sprung ins Fernsehen. Ab 1949 wurden zunächst siebenundsiebzig Hörspiele produziert, von 1954 bis 1956 gab es vier Low-Budget-Spielfilme und von 1960 bis 1967 strahlte die ARD eine *Hesselbach*-Fernsehserie aus. Waren die Hörspiele um Babba Hesselbach und seine Familie schon extrem beliebt, müssen einige Staffeln der Fernsehserie als richtige Straßenfeger bezeichnet werden, da sie außerordentlich hohe Einschaltquoten erzielten. Für den Schöpfer und Hauptdarsteller der Serie, Wolf Schmidt, waren *Die Hesselbachs* Fluch und Segen zugleich, denn er wurde zeitlebens auf seine Rolle als Babba Hesselbach reduziert, obwohl sein kreatives Talent weit darüber hinausging.

Hospital zum Heiligen Geist: Professor Gerstheim, der Theo operiert, ist erfunden, das Hospital zum Heiligen Geist gibt es wirklich. Erstmalig erwähnt wurde es bereits 1267. Das gotische Spital lag ursprünglich direkt am Mainufer. 1835 wurde es an der heutigen Stelle neu gebaut. Verwundete beider Weltkriege wurden im Hospital zum Heiligen Geist behandelt.

Bei den Luftangriffen von 1944 wurde es beschädigt und anschließend in vereinfachter Form wieder aufgebaut. Heute ist es eines der Lehrkrankenhäuser der Universität Frankfurt.

Hotclub Combo: Diese legendäre Jazzband wurde von Carlo Bohländer und Emil Mangelsdorff bereits zur Zeit des Nationalsozialismus verbotenerweise gegründet. Man spielte heimlich und unter Gefahr. Unmittelbar nach dem Krieg, schon im Mai 1945, beantragten die jungen Musiker eine Lizenz für öffentliche Auftritte bei der US Army. Als die zuständigen Mitarbeiter der Besatzungsbehörde die Liste mit dem Repertoire der Jazzband vorgelegt bekamen, standen so viele vormals verbotene amerikanische Titel darauf, dass den Besatzern sofort klar war, dass die Musiker schon lange jazzten, und sie erhielten umgehend ihre Auftrittsgenehmigung. Das war der Anfang einer Reihe von Auftritten in den Army Clubs und später auch in Frankfurter Clubs, bei Radio Frankfurt und beim Hessischen Rundfunk.

IG-Farben-Haus: Dieses Gebäude ist ein sehr geschichtsträchtiger Bau. Ursprünglich wurde es für die I. G. Farbenindustrie AG als imposantes Verwaltungsgebäude erbaut. Also für jene Firma, die das Giftgas Zyklon B herstellte und mit dem KZ Auschwitz III Monowitz ein privat finanziertes Konzentrationslager betrieb.

Bei den schrecklichen Luftangriffen auf Frankfurt blieb das riesige Gebäude völlig unversehrt.

General Dwight D. Eisenhower bestimmte es 1945 zu seinem Hauptquartier. Viele wichtige historische Nachkriegsereignisse fanden in seinen Räumen statt.

1996, nach dem Abzug der amerikanischen Truppen aus Frankfurt, kaufte das Land Hessen das Gebäude. Heute ist ein Teil der Goethe-Universität darin untergebracht.

Jacobs, Inge/Klee-Helmdach, Josefine: In diesem Teil der *Radioschwestern* schlägt Inge die Karriere ein, die im richtigen Leben Radiolegende Josefine Klee-Helmdach gemacht hat. Nämlich die der Leiterin des Kinderfunks beim Frankfurter Sender. Bereits beim allerersten Radiohörspiel, *Zauberei auf dem Sender* von Hans Flesch (der realen Inspiration zu Albert Bronnen), war Josefine Klee-Helmdachs Stimme als »Märchentante« zu hören. Sie war also eine wirkliche Radiopionierin. Am 3. März 1946 startete sie live als »Tante Jo« mit dem Kinderfunk. Bis ins hohe Alter setzte sie sich für die Interessen und Belange von Kindern ein und hatte stets einen ganz besonderen Draht zu ihnen.

Kellermann, Philip/Grünefeldt, Hans Otto: Die Romanfigur Philip Kellermann ist sehr lose angelehnt an Hans Otto Grünefeldt, der bereits 1946 zu Radio Frankfurt kam. Als Programmdirektor leitete er die Ausstrahlung des *Frankfurter Weckers*. Später war er auch für das Fernsehen tätig, zuerst beim WDR, dann kehrte er als Programmdirektor Fernsehen zum Hessischen Rundfunk zurück.

Kolb, Walter (1902 – 1956): Charakterkopf Kolb wurde Frankfurts erster Bürgermeister nach dem Krieg. Groß, breit und mit Glatze war er eine imposante Erscheinung. Er scheute sich nicht, mit anzupacken, und half eigenhändig bei der Trümmerbeseitigung in der Altstadt.

Den Nationalsozialismus lehnte er ab und wurde im KZ Buchenwald interniert. Man verhaftete ihn im Zusammenhang mit dem Attentat auf Hitler von 1944, es gab aber keine Verbindung zu den Attentätern.

Lester, Jack P./Lochner, Robert H.: Die Romanfigur Major Jack Lester ist inspiriert von Robert Lochner. Der Amerikaner mit deutschen Wurzeln war Diplomat und Journalist. Nach dem Krieg fungierte er als Dolmetscher und half beim Aufbau der Medien. Robert Lochner arbeitete tatsächlich in Frankfurt, allerdings nicht als Kontrolloffizier beim Radio, sondern als Chefredakteur bei der *Neuen Zeitung*, der wichtigsten im amerikanischen Sektor erscheinenden Tageszeitung. Später ging er nach Berlin zum RIAS. Angeblich übte er mit John F. Kennedy dessen berühmten Satz »Ich bin ein Berliner« ein, so lange, bis der Präsident ihn einigermaßen aussprechen konnte.

Lippmann, Horst (1927 – 1997): Kein Jazz in Frankfurt ohne Horst Lippmann. Eigentlich überhaupt keine Musik in Frankfurt ohne Horst Lippmann. Bereits als sechzehnjähriger Junge brachte er während des Krieges eine illegale Jazz-Zeitung heraus und spielte Schlagzeug bei der ebenfalls illegalen Hotclub Combo. Dafür inhaftierten ihn die Nationalsozialisten. Sofort nach dem Krieg und immer noch blutjung begann der Hoteliersohn damit, Jazzkonzerte zu organisieren. Er arbeitete für Radio Frankfurt und den späteren Hessischen Rundfunk, gründete 1952 das Deutsche Jazzfestival und 1962 zusammen mit Fritz Rau die bekannte Konzertagentur Lippmann und Rau. Er war ein begeisterter musikalischer Visionär, sein Leben lang. Seine Freundschaft mit Margot und Inge im Roman ist frei erfunden, aber ich bin mir sicher, sie hätten sich gut verstanden.

Mann, Golo (1909 – 1994): Angelus Gottfried Thomas Mann war das dritte Kind des Schriftstellers Thomas Mann. Das Verhältnis zum dominanten Vater war schwierig. Nach der Machtergreifung der Nationalsozialisten ging Golo Mann nach Amerika und trat 1943 in die US Army ein. 1944 wurde er zunächst nach London und 1945 nach Bad Nauheim versetzt. Er wirkte als Kontrolloffizier beim Aufbau von Radio Frankfurt mit. Abgestoßen von den verheerenden Zerstörungen der deutschen Städte durch die Alliierten verlieh er seinem Abscheu Ausdruck, indem er 1946 aus der US Army austrat. Ende 1946 ging er zurück in die USA, später zog er in die Schweiz.

Mayer, Hans (1907 – 2001): Für gewöhnlich als Literaturwissenschaftler bezeichnet, war der homosexuelle Sohn einer wohlhabenden jüdischen Familie aber auch Autor und Musikwissenschaftler, und er studierte Rechtswissenschaft, Geschichte und Musik. Obwohl er offen mit dem Sozialismus sympathisierte, wollte Golo Mann ihn als Politischen Chefredakteur für Radio Frankfurt haben. Beruflich kollidierten ihre Ansichten zwangsläufig, und Zensor Mann strich Redakteur Mayer des Öfteren seinen geplanten Text. Persönlich schätzten die beiden intellektuellen Köpfe einander sehr.

Oberforsthaus: Wie so vieles wurde auch das herrschaftliche, 1727 errichtete Oberforsthaus im Krieg zerstört. Auf alten Aufnahmen sieht man noch die Frankfurter Waldbahn, die zwischen 1889 und 1925 Gäste aus der Stadt in die Wirtschaft im Oberforsthaus brachte. Der Wäldchestag spielte sich auf dem und um das Areal ab. Heute befindet sich das, was von der wunderschönen Anlage noch übrig ist, nämlich die vormaligen Stallungen, in einem desolaten Zustand. Die denkmalgeschützte Bauruine wartet auf eine dringende Sanierung, bevor sie vollends zusammenbricht.

Radiobande/Kleine Bande: Tante Jos Kinderteam, mit dem zusammen sie auf Sendung ging, hieß die *Kleine Bande*, bei Inge wird sie *Radiobande* genannt. Etwa fünfundzwanzig Jungs und Mädchen sangen, spielten und bastelten mit Josefine Klee-Helmdach jeden Sonntag um vierzehn Uhr im Hessischen Rundfunk. Sie machten sogar gemeinsam Außenreportagen und traten im Zoo oder vor Kinoveranstaltungen auf.

RIAS: Rundfunk im amerikanischen Sektor, also Radio Berlin nach dem Krieg.

Roloff, Franziska »Fränze« (1896 – ca. 1975): Auch Fränze Roloff war eine Radiopionierin. Nachdem sie Anfang der 1920er-Jahre die Schauspielschule der Berliner Volksbühne geleitet hatte, war sie ab etwa 1926 bereits für das Radio tätig, nämlich als Hörspielsprecherin und -regisseurin. Sie verfügte über große Erfahrung, als sie nach dem Krieg bei Radio Frankfurt für den Aufbau der Hörspielabteilung verantwortlich war. Bis in die 1970er-Jahre führte sie bei zahlreichen Produktionen Regie und trat gelegentlich als Sprecherin auf. Sie war auch für den Arbeiterfunk und den Jugendfunk tätig.

Sacher, Paul (1906 – 1999): Der aus einfachen Verhältnissen stammende Paul Sacher heiratete eine wohlhabende Witwe aus dem Hoffmann-La-Roche-Pharmaunternehmen, vermehrte ihr Vermögen und war kurz vor seinem Tod einer der reichsten Männer der Welt. Seine Leidenschaft galt der Musik, deren Schöpfer er nach besten Kräften unterstützte. Er war Dirigent und Mäzen, vergab Kompositionsaufträge an Komponisten und förderte so besonders die moderne Musik des 20. Jahrhunderts.

Schröder, Kurt (1888 – 1962): Kurt Schröder war Komponist für Filmmusik und von 1946 bis 1953 Chefdirigent des Sinfonieorchesters des Hessischen Rundfunks. Gleichzeitig war er auch Leiter der Musikabteilung. Er leistete viel für den Wiederaufbau des Orchesters und des Schallarchivs nach dem Krieg. In den anfänglich schweren Jahren engagierte er arbeitslose Musiker und Sänger für Opernproduktionen und Konzertaufnahmen. Der Umfang, in dem Gastdirigent Karl Böhm eingesetzt wurde, veranlasste Kurt Schröder, den Intendanten Eberhard Beckmann zu bitten, in der Öffentlichkeit klarzustellen, dass er der eigentliche Chefdirigent war und nicht Böhm. Ihm folgte 1955 Otto Mazerath als Chefdirigent nach.

Schröter, Heinz (1907 – 1974): Heinz Schröter war ab 1946 Leiter der Kammermusik von Radio Frankfurt und Begründer der Zeitgenössischen Musikwoche. Später wurde er Leiter der Musikabteilung beim Hessischen Rundfunk.

Schumann, Erik (1925 – 2007): Der Schauspieler Erik Schumann hatte eine langjährige Karriere auch als Synchron- und Hörspielsprecher. Er lieh zum Beispiel Tony Curtis, Cary Grant und Peter O'Toole seine Stimme und sprach den Doktor Watson in einer Sherlock-Holmes-Hörspielproduktion des Bayerischen Rundfunks. Seine ebenso markante wie sonore Stimme war extrem gefragt. Optisch sah er tatsächlich dem drei Jahre jüngeren und ebenfalls sehr bekannten Schauspieler und Synchronsprecher Claus Biederstaedt recht ähnlich.

Soldatenclubs: Nach dem Krieg richtete die US Army in Frankfurt zahlreiche Clubs zur Unterhaltung ihrer Soldaten ein. Die Jungs sollten sich in der Ferne wohlfühlen. Deutsche hatten meist keinen Zutritt, außer als Angestellte, Sänger oder Musiker – oder in Begleitung von US-Armeeangehörigen. Dabei unterschied die Army streng zwischen Clubs für Weiße und solchen für Afroamerikaner sowie zwischen Offiziersclubs, Clubs für die mittleren und Clubs für die unteren Ränge. Während die Offiziere eher konservative Schlagermusik bevorzugten, wurde bei den einfachen GIs und vor allem in den Clubs der Afroamerikaner Jazz gespielt. Für viele deutsche Musiker, die nach dem Krieg ohne Chance auf Arbeit dastanden, boten diese Clubs einerseits die Möglichkeit, Geld zu verdienen und gleichzeitig die amerikanische Jazz-Szene aus erster Hand kennenzulernen. Gerade in Frankfurt entwickelte sich sehr schnell eine aufkeimende Faszination für das unter den Nationalsozialisten verbotene Musikgenre. Die Hotclub Combo zum Beispiel hatte in ihren ersten Jahren viele Engagements bei den Amerikanern.

Solti, Georg (1912 – 1997): Georg Solti war ein ungarischer Dirigent jüdischer Abstammung, der eigentlich György Stern hieß. 1949 dirigierte er erstmals beim Sinfonieorchester des Hessischen Rundfunks, und zwar das im Roman erwähnte Doppelkonzert von Martinů. Von 1952 bis 1961 war er Generaldirektor an der Oper in Frankfurt. Er absolvierte weltweit zahlreiche Gastauftritte bei erstklassigen Orchestern. Von Frankfurt wechselte er 1961 an das Royal Opera House in London. In England wurde er mit dem Order of the British Empire ausgezeichnet.

Sprenger, Jakob (1884 – 1945): Der militante Antisemit Jakob Sprenger wurde 1933 Gauleiter von Hessen-Nassau und machte sich auch gleich noch zum Reichsstatthalter des Volksstaates Hessen. Der äußerst unbeliebte Nationalsozialist floh kurz vor Kriegsende mit seiner Frau vor den Amerikanern von Frankfurt nach Tirol. Dort begingen beide am 7.5.1945 Selbstmord, um sich einer Festnahme zu entziehen.

Stiftung Waisenhaus: Die Stiftung Waisenhaus in Frankfurt betreibt kein Waisenhaus, sondern engagiert sich in der sozialpädagogischen und psychosozialen Betreuung von Kindern und Jugendlichen, um deren Lebensperspektive zu verbessern. Sie wurde bereits im Jahr 1679 als eine Privatinitiative aus dem christlichen Bürgertum gegründet. Nach dem Zweiten Weltkrieg betreute die Stiftung über fünfhundert evakuierte, entwurzelte und traumatisierte Kinder. 1947 musste aus finanziellen Gründen eine Aufnahmesperre erlassen werden, die 1950 wieder aufgehoben wurde. Im Roman ist es Inge wichtig, sich als Unterstützerin dieser Stiftung für Kinder und Jugendliche einzusetzen.

Topper Club: Der Topper Club war ein amerikanischer Soldatenclub in Frankfurt, den auch nichtamerikanische Zivilisten besuchen durften.

Trümmerverwaltungsgesellschaft, TVG: 1945 wurde die TVG als gemeinnütziges Unternehmen gegründet, um den unvorstellbaren Trümmerbergen der zerstörten Altstadt irgendwie Herr zu werden. Sie bestand bis zur Beendigung des Wiederaufbaus 1963, und ihre Arbeit fand auch im Ausland Beachtung. Die TVG organisierte den Abbruch, Abtransport und die Wiederaufbereitung des Trümmerschutts. Die Gesellschaft war nicht unumstritten, denn in ihrer Trümmerbeschlagnahme-Anordnung bestimmte sie, dass über 70 % beschädigte Gebäude abgerissen werden mussten und die Trümmer in den Besitz der Stadt übergingen. Damit waren viele Frankfurter Hausbesitzer nicht einverstanden. Bei der Trümmer-Räumung mussten alle mit anpacken. Der Trümmer-Express, der den Abtransport erleichterte, konnte erst nach dem Freiräumen der Hauptverkehrswege eingesetzt werden. Der größte Schuttberg, der Monte Scherbelino, wuchs auf dem Gelände des ehemaligen Eintracht-Stadions am Riederwald.

Villa Gans, später Victory Guest House: Das dreiflüglige, um 1910 errichtete Landhaus bei Königstein im Taunus hat eine wechselvolle Geschichte. Der Frankfurter Industrielle Adolf Gans ließ es als seinen Ruhesitz erbauen. Es war prächtig ausgestattet, mit einem terrassenförmigen Park drum herum. Damals galt es bei den reichen Frankfurter Bürgern als schick, sich in der Gegend einen (Zweit-)Wohnsitz zuzulegen, daher war Herr Gans in bester Gesellschaft. Nach dem Ersten Weltkrieg wurde die Villa von französischen und englischen Truppen beschlagnahmt. Unter den Nationalsozialisten musste die jüdische Familie Gans ihr Haus ohne Entschädigung abgeben. Nach 1945 beschlagnahmten schließlich die Amerikaner die Villa Gans und nannten sie Victory Guest House. General Eisenhower gefiel sie besonders gut, er zog direkt ein und empfing gern Gäste dort. Der Vater von Edmund Brütting war als Koch für die Besatzer tätig. Sein Sohn berichtete von einem tollen runden Herd, und die Familie wurde zum Weihnachtsessen eingeladen. Laut Herrn Brütting wurde zum Dessert Götterspeise serviert, ein Novum, das die Kinder nicht überzeugen konnte – das aber natürlich dennoch brav aufgegessen wurde.

Wäldchestag: Am ersten Dienstag nach Pfingsten begingen die Frankfurter seit dem Ende des 18. Jahrhunderts ihren ureigenen »Nationalfeiertag«, den Wäldchestag, bei dem die Bürger hinaus in den Stadtwald bei Niederrad in die Nähe des Oberforsthauses zogen. Zunächst hatte jeder noch sein eigenes Picknick dabei. Später fuhr man mit der Waldbahn bis direkt vors Oberforsthaus und kehrte dort ein. 1949 wollte der Magistrat den Wäldchestag auf den Frankfurter Römerberg umverlegen, aus Angst vor Blindgängern im Wald. Das kam bei der Bevölkerung gar nicht gut an. Die Leute zogen trotzdem hinaus in den Wald, und die Stadt musste in der Folge das Gelände von Kriegsunrat säubern lassen. Statt eines schlichten Picknicks gab es mit den Jahren Fahrgeschäfte und Schaustellerbuden, und die Veranstaltung wurde immer größer. Seit den 1990er-Jahren geben die meisten Arbeitgeber in der Stadt ihren Mitarbeitern nicht mehr den Dienstagnachmittag für den Wäldchestag frei.

DANKSAGUNG

Wie bereits beim ersten Band waren auch an der Entstehung von *Die Radioschwestern – Melodien einer neuen Welt* wieder viele liebe Menschen beteiligt, denen ich an dieser Stelle von Herzen danken möchte.

Angefangen bei meiner Agentin Eva Semitzidou von der Literarischen Agentur Michael Gaeb, die für meine Radioschwestern das beste Zuhause gefunden hat und mir immer warmherzig und positiv mit Rat und Tat zur Seite steht.

Vielen Dank an Magdalena Heer vom Penguin Verlag für die wiederum angenehme Zusammenarbeit und den schönen kreativen Austausch.

Auch bei diesem Band durfte ich wieder mit meiner geschätzten Lektorin Hanne Reinhardt zusammenarbeiten, von deren Können nicht nur der Text profitiert, sondern auch meine Schreibentwicklung. Dafür bin ich sehr dankbar.

Mein großer Dank geht an alle Mitarbeiter des Penguin Verlags, die an den *Radioschwestern* mitgewirkt haben, sei es im Korrektorat, beim Buchsatz, bei der Covergestaltung, beim Buchdruck oder im Marketing.

Keines meiner Bücher würde ohne die Unterstützung meiner Familie entstehen können. Besonders meinem Mann danke ich für seinen festen Rückhalt und Optimismus. Meinen Kindern für die Geduld, die sie für meine Arbeit aufbringen. Das ist nicht leicht, ich weiß. Und meinen Eltern dafür, dass sie immer an mich glauben.

445

Ich möchte auch mit diesem Band den Leser/die Leserin mit auf eine unterhaltsame Zeitreise nehmen und wünsche mir, dass die Freude, die ich beim Schreiben empfunden habe, sich auf ihn/sie überträgt.